U0685010

全本全注全译丛书

中华经典名著

于天池 孙通海等◎译注

聊斋志异 二

中华书局

卷四

余德

【题解】

这是一篇写士大夫雅供清玩的作品,类似于《博物志》一类,但以人物贯穿。本篇中的余德,风雅不俗,蕴藉可爱,与其珍藏的雅供清玩相为表里,相得益彰。

写雅供清玩,需要品味,更需要眼界开阔,纻多见广。蒲松龄作为穷书生,不乏品味但缺乏见识。由于经历的原因,《聊斋志异》写富商大贾、达官贵人的阔绰生活,往往力不从心,时露小家子气。而具体状物写貌,凭借想象,又充分显示了浪漫纤巧的文字优势。《余德》篇重在写"花石服玩",写室内装饰不十分出色,也稍显散漫,但所写粉花树和小白石缸却充满生气,无论是写击鼓传花的玄妙应节,还是写小白石缸和水的若有若无,都活灵活现,令人神往。

武昌尹图南①,有别第②,尝为一秀才税居③,半年来,亦未尝过问。一日,遇诸其门,年最少,而容仪裘马,翩翩甚都④。趋与语,即又蕴藉可爱⑤。异之。归语妻,妻遣婢托遗问以窥其室⑥。室有丽姝,美艳逾于仙人,一切花石服玩⑦,俱非耳目所经⑧。尹不测其何人,诣门投谒⑨,适值他出。翼日,即来答拜。展其刺呼⑩,始知余姓德名。语次,细审官阀⑪,言殊隐约⑫。固诘之,则曰:"欲相还往,仆不敢自绝。应知非寇窃逋逃者⑬,何须逼知来历?"尹谢之⑭。命酒款宴,言笑甚欢。向暮,有两昆仑捉马挑灯⑮,迎导以去。

【注释】

①武昌:武昌县,今武汉武昌,清代属湖北武昌盐法道武昌府。

②别第:正宅以外的宅舍,别墅。

③税居:租住。税,租赁。

④翩翩甚都:仪表文雅优美。翩翩,形容风度文雅。都,美。

⑤蕴藉:宽厚而有涵养。《后汉书·桓荣传》:"荣被服儒衣,温恭有蕴藉。"

⑥遗(wèi)问:备礼探望。遗,赠予。

⑦花石服玩:花草、奇石、服饰、珍玩。

⑧耳目所经:耳所闻,目所见。经,经历。

⑨诣门投谒:登门求见。投谒,投递名帖求见。

⑩刺呼:名帖上的署名,称呼。刺,古时在竹木简片上刻刺名字,因称"刺",即后世的名帖。

⑪官阀:官阶,门第。

⑫言殊隐约:说得非常含糊。隐约,依稀不明的样子。此指话语闪烁支吾。

⑬非寇窃逋(bū)逃者:并非盗贼之类的逃亡者。逋逃,畏罪逃亡。

⑭谢:道歉。

⑮昆仑:异族奴仆。我国古代称肤色黑的人为昆仑,《晋书·后妃

传下·孝武文李太后传》:"时后为宫人,在织坊中,形长而色黑,宫人皆谓之昆仑。"唐代泛称南洋诸岛及其居民为昆仑,用这个地区的人为奴仆即称"昆仑奴"。唐裴铏《传奇·昆仑奴传》所写的磨勒即是昆仑奴。宋朱彧《萍洲可谈》:"广中富人多畜鬼奴……有一种近海野人,入水眼不眨,谓之昆仑奴。"

【译文】

武昌人尹图南有一所别墅,一度被一位秀才租住,时间过了半年,尹图南也不曾过问过。一天,尹图南在门口遇到了秀才,只见他非常年轻,无论衣饰车马都雅洁得体,风度翩翩。尹图南上前与他交谈,又觉得他性情宽厚有涵养,令人喜爱。尹图南认为此人不同寻常。回家告诉了妻子,妻子打发丫环借口备礼探望来窥视他家的情况。发现他妻子是一位美女,长得比仙人还要娇美艳丽,屋里所有的奇花异石和服饰珍玩,都是没见过、没听说过的。尹图南想不出秀才是干啥的,就递上名帖,登门求见,却正赶上秀才外出。第二天,秀才立即答谢回访。打开名帖一看,才知姓余名德。言谈话语之间,尹图南详细打听余德的门第,他的回答支支吾吾,闪烁其词。尹图南再三盘诘,余德就说:"您想与我交往,我不敢单方面加以拒绝。但您应该知道我既不是盗贼,也不是在逃的人,何必加以逼问,一定要知道我的来历呢?"尹图南向他表示了歉意。然后他命设酒宴,加以款待,两人说说笑笑,都很高兴。直到日暮时分,才有两个昆仑奴牵着马提着灯,把他接走。

明日,折简报主人[①]。尹至其家,见屋壁俱用明光纸裱[②],洁如镜。金猊猊爇异香[③]。一碧玉瓶,插凤尾孔雀羽各二,各长二尺馀。一水晶瓶,浸粉花一树[④],不知何名,亦高二尺许,垂枝覆几外,叶疏花密,含苞未吐,花状似湿蝶敛翼[⑤],蒂即如须[⑥]。筵间不过八簋[⑦],而丰美异常。既[⑧],命童子击鼓催花为令⑨。鼓声既动，则瓶中花颤颤欲拆⑩，俄而蝶翅渐张。既而鼓歇，渊然一声⑪，蒂须顿落，即为一蝶，飞落尹衣。余笑起，飞一巨觥，酒方引满⑫，蝶亦飏去⑬。顷之，鼓又作，两蝶飞集余冠。余笑云："作法自毙矣⑭。"亦引二觥。三鼓既终，花乱堕，翩翩而下，惹袖沾衿⑮。鼓僮笑来指数，尹得九筹⑯，余四筹。尹已薄醉，不能尽筹，强引三爵⑰，离席亡去。由是益奇之。

【注释】

①折简：谓裁纸写信。

②明光纸：一种表面发亮的纸。裱：裱糊。

③金猊猊（suān ní）爇异香：金狮子香炉里点燃着珍贵的奇香。金猊猊，一种金属香炉，上铸有狮子形，有口可通烟火。猊猊，狮子。

④树：枝。

⑤湿蝶敛翼：沾水的蝴蝶收敛双翅。

⑥蒂：花蒂，花与枝相连的部位。须：指如蝴蝶的须。

⑦八簋（guǐ）：指八样菜肴。簋，古代食器。

⑧既：然后，指入席之后。

⑨击鼓催花为令：鼓响传花，声止，持花未传者即须饮酒。唐南卓《羯鼓录》："上（唐明皇）洞晓音律……尤爱羯鼓玉笛，常云八音之领袖，诸乐不可为比。尝遇二月初，诘旦，巾栉方毕，时当宿雨初晴，景色明丽，小殿内庭，柳杏将吐。睹而叹曰：'对此景物，岂得不为他判断之乎？'左右相目，将命备酒，独高力士遣取羯鼓。上旋命之，临轩纵击一曲，曲名《春光好》。神思自得。及顾柳杏，皆已发拆。上指而笑谓嫔御曰：'此一事不唤我作天公，可乎？'"后用作酒令。

⑩拆:同"坼"。裂开,绽开。

⑪渊然:形容鼓声低沉。《诗·商颂·那》:"鼓渊渊。"

⑫引满:斟酒满杯。此指干杯。

⑬颺(yáng):飞扬,飘扬。

⑭作法自毙:即"作法自弊"。自己立法反使自己受害,自作自受。语出《史记·商君列传》:"商君亡至关下,欲舍客舍。客人不知其是商君也,曰:'商君之法,舍人无验者坐之。'商君喟然叹曰:'嗟乎,为法之敝,一至此哉!'"

⑮惹袖沾衿:纷落在袖襟之上。惹,沾染。

⑯筹:酒筹,饮酒计数之具。

⑰爵:古代饮酒的器皿,三足。这里指酒杯。

【译文】

第二天,余德写便柬回请尹图南。尹图南来到他家,看见房屋的四壁都是用明光纸裱糊的,明净如镜。金狮子香炉里燃着珍贵的奇香。一个碧玉瓶插着凤尾和孔雀羽各两支,每支长二尺有馀。一个水晶瓶浸着一树粉花,不知什么名,也是高二尺左右,垂下的枝条覆盖了几案仍有馀荫,树叶稀疏,花朵繁密,含苞未放,花朵就像沾水后收拢双翅的蝴蝶,花蒂就像蝶须。宴席上只摆了八样菜肴,却异常丰盛精美。入席后,余德让童子行击鼓催花的酒令。鼓声一响,水晶瓶中的花朵就颤颤悠悠地即将绽开,一会儿蝶翅状的花朵渐渐张开了。接着鼓声停歇下来,随着一声沉沉的鼓声,蝶须状的花蒂顿时凋落,当即变成一只蝴蝶,飞落到尹图南的衣服上。余德笑着站起身来,斟了一大杯酒,尹图南把满杯的酒喝完,蝴蝶也飞走了。一会儿,鼓声再次响起,两只蝴蝶都飞落在余德的帽子上。余德笑着说:"我作法自毙啦。"于是也干了两杯。鼓声响过三遍后,花瓣乱落,飘摇而下,落满二人的衣袖衣襟。击鼓的童子笑着上前指认分数各落多少,结果尹图南应喝九杯,余德应喝四杯。尹图南已经微有醉意,不能如数喝光,勉强喝了三杯,离席逃走。

从此更加认为余德是奇人了。

　　然其为人寡交与，每阖门居，不与国人通吊庆①。尹逢人辄宣播，闻其异者，争交欢余，门外冠盖常相望②。余颇不耐，忽辞主人去。去后，尹入其家，空庭洒扫无纤尘，烛泪堆掷青阶下③，窗间零帛断线，指印宛然。惟舍后遗一小白石缸，可受石许④。尹携归，贮水养朱鱼。经年，水清如初贮。后为佣保移石，误碎之，水蓄并不倾泻。视之，缸宛在，扪之虚奥⑤。手入其中，则水随手泄，出其手，则复合。冬月亦不冰。一夜，忽结为晶，鱼游如故。尹畏人知，常置密室，非子婿不以示也。久之渐播，索玩者纷错于门⑥。腊夜⑦，忽解为水，阴湿满地，鱼亦渺然。其旧缸残石犹存。忽有道士踵门求之，尹出以示，道士曰："此龙宫蓄水器也。"尹述其破而不泄之异，道士曰："此缸之魂也。"殷殷然乞得少许。问其何用，曰："以屑合药⑧，可得永寿。"予一片，欢谢而去。

【注释】

①国人：古代指居住在都城内的人。《周礼·地官·泉府》："国人郊人从其有司。"贾公彦疏："国人者，谓住在国城之内，即六乡之民也。"也指国内的人。这里指周围的人。吊庆：红白喜事。这里指人事来往。

②冠盖常相望：达官贵人来访者，常常络绎不绝。冠盖，官员的冠服和车乘。此指贵官。冠，礼帽。盖，车盖。

③烛泪：流滴的烛油。青阶：青石阶。

④石：中国旧时的容量单位，十斗为一石。

⑤扪：摸。

⑥纷错：纷乱交错，形容人来人往，极为繁多。

⑦腊夜：腊日之夜。腊，祭名。岁终祭诸神。汉代于阴历十二月初
　八日腊祭，称这天为腊日。

⑧合药：配药。

【译文】

　　然而余德为人不喜交游，往往闭门独居，与周围的人没有婚丧庆吊等往来。尹图南逢人就宣扬他的经历，于是听到这等奇事的，都争先恐后地与余德交好，余德家门外来访的达官贵人常常络绎不绝。余德很不耐烦，忽然向尹图南告辞离去。余德走后，尹图南走进余家，只见空无一人的庭院洒扫得净无纤尘，烛油堆放在青石阶下，窗间零散的布帛和扯断的纱线上面仿佛还留着指印。只有房后留下一只小白石缸，大约可盛一石粮食。尹图南把石缸带回，盛水来养金鱼。历时一年，缸中的水仍像刚倒进去时那样清澈。后来由于佣人移动石头，不慎打碎了石缸，但水仍凝聚着，并不四溢。乍一看，石缸好似没破，用手一摸，空虚柔软，并没有石缸。把手伸到水中，水就会随着手的伸入而外溢，把手抽回，水又合在一起。这水到冬天也不结冰。有一天夜里这水忽然结成了晶体，而鱼仍然在里面游动。尹图南怕让外人知道，一直把它放在密室里，除了儿子女婿等至亲，谁都不给看。时间长了，消息逐渐传开，要求观赏的人纷至沓来，盈塞家门。腊日夜里，水晶忽然化成清水，满地阴湿，鱼也消失不见了。原来那缸残存的石片仍然存在。忽然有一位道士登门索看，尹图南拿出残石给他看，道士说："这是龙宫蓄水的器物。"尹图南讲起缸破而水不外溢的奇异，道士说："这是因为石缸有魂。"便殷切急迫地要讨一点儿残石。尹图南问他有何用场，道士说："用此缸的石屑调和药物，吃了可以长寿。"尹图南给了道士一片，道士高兴地道谢而去。

杨千总

【题解】

作者的本意是赞扬杨千总箭术高超准确，但在现代读者看来，却暴露了中国官场的恶习——官员出行，老百姓必须避让。

毕民部公即家起备兵洮岷时①，有千总杨化麟来迎②。冠盖在途③，偶见一人遗便路侧。杨关弓欲射之④，公急呵止。杨曰："此奴无礼，合小怖之。"乃遥呼曰："遗屙者！奉赠一股会稽藤簪绾髻子⑤。"即飞矢去，正中其髻。其人急奔，便液污地。

【注释】

①毕民部公：毕自严，字景曾，号白阳，淄川人。蒲松龄东家毕际有的父亲。万历二十年（1592）进士，历仕万历、泰昌、天启、崇祯四朝，官至户部尚书。卒赠少保。《明史》、《淄川县志》、《山东通志》有传。民部，户部的别称。即家起备兵洮岷：万历四十一年（1613），毕自严自河东副使再举卓异，时朝议有辽海参政之推，旨未下而自严以故引疾径归。后即家补陕西参政，备兵洮岷，事在万历末年。洮岷，地名。明初于陕西洮州、岷州置卫，负责今甘肃洮水、岷山一带防务。

②千总：官名。明初京军三大营置把总，嘉靖中增置千总，皆以功臣担任。以后职权日轻，至清为武职中的下级，位次在把总之上，守备之下。

③冠盖：官员的冠服和车乘。这里指车马仪仗。

④关弓：弯弓。

⑤会稽藤:用会稽竹做的箭杆。会稽竹子做的箭杆自古有名。会
　稽,古代吴越之地,今浙江绍兴。绾(wǎn):挽结。髻子:发髻。

【译文】

户部尚书毕自严公被起用为兵备道,驻防洮州、岷州时,有个千总杨化麟前来迎接。车马仪仗行进途中,偶然发现有一人在路边大便。杨化麟拉满弓要射那人,毕公连忙呵斥制止。杨化麟说:"这奴才太无礼,应稍吓他一下。"便在远处喊道:"屙屎的!送你一枝会稽藤做的簪子挽发髻吧!"当即一箭射去,正中发髻。那人急忙逃跑,屎尿弄了一地。

瓜异

【题解】

这是一篇关于农作物奇异现象的实录,大概是《聊斋志异》中最短的篇章,共 28 个字,叙事简净而明雅。

　康熙二十六年六月①,邑西村民圃中②,黄瓜上复生蔓,结西瓜一枚,大如碗。

【注释】

①康熙二十六年:1687 年。
②邑:指淄川县城。圃:菜地。

【译文】

康熙二十六年六月,淄川县城西村民的菜园里,黄瓜上又生出蔓来,结了一个西瓜,有碗那么大。

青梅

【题解】

这是一篇写婢女青梅与小姐阿喜自主择婿,共嫁穷书生张生,几经曲折最终获得美满生活的小说。

蒲松龄认为择婿要有眼光,不能以贫富论,择婿的标准是"性纯孝,制行不苟,又笃于学",这个标准实际上是为包括蒲松龄在内的穷书生在婚姻上打抱不平。根据蒲松龄的《述刘氏行实》,早年蒲松龄的婚姻就差点因为家贫而落空,幸好老丈人刘季调有眼光,加以坚持才得成婚。这对蒲松龄的心灵乃至创作均产生了深深的影响。除去《青梅》篇外,《聊斋志异》尚有多篇为穷书生在婚姻上呐喊的篇章。当然,穷书生们后来一一飞黄腾达,不负佳丽的青目,只是蒲松龄浪漫的想象。

小说前半部分写青梅不屈不挠地争取嫁张生,后半部分写阿喜历尽艰辛终于如愿以偿,皆以青梅为主导,"离离奇奇,致作合者无限经营,化工亦良苦矣",体现了作者编织故事的高超本领,具有传奇色彩。但由于作者意在说教,某些情节显得牵强。比如前半部分青梅对于张生的孝之观察令人难以置信,因为这些孝行不可能同时出现,"抱父而私"也不可能被青梅所见;后半部分青梅的性格不够真实,所谓"虚此位以待君久矣",完全出自于蒲松龄的等级观念,婢女要安守于妾的名分。相反,青梅母亲的描写虽着墨不多,却真率可爱,给人的印象更为深刻。

白下程生^①,性磊落,不为畛畦^②。一日,自外归,缓其束带,觉带端沉沉,若有物堕。视之,无所见。宛转间,有女子从衣后出,掠发微笑,丽绝。程疑其鬼,女曰:"妾非鬼,狐也。"程曰:"倘得佳人,鬼且不惧,而况于狐。"遂与狎。二年,生一女,小字青梅。每谓程:"勿娶,我且为君生男。"程

信之,遂不娶。戚友共诮姗之③。程志夺④,聘湖东王氏。狐
闻之,怒,就女乳之,委于程曰:"此汝家赔钱货,生之杀之,
俱由尔。我何故代人作乳媪乎!"出门径去。

【注释】

①白下:古地名。原指今南京西北的白石山下,因盛产石灰石和白
　　云石而得名。后成为整个南京地区的代称。唐武德时,改金陵
　　曰白下。后沿用为南京的别称。

②不为畛畦:谓心胸坦荡,不受礼俗约束。畛畦,也作"畦畛",界
　　域,规范。

③诮姗:讥讽批评。姗,讪谤,讥讽。

④志夺:改变主意。

【译文】

南京人程生,生性磊落,不拘俗套。有一天,程生外出归来,松缓衣
带,觉得衣带的一头沉甸甸的,像有东西掉下来。往那儿一看,却一无
所见。而转身之间,有一个女子从身后走出,掠一掠头发,微微一笑,漂
亮极了。程生怀疑女子是鬼,女子说:"我不是鬼,是狐狸。"程生说:"只
要能得到佳人,连鬼都不怕,何况狐狸!"便与她亲热起来。两年后,狐
女生了一个女儿,小名青梅。狐女时常对程生说:"你不要娶妻,我将为
你生个儿子。"程生相信这话,便不娶妻。但是,亲友都讥笑讽刺程生。
程生被迫改变初衷,娶了湖东的王氏。狐女听说后,怒火中烧,给女儿
喂完奶,把女儿丢给程生说:"这是你家的赔钱货,养她杀她都由你。我
为什么要替人当奶妈子呢!"出门就径自走了。

　　青梅长而慧,貌韶秀①,酷肖其母②。既而程病卒,王再
醮去③。青梅寄食于堂叔,叔荡无行④,欲鬻以自肥。适有王

进士者,方候铨于家⑤,闻其慧,购以重金,使从女阿喜服役。喜年十四,容华绝代。见梅忻悦,与同寝处。梅亦善候伺,能以目听,以眉语⑥,由是一家俱怜爱之。

【注释】

①韶秀:美好秀丽。韶,美好。

②酷肖:非常像。肖,像。

③再醮:再嫁。

④荡无行(xíng):行为放荡,品行不端。荡,行为放纵。行,德行。

⑤候铨(quán):听候选授官职。旧时初由考试或原官因故开缺,皆赴吏部报到,候部依法选用,称候铨或候选。铨,选授官职。

⑥能以目听,以眉语:能察颜观色。指聪明伶俐,善解人意。

【译文】

青梅长大后很聪明,容貌秀美,非常像她的母亲。后来程生病逝,王氏再嫁,离开了程家。青梅依靠堂叔生活,而堂叔行为放荡,品行恶劣,想把青梅卖掉,自己赚点儿钱。恰巧有一位王进士,正在家等候吏部选授官职,得知青梅聪明,便用重金买了青梅,让青梅侍候女儿阿喜。阿喜十四岁,容貌冠绝当代。她见到青梅很喜欢,与青梅同住同行。青梅也善于察言观色,眼一瞥,眉一皱,便能领悟其意,因此一家人都喜欢她。

　　邑有张生,字介受。家綦贫①,无恒产②,税居王第。性纯孝,制行不苟③,又笃于学。青梅偶至其家,见生据石啖糠粥,入室与生母絮语,见案上具豚蹄焉。时翁卧病,生入,抱父而私④,便液污衣,翁觉之而自恨,生掩其迹,急出自濯,恐翁知。梅以此大异之。归述所见,谓女曰:"吾家客,非常人也。娘子不欲得良匹则已,欲得良匹,张生其人也。"女恐父厌其贫,梅曰:"不然,是在娘子。如以为可,妾潜告,使求伐焉⑤。夫人必召商之,但应之曰'诺'也,则谐矣。"女恐终贫为天下笑,梅曰:"妾自谓能相天下士,必无谬误。"

【注释】

①窭(jù)贫:贫穷。语出《诗·邶风·北门》:"终窭且贫,莫知我艰。"

②恒产:土地房屋等不动产。

③制行不苟:严格遵礼而行。谓品行端正不苟且。制行,规定道德和行为准则。《礼记·表记》:"圣人之制行也,不制以己。"孔颖达疏:"圣人之制法立行不造制以己之所能,谓不将己之所能以为法,恐凡人不能行也。"

④私:便溺。

⑤求伐:请人作媒。伐,伐柯,语出《诗·豳风·伐柯》:"伐柯如何? 匪斧不克。取妻如何? 匪媒不得。"后因以伐柯指作媒或媒人。

【译文】

城里有位张生,字介受,家境贫寒,没有房业田产,租住王进士的房屋。张生生性极为孝顺,注重德行,一丝不苟,并且专心向学。青梅偶然到张生家去,看见张生坐在石头上吃糠粥,她进屋与张生的母亲唠叨闲话,看见案子上放着炖猪蹄。当时,父亲卧病在床,张生进屋抱起父亲,让他小解,尿液弄脏张生的衣裳,张父觉察之后很懊丧,而张生遮掩住尿迹,急忙出门清洗,唯恐父亲得知。青梅因此对张生大为赏识。回来后,青梅讲了目睹的情景,对阿喜说:"我家的房客,不是常人。小姐不想找如意郎君就算了,要找如意郎君,就是张生。"阿喜担心父亲嫌张生太穷,青梅说:"不是这样,只看小姐的决断。如果你认为可以,我就暗中告诉他,让他请媒人来求亲。夫人肯定要叫你去商量,你只要回答说行,事就成了。"阿喜担心终身受穷为人耻笑,青梅说:"我自以为能相看天下之士,决不会错的。"

　　明日,往告张媪。媪大惊,谓其言不祥①。梅曰:"小姐闻公子而贤之也,妾故窥其意以为言。冰人往②,我两人祖焉③,计合允遂④。纵其否也,于公子何辱乎?"媪曰:"诺。"乃托侯氏卖花者往。夫人闻之而笑,以告王,王亦大笑。唤女至,述侯氏意。女未及答,青梅亟赞其贤,决其必贵。夫人又问曰:"此汝百年事。如能啜糠覈也⑤,即为汝允之。"女俯首久之,顾壁而答曰:"贫富命也。倘命之厚,则贫无几时,而不贫者无穷期矣。或命之薄,彼锦绣王孙⑥,其无立锥者岂少哉⑦?是在父母。"初,王之商女也,将以博笑⑧,及闻女言,心不乐曰:"汝欲适张氏耶?"女不答,再问,再不答。怒曰:"贱骨,了不长进⑨!欲携筐作乞人妇,宁不羞死!"女涨红气结,含涕引去⑩,媒亦遂奔。

【注释】

①谓其言不祥:认为青梅的话有悖常情,不吉祥。意谓贫家攀附高门,将难得福。

②冰人:媒人。《晋书·艺术传·索紞》:"孝廉令狐策梦立冰上,与冰下人语。紞曰:'冰上为阳,冰下为阴,阴阳事也。士如归妻,迨冰未泮,婚姻事也。君在冰上与冰下人语,为阳语阴,媒介事也。君当为人作媒,冰泮而婚成。'"后因称媒人为冰人。

③祖:袒护,帮助。

④允遂：实现，成功。

⑤啜糠覈（hé）：啜食粗劣食物，谓过着穷苦生活。啜，食，饮。糠，米皮。覈，碎米屑。

⑥锦绣王孙：指贵族子弟。锦绣，织彩为锦，刺彩为绣，皆精丽华贵的服饰。

⑦无立锥：贫无立锥之地，谓贫无寸土。《汉书·食货志》："富者田连阡陌，贫者亡立锥之地。"

⑧博笑：取笑。

⑨了不长进：全不长进，没有出息。了，完全。

⑩引去：抽身离去。

【译文】

　　第二天，青梅前往告知张母。张母大吃一惊，认为她说的未必是好事。青梅说："小姐听说公子是个贤德的人，我有意试探过她的心意，才来说的。媒人去了，我们俩从中帮忙，想来会成功。即使不同意，对公子有何损害？"张母说："就听你的。"便托卖花的侯氏前去说媒。王夫人听说张家提亲，觉得好笑，便告诉了王进士，王进士也哈哈大笑。他们把阿喜叫来，讲了侯氏的来意。阿喜没来得及回答，青梅连忙称赞张生如何好，断言将来一定大富大贵。王夫人又问阿喜说："这是你的百年大事。如果你能吃糠咽菜，我就替你应了这门亲事。"阿喜把头低了许久，看着墙壁回答说："穷富都是命中注定的。假如命好，就穷不了几天，不穷的日子长着哩。假如命薄，那些贵族子弟贫无立锥之地的难道还少吗？这事就由父母做主。"起初，王进士叫阿喜来商量，只是为了博取一笑，及至听了阿喜说的话，心中不乐，说："你想嫁给张生吗？"阿喜不作回答，再问，还是不作回答。王进士生气地说："贱骨头！一点不长进！打算提个筐当乞丐的老婆，真是羞死人了！"阿喜涨红了脸，心情郁闷，含着眼泪抽身离去，媒婆也只好逃之夭夭。

青梅见不谐，欲自谋。过数日，夜诣生。生方读，惊问所来。词涉吞吐①，生正色却之。梅泣曰："妾良家子，非淫奔者②。徒以君贤，故愿自托。"生曰："卿爱我，谓我贤也。昏夜之行，自好者不为③，而谓贤者为之乎？夫始乱之而终成之④，君子犹曰不可，况不能成，彼此何以自处？"梅曰："万一能成，肯赐援拾否⑤？"生曰："得人如卿，又何求？但有不可如何者三，故不敢轻诺耳。"曰："若何？"曰："卿不能自主，则不可如何⑥；即能自主，我父母不乐，则不可如何；即乐之，而卿之身直必重⑦，我贫不能措，则尤不可如何。卿速退，瓜李之嫌可畏也⑧！"梅临去，又嘱曰："君倘有意，乞共图之。"生诺。

【注释】

①词涉吞吐：指青梅的回答欲言又止，吞吞吐吐。

②淫奔：封建时代青年男女的自行结合。一般指女性往就男方。

③自好：自爱。

④始乱之而终成之：指非父母之命媒妁之言的婚姻。乱，淫乱，不正当的男女关系。此语源自唐元稹《莺莺传》"始乱之，终弃之"的话。

⑤援拾：接纳，收留的意思。援，援手。

⑥不可如何：无可奈何。

⑦身直：赎身的费用。直，费用。

⑧瓜李之嫌：此处比喻男女孤身夜处使人嫌疑。瓜李，指瓜田李下。古乐府《君子行》："君子防未然，不处嫌疑间；瓜田不纳履，李下不整冠。"瓜田纳履，李下整冠，有被怀疑为盗瓜窃李的可能。因以比喻容易引起嫌疑的地方。

【译文】

青梅见提亲不成，便想为自己打算。过了几天，她在夜里去见张生。张生正在读书，惊讶地问青梅从哪里来。青梅回话时吞吞吐吐，张生态度严肃地要她走开。青梅哭着说："我是良家之女，不是私奔的女人。只是认为你是个有贤德的人，所以愿意以身相托。"张生说："你爱我，说我有贤德。在黑夜里私会，自爱的人都不这么干，你难道以为有贤德的人会这么干吗？以胡来开始，以成婚告终，君子尚且认为这么做不行，何况假如婚事不成，你我怎么做人？"青梅说："万一婚事能成，你肯收留我吗？"张生说："娶妻如你，还有什么可求？只是有三点是无可奈何的，所以我不敢轻易答应。"青梅问："怎么讲？"张生说："你不能自己做主，这便无可奈何；即使你能自己做主，但我父母不满意，还是无可奈何；即使父母满意，但你的身价一定很高，我穷，不能把钱备齐，尤其是无可奈何。你快走，瓜田李下，备受嫌疑，人言可畏！"青梅临走时又嘱咐说："如果你有意，请与我一起想办法。"张生答应下来。

梅归，女诘所往，遂跪而自投[①]。女怒其淫奔，将施扑责，梅泣白无他，因而实告。女叹曰："不苟合，礼也；必告父母，孝也；不轻然诺，信也；有此三德，天必祐之，其无患贫也已。"既而曰："子将若何？"曰："嫁之。"女笑曰："痴婢能自主耶？"曰："不济，则以死继之！"女曰："我必如所愿。"梅稽首而拜之[②]。又数日，谓女曰："曩而言之戏乎，抑果欲慈悲也？果尔，则尚有微情，并祈垂怜焉。"女问之，答曰："张生不能致聘，婢子又无力可以自赎，必取盈焉[③]，嫁我犹不嫁也。"女沉吟曰："是非我之能为力矣。我曰嫁汝，且恐不得当；而曰必无取直焉，是大人所必不允，亦余所不敢言也。"梅闻之，泣数行下，但求怜拯。女思良久，曰："无已，我私蓄数金，当倾囊相助。"梅拜谢,因潜告张。张母大喜,多方乞贷,共得如干数,藏待好音。

【注释】

①自投:主动承认,坦诚自白。

②稽首而拜:古时最重的拜礼,跪拜时头至地,稽留多时。

③取盈:取满其所定之额。谓丫环的赎身钱不会减少。

【译文】

青梅回去后,阿喜问她到哪儿去了,她便跪下来承认自己去见了张生。阿喜对她的私奔非常生气,打算加以责打。青梅哭着表白自己没干非礼之事,于是据实相告。阿喜赞叹说:"不肯苟合,是礼;一定要告诉父母,是孝;不轻易许诺,是信。具有这三种品德,一定会得到上天的保佑,他不用为自己的贫穷担忧了。"接着又说:"你想怎么办?"青梅说:"嫁给他。"阿喜笑着说:"傻丫头能自己做主吗?"青梅说:"要不行,一死了之!"阿喜说:"我一定让你如愿。"青梅伏地叩头大礼拜谢她。又过了几天,青梅对阿喜说:"你前些天是说笑话,还是真的大发慈悲? 要是大发慈悲,我还有些难言的隐衷,一并请你垂怜。"阿喜问隐衷是什么,青梅回答:"张生不能来下聘礼,我又无力为自己赎身,一定要交满赎金,说是嫁我,等于不嫁。"阿喜沉吟着说:"这不是我能出力的了。我说嫁你,恐怕还不合适;而说一定不要赎金,父母一定不会答应,也不是我敢说的。"青梅听了,泪水流成了线,只求阿喜怜悯她,拯救她。阿喜想了许久,说:"没办法,我存了一些私房钱,一定倾囊相助。"青梅行礼道谢,于是暗中告知张生。张母大喜,经多方借贷,共得到若干钱,存了起来,等待着好消息。

会王授曲沃宰①,喜乘间告母曰②:"青梅年已长,今将莅任,不如遣之。"夫人固以青梅太黠,恐导女不义,每欲嫁之,而恐女不乐也,闻女言甚喜。逾两日,有佣保妇白张氏意。王笑曰:"是只合耦婢子③,前此何妄也！然鬻媵高门④,价当倍于曩昔⑤。"女急进曰:"青梅侍我久,卖为妾,良不忍。"王乃传语张氏,仍以原金署券⑥,以青梅嫔于生⑦。入门,孝翁姑,曲折承顺⑧,尤过于生,而操作更勤,餍糠秕不为苦,由是家中无不爱重青梅。梅又以刺绣作业⑨,售且速,贾人候门以购,惟恐弗得。得赀稍可御穷⑩。且劝勿以内顾误读,经纪皆自任之⑪。因主人之任⑫,往别阿喜。喜见之,泣曰:"子得所矣⑬,我固不如。"梅曰:"是何人之赐,而敢忘之？然以为不如婢子,恐促婢子寿⑭。"遂泣相别。

【注释】

①授:授官,任命。曲沃:县名。在今山西南部。宰:县令。

②乘间:找机会,乘机。

③耦婢子:与婢女相匹配。耦,匹敌,相对。

④鬻媵高门:卖给富贵人家做妾。鬻,卖。高门,显贵的人家。

⑤曩昔:以前。

⑥仍以原金署券:仍照原买的身价,立了赎身契。署,签署。券,契约。

⑦嫔:下嫁。

⑧曲折承顺:委曲细心,顺承人意。承,奉。

⑨以刺绣作业:以刺绣作为谋生手段。作业,指所从事的工作、业务。

⑩御穷:应付穷日子。《诗·邶风·谷风》:"宴尔新婚,以我御穷。"

⑪经纪:指对家事的照料管理。

⑫之任：赴任。之，往。

⑬得所：如愿。

⑭促婢子寿：使我短寿。促寿，犹言折福。

【译文】

恰巧王进士被任命为曲沃县令，阿喜乘机对母亲说："青梅年纪已大，现在父亲要去上任，不如把她打发了吧。"王夫人本来就认为青梅太机灵，恐怕会引诱阿喜干坏事，每每想把青梅嫁出去，只是担心阿喜不乐意，现在听了阿喜这么说，也很高兴。过了两天，有个佣人的老婆来讲了张家的意思。王进士笑着说："他只配娶个丫头，此前太狂妄了！不过把她卖给大户人家做妾，价钱应会比当初加倍。"阿喜连忙上前说："青梅侍候我很久了，把她卖给人家为妾，我实在过意不去。"于是王进士给张家传话，仍然按原来的身价签了赎身契，把青梅嫁给张生。进了张家的门，青梅孝敬公婆，曲意顺从，超过了张生，同时操持家务更为勤快，吃糠咽菜，不以为苦，因此全家没有不喜欢不看重青梅的。青梅又以刺绣为业，卖得很快，商人在门口等候收购，唯恐买不到手。这样挣的钱稍可应付家中的穷日子。青梅还劝张生不要因为顾家而误了读书，全家的管理照料都自己一人承担下来。由于主人要去上任，青梅前去与阿喜告别。阿喜见了青梅，哭着说："你有了如意归宿，我真的不如你。"青梅说："这是谁赐给的，我怎么敢忘记？但你认为自己不如我，会折我的寿的。"于是二人悲泣告别。

王如晋，半载，夫人卒，停柩寺中。又二年，王坐行赇免①，罚赎万计②，渐贫不能自给，从者逃散。是时，疫大作，王染疾亦卒，惟一媪从女。未几，媪又卒，女伶仃益苦。有邻妪劝之嫁，女曰："能为我葬双亲者，从之。"妪怜之，赠以斗米而去。半月复来，曰："我为娘子极力，事难合也。贫者不能为而葬，富者又嫌子为陵夷嗣③。奈何！尚有一策，但恐不能从也。"女曰："若何？"曰："此间有李郎，欲觅侧室④，倘见姿容，即遣厚葬，必当不惜。"女大哭曰："我摺绅裔而为人妾耶！"媪无言，遂去。日仅一餐，延息待价⑤。居半年，益不可支。一日，妪至，女泣告曰："困顿如此，每欲自尽，犹恋恋而苟活者，徒以有两枢在。已将转沟壑⑥，谁收亲骨者？故思不如依汝所言也。"媪于是导李来，微窥女，大悦。即出金营葬，双椌具举⑦。已，乃载女去，入参冢室⑧。冢室故悍妒，李初未敢言妾，但托买婢。及见女，暴怒，杖逐而出，不听入门。女披发零涕，进退无所。

【注释】

①行赇：行贿。

②罚赎万计：赎罪罚款的银两，有上万之多。计，计数。

③陵夷嗣：破落家庭的后代。陵夷，败落。

④侧室：妾。旧时称妻为正室，称妾为侧室。

⑤延息：犹言苟延残喘。息，呼吸。

⑥转沟壑：辗转沟壑，谓将饥寒而死。沟壑，指野死之处。

⑦椌：薄棺。

⑧冢室：正室，嫡妻。冢，大，嫡长。

【译文】

王进士来到山西，半年后夫人去世，灵柩停放在寺院里。又过了两年，王进士因为行贿被免职，罚交赎金数以万计，逐渐穷得不能自给，仆从四散而逃。这时，瘟疫大作，王进士也染病身亡，只有一个老妈子跟着阿喜。没有多久，老妈子也死了，阿喜愈发孤苦伶仃。有个邻家的老太太劝阿喜出嫁，阿喜说："谁能为我安葬双亲，我就嫁他。"老太太可怜阿喜，送来一斗米，走了。半月后老太太又来说："我为小姐费尽力气，事情还是难成。穷人不能为你安葬双亲，富人又嫌你是没落人家的后代。真没办法！我还有一个主意，只怕你不会同意。"阿喜说："什么主意？"老太太说："此间有位李郎，想找一个偏房，倘若他看到你的姿容，即使让他予以厚葬，也一定不会疼钱。"阿喜放声大哭，说："我是官宦人家的女儿，却要给人家当妾吗！"老太太没说什么，随即走了。阿喜每天只吃一顿饭，苟延残喘，等待有人出钱安葬双亲。过了半年，阿喜愈发难以支撑下去。一天，老太太来了，阿喜哭着对老太太说："活得这么艰难，常想自杀，至今还偷生苟活，只是因为有这两具灵柩。我要是死了，还有谁来收双亲的尸骨？所以我想不如就依了你所说的吧。"于是老太太领着李郎，暗中偷看阿喜，非常满意。当即出钱办理入葬之事，两具薄棺都已抬送入土。事后，李郎用车把阿喜接走，让她去参见正室。正室一向凶悍妒忌，李郎一开始不敢说阿喜是妾，只托称是买的丫头。及至正室见了阿喜，暴跳如雷，勃然大怒，用木棒把阿喜赶走，不让阿喜进门。阿喜披头散发，泪流满面，进退无路。

　　有老尼过，邀与同居。女喜，从之。至庵中，拜求祝发①，尼不可，曰："我视娘子，非久卧风尘者②。庵中陶器脱粟③，粗可自支④，姑寄此以待之。时至，子自去。"居无何，市中无赖窥女美，辄打门游语为戏⑤，尼不能制止。女号泣欲自死。尼往求吏部某公揭示严禁⑥，恶少始稍敛迹。后有夜穴寺壁者，尼警呼始去。因复告吏部，捉得首恶者，送郡笞责，始渐安。

【注释】

①祝发：削发，指削发为尼。祝，断。

②风尘：比喻困厄的社会处境。

③陶器脱粟：指简朴生活。陶器，粗碗。脱粟，糙米。

④粗可自支：大体上可以自给。

⑤游语：调戏的言语。

⑥吏部：旧时中央六部之一，掌管官吏的任免、考核、升降等事。这
里指任职吏部的官员。揭示：张贴告示。

【译文】

这时有个老尼姑路过这里，邀阿喜与自己同住。阿喜很高兴，就跟
老尼前往。来到尼庵，阿喜请求削发为尼，老尼不同意，说："我看小姐
不是久没风尘的人。庵中粗茶淡饭，大致可以支撑，你姑且寄住在这里
等待一时。时运一到，你自当离开。"没过多久，城里的无赖子弟见阿喜
长得漂亮，总来敲门说些调戏的话取乐，老尼无法制止。阿喜号啕大
哭，想自杀。老尼前去求吏部某公张贴告示严加禁止，无赖少年这才稍
有收敛。后来，有人半夜在尼庵墙壁上打洞，老尼发现后大声呼喊，来
人这才离去。于是老尼又上告到吏部，捉住首恶分子，送到州衙加以责
打，这才逐渐太平无事。

又年馀，有贵公子过庵，见女惊绝，强尼通殷勤，又以厚
赂啖尼。尼婉语之曰："渠簪缨胄①，不甘媵御②。公子且归，
迟迟当有以报命。"既去，女欲乳药求死③。夜梦父来，疾首
曰④："我不从汝志，致汝至此，悔之已晚。但缓须臾勿死，夙
愿尚可复酬。"女异之。天明，盥已，尼望之而惊曰："睹子
面，浊气尽消，横逆不足忧也⑤。福且至，勿忘老身矣。"语未
已，闻叩户声，女失色，意必贵家奴，尼启扉果然。奴骤问所
谋，尼甘语承迎，但请缓以三日。奴述主言，事若无成，俾尼
自复命⑥。尼唯唯敬应，谢令去。女大悲，又欲自尽，尼止

之。女虑三日复来，无词可应，尼曰："有老身在，斩杀自当之。"

【注释】

①渠簪缨胄：她是官宦人家的后代。渠，她。簪缨，古代官吏的冠
　饰。因以代称贵官。胄，后裔。
②不甘媵御：不乐意做侍妾。御，本指妃嫔之类的女官，这里指
　侍妾。
③乳药求死：谓饮毒药自尽。乳，饮。
④疾首：忧恨之极。《诗·小雅·小弁》："心之忧矣，疢如疾首。"
⑤横逆：强暴无理的行为。《孟子·离娄》："有人于此，其待我以横
　逆，则君子必自反也。"赵岐注："横逆者，以暴虐之道来加我也。"
　此指对阿喜的迫害。
⑥俾尼自复命：让尼姑自己去回答。俾，使，分派。复命，回复
　命令。

【译文】

又过了一年多，有一位贵公子经过尼庵，看到阿喜，为之惊叹绝倒，
强求老尼传达情意，并用厚礼贿赂老尼。老尼委婉地告诉他说："她是
官宦人家的后代，不甘心做妾。公子先回去，稍后我会给你个答复。"贵
公子走后，阿喜打算服毒自杀。当天夜里，阿喜梦见父亲前来，痛心疾
首地说："我没满足你的意愿，致使你成了现在这个样子，后悔已经晚
了。你只要稍等很短的时间，不要死，你的夙愿还可以实现。"阿喜惊异
不已。天亮后，盥洗已毕，老尼望见阿喜吃惊地说："我看你脸色，浊气
完全消失，公子的横暴无理不足为忧了。福气就要来了，别忘了我呀。"
话音未落，就听到敲门声，阿喜变了脸色，心想来人一定是贵公子家的
仆人，老尼开门一看，果真如此。仆人开门见山地问谋求的事情办得如
何，老尼好言好语地陪话接待，只要求缓期三天。仆人转述贵公子的

话,说是如果事情办不成,就让老尼自己前去复命。老尼恭敬应命,表示歉意,让仆人回去。阿喜异常悲痛,又想自杀,老尼把她劝住。阿喜担心三天后那仆人再来,将无言以对,老尼说:"有我在,是斩是杀,都由我承当。"

次日,方晡①,暴雨翻盆,忽闻数人挝户②,大哗。女意变作,惊怯不知所为。尼冒雨启关,见有肩舆停驻③,女奴数辈,捧一丽人出,仆从烜赫④,冠盖甚都。惊问之,云:"是司李内眷⑤,暂避风雨。"导入殿中,移榻肃坐⑥。家人妇群奔禅房,各寻休憩,入室见女,艳之,走告夫人。无何,雨息,夫人起,请窥禅舍。尼引入,睹女,骇绝,凝眸不瞬,女亦顾盼良久。夫人非他,盖青梅也。各失声哭,因道行踪。盖张翁病故,生起复后⑦,连捷授司李⑧。生先奉母之任,后移诸眷口。女叹曰:"今日相看,何啻霄壤!"梅笑曰:"幸娘子挫折无偶,天正欲我两人完聚耳。倘非阴雨,何以有此邂逅? 此中具有鬼神,非人力也。"乃取珠冠锦衣,催女易妆。女俯首徘徊,尼从中赞劝之⑨。女虑同居其名不顺,梅曰:"昔日自有定分,婢子敢忘大德! 试思张郎,岂负义者?"强妆之。别尼而去。

【注释】

①晡:申时,即午后三点至五点。

②挝户:敲门。

③肩舆:轿子。

④烜(xuǎn)赫:昭著,显赫。烜,盛大显著,显赫。

⑤司李:官名。宋于各州置司理参军,主管狱讼,简称司理,又写作
　"司李"。明代俗称推官为司理。

⑥肃坐:古坐容之一。后指端正地坐着。

⑦起复:古时官员遭父母丧,守制尚未满期而应召任职。明清时,
　则专指为父母守丧期满重新出来做官。

⑧连捷:指由举人而进士,不隔科而连续中式。

⑨赞劝:帮助劝说。赞,帮助。

【译文】

　　第二天,刚到中时,暴雨倾盆,忽然听到有几个人敲门,人声嘈杂。
阿喜心想发生了变故,又惊又怕,不知所措。老尼冒雨开了庵门,看见
门前停放着轿子,几个女仆扶着一位丽人走出,仆从很有气派,车马也
都很豪华。老尼吃惊地问来人是谁,回答说:"这是司理官人的家眷,到
这里避一避风雨。"老尼将夫人一行领到大殿里,搬来坐椅,请夫人坐
好。其馀家人妇女直奔禅房,各自找休息的地方。她们进屋后见到阿
喜,认为阿喜长得非常漂亮,便跑回去告知夫人。不久,雨停了,夫人起
身请求看看禅房。老尼把夫人领进禅房,夫人见到阿喜,大为惊骇,不
眨眼地盯住阿喜,阿喜也把夫人上下打量了许久。原来夫人不是别人,
正是青梅。两人都痛哭失声,青梅于是讲起自己的行踪。原来张父病
故,张生在守丧期满后,连续考中举人、进士,被任命为司理。张生先侍
奉着母亲去上任,再来接家眷。阿喜感叹说:"今天再看你我,何止天壤
之别!"青梅笑着说:"幸亏小姐连受挫折,没有嫁人,这是上天要我们两
人相聚哩。如果不在这场大雨中受阻,怎能有今天的偶遇?这里面都
有鬼神相助,不是人力可为。"青梅于是拿出珠冠锦衣,催阿喜换装。阿
喜低头徘徊,老尼从中帮着青梅劝她。阿喜担心与青梅同居名义不顺,
青梅说:"往日自有固定的名分,我怎敢忘记你的大德!你再想一想张
郎,岂是不义之人!"便强迫阿喜换了装,告别老尼,一起离去。

抵任，母子皆喜。女拜曰："今无颜见母！"母笑慰之，因谋涓吉合卺①。女曰："庵中但有一丝生路，亦不肯从夫人至此。倘念旧好，得受一庐，可容蒲团足矣②。"梅笑而不言。及期，抱艳妆来，女左右不知所可③。俄闻鼓乐大作，女亦无以自主。梅率婢媪强衣之，挽扶而出。见生朝服而拜，遂不觉盈盈而亦拜也。梅曳入洞房，曰："虚此位以待君久矣④。"又顾生曰："今夜得报恩，可好为之。"返身欲去，女捉其裾。梅笑云："勿留我，此不能相代也。"解指脱去。青梅事女谨，莫敢当夕⑤，而女终惭沮不自安⑥。于是母命相呼以夫人，然梅终执婢妾礼，罔敢懈。三年，张行取入都⑦，过尼庵，以五百金为尼寿，尼不受。固强之，乃受二百金，起大士祠⑧，建王夫人碑。后张仕至侍郎⑨，程夫人举二子一女，王夫人四子一女。张上书陈情，俱封夫人。

【注释】

①涓吉：选择好日子。晋左思《魏都赋》："量寸旬，涓吉日，陟中坛，即帝位。"

②蒲团：僧、尼打坐的圆草垫。

③左右不知所可：左右为难，不知如何是好。

④虚此位：空着这个位子。

⑤莫敢当夕：指不敢代替正妻侍寝，这是古代约束侍妾的封建礼法。《礼记·内则》："妻不在，妾御莫敢当夕。"这里是指青梅视阿喜为正妻。

⑥惭沮：羞愧不安。

⑦行取：明清时官员铨选的一种制度。有政绩的州、县官，吏部可

调取入京，转任六科给事中或各道御史等职。

⑧大士：佛教称菩萨为大士。一般指观音菩萨。

⑨侍郎：旧时中央各部的副长官。

【译文】

抵达任所后，张家母子都很高兴。阿喜下拜说："今天没脸来见伯母！"张母笑容满面，把她安慰一番，此后便商量选择吉日，举行婚礼。阿喜说："只要庵中有一点儿生路，我也不肯跟夫人到这里来。倘若顾念往日的情谊，给我一间草房，可以放下蒲团，我就心满意足了。"青梅只是笑，不说话。到结婚那天，青梅抱着艳装前来，阿喜左右为难，不知如何是好。一会儿听见鼓乐大作，阿喜也无法由自己做主。青梅率领老少女仆给阿喜强行穿衣，把她搀扶出来。阿喜看见张生身穿朝服向她下拜，她也不由自主地盈盈下拜。随后，青梅把阿喜拽进洞房，说："空着这个位置等你很久了。"又看着张生说："你今夜能报恩了，要好好地对待啊。"便转身要走，阿喜抓住青梅的衣襟。青梅笑着说："别留我，这是不能代替的。"掰开阿喜的手指，走开了。青梅侍奉阿喜非常恭敬，不敢代替正妻侍寝，而阿喜终究惭愧不安。于是张母命两人互称夫人，但青梅始终奉行婢妾之礼，不敢懈怠。三年后，张生被调进京，路过尼庵时，赠给老尼五百两银子，老尼不收。张生坚持要给，老尼便收了二百两，建起观音大士庙，树起王夫人碑。后来，张生官至侍郎。程夫人青梅生了二子一女，王夫人阿喜生了四子一女。张生上书陈述其事，二人都被封为夫人。

异史氏曰：天生佳丽，固将以报名贤；而世俗之王公，乃留以赠纨袴①。此造物所必争也。而离离奇奇，致作合者无限经营②，化工亦良苦矣③。独是青夫人能识英雄于尘埃，誓嫁之志，期以必死；曾俨然而冠裳也者④，顾弃德行而求膏梁⑤,何智出婢子下哉!

【注释】

①纨袴:绢裤,古代贵族子弟所穿,后以代称富贵人家的子弟。

②作合者:从中撮合的人。经营:筹划营谋。

③化工:造化之工,指上天。

④冠裳:衣冠人物。此指阿喜之父王侍郎。

⑤膏粱:美味。与"纨袴"同指富贵人家的不材子弟。

【译文】

异史氏说:上天降生佳丽,本来是要报偿名流贤德的人;而世俗的王公,却要留着赠给纨袴子弟。这是造物主一定要与之相争的。而事情离离奇奇,致使撮合者费尽经营,上天也是用心良苦了。唯有青梅夫人能识英雄于困厄之时,立下嫁给张生的誓言,决心以死相期;而曾经衣冠端庄的人,反而放弃贤德之才,谋求膏粱,其见识竟在一个丫环之下,这是为什么呢?

罗刹海市

【题解】

本篇在故事上有三个地点:罗刹国、龙宫、人世。故事的重点在罗刹国,艺术表现中有创意、令人耳目一新、具有强烈讽刺意味的地方也是在罗刹国。

罗刹国虽然早在《文献通考》就有所记载,但蒲松龄所赋予的"我国所重,不在文章,而在形貌",形貌则颠倒妍媸,变乱黑白,越是狰狞怪异,越以为美,越显荣富贵,"位渐卑,丑亦渐杀",则是蒲松龄在科举制度下怀才不遇,指桑骂槐的产物。马骥在罗刹国的遭遇含有寓言的性质，写得丰富生动，恣肆浪漫。像罗刹国"黑石为墙，色如墨"的怪异，丞相"双耳皆背生，鼻三孔，睫毛覆目如帘"的丑陋，夸张、荒诞，具有奇诡的想象力，后来的《镜花缘》显然受到了它的影响。马骥刚入罗刹国时对此大惑不解，进而"反以此欺国人"，"以煤涂面作张飞"，令人忍俊不禁，富于喜剧色彩，写得细腻曲折，引人入胜。马骥在龙宫里才华得到了认可，所写的《海市赋》被龙王称"先生雄才，有光水国"，"驰传诸海"，被封为驸马都尉。马骥的奇遇，抒发了蒲松龄对有朝一日才华能得到发现和肯定的渴望与期盼。马骥与龙女的悲欢离合显而易见受到唐传奇的影响，也写得曲尽人情。其中龙女用骈文形式写给马骥的信，缠绵真挚，显示了蒲松龄在骈体文方面的深厚功力。

《罗刹海市》对于后代影响很大，稿本无名氏评称"《罗刹海市》最为第一，逼似唐人小说矣"；道光二十年(1840)，观剧道人将《罗刹海市》改编为《极乐世界》，为中国第一部京剧剧本。

马骥，字龙媒，贾人子。美丰姿，少倜傥，喜歌舞，辄从梨园子弟①，以锦帕缠头，美如好女，因复有"俊人"之号。十四岁，入郡庠②，即知名。父衰老，罢贾而居，谓生曰："数卷书，饥不可煮，寒不可衣。吾儿可仍继父贾。"马由是稍稍权子母③。

【注释】

①梨园子弟：戏曲艺人。《新唐书·礼乐志》谓唐玄宗曾选乐工及官女数百人，亲授乐曲于梨园。后因称演戏的场所为"梨园"，称戏曲艺人为"梨园子弟"。

②入郡庠：考中秀才。郡庠，科举时代称府学。庠，古代的学校。

③权子母：指经商。权，权衡。子母，原指货币的大小、轻重。《国

语·周语》："古者,天灾降戾,于是乎量资币,权轻重,以振救民。
民患轻,则为之作重币以行之,于是乎有母权子而行,民皆得焉。
若不堪重,则多作轻而行之,亦不废重,于是乎有子权母而行,小
大利之。"谓国家铸钱,以重币为母,轻币为子,权其轻重而使行,
有利于民。后遂称以资本经营或借贷生息为"权子母"。

【译文】

马骥字龙媒,是商人的儿子。他生得风度翩翩,仪态优雅,从小风
流倜傥,喜欢歌舞,经常跟梨园弟子一起演戏,扮成锦帕缠头的旦角,就
像美女一样好看,所以他又有"俊人"的雅号。十四岁时,马骥在郡中考
取了秀才,很有名气。父亲年老体衰,停了生意,在家闲居,他对马骥
说:"就凭这几卷书,饿了不能当饭吃,冷了不能当衣穿。我儿还是接替
老爹经商吧。"马骥从此便逐渐学起做买卖来。

　　从人浮海①,为飓风引去②,数昼夜,至一都会③。其人
皆奇丑,见马至,以为妖,群哗而走。马初见其状,大惧,迨
知国人之骇己也,遂反以此欺国人。遇饮食者,则奔而往,
人惊遁,则啜其馀④。

【注释】

①浮海:泛海,航海。此指到海外经商。

②飓风:狂风。

③都会:城市,都市。

④啜:饮,食。

【译文】

马骥跟人到海外经商,船被狂风吹走,经过几天几夜,来到一座都
市。那里的人都丑得出奇,看见马骥来了,认为是妖怪,连喊带叫,纷纷

逃跑。马骥刚看到这种情景,也大为恐惧,及至知道这是该国人害怕自己时,反而借此来欺负该国人了。遇到吃东西的,马骥就跑上前去,人们惊慌逃跑,马骥便吃剩下的食物。

　　久之,入山村。其间形貌亦有似人者,然褴褛如丐。马息树下,村人不敢前,但遥望之。久之,觉马非噬人者①,始稍稍近就之。马笑与语,其言虽异,亦半可解。马遂自陈所自②。村人喜,遍告邻里,客非能搏噬者③。然奇丑者望望即去,终不敢前。其来者,口鼻位置,尚皆与中国同,共罗浆酒奉马。马问其相骇之故,答曰:"尝闻祖父言:西去二万六千里,有中国,其人民形象率诡异④。但耳食之⑤,今始信。"问其何贫,曰:"我国所重,不在文章,而在形貌。其美之极者,为上卿⑥;次任民社⑦;下焉者,亦邀贵人宠⑧,故得鼎烹以养妻子⑨。若我辈初生时,父母皆以为不祥,往往置弃之,其不忍遽弃者,皆为宗嗣耳。"问:"此名何国?"曰:"大罗刹国⑩。都城在北去三十里。"马请导往一观。于是鸡鸣而兴⑪,引与俱去。

【注释】

①噬:吞,咬。

②自陈所自:自己陈述来历。所自,从哪里来。

③搏噬:搏击吞噬。

④率:全,都。诡异:怪异。

⑤耳食:指得不到真相,轻信传闻。《史记·六国年表序》:"学者牵于所闻,见秦在帝位日浅,不察终始,举而笑之,不敢道。此与以

耳食无异。"《索隐》:"言俗以浅识,举而笑秦,此犹耳食,不能知味也。"

⑥上卿:周官制,最尊贵的诸侯臣称上卿。《公羊传·襄公十一年》:"古者上卿、下卿,上士、下士。"这里指中央官吏。

⑦任民社:古称直接管理百姓的地方官为"职任民社"。民社,人民和社稷。

⑧邀:获取。

⑨鼎烹:美食,贵人所享。此指贵人所赐的鼎烹之馀,残羹冷炙。鼎,古代炊器,三足两耳。

⑩罗刹:梵语音译,意思是恶鬼。这里作为国名。《文献通考·四裔考》:"罗刹国,在婆利之东。其人极陋,朱发黑身,兽牙鹰爪。时与林邑人作市,辄以夜,昼日则掩其面。隋炀帝大业三年,遣使常骏等使赤土,至罗刹。"

⑪兴:起。

【译文】

不久后,马骥进了一座小山村。那里也有相貌像人的,但是都衣衫褴褛,像乞丐。马骥在树下休息,村人不敢上前,只是在远处看他。时间长了,村人觉得马骥不会吃人,才逐渐凑上前来。马骥笑着和他们谈话,语言虽然不同,但仍能听懂一半。于是马骥讲述自己的来历。村人大喜,遍告邻里说,来客并不捉人吃。不过,奇丑的人看一看就走,终究不敢近前。那些近前的人,五官位置还都和中国人相同,他们一起摆下酒食来请马骥。马骥问他们怕自己的原因,回答说:"曾听祖父说,由此往西二万六千里,有一个中国,当地人的样子大都长得非常奇怪。但只是听说,今天才相信这是真的。"马骥问他们为什么穷,回答说:"我国所看重的,不是文章,而是体貌。那些体貌最美的当中央的上卿,次一点儿的当地方官,再差一点儿的也可以求得贵人的宠爱,能有残羹冷炙来养活妻子儿女。像我们这些人,刚生下来就被父母看作不祥之物,往往被抛弃了，那些不忍心抛弃的，其实都是为了传宗接代。"马骥问："这国家叫什么？"回答说："叫大罗刹国。都城在此地以北三十里处。"马骥请求领他前去观光。于是人们鸡叫起身，带领马骥一同前往。

　　天明，始达都。都以黑石为墙，色如墨。楼阁近百尺。然少瓦，覆以红石，拾其残块磨甲上，无异丹砂。时值朝退，朝中有冠盖出，村人指曰："此相国也①。"视之，双耳皆背生，鼻三孔，睫毛覆目如帘。又数骑出，曰："此大夫也②。"以次各指其官职，率狰狞怪异，然位渐卑③，丑亦渐杀④。

【注释】

①相国：宰相。

②大夫：古诸侯国中，国君之下有卿、大夫、士三级。这里指位次于相国的高级官员。

③位渐卑：官位渐渐降下来。卑，下。

④杀：削降，减等。

【译文】

　　天色大亮后，他们才抵达都城。都城用黑石砌成城墙，颜色如墨。楼阁高近百尺。但屋顶很少用瓦，而是用红石覆盖，拣来红石碎块在指甲上磨，和丹砂没有两样。当时正值宫中退朝，朝廷中驶出一辆伞盖华美的车子，村人指点说："这是相国。"马骥一看，相国的双耳都长反了，有三个鼻孔，睫毛盖着眼睛，像帘子一样。接着又有几人骑马出宫，村人说："这是大夫。"并依次分别指明他们的官职，都长得狰狞怪异，然而随着职位逐渐降低，也相应不那么丑了。

　　无何，马归，街衢人望见之，噪奔跌蹶①，如逢怪物。村人百口解说②,市人始敢遥立。既归,国中无大小,咸知村有异人,于是搢绅大夫,争欲一广见闻,遂令村人要马③。然每至一家,阍人辄阖户,丈夫女子窃窃自门隙中窥语,终一日,无敢延见者。村人曰:"此间一执戟郎④,曾为先王出使异国,所阅人多,或不以子为惧。"造郎门,郎果喜,揖为上宾⑤。视其貌,如八九十岁人,目睛突出,须卷如猬⑥。曰:"仆少奉王命,出使最多,独未尝至中华。今一百二十馀岁,又得睹上国人物,此不可不上闻于天子。然臣卧林下,十馀年不践朝阶,早旦,为君一行。"乃具饮馔,修主客礼。酒数行,出女乐十馀人,更番歌舞。貌类如夜叉,皆以白锦缠头,拖朱衣及地。扮唱不知何词,腔拍恢诡⑦。主人顾而乐之,问:"中国亦有此乐乎?"曰:"有。"主人请拟其声,遂击桌为度一曲⑧。主人喜曰:"异哉!声如凤鸣龙啸,得未曾闻。"翼日,趋朝,荐诸国王。王忻然下诏。有二三大臣,言其怪状,恐惊圣体,王乃止。即出告马,深为扼腕⑨。

【注释】

①蹶:踩踏。

②百口解说:极力解说。百,多。

③要:同"邀"。

④执戟郎:秦汉时的宫廷侍卫官。因值勤时手持戟,故名。

⑤揖:拱手为礼。这里是尊奉的意思。

⑥须卷(quán)如猬:胡须弯曲像刺猬。卷,弯曲。

⑦腔拍恢诡:腔调和节奏都很特别。恢诡,离奇。

⑧度:这里是演奏或唱一曲的意思。

⑨扼腕：紧握己腕，表示惋惜。

【译文】

没过多久，马骥走上归程，街上的人望见马骥，都连喊带叫，跌跌撞撞地逃跑践踏，像遇到怪物似的。村人极力解释，街上的人才敢在远处站住。马骥回村后，国中无论大人小孩，都知道村中来了异人，于是士绅官宦争着要开开眼界，便让村人邀请马骥前去做客。然而马骥每到一家，看门人就关上大门，男人女人都偷偷地从门缝中边看边议，过了一整天，还是没人敢接见马骥。村人说："这里有一位执戟郎，曾为先王出使外国，见过的人多了，或许不会怕你。"马骥登门拜访执戟郎，执戟郎果然很高兴，把马骥奉为贵宾。一看执戟郎的长相，像个八九十岁的人，眼睛凸出，胡须卷曲浓密，就像刺猬。执戟郎说："早年我奉国王之命，承担出使的使命最多，唯独不曾到过中国。现在我已一百二十多岁，又得以见到上国人物，这不能不上报天子。不过，我退隐山林，十馀年没踏朝廷的台阶了，明天早晨，我为你走一遭。"说罢摆上酒饭，尽主人待客之礼。酒过数巡，执戟郎叫出歌姬舞女十馀人，轮番表演歌舞。这些人长得像夜叉似的，都用白锦缠头，红衣拖在地上。她们也不知道唱的是什么歌词，唱腔与节拍都很离奇古怪。执戟郎看得高兴起来，问马骥："中国也有这些音乐舞蹈吗？"马骥说："有。"执戟郎请马骥学着唱一唱，马骥便敲着桌子唱了一支曲子。主人高兴地说："真奇妙！歌声如同凤鸣龙啸，我从没听过。"第二天，执戟郎前往朝廷，把马骥推荐给国王。国王欣然下诏接见。却有两三个大臣说马骥长得古怪，恐怕使圣体受惊，国王才没下诏。执戟郎出宫告知马骥，表示深为惋惜。

居久之，与主人饮而醉，把剑起舞，以煤涂面作张飞。主人以为美，曰："请客以张飞见宰相，宰相必乐用之，厚禄不难致。"马曰："嘻！游戏犹可，何能易面目图荣显①？"主人固强之,马乃诺。主人设筵,邀当路者饮②,令马绘面以待。未几,客至,呼马出见客。客讶曰:"异哉!何前媸而今妍也!"遂与共饮,甚欢。马婆娑歌弋阳曲③,一座无不倾倒④。明日,交章荐马⑤。王喜,召以旌节⑥。既见,问中国治安之道⑦,马委曲上陈⑧,大蒙嘉叹,赐宴离宫⑨。酒酣,王曰:"闻卿善雅乐⑩,可使寡人得而闻之乎?"马即起舞,亦效白锦缠头,作靡靡之音⑪。王大悦,即日拜下大夫⑫。时与私宴⑬,恩宠殊异。

【注释】

①易面目图荣显:改换面貌来谋取荣华显贵。易,改变。

②当路者:有权势的人。

③婆娑:形容舞姿。此指起舞。弋阳曲:即弋阳腔。简称"弋腔",是宋元南戏流传至江西弋阳后,与当地方言、民间音乐结合,并吸收北曲演变而成。它至迟在元代后期已经出现。明清两代,弋阳腔在南北各地繁衍发展,成为活跃于民间的主要声腔之一。清李调元《剧话》说:"弋腔始弋阳,即今'高腔'。"故弋阳腔又通称高腔。在蒲松龄的时代,弋阳腔在北方颇为流行。清杨静亭《都门纪略·词场序》称:"我朝开国伊始,都人尽尚高腔。延及乾隆年,六大名班,九门轮转,称极盛矣。"

④倾倒:佩服。

⑤交章:纷纷上奏章。

⑥召以旌节:派人持旌节去召见他以示隆重。古礼,君有所命,召唤大夫用旌、旐。旌节,以竹为竿,上缀以旄牛尾和五彩鸟羽,古代出使者持之,以为凭证。

⑦治安之道:治国安邦的法则。

⑧委曲：原原本本地。

⑨离宫：别宫。古时帝王于正式官殿之外，别筑宫室，供随时游处，
　　称"离宫"。

⑩雅乐：高雅的音乐。

⑪靡靡之音：淫靡的乐曲。本指俗腔，而罗刹国好之，视为雅乐。

⑫拜：授官。下大夫：古官名。周王室及诸侯各国，卿以下有大夫，
　　大夫分上中下三等。

⑬时与私宴：经常参加皇帝的家宴。与，参与。

【译文】

　　过了很长时间，马骥与执戟郎喝酒喝醉了，舞起剑来，把煤涂在脸
上，扮作张飞。执戟郎认为这样很美，说："请你以张飞的面目去见宰
相，宰相一定愿意任用你，丰厚的俸禄就不难得到啦。"马骥说："唉！当
作游戏还行，怎能改换面貌去谋求荣耀显达呢？"执戟郎坚持要他这么
做，马骥才答应下来。执戟郎摆了宴席，邀请执政的要员喝酒，让马骥
画好脸等待。不久，执政要员来到，执戟郎叫马骥出来见客，执政官员
惊讶地说："真奇怪！怎么原先丑陋，现在变漂亮啦？"便与马骥一起喝
酒，喝得非常高兴。马骥婆娑起舞，唱起弋阳腔，满座无不为之倾倒。
第二天，执政要员纷纷上奏章推荐马骥。国王大喜，派使者手持旌节去
召马骥。见面后，国王问中国的治国安邦之道如何，马骥一一陈述，大
受嘉许赞叹，便在离宫设宴款待马骥。酒兴正浓时，国王说："听说你善
于演奏雅乐，可以让寡人听一听吗？"马骥立刻即席起舞，也学着歌姬舞
女的样子以白锦缠头，唱了一些靡靡之音。国王大悦，当天任命马骥为
下大夫。马骥时常参加国王的私宴，受到的恩宠极不寻常。

　　久而官僚百执事①，颇觉其面目之假，所至，辄见人耳
语，不甚与款洽②。马至是孤立，恫然不自安③，遂上疏乞休
致④，不许，又告休沐⑤，乃给三月假。于是乘传载金宝⑥，复

归山村。村人膝行以迎。马以金资分给旧所与交好者，欢声雷动。村人曰："吾侪小人受大夫赐，明日赴海市，当求珍玩，用报大夫。"问："海市何地？"曰："海中市，四海鲛人[7]，集货珠宝，四方十二国，均来贸易。中多神人游戏，云霞障天，波涛间作。贵人自重，不敢犯险阻，皆以金帛付我辈，代购异珍。今其期不远矣。"问所自知，曰："每见海上朱鸟来往，七日即市。"马问行期，欲同游瞩，村人劝使自贵，马曰："我顾沧海客[8]，何畏风涛？"

【注释】

①百执事：犹言百官。《书·盘庚》："邦伯师长，百执事之人，尚皆隐哉。"执事，指各部门专职人员。

②款洽：亲密，亲切。

③悯(xiàn)然：不安貌。

④乞休致：请求退休家居。清制，自陈衰老而批准休致的，称"白请休致"；非自己所请，谕旨令其休致的，称"勒令休致"。

⑤休沐：休息沐浴，指短期休假。汉制，吏五日一休沐，唐代十日一休沐。

⑥乘传(zhuàn)：乘驿站的传车。传，传车，古代驿站的公用车辆。马骥休沐，得用传乘，可见深得国王恩宠。

⑦鲛人：神话传说，谓南海有鲛人，鱼尾人身，善纺织，所织薄纱叫"鲛绡"；鲛人常哭泣，其泪则凝为珠。晋干宝《搜神记》卷十二："南海之外，有鲛人，水居如鱼，不废织绩，其眼泣则能出珠。"此说《博物志》、《述异记》并载之而文小异。

⑧沧海客：指航海者。

【译文】

时间长了,朝中百官对马骥假扮的面目颇有察觉,无论马骥走到哪里,总是看见人们交头接耳地议论他,与他不甚亲密。马骥至此感到孤立,才惴惴不安起来,随即上疏请求辞官退休,国王没有答应;又要求短期休假,国王便给他三个月的假。于是他乘坐驿车,载着黄金和珠宝,又回到山村。村人跪着迎接他。他把钱财分给往日与自己交好的人,村人欢声雷动。村人说:"我们这些小民受了大夫的赏赐,明天我们去赶海市,应能找到珍宝玩物来报答大夫。"马骥问:"海市在什么地方?"回答说:"那是海中的集市,四海的鲛人聚集在那里出售珍宝,四方十二国都来那里贸易。还有许多神人游戏其间,那里云霞遮天蔽日,间或波涛大作。贵人看重自己的性命,不敢经受艰难困苦,都把钱财交给我们,让我们去代买奇珍异宝。现在离赶海市的日子已经不远了。"马骥问他们怎么知道哪天有海市,回答说:"每当看见海上有朱鸟飞来飞去,七天后便有海市。"马骥问出发的日期,想与村人一起游观海市,村人劝马骥看重自己的身份,马骥说:"我本是漂洋过海的客商,还怕风浪吗?"

未几,果有踵门寄赀者,遂与装赀入船。船容数十人,平底高栏。十人摇橹,激水如箭。凡三日,遥见水云幌漾之中①,楼阁层叠,贸迁之舟②,纷集如蚁。少时,抵城下,视墙上砖皆长与人等,敌楼高接云汉③。维舟而入④,见市上所陈,奇珍异宝,光明射眼,多人世所无。一少年乘骏马来,市人尽奔避,云是"东洋三世子"⑤。世子过,目生曰:"此非异域人。"即有前马者来诘乡籍⑥。生揖道左,具展邦族⑦。世子喜曰:"既蒙辱临,缘分不浅!"于是授生骑,请与连辔⑧。乃出西城。

【注释】

①幌漾：犹荡漾。

②贸迁：贸易。

③敌楼：城墙上御敌的城楼，又叫"谯楼"。云汉：天河。这里指高空。

④维：系。

⑤世子：帝王或诸侯的嫡妻所生之子。

⑥前者：在马前开路的人。

⑦具展：一一陈述。邦族：籍贯与姓氏。

⑧连辔：并排骑马。

【译文】

不久，果然有人登门交钱托购珍宝，马骥便与村人把钱财装上船。船能容下几十人，平平的船底，高高的栏杆，十人一齐摇橹，激起层层浪花，船行如箭。大约走了三天，远远看见水云荡漾的海中，楼阁层层叠叠，贸易的船只密集如蚁。不一会儿，他们抵达城下，只见城墙上的砖都与人一样高，城楼高耸云天。他们系船停泊，登岸进城，只见海市上陈列的奇珍异宝光彩耀眼，大多是人间没有的。这时，一个少年骑着骏马过来，市上的人纷纷奔逃躲避，说此人是"东洋三太子"。太子经过这里时，看着马骥说："这不是异邦之人。"当即有为太子开道的人来问马骥的乡籍。马骥在路边行礼，把自己的籍贯姓氏一一陈述。太子高兴地说："既然承蒙光临，真是缘分不浅！"于是给马骥一匹马，请他与自己并肩骑马同行。他们出了西城。

方至岛岸，所骑嘶跃入水，生大骇失声。则见海水中分，屹如壁立。俄睹宫殿，玳瑁为梁①，鲂鳞作瓦②，四壁晶明，鉴影炫目。下马揖入。仰见龙君在上，世子启奏："臣游市廛,得中华贤士,引见大王。"生前拜舞③。龙君乃言:"先生文学士,必能衙官屈、宋④。欲烦椽笔赋海市⑤,幸无吝珠玉⑥。"生稽首受命。授以水精之砚⑦,龙鬣之毫⑧,纸光似雪,墨气如兰。生立成千馀言,献殿上。龙君击节曰⑨:"先生雄才,有光水国多矣!"遂集诸龙族,宴集采霞宫。酒炙数行,龙君执爵而向客曰:"寡人所怜女,未有良匹,愿累先生。先生倘有意乎?"生离席愧荷⑩,唯唯而已。龙君顾左右语。无何,宫人数辈,扶女郎出。珮环声动,鼓吹暴作,拜竟睨之,实仙人也。女拜已而去。少时,酒罢,双鬟挑画灯⑪,导生入副宫⑫,女浓妆坐伺。珊瑚之床,饰以八宝⑬,帐外流苏⑭,缀明珠如斗大,衾褥皆香耎。天方曙,则雏女妖鬟,奔入满侧。生起,趋出朝谢。拜为驸马都尉⑮,以其赋驰传诸海。诸海龙君,皆专员来贺,争折简招驸马饮。生衣绣裳,驾青虬⑯,呵殿而出⑰。武士数十骑,皆雕弧⑱,荷白棓⑲,晃耀填拥。马上弹筝,车中奏玉⑳。三日间,遍历诸海。由是"龙媒"之名,噪于四海。

【注释】

①玳瑁为梁:以玳瑁为饰的屋梁。玳瑁,龟类动物,背甲光亮,可作装饰。

②鲂:属鲤形目,鲂属。俗称"三角鳊"、"乌鳊"、"平胸鳊"。生活在淡水里,个头较大,肉质肥美,很早就是食用鱼。《诗·陈风·衡门》:"岂其食鱼,必河之鲂。"

③拜舞:跪拜舞蹈。舞蹈,古代朝拜礼仪。

④衙官屈、宋:意思是超过屈原、宋玉。《续世说》谓杜审言曾自夸:

"吾之文章合得屈、宋作衙官,吾之书迹合得王羲之北面。"衙官,
唐代刺史的属官。以屈原、宋玉为其衙官,是说作品超越屈原和
宋玉。屈原、宋玉,都是中国春秋时期的大辞赋家。

⑤椽笔:如椽之笔,比喻能写文章的大手笔。赋海市:写一篇描写
海市的赋。赋,文体名。这里指作赋。

⑥珠玉:比喻美好的文章。

⑦水精:即水晶。

⑧龙鬣(liè)之毫:用龙的鬣毛制成的笔。鬣,脖颈上的毛。

⑨击节:抚手或拍板以调节乐曲,表示激赏。这里指赞赏。

⑩离席:离座站起,表示恭敬。愧荷:以自愧的心情表示感激。

⑪双鬟:指年幼的丫环。古时幼女结双鬟。

⑫副官:旁官。

⑬八宝:指金银、珍珠、玛瑙等各种珠宝。

⑭流苏:用彩丝或鸟羽做成的垂缨。

⑮驸马都尉:官名。汉武帝时置,掌副车之马,秩二千石,多以宗室
及外戚诸公子孙担任。魏晋以后,帝婿例加驸马都尉称号,简称
驸马,皆非实职。

⑯驾青虬(qiú):驾驭青虬拉的车子。《离骚》:"驷玉虬以乘鹥兮,溘
埃风余上征。"王逸注:"有角曰龙,无角曰虬。"

⑰呵殿:古时贵官出行的威仪。呵,在前喝道。殿,在后随从。

⑱雕弧:雕有纹彩的弓。

⑲白棓(bàng):大棍,大杖。棓,通"棒"。

⑳玉:指玉笛之类的管乐。

【译文】

刚到海岛的岸边,他们骑的马嘶叫着跳进水中,马骥恐骇异常,惊
叫失声。只见海水向两边分开,如同屹立的高墙。不久马骥看见一座
宫殿,以玳瑁装饰屋梁,以鲂鱼的鳞铺成屋瓦,四壁亮晶晶的,光可照见

人影，十分耀眼。马骥下马拱手行礼，进入宫殿。抬头看见龙王高高在上，太子启奏说："臣在集市闲逛，遇到一位中国的贤士，领来进见大王。"马骥上前拜舞行礼。龙王说："马先生是才学之士，文章定能超过屈原与宋玉。我想有劳马先生挥动如椽大笔，写一篇《海市赋》，万望不吝倾珠泻玉的妙笔，成此美文。"马骥伏地叩头，接受命令。于是给马骥拿来水晶砚、龙鬣笔，纸张光洁似雪，墨气芳香如兰。马骥立即写下一千馀言，献到殿上。龙王十分赞赏地说："马先生才能出众，为水国增光不少！"便召集各支龙族，在采霞宫聚饮。酒过数巡，龙王向马骥举杯说："寡人有个心爱的女儿还没有如意的对象，希望能嫁给先生。先生或许还有意吧？"马骥离开坐席，充满感激，惭愧不安地应承下来。龙王对身边人说了些什么。不久，便有几个宫女把龙女扶了出来。于是珮环"叮咚"作响，乐曲骤然奏起，拜礼结束后，马骥偷偷一看，龙女真是一位漂亮的仙女。龙女拜完后，起身离去。不多时，酒宴结束，头结双鬟的小宫女打着彩绘的宫灯，领马骥走进旁宫，龙女浓妆艳抹地坐在那里，等待马骥的到来。只见珊瑚床上装饰着金银、珍珠、玛瑙等八种珠宝，帷帐上的流苏缀着斗大的明珠，被褥芳香而轻软。天刚亮，妖艳年少的宫女便跑来侍候，在他们身旁站满。马骥起床后，赶紧快步走出上朝拜谢。马骥被封为驸马都尉，那篇赋被传送到诸海。诸海龙王都派专人前来祝贺，争先恐后地送请柬叫驸马赴宴。马骥穿着锦绣的衣裳，骑着无角的青龙，前面有人喝道，后面有人簇拥，一行人出得宫来。数十名骑马的武士一律身佩雕弓，肩扛白杖，光彩闪耀，填塞道路。一路上马上有人弹筝，车中有人吹笛。只用了三天，便游遍了诸海。从此"马龙媒"的名号响彻四海。

　　宫中有玉树一株：围可合抱；本莹澈^①，如白琉璃；中有心，淡黄色，稍细于臂；叶类碧玉，厚一钱许，细碎有浓阴。常与女啸咏其下。花开满树，状类薝葡^②，每一瓣落，锵然作响,拾视之,如赤瑙雕镂③,光明可爱。时有异鸟来鸣,毛金碧色,尾长于身,声等哀玉④,恻人肺腑。生每闻辄念乡土,因谓女曰:"亡出三年,恩慈间阻⑤,每一念及,涕膺汗背⑥。卿能从我归乎?"女曰:"仙尘路隔⑦,不能相依。妾亦不忍以鱼水之爱⑧,夺膝下之欢⑨。容徐谋之。"生闻之,泣不自禁。女亦叹曰:"此势之不能两全者也!"

【注释】

①本:树干。

②薝(zhān)蔔:栀子花。

③赤瑙:红色玛瑙。

④声等哀玉:声音如同玉制乐器所奏的凄清曲调。

⑤恩慈间阻:指与父母隔离。父母慈爱有恩,故以"恩慈"代称。

⑥涕膺汗背:泪下沾胸,汗流浃背。形容悲伤与惶恐。

⑦仙尘:仙境与尘世。

⑧鱼水之爱:指夫妻之爱。

⑨膝下之欢:指父母与子女之情。

【译文】

龙宫中有一棵玉树:粗可合抱;树干像白琉璃一样晶莹透明;中间有淡黄色的树心,稍微比胳膊细些;树叶类似碧玉,约有一枚铜钱那么厚,细碎的叶片垂下浓密的树荫。马骥经常与龙女在树下歌唱吟咏。树上开满花,类似栀子花。每落一瓣,都发出清脆的金玉之声,拾起花瓣一看,如同红玛瑙雕镂的,亮光闪闪,逗人喜爱。龙宫时常有一种奇异的鸟飞来鸣叫,此鸟生着金碧间杂的羽毛,尾上的翎子比鸟身还长,发出的叫声如同玉制乐器奏出的凄清曲调,动人肺腑。马骥每当听到这种鸟的叫声,就会想念故乡,于是对龙女说:"我外出三年,远离父母,每当想到这里,就泪洒衣襟,汗流浃背。你能跟我回家去吗?"龙女说:"仙凡道路阻隔,我不能陪你回去。我也不忍心因夫妻之爱,夺去你与父母的天伦之乐。容我慢慢想个办法。"马骥听了不禁流下了眼泪。龙女也叹息说:"这势必不能两全其美了。"

　　明日,生自外归。龙君曰:"闻都尉有故土之思,诘旦趣装①,可乎?"生谢曰:"逆旅孤臣,过蒙优宠,衔报之诚②,结于肺肝。容暂归省,当图复聚耳。"入暮,女置酒话别。生订后会,女曰:"情缘尽矣。"生大悲。女曰:"归养双亲,见君之孝。人生聚散,百年犹旦暮耳,何用作儿女哀泣? 此后妾为君贞③,君为妾义④,两地同心,即伉俪也,何必旦夕相守,乃谓之偕老乎? 若渝此盟,婚姻不吉。倘虑中馈乏人⑤,纳婢可耳⑥。更有一事相嘱:自奉裳衣⑦,似有佳朕⑧,烦君命名。"生曰:"其女耶,可名龙宫;男耶,可名福海。"女乞一物为信⑨,生在罗刹国所得赤玉莲花一对,出以授女。女曰:"三年后四月八日,君当泛舟南岛,还君体胤⑩。"女以鱼革为囊,实以珠宝,授生曰:"珍藏之,数世吃着不尽也。"天微明,王设祖帐⑪,馈遗甚丰。生拜别出宫,女乘白羊车,送诸海涘⑫。生上岸下马,女致声珍重,回车便去,少顷便远。海水复合,不可复见,生乃归。

【注释】

①诘旦:平明,清晨。趣装:速整行装。

②衔报之诚:感恩图报的心情。衔报,指衔环报恩。《后汉书·杨震传》注引《续齐谐记》:东汉杨宝救了一只黄雀,夜间梦见一个

黄衣童子赠送四枚白环相报，谓当使其子孙洁白，位登三公。后杨宝子孙四世，果都显贵。

③贞：旧时代妻子不改嫁叫"贞"。

④义：旧时代丈夫不因妻守贞，己亦不重婚另娶叫"义"。

⑤中馈乏人：无人主持家务。中馈，指家中供膳诸事。《易·家人》："无攸遂，在中馈。"孔颖达疏："妇人之道……其所职，主在于家中馈食供祭而已。"古代妇女在家料理饮食、祭品等事务，叫做"主中馈"。

⑥纳婢：以婢女为妾。封建时代纳妾不算娶妻，这样仍然算作对前妻"守义"。

⑦自奉裳衣：意为自结婚以来。奉裳衣，指妻子侍奉丈夫衣着。古时上曰衣，下曰裳。《诗·齐风·东方未明》："东方未明，颠倒衣裳。"

⑧佳朕：佳兆，指怀孕。朕，征兆。

⑨信：信物，凭证。

⑩体胤：亲生儿女。胤，后嗣。

⑪设祖帐：意为设宴饯别。古时出行，为行者祭莫路神，祝福饯别，叫"祖祭"。祖祭时设置的帷帐叫"祖帐"。

⑫海涘（sì）：海边。涘，岸，水边。

【译文】

第二天，马骥外出归来。龙王说："听说你想家了，明天早晨整装启程行吗？"马骥表示感谢说："作为旅居外乡的孤臣，承蒙错爱，加以优待宠爱，衔环报恩的心愿郁结肺腑之中。请让我暂时回家探亲，我会想办法再来相聚。"晚上，龙女摆下酒宴，与马骥话别。马骥要订日后相会的日期，龙女说："情缘已经了结啦。"马骥悲伤异常。龙女说："要回家奉养父母，体现了你的孝心。人生的聚会离散，一辈子就像一朝一夕一样，作小儿女伤心哭泣之态又有何用？从此以后，我为你守贞，你为我守义，两地同心，就是夫妻，何必朝夕厮守，才算白头偕老？如果谁违背了今天的盟誓，婚姻就不吉祥。假如担心无人料理家务，纳一个丫环做妾就可以了。还有一事相告，自结婚以来，我似乎有了身孕，请你现在就为孩子起个名字。"马骥说："是女孩，可叫龙宫；是男孩，可叫福海。"龙女要马骥留下一件信物，马骥拿出在罗刹国得到的一对红玉莲花，交给龙女。龙女说："三年后的四月八日，你可乘船到南岛来，那时我把亲生骨肉还给你。"便拿出一个鱼皮袋子，装满珠宝，交给马骥说："把这东西珍藏起来，几代人吃穿也用不完的。"天刚微微发亮，龙王摆下饯行的酒宴，送给马骥许多礼物。马骥施礼告别，出了龙宫，龙女坐着白羊车，把马骥送到海边。马骥登上海岸，跳下马来，龙女说了一句"请多珍重"，回车便走，一会儿就走远了。海水重新合拢，龙女再也无法望见，于是马骥返回家乡。

　　自浮海去，咸谓其已死，及至家，家人无不诧异。幸翁媪无恙，独妻已他适。乃悟龙女"守义"之言，盖已先知也。父欲为生再婚，生不可，纳婢焉。谨志三年之期，泛舟岛中，见两儿坐浮水面，拍流嬉笑，不动亦不沉。近引之，儿哑然捉生臂①，跃入怀中。其一大啼，似嗔生之不援己者，亦引上之。细审之，一男一女，貌皆婉秀。额上花冠缀玉，则赤莲在焉。背有锦囊，拆视，得书云："翁姑计各无恙。忽忽三年，红尘永隔；盈盈一水②，青鸟难通③。结想为梦，引领成劳④；茫茫蓝蔚，有恨如何也！顾念奔月姮娥⑤，且虚桂府⑥；投梭织女⑦，犹怅银河⑧。我何人斯，而能永好？兴思及此，辄复破涕为笑。别后两月，竟得孪生。今已咿啾怀抱⑨，颇解笑言；觅枣抓梨，不母可活⑩。敬以还君。所贻赤玉莲花，饰冠作信。膝头抱儿时，犹妾在左右也。闻君克践旧盟⑪，意愿斯慰⑫。妾此生不二，之死靡他⑬。奁中珍物，不蓄兰膏⑭；镜里新妆，久辞粉黛。君似征人⑮，妾作荡妇⑯，即置而不御⑰，亦何得谓非琴瑟哉⑱？独计翁姑亦既抱孙，曾未一觌新妇⑲，揆之情理⑳，亦属缺然㉑。岁后阿姑窀穸㉒，当往临穴㉓，一尽妇职。过此以往，则'龙宫'无恙，不少把握之期㉔；'福海'长生，或有往还之路。伏惟珍重㉕，不尽欲言。"生反复省书揽涕㉖。两儿抱颈曰："归休乎！"生益恸，抚之曰："儿知家在何许？"儿亟啼，呕哑言归。生望海水茫茫，极天无际，雾鬟人渺㉗，烟波路穷㉘。抱儿返棹，怅然遂归。

【注释】

①哑然：发出笑声的样子，哑，笑声。

②盈盈：水清浅的样子。《古诗十九首》："盈盈一水间，脉脉不得语。"

③青鸟：借指使者。《汉武故事》：七月七日，日正中，汉武帝见青鸟从西方来。东方朔说，西王母即将到来。不久，果然到来，后因以青鸟称传信的使者。

④引领：伸长脖子，形容殷切盼望。领，脖颈。

⑤姮娥：即嫦娥，也做"恒娥"。传说是后羿的妻子，因偷吃不死药，飞升月宫。《淮南子·览冥训》："羿请不死之药于西王母，恒娥窃之奔月宫。"

⑥桂府：月宫。相传月宫有桂树，高五百丈，后因称月宫为"桂府"。唐段成式《酉阳杂俎》："月中有桂……高五百丈。"

⑦织女：神话人物，为天帝孙女，长年织造云锦，嫁与河西牛郎以后，织造中断，天帝怒，责令她与牛郎分离，只准每年七夕渡河与牛郎相会。故事初见于《古诗十九首》。

⑧怅：恨。银河：天河。

⑨啁啾（zhōu jiū）：小鸟鸣声。这里形容幼儿学话的声音。

⑩不母可活：离开母亲也可以生活了。指断奶。

⑪克践旧盟：能够履行旧时的盟誓。指守义不娶。克，能。

⑫意愿斯慰：意愿得到慰藉。斯，助词。犹是。用于宾语提前的倒装句。

⑬之死靡他：到老死也无他心。指誓不改嫁。《诗·鄘风·柏舟》："之死矢靡它。"他，同"它"。

⑭兰膏：一种润发香油。

⑮征人：远行的人。

⑯荡妇：荡子妇，出游不归者的妻子。《古诗十九首》："昔为倡家女，今为荡子妇。荡子行不归，空床难独守。"

⑰置而不御：保持夫妻名义，而两地远隔。御，用。

⑱琴瑟：喻夫妇。《诗·周南·关雎》："窈窕淑女，琴瑟友之。"以琴瑟谐和喻夫妇恩爱。

⑲觌：见。

⑳揆：揣测，揆度。

㉑缺然：缺憾，不足。

㉒窀穸（zhūn xī）：墓穴。这里指下葬。

㉓临穴：亲临墓穴，参加葬礼。

㉔则"龙宫"无恙，不少把握之期：此句意即将来还会有在龙宫相见的机会。龙宫，这里是用女儿名字的谐音。下面"'福海'长生，或有往还之路"意思相同，换用儿子名字的谐音。把握，携手，握手。指见面。

㉕伏惟：恭敬地希望。惟，希望。

㉖揽涕：挥泪。

㉗雾鬟人渺：意谓已看不到龙女。雾鬟，借指想望中的龙女。唐李

朝威《柳毅传》记柳毅眼中的龙女："牧羊于野，风鬟雨鬓，所不忍睹。"渺，渺茫。

㉘烟波路穷：烟波之上，茫茫无路。烟波，指烟雾苍茫的水面。穷，尽。

【译文】

　　自从马骥乘船出海以后，大家都以为他已经死了，等马骥回到家里，家人无不感到诧异。幸好父母健在，只是妻子已经改嫁。马骥这才明白龙女说要他"守义"的话，是已经预知今日之事。父亲想让马骥再婚，马骥没同意，只是收了个丫环做妾。马骥牢记三年的期限，届时乘船来到南岛，看见两个小孩坐在水面上漂浮着，拍水嬉笑，位置不动，也不下沉。马骥近前去拉孩子，一个孩子呀呀地笑着，拽住马骥的胳膊，跳到他的怀里。另一个孩子大声哭泣，似乎在埋怨马骥没有来拉自己，马骥也把这个孩子拉上岸来。仔细一看，孩子是一男一女，全都容貌秀美。孩子头戴花冠，花冠缀着美玉，美玉便是那红玉莲花。孩子的背上有个锦囊，打开一看，有一封信，上面写道："想来公婆均平安无恙。匆匆三年过去，一道红尘把我们永远隔开，一湾清浅的海水使我们音信难通。对你思念不已，终于郁结成梦；时时引领远望，徒然只增劳顿。面对蔚蓝的茫茫大海，满腔怨恨又能如何！想起奔月的嫦娥还在月宫孤身独处，投梭的织女仍在惆怅地面对天河。我是何人，却能与你永远相爱？一想到这里，我又总是破涕为笑。分别两个月后，竟生了一对孪生儿女。他们现在已经能在母亲怀里咿呀学语，对大人的言笑也颇能领会其意；已会找枣吃，抓梨吃，离开母亲也能生活了。所以我把他们恭敬地送给你。我把你赠送的红玉莲花缀在花冠上作为标记。当你把孩子抱在膝头时，就像我也在你身边一样。听说你能履行往日的盟誓，我的心愿得到抚慰。我这一生决不变心，至死也决无二心。梳妆盒中珍藏的物品，不再是芳香的润发香油；镜里照见新近的打扮，也久已不施粉黛。你像远行的游子，我是孤守空房的妻子，即使不能亲近，两地分隔,又怎能说不是夫妻和谐? 只是我还在想,虽然公婆已经抱上孙子孙女,却不曾与儿媳见面,按情理推断,也算缺憾。一年后婆婆去世,我会亲临墓穴送葬,以尽媳妇之道。从此以后,'龙宫'平安无事,不会没有见面的日子;'福海'长生不老,或许还有往来的途径。请多加珍重,说不尽的心里话就说到这里。"马骥反复看信,直抹眼泪。两个孩子抱着马骥的脖子说:"回家吧!"马骥愈加悲恸,抚摸着两个孩子说:"你们知道家在哪里?"两个孩子哭个没完,稚声稚气地只喊回家。马骥望茫茫海水,辽阔无际,与天相接,只是美丽的龙女却渺无所见,如烟的波涛间并无道路可通。只好抱着孩子登船返航,怅然回到家里。

　　生知母寿不永①,周身物悉为预具②,墓中植松槚百馀③。逾岁,媪果亡。灵舆至殡宫④,有女子缞绖临穴⑤。众方惊顾,忽而风激雷轰,继以急雨,转瞬间已失所在。松柏新植多枯,至是皆活。福海稍长,辄思其母,忽自投入海,数日始还。龙宫以女子不得往,时掩户泣。一日,昼暝,龙女忽入,止之曰:"儿自成家,哭泣何为?"乃赐八尺珊瑚一树、龙脑香一帖、明珠百颗、八宝嵌金合一双⑥,为作嫁资。生闻之,突入,执手啜泣。俄顷,疾雷破屋,女已无矣。

【注释】

①不永:不长。

②周身物:指死者的服饰、棺椁等物。

③槚(jiǎ):楸树。木材质地细密。可供建筑、造船等用。

④灵舆:灵车。殡宫:停放灵柩的墓穴。

⑤缞绖(cuī dié):封建丧礼规定的子女所穿的孝服。缞,披在胸前的麻布。绖,系在额部和腰上的麻带。

⑥龙脑香：由龙脑树所提炼的香料，即冰片。一帖：一包。

【译文】

马骥知道母亲活不长了，就把殡葬时所用周身衣物用品都预备齐全，在墓地种了一百多棵松树和槚树。过了一年，母亲果然去世。当灵车来到墓穴旁边时，只见有一个女子披麻戴孝，站在墓穴前面。大家正在惊讶地打量她时，忽然急风骤起，雷声轰鸣，接着下起暴雨，转眼之间，那女子已不知去了哪里。而新种的松柏原先枯死许多，至此全都活了。儿子福海渐渐长大，常常想念自己的母亲，有一次忽然自己跳到海里，几天后才回来。女儿龙宫因是女孩，不能前往，就时常关上房门流泪。有一天，白天骤然变暗，龙女忽然走进门来，劝龙宫说："你自己也要成家的，为什么哭哭啼啼的？"便给她一株八尺高的珊瑚树、一包龙脑香、一百颗明珠、一对八宝嵌金盒，作为嫁妆。马骥听见龙女的声音，突然闯进屋里，拉着龙女的手哽咽哭泣。不一会儿，一声惊雷破屋而入，龙女已经无影无踪。

异史氏曰：花面逢迎①，世情如鬼②。嗜痂之癖，举世一辙③。"小惭小好，大惭大好"④，若公然带须眉以游都市⑤，其不骇而走者，盖几希矣。彼陵阳痴子，将抱连城玉向何处哭也⑥？呜呼！显荣富贵，当于蜃楼海市中求之耳⑦！

【注释】

①花面：指涂脂抹粉打扮，这里指装扮一副假面孔。逢迎：讨好。

②世情如鬼：世俗人情却如鬼蜮伎俩。

③嗜痂之癖，举世一辙：谓怪僻的嗜好，到处都一样。《南史·刘穆之传》谓刘穆之孙刘邕："性嗜食疮痂，以为味似鳆鱼。尝诣孟灵休。灵休先患灸疮，痂落在床，邕取食之。灵休大惊，痂未落

者,悉褫取佶邕。"后因称乖僻的嗜好为"嗜痂"。举,全。一辙,一样。

④小惭小好,大惭大好:屈意取悦觉得惭愧,别人反而觉得不错;自己羞愧得要命,别人却鼓掌叫好。语出唐韩愈《与冯宿论文书》:"时时应事作俗下文字,下笔令人惭,及示人,则人以为好矣。小惭者亦蒙谓之小好,大惭者即必以为大好矣。"惭,指曲意取悦别人,违背自己的本心。

⑤公然带须眉:意谓保持男子汉的本色立身行事,耻于媚俗诣世。须眉,胡须、眉毛,代指男子。

⑥彼陵阳痴子,将抱连城玉向何处哭也:意谓真正才德之士,不被赏识,将无处倾诉他的委曲和悲痛。陵阳痴子,指春秋时楚人卞和,曾受封陵阳侯。《韩非子·和氏》载卞和在楚山发现一块璞玉,献给楚厉王和楚武王,都被视为石头。卞和被诬欺诳,先后被刖双脚。楚文王即位,卞和抱璞哭于荆山之下。楚文王使人问之。卞和曰:"吾非悲刖也。悲夫宝玉而题之以石,贞士而名之以诳,此吾所以悲也。"楚文王使人剖璞,果得宝玉,称为"和氏璧"。连城玉,价值连城的宝玉,指和氏璧,也称连城璧。《史记·廉颇蔺相如列传》:"赵惠文王时,得楚和氏璧。秦昭王闻之,使人遗赵王书,愿以十五城请易璧。"后因形容极其珍贵者为连城璧。

⑦蜃(shèn)楼海市:喻虚幻世界。蜃,蛟类。旧说蜃能吐气为楼台,称为"蜃楼",也称"海市"。实为一种因光线折射作用而出现的虚影,多现于海上或沙漠。

【译文】

异史氏说:装出一副虚假的面孔去迎合风俗,人情与鬼无异。有爱吃疮痂癖好的人,天下哪里都有。自觉屈意取悦小有惭愧的文章,人们说文章还不错;自觉大为惭愧的文章,人们说文章特别好。如果公然作为一个须眉男子到都市游玩,人们不被吓跑的恐怕很少。那被封为陵阳侯的痴人卞和,将抱着价值连城的璧玉到哪里去痛哭呢?唉,荣华富贵只能到蜃楼海市中去找了!

田七郎

【题解】

田七郎是作者要歌颂的人物,蒲松龄称赞他"一钱不轻受,正其一饭不忘者";但是他背后的老母却是他的灵魂,"受人知者分人忧,受人恩者急人难。富人报人以财,贫人报人以义",这一道德信条,正是从田七郎的老母亲口中说出来的。小说中田七郎的一举一动都是遵照老母的指示行事的。《聊斋志异》评论家何垠说读《田七郎》"如读《刺客传》",颇有道理。就作品的意象而言,它的确受有《史记》中《刺客列传》的深刻影响,不过两者相较,毕竟《田七郎》是小说,除去田七郎竟然在死后"尸忽崛然跃起,竟决宰首,已而复踣"闪耀着强烈的浪漫色彩之外,作为养育他成长的有决断有见识的母亲的出现,更是《刺客列传》所缺乏的。

田七郎为武承休分忧解难,杀掉仇人,当然是侠义行为,蒲松龄说:"苟有其人,可以补天网之漏;世道茫茫,恨七郎少也。悲夫!"只要社会存在贫富差距,存在不公,这种社会现象就不会消亡。但是,细琢磨起来,田七郎执行的是私刑,林儿的流氓行为再恶,罪也不至于被"脔割,抛尸"。更重要的是,田七郎与武承休后来实际上已经形成有钱的老大和卖命的马仔之间的关系。田七郎的母亲告诫武承休"再勿引致吾儿,大不怀好意",其实眼光非常深刻。

武承休,辽阳人①,喜交游,所与皆知名士。夜梦一人告之曰："子交游遍海内,皆滥交耳②。惟一人可共患难,何反不识?"问："何人?"曰："田七郎非与?"醒而异之。诘朝,见所与游,辄问七郎。客或识为东村业猎者。武敬谒诸家,以马棰挝门③。

【注释】

①辽阳:清代州名。位于辽宁中部。治所在今辽宁辽阳之辽阳县,属奉天府管辖。

②滥交:无选择地交友。

③马棰:马鞭。挝:敲击。

【译文】

武承休是辽阳人,喜欢交游,交往的都是知名之士。一天夜里,武承休梦见有人告诉他说："你的朋友遍及海内,其实都没有经过选择。只有一个人可以与你共患难,为什么你反而不认识他?"武承休问："他是谁?"那人说："田七郎不就是吗?"武承休醒来深感奇怪。清晨,武承休见到与自己交往的人,便问谁是田七郎。有人认识田七郎,说他是东村的猎户。武承休恭敬地登门拜访,用马鞭敲门。

未几,一人出,年二十馀,貙目蜂腰①,着腻帢②,衣皂犊鼻③,多白补缀,拱手于额而问所自。武展姓字,且托途中不快,借庐憩息。问七郎,答云："即我是也。"遂延客入。见破屋数椽,木岐支壁④。入一小室,虎皮狼蜕⑤,悬布楹间,更无机榻可坐⑥。七郎就地设皋比焉⑦。武与语,言词朴质,大悦之。遽赆金作生计,七郎不受。固予之,七郎受以白母。俄顷将还,固辞不受。武强之再四。母龙钟而至⑧,厉色曰:

"老身止此儿,不欲令事贵客!"武惭而退。归途展转,不解其意。适从人于舍后闻母言,因以告武:先是,七郎持金白母,母曰:"我适睹公子,有晦纹⑨,必罹奇祸。闻之:受人知者分人忧⑩,受人恩者急人难。富人报人以财,贫人报人以义。无故而得重赂,不祥,恐将取死报于子矣⑪。"武闻之,深叹母贤,然益倾慕七郎。

【注释】

①貙(chū):兽名。《尔雅·释兽》:"貙似狸。"注:"今貙虎也,大如狗,文如狸。"

②腻帢(qià):满是油污的便帽。帢,圆形便帽。

③皂犊鼻:黑色遮膝围裙。犊鼻,即"犊鼻裈",围裙。形如犊鼻,故名。

④木岐:树枝,木头。

⑤狼蜕:狼皮。蜕,蝉、蛇之类的脱皮。这里指兽皮。

⑥杌(wù)榻:指可坐之处。杌,凳子。榻,床。

⑦皋比:虎皮。《左传·庄公十年》:"公子偃……自雩门窃出,蒙皋比而先犯之。"注:"皋比,虎皮也。"

⑧龙钟:形容衰老,行动不便。

⑨晦纹:主有晦气的纹理。此为旧时相者之言。晦,晦气,倒霉。

⑩知:这里是知遇、赏识的意思。

⑪死报:以死相报。

【译文】

不多时,出来一个人,二十多岁,圆圆的像老虎一样的眼睛,细细的蜂腰,戴一顶沾满油污的便帽,穿一条黑色遮膝围裙,上面打了许多白布补丁,拱手直至额前,问武承休从哪里来。武承休通报了姓名,托称途中不适,希望借他家休息一下。他又打听田七郎,那人回答说:"我就是。"便请武承休进屋。只见那是几间破屋,用树杈支撑着墙壁。他们进了一间小屋,只见虎皮狼皮悬挂在楹柱间,根本没有凳子椅子可坐。田七郎便就地铺一张虎皮请客人坐。武承休与田七郎交谈,田七郎言词质朴,武承休非常喜欢。武承休马上送银两给田七郎作为生活用费,田七郎没有接受。武承休一定要给,田七郎接过来去禀报母亲。一会儿,田七郎把银两拿回来还给武承休,再三推辞,不肯收下。武承休又连续多次硬给,田母老态龙钟地来到小屋,正颜厉色地说:"我只有这个儿子,不想让他侍奉你这个贵客!"武承休面有惭色,退出小屋。在回家路上,武承休左思右想,不解其意。恰巧随从在房后听到田母说的话,于是告诉武承休:此前,田七郎拿着银两去告知母亲,田母说:"我刚才看那公子的脸上有预示晦气的皱纹,定会遭受横祸。我听说:受人知遇就要为人分忧,受人恩惠就要急人之难。富人用钱财报答别人,穷人用义气报答别人。所以无故得到重礼不是好事,恐怕你要以死来报答这人了。"武承休听了,深深赞叹田母的贤德,对田七郎也更加倾慕。

翼日,设筵招之,辞不至。武登其堂,坐而索饮。七郎自行酒①,陈鹿脯②,殊尽情礼。越日,武邀酬之,乃至,款洽甚欢。赠以金,即不受。武托购虎皮,乃受之。归视所蓄,计不足偿,思再猎而后献之。入山三日,无所猎获。会妻病,守视汤药,不遑操业③。浃旬④,妻奄忽以死⑤,为营斋葬⑥,所受金稍稍耗去。武亲临唁送,礼仪优渥⑦。既葬,负弩山林,益思所以报武,而迄无所得。武探得其故,辄劝勿亟。切望七郎姑一临存⑧,而七郎终以负债为憾,不肯至。武因先索旧藏,以速其来。七郎检视故革,则蠹蚀殄败⑨,毛尽脱,懊丧益甚。武知之,驰行其庭,极意慰解之。又视败革,曰:"此亦复佳。仆所欲得,原不以毛。"遂轴鞟出⑩,兼邀同往。七郎不可,乃自归。七郎念终不足以报武,裹粮入山⑪,凡数夜,得一虎,全而馈之。武喜,治具,请三日留。七郎辞之坚,武键庭户⑫,使不得出。宾客见七郎朴陋,窃谓公子妄交。而武周旋七郎,殊异诸客。为易新服,却不受,承其寐而潜易之,不得已而受之。既去,其子奉媪命,返新衣,索其敝褌⑬。武笑曰:"归语老姥,故衣已拆作履衬矣⑭。"自是,七郎日以兔鹿相贻⑮,召之即不复至。武一日诣七郎,值出猎未返。媪出,跨门语曰⑯:"再勿引致吾儿⑰,大不怀好意!"武敬礼之,惭而退。

【注释】

①行酒:依次斟酒。泛指斟酒。

②脯:干肉。

③不遑:没有时间。遑,闲暇。

④浃旬:过了十天。浃,周匝,圆满。旬,十天。

⑤奄忽:指死亡。

⑥斋葬:祭祀与葬埋。泛指丧葬。斋,斋祭。

⑦优渥:优厚。

⑧临存:看望。

⑨蠹蚀:虫蛀。殃败:败坏。《广雅·释诂》:"殃,败也。"

⑩轴鞟(kuò):卷起皮革。鞟,去毛的兽皮。

⑪裹粮:携带干粮。

⑫键:关、锁。

⑬敝褌:破衣。

⑭履衬:做鞋用的衬褙。

⑮贻:赠送。

⑯踦(yǐ)门语:此指两人隔着门对话。踦门,犹"踦间",倚门,紧挨着门。《公羊传·成公二年》:"相与踦间而语。"何休注:"间,当道门。闭一扇,开一扇,一人在外,一人在内,曰踦间。"踦,倚立,偏倚。

⑰引致:招引。

【译文】

第二天,武承休设筵请田七郎赴宴,田七郎推辞不来。武承休到田七郎家去,坐下来就要酒喝。田七郎亲自给他倒酒,以鹿肉干待客,既有情义,又有礼貌。隔了一天,武承休又作回请,田七郎这才前来,两人交谈融洽欢畅。武承休要以银两相赠,田七郎不肯接受。武承休托言是用来买虎皮的,田七郎这才收下。田七郎回家一看,估计收藏的虎皮不值那些银子,打算再猎取一些,然后一起交给武承休。不料他进山三天,什么也没打着。又赶上妻子生病,他熬汤煎药,顾不上打猎。过了十天,妻子去世,为备办斋祭送葬诸事,接受的银两被稍微花去了一些。武承休又亲自前来吊唁送葬,礼节规格很高。妻子入葬后,田七郎背上弓弩,进入深山老林,更想用猎物来报答武承休,但是始终一无所获。武承休打听到事情的缘由,总是劝田七郎不要着急。他恳切希望田七郎能抽空来看自己,但田七郎终究因负债而不安,不肯前去。于是武承休说先要田七郎家中原有的虎皮,以便促使田七郎快来。田七郎查看家中原有的虎皮,发现已被虫子蛀坏,毛已脱光,因而愈加懊丧。武承休得知后,骑马赶到田家,极力加以慰解。看到那些蛀坏的皮子,武承休说:"这也挺好。我想要的,本来不在乎是否带毛。"便卷起皮子往外走,同时请田七郎同往。田七郎不去,于是自己回了家。田七郎考虑这些皮子终究不足以报偿武承休,便带着干粮进山,经过几夜,打到一只老虎,整个送给了武承休。武承休大喜,备办酒食,请田七郎小住三天。田七郎坚决推辞,武承休锁上大门,让他出不去。武氏的宾客见田七郎土里土气,私下都说武承休乱交朋友。而武承休与田七郎揖让的礼节,超过诸位宾客许多。武承休要为田七郎更换新衣,田七郎推却不受,武承休乘田七郎睡着时给偷偷换上,田七郎不得已,只好接受。田七郎回家后,他的儿子奉祖母之命,送还新衣,并要讨回父亲的破衣服。武承休笑着说:"你回去告诉奶奶,旧衣服拆了,做鞋里子啦。"从此,田七郎每天都给武承休送兔鹿野味,但请他来,他却不来。有一天,武承休去看望田七郎,正值田七郎外出打猎没回来。田母走出来,倚着门框隔着门对武承休说:"你别再勾引拉拢我儿子,大大地不怀好意!"武承休恭敬行礼,羞惭地离开田家。

半年许,家人忽白:"七郎为争猎豹,殴死人命,捉将官里去。"武大惊,驰视之,已械收在狱①。见武无言,但云:"此后烦恤老母。"武惨然出,急以重金赂邑宰,又以百金赂仇主。月馀无事,释七郎归。母慨然曰:"子发肤受之武公子②,非老身所得而爱惜者矣。但祝公子终百年无灾患③,即儿福。"七郎欲诣谢武,母曰:"往则往耳,见武公子勿谢也。小恩可谢,大恩不可谢。"七郎见武,武温言慰藉,七郎唯唯。家人咸怪其疏,武喜其诚笃,益厚遇之。由是恒数日留公子家,馈遗辄受,不复辞,亦不言报。

【注释】

①械收:上了刑具下了牢房。

②发肤受之武公子:犹言武公子为再生父母。发肤,代指身体。《孝经·开宗明义章》:"身体发肤,受之父母。"

③终百年:终生,一辈子。

【译文】

　　过了半年左右，家人忽然说："田七郎因猎豹子与人争执，打死了人，捉到官府去了。"武承休大惊，飞马前去探望，田七郎已刑具在身，收押在监狱里。见了武承休，田七郎没说什么，只是说："今后烦你关照我的老母。"武承休悲伤地走出来，赶紧用重金贿赂县官，又用一百两银子贿赂仇家。过了一个多月，没事了，田七郎被释放回家。田母感慨地说："儿子的性命都是武公子给的，不是老身所能爱惜的了。我只祝愿武公子一辈子都无灾祸，这就是儿子的福气啦。"田七郎要去拜谢武承休，田母说："去就去吧，见到武公子不用表示感谢。小恩可以感谢，大恩无法感谢。"田七郎见到武承休，武承休用温和的话加以安慰，田七郎只是连声应承。家人都嫌田七郎冷淡，武承休却喜欢他诚实厚道，对他更加优待。从此，田七郎经常一连几天住在武承休家，送给他什么东西，他就收下，不再推让，也不表示报答。

　　会武初度①，宾从烦多，夜舍屡满②。武偕七郎卧斗室中③，三仆即床下藉刍藁④。二更向尽，诸仆皆睡去，两人犹刺刺语⑤。七郎佩刀挂壁间，忽自腾出匣数寸许⑥，铮铮作响，光烁如电。武惊起，七郎亦起，问："床下卧者何人？"武答："皆厮仆。"七郎曰："此中必有恶人。"武问故，七郎曰："此刀购诸异国，杀人未尝濡缕⑦。迄今佩三世矣，决首至千计⑧，尚如新发于硎⑨。见恶人则鸣跃，当去杀人不远矣。公子宜亲君子、远小人，或万一可免。"武颔之。七郎终不乐，辗转床席。武曰："灾祥数耳，何忧之深？"七郎曰："我诸无恐怖，徒以有老母在。"武曰："何遽至此！"七郎曰："无则便佳。"盖床下三人，一为林儿，是老弥子⑩，能得主人欢；一僮仆，年十二三，武所常役者；一李应，最拗拙⑪，每因细事与公子裂眼争⑫，武恒怒之。当夜默念，疑必此人。诘旦，唤至，善言绝令去。

【注释】

①初度：生日。《离骚》："皇览揆余于初度兮。"

②夜舍屦(jù)满：留客过夜的馆舍住满了人。夜舍，馆舍，客舍。屦满，犹客满。屦，鞋。古代席地而坐，宾客入室脱鞋就席。

③斗室：小屋。斗，极言其小。

④藉刍藁：躺在干草上。刍藁，喂牲口的干草。藉，坐卧在某物上。藁，同"稿"。稻、麦等的秆。

⑤刺刺：喋喋。话多的样子。

⑥匣：此指刀鞘。

⑦未尝濡缕：意谓刀过头落，血尚不及沾衣。《史记·刺客列传》谓荆轲所用匕首，"以试人，血濡缕，人无不立死者"。濡缕，沾湿一缕。形容沾湿范围极小。

⑧决首：砍头。

⑨新发于硎：新从磨石上磨过。《庄子·养生主》："今臣之刀十九年矣，所解数千牛矣，而刀刃若新发于硎。"硎，磨刀石。

⑩老弥子：久受宠爱的娈童。弥子，指春秋时卫灵公的男宠弥子瑕。他曾假托君命，驾灵公车外出，又曾把自己吃过的桃子给灵公品尝。灵公不但不予责怪，反而更加宠信。见《韩非子·说难》。

⑪拗(ào)拙：愚顽不驯。拗，不顺。

⑫裂眼争：怒目圆睁地争吵。

【译文】

这一天，正好赶上武承休的生日，宾客仆人很多，夜间客舍住满客人。武承休和田七郎一起睡在一间小屋里，三个仆人就在床下睡在干草上过夜。二更将尽时，仆人都已睡着，他们二人却仍然谈得火热。田七郎挂在墙上的佩刀，突然从刀鞘中腾出好几寸高，发出"铮铮"的声音，闪烁着如电的寒光。武承休为之一惊，连忙起身，田七郎也起来问："床下睡的什么人？"武承休回答："都是仆人。"田七郎说："他们之中一定有坏人。"武承休问何以见得，田七郎说："这把刀买自外国，杀人从来见血即死。至今传了三代人，斩首数以千计，仍然如同新磨的一般。这把刀见到坏人就会发出声响，跃出刀鞘，可能离杀人不远了。公子应当亲近君子、疏远小人，或许还有免遭祸难的一线希望。"武承体连连点头。田七郎终究郁郁不乐，在床上翻来覆去，不能入睡。武承休说："吉凶灾变都是天数，为什么这么忧虑重重？"田七郎说："我什么都不怕，要说忧虑重重，只因老母还在。"武承休说："何至于突然就到了这般地步！"田七郎说："没事就好。"原来床下睡的三个仆人，一个叫林儿，是个备受宠爱的娈童，最让主人喜欢；一个是僮仆，十二三岁，武承休经常使唤他；一个叫李应，最为愚顽不驯，往往因小事瞪着眼与武承休争执，武承休经常生他的气。当天夜里，武承休默默地想来想去，怀疑一定就是此人。第二天清晨，武承休把他叫来，用好话打发他走了。

武长子绅，娶王氏。一日，武他出，留林儿居守。斋中菊花方灿，新妇意翁出，斋庭当寂，自诣摘菊。林儿突出勾戏，妇欲遁，林儿强挟入室。妇啼拒，色变声嘶。绅奔入，林儿始释手逃去。武归闻之，怒觅林儿，竟已不知所之。过二三日，始知其投身某御史家。某官都中，家务皆委决于弟。武以同袍义①，致书索林儿，某弟竟置不发。武益恚，质词邑宰②。勾牒虽出③，而隶不捕，官亦不问。武方愤怒，适七郎至。武曰："君言验矣。"因与告诉。七郎颜色惨变，终无一语，即径去。

【注释】

①同袍义：同事的情谊。《诗·秦风·无衣》："岂曰无衣，与子同
　袍。"袍，长衣，类似后来的斗篷，军人行军时，日以当衣，夜以当
　被。义，情谊。

②质词邑宰：具状请县令审理，打官司。质，评断。

③勾牒：拘捕犯人的公文。

【译文】

　　武承休的长子武绅，娶王氏为妻。有一天，武承休外出，留林儿看
家。书斋中的菊花刚好开得金灿灿的，王氏心想公公出去了，书斋一定
没人，便独自去摘菊花。这时林儿突然冲出来，加以勾引调戏，王氏打
算逃跑，林儿把她强行挟持到屋里。王氏边哭边抵抗，脸色大变，声音
嘶哑。武绅跑进书斋，林儿才撒手逃走。武承休回家后得知此事，怒冲
冲地去找林儿，而林儿竟已不知去向。过了两三天，才知道林儿在某御
史家中藏身。某御史在京城做官，家务都交给弟弟处理。武承休以同
事之谊写信索取林儿，某御史的弟弟竟然置之不理。武承休更加愤怒，
向县令提请诉讼。拘捕公文虽然下达，但是差役不去捉拿，县令也不去
过问。正当武承休愤恨恼怒时，恰好田七郎来了。武承休说："你的话
应验了。"便把事情告诉了田七郎。田七郎变得面色凄惨，始终没说一
句话，就径自起身离去。

　　武嘱干仆逻察林儿①。林儿夜归，为逻者所获，执见武。
武掠楚之②，林儿语侵武③。武叔恒，故长者，恐侄暴怒致祸，
劝不如治以官法。武从之，縶赴公庭。而御史家刺书邮
至④，宰释林儿，付纪纲以去⑤。林儿意益肆，倡言丛众中⑥，
诬主人妇与私。武无奈之，忿塞欲死，驰登御史门，俯仰叫
骂⑦。里舍慰劝令归。逾夜，忽有家人白："林儿被人脔割⑧，

抛尸旷野间。"武惊喜,意气稍得伸。俄闻御史家讼其叔侄,
遂偕叔赴质。宰不容辨,欲笞恒。武抗声曰:"杀人莫须
有⑨！至辱詈缙绅⑩,则生实为之,无与叔事。"宰置不闻。武
裂眦欲上,群役禁捽之⑪。操杖隶皆绅家走狗⑫,恒又老耄,
签数未半⑬,奄然已死。宰见武叔垂毙,亦不复究。武号且
骂,宰亦若弗闻也者。遂舁叔归,哀愤无所为计。思欲得七
郎谋,而七郎更不一吊问⑭。窃自念:"待七郎不薄,何遽如
行路人?"亦疑杀林儿必七郎。转念:"果尔,胡得不谋?"于
是遣人探诸其家,至则扃寂然⑮,邻人并不知耗。

【注释】

①干仆:干练的仆人。逻察:侦伺。

②掠楚:拷打。

③侵:谩骂,侮辱。

④刺书:书信。《释名·释书契》:"书曰刺,书以笔刺纸简之上也。"

⑤纪纲:管家,奴仆之管领者。《左传·僖公二十四年》:"秦伯送卫
于晋三千人,实纪纲之仆。"杜预注:"诸门户仆隶之事,皆秦卒共
之,为之纪纲。"

⑥倡言:扬言。丛众:人群。

⑦俯仰:意谓指天画地,捶胸顿足。

⑧脔割:碎割。脔,割成肉块。

⑨杀人莫须有:意谓杀人是诬陷。南宋秦桧陷害岳飞,狱成,韩世
忠不平,质问秦桧。桧曰:"飞子云与张宪书虽不明,其事体莫须
有。"世忠怫然曰:"相公,莫须有三字何以服天下乎?"见《建炎以
来系年要录·绍兴十一年》。莫须有,恐怕有,也许有。后用以
表示凭空诬陷。

⑩辱詈：谩骂。缙绅：士大夫，乡绅。指御史家。

⑪禁捽：抓住，禁止。

⑫操杖隶：执行杖刑的衙役。

⑬签数：指杖刑的杖数。旧时官衙施杖刑时，审讯者确定杖数后，从公案签筒中抽签掷地，施刑者按照吩咐的数目施刑。

⑭吊问：慰问。

⑮扃寂：关门上锁，寂无人迹。扃，关，锁。

【译文】

武承休吩咐干练的仆人巡逻侦察林儿的行踪。林儿夜间回家，被巡逻的仆人捉获，押送去见武承休。武承休拷打林儿，林儿仍说冒犯武承休的话。武承休的叔叔武恒本是一位忠厚长者，恐怕侄儿盛怒之下招致灾祸，劝侄儿不如按官府的法律惩治林儿。武承休依言而行，将林儿押送公堂。然而，御史家的书信送到县里，县令放了林儿，让御史家的管家把他带走。林儿愈加肆意妄为，在聚集的人群中扬言污蔑说主人的儿媳与自己私通。武承休对林儿无可奈何，气得要死，骑着马跑到御史门前，指天画地，放声叫骂。邻居出面劝解安慰，他才回家。过了一夜，忽然有个仆人禀报说："林儿被人肢解，尸体扔在旷野里。"武承休又惊又喜，也算稍微出了一口恶气。不久又听说御史家控告武家叔侄，于是二人前去对质。县令不容分辩，要打武恒。武承休大声说："杀人罪名是诬陷！至于辱骂官绅，确实是我干的，与我叔叔没关系。"县令就像根本没听见。武承休怒目圆睁，要上前去救武恒，一帮差役上前把他揪住。手拿刑杖的差役都是御史家的走狗，武恒又是七八十岁的人，板子没打到一半，就已气息微弱，昏死过去。县令见武恒就要死了，也就不再追究。武承休边哭号边大骂，县令也像没听见似的。武承休于是把叔叔武恒抬回家，满腔悲愤，束手无策。他想找田七郎商量，而田七郎却一次也没来过慰问。武承休心中暗想："我待七郎不薄，为什么他对我忽然如同陌生的路人？"也怀疑杀林儿的一定是田七郎。但转念又想:"果真如此,怎能不来商量一下?"于是派人到田七郎家打探消息,到了那里才发现,大门锁着,寂无人声,邻居也不知道田七郎的音信。

　　一日,某弟方在内廨①,与宰关说②。值晨进薪水③,忽一樵人至前,释担抽利刃,直奔之。某惶急,以手格刃④,刃落断腕,又一刀,始决其首。宰大惊,窜去。樵人犹张皇四顾。诸役吏急阖署门,操杖疾呼,樵人乃自刭死⑤。纷纷集认,识者知为田七郎也。宰惊定,始出覆验。见七郎僵卧血泊中,手犹握刃。方停盖审视,尸忽崛然跃起⑥,竟决宰首,已而复踣⑦。衙官捕其母子,则亡去已数日矣。

【注释】

①内廨:官署的内舍。廨,官署房舍的通称。

②关说:替人说情,打通关节。《史记·佞幸列传》:"此两人非有材能,徒以婉佞贵幸,与上卧起,公卿皆因关说。"司马贞《索隐》:"关训通也。谓公卿因之而通其词说。刘氏云'有所言说,皆关由之'。"

③薪水:柴草和水。

④格:拒,抵挡。

⑤自刭:自杀。刭,用刀割颈。

⑥崛然:挺立的样子。

⑦踣:跌倒。

【译文】

　　一天,御史的弟弟正在县衙内舍与县令疏通关节。适值清晨来人送柴送水,忽然有一个樵夫走上前来,放下担子抽出利刃,直奔御史的弟弟。御史的弟弟惊慌失措,用手挡刀,刀落处手腕立断,樵夫再加一刀,才砍下他的首级。县令大吃一惊,狼狈逃窜。樵夫仍然紧张地东张西望。一帮差役急忙关上衙署的大门,手握棍棒,大声呼叫,于是樵夫自刎而死。众人纷纷聚拢上去辨认,有人识得这人便是田七郎。县令惊魂稍定,才出来覆核查视。只见田七郎僵卧在血泊中,手里还握着刀。正当县令停下仔细察看时,尸体忽然直挺挺地一跃而起,竟砍下县令的首级,然后又倒下去。县衙的官吏去捉田七郎的母亲和儿子,而他们几天前就已逃走了。

　　武闻七郎死,驰哭尽哀。咸谓其主使七郎。武破产夤缘当路①,始得免。七郎尸弃原野三十馀日,禽犬环守之,武取而厚葬。其子流寓于登②,变姓为佟。起行伍,以功至同知将军③。归辽,武已八十馀,乃指示其父墓焉。

【注释】

①夤缘当路:通过关系,贿赂当权者。

②登:登州,明清时为府,府治在今山东牟平,后迁至蓬莱。

③同知将军:犹言副将军。同知,官名。称副职。

【译文】

　　武承休听说田七郎死了,跑去大哭一场,极尽哀思。人们都说是武承休指使田七郎干的。武承休倾家荡产,买通当权者,才得以免受追究。田七郎的尸体被扔在野地里长达三十多天,却有鹰犬在周围守护,武承休为田七郎收尸,并加以厚葬。田七郎的儿子流落到登州居住,改姓为佟。他从当兵开始,因功官至同知将军。他回辽阳时,武承休已经八十多岁了,领他去看了父亲的坟墓。

　　异史氏曰:一钱不轻受,正其一饭不忘者也①。贤哉母乎！七郎者，愤未尽雪，死犹伸之，抑何其神？使荆卿能尔②，则千载无遗恨矣。苟有其人③，可以补天网之漏④；世道茫茫⑤，恨七郎少也。悲夫！

【注释】

①一饭不忘：秦汉之际，韩信少年贫困，曾钓鱼于淮阴城下，接受漂母赠食。后来，韩信为楚王，不忘一饭之德，酬谢漂母千金。见《史记·淮阴侯列传》。

②荆卿：指荆轲。刺客荆轲曾奉燕太子丹之命刺秦王，不中，被秦王所杀。见《史记·刺客列传》。

③苟：假如。

④天网：上天设置的罗网，喻天道的制裁。语出《老子》："天网恢恢，疏而不漏。"

⑤茫茫：昏暗不明。

【译文】

异史氏说：不轻易接受一文钱的帮助，这正是不忘一饭之恩的人之所为。田母是多么贤明啊！至于田七郎，愤怒没有发泄完，死后还要申雪其恨，又多么神奇不凡！假使荆轲也能如此，千年以来就没有遗憾了。如果有这种人，就可以弥补天网的疏漏；可惜世道黑暗，像田七郎这种人太少了。可悲啊！

产龙

【题解】

虽然作品所记有时间、地点、人物，但以现代的医学知识看来，可能只是难产，或与肿瘤有关，"产龙"似乎是不甚确切的传闻。不过，蒲松龄的行文也写得徜徉恍惚,扑朔迷离,在有无之间。

　　壬戌间①,邑邢村李氏妇②,良人死③,有遗腹④,忽胀如瓮⑤,忽束如握。临蓐⑥,一昼夜不能产。视之,见龙首,一见辄缩去。家人大惧,不敢近。有王媪者,焚香禹步⑦,且捺且咒。未几,胞堕,不复见龙,惟数鳞,皆大如盏。继下一女,肉莹澈如晶⑧,脏腑可数。

【注释】

①壬戌:康熙二十一年,1682年。

②邢村:淄川旧东北乡有邢家庄。见《淄川县志》。

③良人:丈夫。《孟子·离娄》:"良人者,所仰望而终身也,今若此!"

④遗腹:丈夫死时尚未出生的胎儿。

⑤瓮:大腹的盛水或酒的陶器。

⑥临蓐(rù):临产。

⑦禹步:指巫婆行法术时的步法。传为夏禹所创,故称禹步。因其步法依北斗七星排列的位置而行步转折,宛如踏在罡星斗宿之上,又称"步罡踏斗"。

⑧晶:水晶。

【译文】

　　康熙二十一年,本县邢村李家的媳妇,丈夫死了,怀着遗腹子,肚子一会儿胀得像瓮,一会儿细得可以一把握住。临产时,一天一夜都没生下来。一看,看见一个龙头,露了露头就缩了回去。家人非常恐惧,不敢近前。有一位王老太太,点上香,迈着作法的禹步,一边按产妇的肚子,一边念咒。不多时,胞衣落下,却再没见到龙,只有几片鳞,都像杯子口那么大。接着生下一个女孩,肌肤像水晶一样晶莹透明,连五脏六腑都看得清清楚楚。

保住

【题解】

本篇写一个叫保住的武士在重重设防之中取琵琶的故事,展示了他高强的胆识和武艺,也充分显示了作者语言描摹的能力。小说篇幅不长,但布局精巧,有详有略,有的轻轻带过,尽在不言中,比如写保住的孔武有力;有的预先伏笔,烘云托月,比如写保住的矫健轻捷;而写保住的智勇和轻功,则集中笔力,通过取琵琶以重彩浓墨表现。从发现保住"防者尽起"始,作者用了大量的四字句,或比喻,或顶针,形象生动,描摹如画,声音伴随动作,动作呼应节奏,环环相扣,激越紧张,而又音色明快,铿锵斩截。结末两句,连用平声,馀味无穷。

吴藩未叛时①,尝谕将士:有独力能擒一虎者,优以廪禄②,号打虎将。将中一人,名保住,健捷如猱③。邸中建高楼④,梁木初架。住沿楼角而登,顷刻至颠,立脊檩上⑤,疾趋而行,凡三四返;已乃踊身跃下,直立挺然。

【注释】

①吴藩:指吴三桂,字长白,辽东人。明崇祯时为总兵,镇守山海关。后勾结清兵入关,镇压农民起义,并追杀明桂王朱由榔。清初封平西王,就藩云南。康熙十二年(1673)下令撤藩,吴三桂与靖南王耿精忠、平南王尚之信相继起兵反清,时称"三藩之乱"。藩,藩镇。

②优以廪禄：禄米和官位给以优待。廪，米仓，也指储藏的米。因
　古代官员的俸禄以粮食计算，故也指待遇。禄，爵位，官位。

③猱（náo）：猕猴。《尔雅·释兽》："猱猿善缘。"

④邸：王邸，指平西王府。

⑤脊檩：架在梁头位置的沿建筑面阔方向的水平构件。其作用是
　直接固定椽子，并将屋顶荷载通过梁而向下传递。檩的名称随
　其梁头所在的柱的位置的不同而不同，如在檐柱之上的称檐檩，
　在金柱之上的称金檩，在中柱之上的称脊檩。

【译文】

平西王吴三桂没反叛时，曾经晓谕将士：有能够独自一人捉住一只
虎的，俸禄官位给予优待，授以"打虎将"的称号。打虎将中有一人名叫
保住，像猿猴一样矫健敏捷。王府中兴建高楼，刚架起大梁和木檩。保
住沿着楼角向上攀登，顷刻便到了楼顶，他站在屋脊的檩木上，快步行
走了三四个来回，之后纵身跳下，笔直地站在地上。

　　王有爱姬善琵琶。所御琵琶，以暖玉为牙柱①，抱之一
室生温。姬宝藏，非王手谕②，不出示人。一夕宴集，客请一
观其异。王适惰③，期以翼日④。时住在侧，曰："不奉王命，
臣能取之。"王使人驰告府中，内外戒备，然后遣之。

【注释】

①暖玉：冬温夏凉的玉。唐苏鹗《杜阳杂编》：唐大中年间，日本国
　王子来朝，携有冷暖玉棋子，云出本国东三万里之集真岛池中，
　"冬温夏冷，故谓之冷暖玉"。牙柱：乐器上的弦枕。

②手谕：亲笔写的指示。

③惰：犯懒，怠惰。

④翼日：第二天，次日。翼，同"翌"。

【译文】

　　平西王有一个爱姬善弹琵琶。她使用的琵琶用暖玉做弦枕，抱在怀里，满屋温暖。爱姬珍藏着琵琶，没有平西王的手谕就不拿给人看。一天晚上，正在宴饮集会，客人请求观赏琵琶的妙处。适值平西王犯懒，答应明天再看。当时，保住站在身旁说："不用王爷的命令，我能把琵琶拿来。"平西王让人迅速告知王府里里外外，加以戒备，然后让保住出发。

　　住逾十数重垣①，始达姬院。见灯辉室中，而门扃锢②，不得入。廊下有鹦鹉宿架上。住乃作猫子叫，既而学鹦鹉鸣，疾呼"猫来"，摆扑之声且急。闻姬云："绿奴可急视，鹦鸦被扑杀矣！"住隐身暗处。俄一女子挑灯出，身甫离门，住已塞入③。见姬守琵琶在几上，径携趋出。姬愕呼"寇至"，防者尽起。见住抱琵琶走，逐之不及，攒矢如雨④。住跃登树上。墙下故有大槐三十馀章⑤，住穿行树杪⑥，如鸟移枝。树尽登屋，屋尽登楼，飞奔殿阁，不啻翅翎⑦，瞥然间不知所在⑧。客方饮，住抱琵琶飞落筵前，门扃如故，鸡犬无声。

【注释】

　　①垣：短墙。

　　②扃锢：紧锁，关闭。

　　③塞入：谓侧身挤入。

　　④攒矢：密集的箭矢。

　　⑤章：大的树。《史记·货殖列传》："水居千石鱼陂，山居千章之材。"司马贞《索隐》"大材曰章。"

⑥树杪(miǎo)：树梢。杪，树枝的细梢。

⑦不啻(chì)翅翎：不亚于飞鸟。啻，但，仅，止。常用在表示疑问或
　　否定的字后，在句中起连接或比况作用。翅翎，鸟类代称。

⑧瞥然间：一转眼的工夫。

【译文】

　　保住越过十几道院墙，才抵达吴三桂爱姬所在的院落。只见屋里
灯火通明，屋门紧锁，无法进去。走廊有一只鹦鹉在架上栖息。保住便
学猫叫，接着再学鹦鹉叫，大呼"猫来了"，又发出急切的摆动扑打声。
只听见爱姬说："绿奴快去看看，鹦鹉被扑死啦！"保住便在暗处躲藏起
来。一会儿一个女子挑着灯走出门来，她身刚离开屋门，保住已经挤了
进去。他看见爱姬守着放在几案上的琵琶，便径自拿上琵琶快步走出。
爱姬惊呼："贼来了！"防卫人员一齐出动，看见保住抱着琵琶飞跑，根本
追不上，便把箭放得密集如雨。只见保住一跃而起，窜上大树。墙下原
有三十多棵大槐树，保住在树梢上穿行，就像飞鸟从一个树枝跳到另一
个树枝。在树间穿行完了，又窜上屋顶；屋顶跑尽了，又窜上楼顶；他在
殿宇楼阁间飞奔，就像长了翅膀一般，转眼间已不知去向。客人正在喝
酒，保住抱着琵琶飞身落在酒席前，门仍然关着，鸡犬无声无息。

公孙九娘

【题解】

　　"于七之乱"发生在顺治七年(1650)，是年蒲松龄十一岁。"于七之
乱"最后被彻底镇压是在康熙元年(1662)前后，蒲松龄已二十三、四岁。
写作《公孙九娘》是在康熙甲寅年(1674)前后，蒲松龄三十五岁。在虚
拟的鬼狐故事中标明年月"甲寅间"，这在《聊斋志异》中十分罕见，可见
这一事件中"杀人如麻"给予蒲松龄的精神创深痛剧。《公孙九娘》大概
是为此事件十年之祭特意写的作品。

　　小说虽然写了莱阳生与公孙九娘的感情悲剧，震撼人心，但实际用心却是为"于七之乱"中广大冤死的百姓纾写哀歌，表达了作者深深的人道主义的精神。作品一开始就写"一日俘数百人，尽戮于演武场中。碧血满地，白骨撑天"。杀人多，坟墓也就多，"千坟累累，竟迷村路"，"坟兆万接，迷目榛荒，鬼火狐鸣，骇人心目"。这大概不仅是《聊斋志异》中最恐怖的乱葬岗，也是中国古代文学作品中最惊心骇目的坟墓群落。被杀的都是什么人呢？作品极写他们死得无辜，莱阳生的外甥是"俘至济南，闻父被刑，惊怛而绝"。公孙九娘母女"原解赴都。至郡，母不堪困苦死，九娘亦自到"。又写他们变成鬼之后，仍合于礼仪，温柔善良，具有浓浓的人情味，渴望正常的生活。朱生和莱阳生的外甥女，莱阳生和公孙九娘的婚恋，正是这种人生渴望的浓缩！可以想象，如果没有战争和屠戮，他们该是多么平和善良的百姓！

　　篇末写由于莱阳生和公孙九娘疏忽，没有确认坟墓的标志，以致发生感情上的误解。这大概是作者出自于悲剧完整性的需要而设计的情节。

　　于七一案①，连坐被诛者②，栖霞、莱阳两县最多。一日俘数百人，尽戮于演武场中③。碧血满地④，白骨撑天。上官慈悲，捐给棺木，济城工肆⑤，材木一空。以故伏刑东鬼⑥，多葬南郊⑦。

【注释】

①于七一案：指于七抗清事件。于七，本名小喜，后改名乐吾，字孟熹，行七。明崇祯武举人，山东栖霞人。清初胶东农民抗清斗争的著名领袖。顺治五年(1648)曾据莱阳、栖霞等县，聚众抗清。后接受招抚。顺治十八年(1661)又复起事。康熙元年(1662)失

败。清政府对起义地区人民进行了血腥屠杀，以栖霞、莱阳两县
受害最深。

②连坐：被牵连获罪。坐，获罪。

③演武场：练兵场。故址在今山东济南南门外。

④碧血：无辜者的血迹。《庄子集释》卷九《杂篇·外物》，谓周敬王
时大夫苌弘无辜被杀，其血收藏三年变为碧玉。

⑤济城：指济南府城。工肆：作坊。这里指棺材铺。

⑥伏刑东鬼：指在济南被屠杀的栖霞、莱阳等地人民。伏刑，受刑，
被杀。东鬼，因栖霞、蓬莱地处鲁东，故称"东鬼"。

⑦南郊：指济城南郊。

【译文】

于七一案中牵连被杀的人，以栖霞、莱阳两县为最多。有一天捉了
几百人，统统在演武场杀死，鲜血满地，尸骨如山。上边的官员慈悲为
怀，捐给棺材，以至于济南府城的棺材铺里，棺材都用光了。所以那些
被处死的鲁东冤鬼，大多埋葬在济南的南郊。

甲寅间①，有莱阳生至稷下②，有亲友二三人，亦在诛
数③，因市楮帛④，酹奠榛墟⑤。就税舍于下院之僧⑥。明日，
入城营干⑦，日暮未归。忽一少年，造室来访。见生不在，脱
帽登床，着履仰卧。仆人问其谁何，合眸不对。既而生归，
则暮色蒙眬，不甚可辨，自诣床下问之。瞠目曰："我候汝主
人。絮絮逼问，我岂暴客耶⑧？"生笑曰："主人在此。"少年急
起着冠，揖而坐，极道寒暄。听其音，似曾相识，急呼灯至，
则同邑朱生，亦死于于七之难者。大骇却走⑨。朱曳之云：
"仆与君文字交，何寡于情？我虽鬼，故人之念，耿耿不去
心。今有所渎⑩，愿无以异物遂猜薄之⑪。"生乃坐，请所命。

曰：“令女甥寡居无耦，仆欲得主中馈。屡通媒妁，辄以无尊长之命为辞。幸无惜齿牙馀惠⑫。”先是，生有甥女，早失恃⑬，遗生鞠养⑭，十五始归其家。俘至济南，闻父被刑，惊恸而绝。生曰：“渠自有父，何我之求？”朱曰：“其父为犹子启椟去⑮，今不在此。”问：“女甥向依阿谁？”曰：“与邻媪同居。”生虑生人不能作鬼媒，朱曰：“如蒙金诺⑯，还屈玉趾⑰。”遂起握生手。生固辞，问：“何之？”曰：“第行⑱。”勉从与去。

【注释】

① 甲寅：指康熙十三年，1674 年。

② 稷下：本来是古齐国都城临淄附近地名，在今山东淄博临淄，此指济南。济南自北魏称齐州，唐天宝元年（742）改齐州为临淄郡，五年（746）又改为济南郡。见《历城县志》。后遂以“稷下”、“稷门”代指济南。

③ 诛数：被杀的范围。

④ 市：买。楮帛：祭祀时焚化的纸钱。

⑤ 酹（lèi）奠榛墟：到草木丛生的坟地去祭奠。酹奠，以酒洒地祭奠鬼神。榛墟，草木丛生的荒野，指荒丘墓地。

⑥ 税舍：租房。下院：佛教大寺院分设的寺院。

⑦ 营干：办事。

⑧ 暴客：强盗。

⑨ 却走：掉过头跑。却，倒，退。走，跑。

⑩ 渎：亵渎，麻烦。

⑪ 猜薄：猜疑，鄙薄。

⑫ 齿牙馀惠：夸奖褒美的好话。《南史·谢朓传》：谢朓好褒奖人才，曾云：“士子声名未立，应共奖成，无惜齿牙馀论。”

⑬失恃：丧母。《诗·小雅·蓼莪》："无父何怙，无母何恃。"后因称丧母为"失恃"。

⑭鞠养：抚养，养育。

⑮犹子：侄子。启椟：指迁葬。椟，棺材。

⑯金诺：答应，是对人许诺的敬称，言守信不渝，珍贵如金。《史记·季布栾布列传》："楚人谚曰：得黄金百斤，不如得季布一诺。"

⑰屈玉趾：烦您走一趟。玉趾，犹言贵步，称人行止的敬词。

⑱第行：只要走就可以了。第，只管，只。

【译文】

　　康熙十三年，有一位莱阳生来到济南，由于有两三个亲友也在被诛之列，因此买了些纸钱，在荒野里给以祭奠，随后就近在寺院下院租房住下。第二天，莱阳生进城办事，天黑还没回来。忽然有一位年轻人到房间来访。他见莱阳生不在，便摘下帽子，上了床，穿着鞋仰卧在床上。仆人问他是何人，他眼睛一闭，不作回答。不久，莱阳生回来了，在朦胧的暮色中，很难认出他是谁来，便亲自走到床前加以询问。来人瞪着眼睛说："我等你的主人。絮絮叨叨地紧紧追问，难道我是强盗吗？"莱阳生笑着说："主人就在这里。"年轻人急忙起身戴上帽子，拱手施礼后坐下，极力寒暄起来。莱阳生听到来人的声音似曾相识，急忙喊人来点灯，这才认出来人是同县朱生，也是在于七之案中遇难的。莱阳生大为惊骇，转身就跑。朱生拽住他说："我与你是文字之交，你怎么不讲情分？我虽然是鬼，但对友人的思念，却萦回在心，难以忘记。今天有所搅扰，希望不要因为我是鬼便加以猜疑鄙薄。"莱阳生便坐下来，问他来干什么。朱生说："你的外甥女一人独居，没有配偶，我想娶为妻室。我多次请人说媒，她总是借口没有长辈做主而加以推辞。所以希望你能为我美言几句。"此前，莱阳生有一个外甥女，早年死了母亲，交给莱阳生抚养，十五岁时才回她自己的家。她被抓到济南，听说父亲被杀，惊骇悲痛交集,也去世了。莱阳生说:"她自有父亲做主,为什么要求我呢?"朱生说:"她父亲的棺材已被侄子迁走,现在不在这里。"莱阳生问:"我外甥女一向依靠何人?"朱生说:"与一位邻居老太太同住。"莱阳生担心活人不能为鬼做媒,朱生说:"如果承蒙允诺,还得请你走一遭。"便起身握住莱阳生的手。莱阳生一再推辞,并问:"去哪儿?"朱生说:"你只管走吧。"莱阳生勉强跟他走了。

　　北行里许,有大村落,约数十百家。至一第宅,朱叩扉,即有媪出,豁开二扉,问朱何为。曰:"烦达娘子:阿舅至。"媪旋反,须臾复出,邀生入。顾朱曰:"两椽茅舍子大隘①,劳公子门外少坐候。"生从之入,见半亩荒庭②,列小室二。甥女迎门啜泣,生亦泣。室中灯火荧然。女貌秀洁如生时,凝眸含涕,遍问妗姑③。生曰:"具各无恙,但荆人物故矣④。"女又呜咽曰:"儿少受舅妗抚育,尚无寸报⑤,不图先葬沟渎⑥,殊为恨恨。旧年伯伯家大哥迁父去,置儿不一念,数百里外,伶仃如秋燕。舅不以沉魂可弃⑦,又蒙赐金帛⑧,儿已得之矣。"生乃以朱言告,女俯首无语。媪曰:"公子曩托杨姥三五返。老身谓是大好,小娘子不肯自草草,得舅为政⑨,方此意慊得⑩。"

【注释】

①两椽:两间。椽,放在檩上架屋的木条。古代亦用之代表房屋的间数。隘:狭窄。
②荒庭:荒凉的庭院。
③妗:舅母。姑:姑母。父亲的姐妹。

④荆人：旧时对人谦称己妻，意谓荆钗布裙之人。物故：死亡的
　讳称。

⑤寸报：言尽孝报恩。唐孟郊《游子吟》："谁言寸草心，报得三
　春晖。"

⑥葬沟渎：死。

⑦沉魂：沉沦于阴间的鬼魂。此也兼指沉冤之魂。

⑧赐金帛：指上文莱阳生焚楮帛祭奠。

⑨为政：做主，主持。

⑩慊(qiè)得：满意，圆满。慊，通"嗛"。满意。

【译文】

　　朝北走了一里左右，有一个很大的村庄，约有百十来户人家。来到一座宅第前，朱生敲了敲门，便走出一位老太太，打开两扇门，问朱生来干什么。朱生说："烦你告诉小姐：她舅舅来了。"老太太转身回去，一会儿又出来请莱阳生进屋。她看着朱生说："两间茅草房子太窄，有劳公子在门外坐下稍候。"莱阳生跟老太太走进门，只见半亩大小荒芜的院子里有两间小屋。外甥女啜泣着在门口迎接，莱阳生也流下了眼泪。屋里灯火微弱，外甥女面容秀美雅洁，如同生前，她含着眼泪，凝视着莱阳生，把舅妈姑妈的情况逐个打听了一遍。莱阳生说："她们都平安无事，只是我的妻子去世了。"外甥女又呜呜咽咽地说："我小时受舅舅、舅妈的抚育，连一丝一毫都还没有报答，没想到却先葬身沟渠，实在遗憾。去年伯伯家的大哥把我父亲迁走，把我丢在一边，一点儿也不关心，我置身数百里外，就像秋燕一样孤苦伶仃。现在舅舅不因我是亡魂就抛弃不管，又承蒙舅舅赐给钱物，我已收到了。"于是莱阳生把朱生的话告诉了外甥女，外甥女低下了头，沉默无语。老太太说："以前朱公子托杨姥姥来过三五回，我认为此事大好，但小姐不肯自己草率行事，现在有舅舅做主，才能令她满意。"

　　言次，一十七八女郎，从一青衣，遽掩入，瞥见生，转身欲遁。女牵其裾曰①："勿须尔！是阿舅，非他人。"生揖之，女郎亦敛衽②。甥曰："九娘，栖霞公孙氏。阿爹故家子③，今亦'穷波斯'④，落落不称意。旦晚与儿还往。"生睇之，笑弯秋月，羞晕朝霞，实天人也。曰："可知是大家，蜗庐人那如此娟好⑤。"甥笑曰："且是女学士，诗词俱大高。昨儿稍得指教。"九娘微哂曰："小婢无端败坏人，教阿舅齿冷也⑥。"甥又笑曰："舅断弦未续⑦，若个小娘子，颇能快意否？"九娘笑奔出，曰："婢子颠疯作也！"遂去。言虽近戏，而生殊爱好之。甥似微察，乃曰："九娘才貌无双，舅倘不以粪壤致猜⑧，儿当请诸其母。"生大悦，然虑人鬼难匹。女曰："无伤，彼与舅有夙分⑨。"生乃出。女送之，曰："五日后，月明人静，当遣人往相迓⑩。"

【注释】

①裾：衣服的大襟或前后部分。

②敛衽：整饬衣襟表示敬意，为古时的一种拜礼。后专指妇女行礼。

③故家子：世家子弟。故家，世代官宦人家，有身份的人家。

④穷波斯：破落户。波斯，古国名。即今伊朗。古代波斯商人多经营珠宝，因以波斯代指富商。

⑤蜗庐：喻小户人家的居室。《古今注·鱼虫》："野人结圆舍，如蜗牛之壳，曰蜗舍。"

⑥齿冷：耻笑，看不起。《南史·乐预传》："人笑褚公，至今齿冷。"

⑦断弦未续：指妻死，尚未续娶。古时以琴瑟象征夫妇，丧妻称"断

弦”，再娶叫“续弦”。

⑧粪壤：幽壤，指死去的人。魏文帝《与吴质书》，谓看到徐幹、陈琳、应玚、刘桢等人的遗文，“观其姓名已为鬼录，追思昔游，犹在心区，而此诸子，化为粪壤，可复道哉”。

⑨夙分：夙缘，缘分。

⑩迓：迎。

【译文】

正说话间，一个十七八岁的女郎，身后跟着一个丫环，忽然推门而入，一眼瞥见莱阳生，转身就要走。外甥女拉着她的衣襟说：“不必如此！这是我舅舅，不是外人。”莱阳生向女郎拱手作揖，女郎也恭敬还礼。外甥女说：“这是九娘，栖霞县公孙家的。她父亲原是大户人家的子弟，如今也破落了，潦倒不称心。只是早晚与我往来。”莱阳生偷偷一看，女郎笑起来两眉弯弯如新月，害羞时面带红晕如朝霞，实在就像天仙一般。于是说：“一看就是大家闺秀，小户人家的姑娘哪能这么清秀美丽！”外甥女笑着说：“她还是个女学士呢，诗词写得都非常好。以前我还稍稍得到过她的指教。”公孙九娘微微一笑说：“小丫头无故说人坏话，让你舅舅笑话。”外甥女又笑着说：“舅舅丧妻后还没续弦，这么个小娘子，还能满意吧？”公孙九娘笑着跑出门去，说：“小丫头发疯啦。”便走开了。话虽近乎玩笑，但莱阳生确实非常喜欢公孙九娘。外甥女似乎稍有觉察，便说：“九娘才貌无双，倘若舅舅不嫌她是入土之人而心怀疑虑，我会向她的母亲求亲。”莱阳生非常高兴，但又担心人与鬼难以成婚。外甥女说：“不妨，她与舅舅前世有缘。”于是莱阳生走出屋门。外甥女随后相送，说：“五天后，月明人静的时候，我会派人前去接你。”

生至户外，不见朱。翘首西望，月衔半规①，昏黄中犹认旧径。见南向一第，朱坐门石上，起逆曰②：“相待已久。寒舍即劳垂顾。”遂携手入，殷殷展谢。出金爵一、晋珠百枚③，曰：“他无长物④，聊代禽仪⑤。”既而曰：“家有浊醪⑥，但幽室之物，不足款嘉宾，奈何！”生谢而退⑦。朱送至中途，始别。生归，僧仆集问。生隐之曰：“言鬼者妄也，适赴友人饮耳。”

【注释】

①月衔半规：月亮半圆。衔，含，隐没。规，圆形。

②逆：迎。

③晋珠：山西产的珠玉。《尔雅·释地》：“西方之美者，有霍山之多珠玉焉。”注曰：“霍山，今在平阳永安县东北。珠如今杂珠而精好。”霍山，在今山西。

④长（zhǎng）物：原指多余的东西，后来也指像样的东西。

⑤禽仪：订婚用的聘礼。古时订婚以雁为聘礼，称为“委禽”。仪，礼物。

⑥浊醪（láo）：浊酒，用糯米、黄米等酿制的酒，较混浊。

⑦谢：谦谢。

【译文】

莱阳生走到门外，没有看见朱生。他抬头向西望去，天上挂着半轮明月，在昏黄的月光下，还能认出来时走过的老路。只见南面有一座宅第，朱生坐在门前的石基上，这时起身迎接说：“已经等你许久，就请你光临寒舍。”便拉着莱阳生的手走进宅第，真诚恳切地表示感谢。他拿出一只金酒杯，一百颗晋珠，说：“我没有别的好东西，姑且用这些东西作为聘礼吧。”不一会儿又说：“家中本来也有浊酒，只是阴间的东西，不能款待贵宾，真没办法！”莱阳生谦和地表示不必喝酒，随即告辞而回。朱生把他送到半路，两人才分手告别。莱阳生回到寺院，僧人和仆人都围拢上问长问短。莱阳生隐去实情说：“说见了鬼是胡扯，刚才我到朋友那里喝酒去了。”

后五日，果见朱来，整履摇箑^①，意甚忻适^②，才至户庭^③，望尘即拜^④。少间，笑曰："君嘉礼既成^⑤，庆在今夕，便烦枉步^⑥。"生曰："以无回音，尚未致聘^⑦，何遽成礼？"朱曰："仆已代致之矣。"生深感荷，从与俱去。直达卧所，则甥女华妆迎笑。生问："何时于归^⑧？"朱云："三日矣。"生乃出所赠珠，为甥助妆^⑨，女三辞乃受。谓生曰："儿以舅意白公孙老夫人，夫人作大欢喜。但言：老耄无他骨肉^⑩，不欲九娘远嫁，期今夜舅往赘诸其家。伊家无男子，便可同郎往也^⑪。"朱乃导去。

【注释】

①箑（shà）：扇子。

②忻适：快乐，心满意足。

③户庭：户外庭院。亦泛指门庭、家门。《易·节》："不出户庭，无咎。"朱熹本义："户庭，户外之庭也。"

④望尘即拜：意谓老远望见就下拜。晋石崇与潘岳谄媚贾谧，贾出，石崇立路旁望尘下拜。见《晋书·潘岳传》。尘，车行时扬起的尘土。

⑤嘉礼：古代五礼之一，后专指婚礼。

⑥枉步：邀请别人前往的敬称。

⑦致聘：送交定亲礼品。北魏郦道元《水经注·庐江水》："吴郡太守张公直，自守征还，道由庐山。子女观祠，婢指女戏妃像人。其妻夜梦致聘。"

⑧于归：指女子出嫁。《诗·周南·桃夭》："之子于归，宜其室家。"于，往。归，旧时妇女以夫家为家，故出嫁叫"归"。

⑨助妆：古时女子出嫁，亲友赠送的服饰等礼物。

⑩老耄：七、八十岁的老人。亦指衰老。

⑪郎：这里指朱生。郎，古时妇女对丈夫或所爱男子的称呼。

【译文】

　　五天后，朱生果然前来，只见他穿着新鞋，摇着扇子，十分高兴畅快。他刚走进院子，远远望见莱阳生就施礼下拜。稍停，又笑着说："你的婚礼已经准备妥当，喜事近在今宵，现在便有劳你动身前往。"莱阳生说："由于没有回音，我还没送聘礼，怎能仓促举行婚礼？"朱生说："我已经替你送了聘礼啦。"莱阳生深深表示感谢，便跟他前去。他们一直来到朱生的住处，只见外甥女打扮得华美艳丽，面带笑容地迎了出来。莱阳生问："你什么时候过门的？"朱生说："过门三天了。"莱阳生便拿出朱生赠送的晋珠，让外甥女添置衣裳，外甥女再三推让，最后才接受了。她告诉莱阳生说："我把舅舅的意思告知公孙老夫人，老夫人非常喜欢。只是说自己七老八十，没有别的亲生骨肉，不想让九娘远嫁，希望舅舅今天夜里入赘到她家。她家没有男人，你这就可以与朱郎一同前往。"朱生便为莱阳生引路。

　　村将尽，一第门开，二人登其堂。俄白："老夫人至。"有二青衣扶妪升阶。生欲展拜，夫人云："老朽龙钟，不能为礼，当即脱边幅①。"乃指画青衣②，置酒高会。朱乃唤家人，另出肴俎，列置生前，亦别设一壶，为客行觞③。筵中进馔，无异人世，然主人自举，殊不劝进④。既而席罢，朱归。青衣导生去，入室，则九娘华烛凝待。邂逅含情⑤，极尽欢昵。初，九娘母子，原解赴都。至郡⑥，母不堪困苦死，九娘亦自到。枕上追述往事，哽咽不成眠。乃口占两绝云⑦：

　　　　昔日罗裳化作尘⑧，空将业果恨前身⑨。

　　　　十年露冷枫林月，此夜初逢画阁春⑩。

白杨风雨绕孤坟，谁想阳台更作云⑪？

忽启缕金箱里看⑫，血腥犹染旧罗裙。

天将明，即促曰："君宜且去，勿惊厮仆。"自此昼来宵往，嬖惑殊甚⑬。

【注释】

①脱边幅：不拘礼节。边幅，布帛边缘整齐，喻人的容止合乎礼仪。

②指画：指使，指挥。

③行觞：行酒，斟酒。

④劝进：劝客进食饮酒。

⑤邂逅：指两相爱悦。《诗·唐风·绸缪》："今夕何夕，见此邂逅。"

⑥郡：指济南府。

⑦口占两绝：随口作成两首绝句。口占，随口念出，不用笔写。绝，绝句，旧诗体的一种。每首四句。

⑧罗裳：丝裙。

⑨业果：佛教语，指人的行为所招致的果报或报应。业有善业、恶业，果报也有善报、恶报。

⑩十年露冷枫林月，此夜初逢画阁春：意谓十年来一直置身于寒露冷月、枫林萧瑟之中，今晚才初次享受闺阁中的人间春意。画阁，彩饰的闺阁，指洞房。

⑪谁想阳台更作云：没有想到还能过着夫妇恩爱的生活。阳台，指男女欢会之处。宋玉《高唐赋序》：楚王游于高唐，梦中与一神女欢会。神女临别告诉楚王："妾在巫山之阳，高丘之岨，旦为朝云，暮为行雨，朝朝暮暮，阳台之下。"

⑫缕金箱：也作"镂金箱"。有雕金镂纹的箱子。

⑬嬖惑：宠爱迷恋。

【译文】

走到村庄尽头时,看见一座宅第敞着大门,二人直接进了厅堂。一会儿,有人禀报说:"老夫人到。"只见有两个丫环扶着一个老太太登上台阶。莱阳生准备行礼,夫人说:"我上了年纪,行动不便,不能行礼,这些规矩就免了吧。"便指使丫环摆上酒席,举行盛大的婚宴。朱生招呼仆人,另外端出菜肴,摆放在莱阳生面前,并另放一个酒壶,以备为客人斟酒。宴席上的饭菜与人间没有不同,只是主人只顾自斟自饮,根本不劝人喝酒。不久,宴席结束,朱生回家。丫环引导莱阳生走进洞房,公孙九娘已在华丽的灯烛前专心等待。于是两人互相爱悦,含情脉脉,极尽欢乐亲昵之事。原来,公孙九娘母子两人本来是要押送到京城,到济南府时,母亲被困苦折磨而死,公孙九娘也自刎身亡。公孙九娘在枕上追叙往事,哽咽悲泣,难以入睡,便随口作成两首七言绝句,其一是这样的:

昔日罗裳化作尘,空将业果恨前身。

十年露冷枫林月,此夜初逢画阁春。

另外一首是:

白杨风雨绕孤坟,谁想阳台更作云?

忽启缕金箱里看,血腥犹染旧罗裙。

天快亮了,公孙九娘便催莱阳生说:"你该走了,别惊动仆人。"莱阳生从此晚上来白天归,对公孙九娘很是宠爱迷恋。

一夕,问九娘:"此村何名?"曰:"莱霞里①。里中多两处新鬼②,因以为名。"生闻之欷歔。女悲曰:"千里柔魂,蓬游无底③,母子零孤,言之怆恻。幸念一夕恩义,收儿骨归葬墓侧④,使百世得所依栖,死且不朽。"生诺之。女曰:"人鬼路殊,君亦不宜久滞。"乃以罗袜赠生,挥泪促别。生凄然而出,忉怛若丧⑤,心怅怅不忍归,因过叩朱氏之门。朱白足出逆⑥,甥亦起,云鬟蓬松⑦,惊来省问。生怊怅移时⑧,始述九娘语。女曰:"妗氏不言,儿亦夙夜图之。此非人世,久居诚非所宜。"于是相对汍澜⑨。生亦含涕而别。叩寓归寝,展转申旦⑩。欲觅九娘之墓,则忘问志表⑪。及夜复往,则千坟累累,竟迷村路,叹恨而返。展视罗袜,着风寸断,腐如灰烬,遂治装东旋。

【注释】

①莱霞里:在镇压于七起义的过程中,清兵大肆屠杀无辜,受难百姓埋葬多处。据《莱阳县志》:"今锯齿山前,有村曰血灌亭,省城南关有荒冢曰栖莱里,杀戮之惨可知矣。"此处的"莱霞里"或为虚拟或有所据。

②两处:指莱阳、栖霞。

③蓬游无底:像蓬草一样随风飘游,没有归宿。底,休止。

④墓侧:指在莱阳生的家族墓旁。

⑤忉怛(dāo dá)若丧:忧愁悲伤地失去自我。忉怛,忧愁,忧伤。

⑥白足:赤着脚。

⑦鬖(péng)松:披头散发,没有梳头的样子。

⑧怊(chāo)怅:犹惆怅。因失意或失望而伤感、懊恼。

⑨汍(wán)澜:流泪的样子。

⑩展转:翻来覆去睡不着。申旦:自夜达旦,犹通宵。

⑪志表:碑志墓表。指墓前的标志。

【译文】

一天晚上,莱阳生问公孙九娘:"这村子叫什么名?"公孙九娘说:"叫莱霞里。里中大多是莱阳、栖霞两县的新鬼,所以叫这个名。"莱阳生听了叹息连声。公孙九娘也难过地说:"离家千里的一缕柔魂,像飘蓬般地无处归依,我们母子孤苦伶仃,说来令人凄怆。万望你能顾念夫妻情义,为我收拾尸骨,送到祖坟旁边埋葬,使我有个百世的归宿,此恩我将永世不忘。"莱阳生答应下来。公孙九娘说:"人与鬼活在不同的世界里,你在这里不宜久留。"便把一双丝罗的袜子送给莱阳生,流着眼泪,催他快走。莱阳生凄然走出,满腹忧愁,悲痛欲绝,心中惆怅怨恨,不愿意马上回去,因而又去敲朱生的家门。朱生光着双脚出来迎接,外甥女也爬了起来,如云的双鬟乱蓬蓬的,吃惊地来问候。莱阳生惆怅多时,才重述了公孙九娘的话。外甥女说:"即使舅母不说,我也在日夜考虑此事。这里不是人间,确实不适于久住。"于是,几人面对面哭得泪水涟涟。莱阳生含着泪水告别离去。莱阳生敲开寺门,回屋躺下,辗转反侧,直到天亮。他想寻找公孙九娘的坟墓,却忘了问碑志墓表。等到夜里,他再去寻找,只见上千座坟墓重重叠叠,竟然再找不到通往村庄的道路,只得叹息连声,抱恨而归。他打开丝罗的袜子来看,袜子经风一吹,碎成一片片的,霎时烂得如同灰烬一般。于是他打点行装,返回东鲁。

半载不能自释,复如稷门①,冀有所遇。及抵南郊,日势已晚,息驾庭树②,趋诣丛葬所。但见坟兆万接③,迷目榛荒④,鬼火狐鸣,骇人心目。惊悼归舍。失意遨游,返辔遂东。行里许,遥见女郎,独行丘墓间,神情意致,怪似九娘。挥鞭就视,果九娘。下骑欲语,女竟走,若不相识。再逼近之,色作怒,举袖自障。顿呼九娘,则湮然灭矣⑤。

【注释】

①稷门:即前文的稷下,济南。

②息驾:停下车马。

③坟兆:坟地。兆,界域。万接:一个接着一个。万,极言其多。

④榛荒:草木荒凉。榛,丛杂的草木。

⑤湮然:消失湮灭的样子。

【译文】

　　过了半年,莱阳生仍然忘不了公孙九娘,又来到济南,希望在哪里遇到她。等抵达南郊时,日色已晚,他把马拴在院中的树上,便快步赶往乱葬的坟场。在那里,只见无数的坟茔一个接着一个,丛生的荒草迷茫一片,鬼火点点,狐鸣声声,使人触目惊心。莱阳生惊恐伤悼交集地回到住处。他失望地到处乱走,后来便掉转马头,返回东鲁。走出一里左右,莱阳生远远地看见一位女郎,独自在坟丘间行走,神情风致很像公孙九娘。他挥鞭追赶,近前一看,果然是公孙九娘。他跳下马来,正要说话,公孙九娘竟然跑开,就像素不相识一般。他再次逼近公孙九娘,公孙九娘显出怒气冲冲的神色,并用袖子遮住自己的脸。他顿足高呼"九娘",公孙九娘还是湮没不见了。

　　异史氏曰:香草沉罗,血满胸臆①;东山佩玦,泪渍泥沙②。古有孝子忠臣,至死不谅于君父者。公孙九娘岂以负骸骨之托,而怨恛不释于中耶③? 脾鬲间物④,不能掬以相示,冤乎哉!

【注释】

①香草沉罗,血满胸臆:指屈原自沉于汨罗江,悲愤不能自已。香草是屈原作品中经常使用的意象,历代评论者都认为是屈原的人格象征。如司马迁赞屈原:"其志洁,故其称物芳。"王逸说:"行清洁者佩芳。"张德纯说:"兰芳秋而弥烈,君子佩之,所以象

德,篇中香草,取譬甚繁,指各有属。"罗,此指汨罗江。

②东山佩玦,泪渍泥沙:指晋太子申生遭受谗害,冤抑莫伸。《左传·闵公二年》,"晋侯使太子申生伐东山皋落氏"。临行,"公衣之偏衣,佩之金玦"。玦,半环形佩玉,以金所制作者称金玦。古人以玦表示决绝。渍,浸染,濡染。

③怨怼:怨恨不满。

④脾鬲间物:指心。

【译文】

异史氏说:以香草自况的屈原自沉于汨罗江,他的热血还在胸中激荡;讨伐东山皋落氏的太子申生佩戴着金玦,他的眼泪浸透了泥沙。自古便有忠臣孝子到死不被君父谅解的事例。公孙九娘是不是认为莱阳生背弃了迁移尸骨的重托,怨恨始终难以在心中消除呢?脾鬲之间的那颗心不能掏出来给人看,莱阳生也太冤枉了!

促织

【题解】

这是一篇政治色彩相当浓厚的小说,揭示了在威权时代,"天子偶用一物"给百姓带来的家破人亡的痛苦,给各级官僚带来"仙及鸡犬"的闹剧。笔锋还顺带对于当时"报里长"的积弊,科举考试的腐败进行了讽刺。

清代王渔洋对于故事发生在明朝"宣德间"提出异议,说:"宣德治世,宣宗令主,其台阁大臣又三杨、蹇、夏诸老先生也,顾以草虫纤物,殃民至此耶?惜哉!抑传闻异辞耶?"评论家但明伦正确地予以批驳,认为"但论其事,不必求其时代可也"。实际上,在民主时代,总统也好,总理也好,"偶用一物"可以带来时髦新潮,但不会成为考核官僚政绩的内容,因为百姓会用选票评论官员的升迁任用。但在威权的时代里,官僚政绩考核的标准和结果都掌握在上面,"上台喜,便是好官",为了"上台喜",什么稀奇古怪的事情都可以发生,一只小小的蟋蟀演出无数悲喜剧便不足为奇了。

小说写得极其曲折生动,尤其是蟋蟀的形状,捕捉蟋蟀的过程,蟋蟀的争斗,栩栩如生,扣人心弦。《聊斋志异》评论家王金范赞扬说"状小物瑰异如此,是《考工记》之苗裔"。

宣德间,宫中尚促织之戏①,岁征民间②。此物故非西产③,有华阴令欲媚上官④,以一头进⑤,试使斗而才,因责常供。令以责之里正⑥。市中游侠儿得佳者笼养之⑦,昂其直⑧,居为奇货⑨。里胥猾黠⑩,假此科敛丁口⑪,每责一头,辄倾数家之产。

【注释】

①宣德间,宫中尚促织之戏:明沈德符《万历野获编》云:"我朝宣宗最娴此戏,曾密诏苏州知府况钟进千个,一时语云:'促织瞿瞿叫,宣德皇帝要。'此语至今犹传。""苏州卫中武弁(旧时低级武职)闻尚有以捕蟋蟀比首虏(斩下俘虏的首级)功得世职(世代承袭的官职)者。"又,明吕毖《明朝小史》记:"宣宗酷爱促织之戏,遣使取之江南,价贵至数十金。枫桥一粮长,以郡督遣,觅得一最良者,用所乘骏马易之。妻谓骏马所易,必有异,窃视之,跃出为鸡啄食。惧,自缢死。夫复伤其妻,亦自经焉。"本篇应该是根据相关传闻创作的。宣德,明宣宗朱瞻基的年号。促织,即蟋蟀。《埤雅》谓"谓其声如急织也",故称"促织"。中国北方俗名蛐蛐。尚,喜爱,讲究。

②征:征收,勒令交纳。

③西:西部地区。这里指陕西。

④华阴:县名。位于关中平原东部,今陕西华阴。媚:献媚,讨好。

⑤进:进奉。

⑥里正:古时有"里正",明代称"里长"。明代役法规定,各地以邻近的一百一十户为一"里",从中推丁多粮多的十户,轮流充当里长,故又称"富户役"。里长负责催征粮税及分派徭役。后来赋役日渐繁苛,富户贿赂官府,避免承当,而使中、下户担任。

⑦游侠儿:古称抑强扶弱、具有侠义精神的人为"游侠"。三国魏曹植《白马篇》:"借问谁家子? 幽并游侠儿。"这里指游手好闲、不务正业的青年。

⑧昂其直:抬高价格。

⑨居为奇货:囤积起来当成珍贵的财货。居,居积,囤积。

⑩里胥:乡里中的公差。胥,官府中的小吏。猾黠:狡猾奸诈。

⑪科敛丁口:按人口摊派费用。科敛,摊派,征收。丁口,泛指人口。男子称"丁",女子称"口"。

【译文】

　　明朝宣德年间,皇宫中盛行斗蟋蟀的游戏,每年都向民间征收蟋蟀。这东西本来不是陕西的特产,有位华阴县令想讨好上司,便进献了一头蟋蟀,让它试斗了一回,还真厉害,所以朝廷便责成华阴县年年进贡蟋蟀。县令又把差事责成里正来办。街市上的游手好闲之徒捉到好的蟋蟀便养在竹笼里,抬高价格,当成稀有的东西待价而沽。乡里的差役狡猾奸诈,借此名目按人口加以摊派,每指定交一头蟋蟀,就能使好几家破产。

　　邑有成名者,操童子业①,久不售②。为人迂讷③,遂为猾胥报充里正役④,百计营谋不能脱,不终岁,薄产累尽。会征促织,成不敢敛户口,而又无所赔偿,忧闷欲死。妻曰:

"死何裨益⑤？不如自行搜觅，冀有万一之得。"成然之。早出暮归，提竹筒铜丝笼，于败堵丛草处，探石发穴，靡计不施，迄无济。即捕得三两头，又劣弱不中于款⑥。宰严限追比⑦，旬馀，杖至百，两股间脓血流离，并虫亦不能行捉矣。转侧床头，惟思自尽。

【注释】

①操童子业：意谓读书欲考秀才。操，从事。童子业，指"童生"。科举时代凡没有考中秀才的人统称"童生"。

②不售：志愿未遂，指没有考中。售，达到，实现。

③迂讷：迂阔而拙于言辞。

④猾胥：即上文中"里胥猾黠"，狡猾的里胥。报充里正：蒲松龄《循良政要》："报里长：此役原以慧黠老成，能办公事者充之。近岁里长辄托言退役，而择报里中富厚庸懦者以吓诈之。"

⑤裨益：补益。

⑥不中（zhòng）于款：不合规格。中，符合。款，款式，规格。

⑦严限追比：严定期限，按期查验催逼。旧时地方官府规定限期要求差役或百姓完成任务或交纳赋欠，并按期查验完成情况。逾期不能完成则施杖责。查验有一定期限，每误一期责打一次，叫"追比"。

【译文】

县里有一个叫成名的，是个童生，多年没考中秀才。他为人迂腐，拙于辞令，于是被狡诈的差役上报让他来承担里正的差事，他想尽办法都没推掉这个差事，不到一年，不多的家产都赔光了。这次正赶上征收蟋蟀，成名不敢按户摊派，而自己又无法赔偿，心中愁闷得直想死。妻子说："死有什么用？不如自己去找找看，也许还有一线希望。"成名认为言之有理。他早出晚归，提着竹筒和铜丝笼子，在败壁残垣、杂草丛生的地方，翻石头，挖洞穴，无计不施，始终一无所获。即使捉到三两头，也是劣等弱小不合规格的家伙。县令定了严格的期限催促追逼责打，在十多天里，他挨了上百板子，两股间脓血直淌，连蟋蟀也捉不成了。成名在床上辗转反侧，唯一的念头就是自杀。

　　时村中来一驼背巫，能以神卜。成妻具赀诣问，见红女白婆①，填塞门户。入其舍，则密室垂帘，帘外设香几。问者爇香于鼎②，再拜。巫从傍望空代祝，唇吻翕辟③，不知何词。各各竦立以听。少间，帘内掷一纸出，即道人意中事，无毫发爽④。成妻纳钱案上，焚拜如前人。食顷，帘动，片纸抛落。拾视之，非字而画：中绘殿阁，类兰若⑤；后小山下，怪石乱卧，针针丛棘，青麻头伏焉⑥；旁一蟆⑦，若将跳舞⑧。展玩不可晓⑨，然睹促织，隐中胸怀。折藏之，归以示成。

【注释】

①红女白婆：红妆少女和白发老妇，指各种女人。

②爇香：烧香。鼎：三足香炉。

③翕(xī)辟：一合一开。

④无毫发爽：没有丝毫差错。爽，差错。

⑤兰若：梵文"阿兰若"的音译，即佛寺。

⑥青麻头：一种上等品种蟋蟀的名称。《帝京景物略》谓"凡促织，青为上，黄次之，赤次之，黑又次之，白为下"。后文"蝴蝶"、"螳螂"、"油利挞"、"青丝额"等都是蟋蟀品种名。

⑦蟆：虾蟆。

⑧跳舞：跳跃。

⑨展玩：展视玩味。玩，玩味，思索。

【译文】

当时村里来了一个驼背的巫婆，能通过神灵预卜凶吉。成名的妻子准备好钱财前去问卜，只见红妆少女和白发老妇挤满了门口。进到屋里，一间密室挂着布帘，布帘前面摆着香案。问卜者在香炉里点上香，拜两拜。巫婆在旁边朝天代其祷告，嘴里念念有词，却不知说的什么。每个人都恭敬地站着静听。没多久，帘子后面扔出一张纸，写的便是人们要问的事，丝毫不差。成名的妻子把钱放在案头，也像前面的人一样烧香行礼。过了一顿饭的工夫，帘子掀动，一张纸抛落在地。捡起来一看，不是字而是张画：中间画着殿堂楼阁，类似寺庙的样子；后面小山下，有着各种各样的怪石，丛生的荆棘刺儿尖尖，下面伏着一头青麻头蟋蟀；旁边有一只蛤蟆，像要跳起来似的。她反复玩味，莫明其妙，不过看到画上有蟋蟀，却也隐隐切中心事。于是她把画折好收了起来，拿回家给成名看。

成反复自念，得无教我猎虫所耶？细瞻景状，与村东大佛阁真逼似。乃强起扶杖，执图诣寺后。有古陵蔚起①，循陵而走，见蹲石鳞鳞②，俨然类画。遂于蒿莱中，侧听徐行，似寻针芥③，而心目耳力俱穷，绝无踪响。冥搜未已④，一癞头蟆猝然跃去⑤。成益愕，急逐趁之⑥。蟆入草间，蹑迹披求⑦，见有虫伏棘根。遽扑之，入石穴中。掭以尖草⑧，不出，以筒水灌之，始出。状极俊健。逐而得之，审视，巨身修尾，青项金翅。大喜，笼归。举家庆贺，虽连城拱璧不啻也⑨。土于盆而养之⑩，蟹白栗黄⑪，备极护爱，留待限期，以塞官责⑫。

【注释】

①古陵蔚起：古墓隆起。蔚起，此指古墓又多又高。

②蹲石鳞鳞：乱石蹲踞，密集得像鱼鳞。鳞鳞，密集排列的样子。

③针芥：针和芥子，喻非常细小的东西。

④冥搜：到处搜索。冥，幽远。

⑤癞头蟆：癞蛤蟆。猝然：突然。

⑥逐趁：追赶。

⑦蹑迹披求：拨开丛草，跟踪寻求。蹑，追随。披，分开。

⑧掭(tiàn)：轻轻拨动。

⑨虽连城拱璧不啻(chì)也：即使是价值连城的大璧玉，也比不上它。《史记·廉颇蔺相如列传》：战国时，赵国得和氏璧，秦国愿以十五城交换。故称和氏璧为"连城璧"，谓其价值连城。拱璧，大璧。《左传·襄公二十八年》："与我其拱璧。"疏："拱谓合两手也。此璧两手拱抱之，故为大璧。"不啻，不止。

⑩土于盆而养之：《帝京景物略》谓都人繁殖蟋蟀，"其法土于盆而养之，虫生子土中"。此指用装有泥土的盆蓄养促织。

⑪蟹白栗黄：蟹肉和栗实，指喂养蟋蟀的饲料都很精细奢侈。

⑫塞：搪塞。

【译文】

成名自己反复琢磨，这莫非是指点我捉蟋蟀的地点吗？细看那些景物，酷似村东的大佛阁。于是他勉强起身，挂着拐杖，拿着图画来到寺院后面。那里古墓又多又高，沿着墓地前行，只见乱石蹲伏，密集如鱼鳞，俨然与图画完全相似。他随即在野草中侧耳细听，缓步徐行，就像在找一根针，找一个芥子，然而，心力、目力、耳力完全用尽，却既没看见蟋蟀的影，也没听见蟋蟀的叫。成名仍然不停地尽量寻找，忽然，一只癞蛤蟆猛然一跃而去。他愈加惊愕，急忙追赶过去。这时癞蛤蟆跳进草丛，他紧盯着癞蛤蟆的踪迹，扒开杂草寻找，看见一头蟋蟀伏在草根上。他连忙去扑蟋蟀,蟋蟀钻进了石缝。他用尖细的草叶去拨蟋蟀,蟋蟀不肯出来,他用竹筒往里灌水,蟋蟀才蹦了出来。蟋蟀的外形很是矫健。他追上去捉住了蟋蟀,仔细一看,只见蟋蟀形体很大,双尾很长,青色的颈项,金黄的翅膀。他非常高兴,把蟋蟀放到笼子里带回了家。全家都为此庆贺,比得到价值连城的大璧玉还要高兴。成名把蟋蟀放在土盆喂养,给它吃白白的蟹肉,黄黄的栗实,爱护备至,准备只等限期一到,就拿它应付官差。

成有子九岁,窥父不在,窃发盆。虫跃掷径出,迅不可捉。及扑入手,已股落腹裂,斯须就毙①。儿惧,啼告母。母闻之,面色灰死,大骂曰:"业根②!死期至矣!而翁归③,自与汝覆算耳④!"儿涕而出。未几成归,闻妻言,如被冰雪。怒索儿,儿渺然不知所往。既得其尸于井,因而化怒为悲,抢呼欲绝⑤。夫妻向隅⑥,茅舍无烟,相对默然,不复聊赖⑦。日将暮,取儿藁葬⑧。近抚之,气息惙然⑨。喜置榻上⑩,半夜复苏⑪,夫妻心稍慰。但蟋蟀笼虚,顾之则气断声吞,亦不敢复究儿。自昏达曙,目不交睫。

【注释】

①斯须:一会儿,形容时间短暂。

②业根:犹言孽种。业,佛教名词,指过去所作所为。业有善有恶,此指恶业。

③而翁:你父亲。而,你。

④覆算:算账,核对。

⑤抢(qiāng)呼:即呼天抢地。头碰地,口喊天,形容悲痛已极。抢,碰,撞。

⑥向隅：比喻失意悲伤。《说苑·贵德》："今有满堂饮酒者，有一人独索然向隅而泣，则一堂之人皆不乐矣。"隅，角落。

⑦不复聊赖：不再有所指望。聊赖，依赖，指生活或感情上的凭借。

⑧藁（gǎo）葬：草草埋葬。藁，草席，草荐。

⑨惙（chuò）然：形容呼吸微弱。

⑩寘：同"置"。

⑪甦（sū）：复活，苏醒。

【译文】

成名有个九岁的儿子，见父亲不在，偷偷把盆打开。蟋蟀一跃跳出盆，快得来不及去捉。等扑到手里时，蟋蟀已经掉了大腿，破了肚子，一会儿就死了。儿子害怕，哭着告诉了母亲。母亲一听，面如死灰，大骂道："孽种！你的死期到了！你爹回来，自然会跟你算账！"儿子流着眼泪出门走了。不久，成名回到家里，听妻子一说，就像冰雪浸透了全身。他怒气冲冲地去找儿子，儿子却无影无踪，不知去了哪里。后来，他在井中找到了儿子的尸体，因此愤怒化为悲伤，呼天抢地，几乎晕死过去。夫妻向隅而泣，无心做饭，只面对面地沉默不语，再没有指望了。天快黑时，成名打算把儿子草草埋葬了事。他近前一摸，儿子还有微弱的气息。他高兴地把儿子放到床上，半夜里，儿子苏醒过来，夫妻二人心里稍感宽慰。但是蟋蟀笼还空着，只要往那儿瞅一眼，成名就气上不来，话说不出，但也不敢再去追究儿子。从黄昏到天亮，他始终没合眼。

东曦既驾①，僵卧长愁。忽闻门外虫鸣，惊起觇视②，虫宛然尚在。喜而捕之。一鸣辄跃去，行且速。覆之以掌，虚若无物，手裁举，则又超忽而跃③。急趁之，折过墙隅，迷其所往。徘徊四顾，见虫伏壁上。审谛之，短小，黑赤色，顿非前物。成以其小，劣之④，惟彷徨瞻顾，寻所逐者。壁上小虫，忽跃落衿袖间⑤。视之，形若土狗⑥，梅花翅，方首长胫⑦，意似良，喜而收之。将献公堂，惴惴恐不当意，思试之斗以觇之。

【注释】

①东曦（xī）既驾：东方的太阳已经升起来。曦，阳光。驾，指羲和为太阳赶车。《初学记》引《淮南子·天文训》："爰止羲和，爰息六螭。"许慎注："日乘车，驾以六龙，羲和御之。"

②觇（chān）视：窥视，探看。

③超忽：轻飘飘，远远地。

④劣之：以之为劣。看不上。

⑤衿：衣襟。

⑥土狗：别名蝼蛄、拉拉蛄，属直翅目，蝼蛄科昆虫。

⑦胫：小腿，从膝盖到脚跟的腿部。

【译文】

太阳从东方升边，成名还呆呆地躺在床上发愁。忽然，他听见门外有蟋蟀在叫，心中一惊，连忙起身察看，却见蟋蟀好像还伏在那里。他欢欢喜喜地去捉蟋蟀。蟋蟀叫了一声就跳走了，跳得还很快。他用手掌把蟋蟀罩住，掌中仿佛空无一物，可是刚把手抬起来，蟋蟀便又迅速跳走。他急忙追赶，刚转过墙角，就不知去向了。成名徘徊不前，四处张望，看见蟋蟀伏在墙壁上。仔细一看，蟋蟀形体短小，黑中带红，根本不是原来那头蟋蟀。他嫌这头蟋蟀太小，没看上眼，只是走来走去，东张西望，找刚才要捉的那头蟋蟀。这时伏在墙壁上的小蟋蟀，忽然跳落在他的衣襟衣袖之间。一看，这蟋蟀形如土狗，梅花翅膀，方头长腿，觉得似乎还挺好，便高兴地捉到笼里。将要把蟋蟀献给官府时，成名惴惴不安，唯恐上面不满意，想试斗一回，看看如何。

村中少年好事者，驯养一虫，自名"蟹壳青"，日与子弟角，无不胜。欲居之以为利，而高其直，亦无售者①。径造庐访成，视成所蓄，掩口胡卢而笑②。因出己虫，纳比笼中。成视之，庞然修伟，自增惭怍，不敢与较。少年固强之。顾念蓄劣物终无所用，不如拼博一笑，因合纳斗盆。小虫伏不动，蠢若木鸡③。少年又大笑。试以猪鬣毛，撩拨虫须，仍不动。少年又笑。屡撩之，虫暴怒，直奔，遂相腾击，振奋作声。俄见小虫跃起，张尾伸须，直龁敌领④。少年大骇，解令休止。虫翘然矜鸣⑤，似报主知。成大喜。方共瞻玩，一鸡瞥来⑥，径进以啄。成骇立愕呼。幸啄不中，虫跃去尺有咫⑦，鸡健进，逐逼之，虫已在爪下矣。成仓猝莫知所救，顿足失色。旋见鸡伸颈摆扑，临视，则虫集冠上，力叮不释。成益惊喜，掇置笼中。

【注释】

①售：这里作"买"讲。

②掩口胡卢而笑：笑不可忍，自掩其口。胡卢，也作"卢胡"，强自忍笑的样子。

③蠢：呆蠢。木鸡：木雕的鸡，喻呆板无生气。《庄子·达生》篇记载，古时善斗鸡的，要求把鸡训练得不虚骄，不恃气，安闲镇定，"望之似木鸡"，才能战胜敌鸡。

④龁：咬。领：脖子。

⑤翘然：谓两翅振起。矜鸣：骄傲地鸣叫。

⑥瞥来：突然而来。瞥，眼光一掠，形容迅疾。

⑦咫：古代长度单位，周制八寸，合今制市尺六寸二分二厘。

【译文】

正巧村中有个好事的年轻人,驯养了一头蟋蟀,自己给它取名叫"蟹壳青",每天与其他年轻人斗蟋蟀,从来都是取胜。他想靠这头蟋蟀发财,但是要价太高,也就没人买他的。他径自登门去找成名,看了成名养的小蟋蟀,掩口哑然失笑。他随即拿出自己的蟋蟀,放到斗蟋蟀用的笼子里。成名一看,那蟋蟀形体既长又大,自然倍感惭愧,不敢较量。那年轻人硬要比试。成名心想养一头下等货终究也没有用,不如拼一拼,以博一笑,因此把蟋蟀倒进了斗盆。小蟋蟀伏着不动,呆若木鸡。年轻人又哈哈大笑。他用猪鬃撩拨小蟋蟀的须子,小蟋蟀仍然不动。年轻人又笑了起来。他多次撩拨,小蟋蟀被激得大怒,直奔向前,于是两只蟋蟀彼此腾跃搏击,振翅长鸣。一会儿,只见小蟋蟀纵身跃起,张尾伸须,径直去咬蟹壳青的颈部。年轻人大吃一惊,忙把双方分开,让它们停止角斗。这时,小蟋蟀张开两翅,骄傲地鸣叫起来,好像在向主人报捷。成名大喜。两人正在观赏这只小蟋蟀,一只公鸡突然跑来,上前便啄。成名吓得站在那里直喊。幸亏公鸡没有啄中,小蟋蟀一下子跳出一尺多远,公鸡健步向前,紧紧追逼,眼看小蟋蟀已落在鸡爪之下了。成名仓促间不知如何去救,急得直跺脚,脸色大变。很快见那公鸡伸长脖子直扑梭,近前一看,原来小蟋蟀落在鸡冠上,用力咬着不放。成名愈加惊喜,便捉住蟋蟀,放进竹笼。

翼日进宰,宰见其小,怒诃成。成述其异,宰不信。试与他虫斗,虫尽靡[1],又试之鸡,果如成言。乃赏成,献诸抚军[2]。抚军大悦,以金笼进上,细疏其能[3]。既入宫中,举天下所贡蝴蝶、螳螂、油利挞、青丝额……一切异状,遍试之,无出其右者[4]。每闻琴瑟之声,则应节而舞,益奇之。上大嘉悦,诏赐抚臣名马衣缎。抚军不忘所自,无何,宰以"卓异"闻⑤。宰悦,免成役⑥,又嘱学使,俾入邑庠⑦。后岁馀,成子精神复旧,自言身化促织,轻捷善斗,今始苏耳。抚军亦厚赉成。不数岁,田百顷,楼阁万椽⑧,牛羊蹄躈各千计⑨,一出门,裘马过世家焉⑩。

【注释】

①靡:披靡,被打败。

②抚军:明清时巡抚的别称。

③细疏其能:在表章上详细陈述蟋蟀的本领。疏,向皇帝分门别类陈述政事的奏章。

④右:上,古时以右为上。

⑤以"卓异"闻:因为考绩"卓异"上报。明清时每三年对官员举行一次考绩,外官的考绩叫"大计",由州、县官上至府、道、司,层层考察属员,再汇送督、抚作最后考核,然后报呈吏部。"大计"最好的考语为"卓异",意思是才能卓越优异。闻,上报。

⑥免成役:指免去成名担任里正的差役。

⑦俾:使。入邑庠:入县学,即取得生员资格。

⑧万椽(chuán):犹言万间。椽,这里是间的意思。

⑨牛羊蹄躈(jiào)各千计:意思是牛羊各二百头。躈,肛门。牛羊每头四蹄一躈,合以"千计",则为二百头。

⑩裘马过世家:豪华超过世族大家。裘马,衣裘策马,指豪华生活。

【译文】

第二天,成名把小蟋蟀献给县令,县令嫌蟋蟀太小,怒冲冲地把成名训斥了一顿。成名讲了小蟋蟀奇异不凡的本领,县令不肯相信。试着让它和其他蟋蟀斗,其他蟋蟀个个惨败,又试着让它和公鸡斗,也果然与成名说的一样。于是县令奖赏成名,把小蟋蟀献给巡抚。巡抚非常高兴,又把小蟋蟀盛在金丝笼子里献给皇上,并上表详细陈述小蟋蟀的本领。小蟋蟀进宫后,拿全国各地进献的蝴蝶、螳螂、油利挞、青丝额等所有名贵的蟋蟀与它斗,没有比它厉害的。每当听到琴瑟的声音,小蟋蟀还能按节拍跳舞,越发被人们所赏识。皇上也非常高兴,大加赞许,下诏赐给巡抚名马和锦缎。巡抚也没有忘本,没多久,县令在考核中被评为"政绩卓越优异"上报。县令自然也很高兴,便免去成名的里正差役,还嘱托学使,让成名进了县学。过了一年多,成名的儿子精神复原,他自己说身体化作蟋蟀,轻健敏捷,善于角斗,至今才苏醒过来。巡抚也重赏成名。没几年工夫,成家良田百顷,楼阁万间,牛羊各二百头,每当外出时,穿轻裘,骑肥马,比世家大族还排场。

异史氏曰:天子偶用一物,未必不过此已忘,而奉行者即为定例。加以官贪吏虐,民日贴妇卖儿①,更无休止。故天子一跬步②,皆关民命,不可忽也。独是成氏子以蠹贫③,以促织富,裘马扬扬。当其为里正、受扑责时,岂意其至此哉!天将以酬长厚者④,遂使抚臣、令尹,并受促织恩荫⑤。闻之:一人飞升,仙及鸡犬⑥。信夫!

【注释】

①贴妇卖儿:典妻鬻子。贴,典质。

②跬(kuǐ)步:指一举一动。跬,半步,举一足。举两足叫"步"。

③蠹:蛀虫。这里指里胥。

④长(zhǎng)厚者:忠厚老实的人。

⑤恩荫:封建时代,子孙因父、祖的功劳而得到朝廷恩赐的功名或官爵,叫作"恩荫"。

⑥一人飞升,仙及鸡犬:这里讽刺抚军、县令因促织受宠得益。《列

仙传》载汉淮南王刘安学道，服仙药飞升，"馀药器存庭中，鸡犬舐之皆飞升"。

【译文】

异史氏说：天子偶然用过一件东西，未必不是过后就已忘了，而奉行的官员便将进献的物品著为定例。加上官吏贪婪暴虐，百姓为此每天都要典妻卖子，再无终止之日。所以天子的一举一动，都关系到百姓的死活，决不可疏忽。唯独成名因蠹吏敲诈而贫穷，因进献蟋蟀而致富，轻裘肥马，得意扬扬。他担任里正、遭受责打的时候，哪能想到会有今天呢！上天打算让忠厚老实的人得到报偿，于是连带使巡抚县令都受到蟋蟀的庇佑。曾听说：一人得道升天，连他家的鸡犬也会成仙。的确如此啊！

柳秀才

【题解】

这大概是当时的民间传说。

当人们对于自然灾害还不能科学解释的时候，往往会借助于超自然的力量说明。本篇虽然简短，但塑造了三个鲜明的形象：忧民爱民的沂令，牺牲自己造福乡梓的柳神，威严不好惹而善迁怒的蝗神。

在实际生活中，蒲松龄对于自然灾害的态度是斗争的，不妥协的。他在《农桑经》中说："天灾流行，所时有也。力田而不逢年，岂曰无之？然旱涝之逢，天定可以胜人；而捍御之法，人定可以胜天。"特别设置"飞蝗"、"打蝻"、"蚜蚄"等条目，号召农民与蝗虫斗争，"及早拿之，俱不为害，迟疑者即荡然一空，悔亦何及"！

明季①，蝗生青兖间②，渐集于沂③，沂令忧之。退卧署幕④,梦一秀才来谒,峨冠绿衣⑤,状貌修伟,自言御蝗有策。询之,答云:"明日西南道上,有妇跨硕腹牝驴子⑥,蝗神也。哀之,可免。"令异之,治具出邑南⑦。伺良久,果有妇高髻褐帔⑧,独控老苍卫⑨,缓蹇北度⑩。即爇香⑪,捧卮酒⑫,迎拜道左⑬,捉驴不令去。妇问:"大夫将何为⑭?"令便哀恳:"区区小治⑮,幸悯脱蝗口!"妇曰:"可恨柳秀才饶舌,泄吾密机!当即以其身受,不损禾稼可耳。"乃尽三卮,瞥不复见。后蝗来,飞蔽天日,然不落禾田,但集杨柳,过处柳叶都尽。方悟秀才柳神也。或云是宰官忧民所感,诚然哉!

【注释】

①明季:明朝末年。季,排行次序中最小,最末者。

②青兖间:指青州府和兖州府一带,今山东中部地区。

③集:停落。沂:沂水县,因沂水过境而得名。清初属沂州,今在山东中南部临沂境内。

④署幕:衙门县令住室。

⑤峨冠:高帽子。

⑥牝(pìn)驴子:母驴。牝,雌性禽兽。

⑦治具:置办酒食。

⑧髻:发髻。帔:披在肩背上的饰物,相当于现在的披肩。

⑨老苍卫:年老的灰色驴子。卫,驴。

⑩缓蹇北度:迟缓艰难地向北走来。

⑪爇:烧。

⑫卮:盛酒的器皿,酒杯。

⑬道左:道旁。

⑭大夫:对沂水知县的尊称。三代时,下大夫治一邑之地。

⑮区区:极言其小。小治:犹言小县。治,管内,辖区。

【译文】

明朝末年,蝗虫发生在青州、兖州之间,逐渐飞落到沂水县,沂水县县令很担忧。回到衙署后房躺下后,县令梦见有一位秀才前来求见,秀才高冠绿衣,身材高大,自称有治蝗良策。县令连忙请教,秀才回答说:"明天县城西南的大道上,有一位妇人骑着大肚子母驴,她就是蝗神。哀求她,蝗灾便可免除。"县令认为此梦不同寻常,便备办酒食,赶往城南。等了许久,果然有一位妇人梳着高高的发髻,披着褐色的披肩,独自骑着一头老灰驴,迟缓艰难地向北走来。县令立即点上香,捧上酒,在道旁跪拜迎接,并牵住驴不让她离开。妇人问:"长官想干什么?"县令便苦苦恳求说:"区区小县,万望多加怜悯,使它摆脱蝗虫之口!"妇人说:"可恨柳秀才多嘴多舌,泄露了我的机密!我就让他以身体来承受,不损伤庄稼就可以了。"便喝了三杯酒,转眼不见了。后来蝗虫飞来,遮天蔽日,但不往庄稼地里落,只飞落到杨柳树上,所过之处,柳叶全没有了。县令这才明白,秀才本是柳神。有人说,这是县令忧民感动上天的结果,真是这样的!

水灾

【题解】

这篇作品虽然以"水灾"命篇,但记录的是两件事。它们在时间、地点、灾难的性质上各不相同,而以孝行感动天地之奇相联系贯穿。

在灾难面前,东西方文化在救援先后的序列上有着不同的约定俗成。在西方,顺序是先妇女儿童;在东方,尤其是在中国,则讲究长幼尊卑,父母老人排在最前面,即所谓"孝道"。东西方文化在救援顺序上的差别孰优孰劣,是一个很复杂、很难判断的命题。作品中的奇事可能真有,但归之于天公的"孝报",则是东方文化典型的宣传。

《水灾》篇幅虽短，意识形态色彩也很浓，但从"苦旱"到"小雨"，接着是"大雨"，最后到"雨暴注"，乃至"平地水深数尺，居庐尽没"，水灾的过程中还夹有农作物的描述，写得丰满细腻，有条不紊，衬托了"夫妻之孝报"的真实性。

康熙二十一年①，山东旱，自春徂夏②，赤地无青草③。六月十三日小雨，始有种粟者。十八日，大雨沾足④，乃种豆。一日，石门庄有老叟，暮见二牛斗山上，谓村人曰："大水将至矣！"遂携家播迁⑤。村人共笑之。无何，雨暴注，彻夜不止，平地水深数尺，居庐尽没⑥。一农人弃其两儿，与妻扶老母，奔避高阜⑦。下视村中，已为泽国，并不复念及儿矣。水落归家，见一村尽成墟墓。入门视之，则一屋仅存，两儿并坐床头，嬉笑无恙。咸谓夫妻之孝报云。此六月二十二日事。

【注释】

①康熙二十一年：1682 年。《淄川县志》："春夏不雨，大无麦，报旱灾。六月十三日始雨，望日大雨，河水泛溢，二十一、二十二连昼夜大雨，漂没田庐，淹死人畜。"

②自春徂（cú）夏：从春天到夏天。徂，往。

③赤地：光秃秃的土地，寸草不生。

④沾足：雨下得充足。沾，沾润。

⑤播迁：流离迁徙。此指逃难。

⑥居庐：住宅房舍。

⑦阜：土丘。

【译文】

康熙二十一年，山东发生旱灾，从春天到夏天，土地一片荒凉，寸草不生。六月十三日，下了小雨，才有种谷子的。同月十八日，大雨下充足了，才有种豆的。一天，石门庄有一个老汉，傍晚看见两头牛在山上角斗，告诉村人说："大水即将来了！"便带着家眷搬走，村人都哂笑他。不久，突然大雨如注，彻夜不停，平地水深数尺，住宅统统淹没。当时，一个农民丢下两个孩子，与妻子搀扶着老母，跑到高冈避难。他们往下一看，村庄已成水乡泽国，只好不再去想孩子了。在大水退后他们回家，只见全村都变成了废墟。进门一看，却有一所房屋仅存，两个孩子并排坐在床头玩耍欢笑，一点事儿都没有。人们都说这是对夫妻尽孝的报偿。这是六月二十二日的事情。

康熙二十四年①，平阳地震②，人民死者十之七八。城郭尽墟③，仅存一屋，则孝子某家也。茫茫大劫中，惟孝嗣无恙，谁谓天公无皂白耶④？

【注释】

①康熙二十四年：1685 年。《清史稿·圣祖本纪》："夏四月丁酉，平阳府地震。"

②平阳：明清府名。府治临汾县，即今山西临汾。

③城郭尽墟：谓城内外尽成废墟。内城叫城，外城叫郭。

④无皂白：喻不辨是非善恶。

【译文】

康熙二十四年，平阳发生地震，百姓死了十分之七八。全城内外，尽成废墟，只有一所房屋幸存，却是孝子某人的家。在茫茫的大劫难中，只有孝顺人家的后代平安无事，谁说天公黑白不分呢？

诸城某甲

【题解】

本篇写得简净而细致。概括叙述背景,集中描写头颅。

如果我们把本篇与《野狗》、《头滚》、《快刀》、《鬼哭》、《负尸》、《抽肠》等篇放在一起阅读,其中的战乱血腥气味就显得非常浓厚。蒲松龄说"一笑头落,此千古第一大笑",是含着眼泪,以喜剧方式抒写悲剧内容,曲折反映了那个特定时代的氛围。

学师孙景夏先生言①:其邑中某甲者,值流寇乱,被杀,首坠胸前。寇退,家人得尸,将舁瘗之②,闻其气缕缕然③,审视之,咽不断者盈指。遂扶其头,荷之以归。经一昼夜始呻,以匕箸稍稍哺饮食,半年竟愈。又十馀年,与二三人聚谈。或作一解颐语④,众为哄堂⑤,甲亦鼓掌。一俯仰间,刀痕暴裂,头堕血流。共视之,气已绝矣。父讼笑者。众敛金赂之,又葬甲,乃解。

【注释】

①学师:府、州、县学的学官。孙景夏:孙瑚。宣统三年(1911)三续《淄川县志》:"孙瑚,字景夏,山东诸城人。举人。康熙四年任淄川县儒学教谕。后升任鳌山卫教授,泾县知县。"又据咸丰《青州府志》:"孙瑚,顺天榜,顺治十四年丁酉举人,江南泾县知县。"《蒲松龄集》载有《邀孙学师景夏饮东阁小启》、《送孙广文先生景夏》七绝六首。可见与蒲松龄关系颇为密切。

②舁瘗之:抬尸埋葬。舁,抬,扛。瘗,埋。

③缕缕然:形容呼吸细弱,不绝如缕。

④解颐语：逗笑的话。解颐，破颜为笑。

⑤哄堂：合座大笑。

【译文】

　　县学老师孙景夏先生说，诸城县里的某人，正赶上流寇作乱，被人杀了，头耷拉在胸前。流寇退走后，家人找到他的尸首，打算抬走掩埋，却听见一丝微弱的呼吸，仔细一看，咽喉处有一指多宽没砍断。于是家人扶着他的头，背回家去。经过一天一夜，他开始呻吟，家人用羹匙筷子喂他少许吃的，半年后竟痊愈了。又过了十多年，这人与两三个人聚会闲谈。有人说了一个笑话，引得大家哄堂大笑，这人也鼓掌大笑。没想到在前仰后合之际，刀口突然破裂，人头落地，鲜血涌流。大家一看，这人已经断了气。他的父亲控告说笑话的人。大家凑了些钱送去，又出钱安葬这人，才算完事。

　　异史氏曰：一笑头落，此千古第一大笑也。颈连一线而不死，直待十年后，成一笑狱①，岂非二三邻人，负债前生者耶！

【注释】

　　①笑狱：由玩笑造成的诉讼。狱，讼案。

【译文】

　　异史氏说：一笑把头笑掉了，这是千古第一大笑呀。头与脖子一线相连却没死，直等到十年后促成了一桩由笑引起的讼案，岂不是那两三个邻居前生负他债的结果吗！

库官

【题解】

故事本意是强调人的财富"饮啄有定,不可以妄求",但也透露出明末官场的腐败和国防财政的左支右绌。张华东历史上为官还算清正,当日出行也不过是"奉旨祭南岳",但一路上收到的"馈遗"竟然有"二万三千五百金"之多,可见官场腐败到何等程度!难怪国库空虚,边防吃紧。

邹平张华东公①,奉旨祭南岳②。道出江淮间,将宿驿亭③。前驱白④:"驿中有怪异,宿之必致纷纭⑤。"张弗听。宵分,冠剑而坐⑥。俄闻靴声入,则一颁白叟⑦,皂纱黑带⑧。怪而问之。叟稽首曰:"我库官也,为大人典藏有日矣⑨。幸节钺遥临⑩,下官释此重负。"问:"库存几何?"答言:"二万三千五百金。"公虑多金累缀⑪,约归时盘验,叟唯唯而退。

【注释】

①邹平:县名。位于山东中部偏北,北临黄河。明清属济南府,现属滨州管辖。张华东公:张延登,字济美,号华东,山东邹平人。明万历壬辰(1592)进士。历内黄、上蔡知县,有德政。行取京职。历擢吏科给谏,官至工部尚书,以左右都御史两掌南京都察院。崇祯十四年(1641)署刑部,以劳病卒。诰授资政大夫,谥忠定。传见《邹平县志》。

②南岳:衡山,是我国五岳之一,道教主流全真派圣地,在今湖南衡阳境内。

③驿亭:驿站。官员、信使公出止宿之处。

④前驱：先行人员，开路者。《诗·卫风·伯兮》：“伯也执殳，为王
　前驱。”

⑤必致纷纭：必然惹来麻烦。纷纭，纠纷，扰乱。

⑥冠剑而坐：身穿官服，佩剑而坐。

⑦颁白叟：须发斑白的老人。颁白，须发半白。颁，通“斑”。《孟
　子·梁惠王》：“颁白者，不负戴于道路矣。”朱熹集注：“颁与斑
　同，老人头半白黑者也。”

⑧皂纱黑带：皂色纱帽，黑色衣带，吏员的服饰。

⑨典藏(zǎng)：管理库存财物。典，司，管理。藏，库存之物。

⑩节钺：钦差官员的仪仗。节，旄节，使臣仪仗中的一种旗子。钺，
　仪仗中的大斧。遥临：远道而来。

⑪累缀：即“累赘”。冗杂妨事。

【译文】

　　邹平县的张华东公，奉旨祭祀南岳衡山。途中经过江淮一带，准备
在驿亭过夜。先行开路的人员说：“驿亭中有怪异，在那里住宿，一定会
惹麻烦的。”张华东不加理睬。半夜时分，张华东身穿官服佩剑坐在驿
亭。一会儿，只听见有一阵靴子声进了驿亭，原来是一个须发斑白的老
头儿，黑纱帽，黑腰带。张华东奇怪地问他是谁。老头儿伏地叩头说：
“我是库官，为大人掌管库存财物多日了。幸好大驾远道光临，我才可
以卸去这个重任。”张华东问：“库存现有多少？”老汉回答：“银子二万三
千五百两。”张华东担心银子带多了是个累赘，约定等自己回来盘点后
再作处理，老头儿连声答应，转身离去。

　　张至南中①，馈遗颇丰②。及还，宿驿亭，叟复出谒。及
问库物，曰：“已拨辽东兵饷矣③。”深讶其前后之乖④。叟曰：
“人世禄命⑤，皆有额数，锱铢不能增损⑥。大人此行，应得之

数已得矣，又何求？"言已竟去。张乃计其所获，与所言库数适相吻合。方叹饮啄有定⑦，不可以妄求也。

【注释】

①南中：泛指南方地区。

②馈遗：收受的礼物。

③拨：调拨，拨充。

④乖：乖背，不相符。

⑤禄命：指命定的进项、收入。

⑥锱铢：喻微量财物。锱与铢，皆古代重量单位，六铢为锱，二十四铢为两。

⑦饮啄有定：一切都是命中注定。饮啄，本指鸟类饮水啄食。《庄子·养生主》："泽雉十步一啄，百步一饮，蕲畜乎樊中。"后泛指人的命运。《太平广记》引《玉堂闲话》："谚云：一饮一啄，系之于分。"

【译文】

张华东来到南方，收到许多礼物。等回到江淮地方，在驿亭留宿时，老头儿又来拜见。及至问到库存财物时，老头儿说："已拨给辽东充当兵饷了。"张华东对他前后抵触的说法大为惊诧不解。老头儿说："人生命定享有多少进项，都有一定的数额，一分一厘也不能增减。大人此次南行，应得数额已经得到了，还求什么？"说罢起身离去。张华东于是算了算所得的钱财，与老头儿所说的库存银两数恰好吻合。这才感叹一餐一饭皆为命定，不可妄加追求。

酆都御史

【题解】

　　凡《聊斋志异》故事发生的地点远隔千里,为北方人士所不熟悉者,蒲松龄往往先介绍其地的风土人情,以便读者在阅读之前能够了解故事的背景。《酆都御史》正是这样。

　　酆都,按照民间的说法为阴曹地府的中心,县城外的洞穴则相传是阎罗天子的办事机构所在地。故事叙述人间御史华公到酆都的经历,自然少不了要先介绍相关的传闻。御史华公的经历无非是证明酆都传闻的真实。其安然返回人间的原因,无论是出于孝道,还是诵读《金刚经》的结果,可谓陈词滥调,属于《聊斋志异》中的平庸之作。不过,细想起来,既然酆都县外的洞牵扯到"供应度支,载之经制",御史行台华公的经历就有可能是相关利益者所为的骗局。

　　酆都县外有洞①,深不可测,相传阎罗天子署②。其中一切狱具,皆借人工。桎梏朽败③,辄掷洞口,邑宰即以新者易之,经宿失所在。供应度支④,载之经制⑤。

【注释】

　　①酆都县:因汉字简化,现作丰都县。位于四川盆地东南边缘,地处长江上游北岸,隶属重庆。清初属重庆府。县有平都山仙都观,系道家七十二福地之一,谓为阴府所在。参见唐段成式《酉阳杂俎·玉格》。

　　②署:官署。

　　③桎梏:脚镣和手铐。

　　④度支:经费开支。

⑤经制：始于北宋时期的一种附加杂税。

【译文】

酆都县城外有一个洞，深不可测，相传这就是阎罗王的官府。那里使用的一切刑具，都借助人间完成。一旦脚镣手铐用坏了，就扔到洞口，县令立即给换新的，在那里放上一夜就不见了。供应物品的各项开支，都由附加税内报销。

　　明有御史行台华公①，按及酆都，闻其说，不以为信，欲入洞以决其惑②。人辄言不可，公弗听。秉烛而入，以二役从。深抵里许，烛暴灭。视之，阶道阔朗，有广殿十馀间，列坐尊官，袍笏俨然，惟东首虚一坐。尊官见公至，降阶而迎，笑问曰："至矣乎？别来无恙否？"公问："此何处所？"尊官曰："此冥府也。"公愕然告退。尊官指虚坐曰："此为君坐，那可复还！"公益惧，固请宽宥③。尊官曰："定数何可逃也！"遂检一卷示公，上注云："某月日，某以肉身归阴。"公览之，战栗如濯冰水。念母老子幼，泫然涕流④。俄有金甲神人，捧黄帛书至。群拜舞启读已，乃贺公曰："君有回阳之机矣。"公喜致问，曰："适接帝诏，大赦幽冥，可为君委折原例耳⑤。"乃示公途而出。

【注释】

①御史行台：又称行台御史。元以后指代表御史台对地方行使监察权的御史。

②决其惑：破除其迷惑，即确定真假。

③宽宥：宽恕，宥免。

④泫然:眼泪下滴的样子。

⑤委折原例:谓援引前例,委曲折免华御史之责。委折,委曲折免,即设法减除。原例,原本往例,义近"援例"。谓援引先前的例子行事。

【译文】

明朝有一位御史行台华公,巡视到鄠都,得知这种说法,不肯相信,想进洞看一看以解除心中的疑惑。人们都说不能去,华公不听。他拿着火把进洞,让两名差役跟在身后。在洞里走了一里左右,火把突然熄灭。仔细一看,作为通道的台阶宽广而又明朗,上面有十间大殿,尊官依次坐在殿上,个个身穿朝服,手执朝笏,态度严肃庄重,只是在东头还空着一个座位。尊官见华公前来,便走下台阶迎接,笑着问:"你来啦?别后一向可好?"华公问:"这是什么地方?"尊官说:"这是地府。"华公大吃一惊,便请求离去。尊官指着空座位说:"这是你的座位,哪能再回去!"华公更加恐惧,再三请求宽宥。尊官说:"定数哪能逃脱!"便找出一卷文书给华公看,文书上面写着:"某月某日,某人以肉身回到阴间。"华公看罢,浑身发抖,就像泡在冰水里一般。又想到母亲年迈,孩子年幼,不禁哭得泪水涟涟。一会儿,有一位身披金甲的神人捧着黄帛诏书前来。大家一齐行礼拜舞打开诏书宣读完毕,才向华公祝贺说:"你有回阳间的机会了。"华公高兴地询问缘由,尊官说:"刚才接到天帝的诏书,宣布阴间实行大赦,所以可以为你委婉恳请援例放归。"就给华公指明归路出去了。

数武之外①,冥黑如漆,不辨行路,公甚窘苦。忽一神将轩然而入,赤面长髯,光射数尺。公迎拜而哀之,神人曰:"诵佛经可出。"言已而去。公自计经咒多不记忆②,惟《金刚经》颇曾习之③,遂乃合掌而诵,顿觉一线光明,映照前路。

忽有遗忘之句,则目前顿黑,定想移时,复诵复明。乃始得出。其二从人,则不可问矣④。

【注释】

①武:步。

②经咒:指佛经经文和祝祷词。

③《金刚经》:佛教经典,全称《金刚般若波罗蜜多经》。

④不可问:不必再问,意思是不知下落。

【译文】

几步之外,漆黑一片,无法辨认道路,华公十分困窘苦恼。忽然走来一位气宇轩昂的神将,红红的面孔,长长的胡须,身放神光,照亮了数尺以外的地方。华公迎上去施礼请求帮助,神人说:"诵读佛经,就能出去。"说罢离去。华公心想,经咒自己大多记不清了,只有《金刚经》还比较熟悉,便合掌诵读起来,顿觉眼前现出一线光明,照亮了前面的道路。有的句子偶有遗忘,眼前顿时变黑,停下来默想多时,再诵读时又会变亮。华公就这样走出了地府。至于两个随从人员,就不知下落了。

龙无目

【题解】

《聊斋志异》所叙奇闻,往往半真半假,亦实亦幻。其假,"八十席覆之,未能周身"——古今中外龙卷风带来的雨中之物不可能如此之大。其真,"双睛俱无,奄有馀息",尤其是"反复以尾击地,其声堛然"。由于形容逼真,读者往往忘记其假。

沂水大雨,忽堕一龙,双睛俱无,奄有馀息①。邑令公以八十席覆之②,未能周身。又为设野祭③,犹反复以尾击地,其声堛然④。

【注释】

①奄有馀息：微弱得只剩一丝呼吸。奄,气息微弱的样子。息,气息。

②邑令公：沂水知县。

③野祭：露天的祭祀。

④堛(bì)：本义为土块。此处用以形容敲地的声音。

【译文】

沂水下了场大雨,天上忽然掉下一条龙,没有双眼,奄奄一息。县令大人命以八十张席加以遮盖,但仍不能遮盖龙的整个身躯。县令又在野外祭祀它,这时龙还在反复用尾巴拍地,发出"嘭嘭"的声音。

狐谐

【题解】

《狐谐》在《聊斋志异》中非常特殊。它虽然是完整的故事,有头有尾,其中的狐娘子诙谐幽默,王渔洋称"此狐辩而黠,自是东方曼倩一流",所表述的重点却是以狐狸语境为中心的文字游戏,处处以狐狸自嘲,句句却绝地反击,戏谑便捷,伶牙俐齿,表现了高度的语言智慧。这不仅让我们看到《聊斋志异》谈狐说鬼的另一面,其中胡娘子出口成章,妙语泉涌处,也不难让我们想到当日蒲松龄机智的谈锋。

万福,字子祥,博兴人也①。幼业儒。家少有而运殊蹇②,行年二十有奇,尚不能掇一芹③。乡中浇俗④,多报富户役⑤，长厚者至碎破其家。万适报充役，惧而逃，如济南，税居逆旅⑥。夜有奔女，颜色颇丽，万悦而私之。请其姓氏，女自言："实狐，但不为君祟耳。"万喜而不疑。女嘱勿与客共，遂日至，与共卧处。凡日用所需，无不仰给于狐。

【注释】

①博兴：县名。位于鲁北平原黄河下游南岸。清代属山东青州府。今为滨州属县。

②运殊蹇：命运很不好。蹇，蹇滞，不顺利。

③掇一芹：指取得秀才资格。《诗·鲁颂·泮水》："思乐泮水，薄采其芹。"后因称考取秀才为"掇芹"或"游泮"。

④浇俗：犹言陋俗。浇，浮薄。

⑤富户役：指里正役。蒲松龄《循良政要》："报里长：此役原以慧黠老成，能办公事者充之。近岁里长辄托言退役，而择报里中富厚庸懦者，以吓诈之。"

⑥税居：租住。逆旅：旅店。

【译文】

万福字子祥，博兴县人。从小修习儒学。家中薄有资财，但运气很坏，到二十多岁时还没考中秀才。乡下有一种浇薄的习俗，多报富户去承担里长差役，宽厚老实人家往往因此倾家荡产。这一回，恰好万福被报充里正，吓得逃到济南，在旅店租房住下。一夜，有一个女子私自来会万福，容貌长得很漂亮，万福爱上了她，便与她成了相好。问她姓名，她自称："我实际是狐狸，但不会害你的。"万福心中喜欢，深信不疑。她嘱咐万福不要与客人同住，便每天都来，与万福同床共枕。从此，凡是万福的日用花销，都靠狐女提供。

　　居无何,二三相识,辄来造访,恒信宿不去①。万厌之而不忍拒,不得已,以实告客。客愿一睹仙容,万白于狐,狐谓客曰:“见我何为哉? 我亦犹人耳。”闻其声,呖呖在目前②,四顾,即又不见。客有孙得言者,善俳谑③,固请见,且谓:“得听娇音,魂魄飞越,何吝容华④,徒使人闻声相思。”狐笑曰:“贤哉孙子! 欲为高曾母作行乐图耶⑤?”诸客俱笑。狐曰:“我为狐,请与客言狐典⑥,颇愿闻之否?”众唯唯。狐曰:“昔某村旅舍,故多狐,辄出祟行客。客知之,相戒不宿其舍。半年,门户萧索。主人大忧,甚讳言狐。忽有一远方客,自言异国人,望门休止⑦。主人大悦。甫邀入门,即有途人阴告曰:‘是家有狐。’客惧,白主人,欲他徙。主人力白其妄,客乃止。入室方卧,见群鼠出于床下。客大骇,骤奔,急呼:‘有狐!’主人惊问,客怨曰:‘狐巢于此,何诳我言无?’主人又问:‘所见何状?’客曰:‘我今所见,细细幺么⑧,不是狐儿,必当是狐孙子!’”言罢,座客为之粲然⑨。孙曰:“既不赐见,我辈留宿,宜勿去,阻其阳台⑩。”狐笑曰:“寄宿无妨,倘小有迕犯⑪,幸勿滞怀⑫。”客恐其恶作剧,乃共散去。然数日必一来,索狐笑骂。狐谐甚,每一语,即颠倒宾客⑬,滑稽者不能屈也⑭。群戏呼为“狐娘子”。

【注释】

①信宿:再宿为信。

②呖呖:形容声音清脆婉转。明汤显祖《牡丹亭·游园》:“闲凝眄,兀生生燕语明如剪,听呖呖莺声溜的圆。”

③俳(pái)谑:戏弄,开玩笑。俳,诙谐,滑稽。

④容华：容颜的美称。

⑤高曾母：高祖母、曾祖母。父之祖为曾祖，祖之祖为高祖。行乐图：个人生活画像。

⑥狐典：有关狐的故事。典，事典，故事。

⑦望门休止：谓不暇探询，遇到人家，即投宿止息。《后汉书·张俭传》："俭得亡命，困迫遁走，望门投止，莫不重其名行，破家相容。"

⑧细细幺么（yāo mó）：微不足道的小东西。细细，小小，轻微。幺么，微小，含鄙视意味。汉服虔《通俗文》："不长曰幺，细小曰么。"

⑨粲然：露齿而笑。

⑩阳台：阳台之会，喻男女欢好。宋玉《高唐赋》巫山神女云："妾在巫山之阳，高丘之阻，旦为朝云，暮为行雨。朝朝暮暮，阳台之下。"

⑪迕犯：冒犯。

⑫滞怀：在意。

⑬颠倒：犹言倾倒，佩服，心折。

⑭滑（gǔ）稽：俳谐，指言、行、事态引人发笑。屈：屈服，受挫。

【译文】

没过多久，有两三个朋友就来拜访万福，总是住了两夜还不走。万福讨厌他们，却不好意思不让他们来，迫不得已，便把实情告诉了朋友。众朋友希望一睹狐女的芳容，万福便告诉了狐女，狐女对众朋友说："为什么要见我？我也和人一样啊。"听声音婉转悦耳，如在眼前，而向四周望去，却又看不见什么。众朋友中有一个叫孙得言的，喜欢开玩笑，再三请狐女现身相见，还说："听到你娇滴滴的声音，使人魂魄飞扬，何必吝惜你的月容花貌，白白地叫人听到你的声音便染上相思。"狐女笑着说："孙子真是贤孝！是想为你高曾祖奶奶作行乐图吗？"众朋友都笑了起来。狐女说："我是狐狸,请让我给诸位讲一讲狐狸的典故,还愿意听吗?"大家都说愿意听。狐女说："从前,在某村的旅店里一向有许多狐狸,总是出来捉弄旅客。旅客得知后,都彼此告诫,别住这个旅店。这样持续了半年,旅店门庭冷落。主人大发其愁,非常忌讳谈到狐狸。忽然来了一位远方的旅客,自称是外国人,见到店门就打算住下。店主非常高兴。刚要请旅客进门,便有路人悄悄告诉旅客说:'这家旅店有狐狸。'旅客很恐惧,告诉店主说,想找其他旅店。店主竭力说明那是胡扯,旅客才住了下来。进屋刚躺下,就看见床下钻出一群老鼠。旅客大为恐骇,赶紧逃跑,并高声大叫:'有狐狸!'店主吃惊地问发生了何事,旅客埋怨说:'狐狸窝就在这里,你怎么骗我说店里没狐狸?'店主又问:'你看见的狐狸是什么样的?'旅客说:'我刚才看到的,细细的,小小的,不是狐狸儿子,就是狐狸孙子!'"说罢,在座的朋友都开口大笑。孙得言说:"既然不肯赏光相见,我们就留下过夜,都不走,坏你们的好事。"狐女笑着说:"住下无妨,不过假如稍有冒犯,可请别介意啊。"众朋友怕狐女恶作剧,便一齐散去。不过,朋友们隔几天必然要来一次,找狐女互相笑骂。狐女非常诙谐,每句话都使朋友们为之倾倒,连善于滑稽逗笑的人也逗不过她。大家都戏称她为"狐娘子"。

一日,置酒高会,万居主人位,孙与二客分左右座,上设一榻屈狐①。狐辞不善酒,咸请坐谈,许之。酒数行,众掷骰为瓜蔓之令②。客值瓜色,会当饮,戏以觥移上座曰③:"狐娘子大清醒,暂借一觞④。"狐笑曰:"我故不饮。愿陈一典,以佐诸公饮。"孙掩耳不乐闻。客皆言曰:"骂人者当罚。"狐笑曰:"我骂狐何如?"众曰:"可。"于是倾耳共听。狐曰:"昔一大臣,出使红毛国⑤,着狐腋冠⑥,见国王。王见而异之,问:'何皮毛,温厚乃尔⑦?'大臣以狐对。王言:'此物生平未曾得闻。狐字字画何等^⑧?'使臣书空而奏曰^⑨:'右边是一大瓜^⑩,左边是一小犬。'"主客又复哄堂。

【注释】

①屈狐:安置狐女。屈,屈尊,屈驾。

②瓜蔓(wàn)之令:酒令的一种。令法不详。下文说得"瓜色"当饮,似为顺序掷骰,掷采当令(得瓜色)者罚酒。

③觥(gōng):古代酒器,腹椭圆,上有提梁,底有圈足,兽头形盖,亦有整个酒器作兽形的,并附有小勺。此泛指酒杯。

④暂借一觞:意谓权请代饮一杯。

⑤红毛国:明清时称荷兰人为红夷、红毛夷或红毛番,红毛国即指荷兰。

⑥狐腋冠:用狐腋下的毛皮所制的名贵皮帽。

⑦温厚乃尔:如此又暖又厚。

⑧字画:笔画。

⑨书空:用手指向空中写字。

⑩大(dǎ)瓜:山东方言谓傻瓜为"大瓜"。

【译文】

有一天,摆上酒席,举行宴会,万福坐在主人的席位上,孙得言和两个朋友分别坐在左右两侧的座位上,上首摆了一张坐榻,是留给狐女的。狐女推辞说自己不会喝酒,大家都请她入座谈话,她答应了。酒过数巡,大家掷骰子,玩瓜蔓的酒令。一位客人掷出瓜色,应该喝酒,便开玩笑地把酒杯移向上座说:"狐娘子很清醒,请代喝一杯。"狐女笑着说:"我从来不喝酒。但我愿意讲一个故事,为诸位喝酒助兴。"孙得言捂住耳朵说不愿意听。客人都说:"谁骂人就罚谁。"狐女笑着说:"我骂狐狸怎样?"大家说:"行。"于是一齐侧耳倾听。狐女说:"从前有一位大臣,出使红毛国,戴着狐腋毛皮帽,进见国王。国王见了大为惊奇问:'这是哪种皮毛,这么暖和厚实?'使臣回答说是狐狸腋毛。国王说:'这东西我生平没听说过。狐字的笔画怎么写?'使臣用手在空中写着狐字,上奏说:'右边是一个大瓜,左边是一个小犬。'"主客又哄堂大笑。

二客,陈氏兄弟,一名所见,一名所闻。见孙大窘,乃曰:"雄狐何在,而纵雌流毒若此?"狐曰:"适一典,谈犹未终,遂为群吠所乱,请终之。国王见使臣乘一骡,甚异之。使臣告曰:'此马之所生。'又大异之。使臣曰:'中国马生骡,骡生驹驹①。'王细问其状。使臣曰:'马生骡,是"臣所见";骡生驹驹",乃"臣所闻"。'"举座又大笑。

【注释】

①驹驹:是狐女应机编造的一种牲畜名。骡不能生育,没有后代。故下文谓"骡生驹驹"仅系"所闻"。

【译文】

那两位客人是陈氏兄弟,一个叫陈所见,一个叫陈所闻。他们见孙得言非常尴尬,便说:"公狐狸哪里去了,竟让母狐狸这般恶语伤人!"狐女说:"刚才的故事还没讲完,就被一阵犬吠打断,请让我讲完。国王见使臣骑一匹骡子,甚感奇怪。使臣告诉国王说:'这是马生的。'国王又大为奇怪。使臣说:'在中国,马生骡子,骡子生驹驹。'国王仔细打听其事。使臣说:'马生骡子,是"臣(陈)所见",骡子生驹驹,是"臣(陈)所闻"。'"满座又是一阵大笑。

众知不敌,乃相约:后有开谑端者,罚作东道主①。顷之,酒酣,孙戏谓万曰:"一联请君属之②。"万曰:"何如?"孙曰:"妓者出门访情人,来时'万福'③,去时'万福'。"合座属思不能对。狐笑曰："我有之矣。"众共听之。曰："龙王下诏求直谏④,鳖也'得言'⑤,龟也'得言'。"四座无不绝倒⑥。孙大恚曰："适与尔盟,何复犯戒?"狐笑曰："罪诚在我。但非此,不成确对耳⑦。明旦设席,以赎吾过。"相笑而罢。狐之诙谐,不可殚述。

【注释】

①东道主:承办接待的主人。《左传·僖公三十年》:"若舍郑以为东道主,行李之往来,共其乏困,君亦无所害。"语义本指东路所经,可供应使者饮食及所缺之居停主人,后来泛称出酒食待客之人为东道主。

②属(zhǔ)之:对出下句。属,属对,联句成对。

③万福:旧时女子向客行礼时的祝颂之词。谐万生之名。

④直谏:直言谏诤。《史记·文帝本纪》:二年十二月,令"举贤良方正,能直言极谏者,以匡朕之不逮"。

⑤得言:可以进言。谐孙生之名。

⑥绝倒:形容笑得激烈,透不过气,乃至倒地。

⑦确对:妥帖、工整的对句。

【译文】

大家知道逗不过狐女,便互相约定:以后谁起头开玩笑,就罚谁请客。一会儿,大家喝得酒兴酣畅,孙得言跟万福开玩笑说:"我有上联,请你对下联。"万福说:"上联怎讲?"孙得言说:"妓者出门访情人,来时'万福',去时'万福'。"所有在座的人都构思不出下联。狐女笑着说:"我有下联了。"大家都要听这下联。只听狐女说:"龙王下诏求直谏,鳖也'得言',龟也'得言'。"四座无不笑得前仰后合。孙得言大为不满,说:"刚跟你约定好了,怎么又犯规?"狐女笑着说:"我确有过错。只是不这样就对不出工整的对子了。明天我摆酒席，以赎我的过错。"大家开心欢笑了一阵儿才散。狐女的诙谐是说不完的。

居数月，与万偕归。及博兴界，告万曰："我此处有葭莩亲①，往来久梗②，不可不一讯③。日且暮，与君同寄宿，待旦而行可也。"万询其处，指言："不远。"万疑前此故无村落，姑从之。二里许，果见一庄，生平所未历。狐往叩关④，一苍头出应门。入则重门叠阁，宛然世家。俄见主人，有翁与媪，揖万而坐，列筵丰盛，待万以姻娅⑤，遂宿焉。狐早谓曰："我遽偕君归⑥，恐骇闻听。君宜先往，我将继至。"万从其言，先至，预白于家人⑦。未几，狐至。与万言笑，人尽闻之，而不见其人。

【注释】

①葭莩(jiā fú)亲：远亲。葭莩，芦苇中的薄膜，喻关系疏远。《汉书·鲍宣传》："侍中驸马都尉董贤本无葭莩之亲，但以令色谀言自进。"

②久梗(gěng)：长期阻隔。

③讯：讯访，探问。

④叩关：敲门。

⑤待万以姻娅：谓以待婿之礼款待万福。姻娅，亦作"姻亚"，犹姻亲。《左传·昭公二十五年》："为父子、兄弟、姑姊、甥舅、昏媾、姻亚，以象天明。"杜预注："婿父曰姻，两婿相谓曰亚。"

⑥遽：仓猝，突然。

⑦预白：预先说明。白，言说。

【译文】

过了几个月,狐女与万福一起回家。到了博兴县境时,狐女告诉万福说:"我在这里有一门远亲,许久未通来往,不能不去看望。天快黑了,我与你一起去借住一宿,等明早再走正好。"万福问远亲住在哪里,狐女向前一指说:"不远了。"万福觉得以前那里似乎一向没有村落,只是姑且跟着往前走。走了二里左右,果然看见一座庄园,万福生平从没到过。狐女前去敲门,一个老仆应声出来开门。进去后,里面又是一道道的门,一层层的楼阁,仿佛是一个世代享受爵禄的大户人家。一会儿,万福见到了主人,主人是老头儿老太太两人,他们施礼请万福坐下,摆上丰盛的筵席,把万福视为姻亲,而狐女和万福便在这里留宿。第二天清早,狐女对万福说:"我骤然跟你回家,恐怕骇人听闻。最好你先去,我随后再到。"万福依言而行,先回到家里,预先跟家人打好招呼。不久,狐女前来。她跟万福说说笑笑,人们都能听到,只是看不见本人。

逾年,万复事于济①,狐又与俱。忽有数人来,狐从与语,备极寒暄。乃语万曰:"我本陕中人,与君有夙因,遂从尔许时。今我兄弟至矣,将从以归,不能周事②。"留之不可,竟去。

【注释】

①事于济:有事到济南,到济南办事。

②周事:犹言终侍,谓终身相伴。周,始终。

【译文】

过了一年,万福又去济南办事,狐女也跟他同去。忽然来了几个人,狐女与他们交谈,寒暄备至。于是便对万福说:"我本来是陕西人,与你有前世的姻缘,所以跟了你这么些日子。现在我的兄弟来了,我将跟他们回去，不能终身侍候你了。"万福留不住她，她就这么离开了。

雨钱

【题解】

本篇中的狐翁无疑是《聊斋志异》中道德学问最为卓异的狐狸了，它自称"狐仙"，当之无愧。与他交往的滨州秀才不仅旷达，学问也博洽非凡。可是由于贫穷，秀才有点想入非非，希望狐狸能够给他点意外的钱财，没想到受到狐狸的戏弄和义正词严的训斥乃至绝交了。

作品可能带有自嘲的意味。因为蒲松龄在穷困潦倒之际也曾异想天开希冀得到意外之财。请看他的《金菊对芙蓉·甲寅辞灶作》："倘上方见帝，幸代陈词：仓箱讨得千钟黍，从空坠万铤朱提。"秀才的尴尬和无奈，可能反映了蒲松龄一时的自我戏谑。

滨州一秀才①，读书斋中。有款门者，启视，则皤然一翁②，形貌甚古③。延之入，请问姓氏。翁自言："养真，姓胡，实乃狐仙。慕君高雅，愿共晨夕④。"秀才故旷达，亦不为怪，遂与评驳今古⑤。翁殊博洽⑥，镂花雕缋⑦，粲于牙齿⑧，时抽经义⑨，则名理湛深⑩，尤觉非意所及。秀才惊服，留之甚久。

【注释】

①滨州：旧州名。位于鲁北平原，黄河尾闾，北临渤海。治所在今山东滨州市。

②皤(pó)然：须发皆白的样子。

③古：古雅，不同于时俗。

④共晨夕：意谓朝夕过往。晋陶渊明《归园田居》："昔欲居南村，非

为卜其宅。闻多素心人,乐与数晨夕。"

⑤评驳:评论。驳,辨正是非。

⑥博洽:知识广博。

⑦镂花雕缋(huì):镂刻花纹,彩饰锦绣,比喻辞藻华丽。《南史·颜延之传》:鲍照评颜延之诗,谓"若铺锦列绣,亦雕缋满眼"。

⑧粲于牙齿:意谓谈吐秀雅,口齿生花。《开元天宝遗事》:李白"与人谈论,皆成句读,如春葩丽藻,粲于齿牙之下,时人号曰李白粲花之论"。

⑨抽经义:阐发儒家经书的义理。抽,通"绅"。引申,阐发。

⑩名理湛深:辨名究理非常深奥。湛深,深奥。

【译文】

滨州有一位秀才,在书斋读书。听见有人敲门,他开门一看,原来是一位须发皆白的老翁,样子和风度古雅不凡。秀才把老翁迎接到屋里,请问他的姓名。老翁自称:"我叫胡养真,实际是个狐仙。仰慕你高雅的情怀,愿意与你朝夕来往。"秀才本来心胸旷达,也就不以为怪,便与老翁评古论今。老翁的学识非常广博,文辞华丽如雕镂繁花彩饰锦绣,谈吐秀雅如百花炫丽口齿生花;有时阐发经义,辨别名物与道理也很深刻,更使人觉得望尘莫及。秀才惊叹佩服,留老翁住了很长时间。

一日,密祈翁曰:"君爱我良厚。顾我贫若此,君但一举手,金钱宜可立致。何不小周给?"翁嘿然,似不以为可。少间,笑曰:"此大易事。但须得十数钱作母①。"秀才如其请。翁乃与共入密室中,禹步作咒②。俄顷,钱有数十百万,从梁间锵锵而下,势如骤雨。转瞬没膝,拔足而立,又没踝。广丈之舍,约深三四尺已来。乃顾语秀才:"颇厌君意否③?"曰:"足矣。"翁一挥,钱即画然而止。乃相与扃户出。

【注释】

①作母：作本钱。

②禹步：旧时巫师、道士作法时的步法。汉扬雄《法言·重黎》："昔者姒氏治水土，而巫步多禹。"注："姒氏，禹也，治水土，涉山川，病足，故行跛也……而俗巫多效禹步。"

③厌：满足。

【译文】

有一天，秀才悄悄乞求老翁说："你对我厚爱有加。但是我如此贫困，而你只要举手之劳，金钱马上可以到手。为什么不周济我一点？"老翁沉默无言，似乎很不赞成。停了一会儿笑着说："这是很容易的事。只是需要十几枚钱作本钱。"秀才如言照办。于是老翁与秀才一起走进密室，口念咒诀，迈步作法。不一会儿，有数十百万枚钱从房梁间"叮叮当当"地落了下来，势如暴雨倾泻。转眼间钱没了膝盖，拔出脚来站在钱上，钱又没了脚踝。一丈见方的屋子堆了大约三四尺厚的钱。于是老翁看了看秀才说："你还满意吗？"秀才说："够了。"老汉把手一挥，顿时停止落钱，便与秀才锁上门出来了。

秀才窃喜，自谓暴富。顷之，入室取用，则满室阿堵物皆为乌有①，惟母钱十馀枚，寥寥尚在。秀才失望，盛气向翁，颇怼其诳②。翁怒曰："我本与君文字交，不谋与君作贼！便如秀才意，只合寻梁上君交好得③，老夫不能承命④！"遂拂衣去。

【注释】

①阿堵物：那个东西，指金钱。《世说新语·规箴》："王夷甫雅尚玄远，常嫉其妇贪浊，口未尝言钱字。妇欲试之，令婢以钱绕床不

得行。夷甫晨起，见钱阂行，呼婢曰：举却阿堵物。"阿堵，六朝和
唐代的口语，意即"这"、"这个"。

②怼：怨恨。不满。诳：骗，谎话。

③梁上君：即"梁上君子"。《后汉书·陈寔传》："时岁荒民俭，有盗
夜入其室，止于梁上。寔阴见，乃起自整拂，呼命子孙，正色训之
曰：'夫人不可不自勉。不善之人，未必本恶，习以性成，遂至于
此。梁上君子者是矣！'盗大惊，自投于地，稽颡归罪。"后因称小
偷为"梁上君子"。

④承命：遵命。

【译文】

秀才暗暗高兴，以为自己陡然暴富起来。一会儿，秀才到密室去拿
钱花，只见满屋子的钱都化为乌有，只有十多枚本钱，还稀稀落落地剩
在那里。秀才大失所望，怒气冲冲地去找老翁，埋怨他欺骗自己。老翁
生气地说："我与你本来是文字之交，不想和你一起做贼！假如要合你
的意，只有去找梁上君子做朋友才成，老夫不能遵命！"说罢，一甩袖子
离去了。

妾击贼

【题解】

本篇叙述一个身怀绝技，武艺超群的妾甘心情愿忍受正妻的虐待，
安于妾的地位。蒲松龄极力写她高强的技艺和安于屈辱地位心态之间
的反差。

与蒲松龄同时的王渔洋在其《池北偶谈·谈异七》中写了同样的故
事，估计抄袭自蒲松龄。题目则改成了《贤妾》。两者相较，虽然在人物
的价值取向上都肯定了妾的安分守己，但《贤妾》伦理的意味更浓，而
《妾击贼》重心则偏重在妾的武艺高强上，还颇有鸣不平的意味。如果

将《贤妾》中击贼的描写，"妾于暗中手一杖，开门径出，以杖击贼，踣数人，馀皆奔窜"，与《妾击贼》的相关描写比较，则《妾击贼》在小说叙事描写的生动鲜活上更是《贤妾》所不能望其项背！

　　益都西鄙之贵家某者①，富有巨金。蓄一妾，颇婉丽。而冢室凌折之②，鞭挞横施，妾奉事之惟谨。某怜之，往往私语慰抚，妾殊未尝有怨言。一夜，数十人逾垣入，撞其屋扉几坏。某与妻惶遽丧魄，摇战不知所为。妾起，嘿无声息③，暗摸屋中，得挑水木杖一④，拔关遽出。群贼乱如蓬麻。妾舞杖动，风鸣钩响⑤，击四五人仆地，贼尽靡，骇愕乱奔。墙急不得上，倾跌呻哑，亡魂失命。妾挂杖于地，顾笑曰："此等物事，不直下手插打得⑥，亦学作贼！我不汝杀，杀嫌辱我。"悉纵之逸去⑦。某大惊，问："何自能尔？"则妾父故枪棒师⑧，妾尽传其术，殆不啻百人敌也⑨。妻尤骇甚，悔向之迷于物色⑩，由是善颜视妾，妾终无纤毫失礼。邻妇或谓妾："嫂击贼若豚犬⑪，顾奈何俯首受挞楚？"妾曰："是吾分耳⑫，他何敢言。"闻者益贤之。

【注释】

①益都：县名。清代为山东青州府治。今为青州市。西鄙：西边，西郊。

②冢室：又称"冢妇"，指正妻。冢，大。凌折：凌辱折磨。

③嘿：即"默"。

④挑水木杖：即扁担，方言"担杖"。

⑤钩：扁担两端所垂的铁钩。

⑥插打:指亲自参与厮打。插,俗语"插身",谓身预其事。

⑦逸去:逃走。

⑧枪棒师:教习枪棒的武师。

⑨不啻百人敌:武艺不止可敌百人。啻,止。

⑩迷于物色:迷于形貌。意谓只看到妾的婉丽温顺,而不知她武艺出众。

⑪豚犬:猪狗。

⑫分:名分。

【译文】

益都西郊的富贵人家某某,十分富有,钱财很多。他养了一个小妾,生得秀美多姿。但大老婆对小妾百般凌辱折磨,横加鞭打,小妾侍奉大老婆却很恭敬。某某可怜小妾,经常私下里加以好言安慰,小妾却从来没有怨言。一天夜里,几十个强盗越墙而入,几乎把屋门撞坏。某某与大老婆吓得惊慌万状,失魂落魄,浑身发抖,不知所措。小妾这时挺身而起,沉默无声地在屋里暗中摸索,摸到一根挑水扁担,便拉开门闩,骤然冲了出去。强盗一时乱如蓬麻。小妾舞动扁担,风声呼呼,铁钩"叮当"作响,把四五个人都打倒在地,强盗斗志全消,惊愕地四处乱逃。他们仓促间爬不上墙去,掉下来摔得嗷嗷乱叫,像丢了魂没了命似的。小妾把扁担拄在地上,看了看他们,笑着说:"这种东西,不值我亲自下手打,居然也来学当强盗!我不杀你们,杀了你们还嫌玷辱了我。"便一律放他们逃走。某某大吃一惊地问:"你怎么有这等本事?"原来小妾的父亲是枪棒教师,小妾完全继承了父亲的本领,大抵上百人还不是她的对手。大老婆尤其怕得要命,后悔自己一向为外表的形貌所迷惑,从此用良好的态度对待小妾,而小妾始终没有丝毫失礼的地方。有些邻家妇女对小妾说:"大嫂打强盗像打猪狗一样,为什么反而俯首帖耳地挨鞭抽棍打?"小妾说:"这是我的名分所在,哪敢说别的。"人们听了这话,更加称赞她的贤德。

异史氏曰：身怀绝技，居数年而人莫之知，而卒之捍患御灾①，化鹰为鸠②。呜呼！射雉既获，内人展笑③；握槊方胜，贵主同车④。技之不可以已也如是夫！

【注释】

①捍患御灾：抵御灾祸。《礼记·祭法》："能御大灾则祀之，能捍大患则祀之。"捍、御义近，谓抗拒、抵御。

②化鹰为鸠：意谓使正妻改变悍恶的性格。《礼记·月令》："仲春之月……鹰化为鸠。"注："鸠，搏榖也。"即布谷鸟。这里借用其句，鹰指凶悍，鸠指善良。

③射雉既获，内人展笑：谓丑人有射雉之长，就能取得妻子欢心。《左传·昭公二十八年》："昔贾大夫恶（貌丑），取妻而美。三年不言不笑。御以如皋，射雉获之，其妻始笑而言。"

④握槊方胜，贵主同车：谓蠢人赌双陆获胜，也能引起妻子自豪。握槊，古代博戏，双陆的一种。贵主，公主。《新唐书·诸帝公主列传》载：高祖女丹阳公主，下嫁将军薛万彻。"万彻蠢甚，公主羞，不与同席者数月。太宗闻，笑焉，为置酒，悉召它婿，与万彻从容语；握槊赌所佩刀，阳不胜，遂解赐之。主喜，命同载以归。"

【译文】

异史氏说：小妾身怀绝技，住了几年却没人知道，终于在抵御了祸难之后，使大老婆化凶悍为善良。唉唉！贾大夫射中了野鸡，终使妻子开颜欢笑；薛万彻赌胜了佩刀，丹阳公主便与之同车回家。可见技艺就是这样不可弃置不用！

驱怪

【题解】

徐远公是明末清初颇有遗民倾向的秀才。本篇记叙他侥幸驱怪的惊险经历,赞扬了他的急中生智和真率诚实的性格,抨击了某钜公的市侩嘴脸。

徐远公所驱之怪虽然不知为何物,但蒲松龄写起来却真切生动。写其貌,明喻、暗喻,形象独具;状其行,单写其舔食迅捷,展现了蒲松龄惊人的想象力。尤其徐远公和怪物猝然相逢,两相惊怕,徐远公"翻被幂怪头",各自逃遁。虽寥寥数语,却力透纸背,急弦促拍,勾画出当时的紧张惊险!事后徐远公和钜公的对话,一个语言急切愤激,一个语言舒缓纡徐,则调整了整个故事的叙事节奏。

长山徐远公①,故明诸生也。鼎革后②,弃儒访道,稍稍学敕勒之术③,远近多耳其名④。某邑一钜公⑤,具币⑥,致诚款书⑦,招之以骑⑧。徐问:"召某何意?"仆辞以不知,"但嘱小人务屈临降耳"⑨。徐乃行。

【注释】

①长山:旧县名。明清属济南府,今为山东邹平之长山镇。徐远公:徐处,字见区,原名之邈,字远公。明末济南府学生员。入清后,弃儒访道。常着道人服,杖悬一瓢,刻杖上曰:"悬瓢非为逻斋饭,时把寒泉泼热肠。"又有辞催试诗等《衣巾谣》三十六首。嘉庆《长山县志》"文学"有传。

②鼎革:《易·杂卦》:"革,去故也;鼎,取新也。"后因以指改朝换代。

③敕勒之术：道士的请神驱鬼之类符法之术。

④耳其名：闻其名。

⑤钜公：王公大臣。

⑥具币：准备钱款。

⑦致诚款书：送去表达恳邀之意的书信。诚款，真诚恳切。

⑧招之以骑：派人牵着坐骑去接他。

⑨务屈临降：务必屈尊降临。

【译文】

　　长山县的徐远公，是明朝的秀才。改朝换代后，他放弃读书应举之业，改为访求道法，逐渐学会了画符驱鬼的法术，远近各地的人多闻其名。某县有一位大员，备下礼物，送来真诚恳切的书信，派仆人牵着马请他前去。徐远公问："叫我干什么？"仆人推说不知道，"只嘱咐小人务必请你屈驾光临"。徐远公便上了路。

　　至则中庭宴馔①，礼遇甚恭，然终不道其所以致迎之旨。徐不耐，因问曰："实欲何为？幸祛疑抱②。"主人辄言无何也，但劝杯酒，言辞炳烁③，殊所不解。言话之间，不觉向暮，邀徐饮园中。园构造颇佳胜，而竹树蒙翳④，景物阴森，杂花丛丛，半没草莱中⑤。抵一阁，覆板上悬蛛错缀⑥，大小上下，不可以数。酒数行，天色曛暗，命烛复饮。徐辞不胜酒，主人即罢酒呼茶。诸仆仓皇撤殽器，尽纳阁之左室几上。茶啜未半，主人托故竟去，仆人便持烛引宿左室。烛置案上，遽返身去，颇甚草草。徐疑或携襆被来伴，久之，人声殊杳，即自起扃户寝。窗外皎月，入室侵床，夜鸟秋虫，一时啾唧。心中怛然⑦，不成梦寝。

【注释】

①中庭:即庭中,宅院之中。

②祛:解除,去掉。疑抱:心中的疑闷。

③焖烁:闪烁,躲闪。

④蒙翳:遮蔽。

⑤草莱:杂草。莱,藜草。

⑥覆板:阁顶盖板。悬蛛:悬挂的蜘蛛网。

⑦怛(dá)然:惊恐。

【译文】

　　来到主人家,只见厅堂正中摆着宴席,主人以礼相待,非常恭敬,却始终没讲之所以接他前来的意图。徐远公忍耐不住,便问:"究竟想让我干什么? 请解除我的疑问。"主人却说并无他意,只是频频劝酒,说话闪烁其词,令人费解。言谈之间,不觉天色向晚,主人又邀徐远公到花园中喝酒。花园建造得很优美,但是竹丛掩映错乱,高树蔽日,景物阴森,各种一丛一丛的野花,大半隐没在杂草中了。他们来到一座小楼面前,小楼的楼顶盖板上布满错综交织的蜘蛛网,大大小小,上上下下,不可胜数。酒过数巡,天色黑了下来,主人命点上蜡烛,继续喝酒。徐远公推辞说酒已过量,主人便让撤掉酒席开始饮茶。众仆人慌慌张张地撤去酒菜器皿,都放到小楼左侧一个房间的小几上。茶没喝到一半,主人竟借故离去,仆人便拿着蜡烛,领徐远公到小楼左侧的房间过夜。他们把蜡烛放到案上,连忙转身离去,礼数很不周到。徐远公猜测他们也许是去拿被褥来跟自己做伴,但过了许久,连人影都不见,便自己起身关门就寝。窗外皎洁的月光,照射到屋里,散布在床上,夜间的小鸟与秋虫同时"唧唧啾啾"地在叫。徐远公心中恐惧,不能入睡。

　　顷之,板上橐橐,似踏蹴声,甚厉。俄下护梯①,俄近寝门。徐骇,毛发猬立,急引被覆首。而门已豁然顿开。徐展被角,微伺之,则一物,兽首人身,毛周其体,长如马鬐②,深黑色,牙粲群峰,目炯双炬。及几,伏器中剩肴,舌一过,连数器辄净如扫。已而趋近榻,嗅徐被。徐骤起,翻被幂怪头③,按之狂喊。怪出不意,惊脱,启外户窜去。徐披衣起遁,则园门外扃,不可得出。缘墙而走,择短垣逾,则主人马厩也。厩人惊,徐告以故,即就乞宿。

【注释】

①护梯:带扶手的阁梯。

②马鬐(qí):马鬣,马颈鬃毛。

③幂(mì):罩,覆盖。

【译文】

一会儿,隔板上发出"橐橐"的声响,就像踢踏的声音似的,那声音又重又响。接着声音下了护梯,走近房门。徐远公大为恐骇,毛发竖立,急忙用被子盖住自己的头。这时房门"咣当"一声,顿时大敞四开。徐远公掀开被角,偷偷一看,只见有一个兽面人身的怪物,周身覆盖着马鬃般的深黑色的长毛,口中露出两排尖峭如峰的牙齿,眼睛闪着两道明亮如火炬的目光。不多时,怪物低头去舔盘中的剩菜,舌头舔过之处,一连几个盘子干净得如同洗过了一般。接着怪物又走近床前,去闻徐远公的被子。徐远公骤然起身,翻过被子来蒙住怪物的头,紧紧按住,大声喊叫起来。怪物出乎意料,惊慌地挣脱开来,打开大门,窜了出去。徐远公也披上衣服,起身逃跑,而花园的门从外面锁着,没法出去。他只得顺着墙根逃跑,找到一段矮墙翻了过去,那里原来是主人的马厩。马夫见状大惊,徐远公告知其中的缘由,便请求在此留宿。

将旦,主人使伺徐①,失所在,大骇。已而得之厩中。徐出,大恨,怒曰:"我不惯作驱怪术,君遣我,又秘不一言,我橐中蓄如意钩一②,又不送达寝所,是死我也!"主人谢曰:"拟即相告,虑君难之③。初亦不知橐有藏钩。幸宥十死④!"徐终怏怏⑤,索骑归。自是而怪遂绝。主人宴集园中,辄笑向客曰:"我不忘徐生功也。"

【注释】

①伺:这里是打探、了解的意思。

②如意钩:一种形状像如意一样的钩状兵器。

③难之:为难,以之为难。

④宥:宽宥,饶恕。十死:比喻罪重。

⑤怏怏:不高兴的样子。

【译文】

天将亮时,主人派人去打探徐远公的情况,见徐远公不知所在,非常害怕。后来,在马厩找到了徐远公。徐远公走出马厩,极为恼怒地说:"我本来就不习惯于驱妖捉怪,你叫我驱怪,又秘而不宣,我包裹里放着一个如意钩,又不送到住处来,这是想害死我吗?"主人道歉说:"原打算告诉你,怕你为难。而当初也不知道你的包裹中放着如意钩。万望原谅我的大罪。"徐远公终究怏怏不乐,要来一匹马骑着回去了。从此怪物销声匿迹。主人在花园里设宴聚会时,总是笑着向客人说:"我不能忘记徐生的功劳。"

异史氏曰:"黄狸黑狸,得窜者雄①。"此非空言也。假令翻被狂喊之后,隐其所骇惧,而公然以怪之遁为己能,天下必将谓徐生真神人不可及。

【注释】

①黄狸黑狸,得窜者雄:即俗谚"黑猫白猫,捉住耗子便是好猫"。狸,狸猫。

【译文】

异史氏说:"不管黄猫黑猫,捉住耗子便是好猫"。这不是空话。假如徐远公在翻过被子蒙住怪物并放声大喊之后,隐瞒自己的恐惧,而公然说怪物的逃跑是自己施展本领的表现,天下人必将会说徐远公真是不可企及的神人了。

姊妹易嫁

【题解】

撇开风水、托梦等荒诞情节,《姊妹易嫁》在婚姻上提出了三个相关的道德问题,即:信义、父母之命、贫与富。核心是对于嫌贫爱富的抨击。

就毛公的婚姻故事本身而言,姊妹易嫁原是实事。不过,依照任城孙扩图根据《掖县县志》的考证,蒲松龄的《姊妹易嫁》在两个情节上失实:其一是,毛公的父亲并非牧牛的贫民,其家是世家大族,毛父曾以孝廉任浙江杭州府学教授。其二是,毛公夫人的姐姐并非因为嫌毛家贫穷,而是嫌毛公"有文无貌,临嫁而悔"。认为"聊斋此条,传闻之讹也"。《聊斋志异》评论家何垠据此引申说,《聊斋志异》"失实者尚多"。这大概是混淆了历史与小说的区别。

为什么蒲松龄对于传闻的故事进行改动,着意要在嫌贫爱富上做文章,并且在"异史氏曰"中说"呜呼!彼苍者天久不可问,何至毛公,其应如响"呢?大概与蒲松龄自己的婚姻经历有关。据蒲松龄《述刘氏行实》,蒲松龄订婚的时候,许多人嫌其家贫。只是因为老岳父刘季调坚定地说"虽贫何病",予以坚持,婚姻才得以缔结。这对蒲松龄的婚姻观念产生了深刻影响,既是他在科举上屡败屡战的动因之一,也是《聊斋志异》众多婚姻故事中为穷书生张目背书的原因。

　　掖县相国毛公①,家素微②。其父常为人牧牛。时邑世族张姓者,有新阡在东山之阳③。或经其侧,闻墓中叱咤声曰④:"若等速避去,勿久溷贵人宅⑤!"张闻,亦未深信。既又频得梦警曰:"汝家墓地,本是毛公佳城⑥,何得久假此⑦?"由是家数不利⑧。客劝徙葬吉,张听之,徙焉。一日,相国父牧,出张家故墓,猝遇雨,匿身废圹中⑨。已而雨益倾盆,潦水奔穴⑩,崩溃灌注⑪,遂溺以死。相国时尚孩童。母自诣张,愿丐咫尺地⑫,掩儿父。张征知其姓氏,大异之。行视溺死所,俨然当置棺处,又益骇。乃使就故圹窆焉⑬,且令携若儿来。葬已,母偕儿诣张谢。张一见辄喜,即留其家,教之读,以齿子弟行⑭。又请以长女妻儿,母骇不敢应,张妻云:"既已有言,奈何中改?"卒许之。

【注释】

①掖县:在今山东西北部。明清时期为莱州府属地,今为莱州,属烟台地区。相国:官名。秦置,辅佐皇帝的最高官职。唐以后多用以对相当于宰相职位者的尊称。明代以大学士为辅臣,也尊称大学士为相国。毛公:毛纪(1463—1545),字维之,号鳌峰逸叟。明宪宗成化二十一年(1485)乡试第一,成化二十二年(1486)中进士第一,选为庶吉士。官至礼部尚书兼东阁大学士。著有《密勿稿》、《辞荣录》、《联句私钞》、《归田杂识》、《鳌峰类稿》

等。《明史》有传。

②素微：原本贫寒卑微。

③新阡：新墓。阡，墓道。阳：山南为阳。

④叱咤（chì zhà）：怒斥的声音。

⑤涸：污染，扰乱。

⑥佳城：旧称风水好的墓地。《西京杂记》："滕公驾至东都门，马鸣踯不肯前，以足跑地久之。滕公使士卒掘马所跑地，入三尺所，得石椁。滕公以烛照之，有铭焉……曰：'佳城郁郁，三千年见白日。吁嗟滕公居此室！'滕公曰：'嗟乎天也！吾死其即安此乎？'死遂葬焉。"后因称墓地为"佳城"。

⑦假：借。这里是占据的意思。

⑧家数（shuò）不利：家中屡次发生不吉利之事。意谓受到鬼神惩儆。

⑨废圹：废弃的墓穴。圹，墓穴。

⑩潦水：雨后大水。

⑪崩淘（hōng）：浪涛冲激声。

⑫丐：乞讨，求。

⑬窆（biǎn）：下葬。

⑭以齿子弟行（háng）：当成自己的子弟辈看待。齿，列，收录。

【译文】

　　明朝的大学士掖县人毛纪，家境一向贫寒。他的父亲经常给人家放牛。当时本县的世家大族张某，在东山南麓有一座新坟。有人在旁边经过，听见墓中发出呵斥声说："你们快点儿迁走，不要总是扰乱贵人的住宅！"张某听了也没深信。接着张某又多次在梦里受到警告说："你家的墓地，本来是毛公家的坟场，你怎能长期占据此地！"此后家中接连发生不幸。客人劝张某改葬他处比较好，张某接受意见，把坟迁走了。有一天，毛纪的父亲放牧时，经过张家原先的坟墓，突然赶上天降大雨，就躲到废弃的墓穴里。不久,雨越下越大,地上的积水向墓穴奔涌,"哗哗"响着灌到墓穴里,毛父于是被水淹死。当时毛纪还是小孩。他母亲亲自去找张某,希望求得一点地方掩埋孩子的父亲。张某问知死者的姓氏,非常惊异。他去看毛父淹死的地方,俨然正是应当安放棺材的地方,便越发惊骇。于是就让毛父在原有的墓穴里下葬,并让毛母把孩子带来看看。毛父安葬完毕,毛母和儿子去向张某道谢。张某一见毛纪就很喜欢,便留在家中,教他读书,把他当成自家的子弟看待。张某又提出把大女儿嫁给毛纪为妻的要求,毛母吓得不敢应承。张妻说:"既然话已出口,怎能中途反悔?"毛母最终还是答应下来。

　　然此女甚薄毛家①,怨惭之意,形于言色。有人或道及,辄掩其耳。每向人曰:"我死不从牧牛儿!"及亲迎②,新郎入宴,彩舆在门,而女掩袂向隅而哭。催之妆,不妆,劝之亦不解。俄而新郎告行③,鼓乐大作,女犹眼零雨而首飞蓬也④。父止婿,自入劝女,女涕若罔闻。怒而逼之,益哭失声,父无奈之。又有家人传白:"新郎欲行。"父急出,言:"衣妆未竟,乞郎少停待。"即又奔入视女,往来者无停履。迁延少时,事愈急,女终无回意。父无计,周张欲自死⑤。其次女在侧,颇非其姊,苦逼劝之。姊怒曰:"小妮子,亦学人喋聒⑥!尔何不从他去?"妹曰:"阿爷原不曾以妹子属毛郎⑦,若以妹子属毛郎,更何须姊姊劝驾也。"父以其言慷爽,因与伊母窃议,以次易长。母即向女曰:"忤逆婢不遵父母命⑧,欲以儿代若姊,儿肯之否?"女慨然曰:"父母教儿往也,即乞丐不敢辞,且何以见毛家郎便终饿莩死乎⑨?"父母闻其言,大喜,即以姊妆妆女,仓猝登车而去。入门,夫妇雅敦逑好⑩。然女素病赤鬜⑪,稍稍介公意⑫。久之,浸知易嫁之说⑬,由是益以知己德女。

【注释】

①薄:鄙薄,轻视。

②亲迎:古婚礼之一。夫婿在成婚的日子亲自穿着礼服至女家迎接新娘。

③告行:请行。告,请。

④眼零雨:指流眼泪。零雨,断续不止的雨。《诗·豳风·东山》:"零雨其濛。"首飞蓬:谓头发像蓬草一样散乱。指不梳头。《诗·卫风·伯兮》:"首如飞蓬。"

⑤周张:急迫无计,不知所措。

⑥喋聒(guō):多嘴多舌,喋喋不休。

⑦属:归属,指许配。

⑧忤逆婢:不孝顺的丫头。忤逆,不遵父母之命,不孝顺,旧时代认为最不道德。婢,这里是对长女的恨称。

⑨饿莩(piǎo)死:犹言饿死。莩,通"殍"。饿死的人。

⑩雅敦逑好:非常和睦融洽。雅,甚,很。敦,敦睦,亲厚和睦。逑好,指夫妇融洽相处,《诗·周南·关雎》:"窈窕淑女,君子好逑。"

⑪赤鬜(qiān):头发稀秃。唐韩愈《南山》诗:"或赤若秃鬜,或燻若柴樀。"

⑫介:介意,放在心上。

⑬浸知:渐渐知道。

【译文】

然而这个大女儿很看不起毛家,怨恨之心,惭愧之意,流露在神色上,体现在言谈中。只要有人偶然谈及毛家,就捂住耳朵不听。她每每对别人说:"我死也不嫁放牛汉的儿子!"到了迎亲那天,新郎入了宴席,花轿停在门口,而大女儿却用衣袖遮住面孔,对着墙角哭泣。催她梳妆,她不梳妆,劝解也不奏效。一会儿,新郎告辞请行,鼓乐大声奏起,而大女儿还是泪下如雨,头发像乱草。张某止住女婿,亲自进屋去劝大女儿,大女儿只是流泪,置若罔闻。张某生气地强迫她上轿,她更是痛哭失声,弄得张某也无可奈何。这时又有家人传话说:"新郎要走了。"张父急忙出来说:"穿衣打扮还没完,请你停下稍等。"立刻又跑进去看大女儿。就这样脚不停步地进进出出了好几次。虽然拖延了一点儿时间,而外面催得更紧,可大女儿却始终没有回心转意。张父束手无策,焦躁急迫,简直就想自杀。小女儿在一旁看了,认为姐姐做得很不对,便苦苦相劝。大女儿怒气冲冲地说:"小妮子也学别人多嘴多舌!你怎么不嫁给他去!"小女儿说:"阿爸原先没把我许配给毛郎,如果把我许配给毛郎,哪里还需要姐姐劝我上轿?"父亲听这话说得干脆爽快,便与她母亲暗中商议,打算让小女儿顶替大女儿出嫁。母亲随即对小女儿说:"不孝顺的丫头不听父母的话,我们想让你顶替你姐姐,你肯不肯?"小女儿毫不踌躇地说:"父母让我出嫁,就是嫁给乞丐也不敢不去,再说怎见得毛家郎君最终就一定饿死?"父母听了这话,非常高兴,立即把大女儿的婚装给小女儿穿上,急匆匆地送小女儿登车上了路。过门后,夫妻感情非常融洽。但是小女儿从小就头发稀疏,毛纪稍感不足。时间长了,他逐渐得知代姊出嫁的说法,因此更把小女儿视为知己,对她心怀感激之情。

居无何,公补博士弟子①,应秋闱试②,道经王舍人店③。店主人先一夕梦神曰:"旦日当有毛解元来④,后且脱汝于厄⑤。"以故晨起,专伺察东来客。及得公,甚喜,供具殊丰善,不索直,特以梦兆厚自托。公亦颇自负。私以细君发鬤鬖⑥,虑为显者笑,富贵后,念当易之。已而晓榜既揭⑦,竟落孙山⑧。咨嗟蹇步,懊惋丧志。心赧旧主人⑨,不敢复由王舍,以他道归。

【注释】

①补博士弟子:指考中秀才。《文献通考·学校考》记载,汉武帝时,始兴太学,"为博士官,置弟子五十人,复其身。太常择民年十八以上,仪状端正者,补博士弟子。郡国县道邑有好文学、敬长上、肃政教、顺乡里、出入不悖所闻者……偕诣太常,得受业如弟子"。唐以后也称秀才为"博士弟子"。

②应秋闱试:指参加乡试。秋闱,明清时每隔三年(逢子、卯、午、酉年),于八月间在北京、南京以及各省省城举行乡试,考中的称为举人。因考试时间在秋天,故称"秋闱"。闱,考场。

③王舍人:村镇名。在今济南东郊。

④旦日:明天,第二天。解(jiè)元:唐代举人由乡贡举,叫"解",后世因称乡试为"解试",称乡试第一名为"解元"。

⑤厄:苦难。

⑥细君:古称诸侯之妻。后为妻的通称。《汉书·东方朔传》:"归遗细君,又何仁也!"颜师古注:"细君,朔妻之名。一说:细,小也。朔辄自比于诸侯,谓其妻曰小君。"鬖鬖(lián):鬓发稀少的样子。

⑦晓榜既揭:早晨榜文公布之后。晓榜,犹言正榜。乡试于放榜前一日午后写榜,先写草榜,后写正榜。正榜写成,已至半夜,天晓时张挂出去,故称"晓榜"。

⑧落孙山:即"名落孙山",指榜上无名。

⑨心赧(nǎn):意谓心中羞愧。赧,因羞愧而脸红。旧主人:指店主人。

【译文】

没过多久，毛纪考中秀才，去参加乡试，途经王舍人庄的客店。店主人前一天夜里梦见一位神人说："明天会有一位姓毛的解元前来，日后将由他帮你摆脱苦难。"因此早晨起床后，就专门察看东方来的客人。等见到毛纪，店主人非常喜悦，提供的酒食特别丰盛，却不收钱，又把自己梦中预示的事情郑重地拜托毛纪帮忙。毛纪也很自负。他暗自想起妻子头发稀少，担心会招致显贵的讥笑，打算在富贵后就另娶一个。后来正榜揭晓，毛纪竟然名落孙山。他唉声叹气，步履蹒跚，懊恼怅恨，沮丧失望。由于心中羞愧，不好意思去见原来那位店主人，不敢再取道王舍人庄，只好改道回家。

后三年，再赴试，店主人延候如初①。公曰："尔言初不验，殊惭祗奉②。"主人曰："秀才以阴欲易妻，故被冥司黜落③，岂妖梦不足以践④？"公愕而问故，盖别后复梦而云。公闻之，惕然悔惧，木立若偶。主人谓："秀才宜自爱，终当作解首⑤。"未几，果举贤书第一人⑥。夫人发亦寻长⑦，云鬟委绿⑧，转更增媚。

【注释】

①延候：迎候，等待。

②祗(zhī)奉：敬奉。

③黜落：除名，落榜。

④岂妖梦不足以践：并非怪异的梦兆不能实现。妖梦，反常之梦。指前时店主人所梦的神人告语。践，实现。

⑤解首：犹言"解元"。

⑥举贤书第一人：指考中第一名举人。贤书，本指举荐贤能的文

书。《周礼·地官·乡大夫》：“乡老及乡大夫、群吏献贤能之书
于王。”后世因称乡试考中为“登贤书”。

⑦寻：旋即。

⑧云鬟委绿：浓密的发髻乌黑光亮。云，形容发多。委，堆积。绿，
发黑有光彩似浓绿，故云。

【译文】

三年后，毛纪再去赴试，店主人仍然像当初那样迎候毛纪。毛纪
说：“你先前的话没有应验，受你的照顾很感惭愧。”店主人说：“你暗中
想另娶妻子，所以被阴间的长官除名，怎能认为那个不寻常的梦不能实
现？”毛纪惊愕地问此话怎讲，原来店主人在别后又做了梦，所以才这样
说。毛纪闻言，警觉醒悟，悔恨戒惧交集，站在那里像木偶一般。店主
人告诉毛纪说：“秀才你应该自爱，终究会当解元的。”不久，毛纪果然考
中举人第一名。夫人的头发不久也长了出来，如云的发髻乌黑闪亮，更
增加了几分妩媚。

姊适里中富室儿，意气颇自高。夫荡惰，家渐陵夷，空
舍无烟火。闻妹为孝廉妇，弥增惭怍，姊妹辄避路而行。又
无何，良人卒①，家落。顷之，公又擢进士②。女闻，刻骨自
恨，遂忿然废身为尼。及公以宰相归，强遣女行者诣府谒
问③，冀有所贻。比至，夫人馈以绮縠罗绢若干匹④，以金纳
其中，而行者不知也。携归见师，师失所望，恚曰：“与我金
钱，尚可作薪米费；此等仪物⑤，我何须尔！”遂令将回。公及
夫人疑之，及启视而金具在，方悟见却之意。发金笑曰：“汝
师百馀金尚不能任，焉有福泽从我老尚书也。”遂以五十金
付尼去，曰：“将去作尔师用度，多，恐福薄人难承荷也。”行
者归，具以告。师默然自叹，念平生所为，辄自颠倒，美恶避

就⑥,繄岂由人耶⑦？后店主人以人命事逮系囹圄⑧,公为力解释罪。

【注释】

①良人:旧时妇女称丈夫为"良人"。

②擢进士:擢进士第,指考中进士。擢,选拔。

③女行者:女尼。行者原指未经剃度的佛教徒,后也泛指修行学道的人。谒问:晋见问候。

④绮縠:绉纱一类的丝织品。

⑤仪物:指用于礼仪的器物。语本《书·洛诰》:"仪不及物。"孔传:"威仪不及礼物。"此指中看不中用的东西。

⑥美恶避就:犹言好坏的选择。避,躲避。就,靠近。

⑦繄(yī):是。《国语·吴语》:"君王之于越也,繄起死人而肉白骨也。"韦昭注:"繄,是也。"

⑧囹圄:监狱。

【译文】

再说大女儿嫁给乡里一位富户的儿子,颇为洋洋得意。丈夫放荡不羁,好吃懒做,家境逐渐破败,屋中空空,锅都揭不开。她听说妹妹成了举人的妻子,更加惭愧,姐妹俩走路时都互相避开。又过了不久,她丈夫死了,家道败落。而不久毛纪又考中了进士。大女儿听说后,刻骨铭心地痛恨自己,于是愤然舍身出家,当了尼姑。等毛纪当了大学士重归故乡时,大女儿勉强打发一名尚未剃发的女弟子到毛府来问候,希望毛府能赠送些钱财。及至来到毛府,毛夫人赠给绫罗绸缎若干匹,把银子夹在中间,而女弟子并不知道。她把赠品带回去见师父,师父大失所望,怨恨地说:"给我金钱还可以去买柴米;这些中看不中用的东西,我哪里需要!"便命人送回。毛纪和毛夫人不明其意,等打开一看,银两都在,才领会了退还礼物的意思。于是他们拿出银子,笑着说:"你师父连一百多两银子都承受不起,哪有跟着我老尚书享受的福分!"便把五十两银子交给女弟子带回,说:"拿去给你师父花销吧,给多了,恐怕她福薄难以消受。"女弟子回去一一告诉师父。师父沉默无语,感叹万分,想起一生的作为,自己总是颠倒错乱,有美事就躲开,有恶事就上前,这难道不是天意吗? 后来,店主人因命案逮捕入狱,毛纪为他极力开脱,终于赦免其罪。

　　异史氏曰:张公故墓,毛氏佳城,斯已奇矣。余闻时人有"大姨夫作小姨夫①,前解元为后解元"之戏,此岂慧黠者所能较计邪? 呜呼! 彼苍者天久不可问,何至毛公,其应如响?

【注释】

①大姨夫作小姨夫:据《事文类聚》记载,宋朝薛奎有三个女儿,欧阳修与王拱辰同为薛家女婿。欧阳修娶薛家长女,王拱辰娶薛家次女。后欧阳修妻死,继娶其小妹。王拱辰开玩笑说,欧阳修是"旧女婿为新女婿,大姨夫作小姨夫"。又,凌濛初《初刻拍案惊奇》卷二十三"大姊魂游完宿愿,小姨病起续前缘"也有相应的调侃。

【译文】

　　异史氏说:张家的旧墓,成了毛家的新坟,这已经够新奇了。我听说时人有"大姨夫变成小姨夫,前解元成了后解元"的玩笑话,这岂是聪明伶俐的人所能计较算计的? 唉! 那苍天早就问而难应了,为什么对毛公却做出了如影回声的反应呢?

续黄粱

【题解】

《续黄粱》作为唐传奇《枕中记》的续书，两者有许多相似之处。比如，都有寓言教化的性质；思考的都是封建社会士子们孜孜以求的社会存在价值；都有明显的劝诫意味；都借助于宗教"自色悟空"的方式以警醒解脱；主人公都希冀富贵，在梦中经历了富贵荣辱之后在幻灭中警醒；可谓具有共同的母题。

但是，《续黄粱》和《枕中记》之间的不同又远过于相似。

首先是创作宗旨的不同。沈既济写卢生的幻灭，同时也是写自己的幻灭，是写一代士子的社会理想的破灭。由于与人生悲剧联系在一起，显得隽永、悠长，具有哲学意味。对后代的影响历久弥深，"一枕黄粱"成为流行的成语。蒲松龄在《续黄粱》中所否定的不是士子所追求的普遍的人生道路，他所抨击的只是士林中的败类。《续黄粱》中的幻灭，只是作为贪官个人的幻灭。其中的苦口婆心，虽然不乏深刻、生动，但不具备普遍性，不具有哲学意味。由于意在惩戒贪官，故《续黄粱》中的曾孝廉丢官丢命，又受到阴间地狱果报和再生受苦受难的惩戒。

沈既济写《枕中记》的官场生活用史笔，因为唐代文化有包容批评的气魄。蒲松龄写《续黄粱》用小说笔法，尽量泯灭现实的痕迹，因为清代的文字狱使得他不得不这样。

《枕中记》和《续黄粱》都受宗教思想的影响，但《枕中记》写的是人生价值的幻灭，可称是宗教文学。《续黄粱》洋溢着蒲松龄忧国忧民的救世婆心，其轮回因果掩抑下的是正统的儒家修德行仁的仕宦观念。

福建曾孝廉，高捷南宫时①，与二三新贵②，遨游郊郭。偶闻毗卢禅院③，寓一星者④，因并骑往诣问卜⑤。入揖而坐,星者见其意气⑥,稍佞谀之⑦。曾摇箑微笑⑧,便问:"有蟒玉分否⑨?"星者正容许二十年太平宰相⑩。曾大悦,气益高。值小雨,乃与游侣避雨僧舍。舍中一老僧,深目高鼻,坐蒲团上,偃蹇不为礼⑪。众一举手登榻自话⑫,群以宰相相贺。曾心气殊高,指同游曰:"某为宰相时,推张年丈作南抚⑬,家中表为参、游⑭,我家老苍头亦得小千把⑮,于愿足矣。"一坐大笑。

【注释】

①高捷南宫:指会试中式,即考中进士。捷,胜,成功。南宫,古称尚书省为南宫,此指礼部。礼部主持会试。

②新贵:指会试中式的新进士。

③毗(pí)卢禅院:佛寺名。毗卢,"卢遮那"佛的略称,是释迦牟尼佛的法身。禅院,佛寺。

④星者:星相术士。民间传说认为人的命运同星宿的位置、运行有关,因此也称给人算命的人为"星者"。

⑤并骑:一起骑马而行。

⑥意气:指扬扬得意的神态。

⑦佞谀:阿谀奉承。

⑧摇箑(shà):摇扇。箑,扇子。

⑨蟒玉分:指做高官的福分。蟒玉,蟒袍、玉带,古时显贵高官的服饰。明代台阁之臣多赐蟒服。分,福分,缘分。

⑩正容:严肃。

⑪偃蹇:傲慢。《后汉书·文苑传·赵壹》:"偃蹇反俗,立致咎殃。"李贤注:"偃蹇,骄傲也。"

⑫举手:举手作礼,略示敬意。在此形容新贵的狂傲。

⑬推：荐举。年丈：科举时代，同科考中者互称"同年"，称同年的父
辈或父辈的同年为"年丈"。南抚：明代应天（南京地区）巡抚的
专称。其全衔为"总理粮储、提督军务、兼巡抚应天等府"。

⑭中表：中表兄弟。古时称姑父的儿子为外兄弟，称舅父或姨母的
儿子为内兄弟。外为表，内为中，合称"中表兄弟"。参、游：参
将、游击。明清时代中级武官名。

⑮苍头：指奴仆。《汉书·鲍宣传》："使奴从宾客浆酒霍肉，苍头庐
儿皆用致富。"颜师古注引孟康曰："汉名奴为苍头，非纯黑，以别
于良人也。"千把（bó）：指千总和把总。明清时代低级武官名。

【译文】

福建有一位曾举人，在会试中进士高中，与两三个同榜的新进士到
城郊游玩。他们偶然听说毗卢禅院寄住着一个算命的，便一起骑马前
去问卜。进门施礼入座后，算命的见他们扬扬得意的样子，便略加巧言
奉承。曾某手摇折扇，微微一笑，开口便问："有蟒袍玉带加身的缘分
吗？"星象术士面色严肃地断言他可以当二十年太平宰相。曾某喜悦异
常，更加意气飞扬。这时正值下起了小雨，曾某便与游伴在僧房避雨。
僧房中有一位老和尚，深眼窝，高鼻梁，坐在蒲团上，态度很高傲，跟他
们不怎么打招呼。曾某等人向他举手作礼后，也便坐在榻上各自闲谈
起来，同游者纷纷祝贺曾某是未来的宰相。曾某心高气傲，指着同游者
说："我当宰相的时候，推举年丈张老先生担任应天府的巡抚，我家的中
表兄弟们担任参将、游击，我家的老仆人也当个千总、把总什么的，我的
心愿就满足了。"在座的人都大笑起来。

俄闻门外雨益倾注，曾倦伏榻间，忽见有二中使①，赍天
子手诏②，召曾太师决国计③。曾得意疾趋入朝。天子前
席④，温语良久，命三品以下，听其黜陟⑤，即赐蟒玉名马。曾

被服稽拜以出。入家，则非旧所居第，绘栋雕榱⑥，穷极壮丽。自亦不解，何以遽至于此。然撚髯微呼，则应诺雷动⑦。俄而公卿赠海物⑧，伛偻足恭者⑨，叠出其门。六卿来⑩，倒屣而迎⑪；侍郎辈，揖与语；下此者，颔之而已。晋抚馈女乐十人⑫，皆是好女子。其尤者为袅袅⑬，为仙仙，二人尤蒙宠顾。科头休沐⑭，日事声歌。

【注释】

①中使：宫中派出的使者，多由太监充任。

②赍：手持，拿着。手诏：皇帝的亲笔诏令。

③太师：古时以太师、太傅、太保为“三公”，太师在三公中职位最尊。明代则为虚衔，凡有显著功劳的大臣，多特旨加太师衔，以示优宠。

④天子前席：古代席地而坐，天子倾听专注，不觉地移身向前。《史记·商君列传》：“卫鞅复见孝公，公与语，不自知膝之前于席也。”

⑤听其黜陟：指听任曾某加以贬降或提升。黜，贬。陟，升。

⑥绘栋雕榱(cuī)：彩绘的屋梁和雕饰的屋椽。栋，屋的中梁。榱，屋椽、屋桷的总称。

⑦应诺雷动：应答的声音，震动如雷。

⑧海物：海产之物。又指海外珍品。《书·禹贡》：“厥贡盐，海物惟错。”

⑨伛偻(yǔ lǚ)足(jù)恭者：指巴结奉承的人。伛偻，弓着身子，恭敬从命的样子。足恭，过度谦敬，以取媚于人。足，过分。

⑩六卿：原指周代的六官，即冢宰、司徒、宗伯、司马、司寇、司空。这里指明清时吏、户、礼、兵、刑、工六部的尚书。

⑪倒屣而迎：谓急起迎接。《三国志·魏志·王粲传》："粲徙长安
　左中郎将，蔡邕见而奇之。……宾客盈坐，闻粲在门，倒屣迎
　之。"倒屣，古人家居，脱鞋席地而坐。因急于迎客，把鞋穿倒。
　屣，鞋。

⑫晋抚：山西巡抚。女乐：歌女。

⑬其尤者：其中最好的。

⑭科头休沐：指衣着随便，家居休假。科头，结发，不戴帽。休沐，
　休息沐浴，指古时官吏休假。《初学记》："休假亦曰休沐。"汉五
　日一休沐，唐十日一休沐。

【译文】

　　不久，只听见门外的雨越下越大，曾某困倦地伏在榻上，忽然看见
两名宫中派出的宦官，带来天子的手诏，召曾太师去决断国家大计。曾
某心中得意，连忙赶快前往朝廷。天子听他说话时，不觉移身向前凑
近，与他温和地谈了许久，命令三品以下官员的贬黜与提升均由曾某决
定，当即赐给蟒袍、玉带和骏马。曾某穿好蟒袍，佩好玉带，伏地叩头后
出宫。回家一看，已经不是原来住的宅第，彩绘的屋梁，雕饰的屋椽，那
宅第极其壮丽。曾某自己也不明白为什么骤然达到这般地步。不过只
要他捻着胡须轻声招呼一下，众多侍从回答的声音就会震动如雷。一
会儿，公卿大臣前来赠送海外珍宝，一些点头哈腰巴结奉承的人接连不
断地到他家来。六卿来了，他急忙迎接；侍郎一类的人来了，他拱手施
礼，说几句话；更小的官来了，他只是点点头而已。山西巡抚送来歌姬
十人，都是漂亮女子，其中最出色的一个叫袅袅，一个叫仙仙，这两人尤
其受到宠爱。每当衣着随便地在家休假时，他总是整天观赏她们的
歌舞。

　　一日，念微时尝得邑绅王子良周济我，今置身青云①，渠
尚蹉跎仕路②，何不一引手③？早旦一疏，荐为谏议④，即奉

俞旨⑤,立行擢用。又念郭太仆曾睚眦我⑥,即传吕给谏及侍御陈昌等⑦,授以意旨。越日,弹章交至⑧,奉旨削职以去。恩怨了了⑨,颇快心意。偶出郊衢,醉人适触卤簿⑩,即遣人缚付京尹⑪,立毙杖下。接第连阡者,皆畏势献沃产。自此富可埒国⑫。无何而袅袅、仙仙以次殂谢⑬,朝夕遐想。忽忆曩年见东家女绝美,每思购充媵御⑭,辄以绵薄违宿愿⑮,今日幸可适志。乃使干仆数辈,强纳赀于其家。俄顷,藤舆昇至,则较昔之望见时,尤艳绝也。自顾生平,于愿斯足。

【注释】

①置身青云:谓身居高官,仕路得意。青云,高空,喻官高爵显。

②蹉跎仕路:失意于官场。蹉跎,耽误时机,谓不得志。

③引手:提拔,援引。

④谏议:官名。汉称谏议大夫,元以后废。明清时谏官称"给事中",又名"给谏"。

⑤俞旨:皇帝应允的圣旨。俞,应允。

⑥太仆:古代官名。秦汉时为九卿之一,掌管皇帝舆马和马政。北齐置太仆寺,有卿、少卿各一人,历代因之。睚眦:怒目而视,指有小的怨恨。

⑦给谏:明清时谏官"给事中"的别称,主管监察、纠弹官吏。侍御:唐代称殿中侍御史、监察御史为侍御。后世因沿袭此称。

⑧弹章交至:弹劾的奏章同时并至。

⑨恩怨了了:恩怨分明。了了,分明。

⑩卤簿:原指皇帝出行时的车驾、仪仗、侍卫。汉蔡邕《独断》中记述:"天子出,车驾次第,谓之卤簿。"汉应劭《汉官仪》解释:"天子出车驾次第谓之卤,兵卫以甲盾居外为前导,皆谓之簿,故曰卤

簿。"后代也泛称官员出行的仪仗。

⑪京尹：京兆尹，京城的行政长官，略如今首都的市长。

⑫富可埒（liè）国：财富可以与国家相当。埒，同等。

⑬殂谢：去世。

⑭媵御：侍妾。

⑮绵薄：力量不足。

【译文】

有一天，曾某想起寒微时曾得到本县乡绅王子良的周济，如今自己官高爵显，而他仍然仕途失意，为什么不拉他一把？第二天一早，他上疏推荐王子良为给事中，当即得到圣旨的批准，立刻加以擢拔任用。他又想起郭太仆曾与自己有些小怨恨，便叫来给事中吕某和侍御陈昌等人，把自己的意图告诉了他们。第二天，弹劾郭氏的奏章纷纷上呈，郭氏于是遵旨削职离去。曾某报恩报怨，一一实现，心中颇感快意。曾某偶尔在郊外的大街上经过，一个醉汉正巧冲撞了他的仪仗，他便派人把醉汉绑送京兆尹，立即打死在刑杖之下。与他宅第相接、田地相连的人，都畏惧他的权势，向他进献肥美的田产。从此，他的富有简直可与国家相比。不久，袅袅、仙仙相继亡故，曾某朝思暮想。他忽然想起早年看见东邻的女儿美丽绝伦，多次想买来做姬妾，总是由于财微力薄而不能如愿，幸好今天可以称心如意了。于是他指使几名干练的仆人把钱财强行送到东邻家。不一会儿，便把那女子用藤轿抬来，却见那女子比往日见到的时候还要艳美动人。他回顾自己的一生，觉得可以心满意足了。

又逾年，朝士窃窃①，似有腹非之者②。然各为立仗马③，曾亦高情盛气，不以置怀。有龙图学士包上疏④，其略曰："窃以曾某，原一饮赌无赖，市井小人，一言之合，荣膺圣眷⑤，父紫儿朱⑥，恩宠为极。不思捐躯摩顶⑦，以报万一，反恣胸臆⑧，擅作威福。可死之罪，擢发难数！朝廷名器⑨，居为奇货，量缺肥瘠，为价重轻⑩。因而公卿将士，尽奔走于门下，估计贪缘⑪，俨如负贩⑫；仰息望尘⑬，不可算数。或有杰士贤臣，不肯阿附⑭，轻则置之闲散⑮，重则褫以编氓⑯。甚且一臂不袒⑰，辄迕鹿马之奸⑱；片语方干⑲，远窜豺狼之地⑳。朝士为之寒心，朝廷因而孤立。又且平民膏腴㉑，任肆蚕食㉒；良家女子，强委禽妆㉓。沴气冤氛㉔，暗无天日！奴仆一到，则守、令承颜㉕；书函一投，则司、院枉法㉖。或有厮养之儿㉗，瓜葛之亲㉘，出则乘传㉙，风行雷动，地方之供给稍迟，马上之鞭挞立至。荼毒人民㉚，奴隶官府㉛，扈从所临㉜，野无青草㉝。而某方炎炎赫赫㉞，怙宠无悔㉟。召对方承于阙下㊱，萋菲辄进于君前；委蛇才退于自公㊳，声歌已起于后苑㊴。声色狗马，昼夜荒淫；国计民生，罔存念虑。世上宁有此宰相乎！内外骇讹㊵，人情汹汹㊶。若不急加斧锧之诛，势必酿成操、莽之祸㊷。臣夙夜祗惧㊸，不敢宁处㊹，冒死列款㊺，仰达宸听㊻。伏祈断奸佞之头，籍贪冒之产㊼，上回天怒，下快舆情。如果臣言虚谬，刀锯鼎镬㊽，即加臣身”云云。

【注释】

①朝士窃窃：朝廷官员暗中议论。窃窃，私语，低声议论。

②腹非：口里不言，心中反对。

③各为立仗马：意谓朝臣不敢说话。唐代皇帝临朝，立八马于宫门之外，作为仪仗，称为“立仗马”。这种马静立无声，从不嘶叫。见《新唐书·百官志》。后因以“立仗马”喻无所作为而不敢直言

的朝士。

④龙图学士包：指宋代龙图阁直学士包拯。这里借指刚正不阿的朝臣。

⑤荣膺圣眷：幸获皇帝恩宠。膺，承受。眷，眷顾，关怀。

⑥父紫儿朱：指父子均做高官。唐制，三品以上官员着紫色朝服，五品以上着朱色朝服。

⑦不思捐躯摩顶：谓曾某不为国事操劳。捐躯，献身。捐，舍弃。摩顶，指不畏劳苦，语出《孟子·尽心》："墨子兼爱，摩顶放踵利天下，为之。"

⑧恣：放纵。胸臆：胸怀，指为所欲为。

⑨名器：名号与车服仪制。奴隶社会与封建社会用以别尊卑贵贱的等级。语本《左传·成公二年》："唯器与名，不可以假人，君之所司也。"杜预注："器，车服。名，爵号。"这里代指官秩。

⑩量缺肥瘠，为价重轻：意为公然标价卖官鬻爵。缺，官缺。肥瘠，指官俸及进项的多寡。

⑪估计：指计算买卖官员的价钱。夤缘：攀缘，依附。指巴结有权势的人谋取官位。

⑫俨：俨然。负贩：商贩。

⑬仰息：仰人鼻息，比喻依附、投靠别人。望尘：望尘而拜，指巴结权贵。

⑭阿附：顺从附和。

⑮闲散：指清闲无权之官。

⑯褫以编氓：革职为民。褫，剥夺。指革除官职。编氓，编入户籍的平民。氓，百姓。

⑰一臂不袒：意谓不偏袒曾某，站在他的一边。《史记·吕太后本纪》载汉高祖刘邦死后，太尉周勃反对吕氏篡权，在军中宣布：顺从吕氏的右袒（露出右臂），拥护刘氏的左袒（露出左臂）。军中

都"左袒"。后因以偏护一方称"左袒"或"偏袒"。

⑱辄迕鹿马之奸：谓轻易就触犯了权奸的旨意。鹿马之奸，指秦相赵高指鹿为马的故事。《史记·秦始皇本纪》载赵高为篡夺帝位，设法探测群臣的态度。他向秦二世献鹿而说是马。二世笑曰："丞相误耶？谓鹿为马。"以之询问群臣，群臣竟迎合赵高也指鹿为马。后因以"指鹿为马"比喻权奸的有意颠倒是非。

⑲干：冒犯。

⑳远窜豺狼之地：被充军到荒凉的边远地区。窜，放逐。豺狼之地，野兽出没的地方。

㉑膏腴：肥沃的土地，良田。

㉒任肆蚕食：任其肆意侵并。蚕食，逐渐侵占。

㉓禽妆：聘礼，彩礼。

㉔沴(lì)气：灾害不祥之气。此指曾某的凶恶气焰。沴，旧谓天地四时之气不和而生的灾害。冤氛：指受害者的冤气。

㉕守、令承颜：意谓太守和县令都得看曾家奴仆的脸色行事。承颜，仰承脸色。

㉖司、院枉法：省级地方大吏则徇情枉法。司，指布政使司和按察使司。前者主管一省行政，后者主管一省刑名。院，指总督和巡抚，他们分别兼有都察院右都御史和右副都御史的官衔，称之为"两院"。

㉗厮养之儿：这里指干儿子之类。《公羊传·宣公十二年》："厮役扈养，死者数万人。"注："析薪为厮，炊烹为养。"

㉘瓜葛之亲：关系疏远的远亲。汉蔡邕《独断》载："四姓小侯，诸侯家妇，凡与先帝先后有瓜葛者……皆会。"

㉙乘传(zhuàn)：乘官府驿站的车马。传，驿站或驿站的车马。

㉚荼毒：残害，祸害。荼，苦菜。毒，毒虫。

㉛奴隶：役使，奴役。

㉜扈从：随从服役人员。

㉝野无青草：原指田无庄稼野菜可食。《左传·僖公二十六年》："室如悬罄，野无青草，何恃而不恐。"杜预注："在野则无蔬食之物。"此指曾某扈从过处搜刮一空。

㉞炎炎赫赫：原意炽热。语出《诗·大雅·云汉》："旱既大甚，则不可沮，赫赫炎炎，云我无所。"此处形容权势煊赫。

㉟怙宠：依恃皇帝的恩宠。

㊱召对：指应对皇帝的咨询。阙：宫阙。

㊲萋菲：也作"萋斐"，花纹错杂，比喻巧语谗言。《诗·小雅·巷伯》："萋兮斐兮，成是贝锦；彼谮人者，亦已太甚。"

㊳委蛇才退于自公：本来是形容退朝回家进餐的勤政公卿，这里指曾某退朝回家。委蛇，从容自得的样子。语出《诗·召南·羔羊》："退食自公，委蛇委蛇。"

㊴苑：花园，园林。

㊵骇讹：惊扰不安。

㊶汹汹：骚乱不宁。

㊷操、莽之祸：指篡夺帝位的灾祸。操，指东汉末年的曹操，他挟持汉献帝，篡夺朝廷大权。莽，指西汉末年王莽，他曾篡汉自立，改国号为"新"。

㊸祗惧：警惕戒惧。

㊹宁处：安居。

㊺列款：列举罪状。款，条款，指罪状。

㊻仰达宸听：上报皇帝知道。宸听，皇帝的听闻。宸，北极星所居，代指皇帝的住处。

㊼籍：登记造册，指抄没。贪冒：贪图财利。

㊽刀锯鼎镬：指最惨酷的刑罚。刀锯，杀人的刑具。鼎镬，烹人的刑具。

【译文】

又过了一年,朝廷官员窃窃私议,似乎有人对曾某心怀不满。但这些人像"立仗马"不敢说话,曾某也心高气盛,没放在心里。这时,有一位龙图阁包学士给皇帝上了弹劾的奏疏,奏疏大略说:"我个人认为,曾某原来是一个嗜酒好赌的无赖之徒,是一个市井小人,只因一句话合于圣意,便有幸深得圣上的眷顾,父亲、儿子都做了高官,所受的恩宠可谓登峰造极。但是他不想摩顶放踵,为国捐躯,以报答圣恩于万一,反而肆意而为,擅自作威作福。若要数清他所犯的死罪,比数清他的头发还难! 朝廷的官位,他居为奇货,根据官缺的肥瘦,定出或高或低的价码。所以自公卿以至将士都在他门下奔走,盘算得失,寻找时机,俨然就像市场上担货贩卖一般;对他仰承鼻息、望尘而拜的人多得数不过来。有些杰出的人士,贤良的大臣不肯曲意附和曾某,轻的被置于闲散之地,重的被削职为民。甚至一事不肯顺从,就触怒这指鹿为马的权奸;片言有所冒犯,就被贬放到遥远的野兽出没之地。百官为此寒心,皇上因此孤立。还有平民的良田,他肆意蚕食;良家的妇女,他强行聘为姬妾。邪气充斥,冤气弥漫,简直暗无天日! 曾家的奴仆每到一地,太守县令都看其脸色行事;曾某的私信一经发出,布政使、按察使和总督、巡抚就会徇情枉法。有些厮养的干儿子,辗转相攀的远房亲戚,出门乘坐驿车,快如疾风吹过,声如雷声滚滚,地方供给稍有延迟,立刻就被鞭打责罚。他们残害人民,奴役官府,其扈从人员所经之处,田野里连草都剩不下来。而曾某气焰正盛,自恃得宠,毫不悔改。每当在宫中召见问事之时,他便在陛下面前巧语谗言;才从朝廷从容自得地回到家中,后花园里便响起娱乐的歌声。他沉湎于声色犬马,夜以继日,荒淫无度,却从不把国计民生放在心上。难道世上有这样的宰相吗? 当前,内外惊扰不安,人情骚乱不宁。如不赶快将他置于利斧之下处死,势必酿成曹操、王莽篡夺帝位的祸患。我日夜心怀戒惧,不敢安居,冒死罗列曾某罪行的款项,上报陛下知道。我请求砍下这奸佞之辈的人头,抄没他贪污得来的财产,上息天帝之怒,下快众人之心。如果我所说的虚假荒谬,可将刀劈油烹的刑罚加在为臣身上。"

疏上,曾闻之,气魄悚骇①,如饮冰水。幸而皇上优容②,留中不发③。又继而科、道、九卿④,交章劾奏,即昔之拜门墙、称假父者⑤,亦反颜相向⑥。奉旨籍家,充云南军。子任平阳太守⑦,已差员前往提问。曾方闻旨惊惮,旋有武士数十人,带剑操戈,直抵内寝,褫其衣冠,与妻并系。俄见数夫运货于庭,金银钱钞以数百万,珠翠瑙玉数百斛⑧,幄幕帘榻之属,又数千事,以至儿褓女舄⑨,遗坠庭阶。曾一一视之,酸心刺目。又俄而一人掠美姜出,披发娇啼,玉容无主。悲火烧心,含愤不敢言。

【注释】

①气魄悚骇:犹言惊魂夺魄,形容极端惊惧。

②优容:宽容。

③留中不发:皇帝把臣下的奏章留在宫禁中,不交议也不批答。

④科、道、九卿:意指全体朝臣。科、道,明清时都察院下属吏、户、礼、兵、刑、工六科给事中和各道御史的合称。九卿,中央各主要行政长官的总称。

⑤拜门墙、称假父者:投靠门下作"门生"、"干儿"的人。门墙,指师门。假父,义父。

⑥反颜相向:翻脸。

⑦平阳:旧府名。府治在今山西临汾。

⑧珠翠瑙玉:珍珠、翡翠、玛瑙、玉石,指贵重珠宝。斛:量器,古代以十斗为斛,后改五斗为斛。

⑨儿褓女舃：小孩的褓褓，女人的鞋。

【译文】

奏疏进呈，曾某听说后，吓得失魂落魄，像喝了冰水似的，心中透凉。幸亏皇上宽大为怀，将奏疏扣压在宫中，没有下达。然而各科官员、各道谏官和九卿等各主要行政长官纷纷进呈奏章弹劾曾某，就是往日投靠门下的门生，称他为干爹的干儿子们，也跟他翻了脸。于是圣旨下达，抄没曾某家产，将其发配到云南充军。曾某的儿子担任平阳太守，也已经派人前去传讯审问。曾某听了圣旨，正在惊恐之际，旋即有数十名武士，手持宝剑、长矛，一直到了内室，剥下他的朝服朝冠，将他与妻子绑在一起。不久，只见几名役夫把财物搬运到院子里，金银钱钞有数百万，珠宝、翡翠、玛瑙、玉器有几百斛，帐幕、帘子、床榻之类又有数千件，及至婴儿的褓褓、女子的绣鞋，都遗落在堂前的台阶上。曾某逐一看过，感到件件心酸，样样刺目。又过了一会儿，有一人把曾某的美妾拽出，只见她披头散发，娇声哭泣，神色无主。曾某心中燃烧着悲郁的烈火，满腔愤怒，不敢说出。

俄楼阁仓库，并已封志，立叱曾出。监者牵罗曳而出，夫妻吞声就道，求一下驷劣车①，少作代步，亦不得。十里外，妻足弱，欲倾跌，曾时以一手相攀引。又十馀里，己亦困惫。歘见高山②，直插霄汉，自忧不能登越，时挽妻相对泣。而监者狞目来窥，不容稍停驻。又顾斜日已坠，无可投止，不得已，参差蹩躠而行③。比至山腰，妻力已尽，泣坐路隅，曾亦憩止，任监者叱骂。忽闻百声齐噪，有群盗各操利刃，跳梁而前④。监者大骇，逸去。曾长跪，言："孤身远谪，橐中无长物⑤。"哀求宥免。群盗裂眦宣言："我辈皆被害冤民，只乞得佞贼头，他无索取。"曾叱怒曰："我虽待罪，乃朝廷命官⑥,贼子何敢尔!"贼亦怒,以巨斧挥曾项。觉头堕地作声,魂方骇疑,即有二鬼来,反接其手,驱之行。

【注释】

①下驷劣车:差的马车。下驷,劣等马。

②欻:忽然。

③参差(cēn cī)蹩躠(bié xiè)而行:意谓一前一后,一瘸一拐艰难行走。参差,不齐的样子。蹩躠,一瘸一拐走的样子。

④跳梁:腾跃,乱跑乱跳。

⑤橐:囊,口袋。无长物:没有值钱的东西,多余的东西。

⑥命官:受过"皇封"的官吏。

【译文】

一会儿,楼阁仓库都贴完了封条,曾某立即被呵斥出门。押送者牵着绳头,把他拽出,夫妻二人悲泣着上了路,乞求给一辆破马车代步也办不到。走了十多里,曾妻足下无力,总要跌倒,曾某只得不时用一只手搀扶着她走。又走了十多里,曾某本人也疲惫不堪了。忽然又见一座高山,直插云霄,曾某担心自己无法翻越,手搀着妻子相对流泪。而押送者以凶恶的目光瞪着他们,一步也不许停。曾某又见斜阳西沉,无处投宿,不得已只得一前一后、一瘸一拐艰难前行。等来到山腰时,曾妻力气已经用完,坐在路边哭泣,曾某也停歇下来,任凭押送者破口责骂。忽然听见许多人齐声鼓噪,有一群强盗个个手持锋利的兵器,腾跃向前。押送者大为惊骇,一逃而光。曾某直身跪下,说:"我孤身发配远方,行李中没有值钱的东西。"哀求他们饶恕。这群强盗怒目圆睁,声称:"我们都是受你迫害的冤民,只要索取你这奸贼的人头,别无所求。"曾某怒斥说:"我虽然有罪等待处置,却也是朝廷的命官,你们这些强盗怎敢如此!"强盗也为之恼怒,挥动大斧,向曾某的脖子砍去。曾某只觉自己的头落地有声,正当惊魂未定之际,便有两名小鬼走来,反绑他的双手,驱赶他上路。

行逾数刻,入一都会①。顷之,睹宫殿,殿上一丑形王者,凭几决罪福②。曾前,匐伏请命③。王者阅卷,才数行,即震怒曰:"此欺君误国之罪,宜置油鼎!"万鬼群和,声如雷霆。即有巨鬼捽至墀下④。见鼎高七尺已来,四围炽炭,鼎足尽赤。曾觳觫哀啼⑤,窜迹无路⑥。鬼以左手抓发,右手握踝,抛置鼎中。觉块然一身,随油波而上下,皮肉焦灼,痛彻于心,沸油入口,煎烹肺腑。念欲速死,而万计不能得死。约食时,鬼方以巨叉取曾出,复伏堂下。王又检册籍,怒曰:"倚势凌人,合受刀山狱!"鬼复捽去。见一山,不甚广阔,而峻削壁立,利刃纵横,乱如密笋。先有数人胃肠刺腹于其上⑦,呼号之声,惨绝心目。鬼促曾上,曾大哭退缩。鬼以毒锥刺脑,曾负痛乞怜。鬼怒,捉曾起,望空力掷。觉身在云霄之上,晕然一落,刃交于胸,痛苦不可言状。又移时,身躯重赘,刀孔渐阔,忽焉脱落,四支蠖屈⑧。鬼又逐以见王。王命会计生平卖爵鬻名,枉法霸产,所得金钱几何。即有鬈须人持筹握算⑨,曰:"三百二十一万。"王曰:"彼既积来,还令饮去!"少间,取金钱堆阶上,如丘陵,渐入铁釜,熔以烈火。鬼使数辈,更以杓灌其口,流颐则皮肤臭裂⑩,入喉则脏腑腾沸。生时患此物之少,是时患此物之多也!半日方尽。王者令押去甘州为女⑪。

【注释】

①都会:城市。

②几：小或矮的桌子。

③请命：请求保全生命或解除困苦。

④捽（zuó）：抓住头发。亦泛指抓，揪。墀下：台阶下面。墀，台阶。

⑤觳觫（hú sù）：吓得发抖。

⑥窜迹：逃避。

⑦胃（juàn）：悬挂。

⑧蠖屈：像虫子一样蜷曲。蠖，尺蠖蛾的幼虫，生长在树上，爬行时一伸一屈的前进。

⑨鬙（níng）须：蓬乱的胡须。鬙，毛发蓬乱的样子。持筹握算：手拿算筹。筹，算，都是古代计数用的用具。

⑩颐：面颊。

⑪甘州：清代府名。府治在今甘肃张掖。

【译文】

走了一段时间，走进一座都市。顷刻便看见一座宫殿，殿上有一位形貌丑陋的大王，正在凭案判决鬼魂应当何罪，应有何福。曾某上前，趴在地上，请求饶命。大王审阅案卷，才看了几行，就怒气冲冲地说："这种欺君误国的罪行，应该扔到油鼎里去！"众鬼齐声附和，声如雷霆。随即有一个巨鬼把曾某一把抓到殿阶之下。只见油鼎七尺来高，四周炭火熊熊，连鼎足都已烧红。曾某吓得浑身发抖，伤心哀泣，欲逃无路。鬼用左手抓着头发，右手握着双脚，把曾某扔进油锅。曾某顿觉整个身体随着油波上下翻滚，皮肉焦烂，疼得钻心，沸腾的油灌进口中，连肺腑也受到烹煎。这时，他只想死得快些，但想尽办法都死不了。大约一顿饭的工夫，鬼才用巨叉把曾某挑出，又扔到堂前趴着。大王又翻检记事的簿册，生气地说："仗势欺人，应该受上刀山的刑！"鬼又把曾某抓走。只看见一座不甚广阔的山，陡峭高峻，山上尖刀纵横，就像丛生的竹笋。此前已有数人被刀山刺破肚子，挂住肠子，呼号的声音惨不忍听。鬼催曾某上山，曾某放声大哭，退缩不前。鬼用毒锥扎曾某的后脑，曾某忍痛乞求可怜。鬼恼怒发火，抓起曾某，向空中用力抛去。曾某顿觉身体钻入云霄，接着晕乎乎地向下一落，交错的尖刀刺进胸口，痛苦无法形容。又过了一段时间，曾某的身躯沉重下坠，刀扎的孔洞逐渐变大，忽然掉下刀山，四肢像毛毛虫一样蜷曲着。于是鬼又赶他去见大王。大王命令统计曾某一生卖官鬻爵、枉法霸占财产所得的钱财有多少。立即有一个胡须蓬乱的人手拿算筹说："三百二十一万。"大王说："那玩意儿既存下来，还是让他喝下去吧！"不一会儿，拿来的金钱堆在殿阶上，像丘陵一般，渐渐被陆续放进铁锅，用烈火加以熔化。几名鬼使轮流用勺子往曾某口中灌铜汁，铜汁流到面颊上，皮肤便会焦烂发臭，流进喉咙里，五脏六腑便会沸腾起来。活着的时候总嫌这玩意太少，这时就嫌这玩意太多了！用了半天时间，铜汁才算灌完。大王命令将曾某押解到甘州去当女人。

　　行数步，见架上铁梁，围可数尺，绾一火轮①，其大不知几百由旬②，焰生五采，光耿云霄③。鬼挞使登轮。方合眼跃登，则轮随足转④，似觉倾坠，遍体生凉。开眸自顾，身已婴儿，而又女也。视其父母，则悬鹑败絮⑤，土室之中，瓢杖犹存，心知为乞人子。日随乞儿托钵⑥，腹辘辘然，常不得一饱。着败衣，风常刺骨。十四岁，鬻与顾秀才备媵妾，衣食粗足自给。而冢室悍甚⑦，日以鞭棰从事，辄以赤铁烙胸乳。幸而良人颇怜爱，稍自宽慰。东邻恶少年，忽逾垣来逼与私。乃自念前身恶孽，已被鬼责，今那得复尔。于是大声疾呼，良人与嫡妇尽起，恶少年始窜去。居无何，秀才宿诸其室，枕上喋喋，方自诉冤苦，忽震厉一声，室门大辟，有两贼持刀入，竟决秀才首，囊括衣物。团伏被底，不敢复作声。既而贼去，乃喊奔嫡室。嫡大惊，相与泣验。遂疑妾以奸夫杀良人,因以状白刺史。刺史严鞫⑧,竟以酷刑定罪案,依律凌迟处死⑨。縶赴刑所,胸中冤气扼塞,距踊声屈⑩,觉九幽十八狱⑪,无此黑黯也。

【注释】

①绾:系。

②由旬:梵文音译。古代印度计算距离的单位名称。由旬有大、中、小之别。大者六十里或八十里,小者四十里。

③耿:光亮。这里是照耀的意思。

④轮随足转:按照佛教的说法,人都要在地狱道、饿鬼道、畜生道、修罗道、人道、天道这六道内轮回。

⑤悬鹑败絮:破衣烂衫。悬鹑,鹌鹑毛斑尾秃,似披破衣,因以"悬鹑"比喻衣服破烂。

⑥托钵:本指僧人手捧钵盂募化,这里指乞丐捧碗乞讨。

⑦冢室:正妻,嫡妻。

⑧严鞫:指刑讯逼供。

⑨凌迟:封建社会最惨酷的一种死刑,俗称"剐刑"。

⑩距踊声屈:顿足喊冤。距踊,跳跃,跺脚。

⑪九幽十八狱:指民间传说中的阴间十八层地狱。九幽,犹"九泉",指冥间。

【译文】

曾某刚走了几步,只见架上有一个周长可达数尺的铁梁,上面套着一个不知有几百里大的火轮,火焰发出五色光彩,光芒直冲云霄。鬼用鞭子抽打着,让曾某登上火轮。曾某刚闭上眼睛,跃上火轮,火轮便随着双脚转动,似乎觉得自己在向下跌落,浑身发凉。当曾某睁眼看自己的时候,发现已经变成了婴儿的身体,而且还是个女孩。一看自己的父母,身穿破衣烂衫,土屋子里还放着要饭的瓢和打狗棍,于是心里明白自己成了乞丐的女儿。她每天跟着乞丐托钵要饭,肚子饿得"咕咕"直叫,却经常吃不上一顿饱饭。她身穿破烂的衣服,挡不住刺骨的寒风。十四岁时,她被卖给顾秀才做妾,吃穿基本可以自给。但大老婆非常凶悍,每天用鞭棒抽打对付她,甚至用烧红的烙铁烙她的胸部和乳房。幸好顾秀才对她颇为疼爱,她才自觉稍有宽慰。一次,东邻的一个无赖少年,突然翻墙过来逼她与自己私通。她想自己前身罪孽深重,已经遭受阴间的惩罚,现在哪能再干这事?于是放声大喊,顾秀才和大老婆都被喊了起来,那无赖少年这才逃走。没过多久,顾秀才在她房里过夜,她正在枕上喋喋不休地诉说自己的冤屈和苦楚,忽然一声巨响,房门大开,有两个强盗持刀闯进屋里,竟然砍下顾秀才的头,把衣物抢个精光。她缩成一团,躲在被里,再也不敢作声。强盗离去,她才喊叫着跑到大老婆的房间。大老婆大吃一惊,与她一起哭哭啼啼地去验看尸首。于是怀疑她和奸夫一齐杀害了顾秀才,因而呈状上告知州。知州严加审讯,竟然施以酷刑,使罪案成立,依照刑律,以剐刑处死。她被绑赴刑场,胸中冤气郁塞,踩脚喊冤,觉得连阴间的十八层地狱,也没有这么黑暗。

正悲号间,闻游者呼曰:"兄梦魇耶?"豁然而寤,见老僧犹跏趺座上①。同侣竞相谓曰:"日暮腹枵②,何久酣睡?"曾乃惨淡而起。僧微笑曰:"宰相之占验否?"曾益惊异,拜而请教。僧曰:"修德行仁,火坑中有青莲也③。山僧何知焉?"曾胜气而来,不觉丧气而返。台阁之想④,由此淡焉。入山不知所终。

【注释】

①跏趺(jiā fū):佛教用语"结跏趺坐"的省称。俗称"打坐",双足交

叉,盘腿而坐。

②腹枵(xiāo):肚子饿了。枵,空虚。

③火坑:佛教认为人死后,如堕入地狱、饿鬼、畜生三恶道,其苦无比,因喻之为"火坑"。青莲:梵语"优钵罗"的意译,是一种青色莲花,瓣长面广,青白分明。南朝梁江淹《莲花赋》:"发青莲于王宫,验奇花于陆地。"胡之骥注:"观音大士生于王宫,坐青莲花上。"

④台阁之想:指曾某做宰相的念头。台阁,指朝廷重臣。明清时则指尚书、内阁大学士之类的辅佐大臣。

【译文】

正在伤心哭号时,曾某听见游伴叫他说:"老兄做噩梦了吗?"曾某一下睁眼醒来,只见老和尚还在蒲团上结跏趺坐。同伴争着对他说:"天色已晚,肚子已饿,你怎么熟睡了这么久?"曾某于是面色凄惨地站起身来。老和尚微微一笑,说:"当宰相的卦灵验吗?"曾某越发惊异,施礼请教。老和尚说:"只要修德行仁,火坑中也有青莲护持。我这么个山僧懂得什么?"曾某来时趾高气扬,走时不觉垂头丧气,当宰相的念头也从此淡薄。后来曾某进了山,不知下落。

异史氏曰:福善祸淫①,天之常道。闻作宰相而忻然于中者②,必非喜其鞠躬尽瘁可知矣③。是时方寸中④,宫室妻妾,无所不有。然而梦固为妄,想亦非真。彼以虚作,神以幻报。黄粱将熟⑤,此梦在所必有,当以附之《邯郸》之后⑥。

【注释】

①福善祸淫:降福给行善的人,降祸给淫恶的人。《书·汤诰》:"天道福善祸淫。"

②忻然于中：心满意足。忻然，安适自在的样子。

③鞠躬尽瘁：尽力国事，不辞劳苦。鞠躬，恭敬谨慎。尽瘁，勤劳国事。

④方寸：指心。

⑤黄粱将熟：指唐人沈既济的小说《枕中记》中故事。小说写卢生在邯郸道中的旅店里遇见仙人吕翁。卢生自叹不得志，吕翁给他一个枕头，说枕着它就可事事如意。卢生乃倚枕睡去。在梦中，他一生享尽了人间的荣华富贵，而梦醒时，店主人的一锅黄粱饭还没有煮熟。

⑥《邯郸》：指汤显祖根据沈既济《枕中记》故事改编的戏剧《邯郸记》。为"临川四梦"之一，共六十出，有《六十种曲》本。

【译文】

异史氏说：降福给行善的人，降祸给淫恶的人，这是永恒的天道。听说自己能当宰相就心中沾沾自喜的人，必然不是因为此职所需要鞠躬尽瘁而欢喜，这是可想而知的。这时曾某的心中宫室妻妾无所不有。但梦境本来就虚妄，幻想也不现实。他作凭空想象，神便用幻想回答。黄粱快煮熟时，这样的梦是必然要做的，所以本文应作为《邯郸记》的续篇。

龙取水

【题解】

龙卷风是在极不稳定天气下，由两股空气强烈对流运动而产生的一种伴随着高速旋转的漏斗状云柱的强风涡旋。龙取水实际就是现在我们所说的龙卷风的一种。它外貌奇特，上部是一块乌黑或浓灰的积雨云，下部是形如大象鼻子的漏斗状云柱直接延伸到水面，一边旋转，一边移动，将湖或海里的水卷入空中，形成高高的水柱，如同被吸入空中一样。由于龙卷风往往发生在下午或傍晚，光线晦暗，具有龙图腾意识的国人往往把它和传说中的龙联系在一起。

本篇是《聊斋志异》中少有的考证辨析之作。就考证辨析而言，蒲松龄是听徐东痴讲说的，严格说起来也是传闻。即使是徐东痴亲见，也不见得必然"眼见为实"。但作为文学作品，本文写得夭娇简明。

　　俗传龙取江河之水以为雨，此疑似之说耳。徐东痴南游①，泊舟江岸，见一苍龙自云中垂下，以尾搅江水，波浪涌起，随龙身而上。遥望水光睒炳②，阔于三匹练③。移时，龙尾收去，水亦顿息。俄而大雨倾注，渠道皆平。

【注释】

①徐东痴：原名徐元善（1611—1683），字长公，山东新城人，王渔洋表兄。后慕嵇康为人，更名夜，字嵇庵，又字东痴，隐居田庐。康熙十七、十八年（1678、1679），诏修明史，开博学宏辞科，有司将以应诏，以老病力辞不赴。王渔洋搜辑其诗，序而传之。传见康熙《新城县志》、《清史稿·文苑传》及王渔洋《带经堂集·徐诗序》。徐元善两度南游，一次在顺治十八年（1679），访钱塘孤山林逋故居，至桐庐登严光钓台，酹谢翱墓，徘徊赋诗而返。一次在康熙二十二年（1683）左右，赴友人招，至江西德安，未几卒。

②睒炳（shǎn shǎn）：闪烁。

③匹：古代计算布帛的丈量单位，四丈为匹。练：白色熟绢。

【译文】

　　民间传说龙取江河的水行雨，这是令人将信将疑的说法。徐东痴游历南方，船在长江岸边停泊，只见有一条苍龙从云中垂下身体，用尾巴搅动江水，使波浪涌起，水顺着龙的身体运上天去。远远望去，水光闪闪,比十二丈白绢还宽。过了一段时间,龙尾收回,水也顿时平息。不久大雨倾盆而下,沟渠道路都被淹没。

小猎犬

【题解】

　　本篇反映了人类在发明化学杀虫制剂之前,面对蚊蝇、跳蚤、虮虱困扰所产生的幻想,颇具童话色彩。

　　在描写和布局上,本篇与卷二的《小官人》异曲同工。二者都是"奇在化大为小,以小见妙";都通过形象的比喻状物,写"马大如蜡","有鹰如蝇","猎犬如巨蚁","万蹄攒奔,纷如撒菽";都在普遍的概括的描写之后,用细节的特写以加深印象,《小官人》篇是赠物,本篇则写小猎犬"毛极细茸,项上有小环"。

　　王渔洋在《池北偶谈·谈异七》节录了本篇,特意在篇末注明"事见蒲秀才松龄《聊斋志异》",见出对此篇颇为欣赏。

　　山右卫中堂为诸生时①,厌冗扰,徙斋僧院。苦室中蟹虫蚊蚤甚多②,竟夜不成寝。

【注释】

①山右卫中堂:卫周祚(1611—1675),字文锡,号闻石,山西曲沃城内人。明崇祯十年(1637)进士。初任河北永平府推官,有廉声,明末,历任员外郎、户部郎中。清顺治元年(1644)诏令访求明代遗留的人才,卫周祚被举荐,补任原官。十二年(1655),升工部尚书,畿南大灾,卫周祚奉命赈济,救活灾民甚多,加少保兼太子太保。十五年(1658),改任吏部尚书,不久,加文渊阁大学士兼

刑部尚书，奉命校定《大清律》。康熙八年(1669)，因病回原籍调理。十一年(1672)，改内国史院大学士，为保和殿大学士兼户部尚书。同年十二月旧病复发归里，十四年(1675)，卒，谥文清。《清史稿》、《山西通志》有传。山右，山西。以居太行山之右得名。中堂，内阁大学士的别称。

②蜚(fēi)虫：即臭虫，又名床虱。

【译文】

山西人卫周祚大学士还是秀才的时候，厌倦事务繁杂，便搬进寺院去吃住。可是屋里臭虫、蚊子、跳蚤非常之多，卫周祚往往彻夜难以入睡。

食后，偃息在床①。忽一小武士，首插雉尾②，身高两寸许，骑马大如蜡③，臂上青鞲④，有鹰如蝇。自外而入，盘旋室中，行且驶。公方凝注，忽又一人入，装亦如前，腰束小弓矢，牵猎犬如巨蚁。又俄顷，步者、骑者，纷纷来以数百辈，鹰亦数百臂⑤，犬亦数百头。有蚊蝇飞起，纵鹰腾击，尽扑杀之。猎犬登床缘壁，搜噬虱蚤，凡罅隙之所伏藏，嗅之无不出者，顷刻之间，决杀殆尽⑥。公伪睡睨之，鹰集犬窜于其身⑦。既而一黄衣人，着平天冠⑧，如王者，登别榻，系驷苇箴间⑨。从骑皆下，献飞献走⑩，纷集盈侧，亦不知作何语。无何，王者登小辇，卫士仓皇，各命鞍马，万蹄攒奔，纷如撒菽⑪，烟飞雾腾，斯须散尽⑫。

【注释】

①偃息：躺卧休息。

②雉尾：野鸡尾部的毛。雉，俗称野鸡，雄性的毛羽很漂亮，可以做饰物。

③蚱（zhà）：借作"蚱"，蚱蜢，俗称蚂蚱。

④鞲（gōu）：猎装上停立猎鹰的臂衣。

⑤数百臂：犹言数百只。臂，指停鹰的臂衣。

⑥决杀：决、杀同义，犹言杀戮，格杀。

⑦集：停落。窜：奔跑。

⑧平天冠：又叫"通天冠"。古代帝王所戴冠冕。平顶，前后有垂旒（玉串）。

⑨系驷苇篾（miè）间：停车系马于二席相叠之边际。苇，苇片，所编为苇席。篾，竹篾，成条竹片，所编为簟席（竹席）。北方床炕常年铺苇席，夏日上则铺簟。

⑩献飞献走：献纳猎获的"飞禽走兽"，即蚊虱之类。

⑪菽：豆类总称。

⑫斯须：须臾，片刻。

【译文】

一天吃完饭后，卫周祚躺在床上休息。忽然有一个身高两寸左右的小武士，头插雉尾，骑一匹蚂蚱那么大的马，胳膊上套着青色的皮臂衣，上面有一只苍蝇那么大的猎鹰。他从外面进来，在屋里盘旋着，时走时跑。正当卫周祚凝神注视时，忽然又有一个小人进屋，装束与前一人相同，腰间带着小小的弓箭，手牵大蚂蚁那么大的一只猎犬。又过了一会儿，步行的、骑马的小武士，乱纷纷地来了数百人，猎鹰也有数百只，猎犬也有数百条。只要蚊子、苍蝇一飞起来，小武士便放鹰腾空出击，扑杀一光。猎犬登上卧床，爬上墙壁，找臭虫、跳蚤吃，就是躲藏在缝隙中的，只要闻一闻，没有捉不到的，顷刻之间，捉吃殆尽。卫周祚假装睡着，却在斜着眼睛偷看，只见猎鹰飞落在他的身上，猎犬在他身上窜来窜去。接着来了一个身穿黄衣，头戴平天冠，像是国王的人，登上另一张榻,把车系在席子上。随从的骑士都跳下马来,进献蚊子苍蝇和臭虫跳蚤,纷纷在国王身边围满,也不知他们在说些什么。没多久,国王登上小车,卫士匆忙骑到马上,万马飞奔,乱如撒豆,烟尘飞腾,霎时不见。

公历历在目①,骇诧不知所由。蹑履外窥②,渺无迹响。返身周视③,都无所见,惟壁砖上遗一细犬。公急捉之,且驯。置砚匣中,反复瞻玩,毛极细茸,项上有小环。饲以饭颗,一嗅辄弃去。跃登床榻,寻衣缝,啮杀虮虱,旋复来伏卧。逾宿,公疑其已往,视之,则盘伏如故。公卧,则登床簀④,遇虫辄啖毙⑤,蚊蝇无敢落者。公爱之,甚于拱璧。一日,昼寝,犬潜伏身畔。公醒转侧,压于腰底。公觉有物,固疑是犬,急起视之,已匾而死⑥,如纸翦成者然。然自是壁虫无噍类矣⑦。

【注释】

①历历:清晰的样子。

②蹑履:穿上鞋子。

③周视:环顾,四面观看。

④床簀(zé):床上的席子。簀,竹编卧席。

⑤啖:吃。

⑥匾:同"扁"。

⑦无噍(jiào)类:灭绝,无活者。噍类,指活着的人或动物。

【译文】

　　卫周祚看得清清楚楚,心中深感惊异,也不知他们来自哪里。他穿上鞋子向外察看,既不见踪迹,又不闻声响。转身环顾四周,也是一无所见,只是壁砖上落下一条小猎犬。他连忙把小猎犬捉住,而小猎犬还挺驯服。卫周祚把小猎犬放在盛砚台的匣子里反复观赏,只见小猎犬身上的茸毛很细,脖子上戴着一个小环。拿饭粒喂它,它闻一闻就丢下走开。它跳上床,在衣缝间搜寻,把虮子、虱子全都咬死,随即又到匣里趴着。过了一宿,卫周祚猜想小猎犬已经走了,一看,仍然趴在那里。卫周祚一躺下,它就跳上床席,见到虫子就咬死,蚊子、苍蝇都不敢落下来。卫周祚喜爱小猎犬,胜过珍贵的大璧玉。一天,卫周祚在午睡,小猎犬无声地趴在他的身边。他醒来一翻身,把小猎犬压在腰下。他觉得身下有东西,想到可能是小猎犬,急忙起身一看,小猎犬已经被压扁死去,扁得就像用纸剪的似的。不过自此以后,屋里再没有虫子了。

棋鬼

【题解】

蒲松龄以深切的同情写出士人耽于棋艺而又缺乏才能的悲剧。

棋鬼的悲剧在当日有两个方面,其一,在明清时代,"以时艺取士",也就是用八股文作为才华价值取向的标准,以能否获取功名作为地位价值的取向标准。所以,既为士人,自应该以读书举业为要务。棋鬼不务正业,耽玩下棋,误了终身,这是为当日世俗社会所看不起,"父愤恚赍恨而死",他也被"罚入饿鬼狱"的原因。其二,下棋是一种竞技,要较输赢,需要才华。仅为娱乐,自然不应把输赢放在心上。一旦在乎输赢,棋艺又低下,就会有无尽的痛苦;如果上了瘾,"癖嗜如此",更是贻害无穷。小说写棋鬼"局终而负,神情懊热,若不自已。又着又负,益惭愤。酌之以酒,亦不饮,惟曳客弈。自晨至于日昃,不遑溲溺",勾画出棋鬼嗜棋如命的神态。

较当日的俗人,蒲松龄显然开通、高明很多,他尊重棋鬼对于爱好的选择,写棋鬼"意态温雅,有文士风",有读书人的尊严,被抓后,希望梁公"付嘱围人,勿缚小生颈",都是较正面的描写。他批评的重心在第二个方面,即棋鬼才能低下的悲剧上。热心做事,不见得能做成好事;勤奋专注,不见得必然有所成就。"癖嗜如此,尚未获一高着,徒令九泉下,有长死不生之弈鬼也。可哀也哉"!

　　扬州督同将军梁公①,解组乡居②,日携棋酒,游翔林丘间。会九日登高③,与客弈④。忽有一人来,逡巡局侧,耽玩不去⑤。视之,面目寒俭,悬鹑结焉。然而意态温雅,有文士风。公礼之,乃坐,亦殊拚谦⑥。公指棋谓曰:"先生当必善此,何勿与客对垒⑦?"其人逊谢移时,始即局。局终而负,神情懊热⑧,若不自已。又着又负⑨,益惭愤。酌之以酒,亦不饮,惟曳客弈。自晨至于日昃⑩,不遑溲溺。

【注释】

①督同将军:即都督同知,副总兵。明代军事职官名称。明代由五军都督府下设左右都督,左右都督之下设都督同知,协助左右都督管理所辖都司、卫所,充任各省、各镇的副总兵,遇大战事,则挂诸号副将军印,统兵出战,事归纳还,故称督同将军,从一品。

②解组:罢任。组,印绶,代指官职、官印。

③九日:阴历九月九日,即重阳节。我国旧俗,于九月九日插茱萸登高,饮菊花酒。

④弈:下围棋。

⑤耽玩:专心研习,深切玩赏。

⑥拚(huī)谦:谦抑,谦逊。

⑦对垒:谓对局。

⑧懊热:懊丧,烦躁。

⑨着：着子布棋，即下棋。

⑩日昃：日斜，太阳偏西。

【译文】

扬州副总兵梁公辞官回乡居住，每天带着棋和酒，在林木丘石间游乐。这一天适值九月九日重阳节登高游玩，与朋友下棋。忽然来了一个人，在棋局旁走来走去，专心玩赏，不肯走开。梁公一看，这人面貌寒酸，破衣烂衫，但是态度温文尔雅，有文士的风度。梁公以礼相邀，他才坐下，仍然非常谦逊。梁公指着棋说："先生一定精于此道，何不与这位朋友下一盘？"书生谦逊地推辞了许久，才开始对局。第一局下完，书生输了，神情烦躁，好像难以控制。再开局着子又输了，书生越发惭愧气恼。给他斟酒，他也不喝，只是拉着那位朋友下棋。从早晨到天黑，连小解都顾不上。

方以一子争路，两互喋聒①，忽书生离席悚立②，神色惨沮③。少间，屈膝向公座，败颡乞救④。公骇疑，起扶之曰："戏耳，何至是？"书生曰："乞付嘱圉人⑤，勿缚小生颈。"公又异之，问："圉人谁？"曰："马成。"先是，公圉役马成者，走无常⑥，常十数日一入幽冥，摄牒作勾役⑦。公以书生言异，遂使人往视成，则僵卧已二日矣。公乃叱成不得无礼。瞥然间，书生即地而灭。公叹咤良久，乃悟其鬼。

【注释】

①喋聒：嚷嚷，言语争竞。

②悚立：害怕地站着。

③惨沮：凄惨沮丧。

④败颡：叩头出血。颡，额。

⑤付嘱：嘱咐。圉人：马夫。

⑥走无常：民间传说认为阴司鬼吏有缺，可临时假借活人暂代，事毕放还人间，称为走无常。

⑦摄牒作勾役：意谓被委任充当勾魂使。摄牒，委任文书。勾，拘捕。

【译文】

　　正当为了一子争路，两人言语相争时，书生忽然离开座位害怕地站着，神色凄惨而又沮丧。稍停，他向梁公屈膝跪下，叩头出血，乞求相救。梁公惊骇疑惑，起身去扶书生说："下棋本是游戏，何至于如此？"书生说："请嘱咐您的马夫，不要绑我脖子。"梁公又莫名其妙，问他说："马夫是谁？"书生说："马成。"此前，梁公的马夫马成能走无常，往往每隔十几天到阴间去一次，充当勾魂使者。梁公因书生说得离奇，便让人去看马成，这时马成僵卧在床已经两天了。梁公于是呵斥马成不得无礼。转眼间，书生便在原地消失。梁公感叹良久，才明白书生是鬼。

　　越日，马成寤，公召诘之。成曰："书生湖襄人①，癖嗜弈，产荡尽。父忧之，闭置斋中，辄逾垣出，窃引空处，与弈者狎。父闻诟詈②，终不可制止。父愤恚赍恨而死③。阎摩王以书生不德，促其年寿，罚入饿鬼狱④，于今七年矣。会东岳凤楼成⑤，下牒诸府，征文人作碑记。王出之狱中，使应召自赎。不意中道迁延⑥，大愆限期⑦。岳帝使直曹问罪于王⑧，王怒，使小人辈罗搜之。前承主人命，故未敢以缧绁系之⑨。"公问："今日作何状？"曰："仍付狱吏，永无生期矣。"公叹曰："癖之误人也如是夫！"

【注释】

①湖襄:长江中游洞庭湖、襄阳一带地区。

②诟詈:指斥,谩骂。

③赍恨:抱憾。

④饿鬼狱:传说中地狱的名字。佛教认为人做了坏事,死后就会沦
　　入六道轮回中的饿鬼道,或称饿鬼狱,受饥饿的痛苦。

⑤东岳凤楼:指泰山帝君宫内的楼阁。东岳,泰山。凤楼,泛指帝
　　王宫内楼阁。

⑥迁延:因循,拖延。

⑦愆:超过。

⑧直曹:值班的官吏。

⑨缧绁:捆绑犯人的绳索。

【译文】

　　过了一天,马成醒了,梁公叫他来盘问情由。马成说:"书生是湖北
襄阳人,嗜棋成癖,家产荡尽。父亲为此发愁,把他关在书斋里,而他总
是翻墙而去,把棋友领到清静无人的地方,一块儿玩棋。父亲闻讯破口
大骂,但始终不能制止他下棋。父亲愤怒忧郁,含恨而死。阎王因书生
无德,缩短他的寿命,罚他进了饿鬼地狱,至今已达七年之久。适值东
岳凤楼建成,文书下达各府,征集文人撰写碑记。阎王把书生从地狱提
出,让他应召撰文,为自己赎罪。不料他中途迤延时间,严重地误了限
期。东岳大帝派值日官员向阎王问罪,阎王大怒,让我们这些人去搜捕
他。前不久得到您的命令,所以我没敢用绳子绑他。"梁公问:"书生今
天情况如何?"马成说:"仍然交付地狱官吏,永无再生的时候了。"梁公
说:"癖好竟然如此误人啊!"

　　异史氏曰:见弈遂忘其死,及其死也,见弈又忘其生,非
其所欲有甚于生者哉? 然癖嗜如此,尚未获一高着①,徒令

九泉下,有长死不生之弈鬼也。可哀也哉!

【注释】

①高着:高明的招数弈法。

【译文】

异史氏说:见到棋就忘了死,等死后见到棋又忘了生,莫非他喜欢的东西比生还重要吗?然而癖好达到这种程度,却还没有一步高着,徒然使九泉之下有一个长死不生的棋鬼,真是令人悲哀啊!

辛十四娘

【题解】

虽然在故事的前半部分写冯生追求辛十四娘的过程颇为曲折,鬼为人与狐的联姻说媒,展现了冯生粗豪、真挚、才华,辛十四娘的美丽、温婉、教养,但故事的重心和精彩之处是在后半部分。

后半部分写冯生由十轻脱纵酒被官僚子弟陷害,在苦难的历程中,充分展现了辛十四娘识人善谋、勤俭持家、遇事不慌、精明干练的品质。其中有明写、有暗写,结尾辛十四娘所说"君被逮时,妾奔走戚眷间,并无一人代一谋者。尔时酸衷,诚不可以告愬。今视尘俗益厌苦",把这一过程进行了总结。《聊斋志异》中的狐女往往浪漫多情,辛十四娘更多展现的是农家妇女作为贤内助的形象。

冯生被辛十四娘指为"乡曲之儇子","轻脱","轻薄",但今天看来,不过是不肯说假话而已。小说深刻揭示了明清时代科场的腐败,司法的黑暗。尤其是冯生被楚银台的公子诬陷,竟然最后靠辛十四娘派狐婢充妓女诱皇帝才得以昭雪,这个过程中让干练多智的辛十四娘"视尘俗益厌苦",同时表达的也是蒲松龄的"厌苦"。本篇故事讲述说真话带来的灾难,蒲松龄深有感触,说"余尝冒不韪之名,言冤则已迂"。评论者也心有戚戚,说"聊斋才人,于朋辈中出轻薄语或亦有之","余亦有鉴于此,故于先生之戒人者,低徊之而不去"。可见是中国社会文化中的痼疾。

广平冯生①,正德间人②,少轻脱,纵酒。昧爽偶行,遇一少女,着红帔③,容色娟好,从小奚奴④,蹑露奔波,履袜沾濡。心窃好之。

【注释】

①广平:县名。在今河北南部。明清时属广平府,今归邯郸管辖。

②正德:明武宗朱厚照年号。

③帔:古代披在肩背上的服饰。

④奚奴:《周礼·天官·序官》:"奚三百人。"注:"古者从坐男女没入县官为奴,其少才知以为奚。今之侍史官婢。"后泛指奴仆。此指婢女。

【译文】

广平县冯生,是明朝正德年间的人,他年轻时行为轻佻,纵酒无度。一天拂晓,偶然外出,遇到一位少女,穿着红披肩,容貌娟秀,带着一个小丫环,踩着露水辛苦赶路,鞋袜都已湿透。冯生暗自爱上了这位少女。

薄暮醉归,道侧故有兰若①,久芜废,有女子自内出,则向丽人也。忽见生来,即转身入。阴念:丽者何得在禅院中?絷驴于门,往觇其异。入则断垣零落,阶上细草如毯。彷徨间,一斑白叟出,衣帽整洁,问:"客何来?"生曰:"偶过古刹^②，欲一瞻仰。翁何至此？"叟曰："老夫流寓无所，暂借此安顿细小^③。既承宠降，有山茶可以当酒。"乃肃宾入。见殿后一院，石路光明，无复蓁莽^④。入其室，则帘幌床幕，香雾喷人。坐展姓字，云："蒙叟姓辛。"生乘醉遽问曰："闻有女公子，未遭良匹^⑤。窃不自揣，愿以镜台自献^⑥。"辛笑曰："容谋之荆人。"生即索笔为诗曰："千金觅玉杵，殷勤手自将。云英如有意，亲为捣元霜^⑦。"主人笑付左右。少间，有婢与辛耳语，辛起慰客耐坐，牵幕入。隐约三数语，即趋出。生意必有佳报，而辛乃坐与喔嗕^⑧，不复有他言。生不能忍，问曰："未审意旨，幸释疑抱^⑨。"辛曰："君卓荦士^⑩，倾风已久^⑪。但有私衷，所不敢言耳。"生固请之，辛曰："弱息十九人^⑫，嫁者十有二。醮命任之荆人^⑬，老夫不与焉。"生曰："小生只要得今朝领小奚奴带露行者。"辛不应，相对默然。闻房内嘤嘤腻语，生乘醉搴帘曰："伉俪既不可得，当一见颜色，以消吾憾。"内闻钩动，群立愕顾。果有红衣人，振袖倾鬟^⑭，亭亭拈带^⑮。望见生入，遍室张皇。辛怒，命数人摔生出。酒愈涌上，倒蓁芜中^⑯。瓦石乱落如雨，幸不着体。

【注释】

① 兰若：指寺院。梵语"阿兰若"的省称。意为寂净无苦恼烦乱之处。

② 刹：梵语"刹多罗"的省称，为佛塔顶部的装饰，亦指寺前的幡杆。因称佛寺为"刹"，或"寺刹"、"梵刹"、"僧刹"。

③ 细小：妻儿的谦称。

④ 蓁莽：杂乱丛生的草木。

⑤未遭良匹：未曾许配人家。遭，遇。匹，配偶。

⑥镜台自献：意谓自媒求婚。《世说新语·假谲》载，温峤的堂姑母托他为女儿作媒。一天，温峤告诉姑母说，佳婿已物色到，并送来玉镜台为聘礼。等到举行婚礼，原来新婿就是温峤本人。后遂以"镜台自献"代指亲自求婚。镜台，镜匣。

⑦"千金觅玉杵"四句：这里是借用裴航的故事表示求婚。唐裴铏《传奇》中载，裴航路过蓝桥驿时，遇见少女云英。裴向其祖母求婚。祖母说，神仙曾给我长生不老的灵丹，但须用玉杵臼去捣一百天，方可服用，你若找到玉杵和臼，我就把云英许给你。后来，裴航果然购得玉杵臼，并亲自捣药百天。两人终成眷属。玉杵，玉杵臼，捣药的用具。将，持奉。元霜，丹药。元，玄。清代避康熙帝玄晔讳，故将"玄"字改为"元"。

⑧喔噱（wà jué）：谈笑。

⑨幸释疑抱：希望消除我心中的疑虑。幸，希望。

⑩卓荦：卓越，特殊。

⑪倾风：钦慕别人的风采。南朝宋颜延年《皇太子释奠会作》诗："庶士倾风，万流仰镜。"

⑫弱息：对人称呼自己子女的谦词。后专称女儿。

⑬醮命：指许婚之权。醮，旧指女子嫁人。古礼女子出嫁，父母酌酒饮之，叫"醮"。

⑭振袖倾鬟：犹言抖袖低头。鬟，古代妇女的环形发髻。

⑮亭亭：形容女子站立的优雅姿势，亭亭玉立。拈带：拈着衣带。

⑯蓁芜：乱草丛。

【译文】

薄暮时分，冯生醉酒回家，路旁原来有一座荒废已久的寺院，有一位女子从中走出，却是先前遇到的那位丽人。她忽然看见冯生前来，立即转身进了寺院。冯生暗想，这位丽人怎么住在寺院里？便把驴拴在门口，前去察看个究竟。进门后，只见断壁残垣，零落不堪，台阶上细草茸茸，宛如地毯。正当冯生徘徊不前之际，走出一位头发斑白、衣帽整洁的老汉，问："客人从哪里来？"冯生说："偶然经过这座古寺，打算瞻仰一回。老先生为什么到这里来？"老汉说："老夫漂泊在外，没有住所，暂时借此处安顿家小。既然蒙你光临，请喝一杯山茶，权当喝酒。"便把客人迎进寺院。冯生看见大殿后面有个院子，石板路又光又平，再没有丛生的杂草。进到屋里，却是帘幕床帐香气袭人。入座后，老汉陈述姓名说："老汉姓辛。"冯生借着醉意突然问辛老汉说："听说你有一位女公子，没遇到合适的配偶。敝人不揣冒昧，愿意自媒求婚。"辛老汉面带笑容地说："容我与老妻商量。"冯生当即要来笔，写了一首诗："千金觅玉杵，殷勤手自将。云英如有意，亲为捣元霜。"辛老汉笑着交给身边的人。不一会儿，有一个丫环在辛老汉耳边说了些什么，辛老汉站起身来请冯生耐心地坐一会儿，自己掀开帐幕进了里屋。只听得隐隐约约说了几句话，便快步走了出来。冯生心想一定会有佳音，辛老汉却坐下来跟他说说笑笑，不再说别的。冯生忍耐不住，问道："不知您意思如何，希望能消除我的疑虑。"辛老汉说："您是卓尔不群的人物，我久已仰慕您的风采。但是我有些心里话，不便说出。"冯生再三请他快说，辛老汉说："我有十九个女儿，嫁出去十二个，嫁女的事都由老妻管，老夫不参与。"冯生说："小生只要今天早晨领着小丫环踩着露水赶路的那位。"辛老汉不答腔，两个相对沉默无语。这时冯生听见屋里传来亲昵交谈的细语，借着醉意掀开帘子说："既然不能成为夫妻，也应看看容貌，以解除我的遗憾。"里屋的人听到帘钩响动，都站在那里惊愕地看着冯生。其中果然有一位红衣女子，抖着衣袖低着头，体态轻盈拈着衣带地站在那里。看见冯生进来，满屋的人都惊惶失措。辛老汉大怒，让几个人把冯生拽了出去。冯生愈发醉意上涌，一头倒在杂草丛中。瓦片石块雨点般打来，幸好没有打在身上。

卧移时，听驴子犹龁草路侧，乃起跨驴，踉跄而行①。夜色迷闷，误入涧谷，狼奔鸱叫，竖毛寒心。踟躇四顾，并不知其何所。遥望苍林中，灯火明灭，疑必村落，竟驰投之。仰见高闳②，以策挝门③。内有问者曰："何处郎君，半夜来此？"生以失路告。问者曰："待达主人。"生累足鹄俟④。忽闻振管辟扉⑤，一健仆出，代客捉驴。生入，见室甚华好，堂上张灯火。少坐，有妇人出，问客姓字，生以告。逾刻，青衣数人，扶一老妪出，曰："郡君至⑥。"生起立，肃身欲拜⑦。妪止之坐，谓生曰："尔非冯云子之孙耶？"曰："然。"妪曰："子当是我弥甥⑧。老身钟漏并歇⑨，残年向尽，骨肉之间，殊所乖阔⑩。"生曰："儿少失怙⑪，与我祖父处者，十不识一焉。素未拜省，乞便指示。"妪曰："子自知之。"

【注释】

①踉跄：同"踉跄"，走路不稳的样子。

②高闳（hóng）：高大的门，显贵门第。

③策：马鞭。

④累足鹄俟：驻足伸颈，站立等候。累足，双足相叠，小心戒惧的样子。鹄，一种长颈鸟，俗称天鹅。俟，等待。

⑤振管：开锁。管，锁钥。

⑥郡君：妇人的封号，始于汉代，历代有所变化。明朝亲王之女封郡主、孙女封郡君。清朝和硕亲王庶女封郡君，多罗贝勒嫡女亦封郡君。

⑦肃身欲拜：欲躬身下拜。肃身，直身肃容。

⑧弥甥：外甥的儿子。

⑨钟漏并歇：暗示死亡。南朝陈徐陵《答李之书》："馀息绵绵，待尽

钟漏。"以钟漏待尽喻残年。钟与漏,是古时的报时工具。歇,
　　停止。

⑩乖阔:远离,疏远。

⑪失怙:丧父。《诗·小雅·蓼莪》:"无父何怙。"后代因称父亲去
　　世曰"失怙"。怙,依靠。

【译文】

　　躺了一些时候,冯生听见驴还在路边吃草,就起身跨上驴背,踉踉
跄跄地上了路。夜色迷蒙,错误地走进一条溪涧山谷中,在那里狼在
跑,猫头鹰在叫,吓得他毛发直竖,浑身发抖。他踟蹰不前,茫然四顾,
不知这是什么地方。他远远望见苍茫的树林里灯火掩映,估计一定有
一个村落,便赶快前去投宿。冯生抬头看见一户人家高高的大门,便用
鞭子敲门。里面有人问冯生说:"你是哪里来的客人,半夜到这里来?"
冯生以迷路相告。问话的人说:"等我告知主人。"冯生小心站在那里,
翘首等待回音。忽然听见开锁开门的声音,一个健壮的仆人走出来,替
客人牵驴。冯生进门后,看见房屋非常华美,堂上点着灯火。刚坐了一
会儿,有一位妇女出来问客人的姓名,冯生当即相告。过了一段时间,
几名丫环把一位老太太扶出来说:"郡君到。"冯生起身站立,端正容仪
就要行礼。老太太连忙阻止,让他坐下,对他说:"你莫不是冯云子的孙
子吗?"冯生说:"是。"老太太说:"你应是我的远房外孙。我一生将过,
残年将尽,骨肉之间很少见面。"冯生说:"我从小失去父亲,与我祖父相
处的人,十人中不认识一人。平常从未能够拜望,请您指示我。"老太太
说:"你自己会知道的。"

　　生不敢复问,坐对悬想。妪曰:"甥深夜何得来此?"生
以胆力自矜诩,遂一一历陈所遇。妪笑曰:"此大好事。况
甥名士,殊不玷于姻娅①,野狐精何得强自高? 甥勿虑,我能

为若致之。"生称谢唯唯。姬顾左右曰:"我不知辛家女儿遂如此端好。"青衣人曰:"渠有十九女,都翩翩有风格②。不知官人所聘行几?"生曰:"年约十五馀矣。"青衣曰:"此是十四娘。三月间,曾从阿母寿郡君,何忘却?"姬笑曰:"是非刻莲瓣为高履③,实以香屑,蒙纱而步者乎?"青衣曰:"是也。"姬曰:"此婢大会作意④,弄媚巧。然果窈窕,阿甥赏鉴不谬。"即谓青衣曰:"可遣小狸奴唤之来⑤。"青衣应诺去。移时,入白:"呼得辛家十四娘至矣。"旋见红衣女子,望姬俯拜。姬曳之曰:"后为我家甥妇,勿得修婢子礼。"女子起,娉娉而立⑥,红袖低垂。姬理其鬓发,捻其耳环,曰:"十四娘近在闺中作么生⑦?"女低应曰:"闲来只挑绣。"回首见生,羞缩不安。姬曰:"此吾甥也。盛意与儿作姻好,何便教迷途,终夜窜溪谷?"女俯首无语。姬曰:"我唤汝,非他,欲为阿甥作伐耳⑧。"女默默而已。姬命扫榻展裀褥,即为合卺。女觍然曰:"还以告之父母。"姬曰:"我为汝作冰⑨,有何舛谬?"女曰:"郡君之命,父母当不敢违。然如此草草,婢子即死,不敢奉命!"姬笑曰:"小女子志不可夺,真吾甥妇也!"乃拔女头上金花一朵,付生收之,命归家检历⑩,以良辰为定。乃使青衣送女去。

【注释】

①不玷于姻娅:意为门户相当,不辱没。姻娅,也作"姻亚"。亲家和连襟,泛指姻亲。婿父称姻,两婿互称曰娅。

②风格:这里是风致、风采的意思。

③刻莲瓣为高履:指将鞋的木底镂刻上莲瓣花纹。古代缠足妇女

用木制后跟衬于鞋底,这种鞋子称为高履。

④作意:创意,别出心裁。

⑤狸奴:猫的别名。这里似指精灵之类的仆婢。

⑥娉娉:犹亭亭,身材美好的样子。

⑦作么生:干什么。生,山东方言,营生,生活。

⑧作伐:与下文的"作冰"均为做媒的意思。《诗·豳风·伐柯》:"伐柯如何,匪斧不克;取妻如何,匪媒不得。"

⑨作冰:作媒人。

⑩检历:查阅历书。指选择吉日。

【译文】

　　冯生不敢再问,坐在对面猜来想去。老太太问:"外孙你怎么深夜到这里来?"冯生一向夸耀自己有胆量,便把自己遇到的情景一一讲述出来。老太太笑着说:"这是大好事。何况你是名士,一点儿也不玷污姻亲,野狐狸精怎能硬要自高自大? 你别担心,我能为你成就这段姻缘。"冯生连声称是感谢。老太太看着身边的人说:"我没想到辛家的女儿竟长得这么漂亮。"丫环说:"他家有十九个女儿,都风流潇洒,饶有风韵。不知公子要娶的是第几个?"冯生说:"年纪大约十五岁多些的那个。"丫环说:"这是十四娘。三月间她曾跟母亲来给郡君祝寿,怎么忘了?"老太太笑着说:"莫不是鞋的木底镂刻着莲瓣花纹,里面装了香粉,蒙着纱巾走路的那个?"丫环说:"对。"老太太说:"这丫头特别会别出心裁,耍娇媚,弄乖巧。不过的确窈窕多姿,外孙的眼光不差。"便对丫环说:"可以打发小狸奴把她叫来。"丫环答应了一声,便前去叫人。过了一段时间,丫环进来禀告:"辛家十四娘已经叫来了。"旋即看见一位红衣女子向老太太俯身下拜。老太太把她拽起来说:"以后你是我家的外孙媳妇,不必行丫环的礼。"辛十四娘站起身来,体态轻盈优雅地站在那里,红袖低垂。老太太理一理她的鬓发,捻一捻她的耳环,说:"十四娘最近在家做什么活?"辛十四娘低着头回答说:"闲时只是刺绣。"回头看见冯生,羞涩不安。老太太说:"这是我外孙。他满心要跟你结婚,为什么让他迷路,一整夜都在溪谷里乱窜?"十四娘低头无语。老太太说:"我叫你来,没别的,我想为我外孙做媒。"辛十四娘仍然保持沉默。老太太吩咐扫卧榻,铺被褥,当即成亲。辛十四娘腼腆地说:"我要回去告诉父母。"老太太说:"我为你做媒,错得了吗?"辛十四娘说:"郡君的命令,父母当然不敢违抗。但是如此草率,即使我死了,也不敢从命。"老太太笑了笑说:"小女孩志气不可屈,真是我的外孙媳妇!"便在辛十四娘头上拔下一朵金花,交给冯生收藏,命冯生回家查阅历书,找一个吉日良辰作为婚期。随即打发丫环把辛十四娘送回。

　　听远鸡已唱,遣人持驴送生出。数步外,欻一回顾,则村舍已失,但见松楸浓黑①,蓬颗蔽冢而已②。定想移时,乃悟其处为薛尚书墓。薛故生祖母弟,故相呼以甥。心知遇鬼,然亦不知十四娘何人。咨嗟而归,漫检历以待之,而心恐鬼约难恃。再往兰若,则殿宇荒凉。问之居人,则寺中往往见狐狸云。阴念:"若得丽人,狐亦自佳。"

【注释】

　　①楸:别名萩、金丝楸、梓桐。落叶乔木,干高叶大,木材质地致密,耐湿,可造船,亦可做器具。

　　②蓬颗:即刺蓬棵,被子植物,是一种当年生、当年死的草本植物,生命力很强,不怕旱、不怕涝、不怕碱。

【译文】

　　这时,只听见远处的雄鸡已在报晓,老太太派人牵驴送冯生出门。出门几步以外,冯生猛然回头一看,村庄房舍已经消失,只见松树楸树黑鸦鸦的,刺蓬草满满地覆盖着一座坟墓而已。冯生定神默想了一段时间,才想起这里是薛尚书的坟墓。薛尚书是冯生已故的祖母的弟弟,所以薛老太太叫他外孙。冯生心里明白自己遇到了鬼,但仍不知道辛十四娘是什么人。他唉声叹声地回到家里,漫不经心地选了一个吉日,并等待这一天的到来,但心里唯恐与鬼的婚约靠不住。他再去寺院,只见那里殿宇荒凉。向居民打听,说是寺中往往出现狐狸。他暗中想:"如能得到丽人,即使是狐狸也挺好。"

　　至日,除舍扫途①,更仆眺望②,夜半犹寂,生已无望。顷之,门外哗然。蹁屣出窥③,则绣幰已驻于庭④,双鬟扶女坐青庐中⑤。妆奁亦无长物⑥,惟两长鬣奴扛一扑满⑦,大如瓮,息肩置堂隅。生喜得丽偶,并不疑其异类。问女曰:"一死鬼,卿家何帖服之甚⑧?"女曰:"薛尚书,今作五都巡环使,数百里鬼狐皆备扈从⑨,故归墓时常少。"生不忘蹇修⑩,翼日,往祭其墓。归见二青衣,持贝锦为贺⑪,竟委几上而去。生以告女,女视之,曰:"此郡君物也。"

【注释】

①除舍扫途:打扫房子,洒扫道路。除,清理。

②更仆:仆人轮班。更,更换。

③蹁(xǐ)屣:趿拉着鞋,形容忽促急迫。蹁,曳履而行。

④绣幰(xiǎn):绣花车帷,代指花轿或彩车。幰,指幰车。施有帘幔的车子。

⑤青庐:青布搭成的帐篷,是举行婚礼的地方。东汉至唐有此风俗。北方拜堂有在"青庐"中举行的。所谓"青庐"就是在住宅的西南角"吉地",露天设一帐幕,新娘从特备的毡席上踏入青庐。

⑥长物:多馀的东西。

⑦长鬣奴:长须的仆人。鬣,胡须。《左传·昭公七年》:"使长鬣者相。"扑满:储蓄钱币用的瓦器,上有小孔,钱币可放入,但不能取出。储满后,打破取出。

⑧帖服:顺从。

⑨备厮从:充当随从。厮从,仆役,随从。

⑩蹇修:代指媒人。蹇修是传说中伏羲氏的臣子。屈原《离骚》:"解佩𬙋以结言兮,吾令蹇修以为理。"后因以"蹇修"作为媒人的代称。

⑪贝锦:一种像贝的文采花纹样的锦缎。

【译文】

到了结婚那一天,冯生把房屋道路打扫干净,派仆人轮流等候丽人的到来,但直至半夜,仍然声迹杳然,冯生觉得已经没有希望了。不一会儿,门外人声喧哗。冯生趿着鞋出屋一看,只见花轿已经停在院里,丫环已把辛十四娘搀扶到青庐里坐下。嫁妆也没有多余的东西,只有两个大胡子奴仆扛了一个瓮般大小的存钱罐子,卸下来放在堂屋的角落里。冯生为得到一个漂亮的媳妇而高兴,并没有疑忌辛十四娘不是人类。他问辛十四娘说:"一个死鬼,你家为什么对她那么百般顺从?"辛十四娘说:"薛尚书如今当了五都巡环使,几百里以内的鬼狐都是他的侍从护卫,所以通常回墓的时间很少。"冯生没忘记自己的媒人,第二天便前去祭奠薛尚书的坟墓。回家后看见两个丫环拿着贝锦前来祝贺,把贝锦放在几案上便走了。冯生告知辛十四娘,辛十四娘一看贝锦,说:"这是郡君家的东西。"

邑有楚银台之公子①,少与生共笔砚,相狎。闻生得狐妇,馈遗为馂②,即登堂称觞③。越数日,又折简来招饮。女闻,谓生曰:"曩公子来,我穴壁窥之,其人猿睛而鹰准④,不

可与久居也⑤。宜勿往。"生诺之。翼日,公子造门,问负约
之罪,且献新什⑥。生评涉嘲笑,公子大惭,不欢而散。生
归,笑述于房。女惨然曰:"公子豺狼,不可狎也! 子不听吾
言,将及于难!"生笑谢之。后与公子辄相谀噱⑦,前隙
渐释⑧。

【注释】

①银台:官名。通政使司的别称。清顺治元年(1644)设通政使司,
　掌管内外章奏和臣民密封申诉的文件。因宋代曾专设接受章疏
　的机关称"银台司",所以清代的通政使司也称"银台"。

②餪(nuǎn):旧时嫁女后三日,母家及亲友馈送食物。

③称觞:祝贺,举杯祝酒。

④鹰准:鹰钩鼻子。准,鼻梁。

⑤居:相处。

⑥新什:新作。什,篇什,指诗篇或文卷。

⑦谀噱:阿谀谈笑。噱,大笑。

⑧隙:嫌隙,隔阂。

【译文】

　　本县有一位通政使楚某的儿子,小时与冯生是同学,关系亲近。楚
公子听说冯生娶的是狐妻,婚后三天送来酒食,随即到冯家举杯祝贺。
过了几天,楚公子又送便条叫冯生去喝酒。辛十四娘闻讯对冯生说:
"前几天楚公子前来时,我从墙缝中偷看,此人猴眼睛,鹰钩鼻,跟他不
能过多往来。最好别去。"冯生同意不去。第二天,楚公子登门来责问
失约之罪,并送来新作。冯生评论中含有嘲笑,楚公子大为惭愧,两人
不欢而散。冯生回屋后笑着叙述其事。辛十四娘面色凄惨地说:"楚公
子狠如豺狼,不可亲近。你不听我的话,将会祸难临头!"冯生只是笑

笑，表示感谢。后来，冯生见到楚公子总是恭维地说笑，以前的嫌隙渐渐消除了。

会提学试①，公子第一，生第二。公子沾沾自喜，走伻来邀生饮②。生辞，频招乃往。至则知为公子初度③，客从满堂，列筵甚盛。公子出试卷示生，亲友叠肩叹赏④。酒数行，乐奏作于堂，鼓吹伧佇⑤，宾主甚乐。公子忽谓生曰："谚云：'场中莫论文⑥。'此言今知其谬。小生所以忝出君上者⑦，以起处数语⑧，略高一筹耳。"公子言已，一座尽赞。生醉不能忍，大笑曰："君到于今，尚以为文章至是耶?"生言已，一座失色，公子惭忿气结。客渐去，生亦遁。

【注释】

①提学试：清代提督学政主持一省童生院试及生员岁、科两试。这里的"提学试"当指岁试或科试。

②走伻（bēng）：派人。伻，仆人。

③初度：生日。屈原《离骚》："皇览揆余于初度兮，肇锡余以嘉名。"王逸注："言父伯庸观我始生年时，度其日月。"指始生之时、出生之日，所以后世也作"生日"解。

④叠肩：肩叠着肩，形容人多拥挤。

⑤伧佇（cāng níng）：形容音调粗浊杂乱。

⑥场中莫论文：意谓在考场中靠命运，不靠文章。场，科举考场。

⑦忝：辱，有愧于。谦词。

⑧起处：八股文每篇由破题、承题、起讲、入手、起股、中股、后股、束股八部分组成。起股至中股是正式的议论。起处，指正式议论之前阐明题旨，引起议论的起讲。

【译文】

适值提督学政主持考试,楚公子考了第一,冯生考第二。楚公子沾沾自喜,派人来邀冯生喝酒。冯生表示推辞,经多次相邀才去。到场才知道是楚公子的生日,宾客满堂,宴席非常丰盛。楚公子拿出试卷来给冯生看,亲朋好友肩叠肩地一起凑上来欣赏赞叹。酒过数巡,堂上奏起音乐,吹吹打打,音调粗野,宾主都很高兴。忽然,楚公子对冯生说:"谚语说:'考场中莫论文。'现在知道这话大错特错。我所以名次忝居于你的前面,是因为起首处的几句话略高一筹。"楚公子说罢,满座宾客啧啧称赞。冯生醉中不能隐忍,放声大笑说:"到现在你还以为是自己的文章让你得了第一吗?"冯生说完,满座宾客都变了脸色,楚公子羞惭愤恨,气得说不出话来。客人渐渐散去,冯生也逃之夭夭。

　　醒而悔之,因以告女。女不乐曰:"君诚乡曲之儇子也^①！轻薄之态,施之君子,则丧吾德;施之小人,则杀吾身。君祸不远矣！我不忍见君流落,请从此辞。"生惧而涕,且告之悔。女曰:"如欲我留,与君约:从今闭户绝交游,勿浪饮^②。"生谨受教。十四娘为人勤俭洒脱,日以纴织为事^③。时自归宁,未尝逾夜。又时出金帛作生计,日有赢馀,辄投扑满。日杜门户,有造访者,辄嘱苍头谢去。

【注释】

①乡曲之儇(xuān)子:农村里识见寡陋的轻薄子弟。乡曲,乡里,亦指穷乡僻壤。儇子,轻薄而耍小聪明的人。

②浪饮:过量饮酒。浪,滥,放纵。

③纴(rèn)织:纺纱织布。

【译文】

冯生酒醒后深悔失言,把事情告诉了辛十四娘。辛十四娘不高兴地说:"你真是个乡下没见识的轻薄子弟!用轻薄的态度对待君子,会使自己丧失德行;用来对待小人,就会给自己招惹杀身之祸。你离祸事已经不远了!我不忍心看着你衰落破败,请让我现在就和你告别。"冯生心中害怕,脸上流泪,并把自己的悔意告诉了辛十四娘。辛十四娘说:"如果想让我留下,我与你约定,从今天起你必须闭门不出,杜绝交游,不许随意喝酒。"冯生全听她的。辛十四娘持家勤俭,办事利落,每天纺纱织布度日。也时常自己回娘家,但从不过夜。她又时常拿出钱帛来维持生活,当天有盈馀的钱,就投到大存钱罐子里去。她整天关门闭户,有来访的,就吩咐仆人加以谢绝。

一日,楚公子驰函来,女焚燕不以闻①。翼日,出吊于城②,遇公子于丧者之家,捉臂苦邀。生辞以故,公子使圉人挽辔,拥之以行。至家,立命洗腆③。继辞夙退④。公子要遮无已⑤,出家姬弹筝为乐。生素不羁,向闭置庭中,颇觉闷损,忽逢剧饮,兴顿豪,无复萦念⑥。因而酣醉,颓卧席间。公子妻阮氏,最悍妒,婢妾不敢施脂泽⑦。日前,婢入斋中,为阮掩执,以杖击首,脑裂立毙。公子以生嘲慢故,衔生,日思所报,遂谋醉以酒而诬之。乘生醉寐,扛尸床间,合扉径去。生五更醒解⑧,始觉身卧几上。起寻枕榻,则有物腻然,继绊步履⑨,摸之,人也,意主人遣僮伴睡。又蹴之,不动而僵。大骇,出门怪呼。厮役尽起,爇之,见尸,执生怒闹。公子出验之,诬生逼奸杀婢,执送广平。

【注释】

①焚蓺：焚烧。蓺，烧。下文的蓺指举火照明。

②吊：吊唁。

③洗腆：置办洁净丰盛的酒食。多指用来孝敬父母或款待客人。
腆，丰厚。《书·酒诰》："肇牵车牛，远服贾，用孝养厥父母。厥
父母庆，自洗腆，致用酒。"蔡沈集传："洗以致其洁，腆以致其
厚也。"

④夙退：早一点离开。夙，早。

⑤要(yāo)遮：阻拦。

⑥萦念：牵挂。

⑦施脂泽：指修饰打扮。脂泽，化妆用的脂粉、头油等。

⑧醒(chéng)解：酒醒。醒，病酒。酒醉后神志不清。

⑨绁(xiè)绊：缠绕阻绊。

【译文】

一天，楚公子派人送信来，辛十四娘把信烧了，没告诉冯生。第二
天，冯生出门进城吊丧，在死者家里遇到了楚公子，楚公子抓住他的胳
膊苦苦相邀。冯生借故推辞，楚公子让马夫给冯生牵马，簇拥着他走。
来到楚家，楚公子立即吩咐摆上丰盛的酒食。冯生又说要早点儿回家。
楚公子不断地拦阻，又叫家姬出来弹筝作乐。冯生一向放纵不羁，近来
被关在家中，觉得非常烦闷，现在忽然遇上痛饮的机会，豪兴顿起，不再
把辛十四娘的嘱咐放在心上。于是他喝得大醉，在席间颓然倒下。楚
公子的妻子阮氏最为凶悍妒忌，家中的丫环姬妾都不敢修饰打扮。前
一天，有一个丫环进了书斋，被阮氏抓住，用木杖打她的头，打得脑浆迸
裂，立即毙命。楚公子因受冯生的讥嘲挖苦，怀恨在心，天天都想有所
报复，于是图谋用酒把冯生灌醉而加以诬陷。这时，楚公子乘冯生醉倒
酣睡，便把丫环的尸体扛到床上，关上屋门，径自离去。五更时分，冯生
醒过酒来，才发现自己躺在几案上。他起身去找卧榻和枕头，却觉得有

个腻软的东西绊住自己的脚,用手一摸,是一个人,他以为是主人打发来陪他睡觉的小僮。又用脚去踢此人,此人一动不动,身体已经僵硬。他大为恐骇,跑出门就怪声喊叫。奴仆全部出动,点上火一看,看见了尸首,便抓住冯生,愤怒地叫闹。楚公子出来验尸,诬蔑冯生强奸杀了丫环,把他押送到广平县。

　　隔日,十四娘始知,潸然曰①:"早知今日矣!"因按日以金钱遗生。生见府尹,无理可伸,朝夕搒掠,皮肉尽脱。女自诣问,生见之,悲气塞心,不能言说。女知陷阱已深,劝令诬服,以免刑宪②。生泣听命。女还往之间,人咫尺不相窥。归家咨悢③,遽遣婢子去。独居数日,又托媒媪购良家女,名禄儿,年已及笄,容华颇丽。与同寝食,抚爱异于群小④。生认误杀拟绞,苍头得信归,怆述不成声。女闻,坦然若不介意。既而秋决有日⑤,女始皇皇躁动,昼去夕来,无停履,每于寂所,於邑悲哀⑥,至损眠食。一日,日晡⑦,狐婢忽来。女顿起,相引屏语⑧,出则笑色满容,料理门户如平时。翼日,苍头至狱,生寄语娘子一往永诀。苍头复命,女漫应之,亦不怆恻,殊落落置之⑨。家人窃议其忍⑩。忽道路沸传,楚银台革爵,平阳观察奉特旨治冯生案⑪。苍头闻之喜,告主母。女亦喜,即遣入府探视,则生已出狱,相见悲喜。俄捕公子至,一鞫尽得其情⑫。生立释宁家⑬。

【注释】

①潸然:流泪的样子。

②刑宪:刑法。这里指刑讯。

③咨悒:叹惜。

④群小:指一般婢妾。

⑤秋决有日:临近秋季处决之日。古代行刑多在秋季,称"秋决"。决,处死。有日,确定了日期。

⑥於(wū)邑:同"呜咽",悲气郁结。

⑦晡:申时,午后三点至五点。

⑧相引屏(bǐng)语:两人到无人处谈话。屏语,避人共语。

⑨落落:豁达,安然。

⑩忍:狠心。

⑪平阳:府名。辖今山西临汾等十县。观察:明清时对道员的尊称。唐代无节度使的道,设观察使,为州以上的长官。明清时分守、分巡道也管辖府、州有关事宜,因尊称道员为观察,地位在知府以上。

⑫鞫:审问。

⑬宁家:回家。

【译文】

　　过了一天,辛十四娘才听到消息。她流着泪说:"我早就知道会有今天!"便按日给冯生送些钱去。冯生见了府尹,无理可讲,早晚遭受拷打,被打得皮开肉绽。辛十四娘亲自前去看望,冯生见面后,悲郁的冤气堵在心上,说不出话来。辛十四娘知道设下的陷阱已经很深,劝冯生无辜认罪,以免受刑。冯生流着眼泪表示听命。辛十四娘往来于自家与监牢之间,人们近在咫尺也看不见她。她回到家中,叹惜不止,急忙把丫环打发出去。独自住了几天,她又托媒婆买了一个良家女子,名叫禄儿,已到结发插簪的年龄,容貌颇为漂亮。她与禄儿同寝共食,对禄儿的关怀爱护超过所有的仆从。冯生承认了酒后误杀丫环的罪名,被判为绞刑,仆人把得到的消息带回,边说边哭,泣不成声。辛十四娘听后神色坦然,好像并不介意。不久秋天处决犯人的日子临近,辛十四娘开始惶恐不安，焦急奔走，昼去夜来，脚不停步，每当寂静无人时，就呜呜咽咽，悲切哀痛，以致睡眠与饮食大减。有一天午后申时，原先派出的狐女丫环忽然赶了回来。辛十四娘立即站起身来，领她到没人的屋里交谈，出屋后笑容满面，像平时一样料理家务去了。第二天，仆人前往监牢，冯生捎话要辛十四娘前去作最后的告别。仆人回来复命，辛十四娘随便应了一声，也不悲痛，很冷淡地放在一边。家人都暗中议论她心太狠。忽然，街头沸沸扬扬地传言，通政使楚某革职，平阳观察使奉特旨来办冯生的案件。仆人闻讯大喜，告知辛十四娘。辛十四娘也很高兴，立即差人到府衙去探望冯生，而冯生已经出狱，主仆悲喜交集。不久，官府将楚公子捉拿到案，一经审讯尽得实情。冯生立刻被释放回家。

　　归见闺中人①，泫然流涕，女亦相对怆楚，悲已而喜。然终不知何以得达上听。女笑指婢曰："此君之功臣也。"生愕问故。先是，女遣婢赴燕都②，欲达宫闱，为生陈冤。婢至，则宫中有神守护，徘徊御沟间③，数月不得入。婢惧误事，方欲归谋，忽闻今上将幸大同④，婢乃预往，伪作流妓⑤。上至勾阑⑥，极蒙宠眷。疑婢不似风尘人⑦，婢乃垂泣。上问："有何冤苦？"婢对："妾原籍隶广平，生员冯某之女。父以冤狱将死，遂鬻妾勾阑中。"上惨然，赐金百两。临行，细问颠末，以纸笔记姓名，且言欲与共富贵。婢言："但得父子团聚，不愿华膴也⑧。"上颔之，乃去。婢以此情告生，生急拜，泪眦双荧⑨。

【注释】

　①闺中人：即辛十四娘。

②燕都：或称燕京。即今北京。

③御沟：环绕宫墙的河沟。

④幸：封建时代皇帝至某处叫"幸"或"临幸"。大同：旧府名。治所
　　在今山西大同。

⑤流妓：走江湖，跑码头，居无定所的妓女。

⑥勾（gōu）阑：妓院。宋元时伎乐演剧的场所，明清时指妓院。

⑦风尘人：流落江湖的人。喻指妓女。

⑧华膴（wǔ）：华衣美食，指富贵。膴，鲜美的肉食。

⑨泪眦双荧：两眼泪珠闪烁。泪，犹泪眼。眦，眼眶。荧，闪光。

【译文】

　　冯生回家见到辛十四娘，哭得泪水涟涟，辛十四娘面对冯生也露出悲苦之色，难过完了，又高兴起来。但冯生始终不知道自己的案子是怎么让皇上知道的。辛十四娘笑指丫环说："这就是你的功臣。"冯生惊愕地问其中的缘由。在此之前，辛十四娘打发丫环赶赴燕京，想直达皇宫，为冯生申冤。丫环赶到后，发现宫中有神守护，只好在御沟间徘徊，好几个月也进不去。丫环害怕误事，正想回来再作计议，忽然听说当今的皇上将要巡幸大同，于是丫环预先赶到大同，扮作流落至此的妓女。皇上来到妓院，丫环极受宠爱眷顾。皇上觉得丫环不像风尘女子，丫环于是低头流泪。皇上问："你有什么冤枉苦楚？"丫环回答："我原籍隶属广平县，是生员冯某的女儿。父亲因冤狱将被处死，于是把我卖进妓院。"皇上面色凄惨，赐给黄金百两。临行前，皇上详细询问了案件的始末，拿纸笔记下姓名，并说想与丫环共享富贵。丫环说："我只求父女团聚，不愿华衣美食。"皇上点头首肯，丫环于是离去。丫环把这些情况告诉冯生，冯生急忙下拜，两眼泪光闪闪。

　　居无几何，女忽谓生曰："妾不为情缘，何处得烦恼？君被逮时，妾奔走戚眷间，并无一人代一谋者。尔时酸衷，诚

不可以告愬①。今视尘俗益厌苦。我已为君畜良偶,可从此别。"生闻,泣伏不起,女乃止。夜遣禄儿侍生寝,生拒不纳。朝视十四娘,容光顿减。又月馀,渐以衰老,半载,黯黑如村妪,生敬之终不替②。女忽复言别,且曰:"君自有佳侣,安用此鸠盘为③?"生哀泣如前日。又逾月,女暴疾,绝食饮,羸卧闺闼。生侍汤药,如奉父母。巫医无灵,竟以溘逝④,生悲怛欲绝,即以婢赐金,为营斋葬。数日,婢亦去,遂以禄儿为室。

【注释】

①告愬:即"告诉"。愬,同"诉"。对人说明,告知。

②替:衰,懈怠。

③鸠盘:梵语"鸠盘茶"的省称,义译为瓮形鬼、冬瓜鬼。后用以形容极端丑陋的妇人。《太平广记·任瓌》谓任瓌怕妻,曾云:"妇当怕者三:初娶之时,端居若菩萨,岂有人不怕菩萨耶?既长,生男女,如养儿大虫,岂有人不怕大虫耶?年老面皱,如鸠盘茶鬼,岂有人不怕鬼耶?以此怕妇,亦何怪焉。"

④溘(kè)逝:忽然死去。

【译文】

没过多久,辛十四娘忽然对冯生说:"我若不是为情缘所牵,哪里会招致烦恼?你被逮捕时,我奔走在亲戚间,并没有一个人替我想办法。当时那种酸楚的心情,真是没处去讲。现在我看到尘世越发感到厌烦悲苦。我已为你备好如意的配偶,我们可以从此分别了。"冯生闻言,哭泣不止,伏地不起,辛十四娘这才没走。夜里,辛十四娘打发禄儿陪冯生去睡,冯生拒不接受。第二天清早,冯生见辛十四娘容貌顿时减色。又过了一个多月,她逐渐显得衰老,半年后面色发黑,像一个乡村老太太,但冯生敬重她,始终没有变心。这时她忽然又要告别,并说:"你自有称心的伴侣，为什么还要我这丑老婆？"冯生伤心哭泣，依旧像以前一样对她。又过了一个月，辛十四娘突然生病，不进饮食，虚弱地躺在房中。冯生侍候汤药，像对待父母一般。但是巫术医药全都无效，辛十四娘最终还是溘然长逝，冯生悲痛欲绝，便将皇上赐给丫环的钱，为辛十四娘料理斋祭下葬诸事。过了几天，狐狸丫环也走了，冯生于是以禄儿为妻。

　　逾年举一子。然比岁不登①，家益落，夫妻无计，对影长愁。忽忆堂陬扑满②，常见十四娘投钱于中，不知尚在否。近临之，则豉具盐盎③，罗列殆满。头头置去④，箸探其中，坚不可入。扑而碎之，金钱溢出，由此顿大充裕。后苍头至太华⑤，遇十四娘，乘青骡，婢子跨蹇以从⑥，问："冯郎安否？"且言："致意主人，我已名列仙籍矣。"言讫不见。

【注释】

①比岁不登：连年收成不好。登，指谷物成熟。

②陬：角落。

③豉（chǐ）具盐盎：豆豉盆、盐罐子。豉，豆豉。

④头头置去：一件一件地移去。

⑤太华：即西岳华山。为中国五岳之一，秦岭的一部分，在今陕西渭南。

⑥蹇：蹇卫，即驴子。

【译文】

　　一年后生了一个儿子。然而，连年歉收，家境日益破败，夫妻二人没有办法，形影相对，整天发愁。他们忽然想起厅堂角落的大存钱罐子，过去经常看见辛十四娘往里投钱，不知是否还在。走近一看，那里摆满了酱缸盐罈。他们把这些东西一件一件地移开后，用筷子往大存钱罐子里插，里面硬得插不进去。他们把它砸碎，金钱撒了一地，从此顿时大为富裕起来。后来老仆人到了太华山，看见辛十四娘骑着青骡，丫环骑驴跟随其后，辛十四娘问："冯郎安好吗？"并说："请告诉你的主人，我已名列仙籍啦。"说罢消失不见。

　　异史氏曰：轻薄之词，多出于士类①，此君子所悼惜也。余尝冒不韪之名②，言冤则已迂，然未尝不刻苦自励，以勉附于君子之林，而祸福之说不与焉。若冯生者，一言之微，几至杀身，苟非室有仙人，亦何能解脱囹圄③，以再生于当世耶？可惧哉！

【注释】

①士类：读书的人。

②不韪（wěi）：不是，过错。意思是别人指责他说话轻薄。

③囹圄：牢狱。

【译文】

　　异史氏说：轻薄的言词，多出于读书人，这是君子所痛心惋惜的。我也曾经落得个说轻薄话的罪名，讲自己冤枉已太迂腐，然而未尝不刻苦自励，以勉励自己跻身于君子的行列，至于说那是祸是福就不管了。像冯生这样的人，一言不慎，几乎招致杀身之祸，如果不是家有仙妻，又怎能从监牢中脱身，在当世重新生存下去？真可怕啊！

白莲教

【题解】

　　《聊斋志异》有两篇《白莲教》。除去本篇外，卷六也有一篇相同篇名的作品。本篇只是写白莲教中的"某者"的，与现代命题的标准不太吻合，估计遵循的是中国传统以开首的几个字为篇名的方法。

故事分为两组，每组两个故事。第一组以并列的结构写"某者"在堂上设置水盆和巨烛遥控协助远方的行为。第二组以串联的方式讲"某者"杀死与妾私通的门人后又编排情节逃脱了官府的追捕。他不仅法术精巧，还有应付人际社会的聪慧与狡诈，这从一个方面反映了当时人们对于白莲教的看法。最后一个故事大概受到了六朝吴均《续齐谐记》"阳羡鹅笼"的启示。

白莲教某者，山西人，忘其姓名，大约徐鸿儒之徒①。左道惑众②，慕其术者多师之。某一日将他往，堂中置一盆，又一盆覆之，嘱门人坐守，戒勿启视。去后，门人启之，视盆贮清水，水上编草为舟，帆樯具焉③。异而拨以指，随手倾侧，急扶如故，仍覆之④。俄而师来，怒责："何违吾命？"门人立白其无。师曰："适海中舟覆，何得欺我？"又一夕，烧巨烛于堂上，戒恪守⑤，勿以风灭。漏二滴⑥，师不至。儽然而殆⑦，就床暂寐，及醒，烛已竟灭，急起爇之。既而师入，又责之。门人曰："我固不曾睡，烛何得息？"师怒曰："适使我暗行十馀里，尚复云云耶？"门人大骇。如此奇行，种种不胜书。

【注释】

①徐鸿儒：山东巨野人，明末白莲教起义首领。

②左道：旁门邪道。《礼记·王制》："执左道以乱政，杀。"郑玄注："左道，若巫蛊及俗禁。"孔颖达疏："卢云左道谓邪道。地道尊右，右为贵……故正道为右，不正道为左。"

③帆樯（qiáng）：船帆船桅。樯，桅杆。

④仍覆之：依旧用盆盖好。

⑤恪(kè)守：敬守，坚守。恪，恭敬。

⑥漏二滴：二更时分。

⑦儽(léi)然而殆：困倦得很厉害。儽，颓丧、疲困的样子。殆，疲困。

【译文】

　　白莲教某人，山西人，已忘了他的姓名，大约是徐鸿儒一类的人。他以左道迷惑群众，仰慕他法术的人多拜他为师。有一天，他准备外出，在堂屋放一个盆，再用一个盆盖上，吩咐徒弟坐在旁边看守，告诫徒弟不能掀开偷看。他离去后，徒弟掀开盆，看见盆里盛着清水，水上有草编的小船，船帆桅杆一应俱全。徒弟好奇，用手指拨船，船被随手碰翻，急忙把船扶成原样，又盖上盆。不久他回来了，生气地责备说："为什么违背我的命令？"徒弟立刻分辩说没有违背命令。他说："刚才海中船翻了，怎能骗得了我？"又有一天晚上，他在堂屋点了根大蜡烛，告诫徒弟小心看守蜡烛，不要让风吹灭。二更时分，他仍没回来。徒弟困乏得厉害，就上床暂时睡一会儿，到醒来时，大蜡烛竟然已经熄灭，急忙起来点着。不久，他回来了，又责备徒弟。徒弟说："我的确没睡，蜡烛怎会熄灭？"他生气地说："刚才让我在黑暗中走了十多里，还敢这么说？"徒弟大为恐骇。像这样的奇异行为，一桩又一桩，写不过来。

　　后有爱妾与门人通，觉之，隐而不言。遣门人饲豕①，门人入圈，立地化为豕。某即呼屠人杀之，货其肉。人无知者。门人父以子不归，过问之，辞以久弗至。门人家诸处探访，绝无消息。有同师者，隐知其事，泄诸门人父。门人父告之邑宰。宰恐其遁，不敢捕治，达于上官，请甲士千人，围其第，妻子皆就执。闭置樊笼②，将以解都③。途经太行山，山中出一巨人，高与树等，目如盎④，口如盆，牙长尺许。兵士愕立不敢行。某曰："此妖也，吾妻可以却之。"乃如其言，脱妻缚。妻荷戈往，巨人怒，吸吞之。众愈骇。某曰："既杀吾妻，是须吾子。"乃复出其子，又被吞如前状。众各对觑，莫知所为。某泣且怒曰："既杀我妻，又杀吾子，情何以甘！然非某自往不可也。"众果出诸笼，授之刃而遣之。巨人盛气而逆，格斗移时，巨人抓攫入口，伸颈咽下，从容竟去。

【注释】

①豕：猪。

②樊笼：此指带木笼的囚车，即槛车。

③解(jiè)都：押解往京城。

④盎：腹大口小的瓦盆。

【译文】

后来，这个白莲教徒的爱妾与徒弟私通，他发觉了，却佯装不知，也不说破。他打发徒弟去喂猪，徒弟一进猪圈，立刻变成了猪。他当即叫屠夫来杀猪，卖了猪肉。没人知道此事。徒弟的父亲因儿子没回家，就来问儿子的下落，他说这个徒弟很久没来了。徒弟家到各处寻找打听，仍然毫无消息。有位同门暗中知道此事，把实情透露给徒弟的父亲。徒弟的父亲向县令控告。县令怕白莲教徒逃走，不敢逮捕究办，而是报告上司，请来甲士一千名，包围了他的住宅，妻子儿女都被捉获。他们被关在木笼子槛车里，准备押解到京城。途中经过太行山时，山中出来一个巨人，像大树那么高，眼大如碗口，口大如瓦盆，牙长一尺左右。士兵吓得站在那，不敢前进。白莲教徒说："这是妖怪，我妻子可以打败它。"于是兵士如言而行，给他妻子松绑。他妻子荷戈前往，巨人大怒，只一吸气就把她吞了。大家更加害怕。白莲教徒说："既然杀了我的妻子，现在需要我儿子才行。"于是又放出他的儿子，又像刚才一样被吞掉。大家面面相觑,不知所措。白莲教徒边哭边生气地说:"既杀我妻子,又杀我儿子,我怎甘心! 现在非我亲自上阵不可了。"大家果真将他从槛车中放出,给他一件兵器,派他出阵。巨人气势汹汹地迎上前来,经过一段时间的格斗,巨人把他抓住放进口中,一伸脖子,咽了下去,然后从容离去。

双灯

【题解】

　　是篇与卷三的《犬灯》大概是姊妹篇,都是由灯引出人与狐女的浪漫故事。故事也相对简单,一场缱绻之后便分手,谈不上深切的感情,而归之于"因缘"。

　　"因缘"是佛教对于世界上一切事物生灭的条件、原因的普遍解释,所谓"因缘合,诸法即生","此有则彼有,此无则彼无,此生则彼生,此灭则彼灭"。这也是《聊斋志异》中许多随意编造的故事中的万金油。

　　本篇故事虽短,但结构完整,用双灯引出故事,以双灯结束故事。结尾"双灯明灭,渐远不可睹","是夜山头灯火,村人悉望见之",馀韵不尽,令人遐思。狐女是这场因缘的主动者,操控者,显示着各方面的强势,其语言也个性鲜明,诙谐有趣。

　　魏运旺,益都之盆泉人①,故世族大家也。后式微②,不能供读,年二十馀,废学,就岳业酤③。一夕,魏独卧酒楼上,忽闻楼下踏蹴声。魏惊起,悚听④。声渐近,寻梯而上,步步繁响。无何,双婢挑灯,已至榻下。后一年少书生,导一女郎,近榻微笑。魏大愕怪,转知为狐,发毛森竖⑤,俯首不敢瞬。书生笑曰:"君勿见猜。舍妹与有前因,便合奉事。"魏视书生,锦貂炫目,自惭形秽,觍颜不知所对⑥。书生率婢子遗灯竟去。

【注释】

①益都:在今山东青州北部。明清时为青州府治所在。盆泉:位于淄博博山区石马镇政府驻地东南五公里处,因村有泉如盆故名。

②式微:衰落。《诗·邶风·式微》:"式微式微,胡不归。"朱熹集传:"式,发语辞。微,犹衰也。"

③就岳业酤:跟随岳父卖酒。酤,卖酒。

④悚听:惊恐地倾听。

⑤森竖:森然直立。

⑥觍(tiǎn)颜:面有羞色。

【译文】

魏运旺,益都盆泉人,世族大家出身。后来家道衰落,不能供他读书,二十多岁时便中止学业,跟随岳父卖酒。一天晚上,魏运旺独自睡在酒楼上,忽然听见楼下有踢踢踏踏的脚步声。他吃惊地坐起身来,恐惧地倾听着。声音越来越近,沿着楼梯上行,一步比一步响。不一会,两个丫环提着灯,已经来到他的床前。后面有一个年轻的书生领着一个女郎,面带微笑地走近床前。魏运旺大为惊异,转念想到他们是狐狸,毛发森然竖立,低下头来,不敢斜视。书生笑着说:"你不用猜疑。我妹妹与你有前世的姻缘,正该侍候你。"魏运旺看看书生,锦衣貂裘,光彩眩目,于是自惭形秽,满脸羞愧之色,不知如何回答才好。书生留下灯领着丫环离去。

魏细瞻女郎,楚楚若仙①,心甚悦之,然惭怍不能作游语②。女郎顾笑曰:"君非抱本头者③,何作措大气④?"遽近枕席,暖手于怀。魏始为之破颜,捋裤相嘲,遂与狎昵。晓钟未发,双鬟即来引去。复订夜约。至晚,女果至,笑曰:"痴郎何福? 不费一钱,得如此佳妇,夜夜自投到也。"魏喜无人,置酒与饮,赌藏枚⑤,女子什有九赢。乃笑曰:"不如妾约枚子⑥,君自猜之,中则胜,否则负。若使妾猜,君当无赢时。"遂如其言,通夕为乐。既而将寝,曰:"昨宵衾褥涩冷,令人不可耐。"遂唤婢襆被来,展布榻间,绮縠香奂。顷之,缓带交偎,口脂浓射,真不数汉家温柔乡也⑦。自此,遂以为常。

【注释】

①楚楚:相貌姿态姣美讨人喜爱。

②游语:指戏谑挑逗的言辞。

③抱本头者:啃书卷的文人。

④措大:指贫寒失意的读书人。唐李匡乂《资暇集》:"代称士流为醋大,言其峭醋而冠四人之首。一说衣冠俨然,黎庶望之,有不可犯之色,犯必有验,比于醋而更验,故谓之焉。或云:往有士人,贫居新郑之郊,以驴负醋,巡邑而卖,复落魄不调。邑人指其醋驮而号之。新郑多衣冠所居,因总被斯号。亦云:郑有醋沟,士流多居其州。沟之东,尤多甲族,以甲乙叙之,故曰醋大。愚以为四说皆非也。醋,宜作'措',止言其能举措大事而已。"

⑤藏枚:又称"猜枚"。两方相赌,就近取可握之物如棋子、铜钱、瓜子之类握掌中或覆掌下,令对方猜其个数、单双、字漫(铜钱有文字一面为字,有花纹一面为漫)等,以猜中次数多少决输赢。所猜之物,称"枚子"。

⑥约:握持。

⑦不数(shǔ)：犹言胜过。汉家温柔乡：《飞燕外传》谓汉成帝得赵飞燕之妹合德，进御之夜，"帝大悦，以辅属体，无所不靡，谓之温柔乡"。后以温柔乡指美色迷人之境。

【译文】

魏运旺仔细打量那位女郎，楚楚动人，仙女一般，心中非常喜爱，却自觉惭愧，说不出戏谑的话来。女郎看着魏运旺笑着说："你不是啃书本的呆子，为什么也冒穷酸气呢？"便凑到床前，把手放在魏运旺的怀里取暖。魏运旺这才露出笑容，捋裤调情，跟她亲近。早晨的钟声还没敲响，两个丫环便把女郎接走。他们又相约夜间相会。夜晚降临，女郎果然前来，面带笑容地说："傻小子哪来的福分啊？不花一文钱，就得到这么漂亮的女人，天天夜里主动送上门来。"魏运旺见没有外人，心中高兴，便摆上酒来，与她相对喝酒，玩猜枚游戏，结果十次有九次都是女郎取胜。于是女郎笑着说："不如让我来握枚子，由你来猜，猜中了就获胜，猜不中就认输。要让我猜，你就不会有取胜的时候。"便照女郎说的来玩，高兴地玩了一个通宵。后来要睡觉时，女郎说："昨天夜里被褥冷涩，让人受不了。"便叫丫环把带来的铺盖卷拿来，在床上铺开，绫罗被褥，又香又软。一会儿，两人宽衣解带，依偎在一起，女郎口红芬芳四射，真是汉成帝的温柔乡也比不上。从此，他们每天都是这样。

后半年，魏归家。适月夜与妻话窗间，忽见女郎华妆坐墙头，以手相招。魏近就之，女援之，逾垣而出，把手而告曰："今与君别矣。请送我数武①，以表半载绸缪之义②。"魏惊叩其故，女曰："姻缘自有定数，何待说也。"语次，至村外，前婢挑双灯以待，竟赴南山，登高处，乃辞魏言别。魏留之不得，遂去。魏伫立彷徨，遥见双灯明灭，渐远不可睹，怏郁而反。是夜山头灯火，村人悉望见之。

【注释】

①武：步。

②绸缪之义：夫妻恩爱的情谊。

【译文】

半年后，魏运旺回到家里。适值月夜，正与妻子在窗下说话，忽然看见女郎穿着华美的服装，坐在墙头，向他招手。他走近前去，女郎拉他一把，翻墙出去，拉着他的手告诉他说："今天要与你分别啦。请送我几步，以表半年来缠绵恩爱的情义。"魏运旺吃惊地问其中的缘故，女郎说："姻缘自然都有定数，还用说吗？"谈话间，两人来到村外，先前的丫环提着两盏灯在那里等候，他们一直前往南山，登上高处，才与魏运旺告辞分别。魏运旺留不住她们，她们就这么离开了。魏运旺站在那里，心神不宁，远远望见双灯时隐时现，渐渐远去，消失不见，便郁郁不乐地回到家里。这天夜里山头的灯火，村人全都看见了。

捉鬼射狐

【题解】

鬼狐为人所忌惮，与其中之一斗，已经是骇人听闻。与所遇之鬼狐都进行过斗争，则闻所未闻了。

本篇突出了李著明的胆气和豪气。有趣的是，作者并没有写他与鬼狐的战斗取得了什么实质性的成果。与鬼斗，丢了一只鞋，脸上还挨了一鞋底；与狐斗，受到了揶揄嘲笑。由此却显示了事件之真实，展现了李著明慷慨刚毅的性格。

捉鬼射狐是两个不相连属的故事，也发生在不同的地点，由于作者细数阀阅亲属，便将两个故事弥缝在一起。李著明是蒲松龄家的姻亲，其去世时，蒲松龄写了《祭李公著明老亲家文》，可与本文及下文《蹇偿债》参照阅读。

　　李公著明①,睢宁令襟卓先生公子也②,为人豪爽无馁怯。为新城王季良先生内弟③。先生家多楼阁,往往睹怪异。公常暑月寄宿,爱阁上晚凉。或告之异,公笑不听,固命设榻。主人如请,嘱仆辈伴公寝,公辞言:“喜独宿,生平不解怖。”主人乃使炷息香于炉④,请衽何趾⑤,始息烛覆扉而去。

【注释】

①李公著明:李著明,蒲松龄家的姻亲。蒲松龄在《祭李公著明老
　亲家文》称:其为:“循良嫡嗣,清白家声,雄姿俊茂,眉目朗清。
　幼得凤慧,长擅英称,风情倜傥,志气纵横。毫端玳瑁,玉灿珠
　明,床头翡翠,渊飞雾凝。兰襟霞渺,剑佩莲生,锦鞲耀彩,玉壶
　悬冰。胸藏鳞甲,度纳沧溟,物如鉴照,谋类竹成。义能排难,信
　足要盟,见人之急,金帛可轻,乐人之善,肝胆可倾。穷戚沾惠,
　市媪知名。曩依亲好,久寓山城,淄人于今,尚诵懿行。”唯据《聊
　斋》本篇、《寒偿债》篇及文集,知自李著明始依亲侨寓淄川孙氏
　宅,李友三为著明长子,与作者有姻娅之好。
②睢宁令襟卓先生:李襟卓,名毓奇,山东益都人。明万历十年壬
　午(1582)山东乡试第二名,万历四十年至四十四年(1612—
　1616)任江苏睢宁县知县。李著明及李友三,分别为李毓奇之子
　及孙。
③王季良:清初诗人王渔洋的族祖。内弟:妻子的弟弟。
④息香:安息香,燃之可去浊辟邪。
⑤请衽何趾:睡在什么位置。《礼记·曲礼》注:“设卧席则问足向

何方也。"指询问客人卧息习惯，然后为之设榻襆被。请，询问。衽，卧席。何趾，足向何方。

【译文】

李著明是睢宁县令李襟卓先生的公子，为人豪爽，从不气馁胆怯。他是新城王季良先生的内弟。王季良先生家颇多楼阁，往往可以见到怪异现象。李著明夏天曾经来这里寄宿，喜欢楼阁上晚间的凉爽。有人告诉他那里有怪异，他只是为之一笑，并不听从劝告，执意命人在那里摆上床。主人依言而行，嘱咐仆人陪他睡觉，他推辞说："我喜欢独自睡觉，一生不知道什么是恐怖。"主人便吩咐在香炉中点上一炷安息香，问明睡觉时脚朝哪方，便熄了蜡烛，关上门后离去。

公即枕移时，于月色中，见几上茗瓯①，倾侧旋转，不堕亦不休。公咄之，铿然立止。即若有人拔香炷，炫摇空际，纵横作花缕。公起叱曰："何物鬼魅敢尔！"裸裼下榻②，欲就捉之。以足觅床下，仅得一履，不暇冥搜，赤足挝摇处③，炷顿插炉，竟寂无兆④。公俯身遍摸暗陬⑤，忽一物腾击颊上，觉似履状，索之，亦殊不得。乃启覆下楼，呼从人，爇火以烛，空无一物，乃复就寝。既明，使数人搜屦⑥，翻席倒榻，不知所在。主人为公易屦。越日，偶一仰首，见一履夹塞椽间，挑拨而下，则公履也。

【注释】

①茗瓯：茶具。茗，茶。瓯，杯。

②裸裼(xī)：谓不及穿衣。裼，不加外衣。

③挝：击。

④兆：征候，迹象。

⑤暗陬：黑暗的角落。陬，角落，墙角。

⑥屦：古代用葛或麻制的一种鞋。这里同"履"。

【译文】

　　李著明在枕上躺了一段时间，在月光下看到几案上的茶杯倾斜着旋转，既不倒，也不停。李著明一声呵叱，茶杯响了一声，立刻停转。随即好像有人拔起香，在空中纵横摇动，使香头画出如花的线条。李著明起身喝斥说："什么鬼怪竟敢如此！"赤身露体地下了床，想将它抓住。他把脚伸到床下找鞋，只找到一只，顾不得细找，光着脚去打香摇动的空间，香顿时插到香炉里，竟然静悄悄的，毫无踪迹。李著明俯身摸遍黑暗的角落，忽然有一个东西飞来打在面颊上，觉得像是只鞋，找鞋又没找到。于是他开门下楼，招呼仆人，点着蜡烛到处照着查找，结果什么都没有，便重新去睡。天亮后，李著明让几个人去找鞋，掀开席，移开床，仍没找到。主人只好为他换了一双鞋。第二天，他偶然抬头，看见一只鞋塞在椽子间，挑下来一看，正是他的鞋。

　　公益都人，侨居于淄之孙氏第①。第綦阔②，皆置闲旷，公仅居其半。南院临高阁，止隔一堵。时见阁扉自启闭，公亦不置念。偶与家人话于庭，阁门开，忽有一小人，面北而坐，身不盈三尺，绿袍白袜。众指顾之，亦不动。公曰："此狐也。"急取弓矢，对阁欲射。小人见之，哑哑作揶揄声③，遂不复见。公捉刀登阁，且骂且搜，竟无所睹，乃返。异遂绝。公居数年，安妥无恙。公长公友三④，为余姻家，其所目触。

【注释】

①淄：淄川县。

②綦阔：很宽阔。綦，很。

③哑哑(è)：笑声。揶揄：嘲弄，捉弄。

④长公：长公子，大儿子。友三：李友三。与蒲家结为姻亲。蒲松龄《祭李公著明老亲家文》称："长公贤豪，退迩倾慕，伯弟不才，过承青目，秦晋联欢，潘杨永睦。"

【译文】

　　李著明是益都人，曾寄居在淄川县孙氏的住宅里。住宅很大，都空着没人使用，李著明也只住了一半。南院面对一座高阁，中间只隔一堵墙，时常可以看见阁门自开自关，李著明也没放在心上。一次，李著明偶然在院子里和家人谈话，忽然阁门打开，出现一个小人，面朝北坐着，身高不满三尺，绿袍白袜。大家对他手指目视，他仍然不动。李著明说："这是狐狸精！"急忙拿来弓箭，对准阁门就要射。小人一见，发出"呀呀"的嘲笑声，于是不再出现。李著明拿着刀登上楼阁，边骂边搜索，终究一无所见，只好返回。怪异也从此绝迹。李著明在这里住了数年，始终平安无事。李著明的长子李友三是我的亲家，此事便是他的亲眼所见。

　　异史氏曰：予生也晚，未得奉公杖屦①。然闻之父老，大约慷慨刚毅丈夫也。观此二事，大概可睹。浩然中存②，鬼狐何为乎哉！

【注释】

①奉杖屦：犹言侍奉，追随。

②浩然中存：胸怀正气。浩然，指浩然正大之气。《孟子·公孙丑》："我善养吾浩然之气。"

【译文】

　　异史氏说：我生得太晚，未能侍奉李公。但听老年人讲，他大约是一位慷慨而又刚毅的大丈夫。从这两件事看,他的风范大致可见。心中有浩然之气,鬼狐有何能为!

蹇偿债

【题解】

明臧晋叔《元曲选》中有《庞居士误放来生债》一剧,其中有这样的情节:"〔内驴马牛做声科〕〔正末云〕是甚么人这般说话?我试听咱。〔驴云〕马哥,你当初为甚么来?〔马云〕我当初少庞居士十五两银子,无的还他。我死之后,变做马填还他。驴哥,你可为甚么来?〔驴云〕我当初少庞居士的十两银子,无钱还他,死后变做个驴儿与他拽磨。牛哥,你可为甚么来?〔牛云〕你不知道。我在生之时,借了庞居士银十两,本利该二十两,不曾还他。我如今变一只牛来填还他。"中国民间在欠了别人人情时,也往往有"变牛变马来偿还"一说。《蹇偿债》大概就是在这样的文化传统的基础上产生的。

不过,《蹇偿债》较之以往同类的因果报应文学作品不同的地方是,其一,划清了劳动所得和借欠的区别。"凡人有所为而受人千金,可不报也;若无端受人资助,升斗且不容昧,况其多哉!"其二,在情节上务求曲折。乡人某变成小驴后,先是被衡府内监看中,交易未成,后又被马咬断胫骨,为牛医领去,最后才被牛医所卖,"得钱千八百,以半献公。公受钱,顿悟,其数适符豆价也"。

李公著明,慷慨好施。乡人某,佣居公室①。其人少游惰,不能操农业,家窭贫②。然小有技能,常为役务,每赍之厚③。时无晨炊,向公哀乞,公辄给以升斗。一日,告公曰:"小人日受厚恤,三四口幸不殍饿④,然曷可以久?乞主人贷我绿豆一石作资本。"公忻然,立命授之。某负去,年馀,一无所偿。及问之,豆赀已荡然矣。公怜其贫,亦置不索。

【注释】

①佣居公室:在李家做帮工。佣,当雇工。

②窭贫:贫穷。语出《诗·邶风·北门》:"终窭且贫。"

③赉(lài)之厚:赏赐得多。

④殍(piǎo)饿:饥饿至死。《孟子·梁惠王》:"民有饥色,野有饿莩。"殍,通"莩",饿死的人。

【译文】

李著明性情慷慨,乐于施舍。同乡某人住在他家当雇工。该人从小到处游荡,生性懒惰,不肯以农为业,家境穷困。不过,他有些手艺,经常干些杂活,李著明往往多给他赏钱。有时早晨没米做饭,向李著明哀求借点儿粮食,李著明总是给他一升半斗的。有一天,这人对李著明说:"小人天天受您丰厚的周济,一家三四口人才幸免饿死,不过这哪能长久维持下去?求您借给我一石绿豆做本钱吧。"李著明欣然同意,立即命人给他绿豆。同乡背走绿豆,一年多以后仍然一点儿也没偿还。等问起此事时才知道,一石绿豆的本钱已经荡然无存。李著明可怜他穷,也就放在一边,没去索债。

公读书于萧寺①。后三年馀,忽梦某来,曰:"小人负主人豆直②,今来投偿。"公慰之,曰:"若索尔偿,则平日所负欠者,何可算数?"某愀然曰③:"固然。凡人有所为而受人千金,可不报也;若无端受人资助,升斗且不容昧,况其多哉!"言已,竟去。公愈疑。既而家人白公:"夜牝驴产一驹,且修伟。"公忽悟曰:"得毋驹为某耶?"越数日归,见驹,戏呼某名,驹奔赴如有知识。自此遂以为名。

【注释】

①萧寺:佛寺,僧院。

②直:价钱,价值。

③愀(qiǎo)然:忧愁悲伤的样子。

【译文】

李著明在寺院里读书。过了三年多时间,忽然梦见那个同乡前来,说:"小人欠主人绿豆钱,现来偿还。"李著明安慰他说:"我如果要你偿还,那你平时所欠的,怎么算得清?"同乡愁容满面地说:"话是可以这样说。但大凡一个人做过些什么而接受别人上千两的银子,可以不再回报;如果无故接受别人的资助,连一升半斗的都不容含糊不清,何况欠了那么多!"说罢直接走了。李著明醒来愈觉疑惑不解。不久家人禀告李著明说:"夜里母驴生了一头小驴驹子,挺高大的。"李著明忽然明白过来,说:"莫非小驴驹子便是那个人吗!"过了几天,李著明回到家中,看见小驴驹子,开玩笑叫那人的名字,小驴驹子便跑到他跟前,像听懂他的话似的。从此,李著明便以那个同乡的名字称呼小驴驹子。

　　公乘赴青州,衡府内监见而悦之①,愿以重价购之。议直未定,适公以家中急务不及待,遂归。又逾岁,驹与雄马同枥②,龁折胫骨,不可疗。有牛医至公家③,见之,谓公曰:"乞以驹付小人,朝夕疗养,需以岁月④,万一得痊,得直与公剖分之。"公如所请。后数月,牛医售驴,得钱千八百,以半献公。公受钱,顿悟,其数适符豆价也。噫!昭昭之债而冥冥之偿⑤,此足以劝矣⑥。

【注释】

①衡府：明宪宗第七子朱祐楎，封衡恭王，治青州，历四代，明亡国除。

②枥：槽。

③牛医：兽医的通称。

④需：等待。《易·需》："需，须也。"孔颖达疏："是需，待之义，故云需，须也。"

⑤昭昭：指阳世。冥冥：指阴司。

⑥劝：劝勉。指勉人向善。

【译文】

李著明骑着小驴前往青州时，衡王府内监见到小驴非常喜欢，愿意用高价买它。价钱还没谈妥，适值李著明家中有急事不能再等，便回家了。又过了一年，小驴与一匹雄马同拴在一个槽里，被雄马咬断胫骨，无法治好。有一位兽医前往李著明家，见到小驴，对李著明说："请把小驴交给我，我早晚加以治疗调养，等上一阵子，万一能够治好，卖了钱与您平分。"李著明同意了他的请求。几个月后，兽医卖驴得到一千八百钱，把一半送给李著明。李著明接过钱来，顿时明白过来，这个数目正好与绿豆的价钱相符。唉！阳间的债务到阴间也要偿还，这是对世人的最好的劝导。

头滚

【题解】

本篇故事五十馀字，写得扼要简明，却摇曳多姿。

《聊斋志异》作为短篇小说集，长短繁简各异。有的浓彩重墨，不厌其详，有的简洁明了，惜墨如金。就总体编排而言，是按时间的先后成卷，但一卷之中，估计也考虑到阅读的节奏。正如冯镇峦在评论此篇时所说："短篇文字不似大篇出色，然其叙事简净，用笔明雅。譬诸游山者，才过一山，又开一山，当此之时，不无借径于小桥曲岸、浅水平沙。然而前山未远，魂魄方收，后山又来，耳目又费。虽不大为着意，然政不致遂败人意。况又其一桥一岸，一水一沙，并未一望荒屯绝徼之比。晚凉新浴，豆花棚下，摇蕉尾，说曲折，兴复不浅也。"

　　苏孝廉贞下封公昼卧^①，见一人头从地中出，其大如斛^②，在床下旋转不已。惊而中疾，遂以不起。后其次公就荡妇宿^③，罹杀身之祸，其兆于此耶？

【注释】

①苏孝廉贞下：苏贞下，名元行，淄川人。康熙十七年（1678）举人，任濮州学正，卒于官。蒲松龄友人唐梦赉曾有《七夕宿绰然堂，同苏贞下、蒲留仙》诗记三人的来往。封公：指其父曾受封赠。

②斛（hú）：量器名。历代容量不同，或以十斗为一斛，后以五斗为一斛。

③次公：二公子，指苏贞下的弟弟。

【译文】

　　举人苏贞下的父亲睡午觉时，看见一颗人头从地里冒出，像斛那么大，在床下面不停地旋转。他受到惊吓，因而生病，终致去世。后来他的二公子与荡妇过夜，遭到了杀身之祸，征兆是否就出在这儿？

鬼作筵

【题解】

本篇表现的是家庭中与鬼打交道的日常琐事，娓娓道来，却有滋有味，合乎人之常情。之所以能做到这点，在于其中大量运用了老百姓耳熟能详的习俗，与现实生活水乳交融。比如鬼凭借生人传话，人死是因为阴府中的鬼勾致，给鬼送钱的方式是焚烧纸钱，阴间也讲究人情世故，供奉的物品要丰满丰盛，等等。人物的对话也口语俚俗，如老父骂秀才"畜产"，杜妻回忆偷公公的钱被斥骂，都活灵活现，如从口出。

全篇贯穿的情节是阴间的吃请、受贿，从另一角度反映出中国文化中卑琐腐败却又根深蒂固的一面。

杜秀才九畹，内人病①。会重阳②，为友人招作茱萸会③。早兴，盥已④，告妻所往，冠服欲出。忽见妻昏愦⑤，絮絮若与人言⑥。杜异之，就问卧榻，妻辄"儿"呼之。家人心知其异。时杜有母柩未殡⑦，疑其灵爽所凭⑧。杜祝曰："得勿吾母耶？"妻骂曰："畜产何不识尔父⑨？"杜曰："既为吾父，何乃归家祟儿妇？"妻呼小字曰⑩："我专为儿妇来，何反怨恨？儿妇应即死，有四人来勾致⑪，首者张怀玉。我万端哀乞，甫能得允遂。我许小馈送，便宜付之。"杜如言，于门外焚钱纸。妻又言曰："四人去矣。彼不忍违吾面目⑫，三日后，当治具酬之⑬。尔母老，龙钟不能料理中馈⑭。及期，尚烦儿妇一往。"杜曰："幽明殊途，安能代庖？望父恕宥。"妻曰："儿勿惧，去去即复返⑮。此为渠事，当毋惮劳。"言已，即冥然⑯。

【注释】

①内人:妻子。

②重阳:阴历九月九日。九为阳数之极,故九月九日称为重阳节。

③茱萸(zhū yú)会:古代风俗,于九月九日重阳节,折茱萸佩戴之,以祛邪辟灾。又约集亲友"以重阳相会,登山饮菊花酒,谓之登高会,又云茱萸会"。唐王维《九月九日忆山东兄弟》:"遥知兄弟登高处,遍插茱萸少一人。"茱萸,植物名。生于川谷,有烈香。

④早兴,盥已:清晨起床,洗漱完毕。

⑤昏愦(kuì):昏迷糊涂,神智不清。愦,昏乱。

⑥絮絮:琐细多言。

⑦柩:灵柩,棺材。殡:葬埋。

⑧灵爽:本指神灵,神明。此谓传说之鬼魂。凭:凭依。

⑨畜产:畜生。

⑩小字:小名。此指杜九畹的乳名。

⑪勾致:拘拿。

⑫不忍违吾面目:不好意思拂我的情面。面目,脸面,情面。

⑬治具:置办酒席。

⑭龙钟:衰惫蹇缓的样子。中馈:家庭饮食祭祀之事。《易·家人》:"无攸遂,在中馈。"孔颖达疏:"妇人之道……其所职,主在于家中馈食供祭而已。"

⑮去去:暂去,稍去片刻。

⑯冥然:昏然不醒。

【译文】

秀才杜九畹的妻子得了病。适值重阳节,杜九畹被朋友邀去登山饮菊花酒。清晨起来,他洗漱完毕,跟妻子说一声自己到哪里去,戴上帽子,穿好衣服,准备出门。忽然发现妻子神智不清,絮絮叨叨地像跟人说话。杜九畹好生奇怪,就在床前问她在做什么,不料妻子却叫他

"儿子"。家里人心想一定是出了问题。当时杜九畹母亲的灵柩还没下葬,所以怀疑是杜母的魂附在杜妻身上。杜九畹祷告说:"莫不是母亲吗?"妻子骂道:"畜生! 怎么不认识你父亲!"杜九畹说:"既然是我父亲,为什么回家在儿媳身上作祟?"妻子叫着杜九畹的小名说:"我专为儿媳来的,怎么反而埋怨我? 儿媳本该马上就死,有四个人前来勾魂,为首的叫张怀玉。我万般哀求他们,才得到允许。我应许送他们一点儿礼物,你就应该送给他们。"杜九畹依言而行,在门外烧了纸钱。妻子又说:"那四个人走了。他们不愿拂我的情面,三天后,得办桌酒席答谢他们。你母亲上了年纪,行动不便,不能料理做饭的事。到时还得让儿媳走一遭。"杜九畹说:"阴阳两界的存在方式不同,怎能让她替母亲做饭? 希望父亲原谅。"妻子说:"你别害怕,她去一下就回来。这是为她办事,她应该不怕辛劳。"说罢就昏迷不醒了。

良久乃苏。杜问所言,茫不记忆,但曰:"适见四人来,欲捉我去。幸阿翁哀请,且解囊赂之,始去。我见阿翁镪袱尚馀二铤①,欲窃取一铤来,作糊口计。翁窥见,叱曰:'尔欲何为! 此物岂尔所可用耶!'我乃敛手未敢动。"杜以妻病革②,疑信相半。

【注释】

①镪袱:钱包。铤:金银小块,可作货币流通。

②病革(jí):病危。

【译文】

妻子许久才苏醒过来。杜九畹问妻子刚才说了什么,妻子一点儿也记不起来,只是说:"刚才看见来了四个人,要把我捉走。幸亏公公哀求别捉,还掏钱贿赂他们,他们这才离去。我见公公的钱袋里还剩下两锭银子,想偷一锭来,过日子用。公公发现,斥责说:'你想干什么! 难道这东西是你能用的吗?'我便缩回手去没敢动。"杜九畹认为妻子病情沉重,对这话将信将疑。

越三日,方笑语间,忽瞪目久之,语曰:"尔妇綦贪,曩见我白金,便生觊觎①。然大要以贫故②,亦不足怪。将以妇去,为我敦庖务③,勿虑也。"言甫毕,奄然竟毙④。约半日许,始醒,告杜曰:"适阿翁呼我去,谓曰:'不用尔操作,我烹调自有人,只须坚坐指挥足矣⑤。我冥中喜丰满,诸物馔都覆器外⑥,切宜记之。'我诺。至厨下,见二妇操刀砧于中,俱绀帔而绿缘之⑦,呼我以嫂。每盛炙于簋⑧,必请觇视⑨。曩四人都在筵中。进馔既毕,酒具已列器中。翁乃命我还。"杜大愕异,每语同人。

【注释】

①觊觎(jì yú):非分的企望。

②大要:大约,大抵。

③敦(duī)庖务:料理饮食之事。敦,治理。

④奄然竟毙:突然死去。奄,猝死。

⑤坚坐:安坐。

⑥诸物馔都覆器外:意谓饭菜要盛到漫出盘碗。

⑦绀(gàn)帔而绿缘之:天青色的帔肩而缘以绿边。绀,天青色或深青中透红之色。

⑧炙:泛指菜肴。簋(guǐ):古代祭祀宴享时盛黍稷的器皿。此泛指盘碗。

⑨觇(chān)视:窥视。此指验看,检查。

【译文】

过了三天,正在谈笑时,妻子忽然把眼睛瞪了许久,对杜九畹说:"你媳妇太贪婪,前几天见到我的银子便生出非分之想。不过主要是由于太穷,也不怪她。我准备领你媳妇去,为我料理膳食,你不用挂虑。"话才说完,就突然死去。大约过了半日,妻子才苏醒过来。她告诉杜九畹说:"刚才公公把我叫去,告诉我说:'不用你动手去做,我自有下手烹调的人,你只须老老实实坐在那指挥一下就可以了。我们阴间喜欢丰满,各种饭菜都要盛得漫出碗盘,一定记住。'我应承下来。来到厨房,只见两个女人在里面切菜,都穿着镶着绿边的天青色的坎肩,都叫我嫂子。每当把菜肴盛到盘碗里时,总是请我过目。上次勾魂的四个人都坐在宴席上。把食物送上去以后,酒具也已经在器皿中放好,公公就让我回来了。"杜九畹大为惊异,往往讲给朋友听。

胡四相公

【题解】

本篇与卷三《狐妾》可谓是姊妹篇,都与张道一有关联。不同的是《狐妾》写女性,而《胡四相公》则是比较少见的长篇描写男性狐狸的篇章,写胡四相公温文尔雅、宽厚善良、风度翩翩、极重友情。

小说集中写了四件事情。一件是写张虚一求见胡四相公,两人酬酢,胡四相公招待丰盛尽礼,反映出明清时代士大夫阶层的待客礼数。第二件事是胡四相公同意小狐随着张虚一"打假",讽刺女巫假借狐狸之名牟利的丑态。第三件事是写胡四相公与张虚一依依相别,应张虚一的请求,显现美少年的本相。第四件事是分别多年的胡四相公与"清贫犹昔"的张虚一相遇,不忘旧交,赠钱相恤,嘲讽张虚一之弟当学使的张道一的吝啬无情。在主要故事之外,插叙和补叙了胡四相公的年龄、籍贯、道行、相貌,使得胡四相公的形象有主干有枝叶,有血有肉,非常丰满。

与《聊斋志异》中其他写狐狸的篇章不同,胡四相公在大多数场合没有以色相出现,而是无形无影,动作虚拟化、魔幻化,体现了蒲松龄高度的想象力和文笔变化。

莱芜张虚一者①,学使张道一之仲兄也②,性豪放自纵。闻邑中某氏宅为狐狸所居,敬怀刺往谒③,冀一见之。投刺隙中,移时,扉自辟。仆者大愕,却退,张肃衣敬入。见堂中几榻宛然,而阒寂无人④,遂揖而祝曰:"小生斋宿而来⑤,仙人既不以门外见斥,何不竟赐光霁⑥?"忽闻虚室中有人言曰:"劳君枉驾,可谓跫然足音矣⑦。请坐赐教。"即见两座自移相向。甫坐,即有镂漆朱盘,贮双茗盏,悬目前。各取对饮,吸沥有声,而终不见其人。茶已,继之以酒。细审官阀⑧,曰:"弟姓胡氏,于行为四,曰相公⑨,从人所呼也。"于是酬酢议论⑩,意气颇洽。鳖羞鹿脯⑪,杂以芗蓼⑫。进酒行炙者⑬,似小辈甚夥。酒后颇思茶,意才少动,香茗已置几上。凡有所思,无不应念而至。张大悦,尽醉始归。自是三数日必一访胡,胡亦时至张家,并如主客往来礼。

【注释】

①莱芜:位于山东的中部,泰山东麓。清代属泰安州,今为莱芜市。

②学使张道一:张道一(1603—1695),名四教,字芹沚,莱芜张家台村人。清顺治丙戌(1646)进士,历任山西平阳府推官、吏部考功司主事、兵部主事进员外郎、山西按察使司提学佥事、陕西榆林兵备道按察使司副使等职。其为山西提学使佥事时间为顺治六

年至九年(1649—1652)。后罢官家居。仲兄:二哥。

③刺:名帖。

④阒(qù)寂:寂静无声。

⑤斋宿:先一日斋戒。表示虔诚。《孟子·公孙丑》:"弟子斋宿而后敢言。"

⑥赐光霁:露面,见面。光霁,"光风霁月"的略称。比喻人物品格开朗、气度豁达。

⑦跫(qióng)然足音:《庄子·徐无鬼》:"夫逃虚空者,藜藋柱乎鼪鼬之径,踉位其空,闻人足音跫然而喜矣,又况乎昆弟亲戚之謦欬其侧者乎。"意思是空谷之中许久未见人影,所以听到人的脚步声就非常高兴和喜悦。跫,脚步声。

⑧官阀:阀阅,来历。

⑨相(xiàng)公:对年轻人的尊称。

⑩酬酢议论:指饮酒交谈。酬酢,主客互相敬酒。主敬客叫"酬",客还敬叫"酢"。

⑪鳖羞鹿脯:鳖肉和鹿肉做成的佳肴。羞,美味食品。脯,干肉。

⑫芗(xiāng)蓼:古时调味的香料。芗,紫苏类香草。蓼,亦称水蓼,可调味,入药。

⑬行炙:原指传送烤肉。泛指酒宴中上菜,布菜。

【译文】

莱芜人张虚一,是山西学政张道一的二哥,性情豪放不羁。他听说县里某人的住宅有狐狸居住,便恭敬地带上名帖前去拜见,希望能见上一面。他把名帖投入门缝,过了一段时间,门便自动打开。仆人大为惊愕,吓得步步后退,而他整理一下衣服,恭敬地走进大门。张虚一看见厅堂中几案卧榻真真切切地摆在那里,只是静悄悄的没个人影,于是他作揖祷告说:"小生斋戒而来,既然仙人没把我排斥在门外,为什么不索性让我得见尊容?"忽然只听得空荡荡的屋子里有人说:"有劳你屈驾光临,可以说是空谷足音了。请坐下讲话。"就看见两个座位自动移成相对的位置。他刚坐下,就有一个镂花的红漆盘子,托着两个茶杯悬在眼前。他们各自拿一杯茶相对而饮,只听见喝得有声有响,却始终不见其人。喝完茶,接着喝酒。张虚一详细打听对方的门第,对方说:"小弟姓胡,排行第四,称为相公,是随着众人的称呼。"于是互相敬酒,互相交谈,志趣十分相投。他们吃的是鳖肉鹿肉制成的佳肴,吃时用香料和辣菜调味。似乎有许多小仆人递酒递菜。张虚一酒后很想喝茶,刚一动念,香茶就已放到桌上。凡是他想要什么,随着念头一起,立刻送到。张虚一大为高兴,尽情喝醉后才回家。从此,张虚一每隔三五天准去拜访一次胡四相公,胡四相公也时常到张家来,并且都遵循着主客往来的礼节。

一日,张问胡曰:"南城中巫媪,日托狐神,渔病家利①。不知其家狐,君识之否?"胡曰:"彼妄耳,实无狐。"少间,张起溲溺②,闻小语曰:"适所言南城狐巫,未知何如人。小人欲从先生往观之,烦一言请于主人。"张知为小狐,乃应曰:"诺。"即席而请于胡曰:"我欲得足下服役者一二辈,往探狐巫,敬请君命。"胡固言不必。张言之再三,乃许之。既而张出,马自至,如有控者。既骑而行,狐相语于途,谓张曰:"后先生于道途间,觉有细沙散落衣襟上,便是吾辈从也。"

【注释】

①渔病家利:借此向病人勒索财物。渔利,用不正当的手段谋取利益。

②溲溺:小便。

【译文】

有一天，张虚一问胡四相公："南城有个巫婆，每天托狐神治病，赚病人的钱。不知她家的狐狸，您认识吗？"胡四相公说："她是瞎说，其实她家没有狐狸。"稍停片刻，张虚一起身小解，听见有人小声说："刚才说的城南的狐巫，不知是什么人。小人想跟先生前去看看，有劳您向主人说一声。"张虚一知道说话的是小狐狸，便答应说："行。"就在席上向胡四相公请求说："我想带着您手下的一两个仆从，前去打探狐巫的虚实，敬请你开口下令。"胡四相公坚持说没有必要。张虚一再三请求，胡四相公便答应了。不久，张虚一走出门来，马自动来到身边，像有人牵着似的。骑马上路后，小狐狸与张虚一一路交谈，对张虚一说："以后先生在路上如果觉得有细沙落在衣襟上，就是我们在跟着您。"

语次进城，至巫家。巫见张至，笑逆曰："贵人何忽得临？"张曰："闻尔家狐子大灵应，果否？"巫正容曰："若个蹀躞语①，不宜贵人出得！何便言狐子？恐吾家花姊不欢！"言未已，空中发半砖来，中巫臂，踉跄欲跌。惊谓张曰："官人何得抛击老身也！"张笑曰："婆子盲也！几曾见自己额颅破，冤诬袖手者②？"巫错愕不知所出。正回惑间③，又一石子落，中巫，颠蹶，秽泥乱堕，涂巫面如鬼，惟哀号乞命。张请恕之，乃止。巫急起奔遁房中，阖户不敢出。张呼与语曰："尔狐如我狐否？"巫惟谢过④。张仰首望空中，戒勿复伤巫，巫始惕惕而出⑤。张笑谕之⑥，乃还。

【注释】

①蹀躞(dié xiè)：轻薄，狎侮，不庄重。

②袖手：缩手袖内，旁观者。

③回惑：疑惑。

④谢过：认错道歉。

⑤惕惕：忧惧的样子。

⑥谕：晓谕，讲清道理。

【译文】

说话间进了城，来到巫婆家。巫婆见张虚一前来，笑脸出迎说："贵人怎么忽然来啦？"张虚一说："听说你家的狐子很灵验，当真吗？"巫婆神色严肃地说："这种轻薄话，贵人不该说出口！怎么能叫狐子？恐怕我家花姐听了不高兴！"话没说完，空中飞过半块砖来，打中巫婆的胳膊，巫婆踉踉跄跄，险些跌倒。巫婆吃惊地对张虚一说："官人怎可用砖打老身？"张虚一笑着说："老太婆瞎眼啦！何时看见自己额头破了，却要冤枉袖手旁观者？"巫婆惊愕发愣，不知砖从何处投来。正惶惑时，又有一个石子落下，打中了巫婆，使她跌倒在地，接着污泥纷纷落下，把她的脸涂得像鬼一样，她只有哀号声声，乞求饶命。张虚一请饶了她，打击这才停止。巫婆急忙逃奔到屋里，关上屋门，不敢出来。张虚一高声对巫婆说："你的狐狸比得上我的狐狸吗？"巫婆只是一味道歉认错。张虚一抬头望着空中，告诫自己的狐狸不要再伤害巫婆，巫婆这才战战兢兢地走出屋来。张虚一笑着把她开导一番，于是起身返回。

由是每独行于途，觉尘沙渐渐然①，则呼狐语，辄应不讹。虎狼暴客②，恃以无恐。如是年徐，愈与胡莫逆③。尝问其甲子④，殊不自记忆，但言："见黄巢反⑤，犹如昨日。"一夕共话，忽墙头苏然作响，其声甚厉⑥，张异之。胡曰："此必家兄。"张言："何不邀来共坐？"曰："伊道颇浅⑦，只好攫鸡啖便了足耳。"张谓胡曰："交情之好，如吾两人，可云无憾。终未一见颜色，殊属恨事。"胡曰："但得交好足矣，见面何为？"一日,置酒邀张,且告别。问:"将何往?"曰:"弟陕中产,将归去矣。君每以对面不觌为恨,今请一识数岁之友,他日可相认耳。"张四顾都无所见。胡曰:"君试开寝室门,则弟在焉。"张如其言,推扉一觑,则内有美少年,相视而笑,衣裳楚楚⑧,眉目如画,转瞬之间,不复睹矣。张反身而行,即有履声藉藉随其后⑨,曰:"今日释君憾矣。"张依恋不忍别,胡曰:"离合自有数,何容介介⑩。"乃以巨觥劝酒,饮至中夜,始以纱烛导张归⑪。及明往探,则空房冷落而已。

【注释】

①淅淅(xī)然:风沙吹落的声音。

②暴客:强盗。

③莫逆:友爱,感情融洽。《庄子·大宗师》:"三人相视而笑,莫逆于心,遂相与为友。"

④甲子:年岁。古时以天干地支相配记年,甲居十天干首位,子居十二地支首位,故以"甲子"代指年岁。

⑤黄巢反:指唐朝末年黄巢起义,878—884年。

⑥厉:猛烈。

⑦道:道行,指修行的程度。

⑧楚楚:服饰整洁的样子。

⑨藉藉:形容履声杂乱。

⑩介介:放在心上。

⑪纱烛:纱灯。

【译文】

　　从此,每当张虚一在路上独自行走,觉得细沙"沙沙"落下时,便招呼狐狸交谈,就有狐狸答应,从来不错。对于虎狼或强盗,也有恃无恐。

这样过了一年多，张虚一与胡四相公的交情更加深厚。他曾经问胡四相公的年龄，胡四相公自己也记不清了，只是说："我看见黄巢造反，仿佛发生在昨天。"一天晚上，张虚一与胡四相公正在谈话，忽然墙头"苏苏"作响，声音很大，张虚一感到诧异。胡四相公说："这一定是我哥哥。"张虚一说："为什么不请来一起坐坐？"胡四相公说："他的道行很浅，能捉只鸡吃就满足了。"张虚一对胡四相公说："交情好得像我们两人这样，可以说没有缺憾。但始终不能见你一面，实属遗憾。"胡四相公说："只要交情很好就够了，为什么还要见面呢？"一天，胡四相公备好酒席请张虚一，同时与他告别。张虚一问："准备到哪里去？"胡四相公说："小弟生于陕中，现将回家。你每每为面对面却看不见人而遗憾，现在请你认识一下交往数年的朋友，将来才可相认。"张虚一四处张望，什么都没看见。胡四相公说："你可以打开寝室的门，小弟在那里。"张虚一依言而行，推门一看，只见屋里有一位英俊少年在看着他笑，衣装整洁，眉清目秀，转眼之间就消失不见。张虚一转身走回，便有脚步声跟在身后，说："今天总算解除了你的遗憾。"张虚一依依不舍，不愿分别，胡四相公说："聚散离合是注定的，何必放在心上。"便拿大杯劝酒，一直喝到半夜，才拿纱灯送张虚一回家。等天亮后，张虚一前去探望，只有冷冷落落的一所空房而已。

后道一先生为西川学使①，张清贫犹昔，因往视弟，愿望颇奢②。月馀而归，甚违初意，咨嗟马上，嗒丧若偶③。忽一少年骑青驹，蹑其后④。张回顾，见裘马甚丽，意甚骚雅⑤，遂与语间。少年察张不豫⑥，诘之，张因欷歔而告以故，少年亦为慰藉。同行里许，至歧路中，少年乃拱手别曰："前途有一人，寄君故人一物，乞笑纳也。"复欲询之，驰马径去。张莫解所由。又二三里许，见一苍头，持小簏子⑦，献于马前，曰：

"胡四相公敬致先生。"张豁然顿悟。受而开视,则白镪满中。及顾苍头,已不知所之矣。

【注释】

①西川:唐代剑南道分四川为东西二川,西川指今四川西部。这里指四川。

②愿望颇奢:指希望得到丰厚的馈赠。

③嗒丧若偶:灰心丧气,呆若木偶。《庄子·齐物论》:"仰天而嘘,嗒焉似丧其耦。"

④蹑:追踪。

⑤骚雅:文雅。

⑥不豫:不高兴。

⑦籢:圆形小竹筐。

【译文】

后来,张道一先生担任四川学政,张虚一仍像往日那样清贫,因此前去看望弟弟,心中抱着得到丰厚馈赠的愿望。一个多月后回家时,当初的愿望远远没有达到,他骑在马上唉声叹气,灰心丧气,呆若木偶。忽然,有一位少年骑一匹青马,跟随其后。张虚一回头望去,只见少年轻裘肥马,甚为豪华,气度也很文雅,便跟他闲谈起来。少年发现张虚一很不高兴,便问何故如此,张虚一于是长吁短叹地把原由告知少年,少年也对他安慰一番。两人同行了一里多路,来到岔路口,少年便拱手告别说:"前面的路上有一个人,送给你一样老朋友赠送的东西,请你笑纳。"张虚一还想再问,少年径自打马飞驰而去。张虚一莫明其妙。又走了二三里路,张虚一看见一个老仆,拿一个小竹箱,在马前献上来说:"胡四相公敬送先生。"张虚一顿时彻底明白过来。他接过竹箱打开一看,里面装满了白银。再看老仆,已不知去向。

念秧

【题解】

本篇叙述了两则淄川至京城旅途上骗子骗取钱财的故事。由淄川到京城旅途上的故事是王子巽所言的实事，由京城返淄川旅途上的故事是由前一则故事衍生出来的，是有了狐狸加入的前一则故事的续编。两则故事虽然细节不同，结局不同，但共同之处却很多。比如行骗者都是团伙作案，一计不成又施一计；行骗的对象都是旅行中缺乏社会阅历的读书人，骗子团伙中相对应的也就有读书人；行骗的手段都有色诱、赌博，都有旅店主的参与。在这些方面，不仅两则故事中欺骗的伎俩异曲同工，而且与古今中外的所有骗局几乎也是相通的。

在这两则故事中，被骗者未尝没有警惕性，未尝不心存戒惧之心，但由于是团伙作案，设计精巧，"随机设阱，情状不一"，故上当的几率非常高。后一则故事只是由于狐狸的帮助，吴生才得以逃脱陷阱，带有相当的浪漫喜剧色彩。

蒲松龄喜读《史记》，尤爱《游侠列传》，说"午夜挑灯，恒以一斗酒佐读"。《聊斋志异》深受司马迁和《史记》的影响，像本篇就明显可以看到《刺客列传》的影子，比如"异史氏曰"置于篇首的体制；比如在故事的衔接处用"后数年，而有吴生之事"的模式，甚至句式都如出一辙；比如后一则故事与前一则故事的照应，称"囊美少即其夫，盖史即金也。袭一榭绅帔，云是得之山东王姓者"，将两则故事前后勾连贯通。这些都是蒲松龄对于《史记·刺客列传》的着意借鉴。

异史氏曰：人情鬼蜮①，所在皆然，南北冲衢②，其害尤烈。如强弓怒马，御人于国门之外者③，夫人而知之矣。或有劙囊刺橐④，攫货于市，行人回首，财货已空，此非鬼蜮之尤者耶？乃又有萍水相逢⑤，甘言如醴⑥，其来也渐，其入也深，误认倾盖之交⑦，遂罹丧资之祸。随机设阱⑧，情状不一，俗以其言辞浸润，名曰"念秧"。今北途多有之，遭其害者尤众。

【注释】

①鬼蜮(yù)：喻奸诈阴狠。《诗·小雅·何人斯》："为鬼为蜮，则不可得。"蜮，又名短狐、射工或水弩，传说伏于水中含沙射人的一种动物。

②冲衢：冲要通衢。指交通要道。

③御人于国门之外：指在郊野以武力拦路劫掠。御，抵拒。国门，城门。《孟子·万章》："今有御人国门之外者。"

④劙(lí)：割。

⑤萍水相逢：浮萍逐水，偶然相逢。唐王勃《滕王阁序》："萍水相逢，尽是他乡之客。"

⑥醴：甜酒。

⑦倾盖之交：旅途中仓促结识的朋友。倾盖，倾斜车盖，指并车接谈。《史记·鲁仲连邹阳列传》："谚曰：'有白头如新，倾盖如故。'何则？知与不知也。"

⑧阱：陷阱。指骗局。

【译文】

异史氏说：人情险恶如同鬼魅，各地都是一样，特别是南北交通要道，祸害尤为厉害。像那些挽强弓、骑烈马，把人们阻挡到国门之外的人，人人都知道他们是强盗。但有人割包刺袋偷东西，在街市上抢掠财物，往往过路人一回头之间，财产货物已空，这不是比鬼魅更厉害吗？还有的人萍水相逢，便甜言蜜语，慢慢接近你，逐步加深关系，往往被误认为是倾心相交的朋友,结果让你遭遇钱财损失的祸事。这些人随机设置陷阱,手段种种不一,民间认为这些人言词浸润温和,所以称为"念秧"。如今北方大道上多有这种人,受害的人也特别多。

　　余乡王子巽者①,邑诸生。有族先生在都为旗籍太史②,将往探讯。治装北上,出济南,行数里,有一人跨黑卫,驰与同行。时以闲语相引,王颇与问答。其人自言:"张姓,为栖霞隶③,被令公差赴都。"称谓执卑④,祗奉殷勤。相从数十里,约以同宿。王在前,则策蹇追及⑤,在后,则止候道左。仆疑之,因厉色拒去,不使相从。张颇自惭,挥鞭遂去。既暮,休于旅舍,偶步门庭,则见张就外舍饮。方惊疑间,张望见王,垂手拱立⑥,谦若厮仆,稍稍问讯。王亦以泛泛适相值⑦,不为疑,然王仆终夜戒备之。鸡既唱,张来呼与同行,仆咄绝之,乃去。

【注释】

①王子巽:王敏入,字子逊(通"巽"),号梓岩,淄川人。县学生员。家贫,事父母至孝。见《淄川县志》、《淄川王氏世谱》、《国朝山左诗续钞》、王培荀《乡园忆旧录》等。蒲松龄与他有很深的友谊,曾为其父编辑诗集作序。《蒲松龄集》载有为王子巽写的《陈淑卿小传题词》、《贺新郎·王子巽续弦,即事戏赠》二首,《两同心·又》、《秋蕊香·又》、《妾十九·又》、《鹤冲天·又》等。《聊斋志异》中有三篇文章也与王敏入有关,除本篇外,还有《蛙曲》、《鼠戏》等。

②族先生:族人中的前辈。旗籍太史:隶籍八旗的翰林院官员。太史,官名。西周、春秋时太史掌记载史事、编写史书、起草文书,

兼管国家典籍和天文历法等。明清修史之职归之翰林院，故俗
称翰林为太史。按，此或当指淄川王樛。王樛，字子下，王鳌永
之子。王鳌永于顺治元年（1644）以户部右侍郎奉命招抚山东、
河南，于青州为农民义军赵应元部所杀。王樛以父荫于顺治二
年（1645）世袭銮仪卫指挥，隶镶蓝旗。后钦取入内三院办事，曾
为内秘书院侍读，职司相当于翰林院侍读。因王隶旗籍，故可称
之"旗籍太史"。

③栖霞隶：栖霞县署衙役。栖霞，清山东省县名。位于今山东东北
部。今为栖霞市。

④扬（huī）卑：谦卑。扬，谦逊。

⑤策蹇：鞭驴。蹇，驴的代称。

⑥拱立：弓身站立。

⑦泛泛：寻常，关系不深。适：偶然。

【译文】

　　我的同乡王子巽，是县里的秀才。他有位本家前辈在京城是位旗
籍的翰林院官员，于是准备去探望。他打点好行装后北上，从济南出
去，走了几里路，遇上一个人骑着黑色的驴子，追上来和他同行。这个
人时常说些闲话引着王生说话，王生也不时答话。这个人自己说："姓
张，是栖霞县的差隶，被县令派遣到京城办事。"他称呼谦卑，侍奉殷勤。
相随着走了几十里路，又提出要和王生同住一个旅店。王生在前面时，
他就鞭打驴子追上来；王生在后面时，他又在道旁等候。王生的仆人对
他起了疑心，便严词厉色地赶他走，不让他跟从。张某自己感到不好意
思，便挥鞭走了。到了晚上，王生住旅店休息，偶然在门前散步，看见张
某在外院吃喝。王生正惊讶怀疑，张某望见王生，立刻垂手站立，谦恭
得像个仆人，彼此稍稍说了几句客套话。王生以为彼此只是寻常相遇，
没有怀疑，然而王生的仆人整夜都对他戒备。清早，鸡打鸣时，张某过
来招呼王生一起走，仆人呵斥着拒绝了他，他便走了。

朝暾已上①,王始就道。行半日许,前一人跨白卫,年四十已来,衣帽整洁,垂首寒分②,盹寐欲堕。或先之,或后之,因循十数里③。王怪问:"夜何作,致迷顿乃尔④?"其人闻之,猛然欠伸⑤,言:"我清苑人⑥,许姓。临淄令高檗是我中表⑦。家兄设帐于官署⑧,我往探省,少获馈贻。今夜旅舍,误同念秧者宿,惊惕不敢交睫,遂致白昼迷闷。"王故问:"念秧何说?"许曰:"君客时少,未知险诈。今有匪类,以甘言诱行旅,夤缘与同休止⑨,因而乘机骗赚。昨有葭莩亲⑩,以此丧资斧。吾等皆宜警备。"王颔之。先是,临淄宰与王有旧,王曾入其幕,识其门客,果有许姓,遂不复疑。因道温凉,兼询其兄况。许约暮共主人⑪,王诺之。仆终疑其伪,阴与主人谋,迟留不进,相失,遂杳。

【注释】

①暾:太阳。

②寒分:犹言"驴上"。

③因循:连续。

④迷顿:疲乏欲睡的样子。

⑤欠伸:打呵欠,伸懒腰。疲倦的表示。

⑥清苑:县名。即今河北清苑,位于河北中部,明清属保定府。

⑦临淄令高檗:直隶清苑举人,康熙十一年(1672)为临淄知县。见《山东通志》。

⑧设帐:开馆做教师。

⑨夤缘:攀附,拉拢关系。

⑩葭莩亲:远房亲戚。葭莩,芦苇秆内的薄膜。比喻关系极其疏远淡薄。《汉书·鲍宣传》:"侍中驸马都尉董贤本无葭莩之亲,但

　　以令色谀言自进。"

　　⑪共主人:谓同宿一店。主人,指店主。

【译文】

　　太阳升起好高了,王生才上路。走了半天左右的路,发现前面有个人骑着白色驴子,年纪四十来岁,衣帽穿戴整齐干净,骑在驴子上低着头,打着盹几乎要掉下来。有时走到了王生前头,有时又落到王生后头,连续走了十多里路。王生以为这个人好生奇怪,便问道:"夜里做了什么,怎么弄得这般疲倦临睡?"那人听到有人问话,猛地伸了个懒腰,说:"我是清苑人,姓许。临淄县高棨是我的中表亲。家兄在他的衙门里教书,我到那里去探望,得到一些馈赠。昨天夜里住宿,误同念秧们住在一起,我警惕得一夜没敢合眼,结果弄得白天这样迷糊。"王生故意问道:"念秧是怎么回事?"许某说:"你出外做客时间短,不知道什么是险诈。如今有一类匪徒,专门用甜言蜜语诱骗行人旅客,与你纠缠在一起,一起走,一起住,寻找机会骗取钱财。昨天我有个远房亲戚,就是因为遇到这事,把路费都丢光了。我们都要有所警惕防备。"王生点头称是。先前,临淄县县令与王生有些交往,王生曾经做过那里的幕僚,认识他的门客,其中确实有姓许的,就不再怀疑他了。于是与他说起家常话,并打听他哥哥的情况。许某便约会王生,天黑后住一个旅店,王生答应下来。王生的仆人始终怀疑这个人有诈,私下与主人商量,耽搁时间,不往前走,这样就彼此走失了,不见踪迹。

　　翼日,日卓午①,又遇一少年,年可十六七,骑健骡,冠服秀整,貌甚都②。同行久之,未尝交一言。日既西,少年忽言曰:"前去屈律店不远矣③。"王微应之。少年因咨嗟欷歔,如不自胜。王略致诘问,少年叹曰:"仆江南金姓④。三年膏火⑤,冀博一第,不图竟落孙山! 家兄为部中主政⑥,遂载细小来⑦，冀得排遣。生平不习跋涉，扑面尘沙，使人薅恼⑧。”
因取红巾拭面，叹咤不已。听其语，操南音，娇婉若女子。
王心好之，稍稍慰藉。少年曰：“适先驰出，眷口久望不来，
何仆辈亦无至者？日已将暮，奈何！”迟留瞻望，行甚缓。王
遂先驱，相去渐远。

【注释】

①卓午：正午。

②貌甚都：模样很漂亮。都，美。

③屈律店：即曲律店，地名。王渔洋《香祖笔记》：“《觚剩》亦载余逸
　　句，因忆丙午自里中北上，戏题德州南曲律店壁一绝云：‘曲律店
　　子黄河崖（亦地名），朝来一雨清风霾。青松短堑不能住，骑驴又
　　踏长安街。’语虽诙嘲不足存，亦小有风趣。”则屈律店在德州的
　　南部。

④江南：清顺治时设江南省，康熙时分为江苏、安徽二省。

⑤膏火：特指夜间读书用的灯火。因亦借指勤学苦读。

⑥部中主政：六部主事的别称。

⑦细小：家小，眷属。

⑧薅（hāo）恼：烦恼。

【译文】

　　第二天，天到了正午的时候，又遇到一个少年，年约十六七岁，骑着
一头健壮的骡子，衣服帽子秀丽整洁，容貌也很漂亮。他们一同走了很
长时间，从来没有说过一句话。太阳偏西，少年忽然说道：“前面离屈律
店不远啦。”王生微微答应他一声。少年接着唉声叹气，好像不能控制。
王生略微打听了一下，少年叹道：“我是江南人，姓金。三年的苦读，期
望能够考上，没想到名落孙山！家兄在某部主持政务，于是带着家眷

来,希望散散心。生来不习惯长途跋涉,扑面的尘沙,使人烦恼。"说着,取出红面巾擦脸,不断地叹息。听少年说话,操着南方口音,娇声婉转如同女孩子一般。王生心里喜欢他,便稍稍安慰了他几句。少年说:"刚才我是自己先跑出来的,家眷久等也不见到来,不知为什么仆人也没有来的?天快黑了,如何是好?"少年呆在原地望着远方,向前走得很慢。王生于是赶路,离少年越走越远了。

　　晚投旅邸,既入舍,则壁下一床,先有客解装其上。王问主人。即有一人入,携之而出,曰:"但请安置,当即移他所。"王视之,则许也。王止与同舍,许遂止,因与坐谈。少间,又有携装入者,见王、许在舍,返身遽出,曰:"已有客在。"王审视,则途中少年也。王未言,许急起曳留之,少年遂坐。许乃展问邦族,少年又以途中言为许告。俄顷,解囊出赀,堆累颇重①,秤两馀,付主人,嘱治殽酒,以供夜话。二人争劝止之,卒不听。俄而酒炙并陈。筵间,少年论文甚风雅。王问江南闱中题,少年悉告之,且自诵其承破②,及篇中得意之句,言已,意甚不平。共扼腕之③。少年又以家口相失,夜无仆役,患不解牧圉④。王因命仆代摄莝豆⑤,少年深感谢。

【注释】

①堆累颇重:指钱很多。古代货币载体是金属,衡以重量并体积。

②承破:指八股文中承题、破题两股文字。

③扼腕:惋惜,不平。

④不解牧圉:不懂得喂牲口。圉,养马。

⑤代摄莝(cuò)豆:指代为备草料喂牲口。豆,牲口草料。莝,切碎
　的草。

【译文】

　　天黑时,王生投宿旅店,走进客房,靠墙边有一张床,已有行李放在
上面。王生正问主人,有一个人进来,拿起行李就要走,说:"请在这里
安歇,我就搬到别的地方去。"王生一看,这人就是许某。王生止住他,
让他留下同住一间房子,许某便留下来了,于是彼此坐下来说话。不大
工夫,又有一个带行李的人进来,一见王生、许某在屋里,便返身就走,
说:"已有客人啦。"王生审视,原来是途中遇到的少年。王生还没说话,
许某急忙起身,拽他留下,少年便坐下来。许某就打听少年的家族及祖
籍,少年便把途中说的又说了一遍。不一会儿,少年打开钱袋,掏出银
两堆在一起,显得很重。他秤了一两多银子,交给店主,嘱咐准备酒菜,
以供夜里聊天吃喝。王、许二人争着劝阻少年,少年不听。工夫不大,
酒菜一齐摆上来了。饮酒之间,少年谈论文章之道,很是风流儒雅。王
生询问江南考场中的试题,少年全都告诉了他,还把自己文章中承题破
题的文字及得意的句子,背诵出来,说罢,流露出愤愤不平之意。大家
也为他扼腕惋惜。少年又说起家眷丢失,身边没有仆人,不懂喂牲口。
王生便叫自己的仆人帮助他照料,少年深表感谢。

　　居无何,忽蹴然曰①:"生平蹇滞②,出门亦无好况。昨夜
逆旅,与恶人居,掷骰叫呼,聒耳沸心③,使人不眠。"南音呼
骰为兜,许不解,固问之,少年手摹其状。许乃笑于橐中出
色一枚,曰:"是此物否?"少年诺。许乃以色为令,相欢饮。
酒既阑,许请共掷,赢一东道主④。王辞不解,许乃与少年相
对呼卢⑤。又阴嘱王曰:"君勿漏言。蛮公子颇充裕,年又
雏,未必深解五木诀⑥。我赢些须,明当奉屈耳⑦。"二人乃入

隔舍。旋闻轰赌甚闹，王潜窥之，见栖霞隶亦在其中。大疑，展衾自卧。又移时，众共拉王赌，王坚辞不解。许愿代辨枭雉⑧，王又不肯，遂强代王掷。少间，就榻报王曰："汝赢几筹矣⑨。"王睡梦应之。

【注释】

①蹴然：跺脚，叹悔、生气的姿态。

②蹇滞：倒霉，不顺利。

③聒耳沸心：吵闹不安宁。

④赢一东道主：赢得做东道主。东道主，泛指接待或宴客的主人。《左传·僖公三十年》："若舍郑以为东道主，行李之往来，共其乏困，君亦无所害。"

⑤呼卢：呼采声，代指赌博。卢，采名。

⑥五木诀：犹言赌博的诀窍。五木，古赌具名。此指色子。

⑦明当奉屈：意思是明天将置酒奉谢，请屈驾光临。

⑧代辨枭雉：代理赌博。枭、雉，均赌采名。

⑨几筹：若干筹码。筹，赌筹，计算输赢之数的筹码。

【译文】

不多一会儿，少年跺着脚说："生平困顿不顺，出门也没有好事。昨天夜里住店，遇上一帮坏人，他们掷骰子大呼小叫的，吵得心烦睡不着觉。"南方话呼"骰"为"兜"，许某不明白，一再追问，少年便用手比划着形状。许某于是笑着从口袋里摸出一枚骰子，说："是不是这东西啊？"少年答应是。许某便以骰子为酒令，大家一起高兴地喝酒。酒喝到兴头时，许某请大家一起掷骰子玩，说是要赢个东道主做。王生推辞说不会玩，许某便与少年相对玩起来。许某还暗中嘱咐王生说："你不要说出来。南蛮公子哥很有钱，年纪又小，未必深知赌道。我赢些钱，明天我请你吃饭。"说完，两个人便进了另一间屋。不久，便听到闹哄哄的赌博的声音，王生偷偷看了看，见栖霞县的差人也在其中玩。他非常疑惑，打开被褥，自己独自躺下睡觉。又过了一阵，众人都来拉王生去赌，王生坚决以不会玩为由拒绝。许某提出愿意代王生去赌，王生还不是肯，但最终他们还是强行代王生赌博。不久，他们跑到王生床前报告说："你赢了几个赌码了。"王生在睡梦中应着。

　　忽数人排阖而入①，番语啁嘁②。首者言佟姓，为旗下逻捉赌者③。时赌禁甚严，各大惶恐。佟大声吓王，王亦以太史旗号相抵。佟怒解，与王叙同籍④，笑请复博为戏。众果复赌，佟亦赌。王谓许曰："胜负我不预闻。但愿睡，无相溷⑤。"许不听，仍往来报之。既散局，各计筹马，王负欠颇多，佟遂搜王装囊取偿。王愤起相争。金捉王臂阴告曰："彼都匪人，其情叵测。我辈乃文字交，无不相顾。适局中我赢得如干数，可相抵；此当取偿许君者，今请易之，便令许偿佟，君偿我。弗过暂掩人耳目，过此仍以相还。终不然，以道义之友，遂实取君偿耶？"王故长厚，亦遂信之。少年出，以相易之谋告佟，乃对众发王装物，估入己橐⑥。佟乃转索许、张而去。

【注释】

①排阖：推门。阖，门扇。

②番语啁嘁（zhāo zhē）：叽里咕噜操异族语言。番语，此指满语。啁嘁，声音杂乱细碎。

③旗下：八旗之下。此处指旗人。逻捉：巡逻搜捕。

④同籍：同隶旗籍。

⑤溷（hùn）：打扰。

⑥估：约计其数。

【译文】

忽然有几个人推门闯进来，说着听不懂的异族话。领头的说是姓佟，是旗下巡逻抓赌的。当时禁赌令很严，大家都显得非常惶恐。姓佟的大声吓唬王生，王生也以太史旗号对付他们。姓佟的怒气消失了，与王生叙起隶属于同一旗籍，笑着请大家继续玩。众人果然又赌起来，姓佟的也参加赌。王生对许某说："胜负我不管，只想睡觉，不要打扰。"许某还是不听，仍然往来报信。赌局散了，各计赌码，王生负欠很多。姓佟的就来搜王生的行李，要取来顶债。王生生起气来，与他们相争。金姓少年拉着王生的手臂小声说："他们都是些土匪，很难预料干出什么来。我们是文人相交，不能不互相关照。刚才我在赌局中赢了若干钱，可以抵你的债；我本来应当从许君那里取赌债的，现在换一下，便叫许君偿还给姓佟的，你偿还给我。这不过暂时掩人耳目，过后仍然还给你。不然的话，从朋友的道义讲，我能真的让你还债吗？"王生本来就厚道，听他这么一说，也就相信了。少年走出房去，把相换抵债的办法告诉姓佟的，于是当着大家面，打开王生的行李，按着赌债估算所值的东西装入少年的口袋里。姓佟的转而去找许某、张某讨债去了。

　　少年遂襆被来，与王连枕，衾褥皆精美。王亦招仆人卧榻上，各默然安枕。久之，少年故作转侧，以下体昵就仆。仆移身避之，少年又近就之。肤着股际，滑腻如脂。仆心动，试与狎，而少年殷勤甚至。衾息鸣动，王颇闻之，虽甚骇怪，而终不疑其有他也。昧爽①，少年即起，促与早行，且云："君蹇疲殆，夜所寄物，前途请相授耳。"王尚无言，少年已加装登骑。王不得已,从之。骡行驶,去渐远。王料其前途相待,初不为意,因以夜间所闻问仆,仆实告之。王始惊曰:"今被念秧者骗矣! 焉有宦室名士,而毛遂于圉仆者②?"又转念其谈词风雅,非念秧者所能。急追数十里,踪迹殊杳。始悟张、许、佟皆其一党,一局不行,又易一局,务求其必入也。偿债易装,已伏一图赖之机,设其携装之计不行,亦必执前说篡夺而去③。为数十金,委缀数百里④,恐仆发其事,而以身交欢之,其术亦苦矣。

【注释】

①昧爽:拂晓,黎明。

②毛遂:毛遂自荐,自告奋勇自我推荐。这里指少年主动献身相就。圉仆:马夫。

③篡夺:抢夺,强取。

④委缀:尾随,跟踪。

【译文】

少年把自己的被褥抱过来,与王生连枕,他的被褥都很精美华丽。王生也叫仆人到床上来睡,各自安静地就枕睡觉。过了很长时间,少年故意做出辗转反侧的样子,用下体贴近仆人。仆人移开身子躲避他,少年又靠过去。仆人的皮肤接触到少年的大腿根,只感到滑润如油脂一般。仆人心里活动了,试着与少年亲昵,少年则殷勤备至。被子掀动与发出气息的声音,王生都听到了,虽然感到非常吃惊奇怪,却始终没有怀疑有不好的企图。天刚刚亮,少年就起床了,催促一起早走,还说:"您的驴很疲劳了,夜里所寄放的东西,我到前面再还给您。"王生还没来得及说话,少年已经装好行李骑上骡子。王生不得已,只好跟从。少年的骡子跑起来,越跑越远。王生料想少年会在前面等待,起初并不在意,他问起仆人有关夜间的事,仆人如实相告。王生这时才大惊说:"现在被念秧们骗了!哪有官宦子弟会毛遂自荐和仆人干出这种来事?"转念又一想,他的谈吐风雅,又不像念秧的人所能做到的。王生急追几十里,还是踪迹不见,这才醒悟这姓张的、姓许的、姓佟的,都是他们一伙的,一个骗局不成,又换一个骗局,一定要达到让人入圈套的目的。他们搞的还债换装,已经伏下企图耍赖的预谋;假使换装之计行不通,势必如前面所说的强抢而去。为了几十两银子,尾随了几百里路;又怕仆人揭发他们的阴谋,竟用自己的身子获取仆人的欢心,这个计谋也太用心良苦了。

后数年而有吴生之事。

邑有吴生,字安仁,三十丧偶,独宿空斋。有秀才来与谈,遂相知悦。从一小奴,名鬼头,亦与吴僮报儿善。久而知其为狐。吴远游,必与俱,同室之中,人不能睹。吴客都中,将旋里,闻王生遭念秧之祸,因戒僮警备。狐笑言:"勿须,此行无不利。"

【译文】

过了几年,又发生了吴生的事。

城里有个吴生,字安仁,三十岁时死了妻子,独自住在空荡荡的书斋里。有个秀才来聊天,于是彼此很投机。来客带着一个小仆人,名叫鬼头,他与吴生的书僮报儿也很友好。时间长了,吴生知道他们是狐狸。吴生出远门,他们必定也要跟着,虽然住在一间屋里,可是别人都看不见。吴生旅居在京城里,准备回家去,这时听说了王生遇到了念秧祸害,便告诫书僮做好戒备。狐狸笑着说:"不必,这次出门没有什么不顺利的。"

至涿①，一人系马坐烟肆②，裘服济楚③。见吴过，亦起，超乘从之④。渐与吴语，自言："山东黄姓，提堂户部⑤。将东归，且喜同途不孤寂。"于是吴止亦止，每共食，必代吴偿直。吴阳感而阴疑之，私以问狐，狐但言："不妨。"吴意乃释。及晚，同寻寓所，先有美少年坐其中。黄入，与拱手为礼，喜问少年："何时离都?"答云："昨日。"黄遂拉与共寓，向吴曰："此史郎，我中表弟，亦文士，可佐君子谈骚雅⑥，夜话当不寥落。"乃出金赀，治具共饮。少年风流蕴藉，遂与吴大相爱悦。饮间，辄目示吴作觞弊⑦，罚黄，强使釂⑧，鼓掌作笑。吴益悦之。

【注释】

①涿：县名。今河北涿州，隶属保定。在河北中部，北京西南。

②烟肆：烟店。烟，即香烟。明代由吕宋岛传入我国，至清，种植吸食者渐众。

③济楚：鲜明整齐。

④超乘：腾身上马。超，跳。

⑤提堂户部：指受本省督抚委派到户部投递公文的专使。提堂，即"提塘"，清代官名。清各省督、抚选派本省武进士及候补、候选守备等，送请兵部充补，驻于京城，三年一代，称"提塘官"。掌投递本省与京师各官署往来文书。

⑥谈骚雅：谈诗论文。骚，《离骚》。雅，《诗经》中的"大小雅"。古代借以指代文学。

⑦作觞弊：在行酒令时作弊。

⑧釂(jiào)：饮尽杯中酒。《礼记·曲礼》："长者举未釂，少者不敢饮。"郑玄注："尽爵曰釂。"

【译文】

他们到了涿州，见一个人拴着马坐在烟铺里，穿着讲究整齐。这个人看见吴生经过，也站起来，跳上马尾随在后面。他渐渐地与吴生搭起话来。这个人自言："山东人，姓黄，是到户部投递公文的提塘官。准备东行回家，很高兴大家同路，免得孤独寂寞。"于是，吴生停止不走，姓黄的也停止不走，每次一起吃饭，都是姓黄的主动掏钱付款。吴生表面感谢而内心怀疑他，私下问狐狸，狐狸只是说："没关系。"于是，吴生的心也就放松了。到了晚上，大家一起找住的地方，先有个美少年已经坐在旅店里了。姓黄的一进门，便与少年拱手，高兴地问："何时离开京城的？"少年回答说："昨天。"姓黄的便拉着他一齐住宿，并向吴生介绍说："这是史郎，我的表弟，也是个文人，可以陪伴先生谈论诗文，夜里聊天不会冷清了。"说完，拿出钱来置办酒菜一起吃喝。这位少年风流蕴藉，于是与吴生相互非常欣赏。饮酒间，史郎经常向吴生示意和自己一起在行酒令时作弊，共同罚姓黄的，强行让他喝酒，大家高兴地拍掌大笑。吴生更是喜欢这个少年了。

　　既而史与黄谋博赌，共牵吴，遂各出橐金为质。狐嘱报儿暗锁板扉①，嘱吴曰："倘闻人喧，但寐无吡②。"吴诺。吴每掷，小注则输，大注辄赢，更馀，计得二百金。史、黄错囊垂罄③，议质其马。忽闻挝门声甚厉，吴急起，投色于火，蒙被假卧。久之，闻主人觅钥不得，破扃起关④，有数人汹汹入，搜捉博者。史、黄并言无有。一人竟将吴被，指为赌者。吴叱咄之。数人强捡吴装。方不能与之撑拒，忽闻门外舆马呵殿声⑤。吴急出鸣呼，众始惧，曳入之，但求勿声。吴乃从容苞苴付主人⑥。卤簿既远⑦，众乃出门去。黄与史共作惊喜状，取次觅寝⑧。黄命史与吴同榻。吴以腰橐置枕头⑨，方命被而睡。无何,史启吴衾,裸体入怀,小语曰:"爱兄磊落,愿从交好。"吴心知其诈,然计亦良得,遂相偎抱。史极力周奉,不料吴固伟男,大为凿枘⑩,呻殆不可任,窃窃哀免。吴固求讫事,手扪之,血流漂杵矣⑪,乃释令归。及明,史惫不能起,托言暴病,但请吴、黄先发。吴临别,赠金为药饵之费。途中语狐,乃知夜来卤簿,皆狐为也。

【注释】

①板扉:门扇。

②吪(é):动。《诗·王风·兔爰》"逢此百罹,尚寐无吪。"

③错囊垂罄:钱袋将空。错囊,用金银线绣的钱袋。唐杜甫《对雪》:"金错囊从罄,银壶酒易赊。"

④破扃起关:破锁橇闩。关,门闩。

⑤呵殿声:前呼后拥侍从杂沓的声音。呵殿,官员出行时前行喝道和压后随从的人员。

⑥苞苴:草包。此指包裹、捆束行李。

⑦卤簿:官员出行的仪仗随从。

⑧取次:相继。

⑨腰囊:系于腰间的钱袋。

⑩凿枘(ruì):扦格难入,互不相容。宋玉《九辩》:"圆凿而方枘兮,吾固知其龃龉而难入。"凿,榫卯。枘,榫头。

⑪血流漂杵:极言流血之多。语出《书·武成》:"罔有敌于我师,前徒倒戈,攻于后以北,血流漂杵。"杵,通"橹"。古代武器中的盾。

【译文】

不久,史郎和姓黄的商量要赌钱,一起拉着吴生玩,于是大家从口袋里拿出钱来做赌本。狐狸嘱咐报儿暗地里把房门锁上,又嘱咐吴生说：“若听到喧哗声，只管躺着睡觉不动。”吴生答应了。吴生每次掷骰子，下小注时就输，下大注时就赢，到一更后，共计赢了二百多两银子。史郎和姓黄的掏干了钱袋，便商量用马做抵押。这时，忽然听到猛烈的敲门声，吴生急忙站起来，把骰子扔进火里，蒙上被子假装睡觉。过了许久，只听店主说找不到钥匙，只好撬坏门锁打开了门，有几个人气势汹汹闯进来，搜抓赌钱的人。史、黄二人都说没有赌博。有个人竟然掀起吴生的被子，说他是赌钱的。吴生驳斥他们。有几个人强行要搜查吴生的行装。正当吴生抗拒快顶不住的时候，忽然听到门外有官员出行时大队车马经过的喝道声音。吴生急忙跑出来喊叫，众人这才害怕了，忙把吴生拉进屋，求他不要声张。吴生这才从容地把包袱交给店主。车马仪仗走远了，这群人才离开屋子。姓黄的与史郎都做出惊喜的样子，开始寻找床铺睡觉。姓黄的叫史郎跟吴生同睡一床。吴生把腰间缠的包袱枕在头下，然后才拉开被子睡觉。不一会儿，史郎掀开吴生的被子，裸着身子钻入吴生的怀里，小声说：“我喜欢兄长磊落，愿和你相好。”吴生心里明知这是欺诈，但考虑这也不错，于是和他偎抱起来。史郎极力奉承，不料吴生是个壮汉子，交接之时如同斧凿，史郎不断呻吟，难以承受，偷偷哀求吴生不要再干了。吴生原本想干完了再说，用手一摸，已经出了不少血了，于是放开史郎，让他回去睡觉。到了天明，史郎疲惫不堪，起不了床，假称得了暴病，请吴、黄二人先出发。吴生临走时，赠给史郎一些钱作为医疗费。吴生在路上和狐狸说话，这才知道夜里的车马仪仗，都是狐狸干的。

黄于途，益谄事吴。暮复同舍，斗室甚隘，仅容一榻，颇暖洁。而吴狭之，黄曰：“此卧两人则隘，君自卧则宽，何妨？”食已径去。吴亦喜独宿可接狐友。坐良久，狐不至。俄闻壁上小扉，有指弹声。吴拔关探视，一少女艳妆遽入，自扃门户,向吴展笑,佳丽如仙。吴喜致研诘,则主人之子妇也。遂与狎,大相爱悦。女忽潸然泣下,吴惊问之,女曰:"不敢隐匿,妾实主人遣以饵君者。曩时入室,即被掩执①,不知今宵何久不至。"又呜咽曰:"妾良家女,情所不甘。今已倾心于君,乞垂拔救!"吴闻,骇惧,计无所出,但遣速去,女惟俯首泣。忽闻黄与主人捶阖鼎沸,但闻黄曰:"我一路祇奉②,谓汝为人,何遂诱我弟室③!"吴惧,逼女令去。闻壁扉外亦有腾击声,吴仓卒汗如流沈④,女亦伏泣。

【注释】

①掩执:当场捕捉。

②祇奉:敬奉,小心伺候。

③弟室:弟妻。

④沈:汤汁。

【译文】

姓黄的在路上,更加向吴生献殷勤。到了晚上,他们还是同住一个旅店,房间狭小,仅放得下一张床,但很是暖和洁净。吴生觉得太窄了,姓黄的说:"这屋里住两个人是窄了些,若是你一个人睡在这里就够宽敞了,这有什么妨碍?"吃过饭后就走了。吴生也喜欢独自住一间屋,这样可以接待狐狸朋友。吴生坐了很久,狐狸还没有到。突然,他听见墙上小门发出了手指弹打的声音。吴生过去打开门栓探视,一个年轻女子妆扮得花枝招展突然进来,她自己插上了门,向吴生露出笑脸,漂亮得如同仙女。吴生很喜欢她,追问她是什么人,原来是店主人的儿媳妇。于是,他们亲昵一番,非常爱悦。忽然间女子伤心地掉下泪来,吴生惊问,女子说:"不敢隐瞒,我其实是店主人派来引诱你的。往常我一进屋,当即就会有人来当场捉奸,不知今晚上为什么这么久还不到。"又哭着说："我是良家女子，不甘心做这种事情。如今我把心里话都讲了，乞求你救救我！"吴生听后，非常害怕，又想不出个办法，只好叫她快快回去，女子不走，只是低头哭泣。忽然间，听到姓黄的与店主人打起门来，急匆匆地像开了锅一样。又听见姓黄的大喊："我一路上恭敬侍奉你，是看重你的为人，为何引诱我的兄弟媳妇！"吴生惧怕，逼着女子快走。又听到墙上小门外也出现打闹的声音，吴生急得汗如雨下，女子也是卧着哭泣。

　　又闻有人劝止主人，主人不听，推门愈急。劝者曰："请问主人意将胡为？如欲杀耶？有我等客数辈，必不坐视凶暴。如两人中有一逃者，抵罪安所辞？如欲质之公庭耶？帷薄不修①，适以取辱。且尔宿行旅，明明陷诈，安保女子无异言？"主人张目不能语。吴闻，窃感佩，而不知其谁。初，肆门将闭②，即有秀才共一仆，来就外舍宿。携有香醌③，遍酌同舍，劝黄及主人尤殷④。两人辞欲起，秀才牵裾，苦不令去。后乘间得遁，操杖奔吴所。秀才闻喧，始入劝解。吴伏窗窥之，则狐友也，心窃喜。又见主人意稍夺⑤，乃大言以恐之。又谓女子："何默不一言？"女啼曰："恨不如人，为人驱役贱务！"主人闻之，面如死灰。秀才叱骂曰："尔辈禽兽之情，亦已毕露。此客子所共愤者！"黄及主人，皆释刀杖，长跽而请⑥。吴亦启户出，顿大怒詈。秀才又劝止吴，两始和解。女子又啼，宁死不归。内奔出妪婢，捽女令入，女子卧地哭益哀。秀才劝主人重价货吴生，主人俯首曰："'作老娘三十年，今日倒绷孩儿⑦。'亦复何说！"遂依秀才言。吴固不肯破重赏，秀才调停主客间，议定五十金。人财交付后，晨钟已动,乃共促装,载女子以行。

【注释】

① 帷薄不修:对家庭生活淫乱的婉称。《汉书·贾谊传》:"古者大臣有……坐污秽淫乱,男女亡别者,不曰污秽,曰帷薄不修。"帷、薄,指家庭中障隔内外的帘帷。修,修正,管理。

② 肆门:商店的门。这里指旅店的大门。

③ 酝:酒。

④ 殷:殷切,诚恳。

⑤ 夺:减弱。

⑥ 长跽:长跪。跪与跽,同为两膝着地,立尻耸体,唯跪则"首至手",系拜之形,跽盖不拜。

⑦ 作老娘三十年,今日倒绷孩儿:旧时谚语。意思是久已熟惯之事,不料竟出乖露丑。宋魏泰《东轩笔记》载:苗振以第四名进士及第,召试馆职。以久从吏事,晏殊劝其稍温笔砚。苗振率然答曰:"岂有三十年为老娘,而倒绷孩儿者乎?"老娘,接生婆,又称稳婆。倒绷孩儿,把初生婴儿倒裹在襁褓里。绷,包裹婴儿的布,亦指用布裹束婴儿。

【译文】

又听到有人劝主人的声音,主人不听,更急促地推打门。那劝的人说:"请问店主你想怎么办? 想杀了他们吗? 有我们这几位客人在,必定不会坐视你们行凶。如果两人中有一人逃跑了,要让他们认罪又怎样措辞? 想告到公堂吗? 说明了你家管教不严,正是自取其辱。况且你是开旅店的,明明是陷害欺诈,怎能保证女子没有别的话?"店主人瞪着眼睛无话可说。吴生听了,暗暗感谢佩服解劝的人,但不知是谁。起初,旅店快要关门的时候,有个秀才带个仆人,来到店里外院住。他带着好酒,让遍所有的客人,尤其是对店主人和姓黄的更是热情。店主人和姓黄的想起身告辞,秀才扯着他们的衣服,苦苦挽留不让走。后来,他们找到机会溜走了,就抄起棍棒跑到吴生住的房间。秀才听到喧闹声,这才进去劝解。吴生趴在窗上窥视,原来是狐狸朋友,心里暗暗高兴。又见店主气势已被压下去,就说大话吓唬他们。又对女子说:"为什么不吭一声?"女子哭着说:"只恨自己不像人,被人驱使干这种贱事!"店主听了,吓得面如死灰。秀才叱骂道:"你们这伙所干的禽兽不如的行为,已经完全暴露了。这是我们客人所共同愤恨的事情!"这时,姓黄的和店主都放下了手中刀棍,跪在那里请求原谅。吴生也开门出来,怒气冲冲地把他们大骂了一顿。秀才又劝解吴生,双方这才和解。女子又哭了起来,宁死不回去。这时从内房里跑出几个丫环老妈子,揪住女人往屋里拉,女子趴在地上,哭得更加哀痛。秀才劝店主高价把这个女人卖给吴生,店主低着头说:"'做了三十年的接生婆,今日竟然把婴儿倒裹在襁褓里!'既然是这样,还有什么好说的。"于是就依从了秀才的办法。吴生不肯多破费,秀才在主客之间调停,最后议定五十两银子。双方人钱交付后,晨钟已经敲响,于是一起赶紧收拾行李,载着女子离开。

　　女未经鞍马,驰驱颇殆。午间稍休憩。将行,唤报儿,不知所往。日已西斜,尚无迹响,颇怀疑讶,遂以问狐。狐曰:"无忧,将自至矣。"星月已出,报儿始至。吴诘之,报儿笑曰:"公子以五十金肥奸伧①,窃所不平。适与鬼头计,反身索得。"遂以金置几上。吴惊问其故,盖鬼头知女止一兄,远出十馀年不返,遂幻化作其兄状,使报儿冒弟行,入门索姊妹。主人惶恐,诡托病殂②。二僮欲质官,主人益惧,啖之以金,渐增至四十,二僮乃行。报儿具述其故。吴即赐之。吴归,琴瑟綦笃③,家益富。细诘女子,曩美少即其夫,盖史即金也。袭一榖绸帔④,云是得之山东王姓者。盖其党与甚众,逆旅主人,皆其一类。何意吴生所遇,即王子巽连天叫苦之人,不亦快哉! 旨哉古言⑤:"骑者善堕⑥。"

【注释】

①奸伧:奸诈小人。伧,伧父。谓人粗鄙低贱。

②病殂(cú):暴病而死。

③琴瑟綦笃:夫妻关系非常深厚缠绵。琴瑟,喻夫妻。綦,很。

④榖(hú)绸:用山蚕中榖蚕之丝所织之绸,是山东地方的一种土产品。王渔洋《池北偶谈·谈异五》"水蚕"条:"吾乡山蚕,食椒、椿、榖、柘诸木叶而成茧,各从其名。……山蚕、水蚕,皆物产之异。"

⑤旨哉古言:古人的话说得真好啊。旨,美,有味。

⑥骑者善堕:会骑马的人容易挨摔。《淮南子·原道训》:"夫善游者溺,善骑者堕,各以其所好,反自为祸。"

【译文】

　　女子没有骑过马,在马上精疲力竭。到了午间稍稍休息一会儿。休息后将要上路,叫报儿,报儿不知哪去了。太阳已经偏西了,还不见报儿的踪影,吴生很是纳闷,便问狐狸。狐狸说:"不要担忧,他快回来了。"星月已经出现了,报儿这才回来。吴生盘问他。报儿笑着说:"公子拿出五十两银子肥了这些奸贼,我心里不平。刚才与鬼头商议好,返身去把钱要回来了。"说着把银子放在桌子上。吴生惊奇地询问其中缘故,原来鬼头知道女子只有一个哥哥,出远门十几年没回来,于是幻化成她哥哥的形像,让报儿假冒她的弟弟,到店主家要找姐姐妹妹。店主一见就被唬住了,非常恐慌,假托她病亡了。这两个人说要报官,店主更害怕了,便拿银子贿赂他们,贿赂的价码渐渐增到四十两银子,这两个人才答应离开。报儿把过程说了一遍。吴生便把这些钱送给了报儿。吴生回家后，与这个女人情义很深厚，家里更富裕了。后来，细细询问女子，才知道路上遇到的美少年就是她的丈夫，史郎就是那个姓金的。她穿着一件檞绸披肩，说是从山东一个姓王的那里得到的。原来这帮骗子党羽很多，包括旅店主人，他们都是一伙的。哪里想到吴生所遇到的即是王子巽为之叫苦连天的那些人，这种巧合，不也叫人感到痛快吗！古人说得好："会骑马的人往往容易摔下来。"

蛙曲

【题解】

王国维认为诗词"境界有大小，不以是而分优劣"。他说："'细雨鱼儿出，微风燕子斜'，何遽不若'落日照大旗，马鸣风萧萧'。'宝帘闲挂小银钩'，何遽不若'雾失楼台，月迷津渡'也。"其实小说也是这样，不以篇幅的长短、题材的大小而分优劣。本篇写京中以蛙鸣作剧，简明、形象、精巧。尤其是将蛙鸣的声音比喻为"拊云锣"，不仅贴切恰当，也展现出蒲松龄高度的音乐休养。

　　王子巽言：在都时，曾见一人作剧于市①。携木盒作格，凡十有二孔②，每孔伏蛙。以细杖敲其首，辄哇然作鸣。或与金钱，则乱击蛙顶，如拊云锣③，宫商词曲④，了了可辨⑤。

【注释】

①作剧：玩杂耍。剧，作为文艺表演形式，当今指的是戏剧，而在古代则包括了曲艺杂耍等形式。

②凡：总计。

③拊:敲击。云锣:与编钟相应的一种乐器。以多面(十、十二、十五、二十四面不等)大小相同,厚薄殊异的小铜锣悬系于带格的木架间;架下有长柄,左手持之,右手用小木槌击锣作响。又叫"云墩"。

④宫商词曲:词曲和声调。宫、商,古代音律中的宫音和商音,后人用其代指音乐声调。

⑥了了:清晰。

【译文】

王子巽说:在京城时,曾经看见一个人在街上表演杂耍。他随身带着一个木盒,木盒分成十二个格,每格趴着一只青蛙。他用细棍敲青蛙的脑门,青蛙就"呱呱"地叫个不停。如果有人给钱,就乱敲青蛙的脑门,像敲云锣一般,词曲和音乐的声调都能听得一清二楚。

鼠戏

【题解】

本篇与上篇《蛙曲》都是王子巽所言,故称"又言"。在《聊斋志异》的手稿本中两篇相衔接。

如果说上篇是摹难写之音的话,那么本篇则是状难状之景。小说写艺人与小鼠互动唱古杂剧,人的装备、鼠的位置、人的表演、鼠的表演、人鼠的互动,均精雕镂刻,描摹如画,令数百年后的读者也能陶醉在它们的表演中。

蛙曲和鼠戏大概是属于中国古代民间的说唱技艺一类,如今已经湮没不传。《蛙曲》和《鼠戏》篇则为我们提供了其在历史上存留的痕迹。

又言①：一人在长安市上卖鼠戏②。背负一囊，中蓄小鼠十馀头。每于稠人中，出小木架，置肩上，俨如戏楼状。乃拍鼓板，唱古杂剧③。歌声甫动，则有鼠自囊中出，蒙假面④，被小装服，自背登楼，人立而舞⑤。男女悲欢，悉合剧中关目⑥。

【注释】

①又言：此篇手稿本上接《蛙曲》，当仍系王子巽所讲述。

②鼠戏：用鼠演戏赚钱。

③古杂剧：用古代（指宋元）杂剧体式演出的戏剧。这是明代人对于宋元杂剧的一种称呼。明代王骥德编顾曲斋刊戏剧首用其名。

④假面：面具。

⑤人立：像人一样，后肢直立。

⑥关目：戏剧情节。

【译文】

王子巽又说：有一个人在长安街市上表演鼠戏赚钱。他背一个口袋，里面养着十多只小鼠。他经常在人多的地方拿出一个小木架，放在肩上，俨然就是戏楼的样子。于是他拍着鼓板，唱起古杂剧来。歌声刚起，便有小鼠从口袋里出来，蒙着假面具，穿着小戏服，从后背登楼，像人一样站立起来舞动。男女悲欢完全符合戏中的情节。

泥书生

【题解】

假如陈代不是"少蠢陋"，其妻不是"颇丽，自以婿不如人，郁郁不得志"，那么，泥书生也就是一般的怪异，故事的真假也无需深究。但两人的婚姻不幸如此，泥书生故事的真伪就颇耐人寻味。故事的结尾特意点明"泥衣一片堕地上，案头泥巾犹存"，无非是进一步证实泥书生存在的真实。

　　泥书生的出现，给陈代和某氏的不幸婚姻添加了波澜。除掉泥书生后，陈代与某氏的痛苦婚姻是变得幸福了呢，抑或是不过得到了继续无波澜地过下去的结局呢？作者给了读者丰富的想象空间。

　　罗村有陈代者①，少蠢陋。娶妻某氏，颇丽。自以婿不如人，郁郁不得志，然贞洁自持，婆媳亦相安。一夕独宿，忽闻风动扉开，一书生入，脱衣巾，就妇共寝。妇骇惧，苦相拒，而肌骨顿奭，听其狎亵而去。自是恒无虚夕。月馀，形容枯瘁，母怪问之。初惭怍不欲言，固问，始以情告。母骇曰："此妖也！"百术为之禁咒，终亦不能绝。乃使代伏匿室中，操杖以伺。夜分，书生果复来，置冠几上，又脱袍服，搭椸架间②。才欲登榻，忽惊曰："咄咄！有生人气！"急复披衣。代暗中暴起，击中腰胁，塔然作声。四壁张顾，书生已渺。束薪爇照，泥衣一片堕地上，案头泥巾犹存。

【注释】

①罗村：村名。在今淄博淄川罗村镇，位于蒲松龄故居北边。

②椸（yí）架：衣架。《礼记·曲礼》："男女不杂坐，不同椸枷（架）。"椸，衣架。

【译文】

　　罗村有一个人叫陈代，从小又愚蠢又丑陋。他娶了个妻子某氏，却很漂亮。陈妻认为丈夫不如别人，心中抑郁，很不满意，但能贞洁自守，婆媳之间也相安无事。一天夜里,陈妻独自一人睡下,忽然听见一阵风把门吹开,走进一个书生,脱下衣服,摘去头巾,凑到陈妻身旁,一起睡觉。陈妻惊骇恐惧,苦苦抵抗,但是从肉到骨,顿时瘫软,只好听任书生玩弄一番离去。从此,书生没有一夜不来的。一个多月后,陈妻面容憔悴,婆婆深感奇怪,便问其中的原因。开始时,陈妻心中羞愧,不想说出,经一再追问,才说出实情。婆婆惊骇地说:"这是妖怪干的。"用尽各种办法加以禁制诅咒,都不能阻止书生前来。于是让陈代躲在屋里,手握木棍,暗中等候。半夜时分,书生果然再次前来,把头巾放在案上,又脱去袍子,搭在衣架上。他刚要上床,忽然吃惊地说:"哎呀,有生人的气味!"急忙又披上衣服。陈代在黑暗中突然一跃而起,打在书生的腰肋上,"砰砰"作声。再向四面查看,书生已经杳无踪影。拿一个火把点着一照,看见有一片泥衣落在地上,案头的泥头巾还放在那里。

土地夫人

【题解】

作为述异说怪,本篇与《泥书生》可谓姊妹篇,都是讲淫荡邪恶的鬼神故事。不同的是,篇中的怪异自称是土地夫人,与传说中土地夫人尊贵圣洁的身份产生极大反差,从而使故事因荒诞不经而具有更大的吸引力。小说极力写土地夫人的淫荡和无耻:在土地神祠前类似于妓女拉客,当着王炳夫人的面性交,在王炳病重时纠缠不止,在王炳已死后仍死打乱缠,以致被王炳夫人痛斥才离去。在小说的结尾,蒲松龄对于土地神夫人的身份发出质疑,进一步引发对于故事荒诞的思索。

　　鸳桥王炳者①,出村,见土地神祠中出一美人,顾盼甚殷②。挑以亵语,欢然乐受。狎昵无所,遂期夜奔,炳因告以居止。至夜，果至，极相悦爱。问其姓名，固不以告。由此往来不绝。时炳与妻共榻③，美人亦必来与交，妻竟不觉其有人。炳讶问之，美人曰："我土地夫人也。"炳大骇，亟欲绝之，而百计不能阻。因循半载，病瘵不起，美人来更频，家人都能见之。未几，炳果卒，美人犹日一至。炳妻叱之曰："淫鬼不自羞！人已死矣，复来何为？"美人遂去，不返。

【注释】

①窎（diào）桥：村名。在今山东淄博淄川区罗村镇窎桥社区。

②顾盼甚殷：眉眼流盼，情深意长。殷，情意深切。

③时：有时。

【译文】

窎桥有一人叫王炳，出村时看见土地神庙里走出一个美女，非常殷勤地对他眉来眼去。他说些轻薄话加以挑逗，美女也欢欢喜喜地流露出乐意接受的意思。两人想亲近却没有地方，便约定夜里见面，王炳于是把住处告诉了美女。到了夜里，美女果然前来，极尽欢爱。王炳问她姓名，她执意不说。从此两人往来不断。有时王炳与妻子同床，美女也一定来与王炳交欢，妻子竟然不觉得身边有人。王炳惊讶地问其中的原因，美女说："因为我是土地夫人。"王炳大为恐骇，想赶紧断绝关系，但是想尽办法，都不能阻止她前来。这样延续了半年，王炳病弱疲惫，卧床不起，而美女来得更加频繁，连家里人都能看得见她。不久，王炳果然死去，而美女仍然每天都来一次。王炳的妻子斥责美女说："你这淫鬼真不知害臊！人已经死了，还来干什么？"于是美女离去，不再前来。

土地虽小，亦神也，岂有任妇自奔者？愦愦应不至此①。

不知何物淫昏，遂使千古下谓此村有污贱不谨之神。冤矣哉！

【注释】

①愦愦：糊涂。

【译文】

土地神虽是小神，也毕竟是神，哪有听任老婆私奔的？应该不至于糊涂到这个地步。不知是什么东西淫乱发昏，于是使千年以后的人认为这个村子里有一个肮脏下贱、行为不谨的神。实在冤枉啊！

寒月芙蕖

【题解】

《聊斋志异》写幻术的作品很多，比如《偷桃》、《种梨》、《小二》、《单道士》、《白莲教》、《赌符》、《崂山道士》、《道士》、《戏术》等，不一而足，《寒月芙蕖》是其中篇幅较长，最具美学意味的小说。

寒月芙蕖的创意来源于王维的"雪中芭蕉"。小说在描写上有绘画之美，更有叙事文学的优长。不仅勾画出"接天莲叶无穷碧，映日荷花别样红"的美景，还写了吏人采莲的幻灭，描绘了"北风骤起，摧折荷盖"，从而把幻景写得丰富有深度，令人留恋，也令人无限叹惋。大量记载幻术，反映了蒲松龄好奇浪漫的性格，反映了作为齐文化故地神仙方术的流风馀韵，那正是《聊斋志异》得以产生的文化基础之一。

《寒月芙蕖》在稿本中被涂改为《济南道人》的题目。这个涂改可能出自蒲松龄，也可能出自后人的手笔。在人物刻画上，《寒月芙蕖》较之其他描写幻术的小说结构更完整，幻术更丰富，同时注意到人物性格和心理的描写，开首济南道人另类的衣饰打扮和结尾对于吝啬官员的调侃也给人留下了深刻印象。

　　济南道人者，不知何许人，亦不详其姓氏。冬夏惟着一单袷衣①，系黄绦②，别无裤襦③。每用半梳梳发，即以齿衔鬓际④，如冠状⑤。日赤脚行市上，夜卧街头，离身数尺外，冰雪尽镕。初来，辄对人作幻剧⑥，市人争贻之⑦。有井曲无赖子，遗以酒，求传其术，弗许。遇道人浴于河津⑧，骤抱其衣以胁之。道人揖曰："请以赐还，当不吝术。"无赖者恐其绐⑨，固不肯释。道人曰："果不相授耶？"曰："然。"道人默不与语，俄见黄绦化为蛇，围可数握，绕其身六七匝，怒目昂首，吐舌相向。某大愕，长跪，色青气促，惟言乞命。道人乃竟取绦，绦竟非蛇。另有一蛇，蜿蜒入城去。由是道人之名益著。

【注释】

①单袷（jiá）衣：单薄的夹衣。袷，夹衣。

②绦：用丝线编织成的花边或扁平的带子，可以装饰衣物。

③别无裤襦：没有其他的衣裤。襦，罩于单衫之外的短衣或短袄。

④以齿衔鬓际：用梳齿插在发鬓上。

⑤冠：帽子。

⑥幻剧：幻术。

⑦贻：赠送。这里指施舍。

⑧河津：河边。津，渡口。

⑨绐：欺哄，骗。

【译文】

济南府有一位道士，不知是哪里人，也不知姓名。无论冬夏，他只穿一件夹衣,腰系一根黄丝绦,不穿别的套裤与短袄。经常用半个梳子梳理头发,便把梳齿插在发髻上,像帽子一样。他每天光着脚行走在街市上,夜间便睡在街头,在身体四周数尺之内,冰雪无不消溶。道士刚来到济南时,往往给人表演幻术,市民都争先施舍钱财。有一个里巷间的无赖少年,送来些酒,请求把幻术传给自己,道士没有答应。一次遇上道士在河边洗澡,无赖突然抱走衣服要挟他。道士拱手作揖说:"请还我衣服,我会教给你的。"无赖怕道士骗人,坚决不还。道士说:"你真的不还吗?"无赖少年说:"对。"道士默不作声,不久便见黄丝绦变成一条蛇,身粗可达数搦,在无赖少年身上绕了六七圈,昂起头来,怒目而视,朝他脸上吐着芯子。无赖少年惊愕异常,直身跪下,脸色发青,呼吸急促,一味只说"饶命"。道士于是终于拿回黄丝绦来,原来黄丝绦并不是蛇,另有一条蛇弯弯曲曲地爬进城去。由于此事,道士更加有名。

　　缙绅家闻其异,招与游,从此往来乡先生门①。司、道俱耳其名②,每宴集,辄以道人从。一日,道人请于水面亭报诸宪之饮③。至期,各于案头得道人速客函④,亦不知所由至。诸客赴宴所,道人伛偻出迎⑤。既入,则空亭寂然,榻几未设,咸疑其妄。道人顾官宰曰:"贫道无僮仆,烦借诸扈从⑥,少代奔走。"官宰共诺之。道人于壁上绘双扉,以手挝之,内有应门者,振管而起⑦。共趋觇望,则见憧憧者往来于中⑧,屏幔床几,亦复都有。即有人传送门外,道人命吏胥辈接列亭中⑨,且嘱勿与内人交语⑩。两相受授,惟顾而笑。顷刻,陈设满亭,穷极奢丽。既而旨酒散馥,热炙腾熏,皆自壁中传递而出。座客无不骇异。

【注释】

①乡先生:古时尊称辞官居乡或在乡教学的老人。《仪礼·士冠礼》:"遂以挚见于乡大夫、乡先生。"郑玄注:"乡先生,乡中老人为乡大夫致仕者。"

②司、道:指布政司、按察司长官及所属分守道、分巡道之类的官员。耳:耳闻。

③水面亭:即"天心水面亭",在济南大明湖上,元代李泂所建。亭上有对联"月到天心处,风来水面时"。见《济南府志》。宪:封建社会属吏称上司为"宪",这里指上文所说的司、道官员。

④速客函:犹言请帖。速,邀请。

⑤伛偻:躬身,表示恭敬。

⑥扈从:侍从的仆役。

⑦振管而起:开锁开门。管,管钥,钥匙。

⑧憧憧(chōng)者:指摇曳不定的人影。

⑨吏胥辈:指诸宪的随从。吏胥,衙门小吏。

⑩内人:指壁内之人。

【译文】

官僚士绅之家听说道士本领超常,就招揽他与他交往,他从此便在乡绅家中往来。司、道长官也都耳闻其名,每当宴饮聚会时,便让道士参加。一天,道士要在水面亭设宴回请诸位长官。到了约定的日期,诸位长官各自在案头见到道士的请帖,也不知道怎么送来的。诸位长官来到设宴的处所,道士躬身出迎。大家进去后,却见静悄悄的一座空亭,连坐榻几案也没摆放,所以都怀疑道士胡闹。道士看了看诸位长官说:"贫道没有仆人,请借用诸位的随从人员,替我稍微张罗一下。"诸位长官都答应下来。道士在墙壁上画出两扇门,并用手敲门,门内便有人答应,把锁打开。大家一齐近前去看,却见有一些人影影绰绰地在里面走动,屏风、帐幔、床榻、几案样样俱全。随即有人把这些东西传送到门外,道士让差役接过来,摆放在亭中,并嘱咐大家不要与门内的人交谈。所以门内门外传送东西时,只是相顾一笑而已。不久,亭中摆满了器具,极为奢侈豪华。接着,美酒飘香,酒菜热气腾腾,一样样都从墙壁中传递出来。在座的客人无不惊异。

　　亭故背湖水,每六月时,荷花数十顷,一望无际。宴时方凌冬①,窗外茫茫,惟有烟绿。一官偶叹曰:"此日佳集,可惜无莲花点缀!"众俱唯唯。少顷,一青衣吏奔白:"荷叶满塘矣!"一座尽惊,推窗眺瞩,果见弥望青葱②,间以菡萏③。转瞬间,万枝千朵,一齐都开,朔风吹来,荷香沁脑。群以为异。遣吏人荡舟采莲。遥见吏人入花深处,少间返棹④,白手来见。官诘之,吏曰:"小人乘舟去,见花在远际。渐至北岸,又转遥遥在南荡中⑤。"道人笑曰:"此幻梦之空花耳。"无何,酒阑,荷亦凋谢,北风骤起,摧折荷盖⑥,无复存矣。

【注释】

①凌冬:深冬。凌,冰。

②弥望:满眼。

③菡萏(hàn dàn):荷花。

④返棹:回船。棹,船桨。

⑤荡:长草的水面。此指湖面。

⑥荷盖:荷叶。

【译文】

　　水面亭本来背临湖水,每年六月时,数十顷荷花一望无际。但此时正当寒冬,窗外茫茫一片,只有含烟的绿波。一位长官偶然感叹道:"今天的盛会可惜没有莲花点缀!"大家都随声附和。不一会儿,一名青衣差役跑来禀告说:"荷叶满塘啦!"满座无不惊讶,推开窗子,放眼望去,果然满眼都是青葱的荷叶,间杂着一些荷花苞。转眼间万枝千朵,一齐绽放,北风吹来,荷花的香气沁入心脾。大家感到诧异。打发差役划船去采莲。远远望见差役驶进荷花深处,不一会儿划船返回,空手来见长官。长官问何至如此,差役说:"小人乘船前往,看见荷花开在远处。我们逐渐划到北岸,反而又远远看见荷花开在南面的水面上。"道士笑了笑说:"这是梦幻中的空花。"没多久,酒宴将尽,荷花也在凋谢,北风骤然吹起,把荷叶摧折得一点儿不剩了。

　　济东观察公甚悦之①,携归署,日与狎玩。一日,公与客饮。公故有家传良酝②,每以一斗为率③,不肯供浪饮。是日,客饮而甘之,固索倾酿④,公坚以既尽为辞。道人笑谓客曰:"君必欲满老饕⑤,索之贫道而可。"客请之。道人以壶入袖中,少刻出,遍斟坐上,与公所藏更无殊别。尽欢始罢。公疑焉,入视酒瓻⑥,则封固宛然,而空无物矣。心窃愧怒,执以为妖,笞之。杖才加,公觉股暴痛,再加,臀肉欲裂。道人虽声嘶阶下,观察已血殷坐上⑦。乃止不笞,逐令去。道人遂离济,不知所往。后有人遇于金陵,衣装如故。问之,笑不语。

【注释】

①济东观察:济东道的道员。济东道是山东省最大的一个道,下辖济南、东昌、泰安、武定四府和临清一个直隶州。观察,官职。唐代于不设节度使的区域设观察使,省称"观察",为州以上的长官。清代则作为对道员的尊称。

②良酝:犹言佳酿、美酒。

③率(lù)：标准，准则。

④倾酿：倾尽家酿美酒供客。《世说新语·赏誉》："刘尹云：'见何次道饮酒，使人欲倾家酿。'"

⑤老饕(tāo)：馋欲。宋苏轼《老饕赋》："盖聚物之夭美，以养我之老饕。"

⑥瓻(chī)：古代陶制酒器。清梁绍壬《两般秋雨庵随笔》引孙愐《唐韵》"瓻"字注说："大者容一石，小者五斗。"

⑦殷(yān)：暗红。指染红。

【译文】

　　济东道道员非常高兴，把道士带回衙门，每天陪自己游玩。一天，道员与客人喝酒。道员本来有家传好酒，每次只请客人喝一斗酒，不肯让人随意多喝。这一天，客人喝完酒觉得味道甘美，一再要求把美酒都拿出来，道员却说酒已喝光。道士笑着对客人说："如果你想喝个痛快，可以找我来要。"客人请道士兑现诺言。道士把酒壶放到袖子里，不一会儿又把酒壶拿出，给在座每人斟酒，那酒与道员的家藏美酒根本没有两样儿。于是大家喝了个痛快才散。道员心中疑惑，进屋去看酒坛，却见外面封缄虽然完好无缺，里面却没有了酒。道员心中暗自羞愧恼怒，把道士当妖人抓起来，加以拷打。不料棍子刚打下去，道员就觉屁股剧痛，再打下去，屁股上的肉疼得如同撕裂一般。虽然道士在堂下喊疼，道员却已血染坐椅。只好停止拷打，把道士赶走了。于是道士离开济南，不知去向。后来有人在金陵遇见过道士，穿着与从前一样。问他，则笑而不答。

酒狂

【题解】

　　酗酒失德，耍酒疯，人人厌恶，在旧时讲究斯文的读书人当中更是为人不齿。《酒狂》就讽刺一个叫缪永定的拔贡生屡教不改,为此丧命。虽然故事不长,但写出了他从小娇生惯养,缺乏管教,最终饮酒必醉,醉后必发酒疯,终于酿成人生悲剧的过程。

不过,缪永定虽然酗酒,酒后又与人吵骂,按照法律却绝对罪不至死。作为贡生,缪永定心里十分清楚,这是他在故事结尾违反江湖或官场潜规则死去的根本原因。由于在人世间酗酒,缪永定在阴间死去活来,受到衙役的凌辱和索贿,其过程曲曲折折,虽然蒲松龄的本意主要在劝诫和嘲讽酗酒的社会现象,却也同时折射出蒲松龄对于清代司法吏治诸如"速听断","制衙役"的呼吁。

缪永定,江西拔贡生①。素酗于酒,戚党多畏避之。偶适族叔家。缪为人滑稽善谑②,客与语,悦之,遂共酣饮。缪醉,使酒骂座③,忤客。客怒,一座大哗。叔以身左右排解。缪谓左袒客④,又益迁怒⑤。叔无计,奔告其家。家人来,扶拽以归。才置床上,四肢尽厥⑥。抚之,奄然气尽。

【注释】

①拔贡:明清时,由各省提学考选学行兼优、累试优等的府、州、县学生员,贡入京师,明代称为"选贡",清初称"拔贡"。

②滑(gǔ)稽善谑:言谈诙谐,善开玩笑。

③使酒骂座:因酒使性,辱骂座客。《史记·魏其武安侯列传》:"灌夫为人刚直使酒,不好面谀。……武安乃麾骑缚(灌)夫置传舍,召长史曰:'今日召宗室,有诏。'劾灌夫骂坐不敬,系居室。"

④左袒:偏袒。汉高祖刘邦死后,吕后擅政,大封吕姓以培植势力。吕后死,太尉周勃谋诛诸吕,行令军中说:"为吕氏右袒,为刘氏左袒。"军中皆左袒。事见《史记·吕太后本纪》、《孝文本纪》。

⑤迁怒：将愤怒宣泄到不相干的人身上，使人无辜受牵连。《论语·雍也》："有颜回者，好学，不迁怒，不二过。"

⑥四肢尽厥：手足冰冷，僵直麻木。厥，中医对于疾病的描述，指气闭，昏倒，手足冰凉麻痹等。

【译文】

　　缪永定是江西的拔贡生。他一向酗酒，族人大都不敢接近他。一次他偶然来到堂叔家。因为他为人诙谐善于说笑话，客人一跟他交谈，挺喜欢他，便在一起开怀痛饮。他喝醉了，便撒酒疯，骂在座的人，得罪了客人。客人大为恼火，群情愤激，议论纷纷。堂叔用身体左拦右挡地为他排解，他却认为堂叔偏袒客人，又把更大的怒火转嫁到堂叔身上。堂叔无计可施，跑到他家，告知其事。家人前来，把他连扶带拽弄回家。刚把他放到床上，他的四肢已经变凉，一摸，已经断气。

　　缪死，有皂帽人絷去。移时，至一府署，缥碧为瓦①，世间无其壮丽。至墀下，似欲伺见官宰。自思我罪伊何②，当是客讼斗殴。回顾皂帽人，怒目如牛，又不敢问。然自度贡生与人角口③，或无大罪。忽堂上一吏宣言，使讼狱者翼日早候。于是堂下人纷纷藉藉，如鸟兽散。缪亦随皂帽人出，更无归着，缩首立肆檐下。皂帽人怒曰："颠酒无赖子④！日将暮，各去寻眠食，而何往⑤？"缪战栗曰："我且不知何事，并未告家人，故毫无资斧，庸将焉归⑥？"皂帽人曰："颠酒贼！若酤自啖，便有用度！再支吾⑦，老拳碎颠骨子⑧！"缪垂首不敢声。

【注释】

①缥（piǎo）碧为瓦：淡青色的琉璃瓦。宋王子韶《鸡跖集》："琉璃一

名缥瓦。刘陶诗云:'缥碧以为瓦。'"

②我罪伊何:我的罪名是什么。伊,语助词,无义。

③角口:斗嘴,吵架。

④颠酒:发酒疯。颠,同"癫"。

⑤而:尔。

⑥庸将焉归:能去哪里呢。庸,岂,怎么。

⑦支吾:撑拒,顶撞。

⑧颠骨子:疯骨头,醉鬼。

【译文】

缪永定死后,有个戴黑帽子的人把他绑走。过了一阵子,来到一座官署前,屋顶覆盖着淡青的琉璃瓦,世间没有这么壮丽的建筑。来到台阶下,黑帽人似乎要等候去见长官。缪永定心想,我有什么罪,恐怕是客人指控我打架斗殴吧。他回头看看黑帽人,只见他含怒的眼睛瞪得像牛眼睛似的,又不敢问。不过他估计自己作为一名贡生与人发生争吵,也许犯不了大罪。忽然,堂上有一名差役宣布,要打官司的明天早晨再来候审。于是堂下的人乱纷纷地一哄而散。缪永定也跟着黑帽人走出官署,根本没有个去处,便缩头缩脑地站在店铺的屋檐下。黑帽人怒冲冲地说:"你这撒酒疯的无赖! 天快黑了,人们各自都去找吃饭过夜的地方,你上哪里去?"缪永定浑身发抖,说:"我连为什么抓我都不知道,也没有告诉家人,所以没带一点儿盘缠,能到哪里去?"黑帽人说:"撒酒疯的家伙! 要是给自己买酒喝,你就有钱了! 你再顶撞我,老拳打碎你的疯骨头!"缪永定低下头来,不敢作声。

忽一人自户内出,见缪,诧异曰:"尔何来?"缪视之,则其母舅。舅贾氏,死已数载。缪见之,始恍然悟其已死,心益悲惧。向舅涕零曰:"阿舅救我!"贾顾皂帽人曰:"东灵非他①,屈临寒舍。"二人乃入。贾重揖皂帽人,且嘱青眼②。俄顷,出酒食,团坐相饮。贾问:"舍甥何事,遂烦勾致?"皂帽人曰:"大王驾诣浮罗君③,遇令甥颠詈④,使我捽得来。"贾问:"见王未?"曰:"浮罗君会花子案⑤,驾未归。"又问:"阿甥将得何罪?"答言:"未可知也。然大王颇怒此等辈。"缪在侧,闻二人言,觳觫汗下⑥,杯箸不能举。无何,皂帽人起,谢曰:"叨盛酌⑦,已径醉矣。即以令甥相付托。驾归,再容登访。"乃去。

【注释】

①东灵:据文义,指皂帽人,即东灵大王所差之鬼使。是借主神之名尊称其使者。非他:不是外人。套近乎的话。

②青眼:指对人喜爱或器重,这里是关照的意思。《晋书·阮籍传》:"籍又能为青白眼,见礼俗之士,以白眼对之。及嵇喜来吊,籍作白眼,喜不怿而退。喜弟康闻之,乃赍酒挟琴造焉,籍大悦,乃见青眼。"

③驾诣浮罗君:外出拜访浮罗君。大王,指东灵大王。东灵大王、浮罗君及下文的花子案云云可能都是蒲松龄杜撰的鬼话。

④颠詈(lì):撒酒疯骂人。詈,骂。

⑤会:会办,商讨。

⑥觳觫(hú sù):恐惧的样子。《孟子·梁惠王》:"吾不忍其觳觫,若无罪而就死地。"

⑦叨:叨光,承蒙。表示感谢的谦词。

【译文】

忽然,有一个人走出门来,看见缪永定,诧异地说:"你怎么来啦?"缪永定一看,却是自己的舅舅。舅舅姓贾,已经死了数年。缪永定见到舅舅，才恍然明白自己已死，心中愈加悲伤恐惧。便向舅舅流着眼泪说："阿舅救我！"贾某看着黑帽人说："东灵使者不是外人，请屈驾光临寒舍。"缪永定与黑帽人二人便走进屋里。贾某向黑帽人深深作揖，并请他多加关照。不一会儿，端出酒菜，三人围桌而坐，一起喝酒。贾某问："我外甥因什么事，以致劳你大驾，把他抓来？"黑帽人说："大王去见浮罗君，碰见你外甥撒酒疯骂人，便让我把他抓来。"贾某问："见过大王了吗？"黑帽人说："大王在浮罗君那里会审花子案，还没回来。"贾某又问："我外甥会定什么罪？"黑帽人回答说："还不知道。不过大王很痛恨这种人。"缪永定在旁边听了二人的谈话，浑身发抖，汗水直流，连酒杯和筷子都拿不起来。不久，黑帽人起身表示谢意说："叨扰你备办了这么丰盛的酒菜，我已经喝醉啦。我先把令甥托付给你。等大王回来，容我再登门拜访。"说完便起身离去。

　　贾谓缪曰："甥别无兄弟，父母爱如掌上珠①，常不忍一诃②。十六七岁时，每三杯后，喃喃寻人疵③，小不合，辄捋门裸骂。犹谓稚齿。不意别十馀年，甥了不长进④。今且奈何？"缪伏地哭，惟言悔无及。贾曳之曰："舅在此业酤，颇有小声望，必合极力。适饮者乃东灵使者，舅常饮之酒，与舅颇相善。大王日万几⑤，亦未必便能记忆。我委曲与言⑥，浼以私意释甥去⑦，或可允从。"即又转念曰："此事担负颇重⑧，非十万不能了也。"缪谢，锐然自任，诺之。缪即就舅氏宿。次日，皂帽人早来觇望。贾请间，语移时，来谓缪曰："谐矣。少顷即复来。我先罄所有，用压契⑨，馀待甥归，从容凑致之。"缪喜曰："共得几何？"曰："十万。"曰："甥何处得如许？"贾曰："只金币钱纸百提⑩，足矣。"缪喜曰："此易办耳。"

【注释】

①掌上珠：比喻极端珍爱。南朝梁江淹《伤爱子赋》："曾悯怜之惨
凄，痛掌珠之爱子。"

②诃：呵斥。

③喃喃：形容醉后吐字不清。疵：毛病。

④了不长进，全无进步。了，完全。

⑤万几：指帝王日常的纷繁政务。《书·皋陶谟》："兢兢业业，一日
二日万几。"传："几，微也。言当戒惧万事之微。"后世或作"万
机"。

⑥委曲：婉转。

⑦浼（měi）：请求，恳托。

⑧担负：责任。

⑨压契：立约书契的押金或保证费。

⑩金币钱纸：旧时祭奠供焚化用的金裱纸钱，即纸陌。百提：一百
挂。传闻每挂抵世间千钱，故百挂总数为十万钱。

【译文】

贾某对缪永定说："你没有兄弟，父母把你视为掌上明珠，从来舍不
得斥责你。你十六七岁时，三杯酒过后，就醉话连篇，找别人的岔，稍不
合意，就光着身子砸门叫骂。那时认为你年纪小。没想到分别十多年，
你还是一点儿也不长进，现在可怎么办？"缪永定跪在地上，痛哭流涕，
只是说自己悔之莫及。贾某把缪永定拉起来说："我在这里卖酒，还有
点儿小名气，我一定会尽力的。刚才喝酒的人是东灵大王的使者，我经
常请他喝酒，他与我也很要好。大王日理万机，也未必就能记住你。我
委曲婉转地跟他说说，央求他顾念私情，把你放走，也许他能答应。"随
即又转念一想说："这事风险很大，非有十万两银子不能了结。"缪永定
表示感谢，痛快答应由自己承担费用，贾某承诺为外甥说情。这天缪永
定便在舅舅家里过夜。第二天，黑帽人很早就来探望。贾某请求与黑

帽人私下交谈，谈了好一阵子，前来告诉缪永定说："谈妥啦。他再过一会儿就会再来。我先把所有的钱都给他，作为抵押，剩下的等你回去慢慢凑足了给他。"缪永定高兴地说："一共要多少钱？"贾某说："十万钱。"缪永定说："我哪里弄得来这么多钱？"贾某说："只要一百挂金裱纸钱就够了。"缪永定大喜，说："这好办。"

待将亭午[①]，皂帽人不至。缪欲出市上，少游瞩。贾嘱勿远荡，诺而出。见街里贸贩，一如人间。至一所，棘垣峻绝，似是囹圄。对门一酒肆，纷纷者往来颇夥[②]。肆外一带长溪，黑潦涌动[③]，深不可底。方伫足窥探，闻肆内一人呼曰："缪君何来？"缪急视之，则邻村翁生，故十年前文字交。趋出握手，欢若平生。即就肆内小酌，各道契阔[④]。缪庆幸中，又逢故知，倾怀尽釂[⑤]，酣醉，顿忘其死，旧态复作，渐絮絮瑕疵翁[⑥]。翁曰："数载不见，若复尔耶？"缪素厌人道其酒德[⑦]，闻翁言，益愤，击桌顿骂。翁睨之，拂袖竟出。缪追至溪头，捋翁帽，翁怒曰："是真妄人[⑧]！"乃推缪颠堕溪中。溪水殊不甚深，而水中利刃如麻，刺穿胁胫，坚难动摇，痛彻骨脑。黑水半杂溲秽[⑨]，随吸入喉，更不可过。岸上人观笑如堵，并无一引援者。时方危急，贾忽至，望见大惊，提携以归，曰："子不可为也！死犹弗悟，不足复为人！请仍从东灵受斧锧。"缪大惧，泣言："知罪矣！"贾乃曰："适东灵至，候汝为券，汝乃饮荡不归。渠忙迫不能待，我已立券，付千缗令去[⑩]，馀者以旬尽为期[⑪]。子归，宜急措置，夜于村外旷莽中，呼舅名焚之，此愿可结也。"缪悉应之。乃促之行，送之郊外，又嘱曰："必勿食言累我[⑫]。"乃示途令归。

【注释】

①亭午：正午。

②夥（huǒ）：众多，盛多。

③潦（lǎo）：沟中积水。

④契阔：久别，怀念。

⑤釂（jiào）：饮尽杯中酒。

⑥瑕疵：此谓挑剔，指摘。

⑦酒德：谓酒后的行为表现。指酒后昏乱。

⑧妄人：任性胡为、不讲道理的人。

⑨溲秽：粪尿之类污物。

⑩千缗（mín）：一千串钱。缗，穿钱用的绳子。

⑪旬：十天。

⑫食言：背弃诺言。

【译文】

一直等到快正午了，黑帽人还没来。缪永定想去逛街，稍微游览一番。贾某嘱咐别走远了，他一口答应，走出门来。只见街市里巷，交易贩卖，与人间完全一样。他来到一个地方，插着荆棘的墙垣非常高峻，似乎是一座监狱。监狱对门有一家酒店，乱哄哄地进进出出的人很多。酒店外有一条如带的小溪，溪中翻涌着黑水，深不见底。缪永定正停下脚步看那溪水，就听见酒店里有一人大喊："缪君从哪里来？"缪永定忙看是谁，原来是邻村的翁生，十年前的文字之交。翁生快步走出店来，握着缪永定的手，像生前一样快活。他们随即在酒店里随便喝一些酒，各叙别后的情况。缪永定正庆幸自己能回人间，又遇见老友，于是开怀痛饮，喝得大醉，顿时忘了自己是死人，老毛病重新发作，逐渐絮絮叨叨地指责翁生。翁生说："几年不见，你酒后还这样？"缪永定一向讨厌别人提自己酒后昏乱的行为，听了翁生说的，更加愤怒，便一拍桌子，顿足破口大骂。翁生瞥了他一眼，一甩袖子，走出酒店。缪永定追赶到溪头,扯下翁生的帽子,翁生生气地说:"你真是个胡作非为的人!"便把缪永定推落到溪水中。溪水并不太深,但水中立着繁密的尖刀,刺穿他的肋部和小腿,只要艰难地动上一动,就会痛彻骨髓,痛贯大脑。黑乎乎的溪水掺杂着屎尿,顺着呼吸进入喉咙,更难忍受。岸上的人挤成一堵墙,都在围观哄笑,并没有一人肯拉他上岸。正当危急时刻,贾某忽然赶到,见此情景大惊,把缪永定拉上岸,带回家,说:"你真是不可救药!至死仍不悔悟,不配再当人了!请你仍然到东灵那里去受刀劈斧剁!"缪永定非常恐惧,流着眼泪说:"我知罪啦!"贾某这才说:"刚才东灵使者前来,等你立字据,你却又去喝酒,游荡不归。他时间紧迫,不能再等,我已立字据,交了一千贯钱,让他先走,馀下应交的钱,以十天为限。你回去后,要赶紧筹措,夜里到村外的旷野荒地里,喊着我的名字,把纸钱烧了,你许下的这个愿就可以了结。"缪永定满口答应。于是贾某催他快走,送到郊外,又嘱咐说:"你千万不能食言连累我!"便指明道路,让他回家。

　　时缪已僵卧三日,家人谓其醉死,而鼻气隐隐如悬丝。是日苏,大呕,呕出黑沈数斗①,臭不可闻。吐已,汗湿裀褥,身始凉爽。告家人以异。旋觉刺处痛肿,隔夜成疮,犹幸不大溃腐。十日渐能杖行。家人共乞偿冥负②,缪计所费,非数金不能办,颇生吝惜,曰:"曩或醉梦之幻境耳。纵其不然,伊以私释我,何敢复使冥主知?"家人劝之,不听。然心惕惕然③,不敢复纵饮。里党咸喜其进德④,稍稍与共酌。年馀,冥报渐忘⑤,志渐肆,故状亦渐萌。一日,饮于子姓之家⑥,又骂主人座。主人摈斥出,阖户径去。缪噪逾时,其子方知,将扶而归。入室,面壁长跪,自投无数⑦,曰:"便偿尔负!便偿尔负!"言已,仆地。视之,气已绝矣。

【注释】

①黑沈:黑汁。沈,汁汤。

②冥负:冥债,即前所许"金币钱纸百提"。

③惕惕:惊惧的样子。

④进德:品德有所长进。

⑤冥报:阴间的报应。指阴司前度所施惩警。

⑥子姓:同族晚辈。

⑦自投:自伏叩首。

【译文】

　　当时,缪永定已经僵卧了三天,家人认为他已醉死,但鼻孔间隐约还有一丝气息。这一天,缪永定苏醒过来,大吐一场,吐出数斗黑汁,臭不可闻。吐完以后,汗湿透了褥子,身体这才觉得凉爽起来。他把死后的奇遇告诉家人。不久觉得被尖刀刺到的地方肿痛,过了一夜变成了疮,幸好没有太溃烂。十天后,缪永定渐渐能拄着拐杖走路。家人都要他去偿还阴间的欠账,缪永定把费用算了一下,没有几两银子不能备办,于是吝啬起来,说:"以前那事也许是醉梦中的幻境。纵然不是幻梦,他以私情把我放走,怎敢让阎王知道?"家人劝他还愿,他不肯听。但心里也提心吊胆,不敢再去酗酒。邻里都为他德行有所长进而高兴,逐渐又与他一起喝酒了。过了一年多,缪永定把阴间报应的事渐渐忘却,心态逐渐放肆,故态也逐渐复发。一天,他在一位同族晚辈的家里喝酒,又在主人席上大骂。主人把他赶出屋去,关上大门,径自离开。他在门外叫嚷了一个多时辰,儿子才得到消息,把他扶回家去。一进屋,缪永定面对墙壁,直身跪下,磕头无数,说:"这就还你的债!这就还你的债!"说罢仆倒在地,已经断了气了。

卷五

阳武侯

【题解】

小说写了有关阳武侯出生、从军、后代世袭的故事，均荒诞不经，却有着比较广泛的民间基础。在古代，谁家出了大官，往往便要与祖坟风水扯上关系。大官的出生也往往有异兆，像阳武侯出生时"舍上鸦鹊群集，竟以翼覆漏处"，显然与《诗经·生民》中后稷出生时"鸟覆翼之"一脉相承。

阳武侯薛禄的故事，在王渔洋的《池北偶谈·谈"四》中也有简略的记载："明鄞国忠武公薛禄，胶州人。其父居海岛，为人牧羊，时闻牧处有鼓乐声出地中，心识之。语忠武兄弟曰：'死即葬我于此。'后如其言葬焉。已而，勾军赴北平，其兄不肯行，忠武年少请往。后从靖难师，累功至大将军，封阳武侯，追封鄞国公。其地至今号薛家岛。"

与王渔洋的记载比较，显然蒲松龄的记叙更具有民间意味和小说色彩，其关注和着眼的是故事的奇异浪漫，而王渔洋的表述则具有史的价值，"谈献"的本色。

　　阳武侯薛公禄①,胶薛家岛人②。父薛公最贫,牧牛乡先生家③。先生有荒田,公牧其处,辄见蛇兔斗草莱中④,以为异,因请于主人为宅兆⑤,构茅而居。后数年,太夫人临蓐⑥,值雨骤至。适二指挥使奉命稽海⑦,出其途,避雨户中,见舍上鸦鹊群集,竞以翼覆漏处,异之。既而翁出,指挥问:“适何作?”因以产告。又询所产,曰:“男也。”指挥又益愕,曰:“是必极贵! 不然,何以得我两指挥护守门户也?”咨嗟而去。

【注释】

①阳武侯薛公禄:薛禄(1371—1430)原名薛六。祖籍陕西韩城,明洪武二年(1369)其父薛遇林迁来薛家岛定居。薛六成年后,代兄从军,随燕王朱棣起兵,累擢至右都督,因贵,更名薛禄。明成祖朱棣定都北京后,封阳武侯,追封三代皆侯爵,赐诰券。仁宗立,累加太保。逝后赠鄞国公,谥忠武。《明史》、光绪《山东通志·人物志》及《增修胶(州)志》有传。

②胶:即今山东胶州,为青岛所辖县级市。薛家岛:又称“凤凰岛”,位于胶州湾西海岸黄岛区境内,与团岛隔海相望。东、南、北三面环海。岛上居民多姓薛。

③乡先生:古时尊称辞官居乡或在乡教学的老人。

④草莱:草莽,杂草丛生的地方。

⑤宅兆:房基地。

⑥临蓐:犹临产。蓐,床上草垫。

⑦指挥使:武官名。明初于京师和各地设立卫所,驻军防卫。划数府为一防区设卫,卫的军事长官称指挥使。当时胶州设胶州卫。
　　稽海:考察海防。

【译文】

阳武侯薛禄,是胶州薛家岛人。父亲薛太公在岛上最为贫穷,在一位乡绅家放牛。乡绅有一块荒地,薛公在那里放牛,经常看见蛇兔在杂草中搏斗,认为此地不同寻常,因而请求主人给他做宅基地,在那里盖间茅屋住下。几年后,太夫人临产,正值大雨骤至。恰巧有两位指挥使奉命检察海防,经过这里,在门前避雨,看见屋顶落下成群的乌鸦,争着用翅膀覆盖漏雨的地方,甚感诧异。后来薛太公走出屋来,指挥使问:"刚才屋里在干什么?"薛太公告诉他们在生小孩。指挥使又问生的是男是女,薛太公说:"是男孩。"指挥使更加惊讶,说:"这孩子一定非常尊贵! 不然怎会由我们两个指挥使守护大门?"两人叹息着起身离去。

侯既长,垢面垂鼻涕,殊不聪颖。岛中薛姓,故隶军籍^①,是年应翁家出一丁口戍辽阳^②,翁长子深以为忧。时侯十八岁,人以太憨生^③,无与为婚。忽自谓兄曰:"大哥啾唧^④,得无以遣戍无人耶?"曰:"然。"笑曰:"若肯以婢子妻我,我当任此役。"兄喜,即配婢,侯遂携室赴戍所^⑤。行方数十里,暴雨忽集。途侧有危崖^⑥,夫妻奔避其下。少间,雨止,始复行。才及数武,崖石崩坠。居人遥望两虎跃出,逼附两人而没^⑦。侯自此勇健非常,丰采顿异。后以军功封阳武侯世爵^⑧。

【注释】

①故隶军籍:原先隶属军户。南北朝时,士兵及其家属的户籍属于军府的,称为军户。军户的子弟世代为兵,地位低于普通民户。明代沿用古制,也有军户。

②戍辽阳:戍守辽阳,指到辽阳服役。明初设辽东都司,治所在辽

阳,古称襄平、辽东城,为军事重镇,辖区相当今辽宁大部。

③太憨生:呆蠢。生,语词。

④啾(jiū)唧:形容低声私语,犹言"唧唧咕咕"。

⑤室:妻子。

⑥危崖:高耸的崖壁。危,高耸。

⑦逼附:逼近依附。附,附体,合为一体。

⑧世爵:世代继承的爵位。

【译文】

薛禄长大后,面带污垢,鼻淌清涕,很不聪明。薛家岛上薛姓本来隶属军籍,这一年应该由薛太公家出一个男丁去戍守辽阳,这可愁坏了薛太公的长子。当时薛禄十八岁,人们认为他太傻,没人跟他结亲。这时薛禄忽然自动对哥哥说:"大哥唧唧咕咕的,莫非由于无人当兵吗?"大哥说:"对。"薛禄一笑,说:"如果大哥肯把丫环嫁给我,我会承担这个差事。"哥哥大喜,立即把丫环许配给薛禄,薛禄于是带着妻子奔赴戍守之地。刚走了几十里,忽然下起了暴雨。路边有块陡立的崖石,薛禄夫妻跑到崖石下避雨。不一会儿,雨停了,才又上路。刚走了几步,崖石崩落。当地居民远远望见有两只虎跃出崖石,近前附到两人身上便无影无踪了。薛禄从此变得非常骁勇矫健,顿时具有不同寻常的丰采。后来因军功被封为阳武侯世爵。

至启、祯间①,袭侯某公薨②,无子,止有遗腹,因暂以旁支代。凡世封家进御者③,有娠即以上闻④,官遣媪伴守之,既产乃已。年馀,夫人生女,产后,腹犹震动,凡十五年,更数媪,又生男。应以嫡派赐爵⑤,旁支噪之,以为非薛产。官收诸媪⑥,械梏百端⑦,皆无异言。爵乃定。

【注释】

①启、祯间:明天启、崇祯年间。天启,明熹宗朱由校年号。崇祯,明思宗朱由检年号。

②袭侯:世袭的阳武侯,指薛禄后嗣。薨(hōng):古代天子死曰崩,诸侯死曰薨;此称袭侯之死。

③世封家:世袭封爵之家。进御者:进奉给袭爵者的侍寝女子。汉蔡邕《独断》:"御者,进也。凡衣服加于身,饮食入于口,妃妾接于寝,皆曰御。"

④上闻:奏闻皇帝。

⑤嫡派:嫡子正支。

⑥收:拘捕。

⑦械梏(gù)百端:用遍了各种刑讯。械梏,刑讯。

【译文】

　　到了天启、崇祯年间,世袭的某位侯爵去世,没有儿子,只有遗腹子,于是暂时让旁支代袭了侯爵。当时的制度规定,凡是世袭封爵之家侍寝的妻妾,怀了身孕应立即奏报皇上知道,由官府指派老妇人与产妇做伴并加以守护,直到生完孩子为止。过了一年多时间,夫人生了一个女孩,产后腹部仍然震动不止,经过十五年,换了几位陪伴守护夫人的老妇人,又生了一个男孩。这个男孩应当以嫡系得赐封爵,旁支哗然反对,认为这男孩不是薛氏的后裔。官府将几位陪伴守护夫人的老妇人加以收捕,百般刑讯,还是全然没有不同的说法。于是这个男孩的爵位才得以确定。

赵城虎

【题解】

　　这是一篇中国式的民间童话:吃了人的老虎,被罚补偿自己的罪责,为受害者的母亲尽人子之责。由于老虎对于赵城妪"生而能养,死且尽哀",于是当地人给老虎立了"义虎祠"。

清代王渔洋读完此篇,称:"人云:王于一所记孝义之虎,予所记赣州良富里郭氏义虎,及此而三,何於菟之多贤哉!"不过,在今人看来,作为童话,情节的荒诞可以一笑置之。老虎吃人,出于本性,无关道德。县官的处置,可能是认为如果杀掉老虎只是徒然为赵城妪报仇,无法解决赵城妪的生活问题,不如让老虎代其子尽孝更实惠些。但作者可能忽略了赵城妪接受杀子凶手的孝养却不近人情之至——难道"妪悲痛,几不欲活"不是因为失去儿子,而是因为失去供养的缘故吗?故事中的老虎倒是"孝义"了,可赵城妪在道德上被置于何地呢?

赵城妪①,年七十馀,止一子,一日入山,为虎所噬。妪悲痛,几不欲活,号啼而诉于宰。宰笑曰:"虎何可以官法制之乎?"妪愈号咷不能制止。宰叱之,亦不畏惧。又怜其老,不忍加威怒,遂诺为捉虎。妪伏不去,必待勾牒出②,乃肯行。宰无奈之,即问诸役,谁能往者。一隶名李能,醺醉,诣座下,自言:"能之。"持牒下,妪始去。隶醒而悔之,犹谓宰之伪局,姑以解妪扰耳,因亦不甚为意,持牒报缴③。宰怒曰:"固言能之,何容复悔?"隶窘甚,请牒拘猎户,宰从之。隶集诸猎人,日夜伏山谷,冀得一虎,庶可塞责④。月馀,受杖数百,冤苦罔控⑤。遂诣东郭岳庙,跪而祝之,哭失声。无何,一虎自外来。隶错愕⑥,恐被啅噬⑦。虎入,殊不他顾,蹲立门中。隶祝曰:"如杀某子者尔也,其俯听吾缚。"遂出缧索絷虎颈⑧,虎帖耳受缚⑨。牵达县署,宰问虎曰:"某子,尔噬之耶?"虎颔之⑩。宰曰:"杀人者死,古之定律。且妪止一子,而尔杀之,彼残年垂尽,何以生活? 倘尔能为若子也,我将赦之。"虎又颔之。乃释缚令去。

【注释】

①赵城:旧县名。位于山西南部,隋末置。治所在今山西洪洞赵城镇西南。

②勾牒:拘捕犯人的公文。勾,捉拿。牒,文书,证件。

③持牒报缴:至期复命,交回勾牒。指拿着文书交差。

④庶可:或可。塞责:对自己应尽的责任敷衍了事。

⑤罔控:无法申诉。

⑥错(cù)愕:仓促间感到惊愕。错,通"促"。

⑦咥(dié)噬:咬食,吞吃。

⑧缧(léi)索:拘系犯人的绳索。

⑨帖耳:耳朵下垂,驯服的样子。唐韩愈《应科目时与人书》:"若俯首帖耳摇尾而乞怜者,非我之志也。"

⑩颔之:点头,表示同意。

【译文】

赵城有位老太太,七十多岁,只有一个儿子,一天,儿子进山被虎吃掉了。老太太非常悲痛,几乎不想活了,便连哭带号地向县官告状。县令笑着说:"老虎怎么能用官法制裁呢?"老太太越发号啕大哭,没人能把她止住。县令加以呵斥,她也不怕。县令又可怜她上了年纪,不忍心对她大发脾气,便答应为她捉虎。老太太伏地不起,一定要等捉虎的公文下达才肯离去。县令无可奈何,便问各个差役,谁能前去捉虎。一个名叫李能的差役,喝得大醉,这时走到县令座前说:"我能。"便领了公文退下,老太太这才离去。李能酒醒后就后悔了,但还以为县令只是摆摆样子,姑且摆脱老太太的纠缠,所以也没太在意,到期复命,把文书交回。县令怒气冲冲地说:"你本来说能捉虎,怎容翻悔?"李能非常为难,请求行文召聚猎户服役，县令依言而行。李能把众猎户召集起来，日夜潜伏在山谷里，希望捉到一只虎，或许便可交差。可是过了一个多月也没捉到，挨了好几百板子，冤苦无处可诉。李能便前往东郊山神庙，跪下祷告，痛哭失声。一会儿，一只虎从外面走进来。李能惊愕万分，怕被吃掉。老虎走进庙来，根本不看别处，蹲在大门里面。李能祷告说："如果是你吃了老太太的儿子，就低下头来让我绑上。"便拿出绳索系住虎颈，虎则俯首帖耳地让他绑。李能把虎牵到县衙，县令问虎说："老太太的儿子是你吃的吗？"虎点点头。县令说："杀人应该处死，是自古就有的法律。而且老太太只有一个儿子，却被你吃了，她残年将尽，怎么生活？假如你能当她的儿子，我就免你的罪。"虎又点点头。于是松了绑，让它走了。

妪方怨宰之不杀虎以偿子也，迟旦启扉①，则有死鹿。妪货其肉革，用以资度②。自是以为常，时衔金帛掷庭中。妪从此致丰裕，奉养过于其子，心窃德虎。虎来，时卧檐下，竟日不去，人畜相安，各无猜忌。数年，妪死，虎来吼于堂中。妪素所积，绰可营葬③，族人共瘗之④。坟垒方成，虎骤奔来，宾客尽逃。虎直赴冢前，嗥鸣雷动，移时始去。土人立义虎祠于东郊，至今犹存。

【注释】

①迟（zhì）旦：犹迟明。黎明，天快亮的时候。

②资度：度日的费用。

③绰可营葬：指积蓄足够置办丧葬之事。绰，宽裕。

④瘗：埋葬。

【译文】

老太太正怨县令不杀虎给儿子偿命，黎明开门时，门口却有一只死鹿。于是她卖掉鹿肉鹿皮，用来作为维持生活的费用。从此，这便成为惯例，有时虎还衔来钱财，丢到院子里。老太太从此富裕起来，虎对她的奉养超过自己的儿子，所以她心里暗中感激这只虎。虎来时，经常趴在屋檐下，整天不走，人畜相安，互不猜忌。几年后，老太太死了，虎来到堂前吼叫示哀。老太太平时的积蓄，用来料理丧葬之事绰绰有馀，族人便一起把她埋葬。坟刚堆好时，虎又骤然跑来，吓得宾客一逃而光。虎直接来到坟前，发出如雷的哀号，过了一阵子才离去。本地人在东郊建了一座"义虎祠"，至今还在。

螳螂捕蛇

【题解】

按照常识，昆虫螳螂和爬行动物巨蛇之间的打斗在实力上相差非常悬殊。如果是巨蛇取胜，没有悬念；但如果是螳螂取胜，就出人意料，就具有故事性。如果正面地双双写来，不是不可以，笔墨既费，很难取巧。本篇选择了很好的切入点，先写"有声甚厉"，继而写"巨蛇围如碗"，接着写巨蛇的挣扎痛苦，以其"以尾击柳，柳枝崩折"的巨大破坏性，反衬螳螂"捉制"之有力，最后才写"螳螂据顶上，以刺刀攫其首"的威力。在中国武术竞技中有所谓"四两拨千斤"之说，其实在文字描写上也有异曲同工的地方。

张姓者，偶行溪谷，闻崖上有声甚厉。寻途登觇[①]，见巨蛇围如碗，摆扑丛树中，以尾击柳，柳枝崩折。反侧倾跌之状，似有物捉制之，然审视殊无所见，大疑。渐近临之，则一螳螂据顶上,以刺刀攫其首,撅不可去②。久之,蛇竟死。视颏上革肉③,已破裂云。

【注释】

①登:登上。觇(chān):窥视。

②撅(diān):颠仆,指蛇"反侧倾跌"的动作。

③颏(è):额头。

【译文】

一个姓张的人偶然在溪谷间赶路,听见山崖上发出一种非常尖厉的声音。他找到通路,登上山崖探看,只见一条碗口粗的大蛇在树丛中扑棱,尾巴抽打到柳树上,柳枝顿时折断。他看那大蛇折腾来折腾去的样子,好像受到什么东西的辖制,但仔细察看仍然毫无所见,于是疑心大起。他逐渐走到蛇前,却见一只螳螂叮在大蛇的头顶上,在用尖利的前臂猛抓大蛇的脑袋,大蛇怎么折腾也甩不开它。过了许久,大蛇终于死去。一看大蛇的额头,皮肉已经破裂。

武技

【题解】

就表达学无止境,不能浅尝辄止,在武艺天外有天,强中更有强中手之意上,本篇与《老饕》异曲同工,如出一辙,都是写一个技高意满的人败在了其貌不扬的人的手下。但两篇小说也各有特点。比如《老饕》有着较复杂的金钱关系,而《武技》比较单纯,就是学武比武;《老饕》较量的是弹技,《武技》是徒手相搏;《老饕》中技高自负且有盛名的"绿林之杰"败在了老翁少年之手,《武技》中向少林寺和尚学武后"以武名"的李超,则败在了同为少林门下的少年尼僧的拳脚之下。

　　《武技》篇中的对话有着明显的白话倾向,李超和少林憨和尚的比武场面的招式,也令人仿佛看到《水浒传》第二回"王教头私走延安府,九纹龙大闹史家村"中王进和九纹龙史进比武的影子。

　　李超,字魁吾,淄之西鄙人①,豪爽好施。偶一僧来托钵②,李饱啖之。僧甚感荷③,乃曰:"吾少林出也④。有薄技,请以相授。"李喜,馆之客舍⑤,丰其给,旦夕从学。三月,艺颇精,意得甚。僧问:"汝益乎⑥?"曰:"益矣。师所能者,我已尽能之。"僧笑命李试其技。李乃解衣唾手,如猿飞,如鸟落,腾跃移时,诩诩然骄人而立⑦。僧又笑曰:"可矣。子既尽吾能,请一角低昂⑧。"李忻然,即各交臂作势。既而支撑格拒⑨,李时时蹈僧瑕⑩,僧忽一脚飞掷,李已仰跌丈馀。僧抚掌曰⑪:"子尚未尽吾能也!"李以掌致地⑫,惭沮请教。又数日,僧辞去。

【注释】

①淄之西鄙:淄川县的西边。鄙,边境,边缘地区。

②托钵:化缘,乞食。钵,钵盂,僧人的饭具。因僧人乞求布施时手托钵盂,故云"托钵"。

③感荷:感激。

④少林:少林寺。在今河南登封西北少室山北麓,建于北魏太和年间,僧徒甚众。唐初,少林僧人赞助唐太宗开国有功,从此僧徒多习武术,自成流派,号称"少林派"。

⑤馆:安排居住。

⑥益:增益,进步。

⑦诩诩然:骄傲自得的样子。

⑧一角低昂：比试一下高低。角，较量。低昂，高低。

⑨格拒：格斗，抵拒。

⑩瑕（xiá）：玉上的杂斑，不纯净处。此指破绽，弱点。

⑪抚掌：拍手。

⑫致地：撑地。

【译文】

　　李超字魁吾，淄川西郊人，性情豪爽，乐于施舍。这天偶然有一个和尚前来托钵化缘，李超让他吃得饱饱的。和尚非常感激李超，便说："我是少林寺的。会一些武艺，请让我传授给你。"李超心中喜欢，请他住进招待宾客的房子里，提供丰富的给养，早晚跟他学练武艺。三个月后，李超的武艺已经相当精湛，自己也很得意。和尚问："你有进步吗？"李超说："有进步。老师会的，我已经全会了。"和尚只是一笑，让李超展示自己的武艺。于是李超脱去衣服，向手心唾了一口唾沫，动作像猿猴跃起，似飞鸟降落，左腾右跃地演练了一阵子，然后骄傲自得地站在一边。和尚又是一笑，说："行啦。既然你把我的武艺都学会了，就让我们一比高低吧。"李超欣然同意，两人便各自交叉双臂，摆开架势。接着你挡我架地格斗起来，李超不断寻找和尚的破绽，和尚忽然飞起一脚，李超早已仰面朝天地跌出一丈多远。和尚拍手说："你还没有学透我的武艺！"李超用手掌撑地，惭愧沮丧地请求指教。又过了几天，和尚告别离去。

　　李由此以武名，遨游南北，罔有其对①。偶适历下②，见一少年尼僧③，弄艺于场，观者填溢。尼告众客曰："颠倒一身④，殊大冷落。有好事者，不妨下场一扑为戏⑤。"如是三言。众相顾，迄无应者。李在侧，不觉技痒⑥，意气而进⑦。尼便笑与合掌。才一交手，尼便呵止，曰："此少林宗派也。"

即问:"尊师何人?"李初不言,固诘之,乃以僧告。尼拱手曰:"憨和尚汝师耶? 若尔,不必较手足,愿拜下风⑧。"李请之再四,尼不可。众怂恿之,尼乃曰:"既是憨师弟子,同是个中人⑨,无妨一戏。但两相会意可耳。"李诺之。然以其文弱故,易之⑩,又少年喜胜,思欲败之,以要一日之名⑪。方颉颃间⑫,尼即遽止。李问其故,但笑不言。李以为怯,固请再角,尼乃起。少间,李腾一踍去⑬,尼骈五指下削其股⑭,李觉膝下如中刀斧,蹶仆不能起⑮。尼笑谢曰:"孟浪迓客⑯,幸勿罪!"李舁归⑰,月馀始愈。

【注释】

①罔有其对:无人可以堪作他的对手。罔,无。

②历下:古邑名。在今山东济南城区东部,因在历山之下而得名。秦时称历下邑,西汉时改置历城县,后代因之,现为历下区。

③尼僧:尼姑。

④颠倒一身:指总是一人单独表演武技。颠倒,翻来覆去。

⑤扑:相扑。此指比武。

⑥技痒:擅长某种技艺的人,不能克制自己,急欲表现其技艺,称为"技痒"。

⑦意气:志向与气概。

⑧愿拜下风:指甘心服输。下风,风向的下方。《孙子·火攻》:"火发上风,无攻下风。"因以下风喻下位或劣势。

⑨个中人:此中人。这里指同一门派的人。

⑩易之:轻视她。

⑪要(yāo):博取,求取。

⑫颉颃(xié háng):谓不相上下,相抗衡。引申为较量。

⑬腾一踝(huái)去：飞起一脚踢去。踝，脚跟。

⑭骈五指：五指并拢。骈，并。

⑮蹶仆：跌倒。

⑯孟浪：鲁莽。迕(wǔ)客：冒犯客人。

⑰舁：抬。

【译文】

　　李超从此以武艺超群出了名，游历南北各地都没对手。一次，李超偶然前往历下，看见一位年轻的尼姑在场子里表演武艺，观众挤得水泄不通。尼姑对观众说："总是一人表演，太冷落了。有喜欢武艺的，不妨到场子中来交手比试，玩上一场。"这样说了三遍，大家面面相觑，始终没有应战的。李超在一旁不觉技痒，意气风发地走到场中。尼姑便笑着合掌施礼。刚一交手，尼姑便喊他住手，说："你这武艺是少林一派的。"随即便问："尊师是谁？"李超开始不说，尼姑再三追问，才告诉她是那位和尚。尼姑胸前拱手说："憨和尚是你的老师吗？假若如此，就不必在拳脚上比高低，我甘拜下风。"李超多次请求比试，尼姑都不同意。后经大家一再怂恿，尼姑才说："既然你是憨师的弟子，同是深谙此道的人，不妨玩上一回，不过只要对方心里明白就可以了。"李超答应下来。他见尼姑长得文弱，有轻视之心，又因少年好胜，想打败她，以博得一时的名声。两人正在较量间，尼姑突然住手不打了。李超问为什么，她只是笑，不说话。李超以为她怕了，坚持要求再作较量，于是她又起身动手。不一会儿，李超飞起一脚，朝她踢去，她并拢五指向下往李超腿上一削，李超觉得膝下像被刀斧砍中似的，跌倒在地，站不起来。尼姑笑着道歉说："鲁莽冒犯你了，请别怪罪！"李超被抬回家去，一个多月才痊愈。

　　后年馀，僧复来，为述往事。僧惊曰："汝大卤莽！惹他何为！幸先以我名告之，不然，股已断矣！"

【译文】

一年多以后，和尚又来到李超家，李超向他讲起这件往事。和尚吃惊地说："你太鲁莽！为什么要惹她！幸亏你先把我的名字告诉了她，否则腿已断了！"

小人

【题解】

如果就医学科学的层面看，《小人》纯粹是无稽之谈。因为古今中外不可能通过吃药可以将人"四体暴缩"到"长尺许"。但如果从社会的层面看，《小人》就反映了明清时代训练拐骗的儿童卖艺牟利的现实，反映了社会对于这种现象的悚惧。

《聊斋志异》中有一类作品是社会的流言传闻，并没有真实性。蒲松龄搜奇记异，也并不需要为故事的真实负责任，他大概只是用生花妙笔将这些传闻绘声绘色地传递出来。

康熙间，有术人携一榼①，榼中藏小人，长尺许。投以钱，则启榼令出，唱曲而退。至掖②，掖宰索榼入署，细审小人出处。初不敢言，固诘之，始自述其乡族③。盖读书童子，自塾中归，为术人所迷，复投以药，四体暴缩，彼遂携之，以为戏具。宰怒，杀术人。留童子，欲医之，尚未得其方也。

【注释】

①术人：作幻术的人。榼(kē)：古代盛酒或贮水的器具。

②掖：掖县。在山东西北部，今莱州。

③乡族：乡里族姓，指来历。

【译文】

康熙年间,有个变戏法的人带着一个盒子,盒子里装着一个小人,高一尺左右。扔给他钱,他就打开盒子让小人出来,唱一首曲子再回盒子里去。那人来到掖县,掖县令把盒子要下来搬到县衙里,仔细审问小人的来历。起初小人不敢实说,经再三盘问,才讲出自己的家乡和宗族。原来小人是一个读书的小孩,从塾中回家时,被变戏法的人迷住,再给他服药,使四肢猛缩,那人便作为演出工具带着他走。县令大怒,杀死变戏法的人,把小孩留下,想给他医治,可是还没找到医治的办法。

秦生

【题解】

什么是瘾?瘾是一种过度的无法自我控制的嗜好。

这篇作品就写了两则读书人嗜酒而苦于无酒的窘态。前者是秦生"夜适思饮,而无所得酒",竟然"饮鸩止渴"。后者是丘行素"夜思酒,而无可行沽,辗转不可复忍",于是"代以醋"。天亮后夫人派仆人去买酒,其本意倒不是为了丘行素可以再喝酒,而是预防丘行素再以醋代酒,把家里做菜用的醋喝光了,其心思令人绝倒。

前者大概纯为蒲松龄编造的故事,有些夸张。狐狸的出现,颇有"故事不够,狐狸相凑"的味道。后者则是蒲松龄友人的实事,是现实生活的趣谈。

比较而言,现实生活中的实例远较编造的故事更有生活的情趣,附则远较正文更优。

莱州秦生①,制药酒,误投毒味,未忍倾弃,封而置之。积年馀,夜适思饮,而无所得酒。忽忆所藏,启封嗅之,芳烈

喷溢,肠痒涎流,不可制止。取盏将尝②,妻苦劝谏,生笑曰:
"快饮而死,胜于馋渴而死多矣。"一盏既尽,倒瓶再斟,妻覆
其瓶,满屋流溢,生伏地而牛饮之③。少时,腹痛口噤④,中夜
而卒。妻号泣,为备棺木,行入殓矣⑤。次夜,忽有美人入,
身长不满三尺,径就灵寝⑥,以瓯水灌之,豁然顿苏。叩而诘
之,曰:"我狐仙也。适丈夫入陈家窃酒醉死,往救而归。偶
过君家,彼怜君子与己同病,故使妾以馀药活之也。"言讫,
不见。

【注释】

①莱州:府名。在山东半岛的西北部。今山东莱州。

②盏:酒杯。

③牛饮:像牛一样俯身就水而饮。《韩诗外传》:"桀为酒池,可以运
　舟,糟丘足以望十里,而牛饮者三千人。"

④口噤:口不能张。噤,闭嘴。

⑤行:将。入殓:把尸体放入棺内。

⑥灵寝:停尸的厅堂。

【译文】

　　莱州人秦生,炮制药酒的时候,错下了有毒的配料,舍不得倒掉,
封好存放起来。过了一年多,秦生夜里想喝酒,可哪里都找不到酒。
他忽然想起存放的毒酒,启封后一闻,浓烈的酒香喷薄而出,馋得他肚
子发痒,口水直流,无法控制。秦生拿过酒杯,准备喝点儿,妻子苦苦
劝阻,秦生笑着说:"痛饮而死,比让酒馋死渴死强多了。"一杯喝完,再
拿瓶子倒酒,妻子把酒瓶推倒,屋里满地淌酒,秦生便趴在地上像牛一
样地大喝特喝。不多时,秦生肚子疼痛,不能说话,半夜里便一命呜呼
了。妻子连哭带号,备好棺材,准备入殓。第二天夜里,忽然有一位身

高不满三尺的美女走了进来,她直接走到停尸的厅堂里,用碗里的水给秦生灌下去,秦生顿时复活。夫妻叩头感谢,问美女是谁,美女说:"我是狐仙。刚才我丈夫到陈家偷酒喝,醉死在那里,我去救他回来。偶然路过你家,他怜悯你与他同病,所以让我用剩下的药把你救活。"说罢消失不见了。

　　余友人丘行素贡士①,嗜饮。一夜思酒,而无可行沽,辗转不可复忍,因思代以醋。谋诸妇,妇嗤之②。丘固强之,乃煨醯以进③。壶既尽,始解衣甘寝④。次日,夫人竭壶酒之资,遣仆代沽。道遇伯弟襄宸⑤,诘知其故,固疑嫂不肯为兄谋酒。仆言:"夫人云:'家中蓄醋无多,昨夜已尽其半,恐再一壶,则醋根断矣。'"闻者皆笑之。不知酒兴初浓,即毒药犹甘之,况醋乎?亦可以传矣。

【注释】

①丘行素:丘希潜,字行素。淄川人,康熙己巳年(1689)贡生,授黄县训导。告归,构"清梦楼"于豹山之阳并读书其中。见《淄川县志》。丘行素与蒲松龄关系非常密切,《蒲松龄文集》载有《赠酒人》、《坠驴行,仿古乐府,丘明经大醉坠驴,夜卧山中,戏赠之》、《九日同丘行素兄弟、父子登山》、《登豹山》、《丘采臣草堂落成》、《为丘采臣与王天申启》、《怀刑录》、《赠别丘行素》、《故人惊憔悴》、《丘行素师弟邀游东流水》等。其中《赠酒人》云:"白坠声名满贝丘,青帘遥动异香浮。订成三年良友约,销尽英雄万古愁。海蠡新雕鹦鹉盏,芙蓉初典鹔鹴裘。仙人烂醉垆头卧,天子传呼不上舟。"可见其嗜酒之深。

②嗤:嗤笑。

③醯(xī)：醋。

④甘寝：安睡。《庄子·徐无鬼》："孙叔敖甘寝秉羽，而郢人投兵。"

⑤伯弟：叔伯兄弟。

【译文】

　　我的朋友贡士丘行素，嗜好喝酒。一天夜里想喝酒却无处去买，急得翻来覆去睡不着觉，无论如何也忍不住了，便想以醋代酒。他跟妻子商量，妻子笑话他。他再三逼妻子把醋拿来，妻子只好把醋烫好端来。他喝完一壶醋，才脱了衣服，安然睡去。第二天，妻子拿出一壶酒的钱打发仆人去买酒，半路上遇到丘行素的叔伯弟弟丘襄宸，丘襄宸问清缘由，便怀疑嫂子不肯为哥哥买酒。仆人说："夫人说：'家中存的醋本来不多，昨天夜里已喝掉一半，如果再喝一壶，恐怕醋根就断了。'"听了这话的人都觉好笑。岂不知在酒兴正浓时连毒药都甘之如饴，何况是醋？这事也可以流传一时了。

鸦头

【题解】

　　由于蒲松龄认为"勾栏中原无情好"，"妓尽狐也"，所以，尽管《聊斋志异》写了许多青年男女的婚恋，但表现妓女从良的故事绝少，这是《聊斋志异》与表现城市市民文学的"三言""二拍"在题材内容上有较大差别的原因，也是在《鸦头》故事中，蒲松龄让狐狸开妓院，让鸦头的母亲和姐姐被赶尽杀绝的重要原因。

　　小说描写了少女鸦头和王文生死不渝的爱情。鸦头不愿意做妓女，有见地、有决断。在认识王文之前，重金鞭楚也无法改变她的信念；一旦爱上了书生王文，便毅然决然地与王文私奔宵遁；被母亲抓回，"横施楚掠"，"欲夺其志"，依然"矢死不二"，展现了她的自主意志。无论是鸦头的理性决断，还是王文对鸦头发生绵绵恋情的过程，我们依稀可以看到明末白话小说《卖油郎独占花魁》对它的影响。

　　赵东楼作为鸦头和王文的陪衬耳目,王孜是鸦头和王文爱情的结晶,为鸦头报了仇,小说中这两个次要人物虽然着墨不多,但都性格鲜明。小说写王孜刚直暴烈,是因为有拗筋,出自民间传说,虽然荒诞,却反映了对于人物性格差异的由来向生理方向的探索。

　　诸生王文①,东昌人②,少诚笃。薄游于楚③,过六河④,休于旅舍。闲步门外,遇里戚赵东楼,大贾也,常数年不归。见王,相执甚欢,便邀临存⑤。至其所,有美人坐室中,愕怪却步。赵曳之,又隔窗呼妮子去,王乃入。赵具酒馔,话温凉⑥。王问:"此何处所?"答云:"此是小勾栏⑦。余因久客,暂假床寝。"话间,妮子频来出入,王局促不安,离席告别。赵强捉令坐。

【注释】

①诸生:明清时代一般指秀才。

②东昌:旧府名。泛指山东西部聊城地区,府治在今山东聊城。

③薄游:即游历。薄,语助词。楚:泛指长江中下游。湖南、湖北等古属楚国的地域。

④六河:旧县名。在今南京北部,清代属江宁府治。

⑤临存:邀请别人到家做客的敬词。

⑥话温凉:寒暄问候。晋陆机《门有车马客行》:"拊膺携客泣,掩泪叙温凉。"温凉,寒暖。

⑦勾栏:宋元时城市中演出曲艺戏剧杂技等的娱乐场所,明清时代则一般指妓院。

【译文】

秀才王文，东昌府人，从小真诚厚道。他去楚地游历，经过六河县，在旅馆里歇息。他在门外悠闲地散步，遇见乡亲赵东楼，赵东楼是一个大商人，经常几年不回家。赵东楼见了王文，握着他的手，感到非常高兴，便邀他到自己的住处看看。到了赵东楼的住处，有一位美女坐在屋里，王文大为惊奇，望而却步。赵东楼把王文一把拽住，又隔着窗户喊了一声"妮子走开"，王文这才进屋。赵东楼备好酒饭，两人寒暄起来。王文问："这里是什么地方？"赵东楼回答说："这里是小妓院。我因客居在外时间长了，暂时住在这里。"谈话间，妮子频频出入，王文局促不安，离开座位，要告别离去，赵东楼勉强拽他入座。

俄，见一少女经门外过，望见王，秋波频顾，眉目含情，仪度娴婉①，实神仙也。王素方直②，至此惘然若失，便问："丽者何人？"赵曰："此媪次女，小字鸦头，年十四矣。缠头者屡以重金唾媪③，女执不愿，致母鞭楚，女以齿稚哀免，今尚待聘耳。"王闻言俯首，默然痴坐，酬应悉乖④。赵戏之曰："君倘垂意，当作冰斧⑤。"王怃然曰⑥："此念所不敢存。"然日向夕，绝不言去。赵又戏请之。王曰："雅意极所感佩，囊涩奈何⑦？"赵知女性激烈，必当不允，故许以十金为助。王拜谢趋出，罄赍而至，得五数，强赵致媪。媪果少之。鸦头言于母曰："母日责我不作钱树子⑧，今请得如母所愿。我初学作人，报母有日，勿以区区放却财神去。"媪以女性拗执，但得允从，即甚欢喜，遂诺之，使婢邀王郎。赵难中悔，加金付媪。王与女欢爱甚至。既，谓王曰："妾烟花下流⑨，不堪匹敌⑩。既蒙缱绻，义即至重。君倾囊博此一宵欢，明日如何?"王泫然悲哽。女曰:"勿悲。妾委风尘⑪,实非所愿。顾未有敦笃可托如君者⑫。请以宵遁。"

【注释】

①仪度:仪表风度。娴婉:娴静优雅。

②方直:正直,正派。

③缠头者:指嫖客。缠头,古时舞者以锦缠头,舞罢,宾客赠以罗锦,称为"缠头"。后来,对勾栏歌妓的赠与也叫"缠头"。

④酬应悉乖:酬酢应答,都有差错。形容心不在焉。乖,违背,差错。

⑤冰斧:媒人。冰,媒人。语出《晋书·艺术传·索纨》。斧,《诗·齐风·南山》:"析薪如之何? 匪斧不克。取妻如之何? 匪媒不得。"因以指代媒人。

⑥怃然:茫然自失。

⑦囊涩:即"阮囊羞涩",身边无钱。晋人阮孚携皂囊,游于会稽。客问囊中何物,阮说:"但有一钱看囊,恐其羞涩。"见《山堂肆考》。

⑧钱树子:犹言"摇钱树",旧时比喻赚钱的妓女。唐开元时,乐伎许和子选入宫中,籍于宜春院,深受唐玄宗赏识。许临卒,谓其母曰:"阿母,钱树子倒矣!"见《乐府杂录·歌》。

⑨烟花:代指娼妓。下流:地位低贱。

⑩匹敌:匹配。

⑪委风尘:堕落于风尘中,指沦落为妓女。委,委身。风尘,指花街柳巷。

⑫敦笃:敦厚诚实。

【译文】

一会儿,只见一个少女从门外经过,望见王文时频送秋波,眉眼之间含情脉脉,容貌漂亮,风度文雅,实在就像神仙一般。王文一向人品端庄正直,到这时也惘然若失,便问:"那个漂亮的女子是什么人?"赵东楼说:"这是老太太的二女儿,小名鸦头,十四岁啦。嫖客多次用重金利诱老太太,鸦头执意不肯接客,以致遭到老太太的鞭打,鸦头以年幼为由,苦苦哀求,才幸免接客,现在还在等着出嫁哩。"王文听说后低头不语,坐着发呆,连说应酬话都乱套了。赵东楼逗王文说:"如果你有意,我就做媒人。"王文茫然若失地说:"我可不敢有这个念头。"但直到日色向晚,也绝口不说要走。赵东楼又开玩笑要替王文作媒,王文说:"我非常感谢你的好意,只是囊中羞涩,如何是好?"赵东楼知道鸦头性情刚烈,一定不会答应,便故意许诺拿十两银子帮助王文。王文拜谢后快步离去,把所有的钱都拿到妓院,只有五两银子,硬要赵东楼去交给老太太。老太太果然嫌少,鸦头对母亲说:"母亲天天责备我不当摇钱树,请让我今天就叫母亲如愿。我刚学做人,还有报答母亲的日子,不要因为钱少就放走财神。"老太太知道鸦头性情倔犟,只要同意接客就很高兴了,所以便应允下来,打发丫环去请王文。赵东楼不好意思中途翻悔,又加上十两银子,交给老太太。王文与鸦头欢爱之极。其后,鸦头对王文说:"我是下贱的烟花女子,配不上你。既然蒙你相爱,情义就最珍贵。你倒光钱袋换来这一夜的快活,明天怎么办?"王文泪水涟涟,伤心哽咽。鸦头说:"别难过。我沦落风尘,实不情愿。只是没有找到像你这样忠厚老实的人让我可以依托。现在让我们连夜逃走吧。"

王喜,遽起,女亦起。听谯鼓已三下矣[①]。女急易男装,草草偕出,叩主人扉[②]。王故从双卫,托以急务,命仆便发。女以符系仆股并驴耳上,纵辔极驰,目不容启,耳后但闻风鸣。平明,至汉江口[③],税屋而止。王惊其异,女曰:"言之,得无惧乎?妾非人,狐耳。母贪淫,日遭虐遇,心所积懑。

今幸脱苦海。百里外，即非所知，可幸无恙。"王略无疑贰，从容曰："室对芙蓉④，家徒四壁⑤，实难自慰，恐终见弃置。"女曰："何为此虑？今市货皆可居，三数口，淡薄亦可自给⑥。可鬻驴子作赀本。"王如言，即门前设小肆，王与仆人躬同操作，卖酒贩浆其中。女作披肩⑦，刺荷囊⑧，日获赢馀，饮膳甚优。积年馀，渐能蓄婢媪。王自是不着犊鼻⑨，但课督而已。

【注释】

①谯鼓已三下：已打三更。谯鼓，城楼夜间报时的鼓声。谯，谯楼，可以望远的城楼。

②主人：指王生所住旅舍的店主。

③汉江口：在湖北武汉。

④室对芙蓉：意思是在家面对美妻。芙蓉，荷花。《西京杂记》："(卓)文君姣好，眉色如望远山，脸际常若芙蓉。"

⑤家徒四壁：家中只有四堵墙壁，形容一无所有。《史记·司马相如列传》：相如与卓文君"驰归成都，家居徒四壁立"。

⑥淡薄：同"淡泊"。指清淡寡欲的贫穷生活。

⑦披肩：旧时妇女围在颈上，披在肩头的一种服装，也叫"云肩"。又，清代官员穿礼服时也戴披肩。

⑧荷囊：荷包。随身佩带或缀于袍上装盛零星物品的小囊。

⑧不着犊鼻：指不亲自操作。犊鼻，即"犊鼻裈"，围裙。汉代司马相如与卓文君设肆卖酒，相如亲自着犊鼻裈与保傭杂作。事见《史记·司马相如列传》。

【译文】

　　王文大喜，连忙起床，鸦头也起身下地。这时城楼上的更鼓已经敲了三声。鸦头急忙改换男装，两人仓促出了妓院，叫开旅店的门。王文原先带来两头毛驴，他托称要办急事，吩咐仆人立即出发。鸦头在仆人的腿和毛驴的耳朵上系了符，放开缰绳飞奔，快得连眼睛都睁不开，耳边只听见风声"呼呼"直响。到天亮时，他们来到汉江口，租房住下。王文对鸦头异乎寻常的本领感到惊奇，鸦头说："说出来，你不会害怕吧？其实，我不是人，而是狐狸。我母亲过于贪婪，我每天都受虐待，心中的愤懑郁积已久。幸亏今天脱离苦海。逃到一百里以外，母亲无法知道，就可以平安无事了。"王文毫无异心，从容地说："在屋里面对美如芙蓉的妻子，却除了四周的墙壁一无所有，我实在难以自慰，恐怕终究要被你丢弃。"鸦头说："为什么要担心这个？现在买点货物都可以存起来卖钱，一家三几口人，过清寒的日子还可以自给。你可以卖了毛驴做本钱。"王文依言而行，就在门前开了一个小商店，王文亲自与仆人一起干活，在商店里卖酒贩浆。鸦头则做披肩，绣荷包，他们每天都获得盈利，吃的喝的都很好。一年多以后，他们逐渐养了丫环和老妈子。王文从此不再亲自干活，只是负责督察考核而已。

　　女一日悄然忽悲，曰："今夜合有难作，奈何！"王问之，女曰："母已知妾消息，必见凌逼。若遣姊来，吾无忧，恐母自至耳。"夜已央①，自庆曰："不妨，阿姊来矣。"居无何，妮子排闼入，女笑逆之。妮子骂曰："婢子不羞，随人逃匿！老母令我缚去。"即出索子絷女颈。女怒曰："从一者得何罪②？"妮子益忿，捽女断袊。家中婢媪皆集，妮子惧，奔出。女曰："姊归，母必自至。大祸不远，可速作计。"乃急办装，将更播迁③。媪忽掩入，怒容可掬，曰："我故知婢子无礼，须自来也！"女迎跪哀啼，媪不言，揪发提去。王徘徊怆恻，眠食都废。急诣六河，冀得贿赎。至则门庭如故，人物已非。问之居人，俱不知其所徙，悼丧而返。于是俵散客旅^④,囊赀东归。

【注释】

①央:半夜。

②从一者:指不嫁二夫之女。《易·恒》:"妇人贞吉,从一而终也。"
　　这里指嫁夫从良,不做妓女。

③播迁:迁徙。

④俵散客旅:遣散众佣工。俵散,分散,解散。客,客佣。旅,众。

【译文】

　　有一天,鸦头忽然忧愁悲伤起来,说:"今天夜里会有祸难降临,如何是好!"王文问其中的缘由,鸦头说:"母亲已经得知我的消息,一定会威胁逼迫我回去。如果派姐姐来,我不发愁,就怕母亲亲自前来。"夜色已尽时,鸦头庆幸地说:"没关系,姐姐来了。"没过多久,妮子推门走进屋里,鸦头含笑迎接。妮子骂道:"你这丫头不害臊,跟人家逃出来隐匿在这里!母亲让我绑你回去。"马上拿出绳索,系在鸦头的脖子上。鸦头生气地说:"我只嫁一人有什么罪?"妮子更加愤怒,拽断了鸦头的衣襟。这时家中的丫环、老妈子都集合起来,妮子心中害怕,逃了出去。鸦头说:"姐姐一回去,母亲一定亲自前来。大祸已经临近,要赶紧想个主意。"便急忙打点行装,准备迁徙他乡。这时老太太忽然闯进门来,怒气满面地说:"我早就知道你这丫头无礼,我得亲自前来!"鸦头跪下迎接母亲,伤心哭泣,老太太二话不说,揪住鸦头的头发,扯着就走。王文坐立不安,悲痛难抑,废寝忘食。他急忙赶往六河,希望把鸦头赎回。一到六河,只见门庭依然如故,住的人却已改变。他向居民打听情况,都不知道老太太搬到了哪里,只得悲伤沮丧地返回。于是他遣散佣工,带着钱返回山东。

后数年，偶入燕都①，过育婴堂②，见一儿，七八岁。仆人怪似其主，反复凝注之。王问："看儿何说?"仆笑以对，王亦笑。细视儿，风度磊落③。自念乏嗣，因其肖己，爱而赎之。诘其名，自称王孜。王曰："子弃之襁褓，何知姓氏?"曰："本师尝言④，得我时，胸前有字，书'山东王文之子'。"王大骇曰："我即王文，乌得有子?"念必同己姓名者，心窃喜，甚爱惜之。及归，见者不问而知为王生子。孜渐长，孔武有力⑤，喜田猎，不务生产，乐斗好杀，王亦不能箝制之。又自言能见鬼狐，悉不之信。会里中有患狐者，请孜往觇之。至则指狐隐处，令数人随指处击之，即闻狐鸣，毛血交落，自是遂安。由是人益异之。

【注释】

①燕都：北京的旧称。

②育婴堂：旧时收养遗弃婴儿的机构。

③磊落：英俊，魁伟。

④本师：授业的老师。这里指育婴堂的抚养人员。

⑤孔武：非常勇武。孔，甚。

【译文】

几年以后，王文偶然来到燕都，路过育婴堂时看见一个七八岁的小孩。仆人觉得小孩酷似主人，就反复打量小孩。王文问："为什么盯着这个小孩?"仆人笑着作了回答，王文也为之一笑。王文细看这个小孩，风度壮伟英俊。王文心想自己正没儿子，由于小孩很像自己，很喜欢，便将他赎了出来。王文问小孩的姓名，小孩说自己叫王孜。王文说："你是在襁褓中被遗弃的，怎么知道自己的姓氏?"王孜说："我的老师说过，捡到我时，胸前有字，写着'山东王文之子'。"王文异常惊骇地说：

"我就是王文,哪有儿子?"心想一定是与自己姓名相同的人的儿子,心里暗暗喜欢,对王孜疼爱备至。等回家后,人们见到王孜也不用问,就说是王文的儿子。王孜渐渐成长起来,他勇猛有力,喜欢打猎,不经营产业,喜欢打斗,嗜杀成性,连王文也管不了他。王孜又说自己能看见鬼狐,人们却不相信他的话。恰巧同里有个人家狐狸作祟,请王孜前去察看。王孜一到,就指出狐狸的隐身之处,叫几个人往他指的地方猛打,立即便听见狐狸的号叫,毛在落,血在流,那家从此平安无事。人们因此认为他不同寻常。

　　王一日游市廛①,忽遇赵东楼,巾袍不整,形色枯黯。惊问所来,赵惨然请间②,王乃偕归,命酒。赵曰:"媪得鸦头,横施楚掠。既北徙,又欲夺其志。女矢死不二,因囚置之。生一男,弃诸曲巷③,闻在育婴堂,想已长成。此君遗体也。"王出涕曰:"天幸孽儿已归。"因述本末。问:"君何落拓至此④?"叹曰:"今而知青楼之好,不可过认真也。夫何言!"先是,媪北徙,赵以负贩从之⑤,货重难迁者,悉以贱售。途中脚直供亿⑥,烦费不赀,因大亏损,妮子索取尤奢。数年,万金荡然。媪见床头金尽,旦夕加白眼。妮子渐寄贵家宿,恒数夕不归。赵愤激不可耐,然无奈之。适媪他出,鸦头自窗中呼赵曰:"勾栏中原无情好,所绸缪者,钱耳。君依恋不去,将掇奇祸⑦。"赵惧,如梦初醒。临行,窃往视女,女授书使达王,赵乃归。因以此情为王述之,即出鸦头书。书云:"知孜儿已在膝下矣⑧。妾之厄难,东楼君自能缅悉⑨。前世之孽,夫何可言!妾幽室之中,暗无天日,鞭创裂肤,饥火煎心,易一晨昏,如历年岁。君如不忘汉上雪夜单衾⑩，迭互暖抱时，当与儿谋，必能脱妾于厄。母姊虽忍⑪，要是骨肉，但嘱勿致伤残，是所愿耳。"王读之，泣不自禁。以金帛赠赵而去。

【注释】

①市廛：集市。

②请间(jiàn)：请找个没人的地方谈话。间，间语，避人私语。

③曲巷：偏僻小巷。

④落拓：贫困失意，景况凄凉。

⑤负贩：担货贩卖。

⑥脚直供亿：运输费用和生活供应。脚直，运输费。脚，担任传递、运输的人及牲口。供亿，按需要供应，也指供应的东西。亿，估量。

⑦掭：惹，招致。奇祸：大祸。

⑧在膝下：指子女在父母跟前。《孝经·圣治》："故亲生之膝下，以养父母日严。"唐玄宗注："亲犹爱也，膝下谓孩幼之时也。"后用作对父母的亲敬之称。

⑨缅悉：详细知道。

⑩汉上：指上文的"汉江口"。

⑪忍：狠心。

【译文】

　　有一天，王文去逛市场，忽然遇见了赵东楼，穿戴很不整饬，身体枯瘦，面色黧黑。王文惊讶地问赵东楼从哪里来，赵东楼面色凄惨地请找个地方谈话，王文便将赵东楼领回家去，吩咐上酒招待。赵东楼说："老太太找到鸦头，狠狠痛打一顿。把家北迁后，又想强迫鸦头改变初心。鸦头誓死不渝，便将鸦头囚禁起来。鸦头生下一个男孩，被扔在偏僻的小巷里,听说后来这孩子收养在育婴堂里,想来已经长大成人。这孩子便是你的亲生骨肉。"王文流着眼泪说:"托上天之福,孽子已回到我的身边。"便讲述了事情的经过。接着他问赵东楼说:"你怎么这样景况凄凉?"赵东楼叹口气说:"今天我才知道,跟妓女相好,不能过于认真。还说什么!"原来,老太太全家北迁时,赵东楼一边担货贩卖,一边跟她家走,把过于沉重难于搬迁的货物全部贱价卖掉。途中的运输费用和生活供应,花费多得难以计算,因此亏损甚大,妮子索取的东西更多。几年时间,数不尽的钱财荡然无存。老太太见赵东楼钱财耗尽,早晚都给他白眼看。妮子渐渐到高门大族之家过夜,经常几夜不回。赵东楼愤激异常,难以忍耐,但也奈何不了她。这一天正值老太太外出,鸦头在窗下叫住赵东楼说:"妓院里本来没有爱情,她们对钱才最情意殷切。如果你还依恋不走,就会招来大祸。"赵东楼深感恐惧,如梦初醒。临走时,赵东楼偷偷去看鸦头,鸦头递给他一封信,让他转交给王文,于是他返回家乡。赵东楼向王文讲完这些情况,便拿出鸦头的信来。信上说:我知道孜儿已在你的膝下。我蒙受的祸难,东楼君自然能备述无遗。前世的孽缘,哪能说清!我被关在没有光亮的屋子里,暗无天日,鞭子抽裂了肌肤,饥饿如烈火煎心,挨过一个早晨和黄昏,就像挨过了整整一年。你如果还没忘记汉江口雪夜薄被里互相拥抱取暖的情景,就应与儿子商量,他定能使我摆脱苦难。母亲和姐姐虽然太狠心,毕竟是至亲骨肉,只须嘱咐儿子别伤害她们,这便是我的心愿。"王文读了信,不禁流下了眼泪。他送给赵东楼一些钱财,赵东楼告辞离去。

时孜年十八矣。王为述前后,因示母书。孜怒眦欲裂,即日赴都,询吴媪居,则车马方盈。孜直入,妮子方与湖客饮,望见孜,愕立变色,孜骤进杀之。宾客大骇,以为寇,及视女尸,已化为狐。孜持刃径入,见媪督婢作羹。孜奔近室门,媪忽不见。孜四顾,急抽矢望屋梁射之,一狐贯心而堕,遂决其首。寻得母所,投石破扃①,母子各失声。母问媪,曰:"已诛之。"母怨曰:"儿何不听吾言!"命持葬郊野。孜伪诺之,剥其皮而藏之。检媪箱箧,尽卷金赀,奉母而归。夫妇重谐,悲喜交至。既问吴媪,孜言:"在吾囊中。"惊问之,出两革以献。母怒,骂曰:"忤逆儿②!何得此为!"号恸自挝,转侧欲死。王极力抚慰,叱儿瘗革③。孜忿曰:"今得安乐所,顿忘挞楚耶?"母益怒,啼不止。孜葬皮反报,始稍释。

【注释】

①扃:从外面关门的门闩。

②忤逆:不孝,叛逆。

③瘗革:埋葬皮革。

【译文】

　　这时王孜十八岁了。王文向他讲述了事情的经过,还给他看了母亲的信。王孜气得瞪圆双眼,当天便赶往京城,打听到吴老太太的住所,却见门前停满了车马。王孜直接闯进屋里,这时妮子正在和湖客喝酒,看见王孜,惊愕地站起身来,变了脸色,王孜骤然上前,杀死妮子。客人异常恐骇,以为来了强盗,等去看妮子的尸体,已经变成了狐狸。王孜持刀径自往里闯,看见老太太正在督促丫环做吃的。王孜跑到门前时,老太太忽然消失不见了。王孜环顾四周,急忙抽出箭向屋梁射去,接着便有一只被射中心口的狐狸掉了下来,于是王孜砍下它的脑袋。王孜找到母亲被囚的处所,用石头砸开门锁,母子都失声痛哭。母亲问老太太现在哪里,王孜说:"已经杀了。"母亲埋怨说:"你怎么不听我的话!"命把狐狸带到郊外埋了。王孜假装答应,却剥下狐狸皮存放起来。他又检查了老太太的箱柜,拿走所有的钱财,扶着母亲回了家。

王文夫妻重逢,悲喜交集。后来问到吴老太太,王孜说:"在我的袋子里。"夫妻两人吃惊地问这是什么意思,王孜拿出两张狐狸皮献上来。母亲大怒,骂道:"忤逆的东西,怎能这么干!"痛苦地号啕大哭,乱打自己,翻来覆去地总要寻死。王文极力加以安慰,喝斥王孜把狐狸皮埋掉。王孜气愤地说:"如今刚获得安乐,马上就忘了鞭打吗?"母亲更加气恨,哭个不停。王孜埋葬了狐狸皮回家禀告,母亲才稍稍消气。

　　王自女归,家益盛。心德赵,报以巨金,赵始知媪母子皆狐也。孜承奉甚孝,然误触之,则恶声暴吼。女谓王曰:"儿有拗筋,不刺去之,终当杀人倾产。"夜伺孜睡,潜縶其手足。孜醒曰:"我无罪。"母曰:"将医尔虐①,其勿苦。"孜大叫,转侧不可开。女以巨针刺踝骨侧,深三四分许,用刀掘断,崩然有声,又于肘间脑际并如之。已乃释缚,拍令安卧。天明,奔候父母,涕泣曰:"儿早夜忆昔所行,都非人类!"父母大喜。从此温和如处女,乡里贤之。

【注释】

①虐:残暴。这里指暴虐的个性。

【译文】

　　自从鸦头回来,王文的家道日益兴盛。王文心里感激赵东楼,用很多钱财来加以报答,赵东楼这才知道老太太母女都是狐狸。王孜侍奉父母非常孝顺,但是一不小心触犯了他,就会恶声恶气地狂吼乱叫。鸦头对王文说:"这孩子有拗筋,如不除掉,早晚要出人命,倾家荡产的。"一夜,鸦头等王孜睡着后,偷偷捆住他的手脚。王孜醒过来说:"我没罪。"鸦头说:"我要治你的暴虐,你别怕苦。"王孜大声吼叫,左翻右转,不能挣脱。鸦头用大针在王孜的踝骨旁边刺进去三四分深,用刀"嘣"

的一声挑断了拗筋，又在肘部脑部同样处置。全部挑断拗筋之后才给王孜松绑，拍着他安然入睡。天亮后，王孜跑去侍候父母，流着眼泪说："我夜里想起过去的事情，都不是人干的！"父母大喜。王孜从此像姑娘那样温和，乡里乡亲对他都大加称赞。

　　异史氏曰：妓尽狐也，不谓有狐而妓者。至狐而鸨①，则兽而禽矣，灭理伤伦，其何足怪？至百折千磨，之死靡他②，此人类所难，而乃于狐也得之乎？唐君谓魏徵更饶妩媚③，吾于鸦头亦云。

【注释】

①鸨（bǎo）：鸨母。明朱权《丹丘先生曲论》："妓女之老者曰鸨。鸨似雁而大，无后趾，虎文，喜淫而无厌，诸鸟求之即就。"后因称妓女为鸨儿，蓄女卖淫者为鸨母。

②之死靡他：到死不变心。《诗·鄘风·柏舟》："之死矢靡它，母也天只，不谅人只。"靡，无。

③唐君谓魏徵更饶妩媚：据《唐书·魏徵传》，魏徵多次直接批评唐太宗，但唐太宗不以为忤，曾说："人言魏徵举动疏慢，我但觉妩媚。"唐君，唐太宗李世民。魏徵，唐朝政治家，性格刚直，敢于直谏。饶，多。妩媚，举止美好可爱。

【译文】

　　异史氏说：妓女都是狐狸，没想到狐狸也当妓女。至于狐狸当鸨母，那就简直是兽禽，灭绝天理，毁坏人伦，有什么值得奇怪的？至于历尽挫折磨难，誓死不渝，连人类都难以做到这一点，怎么却让狐狸给做到了？唐太宗说魏徵由于刚直而更加可爱，我说鸦头也是这样。

酒虫

【题解】

在中国古代，由于医学科学不发达，对于某种异常生理现象不能正确加以解释，于是用外在的神秘因素加以说明。唐张读《宣室志》卷一有《陆颙》篇，记载有消面虫的故事："颙自幼嗜面，为食愈多而质愈瘦。"有胡人数辈挈酒食诣其门，"胡人曰：'吾子好食面乎？'曰：'然。'又曰：'食面者非君也，乃君肚中一虫尔。今我欲以一粒药进君，君饵之，当吐出虫。则我以厚价从君易之，其可乎？'颙曰：'若诚有之，又安有不可耶？'已而，胡人出一粒药，其色光紫，命饵之。有顷，遂吐出一虫，长二寸许，色青，状如蛙。胡人曰：'此名"消面虫"，实天下之奇宝也。'颙曰：'何以识之？'……夫此虫禀天地中和之气而生，故好食面，盖以麦自秋始种，至来年夏季方始成实，受天地四时之全气，故嗜其味焉。君宜以面食之，可见矣。'颙即以面斗馀致其前，虫乃食之立尽。颙又问曰：'此虫安所用也？'胡人曰：'夫天下之奇宝，俱禀中和之气。此虫乃中和之粹也。执其本而取其末，其远乎哉！'既而以函盛其虫，又金箧扃之，命颙致于寝室，谓颙曰：'明日当自来。'"这大概是此类故事的最早本事。

日本芥川龙之介于大正五年依据本篇加以扩充，在《新思潮》第一年第四号上发表同名小说《酒虫》，并注明："《酒虫》取材于《聊斋志异》，与原作几乎无大变化。"

长山刘氏①，体肥嗜饮。每独酌，辄尽一瓮。负郭田三百亩②，辄半种黍③，而家豪富，不以饮为累也。一番僧见之④，谓其身有异疾。刘答言："无。"僧曰："君饮尝不醉否？"曰："有之。"曰："此酒虫也。"刘愕然，便求医疗。曰："易耳。"问："需何药？"俱言不须，但令于日中俯卧，絷手足，去首半尺许⑤,置良酝一器。移时,燥渴,思饮为极。酒香入鼻,馋火上炽,而苦不得饮。忽觉咽中暴痒,哇有物出⑥,直堕酒中。解缚视之,赤肉长三寸许,蠕动如游鱼,口眼悉备。刘惊谢,酬以金,不受,但乞其虫。问:"将何用?"曰:"此酒之精。瓮中贮水,入虫搅之,即成佳酿。"刘使试之,果然。刘自是恶酒如仇,体渐瘦,家亦日贫,后饮食至不能给。

【注释】

①长山:旧县名。位于山东中部偏北,明清时代属济南府。现为滨州邹平长山镇。

②负郭田:靠近城郭的田地,指膏腴之田。《史记·苏秦列传》:"使我有洛阳负郭田二顷,吾岂能佩六国相印乎?"

③黍:古代专指一种子实叫黍子的一年生草本植物。其子实煮熟后有黏性,可以酿酒、做糕等。

④番僧:西域来的僧人。番,旧时对西方边境各族的称呼。

⑤去:距离。

⑥哇:吐。

【译文】

长山县刘某,身体肥胖,嗜酒成性。他每次独自喝酒,总是能喝光一坛子酒。他有靠近城郊的良田三百亩,总是用一半去种黍子,由于家中非常富有,喝酒也并不成为拖累。有一位西域僧人看到刘某,说刘某身上有一种奇特的病。刘某回答说:"没有。"僧人说:"你是不是喝酒从来不醉?"刘某说:"有这回事。"僧人说:"这是因为你有酒虫。"刘某大为惊愕,便请僧人给予治疗。僧人说:"这好办。"刘某问:"需要什么药?"僧人说一概不需要,只是让刘某在中午的烈日下俯卧,绑好手足,在离头半尺左右处放一坛美酒。过了一段时间,刘某感到口干舌燥,极想喝酒。这时酒香扑面而来，馋火向上越烧越烈，却深受喝不到口的折磨。忽然，他觉得喉咙奇痒，"哇"的一声吐出一个东西，直接掉到酒里。松绑后，刘某一看，原来是一块三寸左右的红肉，像游鱼一样蠕动着，口眼俱全。刘某吃惊地向僧人表示感谢，给他钱，他不要，只要这个肉虫。刘某问："这虫有什么用？"他说："这是酒的精华。瓮中盛好水，把酒虫放进去再加以搅动，立即就成了美酒。"刘某让他演试，果然如此。刘某从此厌酒，视酒如仇，他的身体逐渐变瘦，家境日益贫困，后来到了吃饭不能自给的地步。

异史氏曰：日尽一石，无损其富；不饮一斗，适以益贫：岂饮啄固有数乎①？或言："虫是刘之福，非刘之病，僧愚之以成其术。"然欤，否欤？

【注释】

①饮啄有数：谓一饮一啄，皆有定数。饮啄，本指鸟类饮食，后泛指人的饮食。《太平广记·贫妇》引《玉堂闲话》："一饮一啄，系之于分。"数，定数，命定的。

【译文】

异史氏说：一天喝一石酒，不影响富有；一斗酒也不喝，反而更加贫困：难道饮食本来就有定数吗？有人说："酒虫是刘某的福，不是刘某的病，僧人用方术愚弄了他。"是不是这样呢？

木雕美人

【题解】

小小把戏，被蒲松龄叙述得活灵活现，优美生动，不啻一篇绝妙好辞。这不仅因为作者具有极高的文学功底,同时也源于他好奇,浪漫,近于童心的心灵,故能喜爱欣赏,诉之笔端。《聊斋志异》评论家冯镇峦说:"大抵有情人虽遇无情之物亦觉有情,无情人君父且路人视之矣。"可谓本篇一针见血的评论。

商人白有功言:在泺口河上①,见一人荷竹簏②,牵巨犬二。于簏中出木雕美人,高尺馀,手目转动,艳妆如生。又以小锦鞯被犬身③,便令跨坐。安置已,叱犬疾奔。美人自起,学解马作诸剧④,镫而腹藏⑤,腰而尾赘⑥,跪拜起立,灵变不讹⑦。又作昭君出塞⑧。别取一木雕儿,插雉尾⑨,披羊裘,跨犬从之。昭君频频回顾,羊裘儿扬鞭追逐,真如生者。

【注释】

①泺(luò)口:地名。位于今济南北郊。古泺水北流至此入济水,因称泺口。

②簏:竹篾编的盛物器具,形状不一。

③锦鞯(jiān):彩色花纹的鞍鞯。鞯,马鞍垫。

④解(xiè)马:即马戏。山东俗称出演马戏为"跑马卖解"。

⑤镫而腹藏:俗称"镫里藏身"。马戏演员脚踩马镫蹲藏马腹之侧。

⑥腰而尾赘:从马腰向马尾滑坠,再抓马尾飞身上马。

⑦讹(é):误。

⑧昭君出塞:历史故事。西汉元帝时,南郡姊归人王嫱(字昭君),被选入宫。竟宁元年(前33),匈奴主呼韩邪单于入朝要求和亲,王昭君嫁与匈奴,称宁胡阏氏。今内蒙古呼和浩特南有昭君墓。昭君出塞的故事在民间流传甚广。此指以昭君出塞故事为内容的戏剧。

⑨雉(zhī)尾：野鸡尾羽，可作帽饰。

【译文】

商人白有功说：在沭河口，看见一个人背着竹箱，牵着两条大狗。他从竹箱中拿出一个一尺多高的木雕美人，手能活动，眼能转动，身着艳妆，像活人一样。他又把一个锦制的小鞍垫披在狗背上，便让木雕美人跨上去坐好。安排就绪后，他喝令大狗飞奔。美人自动站起身来，模仿马戏的各种表演动作，时而踩着脚镫子躺到狗腹下，时而从狗腰滑到狗尾，再从狗尾飞身跃上狗背，时而跪拜，时而站起，灵活变化，毫无差错。此人又表演昭君出塞。他另拿出一个木雕男童，帽上插着野鸡的翎子，身上披着羊皮衣，骑在狗上，跟在木雕美人后边。木雕美人频频回顾，木雕男童扬鞭追赶，真是活灵活现。

封三娘

【题解】

本篇虽然写了少女范十一娘和同里秀才孟安仁曲折的婚姻过程，有着择婿"无以贫富论"的卓越观点，但故事的重点和精彩之处却是在她和狐女封三娘的情感缠绵上，其感情的趋向已经近于女性的同性恋。

《聊斋志异》中的同性恋实际上都是双性恋，都并不躲避正常的婚姻。其中写男性同性恋有数篇，如《黄九郎》、《念秧》、《商三官》等，而写女性同性恋仅此一篇。较之男性同性恋的描写，本篇虽然写了封三娘喜爱范十一娘是"缘瞻丽容，忽生爱慕，如茧自缠"，而范十一娘在封三娘离开后"伏床悲惋，如失伉俪"，写两人的关系闪闪烁烁，以致"造言生事者，飞短流长"，但总体上显得纯洁，更偏于精神的层面。而且无论是写少女的性格还是写相互之间的绵绵情谊都显示了作者对于生活的深入体察和细致入微的描摹功力。

　　范十一娘,曬城祭酒之女①,少艳美,骚雅尤绝②。父母钟爱之,求聘者辄令自择,女恒少可。会上元日③,水月寺中诸尼作"盂兰盆会"④。是日,游女如云⑤,女亦诣之。方随喜间⑥,一女子步趋相从,屡望颜色,似欲有言。审视之,二八绝代姝也。悦而好之,转用盼注⑦。女子微笑曰:"姊非范十一娘乎?"答曰:"然。"女子曰:"久闻芳名,人言果不虚谬。"十一娘亦审里居。女答言:"妾封氏,第三,近在邻村。"把臂欢笑,词致温婉⑧,于是大相爱悦,依恋不舍。十一娘问:"何无伴侣?"曰:"父母早世,家中止一老妪,留守门户,故不得来。"十一娘将归,封凝眸欲涕,十一娘亦惘然,遂邀过从。封曰:"娘子朱门绣户,妾素无葭莩亲⑨,虑致讥嫌。"十一娘固邀之,答:"俟异日。"十一娘乃脱金钗一股赠之,封亦摘髻上绿簪为报。十一娘既归,倾想殊切。出所赠簪,非金非玉,家人都不之识,甚异之。日望其来,怅然遂病。父母讯得故,使人于近村谘访,并无知者。

【注释】

①曬城:疑鄘城之误。鄘城在今湖南岳阳。祭酒:国子监祭酒,明清时最高学府的主管官员,从四品,主管学校的教学和考试。

②骚雅尤绝:尤工诗词。骚,指《离骚》。雅,指《诗经》的《小雅》、《大雅》。骚雅并称,指代诗歌。

③上元日:唐人称阴历的正月、七月、十月的十五日为上元、中元、下元。"上元"指阴历正月十五日。就下文举行"盂兰盆会"看,此处似应为"中元",即阴历七月十五日。

④盂兰盆会:佛教节日,也称"中元节",后称"鬼节"。盂兰盆,梵

语音译,解救倒悬的意思。据《盂兰盆经》载,释迦牟尼的弟子目连,看到母亲死后在地狱中受苦,如处倒悬,便求佛救度。释迦要他在七月十五日,备百味饮食,斋供十万僧众,可使母解脱。后来佛教徒便据此神话,兴起盂兰盆会。中国自梁武帝始设此斋会。节日期间,除斋僧外,寺院还举行诵经法会、水陆道场等宗教活动。

⑤游女如云:极言游乐妇女之多。《诗·郑风·出其东门》:"出其东门,游女如云。"

⑥随喜:佛教用语。原意是佛教徒瞻拜佛像,随之发生欢喜之心。后泛指一般游览寺院。

⑦转用盼注:返回身对她注目细看。

⑧词致:言语情态。

⑨葭莩亲:喻远亲。

【译文】

范十一娘是眦城祭酒的女儿,自小美貌,尤工诗文。父母对她特别喜爱,有求婚的就让她自己决定,而她很少中意。适值正月十五,水月寺的众尼姑举行盂兰盆会。这一天,出游的女子密集如云,范十一娘也来到了寺院。正在游览时,有一个女子亦步亦趋紧随其后,屡次察言观色,像要说些什么。范十一娘仔细打量那个女子,却是一位年方二八的绝代美人。范十一娘很喜欢她,便回身注目细看。那女子微微一笑说:"姐姐莫不是范十一娘吗?"范十一娘回答:"我是。"女子说:"久闻你的芳名,人们说的果然不错。"范十一娘也问她住在哪里,女子回答:"我姓封,排行第三,住在邻近的村里。"便拉着范十一娘的手臂欢笑,说话的语气温和而又委婉,于是两人互相都很爱慕,恋恋不舍。范十一娘问:"你怎么没人陪伴?"封三娘说:"我父母早就过世,家中只有一个老妈子,留下看家,所以来不了。"范十一娘准备回家,封三娘目不转睛地望着范十一娘,几乎要哭出来,范十一娘也惘然若失,便邀封三娘到家做客。封三娘说:"你家是高门富户,我一向与你不沾亲带故,怕受讥议,招嫌恶。"范十一娘再三邀请,封三娘回答说:"等将来再说吧。"范十一娘便从头上摘下一支金钗送给封三娘,封三娘也从发髻上摘下一枚绿簪作为回赠。范十一娘回家后,对封三娘异常思念。她拿出封三娘所赠的绿簪细看,既非金属,又非玉石,家里人都无法辨认,感到非常奇怪。范十一娘每天盼望封三娘前来,惆怅得想出了病。父母问清缘由,打发人到附近各村察访,根本没有知道封三娘的。

时值重九,十一娘羸顿无聊①,倩侍儿强扶窥园②,设褥东篱下③。忽一女子攀垣来窥,觇之,则封女也。呼曰:"接我以力!"侍儿从之,蓦然遂下。十一娘惊喜,顿起,曳坐褥间,责其负约,且问所来。答云:"妾家去此尚远,时来舅家作要。前言近村者,缘舅家耳。别后悬思颇苦。然贫贱者与贵人交,足未登门,先怀惭怍,恐为婢仆下眼觑④,是以不果来。适经墙外过,闻女子语,便一攀望,冀是小姐,今果如愿。"十一娘因述病源,封泣下如雨,因曰:"妾来当须秘密。造言生事者,飞短流长⑤,所不堪受。"十一娘诺。偕归同榻,快与倾怀⑥,病寻愈。订为姊妹,衣服履舄⑦,辄互易着。见人来,则隐匿夹幕间。

【注释】

①羸(léi)顿:消瘦憔悴。羸,衰病,瘦弱。顿,困顿。

②侍儿:指婢女。窥园:游览花园。

③东篱:时值重九,以东篱借指种菊的地方。晋陶渊明《饮酒》之五:"采菊东篱下,悠然见南山。"

④下眼觑:瞧不起。

⑤飞短流长：说长道短，指流言蜚语。

⑥快与倾怀：高兴地尽情地说出心里话。快，快意，高兴。倾，
　倾诉。

⑦履舄(xì)：鞋。单底为履，衬以木底为舄。

【译文】

　　当时正值九月九日，范十一娘消瘦憔悴，百无聊赖，让丫环搀扶着，勉强到花园里看看，在菊圃下放好了褥垫。忽然，有一位女子攀上墙头偷看，范十一娘一瞧，原来却是封三娘。封三娘喊道："用力接住我！"丫环依言而行，封三娘一下子跳了下来。范十一娘又惊又喜，顿时站起身来，拉封三娘在褥垫上坐下，责备她负约，并问她从哪里来。封三娘回答说："我家离这里很远，但我常到舅舅家来玩。上次我说家在附近的村子里，说的是舅舅家。分别后想你想得好苦。不过贫贱人与富贵人交往，脚没登门，先觉惭愧，恐怕让丫环仆人看不起，所以终于没来。刚才我在墙外经过，听见女子说话，便攀上墙头张望，希望能看到你，现在果然如愿。"范十一娘于是讲了生病的根源，封三娘泪如雨下，便说："我来的时候一定要为我保密。我担心造谣生事的人说长论短的，让人不堪忍受。"范十一娘答应照办。与她一起回屋，同床而卧，快活地向她倾吐心怀，不久病就好了。她们结为姊妹，连衣服和鞋都互相换着穿。看见有人前来，封三娘就躲到夹帐里。

　　积五六月，公及夫人颇闻之。一日，两人方对弈①，夫人掩入②。谛视，惊曰："真吾儿友也！"因谓十一娘："闺中有良友，我两人所欢，胡不早白？"十一娘因达封意。夫人顾谓三娘："伴吾儿，极所忻慰，何昧之③？"封羞晕满颊，默然拈带而已。夫人去，封乃告别，十一娘苦留之，乃止。一夕，自门外匆皇奔入，泣曰："我固谓不可留，今果遭此大辱！"惊问之，

曰："适出更衣④，一少年丈夫，横来相干⑤，幸而得逃。如此，复何面目！"十一娘细诘形貌，谢曰："勿须怪，此妾痴兄。会告夫人，杖责之。"封坚辞欲去，十一娘请待天曙。封曰："舅家咫尺，但须以梯度我过墙耳。"十一娘知不可留，使两婢逾垣送之。行半里许，辞谢自去。婢返，十一娘伏床悲惋，如失伉俪。

【注释】

①对弈：下棋。

②掩入：突然闯入。

③昧：掩盖，隐瞒。

④更衣：换衣。此指上厕所。古时如厕，托言更衣。

⑤干：侵犯。

【译文】

这样一连过了五六个月，范公与夫人听到了一些消息。一天，两人正在下棋，夫人出其不意地走进屋来。她对封三娘仔细端详一番，惊讶地说："做我女儿的朋友太合适了！"便对范十一娘说："闺房来了好朋友，我们老两口都会喜欢的，你怎么不早告诉我们？"范十一娘便转述了封三娘的意思。夫人看着封三娘说："给我女儿做伴，我极欣慰，为什么要隐瞒呢？"封三娘羞得红晕满脸，只是默默地拈弄衣带。夫人走后，封三娘便要告别，范十一娘苦苦挽留，她才没走。一天晚上，封三娘从门外慌张地跑进屋来，哭着说："我本来说不能住下，现在果然遭受莫大的污辱！"范十一娘吃惊地问出了什么事，封三娘说："刚才我出去上厕所，有一个青年男子蛮横地侵犯于我，幸亏逃脱出来。都这样了，还有什么脸见人！"范十一娘仔细问清那人的形体相貌后道歉说："请别见怪，这是我的傻哥哥。我一定告诉妈妈，用棍子打他。"封三娘执意要走，范十一娘说请等天亮再走。封三娘说:"舅舅家离这里很近,只需要用梯子把我送过墙去。"范十一娘知道无法挽留,便打发两名丫环翻墙去送封三娘。走了半里地左右,封三娘谢过丫环,独自离去。丫环回来后,范十一娘趴在床上伤心叹息,就像夫妇分离似的。

　　后数月,婢以故至东村,暮归,遇封女从老妪来。婢喜,拜问。封亦恻恻①,讯十一娘兴居②。婢捉袂曰:"三姑过我。我家姑姑盼欲死!"封曰:"我亦思之,但不乐使家人知。归启园门,我自至。"婢归告十一娘,十一娘喜,从其言,则封已在园中矣。相见,各道间阔③,绵绵不寐。视婢子眠熟,乃起,移与十一娘同枕,私语曰:"妾固知娘子未字。以才色门地④,何患无贵介婿⑤,然纨袴儿敖不足数⑥。如欲得佳耦,请无以贫富论。"十一娘然之。封曰:"旧年邂逅处,今复作道场⑦,明日再烦一往,当令见一如意郎君。妾少读相人书⑧,颇不参差。"

【注释】

①恻恻:忧伤的样子。

②兴居:起居,指日常生活。

③间阔:久别,远隔。语本《汉书·诸葛丰传》:"元帝擢为司隶校尉,刺举无所避,京师为之语曰:'间何阔,逢诸葛。'"

④门地:犹"门第"。门户地位。

⑤贵介:尊贵。介,大。

⑥纨袴儿:指富贵人家子弟。纨袴,细绢裤,贵族子弟服饰,代指富家子弟。敖不足数(shǔ):傲慢无礼,不足称述。敖,同"傲"。傲慢,骄傲。《史记·游侠列传》:"自是之后,为侠者极众,敖而无

足数者。"《集解》:"敖,倨也。"

⑦道场:梵文意译,音译为"菩提曼拏罗"。指供佛祭祀或修行学道的处所。也泛指佛教、道教中规模较大的诵经礼拜仪式和活动。如水陆道场、慈悲道场、天师道场等。

⑧相(xiāng)人书:观察人的面貌来推测命运的书籍。《汉书·艺文志》有《相人》二十四卷。

【译文】

几个月以后,丫环有事前往东村,晚上回来时,遇见封三娘跟着一位老太太走了过来。丫环大喜,上前施礼问候。封三娘也忧伤地问起范十一娘的起居。丫环拉着封三娘的袖子说:"三姑娘请到我家去。我家姑娘盼你盼得要死!"封三娘说:"我也想你家姑娘,只是我不愿意让你家人知道我去。你回去打开花园的门,我自然会到。"丫环回去告知范十一娘,范十一娘高兴地依言而行,这时封三娘已经来到花园里了。两人相见,各自叙说久别之苦,情意绵绵,难以入睡。封三娘见丫环已经睡熟,便起身移到范十一娘旁边,与她共枕一个枕头,小声说:"我本来就知道你没许配人。就凭你的才貌门第,不愁找不到一个地位尊贵的女婿,不过纨袴弟子傲慢无礼,不值得考虑。如果你想找个如意的配偶,请不要用贫富来衡量。"范十一娘认为言之有理。封三娘说:"去年我们相遇的地方现在又要做道场,明天烦你走一遭,我会让你见到一位如意郎君。我从小就读相面的书,看人一般不会出错。"

昧爽,封即去,约俟兰若①。十一娘果往,封已先在。眺览一周,十一娘便邀同车。携手出门,见一秀才,年可十七八,布袍不饰,而容仪俊伟。封潜指曰:"此翰苑才也②。"十一娘略睨之。封别曰:"娘子先归,我即继至。"入暮,果至,曰:"我适物色甚详,其人即同里孟安仁也。"十一娘知其贫,不以为可。封曰："娘子何亦堕世情哉③！此人苟长贫贱者，余当抉眸子④，不复相天下士矣。"十一娘曰："且为奈何？"曰："愿得一物，持与订盟。"十一娘曰："姊何草草！父母在，不遂如何？"封曰："妾此为，正恐其不遂耳。志若坚，生死何可夺也！"十一娘必不可。封曰："娘子姻缘已动，而魔劫未消⑤。所以故，来报前好耳。请即别，即以所赠金凤钗，矫命赠之⑥。"十一娘方谋更商⑦，封已出门去。

【注释】

①兰若：佛寺。此指水月寺。

②翰苑才：可以进入翰林院的人才。翰苑，翰林院的别称。明清时以翰林院作为储备人才的机构，从考中的进士中选拔一部分人入院为官，掌编修国史及草拟制诰等，颇为清要。

③世情：世态人情。这里指世俗的偏见。

④眸子：眼珠。

⑤魔劫：佛教认为妨碍或破坏修行的种种障碍。这里指范女在婚姻上的劫难。

⑥矫命：假托你的命令。

⑦更商：再作商量。

【译文】

拂晓时分，封三娘便离开范家，约定在寺院等候范十一娘。范十一娘果然前往，而封三娘已经到了那里。四处观光了一遍，范十一娘便邀请封三娘一起乘车回家。两人手拉手走出大门，看见一位秀才，约有十七八岁，穿着布袍，不加修饰，容貌英俊，仪表出众。封三娘偷偷指着秀才说："这人是可进翰林院的人才。范十一娘略微瞥了一眼。封三娘告别说："你先回去，我随后就到。"暮色降临时，封三娘果然来到范家，说：

"刚才我了解得很详细,这人就是同里的孟安仁。"范十一娘知道孟安仁很穷,认为不行。封三娘说:"你怎么也落入世俗的偏见! 如果此人永远贫贱下去,我就挖掉眼珠子,不再给天下人相面。"范十一娘说:"那怎么办?"封三娘说:"我希望有你的一件东西,拿去与他订立婚约。"范十一娘说:"姐姐怎么这样草率! 父母都在,不同意怎么办?"封三娘说:"我这么做,正是怕他们不同意。如果态度坚决,就是死也改变不了自己的决心!"范十一娘坚决不同意。封三娘说:"你的姻缘已经萌动,劫难却没有消除。我之所以这么做,是要报答你以前的友谊。请让我马上就去,把你送给我的金凤钗,以你的名义送给孟安仁。"范十一娘正想再商量商量,封三娘已经出门走了。

时孟生贫而多才,意将择耦,故十八犹未聘也。是日,忽睹两艳,归涉冥想①。一更向尽,封三娘款门而入。烛之,识为日中所见,喜致诘问。曰:"妾封氏,范氏十一娘之女伴也。"生大悦,不暇细审,遽前拥抱。封拒曰:"妾非毛遂,乃曹丘生②。十一娘愿缔永好,请倩冰也③。"生愕然不信,封乃以钗示生。生喜不自已,矢曰:"劳眷注若此④,仆不得十一娘,宁终鳏耳。"封遂去。生诘旦浼邻媪诣范夫人,夫人贫之,竟不商女,立便却去。十一娘知之,心失所望,深怨封之误己也,而金钗难返,只须以死矢之。又数日,有某绅为子求婚,恐不谐,浼邑宰作伐⑤。时某方居权要,范公心畏之,以问十一娘,十一娘不乐。母诘之,默默不言,但有涕泪,使人潜告夫人:非孟生,死不嫁! 公闻,益怒,竟许某绅家。且疑十一娘有私意于生,遂涓吉速成礼⑥。十一娘忿不食,日惟耽卧⑦。至亲迎之前夕,忽起,揽镜自妆。夫人窃喜。俄侍女奔白:"小姐自经!"举宅惊涕,痛悔无所复及。三日遂葬。

【注释】

①冥想:深切的想念。

②妾非毛遂,乃曹丘生:意思是我并非自荐而是代人作媒。毛遂,战国时赵国平原君门下食客,曾自告奋勇,随从平原君出使楚国,联楚抗秦。见《史记·平原君列传》。后遂以"毛遂自荐"代指自我推荐。曹丘生,西汉人,他到处赞扬季布,季布因享盛名。见《史记·季布栾布列传》。后来遂以"曹丘生"指代荐引者或介绍者。

③倩冰:请托媒人。

④眷注:关心,关注。

⑤作伐:做媒。《诗·豳风·伐柯》:"伐柯如何,匪斧不克。取妻如何,匪媒不得。"后遂称作媒为"作伐"。

⑥涓吉:选定吉日。

⑦耽卧:卧床,嗜睡。

【译文】

当时,孟安仁家境贫寒而才华出众,又想选择称心的配偶,所以十八岁还没订婚。这一天,他忽然见到两位艳丽的女子,回家后仍然念念不忘。一更将尽时,封三娘敲门进屋。他用蜡烛一照,认出是白天见到的女子,便高兴地询问她。封三娘说:"我是封氏,是范氏十一娘的女伴。"孟安仁喜悦异常,来不及细问,便马上上前拥抱封三娘。封三娘拒绝了,说:"我不是自我推荐的毛遂,而是引荐别人的曹丘生。范十一娘愿意与你缔结百年之好,请你叫媒人提亲吧。"孟安仁非常惊讶,不肯相信。封三娘便把金凤钗拿给孟安仁看。孟安仁按捺不住心头的喜悦,发誓说:"承蒙如此看重,我如果不能娶十一娘为妻,就终身不娶。"封三娘随即离去。清晨,孟安仁央求邻居家的老太太去见范夫人,范夫人嫌孟安仁太穷,竟然不跟女儿商量,立即加以回绝。范十一娘得到消息后,心中大失所望,深深埋怨封三娘误了自己,但是金凤钗不能要回来,只得誓死守约。又过了几天,有位乡绅的儿子求婚,担心说合不成,就央求县令来当媒人。当时该乡绅正有权势,范公心怀畏惧,就此去问范十一娘的意见,范十一娘表示不愿意。范夫人问这是为什么,范十一娘沉默不语,只是流泪,又打发人暗中告诉范夫人,除了孟安仁,死也不嫁!范公听了更加生气,竟然许下该乡绅家的这桩婚事。而且范公还怀疑范十一娘与孟安仁有私情,于是选定吉日,让范十一娘赶紧完婚。范十一娘气得不吃饭,整天只是躺在床上昏睡。到了迎亲的前一天晚上,她忽然起身下床,对着镜子给自己打扮起来。范夫人暗自高兴。一会儿丫环跑来禀告说:"小姐上吊啦!"全家人惊讶痛哭,深切悔恨但也于事无补了。三天后,范家便安葬了范十一娘。

孟生自邻媪反命,愤恨欲绝,然遥遥探访,妄冀复挽。察知佳人有主,忿火中烧,万虑俱断矣。未几,闻玉葬香埋[1],惝然悲丧[2],恨不从丽人俱死。向晚出门,意将乘昏夜一哭十一娘之墓。欻有一人来,近之,则封三娘。向生曰:"喜姻好可就矣。"生泫然曰:"卿不知十一娘亡耶?"封曰:"我所谓就者,正以其亡。可急唤家人发冢,我有异药,能令苏。"生从之,发墓破棺,复掩其穴。生自负尸,与三娘俱归,置榻上,投以药,逾时而苏。顾见三娘,问:"此何所?"封指生曰:"此孟安仁也。"因告以故,始如梦醒。封惧漏泄[3],相将去五十里[4],避匿山村。封欲辞去,十一娘泣留作伴,使别院居。因货殉葬之饰,用为资度,亦称小有。

【注释】

①玉葬香埋：犹言"香消玉殒"，指美人死亡。

②惝(sè)然：悲恨的样子。

③漏泄：泄漏消息。

④相将：相伴，相送。

【译文】

　　自从邻家老太太回来讲了范家的态度，孟安仁气得要死，但仍然在一边打听消息，没来由地希望事情还能挽回。当察知范十一娘已经许配给别人时，他怒火中烧，万念俱灰。不久，得知范十一娘玉殒香消，他悲恨交集，意气颓丧，恨不能与范十一娘一道去死。天色向晚，孟安仁走出家门，心中打算趁昏黑的夜晚到范十一娘墓前痛哭一场。这时忽然走过一个人来，近前一看，原来是封三娘。封三娘对孟安仁说："恭喜你良缘可以实现了。"孟安仁泪水涟涟地说："你不知道十一娘死了吗？"封三娘说："我所说的良缘实现，正因为她死了。你可以赶紧叫家人来掘开坟墓，我有一种奇药，能让她复活。"孟安仁依言而行，掘开坟墓，启开棺材，取出尸体，再把墓穴埋好。孟安仁亲自背着尸体，与封三娘一起回到家里，把尸体放到床上，封三娘用过药，过了一个多时辰，范十一娘便复活了。范十一娘一看见封三娘，就问："这是什么地方？"封三娘指了指孟安仁说："这是孟安仁。"便向范十一娘讲了事情的经过，范十一娘这才如梦初醒。封三娘怕消息泄露，便把他们领到五十里外的山村里躲藏。封三娘要告辞离去，范十一娘哭着留她做伴，让她在另一个院子里住下。他们卖掉殉葬的首饰，作为度日的费用，也还算薄有资财。

　　封每遇生来，辄走避。十一娘从容曰："吾姊妹，骨肉不啻也①，然终无百年聚。计不如效英、皇②。"封曰："妾少得异诀③,吐纳可以长生④,故不愿嫁耳。"十一娘笑曰:"世传养生术,汗牛充栋⑤,行而效者谁也?"封曰:"妾所得非世人所知。世传并非真诀,惟华陀五禽图差为不妄⑥。凡修炼家无非欲血气流通耳,若得厄逆症⑦,作虎形立止,非其验耶?"十一娘阴与生谋,使伪为远出者。入夜,强劝以酒,既醉,生潜入污之。三娘醒曰:"妹子害我矣! 倘色戒不破,道成当升第一天⑧。今堕奸谋,命耳!"乃起告辞。十一娘告以诚意而哀谢之,封曰:"实相告:我乃狐也。缘瞻丽容,忽生爱慕,如茧自缠,遂有今日。此乃情魔之劫,非关人力。再留,则魔更生,无底止矣。娘子福泽正远,珍重自爱。"言已而逝。夫妻惊叹久之。

【注释】

①不啻:不只,不止。

②效英、皇:效仿娥皇、女英同嫁孟生。英、皇,指女英和娥皇,是尧的次女和长女。相传尧把她们一齐嫁给舜。见《列女传》。

③异诀:不同寻常的法术,秘诀。

④吐纳:道家的养生术,口吐浊气,鼻吸清气,据说可祛病延年。

⑤汗牛充栋:形容书籍之多。唐柳宗元《陆文通先生墓志》:"其为书,处则充栋宇,出则汗牛马。"

⑥华陀五禽图:古代一种体育图谱,相传为东汉名医华佗首创。其法仿效虎、鹿、熊、猿、鸟五种动物的姿态,展手伸足,俯身仰首进行活动。见《后汉书·华佗传》。华陀,即华佗。差:比较。

⑦厄逆症:气逆打嗝。

⑧升第一天:道家称神仙所居的地方为天,共有三十六天。升第一天,指达到道家修持的最高境界。

【译文】

每当封三娘见到孟安仁前来时，就回避走开。范十一娘从容地说："我们姐妹，比亲骨肉还亲，但终究不能团聚一辈子。想来不如效法娥皇、女英，一起嫁给孟生。"封三娘说："我从小得到异乎寻常的秘诀，通过吐纳的方法可以长生，所以不愿嫁人。"范十一娘笑着说："世上流传的养生术汗牛充栋，哪个行之有效啦？"封三娘说："我得到的秘诀，世人根本不知道。世上流传的并不是真诀，只有华佗的五禽图还算大体不虚。凡是修炼的人无非想使气血流通，如果气逆打嗝，炼虎形那一式，立刻就好，这不就是效验吗？"范十一娘暗中与孟安仁谋划一番，让孟安仁假装出远门。到了夜间，范十一娘硬劝封三娘喝酒，当她喝醉后，孟安仁偷偷进屋，与她同床。封三娘醒来说："妹子把我害了！如色戒不破，得道后能升到第一重天，如今中了奸计，这是命啊！"便起身告辞。范十一娘把自己的诚意告诉了封三娘，并伤心地表示歉意。封三娘说："说实话，我是狐狸。因为见你容貌美丽，忽然生出爱慕之心，如同作茧自缚，才会有今天。这是情魔造成的劫难，与人力无关。再留在这里，情魔还会产生，就没完没了了。你还有许多日子来享受福禄，请珍重自爱。"说罢消失不见了。夫妻二人久久惊叹不止。

　　逾年，生乡、会果捷①，官翰林。投刺谒范公，公愧悔不见，固请之，乃见。生入，执子婿礼，伏拜甚恭。公愧怒，疑生儇薄②。生请间，具道情事。公不深信，使人探诸其家，方大惊喜。阴戒勿宣，惧有祸变。又二年，某绅以关节发觉③，父子充辽海军④，十一娘始归宁焉⑤。

【注释】

①乡、会果捷：乡试、会试果然考中。乡，指乡试。会，指会试。

②佻薄：轻薄无行。

③关节：暗中行贿、说人情，旧时都叫"通关节"。

④充辽海军：充军到辽海卫去。辽海卫，明置，清废，在今辽宁开
原境。

⑤归宁：回门，回娘家。

【译文】

过了一年，孟安仁乡试、会试果然考中，在翰林院任职。他递上名帖，去见范公，范公愧恨交加，不愿相见，他再三请求，范公才同意见面。他走进屋，按女婿身份行礼，伏地叩头，非常恭敬。范公恼羞成怒，怀疑他在玩弄轻佻浮薄的花样。他请范公单独谈话，一一讲出事情的经过。范公不肯深信，派人到他家调查属实，才大为惊喜地相信了。范公暗中告诫家人不要把事情讲出去，怕招致灾祸变故的发生。又过了两年，那位乡绅因暗中疏通关节的行为被发觉，父子都被发配到辽海卫充军，范十一娘这才回娘家看望父母。

狐梦

【题解】

《聊斋志异》中固然有许多孤愤之作，也有相当多的游戏之笔。其创作的心境固然有"惊霜寒雀，抱树无温；吊月秋虫，偎阑自热"者，也有"有花有酒春常在，无灯无烛夜自明"的时候。《狐梦》大概就是属于后者的代表作。作品掺和了作者教书的自然环境、东家、友人、作者、作者的作品等诸元素，而且还有明确的创作时日，从中我们可以看到蒲松龄对自己作品的喜爱自负，周围朋友们的赞誉、崇拜和参与，见出其教书创作环境的闲暇、和谐，从容——那也是《聊斋志异》创作得以成功的重要因素呢。

《狐梦》不在于故事的曲折，人物的刻画，而是引《青凤》篇作比照，

渲染友人与狐女世界的浪漫嬉戏，叙生活细节，写闺中密谈，梦而非梦，非梦而梦，其中对话全用口语，生动活泼，如闻如见，其氛围和情调颇类似于莎士比亚的《仲夏夜之梦》。

　　余友毕怡庵①，倜傥不群②，豪纵自喜。貌丰肥，多髭，士林知名。尝以故至叔刺史公之别业③，休憩楼上。传言楼中故多狐，毕每读《青凤传》④，心辄向往，恨不一遇，因于楼上摄想凝思。既而归斋，日已寖暮⑤。时暑月燠热，当户而寝。睡中有人摇之，醒而却视，则一妇人，年逾不惑⑥，而风雅犹存。毕惊起，问其谁何，笑曰："我狐也。蒙君注念，心窃感纳。"毕闻而喜，投以嘲谑。妇笑曰："妾齿加长矣，纵人不见恶，先自惭沮。有小女及笄，可侍巾栉⑦。明宵，无寓人于室，当即来。"言已而去。至夜，焚香坐伺。妇果携女至，态度娴婉，旷世无匹。妇谓女曰："毕郎与有夙缘⑧，即须留止⑨。明旦早归，勿贪睡也。"毕与握手入帏，款曲备至。事已，笑曰："肥郎痴重，使人不堪！"未明即去。

【注释】

①毕怡庵：蒲松龄东家毕际有的族人。

②倜傥不群：豪爽洒脱，不同流俗。

③刺史公：指毕际有，曾任扬州府通州知州。刺史，清代用作"知州"的别称。别业：别墅。毕际有家有石隐园、绰然堂、效樊堂诸园林。

④《青凤传》：指《聊斋志异》之《青凤》篇。

⑤寖暮：将暮。寖，逐渐。

⑥年逾不惑：年纪超过四十。不惑，代指四十岁，《论语·为政》：
"四十而不惑。"

⑦侍巾栉(zhì)：侍奉梳洗，指充当侍妾。栉，梳发。

⑧夙缘：宿命，注定的缘分。

⑨留止：留宿。止，栖止。

【译文】

我的朋友毕怡庵，卓尔不群，以豪放不羁的行为自得其乐。他长得很胖，胡须浓密，在文人中很有名。毕怡庵曾经因事来到担任刺史的叔叔的别墅，在楼上歇息。传说楼中原来有许多狐狸，毕怡庵每当读《青凤传》时，心中就向往见到那样的狐狸，为从未相见而遗憾，因此便在楼上聚精会神地沉思起来。后来毕怡庵回到书斋，天色已经逐渐向晚。当时正值夏月，天气闷热，他在门口睡下。睡着后有人摇晃他，醒来一看，原来是一个妇人，年过四十，却也风韵犹存。他吃惊地起来问她是谁，妇人笑着说："我是狐狸。蒙你思念，深受感动，特来接受你的情意。"毕怡庵闻言很高兴，便对那妇人说些调笑戏谑的话。妇人笑着说："我年龄大了，即使别人还不嫌弃，自己先已羞愧沮丧了。我有个小女儿已经十五岁了，可以侍候你梳洗。明天夜里，不要让屋里住别人，她就会来。"说罢起身离去。第二天夜里，毕怡庵点香坐候。妇人果然把女儿带来，女郎姿态娴雅温柔，举世无双。妇人对女郎说："毕郎与你有前世的姻缘，你就住下吧。明天早上早点儿回家，不要贪睡。"毕怡庵握着女郎的手，一齐进了帐子，亲热至极。事后女郎笑吟吟地说："胖郎君太笨重，叫人受不了！"天没亮就走了。

既夕自来，曰："姊妹辈将为我贺新郎，明日即屈同去①。"问："何所？"曰："大姊作筵主，去此不远也。"毕果候之。良久不至，身渐倦惰。才伏案头，女忽入曰："劳君久伺矣。"乃握手而行。奄至一处②,有大院落。直上中堂③,则见灯烛荧荧,灿若星点。俄而主人出,年近二旬,淡妆绝美。敛衽称贺已,将践席,婢入白:"二娘子至。"见一女子入,年可十八九,笑向女曰:"妹子已破瓜矣④,新郎颇如意否?"女以扇击背,白眼视之。二娘曰:"记儿时与妹相扑为戏⑤,妹畏人数胁骨,遥呵手指,即笑不可耐。便怒我,谓我当嫁僬侥国小王子⑥。我谓婢子他日嫁多髭郎,刺破小吻,今果然矣。"大娘笑曰:"无怪三娘子怒诅也!新郎在侧,直尔憨跳⑦!"顷之,合尊促坐⑧,宴笑甚欢。

【注释】

①屈:屈尊。

②奄:忽然。

③中堂:正厅。

④破瓜:已婚,亦指婚龄。《通俗编·妇女》:"俗以女子破身为破瓜,非也。瓜字破之为二八字,言其二八十六岁也。"

⑤相扑为戏:原指摔跤活动,这里指相互打闹着玩耍。"相扑"之名始见于宋代《梦粱录》,是从秦汉角觚技艺中分出的一个体育运动项目。

⑥僬侥国:古代传说中的矮人国。《史记·孔子世家》:"僬侥氏三尺,短之至也。"又谓长一尺五寸,见《列子·汤问》。

⑦直尔憨跳:竟然如此胡闹。憨跳,傻闹。

⑧合尊促坐:凑近喝酒,紧挨着落座。晋左思《蜀都赋》:"合樽促席,引满相罚。"合,聚。尊,酒器。促坐,近坐,古时席地而坐,坐近称"促席"或"促坐"。

【译文】

到了晚上,女郎独自前来,说:"姐妹们要为我祝贺新婚,请你明天屈驾与我同去。"毕怡庵问:"在哪里?"女郎说:"大姐作东道,离这里不远。"毕怡庵果然等候赴宴。等了许久,女郎仍没到来,他渐渐感到身体困倦。刚伏在案上,女郎忽然走进门来说:"有劳你久等啦。"便握着他的手出发。他们忽然来到一个地方,那里有座大院落。他们直接走进中堂,只见灯烛荧荧闪光,灿若星辰。不久主人走了出来,这是一位年近二十的女子,装束淡雅,绝顶漂亮。主人恭敬地整理一下衣襟,施礼祝贺完毕,准备入席,这时丫环进来说:"二娘子到。"只见一个女子走了进来,大约十八九岁,笑着对女郎说:"妹子已经尝过结婚的滋味了,新郎还算如意吧?"女郎用扇子打二姐的后背,用白眼瞪她。二姐说:"记得小时和妹子相互打闹玩耍,妹子怕人数肋骨,只要远远地向手指呵气,就笑得合不上口。妹子就生我的气,说我会嫁给矮人国的小王子。我说你这丫头将来嫁给一个大胡子的男人,那胡子刺破你的小嘴,今天果真如此。"大姐笑着说:"难怪三妹气得咒你,新郎就在身边,你竟这般胡闹!"一会儿,大家凑近喝酒,靠近坐下,一边吃吃喝喝,一边说说笑笑,都非常快活。

忽一少女抱一猫至,年可十一二,雏发未燥[1],而艳媚入骨。大娘曰:"四妹妹亦要见姊丈耶? 此无坐处。"因提抱膝头,取肴果饵之。移时,转置二娘怀中,曰:"压我胫股酸痛!"二姊曰:"婢子许大,身如百钧重[2],我脆弱不堪。既欲见姊夫,姊夫故壮伟,肥膝耐坐。"乃捉置毕怀。入怀香奭,轻若无人,毕抱与同杯饮。大娘曰:"小婢勿过饮,醉失仪容,恐姊夫所笑。"少女孜孜展笑,以手弄猫,猫戛然鸣。大娘曰:"尚不抛却,抱走蚤虱矣!"二娘曰:"请以狸奴为令,执箸交传,鸣处则饮。"众如其教。至毕辄鸣,毕故豪饮,连举数觥,乃知小女子故捉令鸣也,因大喧笑。二姊曰:"小妹子归休! 压煞郎君,恐三姊怨人。"小女郎乃抱猫去。

【注释】

①雏发未燥:犹言胎毛未干,谓其稚气未消。

②钧:古代重量单位,三十斤曰一"钧"。

【译文】

忽然有一个小女孩抱着一只猫前来,她大约十一二岁,童发尚未脱尽,娇艳妩媚却深透骨髓。大姐说:"四妹妹也要来见姐夫吗? 这里没地方坐了。"便拉过来抱在膝上,夹菜肴果品给她吃。过了一阵子,大姐把四妹放在二姐的怀里,说:"把我的腿压得酸疼!"二姐说:"丫头这么大了,身子好像有几百斤重,而我身子单薄不经压。既然是来见姐夫的,姐夫本来就高大健壮,膝头胖胖的,也经坐。"便把四妹抱起来放到毕怡庵的怀里。在毕怡庵的怀里,四妹又香又软,轻若无人,毕怡庵便抱着她同杯喝酒。大姐说:"小丫头别喝太多,喝醉了会有失仪态,恐怕姐夫会笑话的。"四妹不停地开颜欢笑,用手逗猫,猫"喵喵"直叫。大姐说:"还不把猫丢开,把跳蚤虱子都抱到身上啦!"二姐说:"请大家用猫来行酒令,大家往下传筷子,猫叫时传到谁手,谁就喝酒。"大家依言进行。筷子一传到毕怡庵手里猫就叫,毕怡庵本来酒量大,这时一连喝了好几杯,却发现是四妹故意把猫掐叫的,于是大家放声哄笑。二姐说:"小妹子回去吧! 压坏了新郎,恐怕你三姐要埋怨人。"四妹便抱着猫离席而去。

大姊见毕善饮,乃摘髻子贮酒以劝①。视髻仅容升许②,然饮之,觉有数斗之多。比干视之,则荷盖也。二娘亦欲相酬,毕辞不胜酒。二娘出一口脂合子,大于弹丸,酌曰:"既不胜酒,聊以示意。"毕视之,一吸可尽;接吸百口,更无干时。女在傍以小莲杯易合子去,曰:"勿为奸人所弄。"置合案上,则一巨钵。二娘曰:"何预汝事! 三日郎君,便如许亲爱耶!"毕持杯向口立尽。把之腻软,审之,非杯,乃罗袜一钩③,衬饰工绝。二娘夺骂曰:"猾婢! 何时盗人履子去,怪道足冷冰也!"遂起,入室易舄④。

【注释】

①髻子:旧时妇女的假发髻。

②升:容量单位。后文之"斗",也指量酒的单位。十升为一斗。

③罗袜:指绣鞋。三国魏曹植《洛神赋》:"凌波微步,罗袜生尘。"

④舄:鞋。

【译文】

大姐见毕怡庵能喝酒,便摘下髻子来盛上酒请他喝。他看髻子只能盛一升左右的酒,但喝起来觉得有数斗之多。等喝光一看,那髻子却是一张大荷叶。二姐也要敬酒,毕怡庵推辞说喝不了了。二姐拿出一个比弹丸稍大的口红盒子,斟上酒说:"既然酒量到了,就用它表示一下意思。"毕怡庵一看,认为可以一口喝完,而接连喝了上百口酒,仍然没有喝光。女郎在旁边用小莲花杯换了口红盒子,说:"别让奸人捉弄了。"把口红盒子放到案上,却是一只巨钵。二姐说:"关你何事! 才当了你三天的郎君,就这样亲爱吗!"毕怡庵拿起酒杯,送到嘴边,一饮而尽。却觉得手里拿着的酒杯变得滑腻柔软,仔细一看,那不是酒杯,却是一只绣鞋,做工精巧绝伦。二姐夺过绣鞋骂道:"狡猾的丫头! 什么时候偷走了人家的鞋子,怪不得脚冷冰冰的!"便起身进屋换鞋。

　　女约毕离席告别。女送出村,使毕自归。瞥然醒寤,竟是梦景,而鼻口醺醺,酒气犹浓,异之。至暮,女来,曰:"昨宵未醉死耶?"毕言:"方疑是梦。"女曰:"姊妹怖君狂噪①,故托之梦,实非梦也。"

【注释】

①怖君狂噪:担心你大惊小怪,高声叫嚷。

【译文】

　　女郎拉着毕怡庵离开酒席,告别众人。把他送出村子,让他自己回家。这时他忽然醒来,知道刚才是在做梦,可是口鼻之间醉醺醺的,还在发出浓香的酒气,因此深感诧异。到暮色来临时,女郎到来说:"昨夜没醉死吗?"毕怡庵说:"我正怀疑那是做梦。"女郎说:"姐妹们怕你疯狂聒噪,所以假托做梦,其实不是梦。"

　　女每与毕弈,毕辄负。女笑曰:"君日嗜此,我谓必大高着,今视之,只平平耳。"毕求指诲①。女曰:"弈之为术,在人自悟,我何能益君?朝夕渐染,或当有异。"居数月,毕觉稍进。女试之,笑曰:"尚未,尚未。"毕出与所尝共弈者游,则人觉其异,咸奇之。毕为人坦直,胸无宿物②,微泄之。女已知,责曰:"无惑乎同道者不交狂生也。屡嘱慎密,何尚尔尔!"怫然欲去③。毕谢过不遑,女乃稍解,然由此来寖疏矣。

【注释】

①指诲:指导教诲。

②胸无宿物:指心里藏不住事儿。宿,旧。

③怫然：生气的样子。

【译文】

　　女郎每次与毕怡庵下棋，毕怡庵总是落败。女郎笑着说："你整天嗜好此道，我以为一定会有出奇的高招，现在看来，只是平平。"毕怡庵求女郎指点，女郎说："下棋作为一种技艺，靠人自己领悟，我哪能使你长进？经常受到潜移默化的影响，也许能有所提高。"过了几个月，毕怡庵觉得稍有进境。女郎试了试他的棋力，笑着说："还不成，还不成。"毕怡庵出门与曾经一起对弈的朋友下棋，人们都觉得他很有长进，都感到莫名其妙。毕怡庵为人坦荡直率，心里存不住事，就稍微透露了一些情况。女郎得知后，责备毕怡庵说："无怪乎同道之人不与狂生交往。我屡次嘱咐你要谨慎地保守秘密，你怎么还这个样子！"气得要马上离去。毕怡庵一味道歉认错，女郎才稍稍消气，但从此逐渐来得少了。

　　积年馀，一夕来，兀坐相向①。与之弈，不弈；与之寝，不寝。怅然良久，曰："君视我孰如青凤？"曰："殆过之。"曰："我自惭弗如。然聊斋与君文字交②，请烦作小传，未必千载下无爱忆如君者。"毕曰："夙有此志，曩遵旧嘱，故秘之。"女曰："向为是嘱，今已将别，复何讳？"问："何往？"曰："妾与四妹妹为西王母征作花鸟使③，不复得来。曩有姊行④，与君家叔兄，临别已产二女，今尚未醮。妾与君幸无所累。"毕求赠言，曰："盛气平，过自寡。"遂起，捉手曰："君送我行。"至里许，洒涕分手，曰："彼此有志，未必无会期也。"乃去。

【注释】

①兀坐：端坐，呆坐。兀，茫然无所知的样子。

②聊斋：蒲松龄的书斋名。这里指代蒲松龄。

③西王母：神话人物。《山海经》说她是虎齿、蓬首、善啸的怪物。在以后的神话传说中，则逐渐把她塑造成为一位端庄威严的女神。花鸟使：唐天宝年间，曾挑选风流艳丽的宫女，叫她们照料宴会，名曰"花鸟使"。见《天中记》。这里指侍奉西王母酒筵的仙女。

④姊行(háng)：姐辈。行，行辈。

【译文】

过了一年多，女郎有一天晚上到来后，面对毕怡庵直愣愣地坐着。跟她下棋，她不下，跟她去睡，她不睡。女郎惆怅了许久，才说："你看我与青凤谁强？"毕怡庵说："恐怕你比她强。"女郎说："我却自愧不如。不过聊斋先生与你是诗文相交的朋友，请烦他为我作一篇小传，千年以后未必没有像你这样喜欢我想念我的人。"毕怡庵说："我早就有这个想法，只是过去遵守你原先的嘱咐，所以秘而不宣。"女郎说："以往我是这样嘱咐的，现在就要分别了，还隐讳什么？"毕怡庵问女郎："到哪里去？"女郎说："我和四妹妹被西王母征召为花鸟使，不能再来。以前有个姐姐辈的与你家的叔伯哥哥相好，临别前已经生下两个女孩，现在还没出嫁。幸亏我与你没有什么拖累。"毕怡庵请女郎临别赠言，女郎说："平息盛气，自然少错。"便站起身来，拉着毕怡庵的手说："你送我走。"走了一里左右，女郎流着泪水分手告别说："只要你我有意，未必没有相见的日子。"便一人走了。

康熙二十一年腊月十九日，毕子与余抵足绰然堂①，细述其异。余曰："有狐若此，则聊斋之笔墨有光荣矣。"遂志之。

【注释】

①抵足：两人同榻，足相接而眠。《聊斋诗集·补遗》收有《腊月十

九日,与毕怡庵绰然堂谈狐梦》一诗:"咚咚腊鼓送残岁,少集消寒欣把袂。天寒晷短逼青阳,日云暮矣夜以继。朔风吹冷绰然堂,华灯灿燃无光。诗心酒胆迸而发,剧谈益烈相癫狂。人生大半不如意,放言岂必皆游戏? 缘来缘去信亦疑,道是西池青鸟使,一群姊妹杂痴嗔,翠绕珠围索解人。刺史高楼一角明,香梦重寻春复春。"但此诗未收录于《聊斋诗集》。

【译文】

康熙二十一年腊月十九日,毕怡庵与我在绰然堂脚对脚地同榻共寝,详细讲述了这个奇异的故事。我说:"有这样的狐狸可写,聊斋的笔墨也放射光芒了。"于是记述了这个故事。

布客

【题解】

《布客》写一个布商得知自己的死期后,听从了勾死鬼卒的建议,建桥做好事,于是延续了自己的生命。

在中国的传统文化中,一直缺乏感恩国家,服务社会的观念。所谓慈善,大都从"善有善报,恶有恶报"出发,即"积善之家必有馀庆,积不善之家必有馀殃"。虽然鬼卒的建议出发点是"子行死矣,一文亦将不去",但是在旧的年代的确可以唤醒天下痴人,从利害得失的角度推动慈善事业的发展。不过在进入现代的公民社会后,中国人的慈善观念应该与时俱进。

长清某①,贩布为业,客于泰安②。闻有术人工星命之学③,诣问休咎④。术人推之曰:"运数大恶,可速归。"某惧,囊赀北下。途中遇一短衣人,似是隶胥⑤,渐渍与语⑥,遂相知悦。屡市餐饮，呼与共啜⑦，短衣人甚德之。某问所干营⑧，答言："将适长清，有所勾致⑨。"问为何人。短衣人出牒，示令自审，第一即己姓名。骇曰："何事见勾？"短衣人曰："我非生人，乃蒿里山东四司隶役⑩。想子寿数尽矣。"某出涕求救，鬼曰："不能。然牒上名多，拘集尚需时日。子速归，处置后事，我最后相招，此即所以报交好耳。"无何，至河际，断绝桥梁，行人艰涉。鬼曰："子行死矣，一文亦将不去。请即建桥，利行人，虽颇烦费，然于子未必无小益。"某然之。

【注释】

①长清：今山东济南长清区。

②泰安：位于山东的中部泰山南麓，今为泰安市。

③工：精通。星命之学：用星象算命的学问。按照星象家的解释，人的命运常同星宿的位置、运行有关，故把人出生年月日时配以天干地支而成"八字"，按天星运数，附会人事，推算人的命运。这种方术被称为"星命之学"。

④休咎：吉凶。

⑤隶胥：同"吏胥"。官府中的小吏。

⑥渐渍（zì）：浸润，这里是逐渐的意思。

⑦啜：吃喝。

⑧干营：办事。

⑨勾致：捉拿，拘捕。

⑩蒿里山：据《泰安县志》卷七及《岱览·岱麓诸山》，蒿里山本名高里山，在泰安城西南三里。山有十殿阎君，掌管人世间的生死祸福。又，《汉乐府》有《蒿里》："蒿里谁家地？聚敛魂魄无贤愚。鬼伯一何相催促？人命不得少踟蹰。"是当时的挽歌。

【译文】

长清县的某人,以卖布为业,客居于泰安。他听说有个术士精通星命之学,便去问祸福。术士推算一番说:"你的运数很糟糕,应快快回家。"卖布的为之恐惧,带着钱财北归。他在途中遇到一个身穿短衣的人,像是差役,渐渐在一起交谈,便互相熟悉亲热起来。卖布的多次买来餐饮,招呼短衣人一起吃喝,短衣人甚为感激。卖布的问短衣人去办什么事,短衣人回答说:"准备到长清县去捉人。"卖布的问捉什么人,短衣人拿出公文,让他自己细看,公文上第一个写的就是卖布人自己的姓名。卖布人惊骇地说:"为什么抓我?"短衣人说:"我不是活人,而是嵩里山东四司的差役。想必是你的寿命到头了。"卖布人流着泪水求救。鬼差说:"我没办法。不过公文上名字很多,捉到一起还需要一些时日。你快回家处理后事,我最后招你,这就是我对交情的报答了。"不久,来到河边,河上桥梁已断,行人艰难地趟水过河。鬼差说:"你要死啦,一文钱也带不走。请马上建一座桥来方便行人,虽然花费许多钱财,但对你未必没有一点儿好处。"卖布的深以为然。

归,告妻子作周身具①,尅日鸠工建桥②。久之,鬼竟不至,心窃疑之。一日,鬼忽来曰:"我已以建桥事上报城隍,转达冥司矣,谓此一节可延寿命。今牒名已除,敬以报命③。"某喜感谢。后再至泰山,不忘鬼德,敬赍楮锭④,呼名醻奠。既出,见短衣人匆遽而来曰:"子几祸我!适司君方莅事,幸不闻知,不然,奈何!"送之数武,曰:"后勿复来。倘有事北往,自当迂道过访⑤。"遂别而去。

【注释】

①周身具:指衣物棺椁等葬具。

②尅日：也作"刻日"，定期。尅，严格限定。鸠工：聚集工人。

③报命：回复，报告。

④赍(jī)：携带。楮锭：纸钱，纸锞。

⑤迂道：绕道。

【译文】

　　卖布的回家后告诉妻子准备棺材衣物，又限期招集工匠修建新桥。过了多日，鬼差始终没来，卖布的心里暗生疑虑。一天，鬼差忽然前来说："我已经把建桥的事上报城隍，城隍已经转达阴司，阴司说这一件事可以延长寿命。如今公文上的名字已经除掉，我特意告诉你一声。"卖布的高兴地表示感谢。后来，卖布的又来到泰山，他念念不忘鬼差的恩德，恭敬地烧化纸钱，喊着鬼差的名字加以祭奠。刚出庙门，只见鬼差匆忙走来说："你几乎害了我！幸亏东四司的长官刚才正在办公，不知此事，要是知道了，可怎么办！"送了卖布的几步，说："以后你别再来。如果我有事到北边去，自然会绕道前去拜访。"便告别离去。

农人

【题解】

　　本篇由两个相续的有趣故事组成。前一个故事讲一只狐狸在偷食陶器中的食物时被拿锄头的农夫发现，惊慌中头套在陶器中逃脱不了，狼狈不堪，后来"触器碎落"，才得以逃窜。后一个故事讲这个狐狸蛊惑一个贵家女，无意中道出它的历险经历，于是这家便请来了旧日的农夫按当时场景穿戴起来，吓跑了狐狸。

　　编织故事需要想象力和联想力，也需要在现实生活中随处留心，予以开掘。前一个故事大概是现实生活中偶然发生的趣事。在一般人，可能也就止于笑谈。但蒲松龄则由前一个故事经过加工，生发编织出来后续的故事。无论是狐狸自言昔日被一个"戴阔笠，持曲项兵"的人所威胁，还是农人"披戴如尔日状，入室以锄卓地，咤曰：'我日觅汝不可得，汝乃逃匿在此耶！今相值，决杀不宥！'"都令人忍俊不禁，无论在故事的结构和趣味上都显然对简单的趣闻加以引申提升了。

　　有农人芸于山下①，妇以陶器为饷②。食已，置器垅畔。向暮视之，器中馂粥尽空。如是者屡。心疑之，因睨注以觇之③。有狐来，探首器中。农人荷锄潜往，力击之。狐惊窜走，器囊头④，苦不得脱。狐颠蹶⑤，触器碎落，出首，见农人，窜益急，越山而去。

【注释】

①芸（yún）：通"耘"。除草。

②饷：给田间劳动者送饭。

③睨（nì）注：意为从旁注视。睨，斜视。

④囊头：套在头上。

⑤颠蹶：摔倒。

【译文】

　　有一个农民在山下除草，妻子用陶罐给他送饭。农民吃完饭，把陶罐放在田垄旁边。到傍晚一看，陶罐中的剩粥全都没了。一连几次都是这样。农民心怀疑虑，从一旁斜着眼睛注意察看。只见有一只狐狸前来，把头伸进陶罐里。农民拿着锄头悄悄上前，用力猛打，狐狸惊慌逃窜，可是陶罐套在头上，很难摆脱。狐狸跌了一跤，碰碎了陶罐，露出头来，看见农民，逃得更快，翻山跑了。

　　后数年，山南有贵家女，苦狐缠祟，敕勒无灵①。狐谓女曰："纸上符咒，能奈我何！"女绐之曰②："汝道术良深，可幸永好。顾不知生平亦有所畏者否?"狐曰:"我罔所怖。但十年前在北山时,尝窃食田畔,被一人戴阔笠③,持曲项兵④,几为所戮,至今犹悸⑤。"女告父。父思投其所畏,但不知姓名、居里,无从问讯。

【注释】

①勑(chì)勒:驱祟符箓。

②绐:骗。

③阔笠:大沿斗笠。

④曲项兵:指锄头。兵,兵器。

⑤悸:心悸,害怕。

【译文】

几年以后,山南有个大户人家的女儿,深受狐狸纠缠作祟的困扰,画符驱邪都不灵验。狐狸对那女儿说:"纸上的符咒,能把我怎样!"女儿哄骗狐狸说:"你的道术很深,我愿跟你永远相好。但不知你一生也有什么害怕的没有?"狐狸说:"我什么都不怕。只是十年前在北山时,我曾到田边偷吃东西,被一个戴大沿斗笠的人拿歪脖子武器差点儿没打死,至今心里还在害怕。"女儿告诉了父亲。父亲想用这个使狐狸害怕的人来治狐狸,但是不知姓名、住址,也没处打听。

会仆以故至山村,向人偶道。旁一人惊曰:"此与吾曩年事适相符同,将无向所逐狐①,今能为怪耶?"仆异之,归告主人。主人喜,即命仆马招农人来,敬白所求。农人笑曰:"曩所遇诚有之,顾未必即为此物。且既能怪变,岂复畏一农人?"贵家固强之,使披戴如尔日状②,入室以锄卓地③,咤曰:"我日觅汝不可得,汝乃逃匿在此耶!今相值④,决杀不宥！"言已，即闻狐鸣于室。农人益作威怒，狐即哀言乞命。农人叱曰："速去！释汝！"女见狐奉头鼠窜而去，自是遂安。

【注释】

①将无：得无，莫非。向：从前。

②尔日：那天，指从前击狐之日。

③卓（zhuō）地：植立于地。卓，植立，竖击。

④相值：相逢。

【译文】

恰巧仆人因事来到山村，向人偶然提起此事。旁边有一个人惊讶地说："这与我往年的经历正好相同，莫非我从前追赶的那只狐狸，现在能作怪了？"仆人感到诧异，回去告诉了主人。主人非常高兴，立即吩咐仆人用马把农民接来，恭敬地讲了自己的请求。农民笑着说："以前遇到狐狸实有其事，但未必就是现在这只。况且这只狐狸已能变化作怪，怎会还怕一个农民？"大户人家再三勉强农民去驱邪，让他穿戴成往日的样子，农民走进屋里，以锄头拄地，呵斥说："我天天找你找不到，你原来逃避在这里吗！今天让我碰上，一定打死，决不饶恕！"说罢便听见狐狸在屋里哀叫。农民越发作出盛怒的样子，狐狸当即哀求饶命。农民呵斥说："快走！这次放了你！"女儿看见狐狸抱头鼠窜而去，从此平安无事。

章阿端

【题解】

《章阿端》是《聊斋志异》鬼故事中讲说民间鬼的风俗最为丰富的篇章。它通过卫辉戚生与女鬼章阿端以及妻子的悲欢离合，讲述了人鬼之间生生死死的各种离奇经历和风俗。

　　篇中有些风俗传说，如烧纸钱，死后托生，为民间口耳流传已久的内容，蒲松龄娓娓道来，如数家珍，如话家常，一方面反映了蒲松龄对它们的熟稔，另一方面也反映了这些鬼的风俗在民间流传深入人心。这是《聊斋志异》鬼故事得以创作和流传的文化基础。有些风俗的描写，比如"人死为鬼，鬼死为聻。鬼之畏聻，犹人之畏鬼"，鬼生病也需要巫医跳大神，虽然在古代文献中也有某些零散的记录，但衍为小说的情节，显然为蒲松龄的首创，成为本篇最具想象力的部分。何垠评论此篇说："鬼聻复有死生，荒唐极矣！"冯镇峦说："鬼中之鬼，演成一派鬼话。"不过，本篇虽然"荒唐极矣"，却也变形而真实地反映了现实生活中夫妻的真挚深厚情感，揭示了衙门差役贿赂公行的腐败——即使在阴间的鬼蜮世界也毫不含糊！

　　卫辉戚生①，少年蕴藉②，有气敢任③。时大姓有巨第，白昼见鬼，死亡相继，愿以贱售。生廉其直，购居之。而第阔人稀，东院楼亭，蒿艾成林，亦姑废置。家人夜惊，辄相哗以鬼。两月馀，丧一婢。无何，生妻以暮至楼亭，既归，得疾，数日寻毙。家人益惧，劝生他徙，生不听。而块然无偶④，憭栗自伤⑤。婢仆辈又时以怪异相聒⑥，生怒，盛气襆被⑥，独卧荒亭中，留烛以觇其异。久之无他，亦竟睡去。

【注释】

①卫辉：府名。位于河南北部，明清治所在今河南汲县。现为河南卫辉市。

②蕴藉：文质彬彬。

③有气敢任：纵性使气，敢做敢当。

④块然：孤独的样子。

⑤憀(liáo)栗：凄怆忧伤。

⑥襆(fú)被：裹束衣被。

【译文】

　　卫辉府的戚生，年纪轻轻，文质彬彬，而又任性使气，敢做敢当。当时，一家世家大族有一座颇具规模的宅第，白天闹鬼，接连死人，愿意低价出售。戚生认为价格便宜，便买来居住。然而宅第空阔，人口稀少，东院楼亭周围，荒蒿野艾繁密成林，也暂且搁置不住。在夜里，家人受到惊扰，总是大喊有鬼。经过两个多月，死了一个丫环。不久，戚生的妻子在傍晚前往楼亭，回来就得了病，没几天便一命呜呼。家人更加恐惧，劝戚生搬家，戚生不听。但他孤身独处，没有伴侣，心境凄凉，为自己伤感不已。众丫环仆人又不时向他絮叨种种怪异之事，惹得他大发脾气，一怒之下，抱着被褥，独自在罕有人迹的亭子中躺下，仍然点着蜡烛，来察看会有什么怪事出现。等了许久，并无异常现象，戚生也就这么睡着了。

　　忽有人以手探被，反复扪搎①。生醒视之，则一老大婢，挛耳蓬头②，臃肿无度。生知其鬼，捉臂推之，笑曰："尊范不堪承教③！"婢惭，敛手蹀躞而去④。少顷，一女郎自西北隅出，神情婉妙，闯然至灯下，怒骂："何处狂生，居然高卧⑤！"生起笑曰："小生此间之第主⑥，候卿讨房税耳。"遂起，裸而捉之，女急遁。生先趋西北隅，阻其归路，女既穷，便坐床上。近临之，对烛如仙，渐拥诸怀。女笑曰："狂生不畏鬼耶？将祸尔死！"生强解裙襦⑦，则亦不甚抗拒。已而自白："妾章氏，小字阿端。误适荡子，刚愎不仁⑧，横加折辱，愤悒夭逝，瘗此二十馀年矣。此宅下皆坟冢也。"问："老婢何人?"曰:"亦一故鬼,从妾服役。上有生人居,则鬼不安于夜室。适令驱君耳。"问:"扪掭何为?"笑曰:"此婢三十年未经人道⑨,其情可悯,然亦太不自谅矣。要之:馁怯者⑩,鬼益侮弄之;刚肠者,不敢犯也。"听邻钟响断,着衣下床,曰:"如不见猜,夜当复至。"

【注释】

①扪掭(sūn):摸索。

②挛(luán)耳蓬头:耳朵卷曲,头发散乱。形容妇女老丑之态。宋玉《登徒子好色赋》:"其妻蓬头挛耳,齞唇历齿。"挛,蜷曲不伸。

③尊范:犹言"尊容"。范,模,模样。

④踱躞:行进艰难的样子。

⑤高卧:大模大样,高枕而卧。

⑥第主:房主。

⑦襦(rú):上衣。

⑧刚愎(bì)不仁:暴戾专横,无相爱之心。《左传·宣公十二年》:"其佐先縠,刚愎不仁,未肯用命。"

⑨人道:这里指男女性爱之事。

⑩馁怯:气馁胆怯。

【译文】

忽然有人把手伸进被里,反复摸来摸去。戚生醒来一看,原来是一个年纪很大的丫环,耳朵蜷曲,头发蓬乱,极为肥胖。戚生知道她是鬼,捉住她的胳膊一推,笑嘻嘻地说:"这副尊容,难以领教!"丫环自惭形秽,缩回手去,迈着小步走开。不一会儿,一个女郎从西北角走出,神情美妙动人,不管不顾地来到灯下,生气地骂道:"哪里来的胆大妄为的书生,居然大模大样地睡在这里!"戚生起身笑着说:"我是这所宅第的主人，等着找你要房租的。"便站起身来，光着身子去捉女郎，女郎急忙逃跑。戚生抢先跑到西北角，拦住归路，女郎无路可走，便在床上坐下。戚生走近了女郎，在烛光下一看，简直美如天仙，便慢慢把她抱在怀里。女郎笑吟吟地说："狂妄的家伙不怕鬼吗？会祸害死你！"戚生强行解开女郎的衣裙，女郎也不太抵抗。事后女郎介绍自己说："我姓章，小名阿端。误嫁一个浪荡汉子，他自以为是，残暴不仁，对我横加折磨羞辱，使我悲愤抑郁，早年夭折，埋在这里二十多年了。这所宅第下面全是坟墓。"戚生问："那个老丫环是谁？"章阿端说："她也是一个死鬼，侍候我的。上面有活人居住，鬼在墓中就不安宁。刚才是我让她把你赶走的。"戚生问："她为什么摸来摸去的？"章阿端笑着说："这丫环三十多岁了，没跟男人睡过，情形挺可怜的，不过她也太没有自知之明了。总之，谁胆怯，鬼就加劲予以辱弄；谁刚强，鬼就不敢加以侵犯。"听到近处的晨钟已经响过，便穿衣下床，说："如果你不猜疑，夜里我会再来。"

入夕，果至，绸缪益欢①。生曰："室人不幸殂谢②，感悼不释于怀。卿能为我致之否③？"女闻之益戚④，曰："妾死二十年，谁一致念忆者？君诚多情，妾当极力。然闻投生有地矣，不知尚在冥司否。"逾夕，告生曰："娘子将生贵人家。以前生失耳环，挞婢，婢自缢死，此案未结，以故迟留。今尚寄药王廊下⑤，有监守者。妾使婢往行贿，或将来也。"生问："卿何闲散？"曰："凡枉死鬼不自投见，阎摩天子不及知也⑥。"二鼓向尽，老婢果引生妻而至。生执手大悲，妻含涕不能言。女别去，曰："两人可话契阔⑦，另夜请相见也。"生慰问婢死事，妻曰："无妨，行结矣。"上床偎抱，款若平生之欢。由此遂以为常。

【注释】

①绸缪(móu)：犹缠绵，谓情意深厚。

②殂谢：死亡。

③致：招致，招来。

④戚：伤感。

⑤药王：佛教菩萨名。为施与良药，救治众生身心两种病苦之菩萨，是阿弥陀佛二十五菩萨之一。隋代嘉祥大师疏《法华经》时说："药王者，过去世以药救病，因以为名。"《妙法莲华经》的《妙庄严王本事品》，有药王菩萨本生传记。

⑥阎摩天子：即阎罗王，又称"阎罗"、"阎王"。原为古印度神话中管理阴间之神，佛教沿用其说，称为管理地狱的魔王。传说他手下有十八判官，分管十八地狱。主管决断善恶、追摄罪人、轮回转世等事。

⑦话契阔：叙谈久别之情。

【译文】

到了晚上，章阿端果然前来，两人缠缠绵绵，更加欢乐。戚生说："我的妻子不幸去世，感伤哀悼难以从心中排除。你能为我把她招来吗？"章阿端听了更加伤心，说："我死了二十年，谁想念过我一次？你真是多情，我会尽力帮忙。不过，听说她已有了投生的地方，不知是否还在阴间。"过了一晚，章阿端告诉戚生说："你的妻子即将投生到贵人家。由于她前生丢了耳环，便打丫环，丫环上吊而死，这案子还没了结，所以滞留阴间。现在她还寄身于药王廊下，并有人看守。我打发丫环前去行贿，也许快来了。"戚生问："你为什么能闲散自由？"章阿端说："冤死鬼只要自己不去投案进见，阎王就没工夫过问。"二更将尽时，老丫环果然把戚生的妻子领来。戚生握着妻子的手万分悲恸，妻子眼含泪水，说不出话来。章阿端告别要走，说："你们两人可以共话久别之情，让我们改天夜里再相见。"戚生关心地问起妻子前生的丫环上吊的案件，妻子说:"不碍事,快结案了。"两人上床依偎拥抱,像妻子活着时一样欢乐。从此便经常如此。

后五日,妻忽泣曰:"明日将赴山东,乖离苦长①,奈何?"生闻言,挥涕流离,哀不自胜。女劝曰:"妾有一策,可得暂聚。"共收涕询之。女请以钱纸十提②,焚南堂杏树下,持贿押生者,俾缓时日。生从之。至夕,妻至曰:"幸赖端娘,今得十日聚。"生喜,禁女勿去,留与连床,暮以暨晓③,惟恐欢尽。过七八日,生以限期将满,夫妻终夜哭,问计于女。女曰:"势难再谋。然试为之,非冥资百万不可。"生焚之如数。女来,喜曰:"妾使人与押生者关说④,初甚难,既见多金,心始摇。今已以他鬼代生矣。"自此白日亦不复去,令生塞户牖,灯烛不绝。

【注释】

①乖离:别离。

②十提:十串。提,纸钱一串为一提。

③暨:至,到。

④关说:说情,打通关系。

【译文】

五天以后,妻子忽然哭哭啼啼地说:"明天我要到山东投生,离别的时间太长,如何是好?"戚生听了这话,哭得泪水淋漓,悲不自胜。章阿端劝解说:"我有一个主意,能使你们暂时团聚。"夫妻二人都止住哭泣,问有何高见。章阿端请戚生拿十挂纸钱在南堂的杏树下焚烧,拿去贿赂押送投生的差役,让他延缓一些日子。戚生依言而行。到了晚上,妻子前来说:"幸亏端姑娘的主意,现在我们还能相聚十天。"戚生大喜,留下章阿端不让她走，同床而卧，从日暮到破晓，唯恐欢乐到头。过了七八天，戚生因限期将满，夫妻整夜哭个不停，又向章阿端问计。章阿端说："看情形很难再有办法。不过可以试试看，只是非有阴间的一百万钱不可。"戚生如数烧了纸钱。章阿端来了，高兴地说："我让人跟押送投生的差役说情，起初很难说通，后来看到钱多，才动了心。现在已经让别的鬼代为投生去了。"从此，她们在白天也不再离开，让戚生关闭门窗，整天点着灯烛。

　　如是年馀，女忽病，瞀闷懊侬①，恍惚如见鬼状。妻抚之曰："此为鬼病。"生曰："端娘已鬼，又何鬼之能病？"妻曰："不然。人死为鬼，鬼死为聻②。鬼之畏聻，犹人之畏鬼也。"生欲为聘巫医，曰："鬼何可以人疗？邻媪王氏，今行术于冥间，可往召之。然去此十馀里，妾足弱，不能行，烦君焚刍马③。"生从之。马方爇，即见女婢牵赤骝④，授绥庭下⑤，转瞬已杳。少间，与一老姬叠骑而来⑥，絷马廊柱。姬入，切女十指⑦，既而端坐，首僛俕作态⑧，仆地移时，蹶而起曰："我黑山大王也。娘子病大笃，幸遇小神，福泽不浅哉！此业鬼为殃，不妨，不妨！但是病有瘳⑨，须厚我供养，金百铤、钱百贯、盛筵一设，不得少缺。"妻一一噭应⑩。姬又仆而苏，向病者呵叱，乃已。既而欲去，妻送诸庭外，赠之以马，欣然而去。入视女郎，似稍清醒。夫妻大悦，抚问之。女忽言曰："妾恐不得再履人世矣。合目辄见冤鬼，命也！"因泣下。越宿，病益沉殆，曲体战栗，妄有所睹。拉生同卧，以首入怀，似畏扑捉。生一起，则惊叫不宁。如此六七日，夫妻无所为计。会生他出，半日而归，闻妻哭声。惊问，则端娘已毙床上，委蜕犹存⑪。启之，白骨俨然。生大恸，以生人礼葬于祖墓之侧。

【注释】

① 瞀（mào）闷懊侬（náo）：指患者神志昏迷，烦闷不宁。《素问·六元正纪大论》："目赤心热，甚则瞀闷懊侬。"瞀，昏乱。懊侬，也作"懊恼"，烦闷。

② 虀（jiàn，又读 jì）：民间传说认为鬼死为虀。《五音集韵》："人死作鬼，人见惧之；鬼死作虀，鬼见怕之。若篆书此字贴于门上，一切鬼祟，远离千里。"

③ 刍马：草扎的纸马。

④ 赤骝：红色骏马。骝，黑鬣黑尾的红马。

⑤ 绥：原指登车用的绳索，此指马的缰绳，辔。

⑥ 叠骑：同骑一匹马。

⑦ 切：按，摸。中医按脉叫切脉。

⑧ 偶俟（dù sòu）：同"哆嗦"。颤动。

⑨ 瘳：病愈。

⑩ 噭（jiào）应：高声答应。《礼记·曲礼》："毋噭应。"孔颖达疏："噭，谓声响高急。"

⑪ 委蜕：蝉等所蜕之皮。喻遗留之迹。委，弃。

【译文】

就这样过了一年多时间，章阿端忽然病了，头昏目眩，心情烦闷，神志恍惚不清，像看见鬼的样子。戚妻抚摸着章阿端说："这是鬼病。"戚生说："端姑娘已经是鬼，又有什么鬼能让她生病？"戚妻说："并非如此。人死后变成鬼，鬼死后变成虀。鬼怕虀，犹如人怕鬼。"戚生想给章阿端请巫医，戚妻说："鬼的病怎能用人来治？邻居老太太王氏如今在阴间当巫医，可以去叫她来。不过离这里有十里地，我脚下软弱无力，不能走路,麻烦你烧一匹纸马。"戚生依言而行。纸马刚烧完,就见丫环牵着一匹红毛黑尾的快马,在院里把缰绳交给戚妻,戚妻转眼消失不见。没多久,戚妻和一个老太太同骑一马回来,把马拴在廊柱上。老太太进屋按住章阿端的十指进行诊断,接着端正地坐好,脑袋颤动作态,仆倒在地一阵子,跳起来说:"我是黑山大王。这姑娘病情非常严重,幸亏遇到小神,福分不浅哩!这是业报之鬼造的祸殃,没关系,没关系!只是病愈以后,必须给我丰厚的供养,一百锭银子、一百贯钱、一桌丰盛的酒席,一样不能少。"戚妻一项一项地高声答应下来。老太太又倒在地上苏醒过来,向病人吆喝一番,才算完事。之后老太太要走,戚妻送到门外,把纸马送给了她,她高兴地走了。进屋来看章阿端,似乎在逐渐清醒,夫妻二人非常高兴,加以好言抚慰。章阿端忽然说:"我恐怕不能再到人间了。一闭眼就看见冤鬼,这是命啊!"便流下眼泪。过了一夜,她的病情越发沉重,生命垂危,弯曲着身子发抖,好像看到了什么。她拉戚生与自己躺在一起,把头埋在戚生的怀里,似乎怕被捉住。戚生一起身,她就不安地惊叫。就这样过了六七天,夫妻二人束手无策。恰好这一天戚生外出,半天后回到家里,就听到妻子的哭声。戚生心中一惊,忙问出了何事,原来端姑娘已经死在床上,衣服还在。掀开一看,却是真真切切的一具白骨。戚生万分悲恸,按人类的葬礼把她埋在祖坟旁边。

　　一夜,妻梦中呜咽。摇而问之,答云:"适梦端娘来,言其夫为瘗鬼,怒其改节泉下①,衔恨索命去,乞我作道场②。"生早起,即将如教。妻止之曰:"度鬼非君所可与力也③。"乃起去。逾刻而来,曰:"余已命人邀僧侣,当先焚钱纸作用度。"生从之。日方落,僧众毕集,金铙法鼓④,一如人世。妻每谓其聒耳⑤,生殊不闻。道场既毕,妻又梦端娘来谢,言:

"冤已解矣,将生作城隍之女⑥。烦为转致。"

【注释】

①改节:不贞,不守妇节。

②道场:此指佛教所举行的超度亡灵的法会,如"水陆道场"等。

③与力:为力。

④金铙法鼓:举行法会所用的各种打击乐器。金铙,铙钹。

⑤聒耳:声音大,震耳。

⑥城隍:民间传说谓护祐城池的神灵。

【译文】

　　一天夜里,妻子在梦中呜呜咽咽地哭泣起来。戚生摇醒妻子,问哭什么,妻子回答说:"刚才梦见端姑娘前来,说她的丈夫变成鬺鬼,恼恨她在阴间不守贞节,怀恨在心,要了她的命,请我给她做道场。"戚生很早起床,准备照办。妻子阻止说:"超度鬼不是你能使上劲的。"便起身出去。过了一阵儿,妻子回来说:"我已经让人去请僧侣,应该先烧纸钱作为费用。"戚生依言而行。太阳刚刚落下,僧众都已到齐,使用的铜铙法鼓与人间完全相同。妻子不时说声音震耳,而戚生根本听不见。做完道场后,妻子又梦见阿端前来表示感谢,说:"冤仇已经消除,我将生为城隍的女儿,请转告戚生。"

　　居三年,家人初闻而惧,久之渐习。生不在,则隔窗启稟。一夜,向生啼曰:"前押生者,今情弊漏泄①,按责甚急,恐不能久聚矣。"数日,果疾,曰:"情之所钟,本愿长死,不乐生也。今将永诀,得非数乎!"生皇遽求策,曰:"是不可为也。"问:"受责乎?"曰:"薄有所罚。然偷生罪大,偷死罪小。"言讫,不动。细审之,面庞形质,渐就澌灭矣②。生每独宿亭中，冀有他遇，终亦寂然，人心遂安。

【注释】

①情弊：指前受贿舞弊的情节。

②澌灭：消亡，消失。

【译文】

　　妻子在家住了三年，家人刚听说时有点儿害怕，天长日久就习惯了。戚生不在时，家人就隔着窗户禀告家事。一天夜里，妻子哭哭啼啼地对戚生说："以前押送投生的差役，如今他受贿舞弊的情况泄露出来，追查得很紧，我们恐怕不能长久团聚了。"几天后，妻子果然生病，她说："由于钟情于你，我本来只愿长死，不愿投生。现在即将永别，莫非是命运使然吗！"戚生惶恐问计，妻子说："这是没法挽回的。"戚生问："要受责罚吗？"妻子说："会有轻微的惩罚。不过偷生罪大，偷死罪小。"说罢就不再动。仔细一看，面容和形体渐渐消失不见了。戚生时常独自住在荒亭里，希望能有其他的遇合，但始终平静无事，于是人们心理逐渐安定下来。

馎饦媪

【题解】

　　故事写韩生的妻子在夜间的恐怖经历。

　　她看到一个不速而至的老媪喧宾夺主在家里煮馎饦。情节不复杂，描写极其简练，比如老媪的长相，"可八九十，鸡皮橐背，衰发可数"；对话不多，都是老媪独语，却强硬不容置辩。老媪煮馎饦的动作威猛，生硬干练。后来与韩妻发生冲突。故事只是在结尾显出怪异，非同一般——馎饦竟然是"土鳖虫数十，堆累其中"，令人后怕。

在中国的志怪类文言小说中，颇有一类作品，作者的用意不在故事，不在人物，而在于趣味，"作意好奇"，其趣味颇有黑色幽默的味道，唐传奇《玄怪录》中的《元无有》首开其端，本篇即是其苗裔。

韩生居别墅半载，腊尽始返①。一夜，妻方卧，闻人行声。视之，炉中煤火，炽耀甚明。见一媪，可八九十②，鸡皮橐背③，衰发可数。向女曰："食馎饦否④？"女惧不敢应。媪遂以铁箸拨火，加釜其上，又注以水。俄闻汤沸，媪撩襟启腰橐⑤，出馎饦数十枚，投汤中，历历有声。自言曰："待寻箸来。"遂出门去。女乘媪去，急起捉釜倾簀后⑥，蒙被而卧。少刻，媪至，逼问釜汤所在。女大惧而号，家人尽醒，媪始去。启簀照视，则土鳖虫数十⑦，堆累其中。

【注释】

①腊尽：年终。俗称旧历十二月为腊月。

②可：大约。

③鸡皮：形容老人皮肤皱折。橐背：驼背。橐，橐驼，即骆驼。

④馎饦（bó tuō）：即"汤饼"，一种汤煮的面食。宋欧阳修《归田录》卷二："汤饼，唐人谓之不托，今俗谓之馎饦矣。"《齐民要术》卷九《饼法》："馎饦，挼（nuó）如大指许，二寸一断，著水盆中浸，宜以手向盆旁挼使极薄，皆急火逐沸熟煮。"

⑤橐：口袋。

⑥簀（zé）：簀床，铺竹席的床。

⑦土鳖：又名"蟅虫"、"地鳖虫"、"土元"。是一种喜欢温暖又能忍耐低温的变温动物，为鳖蠊科昆虫。可入药。

【译文】

　　韩生在别墅住了半年，到年底才回家。一天夜里，妻子刚躺下，就听见人走路的声音。她睁眼一看，炉中的煤火熊熊燃烧，火苗明亮。只见一个老太太，大约八九十岁，满脸皱纹，驼着背，头发稀疏可数。老太太对韩妻说："吃汤饼吗？"韩妻心中恐惧，不敢搭腔。于是老太太用火筷子拨火，放上锅，倒上水。一会儿就听水烧得沸腾起来，老太太撩开衣襟，打开腰间的口袋，拿出几十个汤饼，扔到锅里，每下一个汤饼都清晰有声。老太太自言自语说："等我找双筷子来。"便走出屋门。韩妻乘老太太走开的当口，急忙起身，拿起锅来，把汤饼倒在簧床的后面，盖好被子躺下。不多时，老太太回到屋里，追问那锅汤饼哪里去了。韩妻吓得喊了起来，家人都被吵醒，老太太这才离去。家人掀开簧床，用灯一照，却见几十只土鳖虫堆积在那里。

金永年

【题解】

　　这是一篇讲述商业道德的短故事。

　　年老突然得子，当然是很难思议的事情，尤其在七八十岁的高龄。但也不是绝无可能。据2012年10月15日《印度时报》报道，印度哈雅纳邦96岁的拉加夫在94岁时和52岁的妻子生育了第二个儿子。

　　但在本篇故事中，人们把年老有子与"贸贩平准"联系在一起，认为是神的奖励。这一方面用以解释了生理上难以解释之事，一方面也说明了在中国的明清时代，对于商业道德的诚信之推崇和看重。

　　利津金永年①，八十二岁无子，媪亦七十八岁，自分绝望②。忽梦神告曰："本应绝嗣，念汝贸贩平准③，赐予一子。"

醒以告媪。媪曰："此真妄想。两人皆将就木^④,何由生子?"
无何,媪腹震动。十月,竟举一男。

【注释】

①利津:县名。位于山东北部,隶属于今东营。

②自分:自己料想。

③平准:公平。

④将就木:就要进入棺木。就木,入殓,死亡。《左传·僖公二十三
　　年》:"我二十五年矣,又如是而嫁则就木焉。"

【译文】

　　利津县的金永年,八十二岁还没有孩子,而老妻也已七十八岁,自
己料想没有得子的希望了。忽然他梦见神来告诉说:"你本来应该绝
后,念你做买卖公平,赐给你一个儿子。"醒后便告诉了老妻。老妻说:
"这真是妄想。我们俩都快进棺材了,怎么能生孩子?"不久,老妻腹中
震动,十个月后,竟生下一个男孩。

花姑子

【题解】

　　这是一篇中国式的动物报恩故事。

　　按照现代的理念,放生动物是对于生命的敬畏,保护自然环境,保
持生态平衡,但在中国古代,放生是个人的善举,往往有获得善报的利
益宣传在内。因此,古代相关的文学作品中,充斥着放生的人受到善
报,乃至动物报恩的故事。本篇就是写被放生的獐的全家倾竭全力报
答安幼舆的故事,蒲松龄说"蒙恩衔结,至于没齿,则人有惭于禽兽者
矣"当然是引申而言。

伴随着报恩，小说写了书生安幼舆与獐精少女花姑子真挚而缠绵的爱情。天真无邪的花姑子一开始像对待恩人一样对待安幼舆，后来被安幼舆的真情所感动，冒险蒙垢与安幼舆恋爱。由于蛇精冒名中间插足，安幼舆的生命处于危险状态，花姑子一家，父亲以"坏道"，花姑子以"业行已损其七"，救了安幼舆。其中"花姑子煨酒"、"花姑子深夜慰问"、"花姑子吊死问伤"等段落，生动真切，感人至深，无异于人间深情少女。花姑子的獐精身份，表现在与安幼舆的亲密接触中始终贯穿"气息肌肤，无处不香"这一特质，但不说破，只是在故事的结尾才点明，令读者恍然大悟，同时说明了獐精报恩的由来。

　　安幼舆，陕之拔贡生①。为人挥霍好义，喜放生。见猎者获禽，辄不惜重直，买释之。会舅家丧葬，往助执绋②。暮归，路经华岳③，迷窜山谷中，心大恐。一矢之外，忽见灯火，趋投之。数武中，欻见一叟，伛偻曳杖④，斜径疾行。安停足，方欲致问，叟先诘谁何。安以迷途告，且言灯火处必是山村，将以投止。叟曰："此非安乐乡。幸老夫来，可从去，茅庐可以下榻⑤。"安大悦。

【注释】

①拔贡：唐宋均有拔萃科，明代始有拔贡之名。清顺治元年（1644）首举选贡，于廪膳生员中选历届岁科考取经古及一等最多者参加拔贡考试，每十二年一举行，故在五贡（岁贡、恩贡、拔贡、优贡、付贡）中较为优越。

②执绋（fú）：指参加送葬。《礼记·曲礼》："助葬必执绋。"绋，牵引灵车的绳索。古时送葬的人牵着灵车的绳索以助行进，因称送葬为"执绋"。

③华岳：西岳华山。位于今陕西渭南华阴，南接秦岭，北瞰黄河与
　渭水。

④伛偻：腰背弯曲。曳杖：拄着拐杖。

⑤下榻：住宿。《后汉书·徐穉传》：豫章太守陈蕃素不接待来访客
　人，惟特设一榻专待郡之名士徐穉来访留宿。徐去，则将榻悬
　起。后因称接待宾客为下榻。

【译文】

　　安幼舆是陕西的拔贡生。他为人轻财仗义，喜欢放生。他看见猎
人捉到禽兽，总是不惜重金，买来放掉。一次，赶上舅舅家办丧事，安幼
舆前去送葬。晚上回家时，途中经过华山，在山谷中迷了路，心中大为
恐惧。忽然，他见一箭之地以外有灯光，便向那里赶去。刚走了几步，
突然看见了一个老汉，弯腰驼背，拖着拐杖，在斜径上快步赶路。安幼
舆停住脚步，正要发问，老汉却先问他是何人。安幼舆告诉老汉自己迷
了路，并说有灯光的地方一定是一个山村，自己准备前去投宿。老汉
说："这地方可不是安乐乡。幸好老夫来了，你可以跟我走，我家的茅屋
可以让你住下。"安幼舆非常高兴。

　　从行里许，睹小村。叟扣荆扉，一妪出，启关曰："郎子
来耶①？"叟曰："诺。"既入，则舍宇湫隘②。叟挑灯促坐，便
命随事具食③。又谓妪曰："此非他，是吾恩主。婆子不能
行步，可唤花姑子来酾酒④。"俄女郎以馔具入，立叟侧，秋
波斜盼。安视之，芳容韶齿⑤，殆类天仙。叟顾令煨酒⑥。
房西隅有煤炉，女即入房拨火。安问："此公何人？"答云：
"老夫章姓，七十年止有此女。田家少婢仆，以君非他人，
遂敢出妻见子，幸勿哂也。"安问："婿家何里？"答言："尚
未。"安赞其惠丽，称不容口。叟方谦挹⑦，忽闻女郎惊号。

叟奔入，则酒沸火腾。叟乃救止，诃曰："老大婢，濡猛不知耶[8]！"回首，见炉傍有蜀心插紫姑未竟[9]，又诃曰："发蓬蓬许[10]，裁如婴儿！"持向安曰："贪此生涯，致酒腾沸。蒙君子奖誉，岂不羞死！"安审谛之，眉目袍服，制甚精工，赞曰："虽近儿戏，亦见慧心。"

【注释】

①郎子：旧时对别人年幼子弟的敬称。这里称安幼舆。

②湫隘：低下狭小。《左传·昭公三年》："初，景公欲更晏子之宅，曰：'子之宅近市，湫隘嚣尘，不可以居，请更诸爽垲者。'"杜预注："湫，下；隘，小。"

③随事具食：就家中现有的食物，准备饭食。具食，备饭。

④酾（shāi）酒：滤酒，后世指斟酒。

⑤芳容韶齿：貌美年轻。韶齿，犹言妙龄。韶，美。

⑥煨酒：文火温酒。

⑦谦挹：谦虚客气。挹，通"抑"。抑制，谦退。

⑧濡猛：酒沸猛烈。濡，渍，水泡。猛，猛烈，猝急。

⑨蜀心：指高粱秆心。山东称高粱为"蜀秫"，见蒲松龄《农桑经·农经》。紫姑：神话中厕神名。又称子姑、坑三姑。相传为人家妾，为大妇所嫉，每以秽事相役。正月十五日激愤而死。故世人以其日作其形，夜于厕间或猪栏边迎之。见南朝宋刘敬叔《异苑》、南朝梁宗懔《荆楚岁时记》。一说，姓何名楣，字丽卿，为唐寿阳刺史李景之妾，为大妇曹氏所嫉，正月十五日夜，被杀于厕中，上帝怜悯，命为厕神。旧俗每于元宵在厕中祀之，并迎以扶乩。事见《显异录》以及宋苏轼《子姑神记》。

⑩蓬蓬：茂盛、蓬勃的样子。

【译文】

安幼舆跟老汉走了一里地左右,看见一个小村子。老汉敲敲柴门,便有一个老太太出来开门说:"郎君来了吗?"老汉说:"来了。"进屋后,只见房屋低矮狭小。老汉点上灯,靠近安幼舆坐下,便吩咐就家中现有的食物来准备吃的。还对老太太说:"他不是别人,是我的恩人。你行走不便,可以叫花姑子来斟酒。"一会儿,有个女郎把饭菜端进屋来,站在老汉的身边,斜着眼睛偷看安幼舆。安幼舆一看,只见她年轻美貌,宛如天仙。老汉回头吩咐花姑子温酒。房中西边一角的屋里生着煤炉,花姑子便进屋拨火。安幼舆问:"这位女郎是你的什么人?"老汉说:"老夫姓章,七十岁,只有这个女儿。农家没有丫环仆从,因为你不是外人,所以敢叫妻子女儿出来相见,请别笑话。"安幼舆问:"女婿家在哪里?"老汉回答说:"还没有女婿。"安幼舆夸奖花姑子聪明漂亮,赞不绝口。老汉正在谦虚客套着,忽然听见花姑子惊叫起来。老汉跑进屋里,原来酒烫沸了,火苗腾起。老汉把火扑灭,呵斥说:"这么大的丫头啦,烫沸了也不知道吗!"回头一看,炉旁有个高粱秆心扎的紫姑尚未完成,又呵斥说:"头发都这么多了,还像个小孩!"把扎的紫姑拿给安幼舆看,说:"只顾玩这玩艺儿,酒都烫沸了。你还夸她呢,岂不把人羞死!"安幼舆仔细看她扎的紫姑,眉眼衣服俱全,制作精致,便称赞说:"虽然近乎儿戏,也能看出她心思聪慧。"

斟酌移时,女频来行酒,嫣然含笑,殊不羞。安注目情动。忽闻妪呼,叟便去。安觑无人,谓女曰:"睹仙容,使我魂失。欲通媒妁,恐其不遂,如何?"女抱壶向火,默若不闻,屡问不对。生渐入室,女起,厉色曰:"狂郎入闼将何为[①]!"生长跽哀之[②]。女夺门欲出,安暴起要遮[③],狎接胠腋[④]。女颤声疾呼,叟匆遽入问。安释手而出,殊切愧惧。女从容向父曰："酒复涌沸，非郎君来，壶子融化矣。"安闻女言，心始安妥，益德之。魂魄颠倒，丧所怀来⑤。于是伪醉离席，女亦遂去。叟设衲褥，阖扉乃出。安不寐，未曙，呼别。

【注释】

①闼：门。这里指闺闼，犹言内室。

②跽：两膝着地，上身挺直。

③暴起：突然站起。要遮：拦截。

④接朘(jué)脬：接吻，当作"接朘脑"。口上曰"脬"，口下曰"脑"。

⑤丧所怀来：意谓对花姑子采取非礼行为的念头消失了。《文选》
司马相如《难蜀父老》："于是诸大夫茫然丧其所怀来，而失厥所
以进。"怀来，来意。

【译文】

　　两人喝酒多时，花姑子频频前来斟酒，嫣然含笑，一点儿也不害羞。安幼舆注视着花姑子，爱情油然而生。忽然听见老太太的招呼，老汉便起身走开。安幼舆一看再没别人，对花姑子说："看到你美如天仙的容貌，使我魂都丢了。本想叫媒人来说亲，怕说不成，如何是好？"花姑子拿着酒壶，面对炉火，始终沉默着，就像什么都没听见似的，问了几次，都没回答。安幼舆一点一点地捱进屋里，花姑子站起身来，正颜厉色地说："狂郎进屋来要干什么？"安幼舆直身跪在地上，苦苦哀求。花姑子想夺门出去，安幼舆猛然起身，拦住去路，去吻她的嘴唇。花姑子用发颤的声音大喊，老汉急忙跑进屋里，问喊什么。安幼舆松手放开花姑子，走出屋来，深感惭愧，也极恐惧。这时，花姑子从容不迫地对父亲说："酒又沸涌出来了，要不是郎君过来帮忙，酒壶都烧化了。"安幼舆听了花姑子说的，心才安稳下来，对花姑子也更加感激。他神魂颠倒，打消了非礼的念头。于是佯醉离席，花姑子也随后走开。老汉来铺好被

褥,关门离去。安幼舆一夜没睡,天没亮就把老汉喊出来告别。

　　至家,即浼交好者造庐求聘,终日而返,竟莫得其居里。安遂命仆马,寻途自往。至则绝壁巉岩,竟无村落。访诸近里,则此姓绝少。失望而归,并忘食寝,由此得昏瞀之疾①,强啖汤粥,则哩嗈欲吐②,溃乱中,辄呼花姑子。家人不解,但终夜环伺之,气势阽危③。一夜,守者困息并寐,生矇瞳中④,觉有人揣而抏之⑤。略开眸,则花姑子立床下,不觉神气清醒。熟视女郎,潜潜涕堕。女倾头笑曰:“痴儿何至此耶?”乃登榻,坐安股上,以两手为按太阳穴。安觉脑麝奇香,穿鼻沁骨。按数刻,忽觉汗满天庭⑥,渐达肢体。小语曰:“室中多人,我不便住。三日当复相望。”又于绣祛中出数蒸饼置床头⑦,悄然遂去。安至中夜,汗已思食,扪饼啖之。不知所苞何料,甘美非常,遂尽三枚。又以衣覆馀饼,懵腾酣睡⑧,辰分始醒,如释重负。三日,饼尽,精神倍爽。乃遣散家人,又虑女来不得其门而入,潜出斋庭,悉脱扃键。

【注释】

①昏瞀(mào):神志不清,精神错乱。

②哩嗈(zhǒng yǒng):《广韵》:“哩嗈,欲吐。”哩,气急喘息。

③阽(diàn)危:临近危险。阽,临近危险。

④矇瞳:迷糊,朦胧。

⑤揣而抏(yǎn)之:晃动他。揣、抏,均摇动之意。

⑥天庭:两眉之间,指前额。

⑦袪：袖口。

⑧懵憕（méng téng）：迷乱，朦胧。

【译文】

　　回家后，安幼舆立即央求要好的朋友登门求婚，朋友去了一整天才返回来，竟然连花姑子家的住处都没找到。于是安幼舆吩咐备马，带着仆人，寻找旧路，亲自前往。到了原先去的地方，却见到处是陡峭的石壁、险峻的山岩，根本没有村落。到附近的村里打听，姓章的特别少。安幼舆失望而归，饭吃不下，觉睡不着，从此落下神志昏乱的毛病，勉强喝点儿稀粥就恶心要吐，在昏迷中总是在喊花姑子。家人不解其意，只能通宵围在身边侍候，看样子已濒于死亡。一天夜里，看护人员困倦不堪，都已入睡，安幼舆迷迷糊糊的，觉得有人在晃动自己。微微睁开眼睛一看，原来是花姑子站在床前，不知不觉地神志清醒过来。他仔细端详着花姑子，泪水"扑簌扑簌"地直往下淌。花姑子低头一笑说："傻小子怎么至于这样？"便上了床，坐在安幼舆的腿上，用两手按住安幼舆的太阳穴。安幼舆顿觉脑中有一股麝香的奇香，穿过鼻翼，沁透骨髓。按了多时，安幼舆忽然觉得满头是汗，渐渐地发展到全身是汗。花姑子低声说："屋里人多，我不便住下。三天后我会再来看你。"又从绣花的衣袖里拿出几枚蒸饼，放在床头，便悄悄离去。到了半夜，安幼舆不再流汗，想吃东西，便拿蒸饼来吃。不知蒸饼包的什么馅儿，他吃着非常甘美，便一连吃了三枚。他还用衣服把剩下的蒸饼盖上，然后昏昏沉沉地酣然入睡，直到辰时才醒，身体如释重负。过了三天，蒸饼吃完，安幼舆精神备觉清爽。于是他让家人全部走开，又怕花姑子来时找不到进来的门，便暗自走出书斋，把门闩全部打开。

　　未几，女果至，笑曰："痴郎子！不谢巫耶①？"安喜极，抱与绸缪，恩爱甚至。已而曰："妾冒险蒙垢，所以故，来报重恩耳。实不能永谐琴瑟，幸早别图。"安默默良久，乃问曰：

"素昧生平,何处与卿家有旧,实所不忆。"女不言,但云:"君自思之。"生固求永好,女曰:"屡屡夜奔,固不可,常谐伉俪,亦不能。"安闻言,邑邑而悲②。女曰:"必欲相谐,明宵请临妾家。"安乃收悲以忻③,问曰:"道路辽远,卿纤纤之步,何遂能来?"曰:"妾固未归。东头聋媪我姨行,为君故,淹留至今,家中恐所疑怪。"安与同衾,但觉气息肌肤,无处不香,问曰:"熏何芗泽④,致侵肌骨?"女曰:"妾生来便尔,非由熏饰。"安益奇之。女早起言别。安虑迷途,女约相候于路。

【注释】

①巫:治病的女巫。此是花姑子自指。

②邑邑:忧郁不乐的样子。

③忻:快乐。

④芗泽:香泽,化妆品。芗,同"香"。《史记·滑稽列传》:"罗襦襟解,微闻芗泽。"

【译义】

不久,花姑子果然到来,笑着说:"傻郎君,还不来感谢医生吗?"安幼舆欢喜至极,抱着花姑子缠绵一番,极为恩爱。之后,花姑子说:"我冒着危险,蒙受羞辱前来的原因,是要报答你的大恩。其实我们不能做永久的夫妻,所以你最好早点儿另作打算。"安幼舆沉默了许久,才问:"我们素不相识,在哪里与你家结下交情,我实在想不起来。"花姑子不作回答,只是说:"你自己去想。"安幼舆坚持要与花姑子做永久的夫妻,花姑子说:"一次又一次地夜间赶来私会固然不行,做永久的夫妻也不可能。"安幼舆听了这话,忧郁不乐,悲伤难过。花姑子说:"如果你想两相和谐,明晚请到我家去。"安幼舆这才转悲为乐,问道:"路途遥远,你这纤纤的小脚,怎么就能走到这里来?"花姑子说:"我本来没回家。东头的聋老太太是我姨妈,为了你的原故,我在姨妈家一直住到今天,恐怕家里都觉得奇怪了。"安幼舆与花姑子同被而寝,只觉得她的气息,她的肌肤,无处不香,就问:"你薰了什么香,能把皮肉骨髓都香透?"花姑子说:"我生来就这样,不是薰出来的。"安幼舆越发惊奇。花姑子早早起床与安幼舆告别。安幼舆担心自己会迷路,花姑子说她在路上等他。

安抵暮驰去,女果伺待,偕至旧所。叟媪欢逆。酒肴无佳品,杂具藜藿①。既而请客安寝,女子殊不瞻顾,颇涉疑念。更既深,女始至,曰:"父母絮絮不寝,致劳久待。"浃洽终夜②,谓安曰:"此宵之会,乃百年之别。"安惊问之,答曰:"父以小村孤寂,故将远徙。与君好合,尽此夜耳。"安不忍释,俯仰悲怆。依恋之间,夜色渐曙,叟忽然闯入,骂曰:"婢子玷我清门,使人愧怍欲死③!"女失色,草草奔去。叟亦出,且行且詈。安惊屏遻怯④,无以自容,潜奔而归。

【注释】

①藜藿:粗劣的饭菜。

②浃洽:和美融洽。

③愧怍:惭愧。

④惊屏(chán)遻(è)怯:惊慌胆怯。屏,怯懦。遻,猝然相遇而惊。

【译文】

安幼舆在日暮时分骑马赶往章家,花姑子果然在等他,两人一起来到原先的住处。老汉老太太高高兴兴地出门迎接安幼舆。酒肴没有名贵的东西,错杂摆上的都是一些山蔬野菜。饭后,请客人去睡,花姑子连看都不看安幼舆一眼,安幼舆疑虑重重,百思不解。直到深更半夜后,花姑子才前来,说:"父母絮絮叨叨,就是不睡,有劳你久等啦。"他们缠绵了一夜，花姑子对安幼舆说："今夜的相会，就是终生的离别。"安幼舆惊问何出此言，花姑子回答说："父亲认为住在这个小村里孤独寂寞，所以要把家搬到很远的地方去。与你的恩爱，就这一夜了。"安幼舆不愿让她走，辗转反侧，伤心难过。正当依恋难舍之际，天色渐渐透出曙光。老汉忽然闯进屋来，骂道："丫头玷污了我的清白家风，叫人惭愧死了！"花姑子大惊失色，匆匆跑了出去。老汉也走出屋来，一边走，一边骂。安幼舆惊惶窘迫，恐惧不安，无地自容，偷偷逃回家去。

数日徘徊，心景殆不可过①，因思夜往，逾墙以观其便。叟固言有恩，即令事泄，当无大谴。遂乘夜窜往，蹀躞山中②，迷闷不知所往，大惧。方觅归途，见谷中隐有舍宇，喜诣之，则闬闳高壮③，似是世家，重门尚未扃也。安向门者询章氏之居，有青衣人出，问："昏夜何人询章氏？"安曰："是吾亲好，偶迷居向。"青衣曰："男子无问章也。此是渠姁家④，花姑即今在此，容传白之。"入未几，即出邀安。才登廊舍，花姑趋出迎，谓青衣曰："安郎奔波中夜，想已困殆，可伺床寝。"少间，携手入帏。安问："姁家何别无人？"女曰："妾他出，留妾代守。幸与郎遇，岂非夙缘？"然偎傍之际，觉甚羶腥，心疑有异。女抱安颈，遽以舌舐鼻孔，彻脑如刺。安骇绝，急欲逃脱，而身若巨缏之缚⑤。少时，闷然不觉矣。

【注释】

①心景：心境，内心。

②蹀躞：徘徊，行进艰难。

③闬闳(hàn hóng)：里门，巷门。

④妗:舅母,妻子之兄或弟之妻。

⑤绠:绳。

【译文】

安幼舆一连彷徨了好几天,心情上简直难以承受,就想在夜间前往章家,跳过墙去,再找相见的机会。他想:老汉本来说自己对他家有恩,即使被发现,应该也不会大加谴责。于是他乘夜向章家奔去,在山中艰难地行进,只觉四周迷茫难辨,感到非常恐惧。他正要寻找归路,就隐约看见山谷中有一些房屋,他高兴地奔向那里,却见住宅的大门高大雄伟,像是一个世代显贵的人家,院里的一道道大门还没有关闭。他向守门人打听章家的住处,有个丫环走出来问:"黑夜里是谁在打听章家?"安幼舆说:"章家是我的亲戚,我偶然迷失了去他家的方向。"丫环说:"你别问章家啦。这里是花姑子的舅母家,花姑子现在就在这里,等我去转告她。"丫环进去不久,便出来请安幼舆进门。刚登上廊舍,花姑子快步走出来迎接,对丫环说:"安郎奔波了半夜,想来已经累坏了,你快收拾床铺,让他歇息。"不多时,花姑子和安幼舆手拉手进了帏帐。安幼舆问:"舅母家怎么别无他人?"花姑子说:"舅母外出,留我替她看家。幸好与你相遇,岂不是前世的姻缘使然?"然而在依恋时,安幼舆觉得腥膻的气味甚浓,心中怀疑事情异常。花姑子抱住安幼舆的脖子,突然用舌头舔他的鼻孔,他顿觉像挨了针刺,疼痛直通大脑。他极为惊骇,想赶紧逃走,身体却像被粗绳捆住,没多久就懵懵懂懂地失去了知觉。

安不归,家中逐者穷人迹。或言暮遇于山径者。家人入山,则见裸死危崖下,惊怪莫察其由,舁归。众方聚哭,一女郎来吊,自门外嗷啕而入①,抚尸捺鼻,涕洟其中,呼曰:"天乎,天乎!何愚冥至此!"痛哭声嘶,移时乃已。告家人曰:"停以七日,勿殓也。"众不知何人,方将启问,女傲不为礼,含涕径出。留之不顾,尾其后,转眸已渺②。群疑为神,谨遵所教。夜又来,哭如昨。

【注释】

①嗷(jiào)啕:即"号啕",高声号哭。嗷,号呼。

②眸:眼。

【译文】

安幼舆没回家,家里人把能找的地方都找遍了。有人说日暮时分在山路上遇见过安幼舆。家人来到山里,却见安幼舆赤条条地死在悬崖下边,大家惊异不已,不知原因何在,只好把他抬回家去。正当大家围在安幼舆身边痛哭的时候,一个女郎前来吊丧,从门外号啕大哭着走进屋来。她抚摸着尸体,按住死者的鼻子,眼泪都流进了鼻孔。她高呼说:"天啊!天啊!你怎么这么糊涂!"痛哭得声音嘶哑,过了许久才止住不哭。她告诉家人说:"停放七天,不要入殓。"大家不知她是谁,刚要开口去问,她却傲然不与大家见礼,含着眼泪径自走了出去。大家表示挽留,她掉头不顾,众人尾随其后,却转眼间消失不见了。大家怀疑她是神仙,便遵照她说的去办。到了夜间,她再次前来,像上一次一样大哭一场。

至七夜,安忽苏,反侧以呻,家人尽骇。女子入,相向呜咽。安举手,挥众令去。女出青草一束,煴汤升许①,即床头进之,顷刻能言。叹曰:"再杀之惟卿,再生之亦惟卿矣!"因述所遇。女曰:"此蛇精冒妾也。前迷道时所见灯光,即是物也。"安曰:"卿何能起死人而肉白骨也②?勿乃仙乎?"曰:"久欲言之,恐致惊怪。君五年前,曾于华山道上买猎獐而放之否?"曰:"然,其有之。"曰:"是即妾父也。前言大德,盖以此故。君前日已生西村王主政家③。妾与父讼诸阎摩王④,阎摩王弗善也。父愿坏道代郎死⑤,哀之七日,始得当⑥。今之邂逅,幸耳。然君虽生,必且痿痹不仁⑦,得蛇血合酒饮之,病乃可除。"生衔恨切齿,而虑其无术可以擒之。女曰:"不难。但多残生命,累我百年不得飞升。其穴在老崖中,可于晡时聚茅焚之⑧,外以强弩戒备,妖物可得。"言已,别曰:"妾不能终事,实所哀惨。然为君故,业行已损其七⑨,幸悯宥也。月来觉腹中微动,恐是孽根⑩。男与女,岁后当相寄耳。"流涕而去。

【注释】

①燂(xún):煮,加热。

②起死人而肉白骨:起死回生。

③主政:古代官名,即主事,位于员外郎之下。

④阎摩王:即民间传说中的阎罗,阎王。

⑤坏道:毁弃道行。

⑥当:判处,判决。

⑦痿痹不仁:肌肉痿弱无力不能活动或丧失感觉。《素问·气交变大论》:"暴挛痿痹,足不任身。"不仁,丧失感觉或感觉迟钝。

⑧晡时:又名日晡、夕食。相当于下午三点至五点。

⑨业行(xíng):指修行的道业。

⑩孽根:祸根。多用为昵称,指子女或胎儿。

【译文】

到了第七天的夜里,安幼舆忽然复活过来,翻了一下身子,发出呻吟的声音,家人无不惊骇。这时花姑子走进屋来,两人相对哭泣。安幼舆扬起手来挥了一挥,让大家走开。花姑子拿出一束青草,煮了一升左右的汤,就在床前让安幼舆喝了,安幼舆顷刻之间便能说话。安幼舆叹了一口气说:"把我杀了的是你,救我的也是你!"便讲了自己遇到的情形。花姑子说:"这是蛇精冒充我。之前你迷路时见到的灯光,就是这条蛇。"安幼舆问:"你怎么能起死回生呢? 莫非是仙人吗?"花姑子说:"我早就想告诉你,又怕你大惊小怪。五年前,你是不是曾经在华山道上买下被猎获的獐子放生了?"安幼舆说:"对,有这事。"花姑子说:"这獐子就是我的父亲。上次说你对我家有大恩大德,就是这个缘故。你前天已经投生到西村的王主政家。我与父亲为你向阎王告状,阎王并不认为我们有理。父亲表示愿意毁坏道行,替你去死,哀求了七天,才得到判决。我们今天相见,真是侥幸啊。不过,你虽然活了,身体必将萎缩麻痹,丧失感觉,得把蛇血和到酒里喝,病才能好。"安幼舆恨得咬牙切齿,担心无法捉到蛇精。花姑子说:"这不难。只是会伤害许多生命,连累我百年之内不能飞升成仙。蛇洞就在老崖下,可以在下午三点到五点期间堆起草来焚烧,在洞外用弓箭加以戒备,这妖精便可捉获。"说完,告别说:"不能伴你一生,我实在难过。为了你的缘故,我的道行已损去七成,请你怜悯原谅。近一个月以来,我觉得腹中微动,恐怕已经怀孕。不论是男是女,会在一年后送给你的。"便流着泪水离去。

安经宿,觉腰下尽死,爬抓无所痛痒,乃以女言告家人。家人往,如其言,炽火穴中。有巨白蛇冲焰而出,数弩齐发,射杀之。火熄入洞,蛇大小数百头,皆焦臭。家人归,以蛇血进,安服三日,两股渐能转侧,半年始起。后独行谷中,遇老媪以绷席抱婴儿授之①,曰:"吾女致意郎君。"方欲问讯,瞥不复见。启襁视之②,男也。抱归,竟不复娶。

【注释】

①绷席:婴儿的包被。

②襁：襁褓。

【译文】

过了一夜，安幼舆觉得腰部以下全无知觉，挠上去感觉不到痛痒，于是把花姑子的话告诉了家人。家人依言前去照办，在蛇洞点起大火。有条巨大的白蛇从烈焰中冲出，几张弓弩同时发箭，将白蛇射死。人们在火熄后进洞一看，大小数百条蛇都被烧焦，发出难闻的气息。家人回去后送上蛇血，安幼舆服用了三天，两腿逐渐能够活动，半年后才能下地走路。后来，安幼舆在山谷中独自行走，遇见老太太把用小被包着的婴孩交给他，说："我女儿向你致意。"他刚要问花姑子的消息，老太太忽然消失不见。他打开襁褓一看，是个男孩。他把孩子抱回家去，始终不再娶妻。

异史氏曰：人之所以异于禽兽者几希，此非定论也。蒙恩衔结①，至于没齿②，则人有惭于禽兽者矣。至于花姑，始而寄慧于憨，终而寄情于恝③。乃知憨者慧之极，恝者情之至也。仙乎，仙乎！

【注释】

①衔结：衔环结草以报恩。衔，指"衔环"。传说东汉杨宝救活一只黄雀，夜间有一黄衣童子以白环四枚相报，称当使其子孙洁白，位登三公。后杨宝子孙果然皆显贵。见《后汉书·杨震传》李贤注引《续齐谐记》。结，指"结草"。《左传·宣公十五年》：魏武子有嬖妾，生病期间，嘱其子魏颗，把嬖妾嫁出去。后武子病重，又嘱魏颗，令嬖妾殉葬。武子死，魏颗不使嬖妾殉葬，而令她改嫁。后来在一次战争中，魏颗见一老人结草助其俘获敌将。梦中知道老人就是嬖妾之父来报嫁女之恩。

②没齿：终身，一辈子。

③恝（jiá）：淡漠，不在意。

【译文】

异史氏说：人与禽兽的区别几乎很少，这不是定论。蒙受别人的恩惠便结草衔环以期报恩，以致终生如此，比起禽兽来，人在这方面真是惭愧得很。至于花姑子，开始聪慧寓于憨厚，最终深情寓于淡漠。可见憨厚是聪慧的顶点，淡漠是深情的极至。这就是仙人的作为吧！这就是仙人的作为吧！

武孝廉

【题解】

与《花姑子》相接，本篇叙述的是人有负于狐狸的故事。

开篇极力写武孝廉穷途末路：暴病不起，仆人携款潜逃，所雇的船夫准备丢弃他。在这种境遇下，一个陌路的好心妇人，接济他，给他治病，又拿出钱来使他取得了富贵，为下文做了铺垫。中间部分写武孝廉富贵变心，停妻再娶，不仅不再与妇人通音问，而且妇人写信也不理，求见也不认，直到闯进门才不得不接纳；又极力写妇人相认后恪守三从四德，温柔善良，但当武孝廉偶然得知妇人是狐狸后，便狠心地想加以杀害。最后部分写妇人看破武孝廉面目决然离去，并讨回了救治武孝廉的灵丹妙药，武孝廉旧病复发不治而亡。

这个故事呼应了蒲松龄在《花姑子》的"异史氏曰"中说的话："蒙恩衔结，至于没齿，则人有惭于禽兽者矣。"借以批判了人的负恩现象。

虽然故事是虚构的，但从作者在叙事中隐其名，而在"异史氏曰"中详谈其给人的印象看，武孝廉大概实有其人，故事也有所指，他的早亡一定与其有所失德有关。

武孝廉石某①，囊赀赴都，将求铨叙②。至德州③，暴病，唾血不起，长卧舟中。仆篡金亡去④，石大恚⑤，病益加，资粮断绝。榜人谋委弃之⑥。会有女子乘船⑦，夜来临泊⑧，闻之，自愿以舟载石。榜人悦，扶石登女舟。石视之，妇四十馀，被服粲丽，神采犹都⑨。呻以感谢。妇临审曰："君夙有瘵根⑩，今魂魄已游墟墓。"石闻之，嗷然哀哭⑪。妇曰："我有丸药，能起死。苟病瘳，勿相忘。"石洒泣矢盟⑫。妇乃以药饵石，半日，觉少瘥。妇即榻供甘旨⑬，殷勤过于夫妇，石益德之。月馀，病良已⑭。石膝行而前，敬之如母。妇曰："妾茕独无依⑮，如不以色衰见憎，愿侍巾栉⑯。"时石三十馀，丧偶经年，闻之，喜惬过望⑰，遂相燕好。妇乃出藏金，使人都营干⑱，相约返与同归。

【注释】

①武孝廉：武举人。

②铨叙：清代科举制规定，举人除会试外，可通过拣选、大挑、截取三途径取得官职。此指石孝廉赴京参加拣选，求取官职。铨，选授官职。

③德州：位于黄河下游，山东的西北部。今山东德州市。

④篡金：夺取钱财。

⑤恚（huì）：愤怒。

⑥榜人：船夫，船家。

⑦会：适逢。

⑧临泊：靠岸停舟。

⑨都：美。

⑩瘵（zhài）根：肺痨病根。瘵，肺病。

⑪嗷(jiáo)然哀哭：放声痛哭。嗷，高声。

⑫矢盟：犹盟誓。矢，发誓。

⑬甘旨：美味的食物。

⑭良已：痊愈。

⑮茕(qióng)独：孤独。

⑯侍巾栉(zhì)：侍奉梳洗，指为其妻室。栉，梳子和篦子的总称。

⑰喜惬(qiè)：喜欢满意。

⑱营干：办事，钻营。

【译文】

武举人石某，带着钱财前往京城，准备谋求官职。来到德州时，他突然得病，口吐鲜血，不能起身，整天躺在船中。仆人夺走钱财，逃之夭夭，石某气愤异常，病情加重，钱粮也断绝了。船家打算把他丢下。这时恰巧有一位妇人乘船前来，夜里来这里停泊，听到石某之事，愿意让石某坐自己的船。船家大喜，把石某扶到妇人的船上。石某一看，妇人四十多岁，衣着亮丽，风韵犹存。他呻吟着表示感谢。妇人近前仔细看了看说："你原先有痨病的根子，现在魂魄已经到墓地了。"石某一听，放声哀哭。妇人说："我有一种丸药，能起死回生。如能病愈，可别忘了我。"石某挥泪起誓。妇人便用药喂他，过了半天，已觉稍微好了一些。妇人在床前给他吃好菜好饭，深厚的情意胜过夫妇，他对妇人也更加感激。过了一个多月，石某的病完全好了。他跪着爬到妇人面前，像对母亲一样地尊敬妇人。妇人说："我孤单一人，无依无靠，你如果不嫌我年老色衰，我愿当你妻子。"当时石某三十多岁，丧妻一年多，听了这话，大喜过望，两人便成为恩爱夫妻。于是妇人拿出积蓄的钱来，让石某到京城疏通关节，相约等他返回时两人一同回家。

石赴都夤缘①，选得本省司阃②，馀金市鞍马，冠盖赫奕③。因念妇腊已高④，终非良偶，因以百金聘王氏女为继室。心中悚怯⑤,恐妇闻知,遂避德州道,迂途履任。年馀,不通音耗。有石中表⑥,偶至德州,与妇为邻。妇知之,诣问石况,某以实对。妇大骂,因告以情,某亦代为不平,慰解曰:"或署中务冗⑦,尚未暇遑⑧。乞修尺一书⑨,为嫂寄之。"妇如其言。某敬以达石,石殊不置意。又年馀,妇自往归石,止于旅舍,托官署司宾者通姓氏⑩。石令绝之。一日,方燕饮⑪,闻喧詈声⑫,释杯凝听,则妇已搴帘入矣⑬。石大骇,面色如土。妇指骂曰:"薄情郎! 安乐耶? 试思富若贵何所自来⑭? 我与汝情分不薄,即欲置婢妾,相谋何害?"石累足屏气⑮,不能复作声。久之,长跽自投,诡辞乞宥,妇气稍平。石与王氏谋,使以妹礼见妇。王氏雅不欲⑯,石固哀之,乃往。王拜,妇亦答拜。曰:"妹勿惧,我非悍妒者。曩事,实人情所不堪,即妹亦当不愿有是郎。"遂为王缅述本末⑰。王亦愤恨,因与交詈石。石不能自为地,惟求自赎,遂相安帖。

【注释】

① 夤(yín)缘:比喻拉拢关系,阿上钻营。

② 司阃(kǔn):指地方军事长官。阃,郭门。

③ 冠盖:指为官者的冠服和车辆。盖,车篷,代指车。赫奕:光耀,荣盛。

④ 腊:年岁,年龄。

⑤ 悚怯:惶恐胆怯。

⑥ 中表:古称姑母的儿子为外兄弟。称舅父、姨母的儿子为内兄弟。外为表,内为中,合称"中表兄弟",简称"中表"。

⑦ 务冗(rǒng):事物繁多。冗,繁杂。

⑧暇遑：闲暇，空馀时间。

⑨尺一书：指书信。汉代之诏书写于一尺一寸长的书板上，称为尺一。后来用为书信的通称。

⑩司宾者：官署内负责接待宾客的吏役。

⑪燕饮：聚会在一起吃酒饭。燕，通"宴"。

⑫喧詈：叫骂。

⑬搴帘：掀开帘幕。搴，通"褰"。揭起，撩起。

⑭富若贵：富和贵。若，与，和。

⑮累足屏（bǐng）气：叠足站立，不敢喘气，形容惊惧，敬畏。累足，两足相叠。《汉书·吴王濞传》："胁肩累足。"颜师古注："累足，重足也。"屏，抑制。

⑯雅：甚，很。

⑰缅述：尽情叙说，备叙。

【译文】

石某前往京城攀附权贵钻营，授任为本省的地方军事长官，剩下的钱买了鞍马，一时间冠服车马都显赫起来。这时他想妇人的年纪已大，终究不是理想的配偶，便用一百两银子骋娶王氏为继室。但他心中惴恐胆怯，怕妇人听说其事，便避开经过德州的道路，绕道赴任。历时一年多，与妇人不通音讯。有一位石某的表兄弟偶然来到德州，成为妇人的近邻。妇人得知后，去问石某的情况，表兄弟如实相告。妇人破口大骂，便把往事告诉了表兄弟，表兄弟也替妇人不平，安慰劝解说："也许表哥官署里事物繁冗，还无暇顾及家事。请写一封信，我为嫂子送去。"妇人依言而行。表兄弟郑重地把信交给石某，石某却完全置之不顾。又过了一年多时间，妇人自己前来找石某，先住进旅馆，请官署里接待宾客的吏役通报姓名。石某命人拒绝。一天，石某正在聚会欢饮，就听见叫骂声传了进来，石某放下酒杯凝神静听时，妇人已经掀起门帘走了进来。石某大为惊骇，面如土色。妇人指着石某骂道："薄情郎！快活吗？想想你的财产和地位是哪里来的？我对你情分不薄，即使想讨小老婆，跟我商量商量又有何妨？"石某吓得不敢迈步，不敢喘气，连话也说不出来。过了许久，他直身跪下，以头叩地，花言巧语，请求宽恕，妇人这才逐渐消气。石某与王氏商量，让王氏以妹自称与妇人相见。王氏很不乐意，石某再三哀求，才去见妇人。王氏向妇人行礼，妇人也向王氏还礼。妇人说："妹妹别怕，我不是蛮横妒忌的人。过去的事，实在是人情难以忍受的，妹妹也应该不愿意有这样的男人。"便向王氏备述事情的经过。王氏也很气愤，便与妇人你一句我一句地大骂石某。石某无地自容，只求改过赎罪，于是大家平静无事。

　　初，妇之未入也，石戒阍人勿通①。至此，怒阍人，阴诘让之②。阍人固言管钥未发③，无入者，不服。石疑之而不敢问妇，两虽言笑，而终非所好也。幸妇娴婉④，不争夕⑤，三餐后，掩闼早眠，并不问良人夜宿何所⑥。王初犹自危，见其如此，益敬之。厌旦往朝⑦，如事姑嫜⑧。妇御下宽和有体⑨，而明察若神。一日，石失印绶⑩，合署沸腾，屑屑还往⑪，无所为计。妇笑言："勿忧，竭井可得。"石从之，果得之。叩其故，辄笑不言。隐约间，似知盗者姓名，然终不肯泄。居之终岁，察其行多异，石疑其非人，常于寝后使人听之，但闻床上终夜作振衣声，亦不知其何为。妇与王极相爱怜。一夕，石以赴臬司未归⑫，妇与王饮，不觉过醉，就卧席间，化而为狐。王怜之，覆以锦褥。未几，石入，王告以异。石欲杀之，王曰："即狐，何负于君？"石不听，急觅佩刀，而妇已醒，骂曰："虺蝮之行⑬，而豺狼之心，必不可以久居！曩所啖药，乞赐还也！"即唾石面。石觉森寒如浇冰水，喉中习习作痒，呕出,则丸药如故。妇拾之,忿然径出,追之已杳。石中夜旧症复作,血嗽不止,半岁而卒。

【注释】

①阍(hūn)人:守门人。

②诘让:责问。

③管钥:钥匙。发:启,开。

④娴(xián)婉:文雅柔顺。

⑤夕:侍寝。《礼记·内则》:"妻不在,妾御莫敢当夕。"

⑥良人:一般指妻子对于丈夫的称呼。《孟子·离娄》:"其妻归,告其妾曰:'良人者,所仰望而终身也,今若此!'"

⑦厌(yàn)旦:黎明。《荀子·儒效》:"厌旦于牧之野。"注:"厌,掩也。夜掩于旦,谓未明已前也。"

⑧姑嫜(zhāng):公婆。嫜,妇称夫之父。

⑨御下:对待下人。御,管理。

⑩印绶(shòu):印信,官印。绶,系印纽的丝带。

⑪屑屑:惶急。《广雅·释训》:"屑屑,不安也。"

⑫臬司:此指臬司衙门。清代按察使别称"臬司",为巡抚的属官,负责考察吏治。

⑬虺蝮(huǐ fù):虺、蝮都是毒蛇名。

【译文】

起初,妇人没进门之前,石某嘱咐看门人别让妇人进来。到这时,石某对看门人非常恼火,暗暗地责备看门人。看门人坚持说自己没去开门,也没人进门,所以很不服气。石某疑惑不解,却不敢去问妇人,两人虽然有说有笑的,但终究不再亲热。幸好妇人娴静温顺,不去争床笫欢爱,晚饭后关门早早睡下,并不过问丈夫夜间在哪里过夜。王氏开始还比较担心,但看见妇人如此这般,对她便更加敬重。每天黎明时分便去请安,像事奉婆婆似的。妇人管理下人宽和得体而明察秋毫,如同神仙。有一天,石某丢了官印,整个官署乱作一团,惶急不安地走来走去,无计可施。妇人笑着说:"别发愁,把井淘干,就能找到。"石某照办,果然找到。问其中的缘由,妇人只是笑,不回答。隐隐约约地,似乎妇人知道偷印者的姓名,但始终不肯透露出来。住到年底,石某观察妇人有许多行为异于寻常,便怀疑她不是人类,时常在她睡后让人去偷看偷听,只听见床上整夜有抖动衣服的声音,也不知道她在干什么。妇人与王氏互相极为同情怜惜。一天晚上,石某因前往按察使司没回家,妇人与王氏喝酒,不知不觉地喝得大醉,就躺倒在酒席旁边,变成一只狐狸。王氏怜惜妇人,给她盖上一床锦被。不久,石某进屋,王氏把这件不寻常的事情告知石某。石某要杀妇人,王氏说:"即使她是狐狸,哪里对不起你?"石某不听,急忙去找佩刀。这时妇人已经醒来,骂道:"毒蛇的行为,豺狼的心,绝对不能长远住在一起了!你以前吃的药,请还给我!"便唾石某的脸。石某感到一股阴森森的寒意,像浇了冰水似的,喉咙里丝丝拉拉地发痒,终于把丸药呕吐出来,而丸药依然如故。妇人拾起丸药,气愤地径自走出门去,去追她,已经踪迹杳然了。石某在半夜旧病复发,咳血不止,历时半年后死了。

异史氏曰:石孝廉,翩翩若书生。或言其折节能下士①,语人如恐伤。壮年殂谢②,士林悼之。至闻其负狐妇一事,则与李十郎何以少异③。

【注释】

①折节:屈己下人。折,屈。节,志节。

②殂谢:死亡。

③李十郎:指唐蒋防传奇《霍小玉传》中的李益。李益,又名李十

郎,在长安爱上了名妓霍小玉,表示"粉骨碎身,誓不相舍"。但后来为官抛弃了霍小玉,与名族卢氏女成婚,不再与霍小玉通音信。霍小玉在侠义之士黄衫客的帮助下见到李十郎,骂其负心,一恸而绝。后来李益受到霍小玉鬼魂的报复。

【译文】

异史氏说:石举人风度翩翩,像个书生。有人说他能屈己下人,与人说话时总怕伤害了对方。他死在壮年,士大夫之流都哀悼他。后来听到他辜负狐妇一事,这与李益背弃霍小玉还有什么不同呢?

西湖主

【题解】

与前面《花姑子》一样,本篇也是写动物报恩,也穿插了人与动物的浪漫爱情故事,但是变换笔意,写法上有很大的变化。《花姑子》篇放生的是陆地动物,本篇放生的是水中猪婆龙。《花姑子》篇的报恩是动物舍生忘死地救恩主之命,中间穿插了惊心动魄的蛇精故事。本篇的报恩则是龙女在龙宫中给予了恩主以"娇妻美妾,贵子贤孙,而兼长生不死"。由于西湖主的身份是洞庭湖的龙女,所以本篇有着唐传奇《柳毅传》的明显的影响,特别是故事的结尾,陈弼教与童稚之交梁子俊在洞庭湖相遇,与《柳毅传》中柳毅与表弟薛嘏在洞庭湖的相遇如出一辙。

本篇在叙事结构上最大的特点是一波三折,设置悬念。像陈弼教的仆人在洞庭湖落水,分两次写;陈弼教在洞庭湖的仙山上遇见龙女射猎,荡秋千;陈弼教红巾题诗,被关庭院,"数人持索,汹汹入户",却被召为驸马;写得曲曲折折,引人入胜。但明伦赞为:"水尽山穷,忽开生面。""处处为惊魂骇魄之文,却笔笔作流风回云之势。"冯镇峦赞为:"一起一落,如蝴蝶穿花,蜻蜓点水。"

本篇在院宇的描写上达到了很高的境界,像"垂杨数十株,高拂朱檐。山鸟一鸣,则花片齐飞;深苑微风,则榆钱自落。怡目快心,殆非人世",好句连珠,已臻诗境。

　　陈生弼教,字明允,燕人也①。家贫,从副将军贾绾作记室②。泊舟洞庭③,适猪婆龙浮水面④,贾射之中背。有鱼衔龙尾不去,并获之。锁置桅间,奄存气息⑤,而龙吻张翕,似求援拯。生恻然心动,请于贾而释之。携有金创药⑥,戏敷患处,纵之水中,浮沉逾刻而没。

【注释】

①燕(yān):古燕地,约当今河北及其以北地区。

②记室:古代官名。元代以后,多用以代称掌管文书一类的官员。

③洞庭:湖南洞庭湖。

④猪婆龙:鼍的别名,即扬子鳄,一种濒临灭绝的爬行动物。长约二米,有鳞甲,生活在长江中下游水域。

⑤奄:形容气息微弱。

⑥金创(chuāng)药:治疗刀箭创伤的外敷药。

【译文】

　　书生陈弼教,字明允,燕地人。他家境贫寒,为副将军贾绾掌管文书。他们泊船在洞庭湖边时,恰巧有一条扬子鳄浮出水面,贾绾射中了扬子鳄的背部。有一条鱼衔着扬子鳄的尾巴不放,便一起被捉获。它们被锁放在桅杆旁,奄奄一息,扬子鳄的嘴一张一合的,似乎是请求援救。陈弼教动了恻隐之心,请求贾绾放了它们。他身上带着治疗刀剑创伤的外敷药,便开玩笑似地敷在伤口上,然后把它们放到湖中,它们时起时伏地游了一阵子便隐没到水中。

后年馀,生北归,复经洞庭,大风覆舟。幸扳一竹簏,漂泊终夜,绊木而止①。援岸方升,有浮尸继至,则其僮仆。力引出之,已就毙矣。惨怛无聊②,坐对憩息。但见小山耸翠,细柳摇青,行人绝少,无可问途。自迟明以及辰后③,怅怅靡之④。忽僮仆肢体微动,喜而扪之,无何,呕水数斗,醒然顿苏。相与曝衣石上,近午始燥可着,而枵肠辘辘⑤,饥不可堪。于是越山疾行,冀有村落。才至半山,闻鸣镝声⑥。方疑听所,有二女郎乘骏马来,骋如撒菽⑦。各以红绡抹额⑧,髻插雉尾⑨,着小袖紫衣,腰束绿锦,一挟弹,一臂青鞲⑩。度过岭头,则数十骑猎于榛莽⑪,并皆姝丽,装束若一。生不敢前。有男子步驰,似是驭卒⑫,因就问之。答曰:"此西湖主猎首山也。"生述所来,且告之馁,驭卒解裹粮授之,嘱云:"宜即远避,犯驾当死!"生惧,疾趋下山。

【注释】

①绊:绊住,挂碍。

②惨怛:忧伤,悲痛。

③迟(zhì)明:黎明,天快亮的时候。辰:午前七点至九点。

④靡之:无处可去。之,住。

⑤枵(xiāo)肠:饥肠。枵,空虚。

⑥鸣镝(dí):响箭。

⑦骋如撒菽:马跑起来,蹄声像撒豆那样急促清脆。菽,豆类。

⑧红绡抹额:用红绸巾包扎在头上。绡,生丝薄绸。抹额,束在额上的巾帕,古武士的装饰。

⑨髻插雉尾:发髻上插着野鸡的尾羽。雉尾,野鸡的尾羽。

1272 聊斋志异

⑩臂青鞲(gōu)：臂上套着青色皮套袖。鞲，皮质的袖套，射箭时戴
　　在左臂上，因叫"射鞲"。又，也指停放猎鹰的皮臂套。
⑪榛莽：丛杂的林木。
⑫驭卒：马夫。

【译文】

　　过了一年多时间，陈弼教回北方去，又经过洞庭湖，大风掀翻了船。
他幸好抓住一只竹箱，漂流了一整夜，因挂在树木上，才停止下来。他
刚攀着岸沿爬上岸，有一具尸体随后在水中漂来，原来是他的仆人。他
用力把仆人拖上岸来，仆人已经死去。他忧伤郁闷，无可奈何，面对仆
人坐着稍事歇息。只见小山高耸，一片青翠，细柳摇曳，枝条青葱，没有
行人，无法问路。从黎明到上午辰时，他心情怅惘，无处可去。忽然，仆
人的身体微微动了一动，陈弼教高兴地抚摸着仆人，没过多久，仆人吐
出几斗水来，顿时苏醒过来。他们一起在石头上晒衣服，将近中午才晒
干可以穿着，这时他们肚中空空，"咕咕"直叫，饿得难以忍受。于是翻
越小山快步急行，希望找到一个村落。才到半山腰，就听见发射响箭的
声音。正要辨别发箭的方向，便有两位女郎骑着骏马前来，马蹄得得像
撒豆一般疾驰。两位女郎都额前系着薄绸红巾，发髻上插着野鸡翎子，
身穿紧袖紫衣，腰系绿色锦带，一人手拿弹弓，一人臂上套着青色皮套
袖。翻过山顶，陈弼教看见数十位女郎在荒草野树间打猎，个个都很漂
亮，装束完全一样。陈弼教不敢再往前走。这时有个汉子快步跑来，看
样子似乎是马夫，陈弼教便上前去问这是什么场面。马夫回答说："这
是西湖公主在首山打猎。"陈弼教讲述了自己的来历，并告诉马夫说他
们二人很饿。马夫拿出干粮，给了二人，又嘱咐说："你们最好马上远远
躲开，冒犯公主大驾便是死罪！"陈弼教心怀恐惧，急忙快步下山。

　　茂林中隐有殿阁，谓是兰若。近临之，粉垣围沓①，溪水
横流，朱门半启，石桥通焉。攀扉一望，则台榭环云②，拟于

上苑③，又疑是贵家园亭。逡巡而入，横藤碍路，香花扑人。过数折曲栏，又是别一院宇，垂杨数十株，高拂朱檐。山鸟一鸣，则花片齐飞；深苑微风，则榆钱自落。怡目快心，殆非人世。穿过小亭，有秋千一架，上与云齐，而罥索沉沉④，杳无人迹。因疑地近闺阁，恇怯未敢深入⑤。俄闻马腾于门，似有女子笑语，生与僮潜伏丛花中。未几，笑声渐近，闻一女子曰："今日猎兴不佳，获禽绝少。"又一女曰："非是公主射得雁落，几空劳仆马也。"无何，红装数辈，拥一女郎至亭上坐，秃袖戎装⑥，年可十四五，鬟多敛雾⑦，腰细惊风⑧，玉蕊琼英⑨，未足方喻。诸女子献茗熏香，灿如堆锦。移时，女起，历阶而下。一女曰："公主鞍马劳顿，尚能秋千否？"公主笑诺。遂有驾肩者，捉臂者，褰裙者，持履者，挽扶而上。公主舒皓腕，蹑利屣⑩，轻如飞燕，蹴入云霄。已而扶下，群曰："公主真仙人也！"嘻笑而去。

【注释】

①围沓：环绕。沓，会合。

②台：高而平的建筑物。榭：建在高台上的敞屋。环云：指台榭高耸入云。

③拟于上苑：好像是皇家的园林。拟，类似。上苑，古时供帝王游赏或打猎的园林。

④罥（juàn）索：指秋千垂挂着绳索。沉沉：下沉静寂。

⑤恇（kuāng）怯：恐惧畏缩。恇，畏怯，恐惧。

⑥秃袖：窄袖。

⑦鬟多敛雾：梳拢起来的鬟发，多如云雾堆积。

⑧腰细惊风：腰肢细软，似乎弱不禁风。

⑨玉蕊琼英：指最香的花和最美的玉。玉蕊，玉作的花蕊。琼英，
　　玉作的花瓣。

⑩蹑：踏、穿。利屣：舞屣。小而尖的鞋子。缀珠，多有花纹。《史
　　记·货殖列传》："揄长袖，蹑利屣。"

【译文】

在茂密的树林里隐约显露出一片殿阁来，陈弼教以为是寺院。走近一看，粉墙环绕，溪水奔流，朱红大门半开半闭，石桥直通门口。他扒门一望，只见楼台亭榭环绕着流云，比得上皇家花园，又似乎是高门大族的园林庭院。陈弼教犹豫不决地走进大门，却见青藤爬满道路，香花扑面而来。他走过几折曲栏，又有另外一个院落，几十株垂柳在朱红的高高的屋檐下拂动。山鸟一叫，花瓣齐飞；微风吹过幽深的花园，榆钱便纷纷飘落。景色赏心悦目，简直不是人间所有。穿过小亭，有一架秋千高耸入云，秋千的绳索静静下垂，四周杳无人迹。于是他猜想这里靠近闺房，心中害怕，没敢再往里走。一会儿，只听见马在门外腾跃，似乎还有女子在说笑，陈弼教与仆人便在花丛中潜伏下来。没过多久，笑声渐近，就听见一个女子说："今天打猎的兴致不高，猎物太少。"又有一个女子说："要不是公主射落大雁，几乎白去了这些人马。"不久，几个身穿红装的女子拥簇着一位女郎到亭子上坐下，这女郎穿着短袖军装，大约十四五岁的年纪，环形的发髻浓密宛如云雾，腰肢纤细，弱不禁风，用玉蕊琼花都不足以形容她的美貌。众女子有献茶的，有熏香的，就像云锦堆积，灿烂生辉。过了一阵子，女郎站起身来，走下台阶。一个女子说："公主骑马很累，还能荡秋千吗？"公主笑着说能。随即便有架肩膀的，有搀胳膊的，有提裙子的，有拿鞋子的，把公主扶上秋千。公主伸出雪白的手腕，足登尖头薄底缀珠的花鞋，像飞燕一样轻盈，脚下一登，便直入云霄。荡完秋千，把公主扶了下来，众女子说："公主真是仙人！"便嘻笑着离去。

生睨良久，神志飞扬。迨人声既寂，出诣秋千下，徘徊凝想。见篱下有红巾，知为群美所遗，喜内袖中。登其亭，见案上设有文具，遂题巾曰：

雅戏何人拟半仙①？分明琼女散金莲②。

广寒队里应相妒③，莫信凌波上九天④。

题已，吟诵而出。复寻故径，则重门扃锢矣。踟蹰罔计，反而楼阁亭台，涉历几尽。一女掩入，惊问：“何得来此？”生揖之曰：“失路之人，幸能垂救。”女问：“拾得红巾否？”生曰：“有之。然已玷染，如何？”因出之。女大惊曰：“汝死无所矣！此公主所常御⑤，涂鸦若此⑥，何能为地？”生失色，哀求脱免，女曰：“窃窥宫仪⑦，罪已不赦。念汝儒冠蕴藉⑧，欲以私意相全，今孽乃自作，将何为计！”遂皇皇持巾去。生心悸肌栗，恨无翅翎，惟延颈俟死。

【注释】

①雅戏：高雅的游戏。半仙：半仙戏，指荡秋千。五代王仁裕《开元天宝遗事》：“天宝宫中至寒食节（清明前一天），竞竖秋千，令宫嫔辈戏笑，以为宴乐。帝呼为半仙之戏，都中士民因而呼之。”

②分明琼女散金莲：意思是公主像散花的天女。琼女散金莲，散花天女。佛经故事里的人物。语本《维摩经·观众生品》：“时维摩诘室，有一天女，见诸天人闻所说法，便现其身，即以天花散诸菩萨大弟子上。”琼女，玉女，天女。一说，散金莲，形容秋千荡起，足影舞动。金莲，金色的莲花，喻女子之足，《南史·齐纪下·废帝东昏侯》：“（东昏侯）又凿金为莲华（花）以贴地，令潘妃行其上，曰：‘此步步生莲华（花）也。’”

③广寒：广寒宫，即月宫。

④凌波：形容女子的小脚。三国魏曹植《洛神赋》："凌波微步，罗袜生尘。"

⑤御：用。

⑥涂鸦：喻胡乱涂抹。唐卢仝《示添丁》诗："忽来案上翻墨汁，涂抹诗书如老鸦。"

⑦宫仪：谓宫中之女子。仪，通"娥"。

⑧儒冠：古时读书人所戴的冠巾。指读书人。蕴藉：温雅，敦厚。

【译文】

陈弼教偷看了许久，不觉心驰神往。等人声归于沉寂后，他走出花丛，来到秋千下边，流连不去，沉思默想。他看见篱笆下有一条红色的手巾，知道是众美女丢的，便高兴地放到袖子里。他登上亭子，见案上摆放着文具，便在手巾上题诗云：

雅戏何人拟半仙？分明琼女散金莲。

广寒队里应相妒，莫信凌波上九天。

题完诗，吟诵着这首诗走出亭子。再按来时的路走，一道道的大门都已上锁。陈弼教主仆徘徊不前，无计可施，便回过头来，把这里的楼阁亭台几乎都游观了一遍。一个女子突然进来，吃惊地问："你怎能到这里来？"陈弼教拱手作揖，说："我迷了路，希望你能给予帮助。"女子问："你拾到一条红色的手巾吗？"陈弼教说："有这事。但我已经写上字了，如何是好？"便拿出手巾。女子大吃一惊地说："你死无葬身之地了！公主常用这条手巾，你涂抹成这个样子，哪有帮忙的馀地？"陈弼教大惊失色，哀求女子帮助自己脱身。女子说："偷看宫中的女子，已是不可赦免的罪过。念你是个文雅书生，我个人想保全你，可是现在你自己作孽，还有什么办法！"便拿着手巾慌张离去。陈弼教吓得心惊肉跳，只恨自己没长翅膀，只好伸着脖子等死。

迁久，女复来，潜贺曰："子有生望矣！公主看巾三四遍，靦然无怒容①，或当放君去。宜姑耐守，勿得攀树钻垣，发觉不宥矣。"日已投暮，凶祥不能自必，而饿焰中烧，忧煎欲死。无何，女子挑灯至。一婢提壶榼②，出酒食饷生。生急问消息，女云："适我乘间言：'园中秀才，可恕则放之，不然饿且死。'公主沉思云：'深夜教渠何之？'遂命馈君食。此非恶耗也。"生徊徨终夜③，危不自安。辰刻向尽，女子又饷之。生哀求缓颊④，女曰："公主不言杀，亦不言放。我辈下人，何敢屑屑渎告⑤？"既而斜日西转，眺望方殷，女子忽息急奔而入⑥，曰："殆矣！多言者泄其事于王妃，妃展巾抵地⑦，大骂狂伧⑧，祸不远矣！"生大惊，面如灰土，长跽请教。忽闻人语纷挐⑨，女摇手避去。数人持索，汹汹入户。内一婢熟视曰："将谓何人，陈郎耶？"遂止持索者，曰："且勿且勿，待白王妃来。"返身急去。少间来，曰："王妃请陈郎入。"生战惕从之。经数十门户，至一宫殿，碧箔银钩。即有美姬揭帘，唱："陈郎至。"上一丽者，袍服炫冶⑩。生伏地稽首，曰："万里孤臣，幸恕生命！"妃急起，自曳之曰："我非君子，无以有今日。婢辈无知，致迕佳客，罪何可赎！"即设华筵，酌以镂杯。生茫然不解其故。妃曰："再造之恩，恨无所报。息女蒙题巾之爱⑪，当是天缘，今夕即遣奉侍。"生意出非望，神惝恍而无着⑫。

【注释】

①靦（chǎn）然：微笑的样子。

②壶榼：壶、榼都是古代盛酒的器具，泛指食具。

③徊惶：徘徊，仿徨，犹豫忧思。《文选》扬雄《甘泉赋》："徒徊徊以
　　徨徨兮，魂眇眇而昏乱。"

④缓颊：说情。

⑤屑屑：琐屑。渎告：轻率告说。

⑥坌(bèn)息：喘粗气。息，喘息。

⑦抵地：扔在地上。抵，掷，扔。

⑧伧(cāng)：古代骂人的话，意思是粗俗鄙贱之人。

⑨纷挐(ná)：错杂，混乱。

⑩炫冶：艳丽，耀眼。冶，艳丽。

⑪息女：亲生的女儿。

⑫惝(chǎng)怳：心神恍惚。

【译文】

　　过了许久，女子又回来，暗中祝贺说："你有活命的希望了！公主把手巾看了三四遍，笑吟吟的，根本没生气，或许会把你放走。你最好暂且耐心等待，别去攀树爬墙，如被发现，就不饶恕你了。"这时天色已经向晚，陈弼教对于是凶是吉心里拿不定主意，而腹中燃着饥饿的烈火，忧愁快把人煎熬死了。没过多久，女子挑着灯笼来了。一名丫环提着酒壶食盒，拿出酒饭，给陈弼教吃。陈弼教急忙打听消息，女子说："刚才我乘机说：'花园中的秀才，如能饶恕，就放了他，否则快饿死了。'公主沉思着说：'深夜里让他往哪里去呢？'便吩咐给你吃的。这当然不是坏消息啦。"陈弼教整夜徘徊彷徨，忧虑不安。在上午辰时将尽时，女子又送来吃的。陈弼教哀求女子为自己讲情，女子说："公主不说杀，也不说放。我们当下人的怎敢絮絮叨叨地轻率多讲？"后来日头西斜，陈弼教正殷切地张望着，女子气喘吁吁地急忙跑进园来，说："坏了！多嘴的人把这事泄露给王妃，王妃看过手巾就扔到地上，大骂狂妄粗鄙的家伙，祸事即将来临了！"陈弼教大为惊恐，面如土色，直身跪在地上，请女

子出个主意。忽然听见人声嘈杂，女子摆摆手躲开了。只见几个人手拿绳索，气势汹汹地走进门来。其中有一个丫环仔细打量一番说："我以为谁呢，你不是陈郎吗？"便让拿绳索的人住手，说："且慢且慢，等我禀告王妃去。"便回身急忙离去。不久，女子回来说："王妃请陈郎进去。"陈弼教战战兢兢地跟她前去。经过几十道门，来到一座宫殿前，门上银钩挂着碧帘。当即有一位美女掀开门帘，放声说："陈郎到。"殿上有个漂亮的夫人，衣着妖冶绚丽。陈弼教伏地叩头，说："远方的孤臣，万望饶命！"王妃急忙站起身来，亲自把陈弼教拽起来说："没有你的帮助，我就没有今天。丫环们啥都不懂，以致冒犯了嘉宾，罪责岂可饶赎！"当即摆上丰盛的筵席，用雕镂精美的杯子斟酒款待。陈弼教心意茫然，不知其中的缘由。王妃说："再生之恩，正愁没法报答。我女儿承蒙你红巾题诗，表示爱慕，应当是天赐姻缘，今夜就让她侍候你。"陈弼教感到事出意外，远远超出自己的期望，因而神情恍惚，没着没落。

日方暮，一婢前白："公主已严妆讫①。"遂引生就帐。忽而笙管敖曹②，阶上悉践花罽③，门堂藩溷④，处处皆笼烛。数十妖姬，扶公主交拜。麝兰之气，充溢殿庭。既而相将入帏，两相倾爱。生曰："羁旅之臣，生平不省拜侍。点污芳巾，得免斧锧⑤，幸矣。反赐姻好，实非所望。"公主曰："妾母，湖君妃子，乃扬江王女。旧岁归宁，偶游湖上，为流矢所中。蒙君脱免，又赐刀圭之药⑥，一门戴佩⑦，常不去心。郎勿以非类见疑。妾从龙君得长生诀，愿与郎共之。"生乃悟为神人，因问："婢子何以相识？"曰："尔日洞庭舟上，曾有小鱼衔尾，即此婢也。"又问："既不见诛，何迟迟不赐纵脱？"笑曰："实怜君才，但不自主。颠倒终夜，他人不及知也。"生叹曰："卿，我鲍叔也⑧。馈食者谁？"曰："阿念，亦妾腹心。"生曰：“何以报德？”笑曰：“侍君有日，徐图塞责未晚耳。”问：
“大王何在？”曰：“从关圣征蚩尤未归⑨。”

【注释】

①严妆：认真打扮。

②敖曹：声音嘈杂。

③罽(jì)：毛织物，毡子，为高档的毡制品。

④藩：藩篱。溷：厕所。

⑤斧锧：斧子与铁砧，古代刑具。行刑时置人于砧上，以斧砍之。
也泛指死刑。

⑥刀圭：古代量药的微小用具，也借指药物。

⑦戴佩：感恩铭记。戴，指感恩。佩，铭记，铭感。

⑧鲍叔：春秋时齐国大夫鲍叔牙，代指知己。鲍叔牙很了解管仲，
后来荐举他辅佐齐桓公。管仲曾说：“生我者父母，知我者鲍子
也。”见《史记·管晏列传》。

⑨关圣征蚩尤：民间传说，据明彭宗古《关帝实录》引《古记》说，宋
朝大中祥符年间，解州盐池减产，传说是凶神蚩尤为害，朝廷令
张天师请来关羽的神灵征服蚩尤，收复盐池。关圣，三国时蜀将
关羽。明万历年间被封为“三界伏魔大帝神威远镇天尊关圣帝
君”。蚩尤，远古时的酋长，曾被黄帝轩辕氏擒杀。

【译文】

天刚黑，一名丫环前来说：“公主已经打扮完毕。”便把陈弼教领去
成亲。忽然笙管齐鸣，喧闹沸天，台阶全铺上花地毯，门口、堂前以至篱
笆、厕所，处处都挂着灯笼。几十名艳丽的女子扶着公主与陈弼教互相
对拜，麝香兰花的香气充满殿堂。接着，两人手拉手走进帏帐，尽情恩
爱。陈弼教说：“我是一个客游异乡的人，生平不懂拜谒周旋。玷污了
你的芳巾，能免除死刑，就万幸了。反而赐给我这段姻缘，实在不是我

敢希望的。"公主说:"我母亲是洞庭湖君的妃子,是扬江王的女儿。去年我母亲回娘家,偶然游出湖面,被流箭射中。承蒙你放走,还给敷了药物,我们全家深为感恩铭记,心中念念不忘。你不用因我不属人类而心怀疑虑。我从龙君那里得到了长生的秘诀,愿意与你共享。"陈弼教这才领悟到公主是神人,于是问:"丫环为什么认识我?"公主说:"那天在洞庭湖的船上,曾经有一条小鱼衔住扬子鳄的尾巴,小鱼便是这个丫环。"陈弼教又问:"既然不杀我,为什么迟迟不肯放我?"公主笑着说:"实在是爱你有才,但不能自己做主。我辗转了一夜,别人都不知道呢!"陈弼教感叹地说:"你便是我知音。给我送饭的是谁?"公主说:"她叫阿念,是我的心腹。"陈弼教说:"让我怎样报答你的恩德?"公主笑吟吟地说:"我们还能生活一些日子,慢慢考虑如何敷衍塞责也不迟。"陈弼教问:"大王在哪里?"公主说:"跟随关公征伐蚩尤还没回来。"

　　居数日,生虑家中无耗,悬念綦切①,乃先以平安书遣仆归。家中闻洞庭舟覆,妻子缞绖已年馀矣②。仆归,始知不死,而音问梗塞,终恐漂泊难返。又半载,生忽至,裘马甚都③,囊中宝玉充盈。由此富有巨万,声色豪奢,世家所不能及。七八年间,生子五人。日日宴集宾客,宫室饮馔之奉④,穷极丰盛。或问所遇,言之无少讳。

【注释】

①綦切:迫切。

②缞绖(cuī dié):古时的丧服。缞,披于胸前的麻布。绖,头戴的麻冠和腰系的麻带。

③都:华美。

④宫室:房屋的通称。《易·系辞》:"上古穴居而野处,后世圣人易

之以宫室,上栋下宇,以待风雨。"

【译文】

住了几天,陈弼教想起家人不知自己的消息,非常想家,便写好平安家信,先让仆人送回。家中听说陈弼教所乘的船在洞庭湖覆没,妻子戴孝已经一年多了。仆人回到家里,家人才知陈弼教没死,但是音信难通,终究担心他漂泊在外,难以返回。又过了半年,陈弼教忽然回到家里,轻裘肥马,非常豪华,行李中放满了宝玉。从此,陈弼教拥有万贯家财,歌舞女色等享受都豪华奢侈,连世代官宦人家都赶不上。在七八年间,生了五个儿子。他天天宴请宾客,提供的住处和饮食都极为丰盛。有人问起他的遇合,他也毫不隐讳地去讲。

有童稚之交梁子俊者,宦游南服十馀年①。归过洞庭,见一画舫,雕槛朱窗,笙歌幽细,缓荡烟波,时有美人推窗凭眺。梁目注舫中,见一少年丈夫,科头叠股其上②,傍有二八姝丽,挼莎交摩③,念必楚襄贵官④。而驺从殊少。凝眸审谛,则陈明允也,不觉凭栏酹叫。生闻呼罢棹,出临鹢首⑤,邀梁过舟。见残肴满案,酒雾犹浓。生立命撤去。顷之,美婢三五,进酒烹茗,山海珍错,目所未睹。梁惊曰:"十年不见,何富贵一至于此!"笑曰:"君小觑穷措大不能发迹耶⑥?"问:"适共饮何人?"曰:"山荆耳。"梁又异之,问:"携家何往?"答:"将西渡。"梁欲再诘,生遽命歌以侑酒。一言甫毕,旱雷聒耳⑦,肉竹嘈杂⑧,不复可闻言笑。梁见佳丽满前,乘醉大言曰:"明允公,能令我真个销魂否?"生笑云:"足下醉矣!然有一美妾之赏,可赠故人。"遂命侍儿进明珠一颗,曰:"绿珠不难购⑨,明我非吝惜。"乃趣别曰⑩:"小事忙迫,不及与故人久聚。"送梁归舟,开缆径去。

【注释】

①南服:南方。服,古代指王畿以外的地方。

②科头:不戴帽子。指消闲打扮。叠股:跷着二郎腿。

③挼莎交摩:抚摸按摩。

④楚裹:泛指楚地。今湖南、湖北等地。

⑤鹢(yì)首:船头。古代船头上画有鹢鸟的图像,故称船头为"鹢首",有时也以"鹢首"代指船。鹢,鸟名,形似鹭鸶。

⑥小觑:小看,看不起。穷措大:旧时对贫寒读书人的讥称。

⑦旱雷:打击乐器。

⑧肉竹:歌声和管乐声。肉,指歌喉。竹,指管乐。

⑨绿珠:晋石崇的歌妓。《太平广记》引《岭表录异》,谓绿珠姓梁,"石季伦(崇)为交趾采访使,以圆珠三斛买之"。这里借指美妾。

⑩趣(cù)别:催促分手。趣,催促。

【译文】

陈弼教有一个童年的好友叫梁子俊,在南方任官十多年。他回家时经过洞庭湖,看见一只华美的游船,雕花的栏杆,朱红的窗子,传出幽雅绵密的笙歌,在含烟的水波上缓缓飘荡,不时有美女推开窗子凭窗眺望。他往游船上注目一看,却见一个年轻的男子,不戴帽子,跷着二郎腿,坐在船上,身旁有一个年方二八的美女,用双手给他按摩,他心想此人一定是楚地的显贵大官。但随从人员却很少。梁子俊目不转睛地仔细分辨,发现此人原来却是陈弼教,不由自主地凭栏高呼。陈弼教听到喊声,停下船来,走到船头,邀请他上船。梁子俊看到满桌吃剩的酒菜,酒的气味还很浓郁。陈弼教立即吩咐撤去残宴。一会儿,三五个漂亮的丫环斟上酒,端来茶,摆上山珍海味,都是梁子俊不曾见过的。梁子俊惊讶地说:"十年不见,你怎么竟然变得这么富贵!"陈弼教笑着说:

"你小看了穷酸书生，认为穷酸书生就不能发迹吗？"梁子俊问："刚才是谁与你一起喝酒？"陈弼教说："拙妻。"梁子俊又觉奇怪，问："你带着家眷到哪里去？"陈弼教回答说："准备去西边。"梁子俊还想再问，陈弼教连忙吩咐唱歌助酒。话刚说完，乐声大作，如晴天响雷，歌声与乐器喧响嘈杂，再也不能听清说笑声。梁子俊见面前都是美女，借着醉意大声说："明允公，能让我真的销魂吗？"陈弼教笑着说："你喝醉了！不过这里有买一个美妾的钱，可以送给老朋友。"便让侍儿送上一颗明珠，说："用它买绿珠似的美人也不难，以表明我并不吝啬。"便急忙告别说："我还有桩小事急着要办，不能跟老朋友相聚太久了。"送梁子俊回到自己的船里，便解开缆绳径自开船离去。

　　梁归，探诸其家，则生方与客饮，益疑。因问："昨在洞庭，何归之速？"答曰："无之。"梁乃追述所见，一座尽骇。生笑曰："君误矣，仆岂有分身术耶？"众异之，而究莫解其故。后八十一岁而终。追殡①，讶其棺轻，开之，则空棺耳。

【注释】

①殡：安葬。

【译文】

　　梁子俊回家后，到陈弼教家探望，看见陈弼教正在跟客人喝酒，越发疑惑不解。便问："不久前你还在洞庭湖上，怎么回来得这么快？"陈弼教回答说："没这事。"梁子俊于是追述自己看到的情景，在座的客人无不惊骇。陈弼教笑着说："你搞错了，难道敝人有分身术吗？"大家都觉奇怪，却始终不明白其中的道理。后来，陈弼教活到八十一岁时寿终。到送殡时，人们诧异抬的棺材太轻，打开一看，却是空的。

异史氏曰：竹篓不沉，红巾题句，此其中具有鬼神，而要皆恻隐之一念所通也^①。迨宫室妻妾，一身而两享其奉，即又不可解矣。昔有愿娇妻美妾，贵子贤孙，而兼长生不死者，仅得其半耳。岂仙人中亦有汾阳、季伦耶^②？

【注释】

①恻隐：同情心。《孟子·告子》："恻隐之心，人皆有之。"

②汾阳：指唐代郭子仪。平定安史之乱有功，唐肃宗封其为汾阳郡王。郭富贵寿考，子孙满堂。详见《唐书·郭子仪传》。季伦：晋石崇，号季伦，家资巨万，富可敌国。详见《晋书·石崇传》。

【译文】

异史氏说：竹箱不沉没，红手巾上题诗，这里面都有鬼神指使，而关键都是由恻隐之心所贯通。至于华屋美室、妻子姬妾，陈弼教一人在两处都得享受，便又无法解释了。过去有人希望娇妻美妾、贵子贤孙与长生不死兼得，也只得到陈弼教的一半。难道仙人中也有郭子仪、石崇那种大富大贵的人吗？

孝子

【题解】

本篇所写为中国所谓"孝行"的极端，即用自己的肉为生病的父母疗病。自唐代陈藏器《本草拾遗》认为"人肉治羸疾"后，误导了许多人。宋代钱易《南部新书》说："陈藏器撰《本草拾遗》云'人肉治羸疾'，自是闾里相仿，割股今犹尚之。"

值得注意的是，蒲松龄在"异史氏曰"中的话，他包括两层意思。其一是对于故事的评论，认为割股疗亲虽然是"愚夫妇"所为，但体现了孝道。其二是表示自己以风教自负,要承担起宣传教化的责任。这可以帮助我们理解为什么在《聊斋志异》中有那么多宣传礼教道德的作品。

　　青州东香山之前①,有周顺亭者,事母至孝。母股生巨疽②,痛不可忍,昼夜嚬呻③。周抚肌进药,至忘寝食。数月不瘥,周忧煎无以为计。梦父告曰:"母疾赖汝孝。然此创非人膏涂之不能愈,徒劳焦恻也。"醒而异之。乃起,以利刃割胁肉,肉脱落,觉不甚苦。急以布缠腰际,血亦不注。于是烹肉持膏,敷母患处,痛截然顿止。母喜,问:"何药而灵效如此?"周诡对之④。母创寻愈。周每掩护割处,即妻子亦不知也。既瘥,有巨痕如掌。妻诘之,始得其情。

【注释】

①香山:指青州之香山。嘉靖《青州府志》:"城东四十五里为香山,《齐乘》所谓山是也。"

②疽:痈疽,恶疮名。

③嚬呻:皱眉呻吟。嚬,通"颦",皱眉。

④诡对:谎言以对。

【译文】

青州城的东面香山的前面,有个叫周顺亭的,侍奉母亲极为孝顺。母亲的腿上生了一个大毒疮,疼痛难忍,日夜皱着眉头呻吟不止。周顺亭给母亲按摩上药,以致废寝忘食。然而母亲的病持续了好几个月仍不痊愈,周顺亭忧心如煎,无计可施。一天,周顺亭梦见父亲告诉自己说:"你妈的病幸而有你孝心服侍。不过这疮只有外敷人肉膏才能治好,着急难过都没用。"周顺亭醒来,认为此梦异乎寻常。他马上起床,用快刀去割肋上的肉,肉从肋上脱落下来,觉得也不太疼。他急忙用布把腰部缠好,也不怎么往外流血。于是周顺亭把肉煮成膏状,敷在母亲的毒疮上,疼痛顿时终止。母亲高兴地问:"这是什么药,这么灵验有效?"周顺亭编个说法搪塞过去。不久,母亲的毒疮好了。周顺亭经常遮掩着割肉的部位,就是妻子也不知其事。周顺亭的伤口愈合后,留下一个巴掌似的大伤疤。经妻子追问,才知实情。

异史氏曰:刲股为伤生之事①,君子不贵。然愚夫妇何知伤生之为不孝哉②?亦行其心之所不自已者而已③。有斯人而知孝子之真,犹在天壤④。司风教者⑤,重务良多,无暇彰表,则阐幽明微⑥,赖兹刍荛⑦。

【注释】

①刲(kuī)股:割股,指割股疗亲。

②伤生之为不孝:《孝经》:"身体发肤,受之父母,不敢毁伤。"按照这一说法伤害身体是不孝的行为。

③不自已:不能自我克制。已,中止。

④天壤:天地。

⑤司风教者:主管风俗教化的人,指掌权的官吏。

⑥阐幽明微:即阐明幽微。幽微,指含义深远的道理。

⑦赖兹刍荛:意谓依赖于民间普通的人。刍荛,割草采薪。《孟子·梁惠王》:"文王之囿方七十里,刍荛者往焉,雉兔者往焉,与民同之。"赵岐注:"刍荛者,取刍薪之贱人也。"这里是作者自谦之词。

【译文】

异史氏说:割股疗亲是伤生的事,君子不加推崇。但是无知的男女怎知伤生也是不孝呢？他们也只是在做内心中无法不做的事情而已。有这种人，才知道孝子的真面目还存在于天地之间。掌管风俗教化的人，重要的事务很多，没工夫加以表彰，所以阐明隐微的道理，尚有赖于民间普通人去做。

狮子

【题解】

这是蒲松龄所记关于暹逻贡狮的传闻。

狮子什么样？蒲松龄没有见过。暹逻贡狮什么样？当然蒲松龄更没有见过。有趣的是，蒲松龄并没有拿暹逻贡狮与狮子比，而是拿暹逻贡狮与世传绣画中的形象比照，于是得出了以讹传讹的结论。《聊斋志异》评论家何垠对此调侃说："如是我闻，言狮状与此略同。"

暹逻贡狮[①]，每止处，观者如堵[②]。其形状与世传绣画者迥异，毛黑黄色，长数寸。或投以鸡，先以爪抟而吹之[③]，一吹，则毛尽落如扫，亦理之奇也。

【注释】

①暹（xiān）逻：现今东南亚国家泰国的古称。

②堵：墙。

③抟：把东西揉成球状。

【译文】

暹逻国来进贡狮子，每当半路停下时，前来围观的人多得像一堵墙。那狮子的形状与世间流传的绣的画的迥然不同，毛色黑黄，长达数寸。有人扔给它一只鸡，它先用爪子把鸡抓起来团成一坨，再用嘴去吹,只要一吹,鸡毛就落得一干二净,这也是一个奇特的事理。

阎王

【题解】

　　就故事本身而言,这个故事不过是借疾病的因果报应之说劝诫妇女不要做悍妒之事的陈词滥调,但在叙述和描写上却颇为精彩。李久常之嫂的悍妒之行是其在阎王那里的所闻,在生活中,李久常很难实地考察,故事也不便于停顿下来另外叙述。但小说选择李久常见到嫂子,正赶上其诟骂其妾,尤其是通过劝诫时三言两语的对话,就鲜明地活画出其平日的悍妒厉害性情。"小郎若个好男儿,又房中娘子贤似孟姑姑,任郎君东家眠,西家宿,不敢一作声。自当是小郎大好乾纲,到不得代哥子降伏老媪!""便曾不盗得王母箩中线,又未与玉皇香案吏一眨眼,中怀坦坦,何处可用哭者!"真是如闻其声,如见其人!

　　李久常,临朐人①。壶榼于野②,见旋风蓬蓬而来③,敬酹奠之④。后以故他适,路傍有广第,殿阁弘丽。一青衣人自内出,邀李,李固辞,青衣要遮甚殷⑤。李曰:"素不识荆⑥,得无误耶?"青衣云:"不误。"便言李姓字。问:"此谁家?"答云:"入自知之。"入,进一层门,见一女子手足钉扉上,近视,其嫂也,大骇。李有嫂,臂生恶疽,不起者年馀矣。因自念何得至此? 转疑招致意恶,畏沮却步⑦。青衣促之,乃入。至殿下,上一人,冠带如王者,气象威猛。李跪伏,莫敢仰视。王者命曳起之,慰之曰:"勿惧。我以曩昔扰子杯酌⑧,欲一见相谢,无他故也。"李心始安,然终不知其故。王者又曰："汝不忆田野酹奠时乎？"李顿悟，知其为神，顿首曰："适见嫂氏受此严刑，骨肉之情，实怆于怀⑨。乞王怜宥！"王者曰："此甚悍妒，宜得是罚。三年前，汝兄妾盘肠而产⑩，彼阴以针刺肠上，俾至今脏腑常痛。此岂有人理者！"李固哀之。乃曰："便以子故宥之。归当劝悍妇改行。"李谢而出，则扉上无人矣。

【注释】

①临朐(qú)：位于山东半岛的中部，明清属青州府，今为山东潍坊属县。

②壶榼(kē)于野：携壶榼饮于郊野。壶、榼均酒器。

③蓬蓬：风声。

④酹(lèi)奠：洒酒于地，祭奠鬼神。

⑤要(yāo)遮：拦住邀请。

⑥识荆：对于结识者的敬词。唐李白《上韩荆州书》："生不愿封万户侯，但愿一识韩荆州。"韩荆州，名朝宗，唐京兆长安人，曾为荆州长史，善识别人才，提拔后进，为士人敬仰。后因称认识己所仰慕的人为"识荆"。

⑦畏沮：畏怯沮丧。

⑧扰：叨扰。

⑨怆：凄怆，感伤。

⑩盘肠而产：盘肠产，见《张氏医通》，即盘肠生，产科学名词。古人认为产母平日气虚，临产时怒挣，浑身气血下注，以致肠随儿下，儿娩出后肠仍不收。相当于临产时产妇直肠脱出。

【译文】

李久常是临朐人。有一次，他自带酒具在野外自斟自饮，看见旋风

"呼呼"吹过，便恭敬地以酒洒地，加以祭奠。后来，李久常因事外出，看见路旁有所极具规模的宅第，殿阁宏伟壮丽。这时一个家丁从宅中走出，请他进宅，他一再推辞，家丁拦住去路，非让他进去不可。他说："我们素不相识，莫非你认错人了？"家丁说："我没认错人。"便说出李久常的姓名。他问："这是谁家？"家丁回答说："你进去后自然就会知道。"李久常进了大门，走过一道门，看见一个女子手脚都钉在门上，走近一看，是自己的嫂子，于是大为恐骇。李久常有个嫂子，胳膊生了一个恶性的毒疮，已有一年多时间不能起床。于是他想嫂子怎能到这里来？转念一想，又怀疑请他进宅恐怕是出于恶意，于是停住脚步，畏缩不前。在家丁的催促下，才走进门。来到大殿前，只见殿上有一个人，穿戴如同王者，气度威严，神志凶猛。李久常跪伏在地，不敢仰视。大王吩咐把他拉起来，安慰说："你别害怕。因为过去我叨扰过你的酒喝，所以想与你相见，当面感谢，没有别的原由。"李久常这才安下心来，但终究不知道其中的缘故。大王又说："你不记得在田野里洒酒祭奠的时候吗？"李久常顿时明白，知道这是阎王，于是伏地叩头说："刚才看见我的嫂子遭受这么严酷的刑罚，出于骨肉之情，心里实在难过。请大王怜悯她，宽恕她！"阎王说："这人极为蛮横妒忌，应受这种惩罚。三年前，你哥哥的妾生孩子时直肠脱出，她暗中把针扎在肠子上，使这个妾至今肚子经常作痛。这人哪里还有人性！"李久常再三哀求。阎王才说："就看你的面子宽恕她。你回去要劝这悍妇改一改。"李久常谢过阎王，走出大殿，门上钉着的人已然不见了。

　　归视嫂，嫂卧榻上，创血殷席①。时以妾拂意故，方致诟骂。李遽劝曰："嫂无复尔！今日恶苦，皆平日忌嫉所致。"嫂怒曰："小郎若个好男儿②，又房中娘子贤似孟姑姑③，任郎君东家眠，西家宿，不敢一作声。自当是小郎大好乾纲④，到不得代哥子降伏老媪^⑤!"李微哂曰:"嫂勿怒。若言其情,恐欲哭不暇矣。"曰:"便曾不盗得王母笥中线^⑥,又未与玉皇香案吏一眨眼^⑦,中怀坦坦^⑧,何处可用哭者!"李小语曰:"针刺人肠,宜何罪?"嫂勃然色变,问此言之因,李告之故。嫂战惕不已,涕泗流离而哀鸣曰:"吾不敢矣!"啼泪未干,觉痛顿止,旬日而瘥^⑨。由是立改前辙^⑩,遂称贤淑。后妾再产,肠复堕,针宛然在焉。拔去之,腹痛乃瘳^⑪。

【注释】

①刱:通"疮"。殷(yān)席:把席子染成赤黑色。殷,赤黑。

②小郎:旧时妇女称丈夫的弟弟为"小郎"。《晋书·王凝之妻谢氏传》:"凝之弟献之,尝与宾客谈议,词理将屈,道韫(谢道韫,王凝之妻)遣婢白献之曰:欲为小郎解围。"

③孟姑姑:指汉代的孟光。东汉扶风平陵人,字德耀,梁鸿之妻。她与梁鸿隐居于霸陵山中,耕织为生。《后汉书·梁鸿传》:"每归,妻为具食,不敢于鸿前仰视,举案齐眉。"民间传说更是把孟光塑造成贤妻的典范。

④乾纲:犹言"夫纲"。乾,《周易》卦象之一。乾象刚坚,故世称男子为"乾"。纲,纲常,《白虎通·三纲六纪》:"三纲者,何谓也?谓君臣、父子、夫妇也。……故君为臣纲,父为子纲,夫为妻纲。"

⑤老媪:老妇。李嫂的自称。

⑥便曾不盗得王母笥中线:意谓自己不曾偷盗别人的东西。王母,王母娘娘,神话传说中一个地位崇高的女神。民间传说为玉皇大帝的配偶。笥,针线笸笥。

⑦未与玉皇香案吏一眨眼:意谓自己恪守妇道,无淫邪之念。玉皇香案吏,给玉皇大帝管香案的神。玉皇,道教中地位最高、职权

最大的神,即昊天金阙至尊玉皇上帝,简称玉帝、玉皇或玉皇大
帝。一眨眼,犹言递眼色,眉目传情。

⑧中怀:怀中,心胸。坦坦:坦荡干净。

⑨瘥(chài):病愈。

⑩前辙:以前的作为。辙,车辙,过往。

⑪瘳:痊愈。

【译文】

　　李久常回家后去看嫂子,嫂子躺在床上,疮口在流血,染红了炕席。
当时由于妾违背了自己的意志,嫂子正在破口大骂。李久常连忙劝阻
说:"嫂子别再这样! 你今天的痛苦,都是平时的妒忌造成的。"嫂子发
火说:"小叔子真是这样一个好男人啊,房中的媳妇又像孟光一样贤惠,
任凭你东家眠,西家宿,不敢吱一声。你自然是有好大的夫权,却也不
能替你哥哥来降伏老娘!"李久常微笑着说:"嫂子别生气。如果我讲出
实情,恐怕你想哭都来不及了。"嫂子说:"我从来没有偷过王母娘娘针
线筐箩中的线,又没有跟玉皇大帝的香案吏眉来眼去,心中坦然,有什
么用得着哭的地方!"李久常压低声音说:"把针扎在别人的肠子上,该
当何罪?"嫂子骤然变了脸色,问说这话的根据,李久常讲出原由。嫂子
吓得浑身不停地发抖,哭得涕泪淋漓,哀号着说:"我再也不敢这么干
啦!"眼泪没干,便觉得疼痛顿时消失,历时十天,疮口愈合。从此,嫂子
痛改前非,于是以贤惠为人所称道。后来,妾又生孩子,肠子再次坠出,
那根针真真切切地扎在上面。把针拔掉后,妾肚子疼的毛病才告痊愈。

　　异史氏曰:或谓天下悍妒如某者,正复不少,恨阴网之
漏多也①。余谓不然。冥司之罚,未必无甚于钉扉者,但无
回信耳。

【注释】

①阴网：阴世的法网。漏：疏漏。

【译文】

异史氏说：有人认为天下像李久常的嫂子那样蛮横妒忌的人还真不少，可惜阴间的法网疏漏太多。我认为其实不然。阴间的惩罚未必没有比钉在门板上更重的，只是没人给阳间捎信而已。

土偶

【题解】

在封建社会，丈夫去世后，寡妇是否再嫁，无论出自爱情，还是观念，无论是自愿，还是被迫，都产生了沉重的心理和社会的问题。《聊斋志异》在这方面有着深刻的反映，比如《耿十八》、本篇，还有后面的《金生色》等。如果抛开鬼神荒诞的情节，可以看到社会对于这个问题的真实的态度和立场，王氏的母亲说："汝志良佳，然齿太幼，儿又无出。每见有勉强于初，而贻羞于后者，固不如早嫁，犹恒情也。"体贴、真实、切近人情，大概也反映了蒲松龄的态度和立场。

按照现代医学观念，王氏有子当然荒诞得不能再荒诞了，可能是抱养或借种。但接踵而来的所谓"亲子鉴定"，实际应该称为"鬼子鉴定"，或者"土偶子鉴定"，虽也荒诞至极，却也是同一个鬼神观念下的派生物。

沂水马姓者①，娶妻王氏，琴瑟甚敦②。马早逝，王父母欲夺其志③，王矢不他。姑怜其少，亦劝之，王不听。母曰："汝志良佳，然齿太幼④，儿又无出⑤。每见有勉强于初，而贻羞于后者，固不如早嫁，犹恒情也⑥。"王正容，以死自誓，母乃任之。女命塑工肖夫像，每食，酹献如生时。

【注释】

①沂水：清属沂州府，地处沂蒙山区，今山东沂水县。

②琴瑟：鼓琴与瑟，其音谐和，故用以比喻夫妻和好。《诗·小雅·常棣》："妻子好合，如鼓琴瑟。"敦：厚。

③夺其志：改变其志节。指令其改嫁。

④齿：年齿，年龄。

⑤无出：没有子女。出，产。

⑥恒：常。

【译文】

沂水县有个姓马的，娶妻王氏，夫妻感情很深。马某婚后死得很早，王氏的父母想让女儿改嫁，王氏发誓不嫁别人。婆婆可怜王氏年轻，也劝儿媳改嫁，王氏不肯依从。王氏的母亲说："你的意愿很好，只是太年轻，又没有儿子。我往往看见有人当初勉强不嫁，后来却招致羞辱，还不如及早改嫁，这是人之常情。"王氏神色严肃，发誓死也不嫁，母亲这才由她去了。王氏让人雕塑了一尊丈夫的泥像，每当吃饭时，就像丈夫活着一样，也给他端上一份吃的。

一夕将寝，忽见土偶人欠伸而下①。骇心愕顾，即已暴长如人，真其夫也。女惧，呼母。鬼止之曰："勿尔。感卿情好，幽壤酸辛②。一门有忠贞，数世祖宗，皆有光荣。吾父生有损德，应无嗣，遂至促我茂龄③。冥司念尔苦节，故令我归，与汝生一子承祧绪④。"女亦沾衿。遂燕好如平生。鸡鸣，即下榻去。如此月馀，觉腹微动。鬼乃泣曰："限期已满，从此永诀矣！"遂绝。

【注释】

①欠伸：打呵欠，伸懒腰。

②幽壤：地下深处，指冥间。酸辛：伤感，感动。

③促我茂龄：使我英年早逝。促，使之短促。茂龄，壮年。

④承祧（tiāo）绪：延续香火，即有子嗣。祧，祖庙。

【译文】

　　一天夜里，王氏准备就寝，忽然看见泥塑的丈夫打个呵欠，伸伸懒腰，走了下来。王氏惊骇地看着，泥塑的丈夫已经迅速长得像活人一样高，一看还真是自己的丈夫。王氏心中害怕，便喊婆婆。鬼加以阻止说："别这样。我感念你的深情，在地下也觉辛酸。我们家有个忠贞的媳妇，几代祖宗都有光彩。我父亲在世时做过损德的事，应该无后，以致使我盛年早亡。阴间念你矢志坚守节操，所以让我回来，和你生一个儿子来传宗接代。"王氏也泪湿衣襟，于是像当年那样夫妻恩爱。到鸡叫时，鬼便下床离去。就这样持续了一个多月，王氏觉得腹中微动。鬼于是哭着说："限期已满，从此永别了！"便再也不来。

　　女初不言，既而腹渐大，不能隐，阴以告母。母疑涉妄，然窥女无他，大惑不解。十月，果举一男。向人言之，闻者罔不匿笑①，女亦无以自伸。有里正故与马有隙②，告诸邑令。令拘讯邻人，并无异言。令曰："闻鬼子无影，有影者伪也。"抱儿日中，影淡淡如轻烟然。又刺儿指血傅土偶上③，立入无痕，取他偶涂之，一拭便去。以此信之。长数岁，口鼻言动，无一不肖马者，群疑始解。

【注释】

①匿笑：偷笑，暗笑。

②里正:古时乡官,犹言"里长"。

③傅:敷。

【译文】

王氏起初没有声张,后来肚子渐大,无法隐瞒,便偷偷告诉了婆婆。婆婆怀疑媳妇胡说,但观察王氏没有越轨行为,也大惑不解。十个月后,王氏竟然生下一个男孩。向人说明其事,人们听了无不暗暗发笑,王氏也无法为自己申辩。恰好里正原先与马某有嫌隙,便告到县令那里。县令传讯邻居,邻居的说法也都一致。县令说:"听说鬼生的孩子没有影子,有影子就是假的。"把孩子抱到日头底下,影子就像淡淡的轻烟。又刺出小孩的指血来,涂到泥塑肖像上,立刻渗透到泥像里,把血涂到别的泥像上,却一擦就掉。因此,县令相信王氏所言属实。小孩长到几岁后,相貌言行没有一处不像马某,众人的怀疑这才解消。

长治女子

【题解】

这大概是一篇根据民间传说改编的故事,讲述了道士如何利用巫蛊妖术诱拐女子。其中关于生辰八字不可轻易示人、官印具有破坏巫蛊妖术的功能、魂魄报恩托生等充满了浓厚的民俗色彩。道士派长治女子去"侦邑中审狱状"的自投罗网,自作聪明,也具有民间的喜剧意味。

本篇故事最大的特点在于叙述上将全知视角和限知视角交互使用,无缝衔接。故事的始末线索采用了全知视角,中间写女子如何被道士控制,则以长治女子的所见所感叙述,使读者身临其境,感同身受,从而增加了故事的真实感。

陈欢乐，潞之长治人①，有女慧美。有道士行乞，睨之而去②，由是日持钵近廛间③。适一瞽人自陈家出④，道士追与同行，问何来。瞽云："适过陈家推造命⑤。"道士曰："闻其家有女郎，我中表亲欲求姻好，但未知其甲子⑥。"瞽为之述之，道士乃别而去。

【注释】

①潞：山西潞安府。长治：潞安府所属县名。今山西长治市。

②睨：斜视。

③廛（chán）：廛里，住宅区及市肆区域的通称。这里指女家的住宅区。

④瞽人：瞎子。

⑤推造命：推算八字，预言命运。造，星命学家称人出生年月日时的干支为"造"，又称"八字"。

⑥甲子：指年岁生辰。古代以天干地支记年月日时。甲为天干之首，子为地支之首，故以"甲子"代称。

【译文】

陈欢乐是潞州长治县人，他有一个女儿，聪明伶俐，长得漂亮。一天，有一个道士在乞讨时瞥了陈女一眼，然后离去，从此每天都拿着钵在陈家附近转悠。恰巧有一个瞎子从陈家走出，道士便追上前去，与他同行，问他从哪里来。瞎子说："刚才我到陈家算命去了。"道士说："听说陈家有个姑娘，我的一个中表亲戚打算去求亲，但不知那姑娘的年岁生辰。"瞎子对道士说了出来，道士这才告别离去。

居数日，女绣于房，忽觉足麻痹，渐至股，又渐至腰腹，俄而晕然倾仆。定逾刻，始恍惚能立，将寻告母。及出门，

则见茫茫黑波中，一路如线，骇而却退，门舍居庐，已被黑水
潦没①。又视路上，行人绝少，惟道士缓步于前。遂遥尾之，
冀见同乡以相告语。走数里以来，忽睹里舍，视之，则己家
门。大骇曰："奔驰如许，固犹在村中。何向来迷惘若此！"
欣然入门，父母尚未归。复仍至己房，所绣业履②，犹在榻
上。自觉奔波殆极，就榻憩坐。道士忽入，女大惊，欲遁，道
士捉而捺之③。女欲号，则瘖不能声④。道士急以利刃剖女
心。女觉魂飘飘离壳而立，四顾家舍全非，惟有崩崖若覆。
视道士以己心血点木人上，又复叠指诅咒⑤，女觉木人遂与
己合。道士嘱曰："自兹当听差遣，勿得违误！"遂佩戴之。

【注释】

①潦没：淹没。潦，同"淹"。

②业履：未做成的鞋子。《孟子·尽心》："有业屦于牖上。"焦循《孟
　　子正义》："业屦，业而未成之屦。"

③捺(nà)：按捺。

④瘖(yīn)：哑。

⑤叠指：食指、中指并叠。诅咒：口念咒语。

【译文】

　　过了几天，陈女在屋里绣花，忽然觉得双脚麻木，逐渐扩展到大腿，
又逐渐扩展到腰腹，不久便昏沉沉地跌倒在地。持续了好一阵子，陈女
才能迷迷糊糊地站起身来，打算去找母亲，告知发生在自己身上的怪
事。等陈女走出门来，只见四周都是茫茫黑波，中间有一条如线的小
路，她吓得直往后退，却见房间住所都被黑水淹没。再往路上一看，只
见路上没有行人，只有道士迈着缓缓的脚步，走在前面。于是她远远地
跟在道士后边，希望遇见一位同乡，诉说自己的境遇。大约走了数里，

她忽然看见村舍,仔细一看,却是自己的家门。她大为惊骇地说:"奔走了这么久,原来仍在村中。刚才怎么这样糊涂!"她欣然走进家门,却见父母还没回家。于是她便又回到自己的房里,她没绣好的花鞋还放在床上。陈女觉得自己奔波得极为疲倦,便坐在床上歇息。这时道士忽然走了进来,陈女大惊,便想逃走,道士把她一把抓住,按在床上。她想喊,却哑然无声。道士急忙用快刀去剜她的心。她觉得自己的灵魂飘飘忽忽地离开躯壳,站在那里,向四周一看,自家的房屋全都没有了,只有悬崖压在头顶上。她见道士把自己的心血点在木人上,又并起剑指,念诵咒语,于是觉得木人便与自己合为一体。道士嘱咐说:"从此你要听候差遣,不得有误!"便把木人佩戴在身上。

　　陈氏失女,举家惶惑。寻至牛头岭,始闻村人传言,岭下一女子剖心而死。陈奔验,果其女也,泣以愬宰①。宰拘岭下居人,拷掠几遍,迄无端绪,姑收群犯,以待覆勘②。道士去数里外,坐路旁柳树下,忽谓女曰:"今遣汝第一差,往侦邑中审狱状。去当隐身暖阁上③。倘见官宰用印,即当趋避,切记勿忘!限汝辰去巳来④。迟一刻,则以一针刺汝心中,令作急痛;二刻,刺二针;至三针,则使汝魂魄销灭矣。"女闻之,四体惊悚,飘然遂去。瞬息至官廨⑤,如言伏阁上。时岭下人罗跪堂下⑥,尚未讯诘。适将钤印公牒⑦,女未及避,而印已出匣。女觉身躯重爱,纸格似不能胜⑧,曝然作响⑨,满堂愕顾。宰命再举⑩,响如前,三举,翻坠地下。众悉闻之。宰起祝曰:"如是冤鬼,当便直陈,为汝昭雪。"女哽咽而前,历言道士杀己状,谮己状。宰差役驰去,至柳树下,道士果在。捉还,一鞫而服⑪。人犯乃释。宰问女:"冤雪何归?"女曰:"将从大人。"宰曰:"我署中无处可容,不如暂归汝家。"女良久曰:"官署即吾家,我将入矣。"宰又问,音响已寂。退入宅中,则夫人生女矣。

【注释】

①愬宰:向县官诉冤。愬,同"诉"。告诉,申诉。宰,官名。这里指县令。

②覆勘:复审。覆,通"复"。勘,审问。

③暖阁:旧时官署大堂内,围绕公座的阁子,多用木条或纸梢间隔而成。因在殿堂之内故称"暖阁"。

④辰:相当早晨七点至九点。巳:相当上午九点至十一点。

⑤官廨:官署,旧时官吏办公的地方。

⑥罗跪:环列跪拜。

⑦钤(qián)印:盖印。

⑧纸格:指暖阁的纸格棚顶。胜:承受。

⑨曝(bó)然:形容突发的迸裂声。

⑩再举:指再次举印钤盖。

⑪鞫(jū):审问。

【译文】

陈家丢了女儿,全家疑惧不安。他们寻找到牛头岭,才听村民传说,岭下有一个女子被剜心而死。陈欢乐赶去验看,果然是自己的女儿,便哭着告知县令。县令拘捕了岭下的居民,几乎都拷打遍了,仍然没有头绪,只好暂时收押众嫌疑犯,等候复查。道士在离县城数里之外,坐在路旁的柳树下面,忽然对陈女说:"现在派你第一个差事,就是前往县城查看办案情况。到县里后你可以在暖阁上藏身,如果看见县令盖印章,要赶快躲避,一定记住别忘!限你辰时去,巳时回。晚回来一刻，就在你心上扎一针，让你剧烈疼痛；晚回来两刻，就扎两针；扎到第三针，就让你魂消魄散。"陈女听了，吓得毛骨悚然，于是飘然飞去。陈女一瞬间来到官署，依言伏在暖阁上。这时牛头岭下的居民排成一圈跪在堂上，还没进行审问。恰巧准备往公文上盖印，陈女来不及躲避，而官印已经拿出了印匣。陈女觉得身躯沉重发软，暖阁的纸格子好像承受不住，发出"咔咔"的声响，满堂的人都愕然四顾。县令让人第二次钤印，声响如前，到第三次钤印时，陈女坠落到地下。大家都听得很清楚。于是县令起身祷告说："如果是冤鬼，你就直说，我为你昭雪。"陈女哽哽咽咽地走上前去，一一讲出道士如何杀害自己和差遣自己的情况。县令打发差役骑马赶到柳树下，道士果然就在那里。捉回来后，一经审讯，立即招供。于是将在押人犯释放。县令问陈女说："冤屈已经昭雪，你打算回哪里去？"陈女说："打算跟随大人。"县令说："我的官署中没有地方安置你，你不如权且回你家去。"陈女停了许久说："官署就是我家，我要进去了。"县令再问话，已经毫无声响。县令回到内宅，这时夫人已生了一个女儿。

义犬

【题解】

　　本篇故事如同哑剧，如同无声电影，只是朴实地写潞安某甲所养的黑犬在主人携带款项骑骡去救父亲时，先是随行，后来拦阻主人所骑的黑骡，百般驱逐不去。主人到达目的地时才发现丢失了款项，而黑犬的异常正是与此相关。主人返回去寻找，发现"犬毙草间，毛汗湿如洗。提耳起视，则封金俨然"。

　　值得留意的是，作者写了黑犬的异常，却没有写黑犬如何保护主人丢失的款项，如何会"毛汗湿如洗"乃至会死，从而给读者留下了广阔的想象空间。大概这个含蓄之处，也正是短文耐人寻味的地方吧。

　　潞安某甲①,父陷狱将死。搜括囊蓄,得百金,将诣郡关说②。跨骡出,则所养黑犬从之。呵逐使退,既走,则又从之,鞭逐不返,从行数十里。某下骑,趋路侧私焉③,既乃以石投犬,犬始奔去。某既行,则犬欻然复来④,啮骡尾足。某怒鞭之,犬鸣吠不已,忽跃在前,愤龀骡首⑤,似欲阻其去路。某以为不祥,益怒,回骑驰逐之,视犬已远,乃返辔疾驰。抵郡已暮,及扪腰橐⑥,金亡其半。涔涔汗下⑦,魂魄都失。辗转终夜,顿念犬吠有因。候关出城⑧,细审来途。又自计南北冲衢⑨,行人如蚁,遗金宁有存理? 逡巡至下骑所,见犬毙草间,毛汗湿如洗。提耳起视,则封金俨然。感其义,买棺葬之,人以为义犬冢云。

【注释】

①潞安:古地名。治所在今山西长治。

②关说:通关节,说人情。

③私:解手。

④欻(xū)然:飘忽迅疾的样子。欻,火光一闪。

⑤龀(chèn):咬。

⑥扪:摸。腰橐(tuó):腰包。

⑦涔涔(cén):汗流不止貌。

⑧候关:守候城门开放。

⑨冲衢:交通要道。

【译文】

　　潞安府的某人,父亲陷身牢狱,将被处死。他把积蓄都拿出来,得到一百两银子,准备到府里去疏通关节。这人跨上骡子走出门,他所养的黑狗也跟在身后。他把黑狗呵斥回去,刚一上路,黑狗又在身边跟随,用鞭子也没把它赶回去,随行了数十里。他跳下骡子,到路旁小解,之后用石子打黑狗,黑狗这才跑开。他上路后,黑狗忽然又跑来,去咬骡子的尾巴和蹄子。他生气地用鞭子抽打黑狗,黑狗叫个不停,忽然跳到骡子前面,愤怒地去咬骡子的头,似乎要拦住他的去路。这人认为这不是吉兆,更加生气,便调转方向,骑着骡子往回赶黑狗,见黑狗已经跑远,才回身骑着骡子飞跑起来。抵达潞安府时,天色已经向晚,等他去摸腰间的钱袋时,发现银子已经丢了一半。他汗水哗哗直淌,吓得魂飞魄散。他整个一夜辗转反侧,骤然想到狗叫事出有因。等城门一开,便出了城,在来路上仔细地寻找。他又想,这是一条南北向的交通要道,行人如蚁,哪有丢了钱还能找到的道理?他迟疑不决地来到自己跳下骡子的地方,只见黑狗死在草间,毛上都是汗,像被水洗过一般。他提着耳朵把黑狗拉起来一看,成包的银子俨然就在身下。某甲为黑狗的情义所感动,买来棺材,加以安葬,人们称之为义犬冢。

鄱阳神

【题解】

本篇故事很短小,不过是写翟姓官员偶然在鄱阳湖为本家的神祇挪动排列座次所遭遇到的风险。可能蒲松龄只是无意记录了这件传闻的奇事,却反映了中国传统文化中排座次和宗法血缘纽带的丑陋面。

不过是神祠中神的座次的排列就这样计较,现实生活中的等级排列就更要争竞了。翟姓官员只是因为同宗的原因,便徇私将庙里的神祇挪移位置,现实生活中不敢保证他不因裙带关系徇私舞弊。那个"翟姓一神"则因为翟姓官员给了他好处,便投桃报李在风浪中援手,更是可以看到所谓神祇的真实丑陋的面目。这个故事虽小,却撕开了官场上作为利益共同体的丑恶内幕!

翟湛持①,司理饶州②,道经鄱阳湖。湖上有神祠,停盖游瞻③。内雕丁普郎死节臣像④,翟姓一神,最居末座。翟曰:"吾家宗人⑤,何得在下!"遂于上易一座。既而登舟,大风断帆,桅樯倾侧,一家哀号。俄一小舟破浪而来,既近官舟,急挽翟登小舟,于是家人尽登。审视其人,与翟姓神无少异。无何,浪息,寻之已杳。

【注释】

①翟湛持:名世琪,山东益都人。顺治戊戌(1658)年举人,己亥(1659)年进士,曾任陕西韩城知县。见康熙《益都县志》、光绪《山东通志·选举志》。

②司理饶州:在饶州做司理。司理,官名。宋以后于诸州设司理,掌管诉讼牢狱之事,也称"司李"。饶州,府名。地处江西东北部,治所在鄱阳。

③盖:车盖,代指车。

④丁普郎:黄陂人。元至正年间,从朱元璋攻打陈友谅,大战于鄱阳湖畔,"普郎身被十馀创,首脱犹直立,执兵作斗状,敌惊为神"(《明史》)。阵亡后,封赠济阳郡公,于鄱阳湖上建庙祭祀。

⑤宗人:同宗族人。

【译文】

翟湛持出任饶州司理,途经鄱阳湖。湖上有一座神庙,翟湛持便下车前去游览。庙里陈列着丁普郎等死节忠臣的塑像,其中有个翟姓的神像居于最末位。翟湛持说:"与我同族的人,怎能居于下首!"便与上首一座的神像调换了位置。后来,翟湛持上船赶路,大风吹断船帆,桅杆倒向一边,全家人都在伤心哭号。一会儿,一只小船破浪而来,靠近官船后,急忙扶翟湛持上了小船,接着全家人也都上了小船。翟湛持细看那人，与瞿姓神像没有任何一点儿不像。不久，风浪平息，再找那人，已没了踪影。

伍秋月

【题解】

《聊斋志异》有许多借鬼狐花妖故事揭露人世丑恶的篇章。《伍秋月》篇就是批判现实社会衙役丑恶嘴脸的。在本篇中，蒲松龄写王鼎在阴间看见兄长被衙役"索贿良苦"，"猛掣项索"，看见情人被衙役"撮颐捉履，引以嘲戏"，从而"忿火填胸"，"立决皂首"，"一役一刀，摧斩如麻"。在"异史氏曰"中他赞扬附和说："余欲上言定律：'凡杀公役者，罪减平人三等。'盖此辈无有不可杀者也。"

蒲松龄在其《循良政要》和《官箴》中表达了同样的观点，他说："凡为衙役者，人人有舞文弄法之才，人人有欺官害民之志。盖必诱官以贪，而后可取黩壑之盛；诱官以酷，而后可以济虎狼之势。""皂隶之所殴骂，胥徒之所需索，皆相良者而施之暴。"小说和散文可谓互相映衬，呼应一致。

虽然本篇不过假借浪漫故事抒写其对于现实衙役的痛恨，但王鼎和伍秋月的浪漫恋情，尤其是少女伍秋月的形象性情，无论是在梦中按照父亲的预言与王鼎相见，还是因王鼎杀衙役提前再生，乃至再生后，"盈盈然神仙不殊。但十步之外，须人而行，不则随风摇曳，屡欲倾侧。见者以为身有此病，转更增媚"，都写得栩栩生动，别具一格。

秦邮王鼎①，字仙湖，为人慷慨有力，广交游。年十八，未娶，妻殒。每远游，恒经岁不返。兄鼐，江北名士，友于甚笃②，劝弟勿游，将为择偶。生不听，命舟抵镇江访友③。友他出,因税居于逆旅阁上④。江水澄波,金山在目⑤,心甚快之。次日,友人来,请生移居,辞不去。

【注释】

①秦邮:今江苏高邮。秦时于该地置邮亭,叫"高邮亭",因称"秦邮"。秦以后,于此置县,明清时置州,属扬州府。

②友于:指兄弟间的情谊。《论语·为政》:"孝乎惟孝,友于兄弟,施于有政。"笃:厚。

③镇江:位于江苏南部。今镇江市。

④税居:租住。逆旅:旅馆。

⑤金山:在江苏镇江西北。原为长江中小岛,光绪年间已与南岸毗连。

【译文】

高邮县人王鼎,字仙湖,为人慷慨激昂,勇武有力,广交朋友。他十八岁那年,还没成亲,未婚妻就死去了。他每次外出远游,总是经年不归。哥哥王鼐是江北的名士,兄弟情谊非常深厚,劝王鼎别外出,准备给他找个对象。王鼎不听,乘船抵达镇江,去拜访朋友。正好朋友外出,他便在旅馆的阁楼上租下住处。只见江水翻着澄澈的波澜,金山历历在目,心中非常快活。第二天,朋友来请王鼎到家去住,王鼎推辞没去。

居半月馀,夜梦女郎,年可十四五,容华端妙,上床与合,既寤而遗。颇怪之,亦以为偶①。入夜,又梦之。如是三四夜。心大异,不敢息烛,身虽偃卧,惕然自警。才交睫,梦女复来,方狎,忽自惊寤,急开目,则少女如仙,俨然犹在抱也。见生醒,颇自愧怯。生虽知非人,意亦甚得,无暇问讯，真与驰骤。女若不堪，曰："狂暴如此，无怪人不敢明告也。"生始诘之。答云："妾伍氏秋月。先父名儒，邃于易数②。常珍爱妾，但言不永寿③，故不许字人④。后十五岁果夭殁⑤，即攒瘗阁东⑥，令与地平，亦无冢志⑦，惟立片石于棺侧，曰：'女秋月，葬无冢，三十年，嫁王鼎。'今已三十年，君适至。心喜，亟欲自荐，寸心羞怯，故假之梦寐耳。"王亦喜，复求讫事。曰："妾少须阳气，欲求复生，实不禁此风雨。后日好合无限，何必今宵？"遂起而去。次日复至，坐对笑谑，欢若生平。灭烛登床，无异生人，但女既起，则遗泄流离，沾染茵褥。

【注释】

① 偶：偶然。

② 邃（suì）于易数：精于占卜之术。邃，精通。易，《周易》的简称，是古代的占卜用书。数，方术，技艺。

③ 永寿：长寿。

④ 字人：许配人家。

⑤ 夭殁：夭折。殁，死。

⑥ 攒瘗（yì）：掩埋，安葬。攒，待葬的棺柩。瘗，埋。

⑦ 冢志：坟墓的标志，如碑志之类。

【译文】

住了半个多月，王鼎在夜里梦见一位女郎，大约十四五岁，容貌端庄美妙，上床与他交合，醒来便有遗泄。他颇感奇怪，仍然认为出于偶然。再到夜里，他又梦见那位女郎。就这样过了三四夜。他心中大为诧异，不敢吹熄灯烛，身子虽然躺在床上，却时刻保持着警惕。可是刚一合眼，梦见女郎又一次前来，正亲热时，他忽然惊醒，急忙睁开眼睛，却见一位美如天仙的少女还真真切切地抱在自己的怀里。女郎见王鼎醒来，颇为羞怯。王鼎虽然知道女郎不是人类，却也很得意，顾不上问明情况，就真与她尽情欢爱起来。女郎好像不堪忍受，说："你这样狂暴，难怪人家不敢当面告诉你。"王鼎这才问女郎的情况。女郎回答说："我叫伍秋月。先父是一位名儒，深通《周易》象数占卜之学，对我非常疼爱，只是说我寿命不长，所以不许我嫁人。后来，我在十五岁时果然夭亡，父亲把我掩埋在阁楼东侧，让下葬处不高出地面，也不立墓志，只是在棺材旁边立了一片石，上面写着：'女儿秋月，埋葬但没有立坟，三十年后，嫁给王鼎。'现在已经过了三十年，正好你来到。我心中高兴，很想自荐给你，可是心中羞怯，所以便借睡梦与你相会。"王鼎也很高兴，又要求做完那事。伍秋月说："我需要一些阳气，想获得再生，实在经受不住这般风雨。将来的夫妻恩爱无穷尽，何必就在今宵？"便起身离去。第二天，伍秋月又来找王鼎，坐在王鼎对面谈笑戏谑，就像生人一样欢乐。吹灭灯烛上床，她跟活人没有区别。但是伍秋月起身时，遗泄淋漓，弄脏了被褥。

　　一夕，明月莹澈，小步庭中。问女："冥中亦有城郭否？"答曰："等耳。冥间城府，不在此处，去此可三四里。但以夜为昼。"问："生人能见之否？"答云："亦可。"生请往观，女诺之。乘月去，女飘忽若风，王极力追随。欻至一处①，女言："不远矣。"王瞻望殊罔所见。女以唾涂其两眥，启之，明倍于常，视夜色不殊白昼。顿见雉堞在杳霭中②，路上行人，如趋墟市③。俄二皂絷三四人过④，末一人怪类其兄。趋近之，果兄，骇问："兄那得来？"兄见生，潸然零涕，言："自不知何事，强被拘囚。"王怒曰："我兄秉礼君子⑤，何至缧绁如此⑥！"便请二皂，幸且宽释。皂不肯，殊大傲睨。生恚欲与争，兄止之曰:"此是官命,亦合奉法。但余乏用度,索贿良苦。弟归,宜措置。"生把兄臂,哭失声。皂怒,猛掣项索,兄顿颠蹶。生见之,忿火填胸,不能制止,即解佩刀,立决皂首。一皂喊嘶,生又决之。女大惊曰:"杀官使,罪不宥! 迟则祸及! 请即觅舟北发,归家勿摘提旛⑦,杜门绝出入,七日保无虑也。"王乃挽兄夜买小舟,火急北渡。归见吊客在门,知兄果死。闭门下钥,始入,视兄已渺。入室,则亡者已苏,便呼:"饿死矣! 可急备汤饼⑧。"时死已二日,家人尽骇,生乃备言其故。七日启关,去丧旛,人始知其复苏。亲友集问,但伪对之。

【注释】

①欻:忽然,不多时。

②雉堞:城墙的垛口。杳霭:迷茫的云气。

③墟市:集市。

④皂:皂隶的简称。衙门里的差役因着黑衣,故称"皂隶"。

⑤秉礼:秉持礼义。

⑥缧绁:拘系犯人的绳索,这里指捆绑。

⑦提旛:旧时丧家挂在门首的白色丧旛。

⑧汤饼:水煮的面食。约今面片,疙瘩汤。

【译文】

一天夜里,明月晶莹澄澈,两人在院中散步。王鼎问伍秋月:"阴间也有城市吗?"伍秋月回答:"和人间一样。阴间的城市不在这里,离这里大约还有三四里。但是那里把黑夜作为白天。"王鼎问:"活人能去看吗?"伍秋月回答说:"也可以。"王鼎要求前去参观,伍秋月答应下来。他们乘着月色前往,伍秋月飘飘忽忽的,走起路来快得像一阵风,王鼎极力追赶。忽然来到一个处所,伍秋月说:"不远啦。"王鼎四处张望,却毫无所见。伍秋月把唾液涂在王鼎的两眼角上,睁开眼睛一看,眼睛较平时加倍明亮,看夜色与白昼无异。他顿时就看见在迷蒙的云气中有一座城市,路上的行人像在赶集。一会儿,两名皂衣差役绑着三四个人从他们身边走过,最后一个人很像哥哥王鼐。王鼎走近一看,果然是哥哥,便惊骇地问:"哥哥怎么到这里来了?"王鼐一见王鼎,潸然泪下,说:"我自己也不知道因为何事,就被强行拘捕了。"王鼎气愤地说:"我哥哥是奉行礼义的君子,何至于这样大捆大绑的!"便请两名差役姑且给哥哥松绑。差役不肯答应,还非常傲慢地瞥着王鼎。王鼎气得要跟差役争论,王鼐制止说:"这是长官的命令,他们也应该依法办事。但是我缺乏费用,而他们索取贿赂,实在狠毒。弟弟回去后,要给筹措些钱来。"王鼎拉着王鼐的胳膊,痛哭失声。差役也发起火来,猛然去拽王鼐脖子上的绳索,王鼐顿时跌倒。王鼎见此情景,怒火填胸,无法遏制,便解下佩刀,立即砍下一个差役的头来。另一个差役大声嘶喊,王鼎又砍下他的头来。伍秋月大为惊恐地说:"杀死官差,罪不可恕!逃晚了就会大祸临头!请立刻找一条船北去,回家后别把哥哥的丧幡摘掉,关上大门,绝不外出,七天后保证没事。"王鼎便扶着哥哥连夜雇了一条小船,火速北上。王鼎回到家中,看见吊唁的人们还在门前,知道哥哥果真已死。他关上门,上了锁,刚一进门,见哥哥已经杳然不见。进屋后,却见哥哥已经复活过来还喊:"饿死我啦!赶快拿汤饼来!"当时王鼐已经死了两天,家人无不惊骇,王鼎一一讲出其中的缘由。七天后开了门,摘去丧幡,人们才知道王鼐已经复苏。亲友纷纷赶来打听内情,王鼎只得编一套假话作为回答。

转思秋月,想念颇烦。遂复南下,至旧阁,秉烛久待,女竟不至。蒙眬欲寝,见一妇人来,曰:"秋月小娘子致意郎君:前以公役被杀,凶犯逃亡,捉得娘子去,见在监押,押役遇之虐。日日盼郎君，当谋作经纪①。"王悲愤，便从妇去。至一城都，入西郭，指一门曰："小娘子暂寄此间。"王入，见房舍颇繁，寄顿囚犯甚多，并无秋月。又进一小扉，斗室中有灯火。王近窗以窥，则秋月坐榻上，掩袖呜泣。二役在侧，撮颐捉履②，引以嘲戏，女啼益急。一役挽颈曰："既为罪犯，尚守贞耶？"王怒，不暇语，持刀直入，一役一刀，摧斩如麻，篡取女郎而出③，幸无觉者。裁至旅舍，蓦然即醒。方怪幻梦之凶，见秋月含睇而立④。生惊起曳坐，告之以梦。女曰："真也，非梦也。"生惊曰："且为奈何？"女叹曰："此有定数。妾待月尽，始是生期，今已如此，急何能待。当速发瘗处，载妾同归，日频唤妾名，三日可活。但未满时日，骨骼足弱，不能为君任井臼耳⑤。"言已，草草欲出，又返身曰："妾几忘之，冥追若何？生时，父传我符书，言三十年后，可佩夫妇。"乃索笔疾书两符，曰："一君自佩，一粘妾背。"送之出，志其没处⑥，掘尺许，即见棺木，亦已败腐。侧有小碑，果如女言。发棺视之，女颜色如生。抱入房中，衣裳随风尽化。粘符已，以被褥严裹，负至江滨，呼拢泊舟，伪言妹急病，将送归其家。幸南风大竞⑦，甫晓，已达里门。

【注释】

①经纪：处置，解决。

②颐：指口腔的下部。俗称下巴。

③篡取：劫夺。

④含睇：眉目含情的样子。《楚辞·九歌·山鬼》："既含睇兮又宜笑"。

⑤任井臼:操持家务。井臼,汲水舂米,泛指家务。

⑥没处:指伍秋月消失的地方。

⑦竞:强劲。

【译文】

王鼎又想起伍秋月来,想念得心烦意乱。他于是再度南下,来到原先住过的阁楼里,点上灯烛,等待了许久,但伍秋月始终没来。王鼎睡眼蒙胧地正要就寝,却见一位妇人前来,说:"秋月小娘子告诉您:前些日子因公差被杀,凶犯逃亡,便将秋月抓去,现在押在监牢里,看守犯人的差役虐待她。她天天盼望你去,好给她想个办法。"王鼎心中悲愤,便随妇人前往。他们来到一座城市,从西边的外城进城,妇人指着一个大门说:"秋月小娘子暂时就押在这里。"王鼎走进大门,看见许多房舍,关押的囚犯很多,却并没有伍秋月。又进了一个小门,看见一间小屋里透出灯光。他走近窗前一看,却见伍秋月坐在床上,用衣袖掩面,呜呜咽咽地哭泣。身旁有两名差役在捏脸蛋摸小脚,逗引调戏,伍秋月哭得更加厉害。一名差役搂着她的脖子说:"已经成了罪犯,还守贞节吗?"王鼎怒火中烧,也顾不上说话,持刀径直闯进屋里,一刀一个,像砍麻秆似地斩杀了两名差役,夺了伍秋月出门,幸好无人发觉。刚到旅店,王鼎突然醒来。他正奇怪梦境凶险,就见伍秋月站在那里眉目含情地望着自己。王鼎惊讶地站起身来,拉伍秋月坐下,把梦中的情景告诉了她。伍秋月说:"都是真的,不是梦。"王鼎吃惊地说:"这可怎么办?"伍秋月叹了一口气说:"这是命运的安排。等到月底才是我再生的日期,如今已到这个地步,事情急迫,怎能等待。你可赶紧挖开我的葬身之处,把我背回家去,每天频频呼唤我的名字,三天后我就可以复活。只是我在阴间的日期没满,骨头还软,足下无力,不能为你操持家务。"说罢,急匆匆就要走,又回过身来说:"我几乎忘了,阴间来追怎么办? 我在世时,父亲传给我一道符书,说三十年后可把符佩戴在我们夫妇二人身上。"便要来笔,飞快地写了两道符,说:"一道你自己佩带,一道贴在我的背上。"王鼎把伍秋月送出门来,在伍秋月消失的地方作了标记,在那里往下挖了一尺左右,便露出了棺材,棺材已经腐烂。旁边立着一个小石片,上面写的果然是伍秋月说的那番话。打开棺材一看,伍秋月面色如生。王鼎把她抱进屋里,她的衣服随风全部化尽。王鼎给她贴完符,用被褥把她裹得严严实实,背到江边,喊来一条停泊在那里的船,假说妹妹得了急病,打算送回家去。幸亏南风刮得很大,天刚破晓,已经抵达乡里。

　　抱女安置,始告兄嫂。一家惊顾,亦莫敢直言其惑。生启衾,长呼秋月,夜辄拥尸而寝。日渐温暖,三日竟苏,七日能步。更衣拜嫂,盈盈然神仙不殊①。但十步之外,须人而行,不则随风摇曳,屡欲倾侧。见者以为身有此病,转更增媚。每劝生曰:"君罪孽太深,宜积德诵经以忏之②。不然,寿恐不永也。"生素不佞佛③,至此皈依甚虔④。后亦无恙。

【注释】

①盈盈然:体态美好的样子。《古诗十九首》:"盈盈楼上女,皎皎当窗牖。"

②忏:忏悔。佛教语,悔过的意思。

③佞(nìng)佛:谄媚讨好于佛。后以为迷信佛教之称。《晋书·何充传》:"郗愔及弟昙奉天师道,而充与弟准崇信释氏。谢万讥之云:'二郗谄于道,二何佞于佛。'"

④皈依:佛教语,指虔诚信奉佛教。虔:虔诚。

【译文】

　　他把伍秋月抱到家,安顿好了,这才告知兄嫂。全家人惊慌地张望着,却也不敢直言说出心中的疑惑。王鼎打开被子,连声呼唤伍秋月的名字，夜里便抱着尸体就寝。尸体一天天逐渐有了温暖的气息，三天后伍秋月终于复活过来，七天后能下地走路。她换好衣服去拜见嫂子，体态美妙与仙女没有区别。不过她走到十步以上，就需要有人搀扶，否则就会随风摇晃，像是要跌倒。人们见此情景，以为伍秋月身患这样的病，反而增加几分妖媚。伍秋月时常劝王鼎说："你的罪孽太深，应该多积德，多诵经，以示忏悔，否则恐怕寿命不会太长。"王鼎一向不信佛，从此皈依佛法，态度非常虔诚，后来也就平安无事。

异史氏曰：余欲上言定律："凡杀公役者，罪减平人三等。"盖此辈无有不可杀者也。故能诛锄蠹役者①，即为循良②，即稍苛之，不可谓虐。况冥中原无定法，倘有恶人，刀锯鼎镬③，不以为酷。若人心之所快，即冥王之所善也。岂罪致冥追，遂可幸而逃哉？

【注释】

①蠹役：作恶的差役。蠹，蛀虫，喻扰乱破坏法纪。

②循良：奉公守法。

③刀锯鼎镬：喻各种酷刑。

【译文】

异史氏说：我想进言建议制定一条法律："凡是杀死公差的，较杀死平民减罪三等。"因为这些人没有一个不是该杀的。所以，能铲除害人的差役，就是奉公守法。即使举措稍嫌苛刻，也不能谓之暴虐。何况阴间本来没有固定的法规，倘若遇到坏人，刀砍锯截，用锅烹煮，都不算残酷。做的事只要能大快人心，阎王便会认为做得好。难道犯了需要阴司追捕的罪还能侥幸逃脱吗？

莲花公主

【题解】

本篇与后面的《绿衣女》都是写蜂的。不过,《莲花公主》写的是群体,是蜂房。《绿衣女》写的是个体,是蜂幻化的少女。

在中国的文学体裁中,有所谓的咏物诗、咏物词、咏物赋等,描写物体的外貌形状及特征,当然好的咏物作品也会有寄托,有情感,但特征是咏物。《聊斋志异》中的某些作品可以看做是用小说的形式咏物,为蒲松龄的创造,是蒲松龄式的咏物小说。比如本篇中的"叠阁重楼,万椽相接。曲折而行,觉万户千门,迥非人世。又见宫人女官,往来甚夥","酒数行,笙歌作于下,钲鼓不鸣,音声幽细","来一千丈巨蟒,盘踞宫外,吞食内外臣民一万三千八百馀口,所过宫殿尽成丘墟"等,都是从诸多方面描写蜂房。

本篇显然是模仿唐代李公佐《南柯太守传》的。但《南柯太守传》以梦境写人的富贵荣华为虚幻,寄托遥深,而本篇则显得肤浅,故仅可称为蒲松龄式的咏物小说。

胶州窦旭①,字晓晖。方昼寝,见一褐衣人立榻前,逡巡惶顾,似欲有言。生问之,答云:"相公奉屈②。""相公何人?"曰:"近在邻境。"从之而出。转过墙屋,导至一处,叠阁重楼,万椽相接③。曲折而行,觉万户千门,迥非人世④。又见宫人女官,往来甚夥⑤,都向褐衣人问曰:"窦郎来乎?"褐衣人诺。俄,一贵官出,迎见甚恭。既登堂,生启问曰:"素既不叙⑥,遂疏参谒。过蒙爱接,颇注疑念。"贵官曰:"寡君以先生清族世德⑦,倾风结慕,深愿思晤焉⑧。"生益骇,问:"王何人?"答云:"少间自悉。"无何,二女官至,以双旌导生行⑨。

入重门，见殿上一王者，见生入，降阶而迎，执宾主礼。礼已，践席⑩，列筵丰盛。仰视殿上一匾曰"桂府"。生跼蹐不能致辞⑪，王曰："忝近芳邻⑫，缘即至深。便当畅怀，勿致疑畏。"生唯唯。

【注释】

①胶州：位于山东半岛西南隅胶州湾，今山东青岛下辖的胶州市。

②相公奉屈：主人敬请光临。相公，《通俗编·仕进》："今凡衣冠中人，皆僭称相公，或亦缀以行次，曰大相公、二相公。"此褐衣人称其主人。屈，屈尊，屈驾。

③椽：檩上架屋瓦的木条。

④迥：全然，远。

⑤夥：多。

⑥叙：来往，认识。

⑦寡君：寡德之人，对异国之人称己国君主的谦词。清族世德：清门大族，累世有德。

⑧思晤：会晤。

⑨旌：旗。

⑩践席：就座，入座。古代席地而坐，故称座为席。

⑪跼蹐：紧张，不自在。

⑫忝（tiǎn）：辱，自称的谦词。

【译文】

　　胶州人窦旭，字晓晖。正午睡时，窦旭看见一个穿粗布衣服的人站在床前，迟疑不决，惶恐不安地望着自己，似乎有话要说。窦旭问有何事，来人回答说："相公有请。"窦旭问："相公是谁？"来人说："他就在附近。"窦旭跟着他走出门来。转过一些房屋，被领到一个处所，楼阁层层叠叠，一间屋子挨着一间屋子。他们在这里曲曲折折地往前穿行，窦旭觉得这里万户千门，绝非人间。他又看见宫女和女官，来来往往人数众多，都向穿粗布衣服的人发问："窦郎来了吗？"穿粗布衣服的人作了肯定的回答。一会儿，一位显贵官员走出迎接，非常恭敬地拜见窦旭。登上大堂后，窦旭开口相问，说："我们一向没有交往，我也不曾前来拜访。错蒙盛情接待，使我疑惑不解。"显贵官员说："我们大王因先生家族清白，世代有德，倾慕你的风采，很想见你一面。"窦旭更加惊骇地问："大王是谁？"显贵官员回答说："稍等一会儿，你自然知道。"不久，两名女官前来，用两面旌旗引导窦旭前行。走过一道道宫门后，只见大殿上有一位大王，见窦旭进殿，便走下台阶迎接，采用的是宾主相见之礼。施礼完毕，步入坐席，那里陈列的筵席非常丰盛。窦旭抬头看见殿上挂一块匾额，上面写着"桂府"二字。他感到局促不安，不知说什么才好。大王说："你我能够成为近邻，可见缘分很深。你应开怀痛饮，不用疑虑重重，心怀畏惧。"窦旭连连称是。

酒数行，笙歌作于下，钲鼓不鸣[①]，音声幽细。稍间，王忽左右顾曰："朕一言，烦卿等属对：'才人登桂府[②]。'"四座方思，生即应云："君子爱莲花[③]。"王大悦曰："奇哉！莲花乃公主小字，何适合如此？宁非夙分？传语公主，不可不出一晤君子。"移时，珮环声近，兰麝香浓，则公主至矣。年十六七，妙好无双。王命向生展拜[④]，曰："此即莲花小女也。"拜已而去。生睹之，神情摇动，木坐凝思。王举觞劝饮，目竟罔睹。王似微察其意，乃曰："息女宜相匹敌[⑤]，但自惭不类，如何？"生怅然若痴，即又不闻。近坐者蹑之曰[⑥]："王揖君未见，王言君未闻耶？"生茫乎若失，憭慄自惭[⑦]，离席曰："臣蒙优渥[⑧]，不觉过醉，仪节失次[⑨]，幸能垂宥[⑩]。然日旰君勤[⑪]，即告出也。"王起曰："既见君子,实惬心好⑫,何仓卒而便言离也?卿既不住,亦无敢于强。若烦萦念⑬,更当再邀。"遂命内官导之出⑭。途中内官语生曰："适王谓可匹敌,似欲附为婚姻,何默不一言?"生顿足而悔,步步追恨,遂已至家。忽然醒寤,则返照已残⑮。冥坐观想,历历在目。晚斋灭烛,冀旧梦可以复寻,而邯郸路渺⑯,悔叹而已。

【注释】

①钲鼓:钲和鼓。古代行军或歌舞时用以指挥进退、动静的两种乐器。演奏时声音响亮热闹。

②才人登桂府:本指有才华的人进士及第。此处一语双关,指窦旭来到桂府,以才子赞誉窦旭。桂府,犹礼闱。指礼部试进士的场所。此亦为桂府之名。

③君子爱莲花:宋周敦颐有《爱莲说》,称莲花是花之君子。

④展拜:行礼。

⑤息女:对人自称己女。《汉书·高帝纪》:"臣有息女,愿为箕帚妾。"颜师古注:"息,生也;言己所生之女。"

⑥蹑(niè):踩,踏。踏其足以示意。

⑦懡㦬(mǒ luǒ):羞惭。宋赵叔向《肯綮录》:"羞惭曰懡㦬。"

⑧优渥(wò):厚遇。此指盛情款待。渥,沾润。

⑨失次:丧失次序,即失礼。

⑩垂宥:赐宥。宥,宽容。

⑪日旰(gàn)君勤:日色已晚,君主劳乏。《左传·昭公十二年》:"日旰君勤,可以出矣。"旰,晚。勤,劳。

⑫惬(qiè):快意,满意。

⑬萦(yíng)念:思念,挂念。

⑭内官：指宦官。

⑮返照已残：夕阳已然落下。返照，太阳的馀晖。

⑯邯郸：借指梦境。唐沈既济《枕中记》：卢生于邯郸客店中遇有道
　　者吕翁。卢生自叹穷困，吕翁授之以枕，使其入梦，历尽富贵荣
　　华。明代戏剧家汤显祖据此故事改编为戏曲《邯郸记》。

【译文】

　　酒过数巡，下面奏起笙歌，不用钲鼓，音调幽雅纤细。稍作停顿，大
王忽然看着左右两边的臣属说："朕说一个上联，请你们对出下联：'才
人登桂府。'"在座的人正在思索，窦旭就对答说："君子爱莲花。"大王大
为高兴地说："真是奇了！莲花是公主的小名，怎么如此合适？难道不
是前世的缘分？向公主传我的话，她不能不出来见这位先生一面。"过
了一段时间，佩环"叮咚"作响的声音渐近，传来兰草与麝香的浓郁的香
气，原来是公主已经来到。公主十六七岁，长得美妙动人，无人可比。
大王命公主向窦旭施礼，说："这就是小女莲花。"公主行礼后离去。窦
旭看了心旌摇荡，木然呆坐，想得出了神。大王举杯劝酒，他竟然都没
看见。大王对窦旭的心思似乎微有觉察，便说："小女与你也算般配，只
是为自己与你不是同类而惭愧，如何是好？"窦旭心意惆怅，如醉如痴，
又没听见。坐在旁边的人踩一下他脚说："没看见大王请你喝酒，没听
见大王跟你说话吗？"窦旭茫然若失，深感羞惭，离开坐席说："臣承蒙款
待，不觉喝得大醉，有失礼节，万望原谅。现在天色已晚，大王已经疲
劳，我要告辞了。"大王站起身来说："见到你后，心中实在惬意，为什么
匆匆忙忙地就说要走？既然你不想留下，我也不敢勉强。如果你还惦
念这里，自然会再请你来的。"便命宦官把他领出。在路上，宦官对窦旭
说："刚才大王说公主与你般配，似乎想跟你结亲，你怎么沉默不语？"窦
旭后悔得直踩脚，每走一步，都追悔一番，就这样回到家里。窦旭忽然
醒来，这时夕阳返照将要隐没。他坐在昏暗中反观回想，一切都历历在
目。晚饭后熄灯睡觉，他希望还能重温旧梦，然而旧梦渺茫难寻，只有

悔恨感叹而已。

　　一夕，与友人共榻，忽见前内官来，传王命相召。生喜，从去。见王伏谒，王曳起，延止隅坐①，曰："别后知劳思眷。谬以小女子奉裳衣②，想不过嫌也。"生即拜谢。王命学士大臣陪侍宴饮③。酒阑，宫人前白："公主妆竟。"俄见数十宫女，拥公主出。以红锦覆首，凌波微步④，挽上氍毹⑤，与生交拜成礼。已而送归馆舍。洞房温清，穷极芳腻。生曰："有卿在目，真使人乐而忘死。但恐今日之遭，乃是梦耳。"公主掩口曰："明明妾与君，那得是梦？"诘旦方起⑥，戏为公主匀铅黄⑦，已而以带围腰，布指度足⑧。公主笑问："君颠耶⑨？"曰："臣屡为梦误，故细志之⑩。倘是梦时，亦足动悬想耳。"

【注释】

①延止隅坐：请坐于侧座。延，请。止，至。隅坐，座位的侧边。坐，座位。

②奉裳衣：犹奉巾栉，伺候梳洗。谓充当妻室。

③学士：官名。本为文学侍从之官，因接近皇帝，往往参预机要。明清时代设翰林院学士及翰林院侍读、侍讲学士等。

④凌波微步：形容步履轻盈。三国魏曹植《洛神赋》："凌波微步，罗袜生尘。"

⑤氍毹（qú yú）：毛织地毯。

⑥诘旦：次日早晨。

⑦铅黄：铅粉、黄粉，都是涂面化妆品。唐温庭筠《湘宫人歌》："黄粉楚宫人，芳花玉刻鳞。"

⑧布指度足：舒其手指以量女足。度，度量。

⑨颠：通"癫"。疯癫。

⑩志：记，标记。

【译文】

一天晚上，窦旭和友人一起睡在一张床上，忽然看见先前那个宦官前来，传达大王的命令，叫窦旭进宫。窦旭大喜，便随同前往。见大王后，窦旭叩头拜见，大王把窦旭拉起来，请他坐在旁边的座位上，说："知道你分别后还思念眷恋着这里。现冒昧把小女许配给你，想来你不致过于嫌弃。"窦旭当即行礼感谢。大王吩咐学士大臣陪同窦旭参加宴会。酒筵将尽时，宫女前来禀告说："公主打扮完毕。"一会儿便见数十名宫女拥簇着公主走了出来。公主头上罩着红锦，迈着轻盈步履，宛如行于水波之上，宫女把她扶到地毯上，与窦旭对拜成婚。接着将二人送回住处。洞房布置温馨有致，极为芬芳滑腻。窦旭说："眼前有你，真使人只知快活，忘记生死。只怕今天的遇合，却是一梦。"公主掩口一笑说："明明我和你在一起，怎能是梦？"第二天清晨，刚刚起床，窦旭给公主描眉搽粉玩，接着便用带子去量公主的腰，用手指去量公主的脚。公主笑着问："你疯了吗？"窦旭说："我多次为梦所误，所以要仔细记住。假如这次也是梦，也足以使我时时思念了。"

调笑未已，一宫女驰入曰："妖入宫门，王避偏殿①，凶祸不远矣！"生大惊，趋见王。王执手泣曰："君子不弃，方图永好。讵期孽降自天，国祚将覆②，且复奈何！"生惊问何说。王以案上一章，授生启读。章云"含香殿大学士臣黑翼，为非常妖异，祈早迁都，以存国脉事。据黄门报称③：自五月初六日，来一千丈巨蟒，盘踞宫外，吞食内外臣民一万三千八百馀口，所过宫殿尽成丘墟，等因④。臣奋勇前窥，确见妖蟒：头如山岳，目等江海；昂首则殿阁齐吞，伸腰则楼垣尽覆。真千古未见之凶，万代不遭之祸！社稷宗庙，危在旦夕！乞皇上早率宫眷，速迁乐土"云云⑤。生览毕，面如灰土。即有宫人奔奏："妖物至矣！"阖殿哀呼，惨无天日。王仓遽不知所为，但泣顾曰："小女已累先生。"生夽息而返⑥。公主方与左右抱首哀鸣，见生入，牵衿曰："郎焉置妾？"生怆恻欲绝，乃捉腕思曰："小生贫贱，惭无金屋⑦。有茅庐三数间，姑同窜匿可乎？"公主含涕曰："急何能择？乞携速往！"生乃挽扶而出，未几至家。公主曰："此大安宅，胜故国多矣。然妾从君来，父母何依？请别筑一舍，当举国相从。"生难之。公主号咷曰："不能急人之急，安用郎也！"生略慰解。即已入室，公主伏床悲啼，不可劝止。焦思无术，顿然而醒，始知梦也。而耳畔啼声，嘤嘤未绝。审听之，殊非人声，乃蜂子二三头，飞鸣枕上。大叫怪事。

【注释】

①偏殿：旁侧之宫殿，相对于正殿而言。

②国祚：国运。祚，福。覆：覆灭。

③黄门：官名。东汉给事内廷有黄门令、小黄门、中黄门诸官，皆以宦者充任，后遂称宦官为黄门。

④等因：旧时公文的套语，在引述来文后用以结束，然后陈述己意。

⑤乐土：好地方。

⑥夽(bèn)息：气息夽涌，指气急。夽，涌。

⑦金屋：供美人居住的华屋。《汉武故事》：汉武帝为太子时，长公主欲以其女配帝，指女问曰："阿娇好不？"对曰："好！若得阿娇作妇，当作金屋贮之。"

【译文】

两人还在戏谑逗笑，一名宫女跑进来说："妖怪进了宫门，大王躲进偏殿，祸事即将来临了！"窦旭大吃一惊，急忙去见大王。大王拉着窦旭的手哭着说："你不嫌弃我们，我们也很想与你永远相好。不料祸从天降，国运即将终结，这可如何是好！"窦旭吃惊地询问为什么说这话。大王把案上的一本奏章递给窦旭看。奏章说："含香殿大学士臣黑翼，为出现不同寻常的怪异现象，请求及早迁都，以维系国家命脉一事。据黄门官员禀报说：从五月初六日起，来了一条千丈巨蟒，盘踞在宫廷外面，吞食内外臣民一万三千八百馀人，所过之处，宫殿尽成废墟，等等。臣奋勇前去查看，确实看见了这条妖蟒：只见它头如山岳，目似江海，一昂首能把殿阁一齐吞没，一伸腰可将楼墙全部压塌。这真是千古未见的凶象，万年不遇的灾祸！国家命运危在旦夕！请皇上及早带领宫中眷属，火速迁往乐土。"窦旭看完奏章，面如死灰。紧接着有宫女跑进来报告说："妖物来到了！"整个大殿上的人都在哀叫，惨无天日。大王仓促间不知所措，只是泪水涟涟地望着窦旭说："我把小女托给先生啦！"窦旭气喘吁吁地跑回住处。公主正与身边的宫女抱头哀哭，一见窦旭进来，便扯着他的衣襟说："郎君怎样安置我？"窦旭悲痛欲绝，拉着公主的手腕若有所思地说："我贫穷寒微，可惜不能金屋藏娇。我有几间茅屋，暂时一起在那里躲避好吗？"公主眼含泪水说："情况危急，哪能选择？请快带我去！"窦旭便挽扶着公主走出住处，不久，他们来到家里。公主说："这是非常安全的住宅，比我家强多了！然而我跟你前来，我的父母依靠谁？请你另盖一所房舍，全国人都会跟来的。"窦旭感到为难。公主号啕大哭，说："不能急人之难，要你还有何用？"窦旭略加安慰劝解。走进屋里，公主趴在床边伤心哭泣，无法劝住。窦旭正苦心思考，束手无策时，忽然醒来，才知道自己做了一梦。然而他耳边还响着公主"嘤嘤"不断的哭声。仔细一听，根本不是人类发出的声音，而是两三只蜂子在枕头上飞鸣。窦旭大呼一声"怪事"。

友人诘之^①，乃以梦告，友人亦诧为异。共起视蜂，依依裳袂间^②，拂之不去。友人劝为营巢，生如所请，督工构造。方竖两堵，而群蜂自墙外来，络绎如绳。顶尖未合，飞集盈斗^③。迹所由来^④，则邻翁之旧圃也^⑤。圃中蜂一房，三十馀年矣，生息颇繁。或以生事告翁，翁觇之，蜂户寂然。发其壁，则蛇据其中，长丈许，捉而杀之。乃知巨蟒即此物也。蜂入生家，滋息更盛^⑥，亦无他异。

【注释】

①诘：询问，咨询。

②依依：留恋的样子。裳袂：指代衣服。裳，衣裙。袂，衣袖。

③盈斗：比斗还大。斗，容器，十升为斗，多为方形。

④迹：追寻踪迹。

⑤圃：菜地。

⑥滋息：繁殖。

【译文】

朋友问这话怎讲，窦旭讲出梦中的情形，朋友也很诧异。他们一起起身去看蜂子，蜂子依恋在袍袖间，赶也不走。朋友劝窦旭给蜂子造巢，窦旭依言而行，督促工匠来建造蜂巢。刚竖起两面墙，群蜂便从墙外飞来，络绎不绝，前后相继。巢顶还没合拢，蜂子便落满蜂房比斗还大。窦旭追寻蜂子的来处，却是邻家老翁先前的菜园子。菜园子中有一房蜂子，三十多年，繁衍生息，甚为兴旺。有人把窦旭的故事告知老翁，老翁前去查看，蜂房寂静无声。掀开蜂房的一面墙，却见有一条长达一丈左右的蛇盘踞在里面，于是将这蛇捉住杀死。窦旭这才知道，所谓巨蟒指的就是这条蛇。蜂子到窦旭家后，繁殖得更加旺盛，也没发生其他异常之事。

绿衣女

【题解】

如果说《莲花公主》有着明显的模仿唐传奇的痕迹,类似习作的话,那么《绿衣女》就是蒲松龄独居匠心的创作,是一篇轻灵飘逸的咏物小说或童话。借书生于璟所见、所听、所觉、所感,写出作者心目中蜂所幻化的美丽、优雅、柔弱、胆怯的少女形象。但明伦对于此篇的艺术水平极其欣赏,说:"写色写声,写形写神,俱从蜂曲曲绘出。结处一笔点明,复以投墨作字,振翼穿窗,作不尽之语,短篇中具赋物之妙。"法国印象派作曲家德彪西有一首钢琴小品,叫《亚麻色头发的少女》,用音乐塑造了一个美丽温柔的少女形象,蒲松龄在这里也通过语言塑造了蜂幻化的少女形象,一个阳光,一个阴柔,而都臻造型艺术殿堂的极致。

　　于生名璟,字小宋,益都人,读书醴泉寺。夜方披诵①,忽一女子在窗外赞曰:"于相公勤读哉!"因念深山何处得女子?方疑思间,女已推扉笑入曰:"勤读哉!"于惊起视之,绿衣长裙,婉妙无比。于知非人,固诘里居②,女曰:"君视妾当非能咋噬者③,何劳穷问?"于心好之,遂与寝处。罗襦既解,腰细殆不盈掬④。更筹方尽⑤,翩然遂去。由此无夕不至。

【注释】

①披诵:翻书诵读。披,翻开。
②固诘里居:坚持打听居住地址。里居,住址。
③咋噬:吃人。咋,咬。噬,吞咬。
④掬:用两手捧。
⑤更筹方尽:指夜尽天明。更,旧时夜间计时单位。一夜分五更,

每更约两小时。更筹,夜间计时报更的竹签。

【译文】

书生于璟字小宋,益都人,住在醴泉寺里读书。一天夜里,正在翻书诵读,忽然一位女子在窗外称赞说:"于相公读书真勤奋!"于璟于是心想,深山里哪里来的女人? 正疑虑时,女子已经推门笑着走进屋来,说:"读书真勤奋!"于璟吃惊地站起身来一看,那女子穿着绿衣长裙,柔美动人,无可比拟。于璟知道这女子不是人类,再三问她住在哪里,女子说:"你看我该不是吃人的怪物啊,为什么一再追问?"于璟心中喜欢这个女子,便与她睡在一起。女子解开绸制的短衣,腰肢细得几乎不满一把。五更刚过,女子翩翩离去。从此她没有一夜不来。

一夕共酌,谈吐间妙解音律①。于曰:"卿声娇细,倘度一曲②,必能消魂③。"女笑曰:"不敢度曲,恐消君魂耳。"于固请之,曰:"妾非吝惜,恐他人所闻。君必欲之,请便献丑,但只微声示意可耳。"遂以莲钩轻点足床④,歌云:

树上乌臼鸟⑤,赚奴中夜散。

不怨绣鞋湿,只恐郎无伴。

声细如蝇,裁可辨认。而静听之,宛转滑烈,动耳摇心。歌已,启门窥曰:"防窗外有人。"绕屋周视,乃入。生曰:"卿何疑惧之深?"笑曰:"谚云:'偷生鬼子常畏人。'妾之谓矣。"既而就寝,惕然不喜⑥,曰:"生平之分⑦,殆止此乎?"于急问之,女曰:"妾心动,妾禄尽矣⑧。"于慰之曰:"心动眼睏⑨,盖是常也,何遽此云?"女稍怿⑩,复相绸缪。

【注释】

①妙解:通晓,精深。音律:古代指律吕、宫调,泛指乐曲音乐。

②度一曲：唱一支歌。度曲，按谱填词或歌唱。

③消魂：同"销魂"。谓感情非常激动，魂魄离体。

④莲钩：喻女子纤足。足床：床前或座前的踏脚板机。

⑤乌白鸟：学名卷尾，雀形目，卷尾科候鸟名。形似鸦而小，北方俗称"黎雀"，又名"鸦舅"、"祝鸠"、"驾犁"、"铁鹦鹉"等。常在黎明时啼唤。明杨慎《丹铅录》："乌白，五更鸣，架架格格者也。"

⑥惕然：提心吊胆的样子。

⑦分：情分，缘分。

⑧妾心动，妾禄尽矣：我心跳不安，我的福分完了。《左传·庄公四年》，楚武王出师前对王后邓曼说："余心荡。"邓曼说："王禄尽矣。"心动，即心荡，心跳，突感不安。禄尽，福分完了。禄，福分。

⑨眼瞤（shùn）：眼皮跳。

⑩怿（yì）：喜悦。

【译文】

一天晚上，女子和于璟一起喝酒，在谈话时显示出她精通音律。于璟说："你声音娇柔纤细，如能唱一支歌，定能使人销魂。"女子笑着说："我不敢唱歌，是怕销了你的魂。"于璟一再让女子唱歌，女子说："不是我吝惜什么，是怕别人听见。你一定要我唱，我这就献丑来唱，但是只能小声唱，表达出意味来就行了。"便用纤足轻轻点着床腿，唱道：

树上乌白鸟，赚奴中夜散。

不怨绣鞋湿，只恐郎无伴。

声音纤细如蝇，刚刚能听出唱的是什么。但静心去听，歌声抑扬动听，圆润清亮，悦人耳，动人心。唱完歌，女子开门出去察看说："要提防窗外有人。"围着屋子走了一圈，都看了一遍，才肯进屋。于璟说："你为什么疑虑恐惧这么严重？"女子笑着说："谚语说：'偷生鬼子常畏人。'说的就是我。"接着，两人上床睡觉，女子提心吊胆，心中不乐，说："我们一生的缘分，恐怕到此为止了吧？"于璟急忙问何出此言，女子说："我突感心跳,大概福分已尽。"于璟安慰她说:"心跳眼跳都是常事,怎么突然说这个?"女子稍微高兴一些,又互相缠绵恩爱起来。

　　更漏既歇①,披衣下榻,方将启关,徘徊复返,曰:"不知何故,惕惭心怵②。乞送我出门。"于果起,送诸门外。女曰:"君伫望我③,我逾垣去,君方归。"于曰:"诺。"视女转过房廊,寂不复见。方欲归寝,闻女号救甚急。于奔往,四顾无迹,声在檐间。举首细视,则一蛛大如弹,抟捉一物,哀鸣声嘶。于破网挑下,去其缚缠,则一绿蜂,奄然将毙矣。捉归室中,置案头。停苏移时,始能行步。徐登砚池,自以身投墨汁,出伏几上,走作"谢"字。频展双翼,已乃穿窗而去。自此遂绝。

【注释】

①更漏:古代夜间计时的工具。又称漏壶、漏刻。早期漏壶多为泄水型。歇:停止。指夜尽。

②惕惭(tí sī):胆战心惊。《集韵》:"惕惭,心怵。"

③伫望:站着看。

【译文】

　　五更过后,女子披衣下床,刚要开门,又迟疑不决地走回来说:"不知为什么,就是心中害怕。请送我出门。"于璟果然起床,送到门外。女子说:"你站在这里看着我,等我翻墙走了,你再回去。"于璟说:"好吧。"于璟望着女子转过房廊,杳然不见。正要回屋睡觉,就听见女子急切的呼救声。于璟跑到那里,环顾四周,没有踪迹,声音发自屋檐间。他抬头仔细一看,有一只弹丸大小的蜘蛛,捉住一只昆虫抟弄,正是昆虫发出声嘶力竭的哀鸣。他划破蛛网,挑下昆虫,去掉缠缚在身的蛛丝,却是一只绿蜂，气息奄奄，快死了。于璟把绿蜂拿回到屋里，放在案头。静息多时，绿蜂才能爬行。绿蜂缓缓爬上砚台，把自己的身体投到墨汁里，出来后趴在案子上走着，足迹现出一个"谢"字。然后它频频震动双翅，从窗户飞走了。从此，绿衣女再没出现过。

黎氏

【题解】

　　虽然写男女鬼狐之间的性事，但结为性伴或结为婚姻，在《聊斋志异》中是有明显区别的。结为婚姻，意味着生子，意味着和家庭、家族都发生联系。结为性伴，则仅为男女之间的性联系。结为性伴，在《聊斋志异》中分为士大夫和山村牧猪奴所为两类。前者发生在书斋，是风流韵事，后者发生在"野田草露"，则低级下流，为士大夫所不取。《聊斋志异》大部分写的性事是士大夫趣味的。士大夫类性事可以转为婚姻，不妨碍嫁娶生子，但"野田草露"类性事，往往是不结果的花朵，女性多为邪恶幻化，以悲剧结束。所以蒲松龄在"异史氏曰"中说不可能在"野合逃窜中求贤妇"。本篇和下篇《荷花三娘子》可为注脚。

　　就"再娶者，皆引狼入室耳"而言，本篇带有寓言性质。但这个判断不仅不符合社会事实，也并不能代表蒲松龄在这个问题上的理智的全面的想法。比如在卷七的《细柳》篇，蒲松龄就塑造了一个贤惠明智的后母形象。

　　龙门谢中条者①，佻达无行②。三十余丧妻，遗二子一女，晨夕啼号，萦累甚苦③。谋聘继室，低昂未就。暂雇佣媪抚子女。一日，翔步山途④，忽一妇人出其后。待以窥觇，是好女子，年二十许。心悦之，戏曰："娘子独行，不畏怖耶？"

妇走不对。又曰:"娘子纤步,山径殊难。"妇仍不顾。谢四望无人,近身侧,遽挈其腕⑤,曳入幽谷,将以强合。妇怒呼曰:"何处强人,横来相侵!"谢牵挽而行,更不休止。妇步履跌蹶⑥,困窘无计,乃曰:"燕婉之求⑦,乃若此耶?缓我,当相就耳。"谢从之。偕入静壑,野合既已,遂相欣爱。妇问其里居姓氏,谢以实告。既亦问妇,妇言:"妾黎氏。不幸早寡,姑又殒殁⑧,块然一身⑨,无所依倚,故常至母家耳。"谢曰:"我亦鳏也⑩,能相从乎?"妇问:"君有子女无也?"谢曰:"实不相欺,若论枕席之事,交好者亦颇不乏。只是儿啼女哭,令人不耐。"妇踌躇曰:"此大难事!观君衣服袜履款样⑪,亦只平平,我自谓能办。但继母难作,恐不胜诮让也⑫。"谢曰:"请毋疑阻。我自不言,人何干与?"妇亦微纳⑬,转而虑曰:"肌肤已沾,有何不从? 但有悍伯⑭,每以我为奇货⑮,恐不允谐,将复如何?"谢亦忧皇⑯,请与逃窜。妇曰:"我亦思之烂熟。所虑家人一泄,两非所便。"谢云:"此即细事。家中惟一孤媪,立便遣去。"妇喜,遂与同归。先匿外舍,即入遣媪讫,扫榻迎妇,倍极欢好。妇便操作,兼为儿女补缀,辛勤甚至。谢得妇,婪爱异常⑰,日惟闭门相对,更不通客。

【注释】

①龙门:古县名。位于山西西南部。北魏置,因处黄河要津而得名。治所在今山西河津。

②佻(tiāo)达:轻薄。

③萦(yíng)累:负担,牵累。

④翔步:缓步。

⑤挲(suō)：摩挲。

⑥跌蹶：形容步履困难，跌跌撞憧。

⑦燕婉：亦作"嬿婉"。指夫妇和爱之情。《诗·邶风·新台》："燕婉之求，籧篨不鲜。"

⑧姑：婆婆。殒殁：死。

⑨块然：孤独的样子。

⑩鳏：鳏夫，无妻或丧妻之男性。

⑪款样：样式。

⑫诮让：责难，谴责。

⑬纳：接受。

⑭伯：丈夫之兄。

⑮奇货：奇货可居，指凭借珍奇少见的货物以谋取钱财。

⑯忧皇：担忧惶急。

⑰嬖爱：宠爱。

【译文】

　　龙门的谢中条，轻薄放荡，品行不端。他三十多岁丧妻，留下二男一女，早晚连哭带叫的，拖累得苦不堪言。他想娶继室，又高不成低不就，只得暂时雇个老妈子抚养子女。一天，谢中条在山路上缓缓行走，忽然有个妇人出现在他的身后。他略加等候，偷偷一瞧，是个漂亮女人，二十岁左右。他心生爱悦，调戏说："娘子独自赶路，不害怕吗？"妇人只管走路，不作回答。他又说："娘子这么纤弱的脚步，山路实在难走。"妇人仍然没看他一眼。谢中条见四周无人，走近妇人身旁，突然抓住她的手腕，拽进幽深的山谷，准备强行欢爱。妇人生气地大喊："哪里来的强盗，竟来野蛮欺人！"谢中条连拉带拽，继续前行，仍不停步。妇人脚步跌跌撞撞，尴尬异常，无计可施，于是说："要求恩爱，就这样吗？把我放开，我就依你。"谢中条按她说的去做。两人一起走进寂静的山谷，野合以后，便互相爱悦。妇人问谢中条的住处和姓名，谢中条如实相告。然后也问妇人同样的问题，妇人说："我姓黎。不幸早年死了丈夫，又死了婆婆，孑然一身，无依无靠，所以常回娘家。"谢中条说："我也死了老婆，你能跟我过日子吗？"妇人问："你有没有子女？"谢中条说："实不相瞒，若说枕席之事，相好的也挺不少。只是儿哭女号，让人受不了。"妇人犹豫地说："这事最难办！看你衣服鞋袜的款式，也只是一般，我自以为都会做。但是继母难当，恐怕受不了人们的指责。"谢中条说："请不用顾虑重重。我本人不说什么，别人怎么干预？"黎氏也有点儿同意，转而担心地说："肌肤都让你碰了，有什么不依你的？但是我还有个蛮横的大伯子，总是把我视为奇货可居，恐怕不会让我们称心如意，又将怎么办？"谢中条也忧虑不安，打算让黎氏偷跑到自己家去。黎氏说："我也想得烂熟了。只是担心家人一旦泄露出去，对你我两人都不利。"谢中条说："这是小事一桩。家里只有一个孤老妈子，我立即就打发她走。"黎氏显得高兴起来，便与谢中条一齐回家。黎氏先躲在外边的房子里，谢中条立即进屋把老妈子打发走后，便扫净床铺，迎接黎氏，两人加倍亲热。黎氏马上操持家务，同时为儿女缝缝补补，极为辛勤。谢中条得到黎氏，宠爱异常，每天关起大门和黎氏厮守，再也不与外人交往。

月余，适以公事出，反关乃去①。及归，则中门严闭，扣之不应。排阖而入②，渺无人迹。方至寝室，一巨狼冲门跃出，几惊绝！入视子女皆无，鲜血殷地，惟三头存焉。返身追狼，已不知所之矣。

【注释】

①反关：反锁，自外关闭门户。

②排阖：打开门。阖，门扇。

【译文】

一个多月后，谢中条恰巧因公事外出，便反锁门后离去。等他回到家里,却见里外屋之间的门关得严严实实,去敲门也没人答应。他破门而入,里面没有一人。他正要到卧室去,一只大狼冲出门来,几乎把他吓死。他进屋一看,儿子女儿一个都没了,却见鲜血染红了屋地,只有三个人头还在。他回身去追大狼,大狼已不知去向。

异史氏曰:士则无行^①,报亦惨矣。再娶者,皆引狼入室耳,况将于野合逃窜中求贤妇哉!

【注释】

①无行:无德,品行不端。

【译文】

异史氏说:读书人行为不端,所受报应也够惨的。凡再娶的都是引狼入室,何况企图在野合私奔中寻找贤惠的妻子呢!

荷花三娘子

【题解】

本篇由两个独立的故事组成而以后一个故事为主。

前一个故事就框架而言,与《黎氏》相同,都是否定野合中的性伴侣不可靠——宗湘若在发现别人野合过程中认识了狐女,与狐女交往后生病。由于顾念旧情,他释放了招致自己害病的狐女。狐女被释放后感恩把荷花三娘子介绍给他。后一个故事写宗湘若与荷花三娘子的婚恋过程,神光离合,忽而莲花,忽而少女,忽而怪石,忽而纱帔,写得浪漫优雅,清气袭人,见出蒲松龄对于士大夫中插花、清供、摆设等的关注和品位。在稿本《聊斋志异》中有这样一段文字:"友人云:"'花如解语还多事,石不能言最可人'。放翁佳句,可为此传写照。"但明伦评论说:

"评引放翁句,疑即是篇所造端。"

湖州宗湘若①,士人也。秋日巡视田垅,见禾稼茂密处,振摇甚动。疑之,越陌往觇②,则有男女野合。一笑将返。即见男子靦然结带③,草草径去。女子亦起,细审之,雅甚娟好。心悦之,欲就绸缪④,实惭鄙恶,乃略近拂拭曰:"桑中之游乐乎⑤?"女笑不语。宗近身启衣,肤腻如脂,于是捋莎上下几遍⑥。女笑曰:"腐秀才!要如何,便如何耳,狂探何为?"诘其姓氏,曰:"春风一度⑦,即别东西,何劳审究?岂将留名字作贞坊耶⑧?"宗曰:"野田草露中,乃山村牧猪奴所为⑨,我不习惯。以卿丽质,即私约亦当自重,何至屑屑如此⑩?"女闻言,极意嘉纳⑪。宗言:"荒斋不远,请过留连。"女曰:"我出已久,恐人所疑,夜分可耳。"问宗门户物志甚悉,乃趋斜径,疾行而去。更初,果至宗斋。殢雨尤云⑫,备极亲爱。积有月口,密无知者。

【注释】

① 湖州:府名。地处浙江北部,因临近太湖而得名,治所在今浙江吴兴。今为湖州市。

② 陌:田间东西方向的道路,泛称道路。觇:看,偷窥。

③ 靦(miǎn)然:羞惭的样子。

④ 绸缪(móu):本意为缠绵。《诗·唐风·绸缪》,"绸缪束薪,三星在天,今夕何夕,见此良人。"后因以"绸缪"形容男女欢爱。

⑤ 桑中之游:指男女幽会。《诗·鄘风·桑中》:"期我乎桑中,要我乎上官。"

⑥挼莎(nuó suō)：又作"挼挱"，以手探摸。

⑦春风一度：比喻领略一番意境或情趣。多指男女间的欢爱。

⑧贞坊：贞节牌坊。

⑨牧猪奴：指粗鄙之人。

⑩屑屑：猥琐。

⑪嘉纳：赞许而接受。

⑫㜎(tì)雨尤云：喻男女之交合。

【译文】

　　湖州的宗湘若是个读书人。秋天他到田地里巡视，看见在庄稼茂密的地方，摇摆晃动得厉害。他起了疑心，跨过田垄去看，却见一对男女在野合。他笑了笑就要往回走。当即看见男人羞惭地系上腰带，慌忙离去。这时女子也坐起身来，他仔细一瞧，长得还很漂亮。宗湘若心中喜欢这个女人，想马上缠绵一回，却又为这粗野行为感到惭愧，便稍微近前，轻轻抚摩，说："你们的幽会快活吗？"女子只是笑，不说话。宗湘若走近女子身旁，解开衣服，只见肌肤细腻如脂，于是把女子浑身上下几乎都摸了一遍。女子笑着说："迂腐的秀才！要怎样就怎样，乱摸什么？"宗湘若问女子姓什么，女子说："恩爱一回，就各自东西，何必细问？难道还要留下姓名来立贞节牌坊吗？"宗湘若说："在野地里荒草露水中恩爱，山村粗野的人才这么干，我不习惯。就凭你这么漂亮，即使私会也应该自重，怎至于这么草率？"女子听了这话，非常赞成。宗湘若说："我家离这里不远，请你去家里待一会儿。"女子说："我已出来很长时间，恐怕被人怀疑，半夜里是可以的。"详细问清宗湘若家门前的标志后，就走上一条小路，快步离去。一更时分，女子果然来到宗湘若家。两人沉浸于云雨欢会之中，极为亲爱。过了一个月，还没人知道这个秘密。

　　会一番僧卓锡村寺①，见宗，惊曰："君身有邪气，曾何所遇？"答言："无之。"过数日，悄然忽病。女每夕携佳果饵之，殷勤抚问，如夫妻之好，然卧后必强宗与合。宗抱病，颇不耐之，心疑其非人，而亦无术暂绝使去，因曰："曩和尚谓我妖惑，今果病，其言验矣。明日屈之来②，便求符咒。"女惨然色变，宗益疑之。次日，遣人以情告僧，僧曰："此狐也。其技尚浅，易就束缚。"乃书符二道，付嘱曰："归以净坛一事③，置榻前，即以一符贴坛口。待狐窜入，急覆以盆，再以一符粘盆上，投釜汤烈火烹煮，少顷毙矣。"家人归，并如僧教。夜深，女始至，探袖中金橘，方将就榻问讯。忽坛口飕飗一声，女已吸入。家人暴起，覆口贴符。方欲就煮，宗见金橘散满地上，追念情好，怆然感动，遽命释之。揭符去覆，女子自坛中出，狼狈颇殆④，稽首曰⑤："大道将成，一旦几为灰土！君，仁人也，誓必相报。"遂去。

【注释】

①番僧：西番之僧。番，旧时对西方边境少数民族的称呼。卓锡：僧人居留。卓，植立。锡，锡杖、禅杖，僧人外出云游所持，故以植立禅杖代指其挂单某处。

②屈：邀请。

③净坛：洁净的坛罐。一事：一件。

④狼狈：困苦受窘的样子。殆：危殆。

⑤稽首：跪拜礼，跪下拱手，叩头至地。

【译文】

　　这时恰巧有一位番僧住在村中的寺庙里，见到宗湘若，吃惊地说："你身上有邪气，曾经遇到过什么？"宗湘若回答说："什么也没遇到。"过了几天，宗湘若忽然无缘无故地病倒了。女子每夜都带上好的果品给他吃，殷勤地加以安慰，就像夫妻一般恩爱，只是躺下后一定勉强要宗湘若跟她欢合。宗湘若有病在身，有些不耐烦，心中怀疑她不是人类，但也无法暂时断绝，让她离开，于是说："前些日子有个和尚说我被妖精迷惑，现在果然患病，他的话应验了。明天我邀请他前来，就向他要一道符咒。"女子一下子凄然变了脸色，宗湘若对她也更加怀疑。第二天，宗湘若派家人把情况告知番僧，番僧说："这女子是狐狸。它本事还小，容易捉住。"便写了两道符，交给家人，嘱咐说："回去拿个洁净的坛子放在床前，便用一道符贴在坛口上。等狐狸窜进坛子后，赶紧用盆盖住，再把另一道符贴在盆上，放到盛着热水的锅里用烈火加以烹煮，不一会儿就会毙命。"家人返回后，便一切都按番僧说的去做。夜深以后，女子才到，拿出袖中的金橘，正要到床前问候病情。忽然坛口发出"飕飀"一声，女子已被吸进坛里。家人猛然起身冲出，盖住坛口，贴上第二道符。刚要拿去烹煮，宗湘若看见金橘散了满地，回想起以往的恩爱，心中悲伤，触动了感情，连忙吩咐把她放了。家人揭去符，拿走盖住坛口的盆，女子从坛中出来，一副狼狈不堪的样子，伏地叩头说："我大道即将修成，不料几乎化为灰土！你是一位仁人，我发誓一定要报答你。"随即离去。

　　数日，宗益沉绵，若将陨坠①。家人趋市，为购材木。途中遇一女子，问曰："汝是宗湘若纪纲否②？"答云："是。"女曰："宗郎是我表兄。闻病沉笃③，将便省视，适有故不得去。灵药一裹，劳寄致之。"家人受归。宗念中表迄无姊妹，知是狐报。服其药，果大瘳，旬日平复。心德之，祷诸虚空，愿一再觏④。一夜，闭户独酌，忽闻弹指敲窗。拔关出视，则狐女也。大悦，把手称谢，延止共饮。女曰："别来耿耿，思无以报高厚⑤。今为君觅一良匹,聊足塞责否?"宗问:"何人?"
曰:"非君所知。明日辰刻,早越南湖,如见有采菱女,着冰
縠帔者⑥,当急舟趁之⑦。苟迷所往,即视堤边有短干莲花隐
叶底,便采归,以蜡火爇其蒂⑧,当得美妇,兼致修龄⑨。"宗谨
受教。既而告别,宗固挽之。女曰:"自遭厄劫,顿悟大道。
即奈何以衾裯之爱⑩,取人仇怨?"厉色辞去。

【注释】

①陨坠:死亡。

②纪纲:指仆人。

③沉笃:沉重。

④觏(gòu):见。

⑤高厚:天高地厚。此指大恩大德。

⑥冰縠(hú)帔:白绉纱披肩。縠,绉纱类丝织品。帔,披肩。

⑦趁:赶上,追赶。

⑧爇:烧。

⑨修龄:长寿。

⑩衾裯之爱:犹枕席之爱。衾,被褥。裯,床帐。

【译文】

　　过了几天,宗湘若病情更加沉重,好像快要死了。家中人到市上去
给他买棺材。途中遇到一个女子,发问说:"你是宗湘若的仆人吗?"家
人回答说:"是。"女子说:"宗郎是我的表哥。听说他病情严重,想去看
望,正好因事无法前去。这里有一包灵药,麻烦你给他带去。"家人接过
药来,返回家中。宗湘若心想表亲中根本没有姐妹,知道这是狐狸报
恩。他服了药,果然病情大为减轻,十天后恢复健康。他感激狐女,便
向空中祷告,希望与她再见一面。一天夜里,宗湘若闭门独自喝酒,忽

然听到用手指敲窗户的声音。开了门闩，出门一看，却是狐女。宗湘若喜悦异常，握着她的手表示感谢，请她坐下一起喝酒。狐女说："分别后心事萦回，不能释怀，心想无法来报答你的恩德。如今我为你找了一个如意的配偶，不知能勉强塞责吗？"宗湘若问："她是什么人？"狐女说："这不是你能知道的。明天早上辰时，你早些前往南湖，如果看见一位披着白绉纱披肩的采菱女郎，就赶快划船追赶。如果你把她追丢了，看见岸边有一枝短杆莲花隐藏在荷叶下面，你就把它采回家，用蜡烛的火烧花蒂，就会得到一位美丽的妻子，还能获得长寿。"宗湘若恭敬地接受指教。之后，狐女说要走，宗湘若再三挽留。狐女说："自从遭受劫难，顿时领悟大道。怎能因男女枕席欢爱，招人仇视怨恨？"便神色严肃地告别离去。

宗如言，至南湖，见荷荡佳丽颇多。中一垂髫人①，衣冰縠，绝代也。促舟劙逼②，忽迷所往。即拨荷丛，果有红莲一枝，干不盈尺，折之而归。入门，置几上，削蜡于旁③，将以爇火。一回头，化为姝丽，宗惊喜伏拜。女曰："痴生！我是妖狐，将为君祟矣！"宗不听。女曰："谁教子者？"答曰："小生自能识卿，何待教？"捉臂牵之，随手而下，化为怪石，高尺许，面面玲珑。乃携供案上，焚香再拜而祝之。入夜，杜门塞窦④，惟恐其亡。平旦视之⑤，即又非石，纱帔一袭，遥闻芗泽⑥，展视领衿，犹存馀腻。宗覆衾拥之而卧。暮起挑灯，既返，则垂髫人在枕上。喜极，恐其复化，哀祝而后就之。女笑曰："孽障哉！不知何人饶舌，遂教风狂儿屑碎死⑦！"乃不复拒。而款洽间，若不胜任，屡乞休止，宗不听。女曰："如此，我便化去！"宗惧而罢。由是两情甚谐，而金帛常盈箱箧,亦不知所自来。女见人喏喏,似口不能道辞,生亦讳言其异。怀孕十馀月,计日当产。入室,嘱宗杜门禁款者⑧,自乃以刀剖脐下,取子出,令宗裂帛束之,过宿而愈。

【注释】

①垂髫人:少女。垂髫,指女孩尚未束发及笄。

②劘(mó)逼:迫近,逼近。劘,切近,迫近。

③削蜡:削剪烛芯,使之易燃。

④杜门塞窦:关闭门窗。杜,堵塞。窦,孔穴,此指窗。

⑤平旦:平明,天明。

⑥芗(xiāng)泽:香气。芗,同"香"。

⑦屑碎:犹琐碎,纠缠的意思。

⑧禁款者:禁止他人叩门。款,叩门。

【译文】

宗湘若依言而行,来到南湖,见荷花荡中佳人很多。其中有一位少女,穿着雪白的绉纱披肩,容色绝代。他催船速行,逼近少女,忽然不见了少女的去向。他当即拨开荷丛,果然看见一枝红莲,莲杆不满一尺,便把红莲折下来回家。进门后,他把红莲放在桌上,在一旁削剪烛芯,准备点火。刚一回头,红莲就变成了美女,宗湘若又惊又喜,伏地跪拜。女郎说:"傻书生!我是妖狐,要给你作祟了!"宗湘若听也不听。女郎说:"是谁教的?"宗湘若回答说:"我本来就能认出你来,还用教吗?"便抓住胳膊去拉女郎,女郎随手滑下,化为怪石,高一尺左右,面面玲珑剔透。于是宗湘若把怪石供在桌上,点上香,拜了两拜,祈祷一番。到夜间后,宗湘若关紧门窗,唯恐女郎逃走。天亮时一看,却又不是怪石,而是一件薄纱披肩,远远地就能闻到香气,打开领口衣襟一看,还有女性留下的柔腻。宗湘若盖上被子,抱着披肩躺下。傍晚起来点灯,回床上时,却见少女躺在枕头上。宗湘若高兴到了极点,他害怕女郎再变化,便先苦苦哀求,然后才凑上前去。女郎笑嘻嘻地说:"孽障啊! 不知是谁饶舌,以致让这疯狂的家伙把我纠缠死了!"便不再拒绝。然而在亲热时,女郎好像承受不住,屡次要求停止,宗湘若置若罔闻。女郎说:"你再要这样,我就变化而去!"宗湘若怕她变,才停下来。从此,两人感情非常和谐,而钱财经常装满箱箱柜柜,也不知道是哪里来的。女郎与人谈话只是"嗯嗯"地顺从应诺,好像不善于言谈辞令,宗湘若对女郎异乎寻常的来历也避而不谈。后来,女郎怀孕十多个月,按日子一算该临产了。她便走进屋里,嘱咐宗湘若关上门,不许敲门,自己用刀剖开肚子,取出孩子,让宗湘若撕块布把肚子裹好,过了一夜,伤口愈合。

又六七年,谓宗曰:"夙业偿满①,请告别也。"宗闻泪下,曰:"卿归我时,贫苦不自立,赖卿小阜②,何忍遽言离邅③?且卿又无邦族④,他日儿不知母,亦一恨事。"女亦怅惘曰:"聚必有散,固是常也。儿福相,君亦期颐⑤,更何求?妾本何氏,倘蒙思眷,抱妾旧物而呼曰荷花三娘子,当有见耳。"言已解脱,曰:"我去矣。"惊顾间,飞去已高于顶。宗跃起,急曳之,捉得履。履脱及地,化为石燕⑥,色红于丹朱,内外莹澈,若水精然。拾而藏之。检视箱中,初来时所着冰縠帔尚在。每一忆念,抱呼三娘子,则宛然女郎,欢容笑黛,并肖生平,但不语耳。

【注释】

①夙业:佛家语,意为前生之业。业,梵语"羯磨"的意译,泛指一切身心活动。凡业都有相应的果报。此处所说的"偿满",即指对

夙业的果报。

②小阜：小康。阜，盛，丰富。

③离逷(tì)：远离。逷，同"逖"，远。

④邦族：宗族亲戚。

⑤期(qī)颐：百岁。《礼记·曲礼》："百年曰期颐。"郑玄注："期，犹要也；颐，养也。"人至百岁饮食起居无所不恃于养，故称百岁为"期颐"。

⑥石燕：为古生代腕足类石燕子科动物中华弓石燕及近缘动物的化石。中药材，主要成分为碳酸钙。《初学记·天部下》引《湘州记》曰："零陵山有石燕，遇风雨即飞，止还为石。"

【译文】

又过了六七年，女郎对宗湘若说："以前的业债已经还完，请让我们分别吧。"宗湘若闻言直流眼泪，说："你嫁我时，我贫寒清苦，不能自立，因为有了你才稍稍富裕了一些，怎么忍心突然就说离去？而且你又没有家族，将来孩子不知道母亲是谁，也是一件遗憾的事。"女郎也惆怅抑郁地说："有聚必有散，本是常理。儿子一脸福相，你也能长命百岁，还有什么可求？我本来姓何，如果承蒙思念，抱着我的旧物喊一声'荷花三娘子'，就会见到我。"说完挣脱出去，说："我走啦。"就在宗湘若惊讶地向她望去的瞬间，她已飞得高于头顶。宗湘若纵身跃起，急忙去拽女郎，却只抓到一只鞋。鞋脱手落在地上，变成石燕，颜色比朱砂还红，内外莹澈透明，像水晶似的。他便把石燕捡起，加以收藏。宗湘若查看箱子，女郎刚来时穿的白绉纱披肩还在。每当他想念女郎时，抱着披肩喊一声"三娘子"，于是抱的便是真真切切的女郎，欢乐的面容，含笑的眉眼，都与女郎平素一模一样，只是不能说话。

骂鸭

【题解】

这是一篇在《聊斋志异》中罕见的具有反讽意味的小品。

在中国旧时的某些农村，丢了东西，主人照例要大骂一通，一方面是认为骂了可以解气，另一方面认为可以给对方以侮辱和诅咒。这当然是不好的民俗，《骂鸭》就是针对这一民俗的调侃。有趣味的是，蒲松龄并没有正面对此进行说教，而是通过故事，正话反说，说："甚矣，骂者之宜戒也：一骂而盗罪减！"这让我们看到了蒲松龄作为教育家的睿智和幽默。

邑西白家庄居民某①，盗邻鸭烹之。至夜，觉肤痒。天明视之，茸生鸭毛②，触之则痛。大惧，无术可医。夜梦一人告之曰："汝病乃天罚。须得失者骂，毛乃可落。"而邻翁素雅量③，生平失物，未尝征于声色④。某诡告翁曰："鸭乃某甲所盗。彼深畏骂焉，骂之亦可警将来。"翁笑曰："谁有闲气骂恶人。"卒不骂。某益窘，因实告邻翁，翁乃骂，其病良已⑤。

【注释】

①邑：县。这里指作者家乡淄川县。白家庄：据清代乾隆年间地图，在淄川的正西乡（忠信乡），今为淄博张店区的白家庄。

②茸（róng）生：细毛丛生。

③雅量：度量宽宏。

④征：表露，表现。

⑤良已：完全痊愈。

【译文】

　　城西白家庄的居民某人，偷邻居的鸭子煮吃了。到夜里，觉得皮肤发痒，天亮一看，长出毛茸茸的一身鸭毛，一碰就疼。他大为恐惧，可又无法医治。夜里，梦见有一个人告诉他："你的病是天罚。必须挨失主的骂，鸭毛才能脱落。"然而邻居老汉一向气度宽宏，平时丢了东西，从来不露声色。某人假意告诉老汉说："鸭子是某甲偷的。他最怕挨骂，你骂他一顿，也可以警告他以后别再来偷。"老汉笑了一笑，说："谁有闲气去骂一个坏人。"结果始终不骂。某人更加尴尬，只好如实告知邻家老汉，老汉于是骂他一顿，他的病便好了。

　　异史氏曰：甚矣，攘者之可惧也①：一攘而鸭毛生！甚矣，骂者之宜戒也：一骂而盗罪减！然为善有术，彼邻翁者，是以骂行其慈者也。

【注释】

　　①攘：窃取。

【译文】

　　异史氏说：偷东西的后果太可怕了：一偷鸭子就生出鸭毛来！骂人的后果也太应该注意了：一骂小偷就减轻了偷盗的罪过！然而行善也有不同的方法，那位邻家老汉是用骂人来体现了自己的慈悲的。

柳氏子

【题解】

　　就子为讨债者而言，本篇与卷一的《四十千》是同一母题。但本篇又不是简单的欠钱，而是事关商业道德，侵吞合伙人的钱财，故柳氏子对于所谓父亲的报复和刻骨仇恨更甚，乃至令人发指。

在具体的描写上，本篇较之《四十千》更为细致深入。《四十千》仅写儿子讨够了钱就死去，故事也即结束。本篇则写柳氏子在"荡佚逾检，翁囊积为空"，并且杀了"翁故蓄善骡"之后，死了化为鬼依然积怨未消，意图报复，只是在故事的结尾才交代仇恨的原因。

虽然本篇在理念上写欠钱还债的因果报应颇为浅薄，但在描写上却颇为形象传神。如果抛撇开因果报应，小说中老父亲对于儿子的痛惜深情，骄纵的儿子对于父亲的刻薄寡情，不是令我们想起现实生活中屡见不鲜的生活场景吗？

　　胶州柳西川①，法内史之主计仆也②。年四十馀，生一子，溺爱甚至，纵任之，惟恐拂。既长，荡佚逾检③，翁囊积为空。无何，子病。翁故蓄善骡，子曰："骡肥可啖。杀啖我，我病可愈。"柳谋杀蹇劣者④，子闻之，即大怒骂，疾益甚。柳惧，杀骡以进，子乃喜。然尝一脔⑤，便弃去。疾卒不减，寻毙。柳悼叹欲死。

【注释】

①胶州：州名，明置。位于山东半岛西南隅胶州湾，今山东青岛下辖的胶州市。

②法内史：法若真（1623—1706），字汉儒，号黄石，别号黄山，胶州人。善书画，有政声。顺治三年（1648）中进士，先后任翰林院编修、浙江按察使、湖广布政使、江南安徽布政使等职。有《黄山集》、《黄山诗留》、《黄山文留》等。《山东通志·人物志》、《增修胶（州）志》有传。内史，顺治初年设"内三院"，即内翰林国史院、内翰林秘书院、内翰林弘文院。法若真曾任内翰林国史院中书

舍人，故称之为"内史"。主计仆：掌管财务出入的管家。

③荡佚逾检：放荡奢侈，不守规矩。逾，过。检，规范，规矩。

④蹇(jiǎn)劣：质次，劣等。蹇，不利于行。

⑤脔(luán)：切成碎块的肉。

【译文】

胶州的柳西川是法若真内史的财务管家。他四十多岁时生了一个儿子，极为溺爱，总是放纵不管，唯恐拂逆其意。儿子长大后，奢侈放荡，不知检点，把柳西川积蓄的钱财挥霍一空。不久，儿子病了。柳西川原先养了一头上好的骡子，儿子说："这骡子长得很肥，肉好吃。杀了骡子，给我吃肉，我的病就能好。"柳西川想杀一头劣等的骡子，儿子闻言，怒气冲冲，破口大骂，病情更加严重。柳西川心里害怕，便杀了上好的骡子，把肉端给儿子吃，儿子这才高兴起来。然而儿子只尝了一块肉，其他的肉就不要了。病情始终不减，不久死去。柳西川哀伤叹息，痛不欲生。

后三四年，村人以香社登岱①。至山半，见一人乘骡驶行而来，怪似柳子。比至，果是。下骡遍揖，各道寒暄。村人共骇，亦不敢诘其死，但问："在此何作？"答云："亦无甚事，东西奔驰而已。"便问逆旅主人姓名，众具告之。柳子拱手曰："适有小故，不暇叙间阔②。明日当相谒。"上骡遂去。众既归寓，亦谓其未必即来。厌旦伺之③，子果至，系骡厩柱，趋进笑言。众谓："尊大人日切思慕，何不一归省侍？"子讶问："言者何人？"众以柳对。子神色俱变，久之曰："彼既见思，请归传语：我于四月七日，在此相候。"言讫，别去。

【注释】

①香社：结伙朝山进香祭神。岱：泰山。又称"岱宗"，简称"岱"。

②暇：闲暇。间阔：久别。

③厌（yàn）旦：黎明。《荀子·儒效》："遂选马而进，朝食于戚，暮宿于百泉，厌旦于牧之野。"杨倞注："厌，掩也；夜掩于旦，谓未明已前也。"

【译文】

　　三四年后，村人结伙到泰山去烧香。来到半山腰时，看见一个人骑着骡子走来，形貌与柳西川的儿子十分相像。等来到跟前一看，果然是他。柳家儿子下了骡子，向大家都拱手作揖，分别寒暄一番。村人都很惊骇，也不敢就他原先的死打听什么，只是问："你在这里干什么？"他回答说："也没什么事，只是东奔西跑而已。"便问旅店主人的姓名，大家一一告知。柳家儿子拱手行礼说："凑巧有点儿小事，来不及叙谈别情，明天我会去看大家。"说着跨上骡子离去。大家回到旅店后，也都认为他未必就来。第二天早晨，大家正在等候，他果然到来，把骡子拴在马厩的柱子上，走上前来说笑。大家说："你父亲天天都在苦苦想念你，你为什么不回家看望他？"柳家儿子惊讶地问："你们说的是谁？"大家回答说的是柳西川。他神色大变，过了许久才说："他既然想我，请你们回去传话：在四月七日，我在这里等他。"说罢告别离去。

　　众归，以情致翁。翁大哭，如期而往，自以其故告主人。主人止之曰："曩见公子神情冷落，似未必有嘉意。以我卜也①，殆不可见。"柳涕泣不信。主人曰："我非阻君，神鬼无常，恐遭不善。如必欲见，请伏楼中②，待其来，察其词色，可见则出。"柳如其言。既而子果至，问："柳某来否？"主人答云："无。"子盛气骂曰："老畜产那便不来！"主人惊曰："何骂父?"答曰:"彼是我何父! 初与义为客侣③,不图包藏祸心④,隐我血赀⑤,悍不还。今愿得而甘心⑥,何父之有!"言已,出门,曰:"便宜他!"柳在椟历历闻之,汗流接踵⑦,不敢出气。主人呼之,乃出,狼狈而归。

【注释】

①以我卜也:据我的估计。《左传·宣公十一年》:"以我卜也,郑不可从。"

②椟(dú):木柜,木箱。

③客侣:合伙在外经商。

④包藏祸心:外表不露声色暗中害人。《左传·昭公元年》:"小国无罪,恃实其罪;将恃大国之安靖已,而无乃包藏祸心以图之。"

⑤隐:隐吞。血赀:血本,辛苦积聚之资本。

⑥得而甘心:得而杀之,以快心意。《左传·庄公九年》:"管(仲)、召(忽)仇也,请受而甘心焉。"杜预注:"甘心,言欲快意戮杀之。"

⑦汗流接踵:汗流到了脚后跟。踵,脚跟。《庄子·列御寇》:"伏地汗流至踵。"

【译文】

大家回村后,把情况告知柳西川。柳西川大哭一场,按期前往,自然把来意告诉了旅店主人。主人阻止他说:"前些日子我见公子神情冷漠,似乎未必会有好意。据我估计,恐怕不能去见他。"柳西川直流眼泪,不肯相信。主人说:"不是我不让你去,是鬼神无常,恐怕会遭遇不幸。如果一定要去相见,请你藏在柜子里,等他到来后,看他的态度如何,如果可以相见,你再出来。"柳西川依言而行。后来,柳家儿子果然到来,问旅店主人说:"柳某来了吗?"主人回答说:"没来。"儿子满腔怒气地骂道:"老畜生怎么不来!"主人吃惊地说:"你怎么骂自己的父亲?"

儿子回答说:"他是我什么父亲!起初我与他是合伙经商的关系,不料他包藏祸心,暗中吞没了我的血本,蛮不讲理,就是不还。现在我杀了他才觉痛快,哪来的什么父亲!"说完走出屋门,说:"便宜了他!"柳西川在柜子里听得清清楚楚,吓得大汗一直淌到了后脚跟,连大气也不敢出。主人喊他,他才出来,狼狈而归。

异史氏曰:暴得多金,何如其乐!所难堪者偿耳。荡费殆尽,尚不忘于夜台①,怨毒之于人甚矣哉!

【注释】

①不忘于夜台:死后在地下还不能忘怀。夜台,墓穴,冥间。

【译文】

异史氏说:突然得到许多钱财,多么快活!所难以承受的却是偿还。把冤家的家财几乎消耗一空,死后还不能忘怀,怨恨对于人来说真是太厉害了!

上仙

【题解】

这是一篇纪实地叙述作者和他的友人们寻访巫医求药的散文。依次写寻医求药的原因,巫医的相貌风度,房间的陈设,巫医与求医者的访谈,以及求来的狐仙与作者及友人们的问答,最后写寻医求药的结果。过程叙次井然,有条不紊,曲折有致。宾主之间的问答揖让也从容纡徐,宛然如见。在现代读者看来,巫医装神弄鬼,荒诞得不得了,蒲松龄和他的朋友们毕恭毕敬,也愚不可及。不过,在当日,蒲松龄和他的友人们的确是极其郑重认真地对待此事,因为他们信!

癸亥三月①，与高季文赴稷下②，同居逆旅③。季文忽病。会高振美亦从念东先生至郡④，因谋医药。闻袁鳞公言：南郭梁氏家有狐仙，善"长桑之术"⑤。遂共诣之。

【注释】

①癸亥：指康熙二十二年，1683年。

②高季文：名之骏，康熙丁丑（1697）拔贡，授东昌府茌平县教谕，未之任，卒。见乾隆《淄川县志》。稷下：古地名。此处指府城济南。

③逆旅：旅店。

④念东先生：高珩（1612—1697），字葱佩，号念东，别号紫霞居士，淄川人。明崇祯十六年（1643）进士，选庶吉士。入清后，曾任国子祭酒、吏部侍郎、刑部侍郎等职。能诗文，有《栖云阁集》。见乾隆《淄川县志》。郡：郡城，指济南。

⑤长桑之术：医术。长桑，战国时名医，扁鹊的老师。据《史记·扁鹊仓公列传》："（扁鹊）少时为人舍长。舍客长桑君过，扁鹊独奇之，常谨遇之。长桑君亦知扁鹊非常人也。出入十馀年，乃呼扁鹊私坐，间与语曰：'我有禁方，年老，欲传与公，公毋泄。'扁鹊曰：'敬诺。'乃出其怀中药予扁鹊：'饮是以上池之水，三十日当知物矣。'乃悉取其禁方书尽与扁鹊。忽然不见，殆非人也。"

【译文】

癸亥年三月，我与高季文前往济南，同住一家旅店。高季文忽然病了。恰巧高振美也跟高念东先生来到府城，便一起商量如何医治。听袁鳞公说，南郊梁氏家有狐仙，擅长医术，便一起前去拜访。

梁，四十以来女子也，致绥绥有狐意①。入其舍，复室中挂红幕②。探幕以窥,壁间悬观音像,又两三轴,跨马操矛,驺从纷沓③。北壁下有案,案头小座,高不盈尺,贴小锦褥,云仙人至,则居此。众焚香列揖。妇击磬三④,口中隐约有词。祝已,肃客就外榻坐⑤。妇立帘下理发支颐与客语⑥,具道仙人灵迹。久之,日渐曛⑦。众恐碍夜难归,烦再祝请。妇乃击磬重祷,转身复立曰:"上仙最爱夜谈,他时往往不得遇。昨宵有候试秀才,携肴酒来与上仙饮,上仙亦出良酝酬诸客⑧,赋诗欢笑。散时,更漏向尽矣⑨。"言未已,闻室中细细繁响,如蝙蝠飞鸣。

【注释】

①致:情致,意态。绥绥(suí)有狐意:《诗·卫风·有狐》:"有狐绥绥。"毛传:"绥绥,匹行(相随而行)貌。"此处用以形容狐的神态。

②复室:指套间。幕:幕布。

③驺(zōu)从:古代达官贵人出行时,侍卫前后的骑卒。

④磬(qìng):古代石质打击乐器。其形和材质后代多有变化,寺庙中往往用金属铸造,在念经礼神时敲击。

⑤肃:敬请。《礼记·曲礼》:"主人肃客而入。"

⑥支颐:手支下巴。

⑦曛:暮。

⑧良酝(yùn):好酒。

⑨更漏:古代夜晚以刻漏(计时器具)计时、报更,故称更漏。向尽:将尽,此指黑夜将尽。

【译文】

梁氏是个四十来岁的女子,风致神秘很有狐狸的意味。走进梁氏的屋里,套间中挂着红色的帘幕。撩开帘幕一看,墙上悬挂着观音菩萨的肖像,还有两三幅画,画上的人物骑在马上,手握长矛,骑马的侍从人员纷乱繁杂。北墙下有个案子,案头放着一个小小的座位,高不满一尺,铺着小小的锦褥子,说是仙人到来,便坐这个座位。大家点上香,列队拱手作揖。梁氏敲磬三声,口中念念有词。祷告完毕,梁氏请大家到外屋的坐榻上就座。梁氏站在帘幕下,整理一下头发,用手支着下巴,跟大家谈话,说的都是大仙显灵的事迹。过了许久,天色渐黑,大家担心夜里难以回家,请梁氏再给祷告求仙。梁氏便又去敲磬,重新祷告,然后转身又站在帘幕下说:"大仙最喜欢夜间谈话,其他时间往往遇不上大仙。昨天夜里有一位等候考试的秀才带着酒菜前来与大仙喝酒,大仙也拿出美酒款待秀才,两人又是写诗,又是欢笑。等分手时,已经夜色将尽。"话没说完,便听见屋里有一种细细的繁密的声响,就像蝙蝠连飞带叫。

方凝听间,忽案上若堕巨石,声甚厉。妇转身曰:"几惊怖煞人!"便闻案上作叹咤声,似一健叟①。妇以蕉扇隔小座②。座上大言曰:"有缘哉! 有缘哉!"抗声让座③,又似拱手为礼。已而问客:"何所谕教④?"高振美遵念东先生意,问:"见菩萨否?"答云:"南海是我熟径⑤,如何不见。"又:"阎罗亦更代否?"曰:"与阳世等耳。""阎罗何姓?"曰:"姓曹。"已乃为季文求药。曰:"归当夜祀茶水,我于大士处讨药奉赠⑥,何恙不已。"众各有问,悉为剖决⑦,乃辞而归。过宿,季文少愈。余与振美治装先归,遂不暇造访矣。

【注释】

①健叟:康健的长者。
②蕉扇:芭蕉扇。

③抗声：大声，高声。

④谕教：见教。

⑤南海：指浙江舟山的普陀山。相传为观世音显灵说法的道场，是中国佛教四大名山之一。

⑦大士：佛家对菩萨的通称。此指观音大士。

⑦剖决：剖析决断。

【译文】

正当大家仔细倾听时，忽然案子上面像落下一块巨石，声音很大。梁氏转过身来说："几乎吓死人了！"马上听见案子上传来叹息声，发出叹息的似乎是一个健壮的老汉。梁氏用芭蕉扇遮住小座位。只听见座位上有人大声说："有缘啊！有缘啊！"便高声让座，又似乎在拱手行礼。接着便问大家："你们有何见教？"高振美遵照高念东先生的意思问："你见到菩萨了吗？"回答说："去南海是我的熟路，怎能见不到？"高振美又问："阎王也更换吗？"回答说："与人间一样。"高振美问："阎王姓什么？"回答说："姓曹。"问完后便为高季文求药。回答说："回去后要在夜间用茶水祭祀，我在观音大士那里要来了药赠送给你们，什么病治不好？"大家也各有所问，大仙都一一作了决断，于是大家告辞返回。过了一夜，高季文的病稍好一些。我与高振美打点行装先回家乡，就没有时间去拜访梁氏了。

侯静山

【题解】

本篇与上篇的《上仙》是姊妹篇，估计是同时创作的。都是写民间"请神"活动，而且都与高念东有关。不同的是前一篇《上仙》请的是狐仙，高念东只是事涉其中。《侯静山》请的是猴仙，高念东既是叙述者，事件又关涉到其祖上。从这两篇故事来看，高念东是作者很尊敬的人，对于请神之事颇为相信，从某种意义上不可谓不是蒲松龄的知己，其为《聊斋志异》写序并非敷衍之作。他为《聊斋志异》写序时声言"《诺皋》、《夷坚》，亦可与六经同功"，力挺《聊斋志异》；表示"君将为魑魅曹丘生，仆何辞《齐谐》鲁仲连乎"，并非虚语。在此篇中猴仙叹赞高念东家为"好人家"云云，大概也是蒲松龄行文中有意的奉迎之词。

　　高少宰念东先生云①：崇祯间②，有猴仙，号静山。托神于河间之叟③，与人谈诗文、决休咎④，娓娓不倦。以肴核置案上⑤，啖饮狼籍，但不能见之耳。时先生祖寝疾⑥，或致书云："侯静山，百年人也⑦，不可不晤。"遂以仆马往招叟。叟至经日，仙犹未来，焚香祠之，忽闻屋上大声叹赞曰："好人家！"众惊顾。俄檐间又言之。叟起曰："大仙至矣。"群从叟岸帻出迎⑧，又闻作拱致声⑨。既入室，遂大笑纵谈。时少宰兄弟尚诸生⑩，方入闱归⑪。仙言："二公闱卷亦佳⑫，但经不熟⑬，再须勤勉，云路亦不远矣⑭。"二公敬问祖病，曰："生死事大，其理难明。"因共知其不祥。无何，太先生谢世⑮。

【注释】

①高少宰念东先生：指高珩。高珩号念东。少宰，对吏部的别称，高珩曾任吏部侍郎，故称其为"少宰"。

②崇祯：明思宗朱由检的年号。

③托神：民间传说神灵附于人身以显示灵异。河间：位于冀中平原腹地，今河北河间市。

④休咎：吉凶。

⑤肴核：指肉类、果类食品。

⑥寝疾：重病卧床。

⑦百年人:年老有道之人。

⑧岸帻(zé):随意洒脱的样子。岸,露额曰岸。帻,覆盖在额头上的头巾。

⑨拱致:拱手致意。

⑩少宰兄弟:指珩及其兄高玮、弟高坪。高玮、高珩以崇祯己卯(1639)年同中乡试。见乾隆《淄川县志》。在诸兄弟中,玮、珩中乡试最早。"时少宰兄弟尚诸生",则其时当在此之前。

⑪入闱(wéi)归:指参加乡试回来。

⑫二公:指高玮、高珩。

⑬经:指儒家的"五经"。

⑭云路:直上青云之路,喻科举成功。

⑮太先生:指高念东祖父。太,对上辈的尊称。

【译文】

吏部侍郎高念东先生说,崇祯年间,有一位猴仙,号静山。他附着在一位河间的老汉身上,与人们谈论诗文,判断吉凶,娓娓道来,不知疲倦。把菜肴果品放在桌上,他连吃带喝,搞得杯盘狼藉,只是无法见到他。当时,高念东先生的祖父卧病在床,有人写信来说:"侯静山是年老有道之人,不能不与他相见。"高念东先生便派仆从车马去请老汉。老汉来了一整天,猴仙仍然没来,只好又烧香祭祀一番,忽然,人们听见屋顶上有人大声赞叹说:"好人家!"大家惊讶地去看屋顶。一会儿,屋檐上又有人说话。老汉起身说:"大仙到了。"大家潇洒随意地随老汉出来迎接大仙,于是又听见拱手致意的声音。进屋后,大仙放声大笑,开怀畅谈。当时高念东兄弟还是诸生,刚参加乡试回来。大仙说:"两位的试卷还不错,只是经书读得不熟,需要再勤奋些,青云之路也快临近了。"高念东兄弟二人恭敬地询问祖父的病情,大仙说:"生死大事,其中的道理难以讲清。"于是兄弟二人都知道祖父的病已经难以治愈了。没过多久,高先生的祖父便离开了人世。

旧有猴人,弄猴于村。猴断锁而逸,不可追,入山中。数十年,人犹见之。其走飘忽,见人则窜。后渐入村中,窃食果饵,人皆莫之见。一日,为村人所睹①,逐诸野,射而杀之。而猴之鬼竟不自知其死也,但觉身轻如叶,一息百里②。遂往依河间叟,曰:"汝能奉我,我为汝致富。"因自号静山云。

【注释】

①睹:看见,发现。

②一息:呼吸之间,极言时间短暂。

【译文】

从前有个养猴的人,在乡村耍猴。猴挣断锁链逃跑,没有追上,猴子逃到山中。数十年后,人们还可看见它。它行走飘忽,见人就逃。后来,它逐渐进村偷吃果品食物,人们都看不见它的踪影。一天,它被村民发现,在野地里追它,把它射死。然而猴的鬼魂竟然不知道自己已经死去,只觉得身体轻得像一片树叶,一口气能走百里之遥。于是它去依附在河间老汉的身上,说:"如果你能尊奉我,我就让你致富。"便自号静山。

长沙有猴,颈系金,尝往来士大夫家,见之者必有庆幸之事。予之果,亦食。不知其何来,亦不知其何往也。有九旬馀老人言:"幼时犹见其上有牌,有前明藩邸识记①。"想亦仙矣。

【注释】

①藩邸:藩王邸宅。识记:标志。

【译文】

长沙有一只猴,脖子上系着金链,经常出现在士大夫家,凡见到它的肯定会有喜庆之事。给他果子,它也吃。不知道它从哪里来,也不知道它往哪里去。有一位九十多岁的老人说:"小时还看见它的金链上有一个牌,上面有前明藩王府邸的标志。"想来它也成仙了。

钱流

【题解】

这大概是《聊斋志异》中篇幅最短的寓言故事了。如果不算标点,《钱流》不过五十馀字,但包含的意蕴却非常深厚丰富。《聊斋志异》稿本无名氏乙评论说:"妙义无穷。"由于简短含蓄,可以从多个方面衍申解读,但集中表达了蒲松龄关于钱币流通如水的观念,表达了他在货币上的商人意识。当然,追溯起来,这个观点并不始于蒲松龄,司马迁在《史记·货殖列传》中就说过:"积著之理,务完物,无息币。""财币欲其行如流水。"

沂水刘宗玉云①:其仆杜和,偶在园中见钱流如水,深广二三尺许。杜惊喜,以两手满掬②,复偃卧其上③。既而起视,则钱已尽去,惟握于手者尚存。

【注释】

①沂水:山东县名。位于山东东南部。明朝属青州府,清朝雍正年间属沂州府。今属山东临沂。

②掬:捧。

③偃卧:仰卧。偃,仰。

【译文】

沂水县的刘宗玉说：他的仆人杜和，偶然在园子里看见钱像水一样流，水的深度和宽度都是二三尺左右。杜和满心惊喜，用两手捧满了钱，又躺在钱流上。后来起身一看，钱已经流光，只有握在手里的钱还在。

郭生

【题解】

据蒲箬撰《清故显考岁进士、候选儒学训导柳泉公行述》，蒲松龄虽然长期在毕家教书，但由于文名显赫，"引掖后进，则又不独于受业门墙者，耳为提，面为命，循循善诱，无倦色，无惰容也。即单寒之士，时以文艺来质，为曲指迷途，俾知进取，从不滥施丹黄，致堕狐窟也"。蒲松龄有着广泛的丰富的指导写作的经历，因此，本篇所写狐狸指导写作的寓言故事大概是有所感而发。

值得注意的是，本篇所谓写作，指的是八股文。虽然八股文在形式上程式化，在内容上墨守成规保守，但在指导训练和习作的进展上，与我们现在的作文并无二致。郭生对于狐狸的指导由不解不信到理解相信，又到不解不信，同他有所进益，稍有所得，便沾沾自足有关。所以蒲松龄说："满招损，谦受益，天道也。"

郭生，邑之东山人①。少嗜读，但山村无所就正，年二十馀，字画多讹。先是，家中患狐，服食器用，辄多亡失，深患苦之。一夜读，卷置案头，被狐涂鸦②，甚者，狼籍不辨行墨③。因择其稍洁者辑读之，仅得六七十首。心甚恚愤，而无如何。又积窗课廿馀篇④，待质名流⑤。晨起，见翻摊案上，墨汁浓沘殆尽⑥。恨甚。

【注释】

①邑：县邑，指淄川。东山：即今山东淄博淄川区东山。

②涂鸦：涂抹，胡乱涂写。唐卢仝《示添丁》诗："忽来案上翻墨汁，涂抹诗书如老鸦。"

③行（háng）墨：行格字迹。

④窗课：旧称私塾中学生习作的诗文。课，课业。

⑤质：求教，就正。

⑥沘（cǐ）：渍，蘸。此处指为墨汁涂染，污渍。

【译文】

　　郭生是淄川东山人。他从小酷爱读书，但是山村里无处请教，已经二十多岁，写字的笔画还有许多错误。先前，郭生家里闹狐狸，吃的穿的用的东西总是多所遗失，郭生深感苦恼。一天夜里读书时，郭生把书放在案头，遭到狐狸的涂抹，严重的地方墨色狼藉，字的行距都难以分辨。郭生于是挑选字面稍微整洁一些的集中在一起来读，这样便只剩下了六七十首。郭生心里愤怒异常，却又毫无办法。郭生又积存了二十多篇习作的文章，等候请教名流。早晨起床后，郭生见文章翻开摊放在案头，被浓浓的墨汁涂抹殆尽。郭生愤恨极了。

　　会王生者以故至山，素与郭善，登门造访。见污本，问之。郭具言所苦，且出残课示王①。王谛玩之②，其所涂留，似有春秋③，又覆视浣卷④，类冗杂可删。讶曰："狐似有意。不惟勿患，当即以为师。"过数月，回视旧作，顿觉所涂良确。于是改作两题，置案上，以觇其异。比晓，又涂之。积年馀，不复涂，但以浓墨洒作巨点，淋漓满纸。郭异之，持以白王。

王阅之曰："狐真尔师也，佳幅可售矣⑤。"是岁，果入邑庠⑥。郭以是德狐⑦，恒置鸡黍⑧，备狐啖饮。每市房书名稿⑨，不自选择，但决于狐。由是两试俱列前名⑩，入闱中副车⑪。

【注释】

①残课：指被狐狸弄坏的残留的习作。

②谛(dì)玩：仔细玩味。

③春秋：暗喻批评。相传孔子据鲁史作《春秋》，起自鲁隐公元年（前722），止于鲁哀公十四年（前481），是中国第一部编年体的史书。叙事简括，而又"寓褒贬，别美恶"，世称"春秋笔法"。

④涴(wò)卷：被涂抹的文卷。涴，沾污。

⑤佳幅：佳作。可售：指可考中。唐韩愈《祭虞部张员外文》："司我明试，时维邦彦，各以文售，幸皆少年。"

⑥入邑庠：指考中秀才。明清时代称县学为邑庠。

⑦德：感恩，感德。

⑧鸡黍：招待客人的饭菜。《论语·微子》："(丈人)止子路宿，杀鸡为黍而食之。"

⑨市：买。房书名稿：进士考试的优秀闱墨。明顾炎武《日知录·十八房》："房稿，则十八房进士之作。"明清时书贾常刊印房稿，供应考者学习，类似于现在的高考优秀作文选。

⑩两试：明清科举考试制度规定，诸生每三年参加两次考试，一为岁试，一为科试。岁试成绩优异者可补廪膳生员。科试成绩优异者可录送乡试。

⑪入闱：指参加乡试。副车：副贡。乡试录取名额之外录取贡入太学者，称副榜贡生，简称副贡。清初副贡仍需参加岁试，故下文有"一次四等，两次五等"之说。

【译文】

正巧王生因事来到东山，因一向与郭生关系很好，便来登门拜访。王生见到被涂抹的书本，问其原故。郭生把心中的苦恼和盘托出，并拿出残缺不全的习作文章给王生看。王生仔细玩味，发现那些涂掉的和保留的文字，似乎都隐隐褒贬有度，又重看涂抹过的书本，大抵行文冗杂，可以删除。他因而惊讶地说："狐狸似乎是有意为之。你不仅不必担心，还应以它为师。"过了几个月，郭生重新审视自己的旧作，顿时觉得涂改得非常正确。于是他改写了两篇旧作，放在案头，以观察有何异常。等天破晓时，文章又被涂改。经过一年多时间，文章不再被涂改，只是被洒上许多浓浓的大墨点子，淋漓满纸。郭生感到奇怪，拿着文章去告诉王生。王生看了一遍，说："这狐狸真是你的老师。改过的文章堪称佳作，准能考取功名。"这一年，郭生果然考中了秀才。郭生因此而感激狐狸，经常摆上待客的饭菜，供狐狸吃喝。每当买来进士的范文名稿时，自己都不加选择，只凭狐狸决断。因此在以后的两次考试中，郭生都名列前茅，在乡试中被额外录取为副榜贡生。

时叶、缪诸公稿①，风雅艳丽，家传而户诵之。郭有抄本，爱惜臻至，忽被倾浓墨碗许于上，污荫几无馀字；又拟题构作②，自觉快意，悉浪涂之③：于是渐不信狐。无何，叶公以正文体被收④，又稍稍服其先见。然每作一文，经营惨淡⑤，辄被涂污。自以屡拔前茅⑥，心气颇高，以是益疑狐妄。乃录向之洒点烦多者试之，狐又尽沰之。乃笑曰："是真妄矣！何前是而今非也？"遂不为狐设馔，取读本锁箱簏中。旦见封锢俨然，启视，则卷面涂四画，粗于指，第一章画五，二章亦画五，后即无有矣。自是狐竟寂然。后郭一次四等、两次五等⑦，始知其兆已寓意于画也。

【注释】

①稿：指八股文稿本。商衍鎏《清代科举考试述录》："八股之选本、
　　稿本性质不同。……稿本文仅一人，由于自行编订，类于别集。"

②构作：构思写作。

③浪涂：任意涂抹。

④正文体：端正文风。文体，文章的风格或结构、体裁。收：拘捕。

⑤经营惨淡：原指作画前先用浅淡颜色勾勒轮廓，苦心构思，经营
　　位置。引申指苦心谋划并从事某项事情。

⑥前茅：原指行军时的先头部队。古代行军时，前哨以茅为旌，遇
　　敌情或变故，则举茅以示警告。《左传·宣公十二年》："前茅虑
　　无。"后称考试成绩优秀，榜示名次在前者为"名列前茅"。

⑦四等、五等：岁考时，考生试卷分为六等：文理平通者列为一等，
　　文理亦通者列为二等，文理略通者列为三等，文理有疵者列为四
　　等，文理荒缪者列为五等，文理不通者列为第六等。列四等者，
　　廪免责停饩，增、附、青、社俱扑责，不许科考，乡试年只准录遗。
　　考五等者，廪生停廪，原停廪者降增，增降附，附降青衣，谓之青
　　生，不许科考录遗，送乡试为对读，事竣准复附生。青衣发社，原
　　发社者黜为民。

【译文】

　　当时，叶、缪诸公的文章风雅而又艳丽，家家户户都在传诵。郭生
有一个他们时文的抄本，爱惜备至，忽然都被一碗左右的浓墨倒在上
面，污染得几乎不剩一字；他又拟题写了一些文章，自己觉得写得不错
挺高兴，却全部被任意涂抹了。于是，他渐渐地不再相信狐狸。不久，
叶公因端正文风事而被收捕，他又稍稍佩服狐狸的先见之明。然而，郭
生每作一篇文章，都是惨淡经营，却总是遭到涂抹。他自以为考试曾屡
次名列前茅，心气颇为高傲，因此越发怀疑狐狸是在胡来。他便抄录以
前倾洒墨点很多的文章来检验狐狸，狐狸又都给涂抹掉了。于是他笑

着说:"这真是胡来了!怎么过去肯定的现在又否定了?"便不给狐狸备办食品,并把读本锁在箱柜里。第二天早晨,只见箱柜仍然锁得好好的,打开一看,只见封面画了四条线,每条线比手指还粗,第一章画了五条线,第二章也画了五条线,后面就不画了。从此,狐狸始终寂无声迹。在后来的岁考中,他一次考四等,两次考了五等,这才知道考试的预兆已经寄托在笔划中了。

　　异史氏曰:满招损,谦受益,天道也①。名小立,遂自以为是,执叶、缪之馀习,狃而不变②,势不至大败涂地不止也。满之为害如是夫!

【注释】

①满招损,谦受益,天道也:骄傲招受损害,谦虚则得到补益,这是天理。语出《书·大禹谟》:"满招损,谦受益,时乃天道。"

②狃(niǔ):因袭,拘泥。

【译文】

　　异史氏说:满招损,谦受益,这是天下至道。小有名气,便自以为是,拘守叶、缪诸公残留的习气,拘泥因袭,不加变通,势必不一败涂地就不会终止。自满的危害就是如此啊!

金生色

【题解】

　　按照现代的婚姻观念,寡妇再嫁是很自由的事。但在中国的明清时代却是一个很大的社会问题。《金生色》的妻子由于想再嫁,酿成了重大的社会悲剧:因私刑而死的,除了金生色的妻子,还有无赖子董贵,邻人子的妻子；因官法受到惩处的，邻妪被杖毙，金生色的岳母被笞。这还不包括木翁一家被烧，被勒索，家产荡尽的经济损失。这一切都是金生色的鬼魂所一手导演，所谓"一人不杀，而诸恨并雪"。其实，金生色言行不一，极其虚伪狠毒。蒲松龄称其为"抑何明也"，"可不谓神乎"，反映了当日社会正统的婚姻道德观念和法律的严酷以及蒲松龄在这个问题上的认同。

本篇的男主人公姓金，女主人公姓木，按照中国古代五行的说法，金克木会造成婚姻上的不幸。大概这是本篇开篇即介绍双方姓名的缘由。

本篇在文学描写上颇有可取之处。比如金生色的母亲和岳母在金生色妻子再嫁问题上的不同的心态和纠结的心理写得细致入微，切近人情。金生色的鬼魂在其妻和董贵两情方洽时从棺木出来惩治两人，分别从其妻和董贵、婢女、金母的视角写出，切换镜头，转换场景，既文笔经济，又有效地渲染了紧张恐怖的气氛。但明伦评论说："两情方洽，突然而来，若见若隐，有色有声，遂得假手以报，如分相偿。每一读之，令人快心，又令人吐舌。"

　　金生色，晋宁人也①。娶同村木姓女，生一子，方周岁。金忽病，自分必死，谓妻曰："我死，子必嫁，勿守也②！"妻闻之，甘词厚誓③，期以必死。金摇手呼母曰："我死，劳看阿保，勿令守也。"母哭应之。既而金果死。木媪来吊，哭已，谓金母曰："天降凶忧，婿遽遭命④。女太幼弱，将何为计？"母悲悼中，闻媪言，不胜愤激，盛气对曰："必以守！"媪惭而罢。夜伴女寝，私谓曰："人尽夫也⑤。以儿好手足，何患无良匹？小儿女不早作人家，眈眈守此襁褓物⑥，宁非痴子？倘必令守，不宜以面目好相向。"金母过，颇闻馀语，益恚⑦。

明日,谓媪曰:"亡人有遗嘱,本不教妇守也。今既急不能待,乃必以守!"媪怒而去。母夜梦子来,涕泣相劝,心异之。使人言于木,约殡后听妇所适⑧。而询诸术家⑨,本年墓向不利⑩。妇思自衒以售⑪,缞绖之中⑫,不忘涂泽⑬。居家犹素妆,一归宁⑭,则崭然新艳。母知之,心弗善也,以其将为他人妇,亦隐忍之。于是妇益肆。

【注释】

①晋宁:州县名。位于云南中部,现为昆明下辖县。

②守:指守寡。

③甘词厚誓:甜言蜜语,恳切发誓。

④遽遭命:意谓突然死去。遭命,死亡的讳词。

⑤人尽夫也:意谓人人都可以做丈夫。《左传·桓公十五年》:"雍姬知之,谓其母曰:'父与夫孰亲?'其母曰:'人尽夫也,父一而已,胡可比也。'"

⑥眈眈:垂目注视。襁褓物:代指小儿。

⑦恚(huì):怒,恨。

⑧殡:出殡,入土。适:嫁人。

⑨术家:以从事占卜算命看风水等为生的人。

⑩本年墓向不利:旧时举行葬礼必请术家选择墓地,择定时日、墓向,如有碍忌,另作选择。不利,指不利于埋葬。

⑪自衒(xuàn)以售:卖弄风姿,意欲改嫁。衒,炫耀,矜夸。三国魏曹植《求自试表》:"夫自衒自媒者,士女之丑行也。"

⑫缞绖:古代丧服名。缞,亦作"衰",披于胸前的麻布条。绖,丧服中的麻布带,在首为首绖,在腰为腰绖。

⑬涂泽:化妆打扮。泽,香泽,脂粉。

⑭归宁：回娘家。

【译文】

金生色是晋宁人。他娶本村木家的女儿为妻，生了一个儿子，刚满周岁。金生色忽然得了病，自以为必死，对妻子说："我死后，你一定要改嫁，不要守节！"妻子听了，甜言蜜语，信誓旦旦，保证一定守节至死。金生色又摇摇手，叫来母亲说："我死后，有劳母亲照管孙子，别让他妈守节。"母亲哭着答应下来。不久，金生色果然死去。木母前来吊唁，哭完对金母说："天降不幸，女婿突然死去。我女儿太年轻，将来怎么办？"金母在悲痛伤感中听了木母的话，不胜愤怒，也很激动，充满怒气地回答说："一定要让她守节！"木母心中惭愧，不再说话。晚上，木母陪伴女儿过夜，私下对女儿说："人人都可以做丈夫。就凭我女儿的好模样，何愁没有如意的配偶？年纪轻轻的女人不及早找个人家，只是眼巴巴地守着襁褓中的孩子，难道不是傻子吗？如果一定让你守节，你也别拿好脸色对她。"恰巧金母经过这里，听到一些未尽之语，更加气愤。第二天，金母对木母说："我儿子有遗嘱，本来不让媳妇守节。既然如今她急不可待了，就一定要她守节！"木母怒冲冲地离去。夜里，金母梦见儿子前来，流着眼泪劝她不要让木女守节，心中感到诧异。她让人告诉木家，约定给儿子出殡后任凭木女嫁人。然而，向阴阳先生一打听，说是本年内墓向不利，出殡的事便拖下来了。木女想通过炫耀自己以求赶快嫁人，在戴孝期间，也不忘涂脂抹粉。她住在婆家还穿素色的衣服，一回娘家，就穿上崭新的艳装。金母得知后，心里觉得她很不好，但因她即将成为别人的媳妇，也就隐忍下来。于是，木女愈加放肆。

村中有无赖子董贵者，见而好之，以金啖金邻妪[①]，求通殷勤于妇。夜分，由妪家逾垣以达妇所，因与会合。往来积有旬日，丑声四塞，所不知者惟母耳。妇室夜惟一小婢，妇腹心也。一夕，两情方洽，闻棺木震响，声如爆竹。婢在外榻，见亡者自幛后出②，带剑入寝室去。俄闻二人骇诧声，少顷，董裸奔出。无何，金捽妇发亦出，妇大嗥③。母惊起，见妇赤体走去，方将启关，问之不答。出门追视，寂不闻声，竟迷所往。入妇室，灯火犹亮。见男子履，呼婢，婢始战惕而出，具言其异，相与骇怪而已。

【注释】

①啖：吃。这里是买通、贿赂的意思。

②幛：帷帐。

③嗥：叫。

【译文】

　　村中有个无赖汉名叫董贵，见到木女后就看上了，便用钱买通金家邻居的老太太，求她向木女传达衷情。半夜时分，董贵从老太太家翻墙前去木女的住处，于是与木女私通。两人往来了十多天，丑闻四处流传，只有金母还不知道。木女屋里夜间只有一个小丫环，是木女的心腹。一天夜里，两人正缠绵时，就听见棺材震响，那声音像放爆竹似的。小丫环在外屋的床上看见死去的金生色从帷帐后面走出，手握宝剑，走进寝室。不久便听见董贵与木女惊异的呼声。没多久董贵赤身露体跑了出来。不多时金生色揪着木女的头发也走出来，木女放声号叫。金母被吵起来，看见木女光着身子跑出去，正要开门，问她也不回答。追出门去看，四周静悄悄的，没有一点儿声响，而木女竟然不知去向。金母走进木女的居室，灯还亮着。她看见有一双男人的鞋，便招呼小丫环，小丫环这才战战兢兢地走出来，把发生的怪事一一讲出，两人相对惊讶不已。

董窜过邻家,团伏墙隅。移时,闻人声渐息,始起。身无寸缕,苦寒甚战,将假衣于妪①。视院中一室,双扉虚掩,因而暂入。暗摸榻上,触女子足,知为邻子妇。顿生淫心,乘其寝,潜就私之。妇醒,问:"汝来乎?"应曰:"诺。"妇竟不疑,狎亵备至。

【注释】

①假:借。

【译文】

董贵逃到邻居老太太的家里,缩成一团蹲在墙角。过了好一阵子,他渐渐再也听不见人声,这才站起身来。他身上一丝不挂,冻得直打哆嗦,想向老太太家去借衣服。他看见院里有一间房屋,两扇门虚掩着,便暂且走了进去。他在黑暗中摸到床上,碰到一只女人的脚,知道这是邻居老太太的儿媳妇。他顿时生出淫念,乘那妇人还在睡觉,偷偷上床奸污。妇人醒来问:"你回来啦?"他回答说:"回来啦。"妇人竟然一点儿都不怀疑,便与他尽情亲热。

先是,邻子以故赴北村,嘱妻掩户以待其归。既返,闻室内有声,疑而审听,音态绝秽,大怒,操戈入室。董惧,窜于床下,子就戮之。又欲杀妻,妻泣而告以误,乃释之。但不解床下何人,呼母起,共火之①,仅能辨认。视之,奄有气息,诘其所来,犹自供吐。而伤数处,血溢不止,少顷已绝。妪仓皇失措,谓子曰:"捉奸而单戮之,子且奈何?"子不得已,遂又杀妻。

【注释】

①火：这里是用灯烛照亮的意思。

【译文】

原来，邻居的儿子因事前往北村，嘱咐妻子关上门等他回来。他回来后，听见屋里有声音，顿生疑心，仔细一听，话语情态都极为秽亵，他心中大怒，拿起兵器冲进屋里。董贵大为恐惧，钻到床下躲藏，邻居的儿子过去就把他杀了。他又想去杀妻子，妻子哭诉那是出于误会，这才放了她。但是，邻居之子不知道趴在床下的是谁，便把自己的母亲叫过来，拿灯一照，还能认出他是董贵。再一细看，董贵已经奄奄一息，问他怎么来的，还能供认事情的原委。然而，他几处受伤，血流不止，不一会儿便断了气。邻居老太太惊慌失措，对儿子说："捉奸应该捉双，现在却杀了其中一人，你将怎么处置？"儿子不得已，便又杀了妻子。

是夜，木翁方寝，闻户外拉杂之声①，出窥，则火炽于檐，而纵火人犹彷徨未去。翁大呼，家人毕集。幸火初燃，尚易扑灭。命人操兵弩，逐搜纵火者。见一人趫捷如猿②，竟越垣去。垣外乃翁家桃园，园中四缭周墉皆峻固③。数人梯登以望，踪迹殊杳，惟墙下块然微动，问之不应，射之而哭。启扉往验，则女子白身卧④，矢贯胸脑。细烛之，则翁女而金妇也。骇告主人。翁媪惊怛欲绝，不解其故。女合眸，面色灰败，口气细于属丝⑤。使人拔脑矢，不可出，足踏顶项而后出之。女嘤然一呻⑥，血暴注，气亦遂绝。翁大惧，计无所出。

【注释】

①拉杂：火势燃烧的声音。《汉乐府·上邪》："拉杂摧烧之。"

②趫（qiáo）捷：矫健。

③四缭周墉（yōng）：四面环有垣墙。缭，绕。墉，垣墙。

④白身：光身，赤身。

⑤气细于属（zhǔ）丝：意谓气息微弱，不能吹动属丝。属丝，即属纩。纩，新丝绵，质轻，遇气即动，可以检验口鼻有无气息。《礼记·丧大记》："疾病，男女改服，属纩以候绝气。"

⑥嘤然：鸟鸣声。

【译文】

这天夜里，木父正在睡觉，便听见门外有着火的声音，出门一看，屋檐上着了火，而放火的人犹犹豫豫地还没走开。木父大声喊叫，家人全都赶来。幸好火刚烧着，还容易扑灭。木父命家人手拿兵器和弓箭去搜捕放火的人。家人看见有一个人像矫捷的猿猴一样逾墙而去。墙外是木家的桃园，桃园环绕的围墙高峻坚固。几个家人登在梯子上查看，根本不见放火人的踪迹，只见墙下有个东西还在微动，问话也不答应，便用箭去射，觉得这东西软绵绵的。家人开门前去查看，见一个女人赤条条地躺在那里，箭已射穿胸口和脑门。拿火把仔细一照，却原来是木家的女儿，金家的媳妇。家人惊骇地告知主人。木父木母吓得要死，不知为什么会这样。木女双眼紧闭，面如死灰，呼吸的气息细如游丝。木父让人去拔射中脑门的箭，就是拔不出来，用脚踩住头顶，才拔出来。木女发出一声微弱的呻吟，血水猛喷，于是断了气。木父大为恐惧，想不出什么主意来。

既曙，以实情白金母，长跽哀乞①。而金母殊不怨怒，但告以故，令自营葬。金有叔兄生光，怒登翁门，诟数前非②。翁惭沮，赂令罢归。而终不知妇所私者何名。俄邻子以执奸自首，既薄责逐释讫。而妇兄马彪素健讼，具词控妹冤。

官拘妪,妪惧,悉供颠末③。又唤金母,母托疾,遣生光代质,具陈底里。于是前状并发,牵木翁夫妇尽出,一切廉得其情④。木以诲女嫁⑤,坐纵淫⑥,笞,使自赎,家产荡焉。邻妪导淫,杖之毙。案乃结。

【注释】

①长跽(jì):长跪,直挺挺地跪着。

②数(shǔ):数落,列举罪状。

③颠末:原委,来龙去脉。

④廉:查考。

⑤诲:教唆,引诱。

⑥坐:定罪,定其罪。

【译文】

天亮后,木父把实情告知金母,直身跪在地上哀求饶恕。金母却根本就不怨恨恼怒,只是把事情的经过告知木父,让木家自己去安葬女儿。金生色有个叔伯哥哥名叫金生光,气愤地来到木家,数落责骂木女以往的丑事。木父羞愧沮丧,只得给点儿钱,让他回家。然而,人们始终不知是谁与木女私通。不久,邻居的儿子自首捉奸杀人之事,官府稍加斥责,放走了事。而他的妻兄马彪一向好打官司,于是递上状词,为妹妹申冤。官府拘捕了邻居老太太,邻居老太太吓坏了,将事情的始末全部供述出来。官府又传唤金母,金母托称有病,打发金生光代为作证,一一讲出事情的底细。这样,前案再发,木父木母都被牵扯进去,一切情况都调查清楚。木母因为教唆女儿改嫁,判为纵淫罪,应遭笞打,让她花钱赎罪,结果荡尽家产。邻居老太太因为替通奸者牵线,杖打毙命,于是案件了结。

异史氏曰：金氏子其神乎！谆嘱醮妇①，抑何明也！一人不杀，而诸恨并雪，可不谓神乎？邻姬诱人妇，而反淫己妇；木媪爱女，而卒以杀女。呜呼！"欲知后日因，当前作者是"②，报更速于来生矣。

【注释】

①醮（jiào）妇：再嫁其妇。醮，妇女改嫁。

②欲知后日因，当前作者是：意为想要知道未来吉凶祸福的原因，就是今日之所作为的结果。《传灯录》："天师曰：前生是因，今生是果。"

【译文】

异史氏说：金家的儿子真是神了！他谆谆嘱咐木女改嫁，是多么明智！他没杀一个人，而使各方面的怨恨都得到昭雪，能不说他神吗？邻居老太太诱使人家的媳妇与人通奸，反而使自己的儿媳遭到奸淫；木母疼爱女儿，却终于因此害了女儿。唉，"想知道将来的因缘，就要看当前的作为"，金氏子的报应太迅速，不用等到来生就了断了。

彭海秋

【题解】

本篇记叙秀才彭好古邂逅仙人彭海秋游历西湖的奇遇。四个主要人物分别是："读书别业，离家颇远"的彭好古；"素有隐恶"的邑名士丘生；布衣洁整，谈笑风流，不请自来的彭海秋；衣柳黄帔，宛然若仙的妓女娟娘。场景变换了数次：一次是在莱州，一次是在西湖，三年之后在扬州，后又回到莱州。无论是彭好古由于百无聊赖"折简邀丘"，还是仙人作法遨游西湖，与妓女娟娘情意绵绵，其场景、心态，大概都夹杂了蒲松龄的某些经历,并散发出一种无奈的寂寞之感。

　　故事中最为精彩的是诸人乘彩船去西湖的描写:"彩船一只,自空飘落,烟云绕之。众俱登。见一人持短棹,棹末密排修翎,形类羽扇,一摇羽清风习习。舟渐上入云霄,望南游行,其驶如箭。逾刻,舟落水中。"浪漫,瑰丽,颇类宇宙飞船,表现了蒲松龄高度的想象力。

　　莱州诸生彭好古①,读书别业②,离家颇远。中秋未归,岑寂无偶③。念村中无可共语,惟丘生者,是邑名士,而素有隐恶④,彭常鄙之。月既上,倍益无聊,不得已,折简邀丘⑤。饮次,有剥啄者⑥。斋僮出应门,则一书生,将谒主人。彭离席,肃客入,相揖环坐,便询族居。客曰:"小生广陵人⑦,与君同姓,字海秋。值此良夜,旅邸倍苦。闻君高雅,遂乃不介而见⑧。"视其人,布衣洁整,谈笑风流。彭大喜曰:"是我宗人。今夕何夕,遘此嘉客⑨!"即命酌,款若夙好。察其意,似甚鄙丘,丘仰与攀谈⑩,辄傲不为礼。彭代为之惭,因挠乱其词⑪,请先以俚歌侑饮⑫,乃仰天再咳,歌扶风豪士之曲⑬。相与欢笑。

【注释】

①莱州:明清府名。位于山东的东北部,府治在今烟台莱州。

②别业:另外的住处,别墅。

③岑寂:寂寞。

④隐恶:鲜为人知的恶行。

⑤折简:亦作"折柬",写信。

⑥剥啄者:敲门的人。唐韩愈《剥啄行》:"剥剥啄啄,有客至门。"剥啄,叩门声。

⑦广陵：旧郡名。治所在今江苏扬州。

⑧不介而见：没经人介绍就直接拜见。《文选》李康《运命论》："不介而自亲。"李善注："介，绍介也。"

⑨今夕何夕，遘此嘉客：此化用《诗·唐风·绸缪》"今夕何夕，见此良人。"遘，相遇。

⑩仰与攀谈：以仰慕的态度和他交谈。

⑪挠乱其词：打圆场，打乱他们的话头。

⑫俚歌：民间歌谣。侑饮：劝酒。

⑬扶风豪士之曲：唐李白有《扶风豪士歌》，赞美扶风豪士意气相投，情谊深厚。扶风，古县名。今陕西宝鸡属县。

【译文】

莱州秀才彭好古，在别墅读书，离家很远。时至中秋，彭好古还没回家，又没人做伴，甚感寂寞。他想到村中没可以交谈的人，只有丘生是县里的名士，却有一向不为人知的恶行，自己总是瞧不起他。月亮升上天空后，他倍感无聊，迫不得已，写个便条，请丘生前来。两人正在喝酒，有人前来敲门。书童出去开门，却见一位书生，要见主人。彭好古离开酒席，恭敬地请客人进屋，互相拱手施礼，围坐在酒席旁边，便问书生的姓氏籍贯。书生说："我是广陵人，与你同姓，字海秋。值此良宵，待在旅馆里倍感凄苦。听说你格调高雅，所以不经介绍，就来拜见。"彭好古细看书生，身穿整洁的布衣，言谈欢笑，风流儒雅。彭好古非常高兴地说："你我同族。今天是什么好日子，能遇到这样的嘉宾！"便吩咐给彭海秋斟酒，像老朋友一样款待他。彭好古观察彭海秋的用意，似乎非常鄙视丘生，丘生用仰慕的态度与彭海秋攀谈，彭海秋总是态度傲慢，不肯以礼相待。彭好古替丘生惭愧，便打断他们的谈话，提议先由自己唱首民间歌谣为喝酒助兴，于是仰望长天，咳嗽两声，唱了一首《扶风豪士之曲》，于是大家在一起又欢笑起来。

客曰："仆不能韵①，莫报《阳春》②。倩代者可乎③？"彭言："如教。"客问："莱城有名妓无也？"彭答云："无。"客默然良久，谓斋僮曰："适唤一人，在门外，可导入之。"僮出，果见一女子逡巡户外④，引之入。年二八已来，宛然若仙。彭惊绝，掖坐⑤。衣柳黄帔⑥，香溢四座。客便慰问："千里颇烦跋涉也！"女含笑唯唯。彭异之，便致研诘，客曰："贵乡苦无佳人，适于西湖舟中唤得来。"谓女曰："适舟中所唱《薄倖郎曲》大佳⑦，请再反之⑧。"女歌云："薄倖郎，牵马洗春沼⑨。人声远，马声杳；江天高，山月小。掉头去不归，庭中生白晓。不怨别离多，但愁欢会少。眠何处？勿作随风絮⑩。便是不封侯⑪，莫向临邛去⑫！"客于袜中出玉笛，随声便串⑬，曲终笛止。彭惊叹不已，曰："西湖至此，何止千里，咄嗟招来⑭，得非仙乎？"客曰："仙何敢言，但视万里犹庭户耳。今夕西湖风月，尤盛曩时，不可不一观也，能从游否？"彭留心欲觇其异，诺言："幸甚。"客问："舟乎，骑乎？"彭思舟坐为逸，答言："愿舟。"客曰："此处呼舟较远，天河中当有渡者。"乃以手向空招曰："舡来舡来⑮！我等要西湖去，不吝偿也。"无何，彩船一只，自空飘落，烟云绕之。众俱登。见一人持短棹，棹末密排修翎⑯，形类羽扇，一摇羽清风习习。舟渐上入云霄，望南游行，其驶如箭。

【注释】

①韵：歌唱。汉蔡邕《弹琴赋》："繁弦既抑，雅韵乃扬。"

②报：这里是相和的意思。《阳春》：古乐曲名。宋玉《对楚王问》："客有歌于郢中者，其始曰《下里》、《巴人》，国中属而和者数千

人……其为《阳春》、《白雪》，国中属而和者不过数十
　人。"《阳春》，属于高级的乐曲，这里用以对别人歌曲的美称。

③倩：请。

④逡巡：徘徊。

⑤掖：扶持。

⑥帔：古代披在肩背上的衣饰，如今之披肩。

⑦薄倖郎：旧时女子对情郎的昵称，犹言"冤家"。薄倖，薄情，
　负心。

⑧再反之：再唱一遍。反，同"返"。重复。

⑨春沼：春天的沼池。沼，池子，积水洼地。

⑩随风絮：随风飘荡的柳絮。

⑪封侯：指建功立业。唐王昌龄《闺怨》："忽见陌头杨柳色，悔教夫
　婿觅封侯。"

⑫莫向临邛去：指不要另觅新欢。唐孟郊《古别离》："欲别牵郎衣，
　郎今到何处？不恨归来迟，莫向临邛去。"临邛，位于成都平原西
　部，今四川邛崃。汉代文学家司马相如到临邛卓王孙家作客，卓
　女文君夜奔相如，成为夫妇。见《史记·司马相如列传》。

⑬串：表演，演奏。

⑭咄嗟（duō jiē）：犹呼吸之间。谓时间仓卒，迅速。

⑮舡（chuán）：船。

⑯修翎：长长的羽毛。翎，鸟翅或尾部长而硬的羽毛。

【译文】

　　彭海秋说："我不会唱歌，不能与你这高雅的曲子相和。请人替我
唱行吗？"彭好古说："就听你的。"彭海秋说："莱州城里有没有名妓？"彭
好古回答说："没有。"彭海秋沉默许久，对书童说："刚才我叫来一个人，
就在门外，可以领她进来。"书童走出大门，果然看见一个女子在门外徘
徊，便把她领进门来。这女子大约十六岁多些，漂亮得像仙女一般。彭

好古为之惊叹叫绝,连忙扶她坐下。女子身着柳黄色的披肩,香气飘散四座。彭海秋马上慰问女子说:"麻烦你千里跋涉啦!"女子含笑应了一声。彭好古大为诧异,便要问个究竟。彭海秋说:"可惜贵乡没有佳人,我刚从西湖的船中把她叫来。"对女子说:"刚才你在船中唱的《薄幸郎曲》非常好,请再唱一遍。"女子唱道:"薄幸郎,牵马洗春沼。人声远,马声杳;江天高,山月小。掉头去不归,庭中生白晓。不怨别离多,但愁欢会少。眠何处? 勿作随风絮。便是不封侯,莫向临邛去!"彭海秋从膝袜中拿出玉笛,随着歌声吹奏,歌声结束,笛声中止。彭好古惊叹不已,说:"从西湖到这里,何止千里,你却能迅速把她叫来,莫非你是仙人吗?"彭海秋说:"哪敢说是仙人,只是我看万里之遥就像庭院之远。今晚西湖的清风明月比往常更美,不能不去观赏,你能跟我去吗?"彭好古有意看看彭海秋不同寻常的本领,便答应说:"太荣幸了。"彭海秋问:"坐船去还是骑马去?"彭好古心想乘船比较安逸,回答说:"我想乘船。"彭海秋说:"在这里叫船比较远,天河中应该有摆渡的船。"便向空中招手说:"船快过来,船快过来! 我们要去西湖,多给酬金。"不久,便有一艘彩船从空中飘荡下来,周围缭绕着烟云。大家都登上彩船。只见船上有一人拿着短桨,短桨的末端扎着繁密的长翎子,形状类似一把羽毛扇,短桨一划,清风习习。彩船渐渐升入云霄,向南航行,快如箭发。

　　逾刻,舟落水中。但闻弦管敖曹①,鸣声喤聒②。出舟一望,月印烟波,游船成市。榜人罢棹③,任其自流。细视,真西湖也。客于舱后,取异肴佳酿,欢然对酌。少间,一楼船渐近,相傍而行。隔窗以窥,中有二三人,围棋喧笑。客飞一觥向女曰④:"引此送君行。"女饮间,彭依恋徘徊,惟恐其去,蹴之以足,女斜波送盼。彭益动,请要后期⑤,女曰:"如相见爱,但问娟娘名字,无不知者。"客即以彭绫巾授女,曰:

"我为若代订三年之约。"即起,托女子于掌中,曰:"仙乎,仙乎⑥!"乃扳邻窗,捉女入,窗目如盘,女伏身蛇游而进,殊不觉隘。俄闻邻舟曰:"娟娘醒矣。"舟即荡去。遥见舟已就泊,舟中人纷纷并去,游兴顿消。遂与客言,欲一登岸,略同眺瞩。

【注释】

①敖曹:声音嘈杂。

②喤聒:形容声音喧腾洪亮。

③榜(bàng)人:摇船的人。

④飞一觥:传杯,递送酒杯。

⑤请要(yāo)后期:请求约定后会的日期。要,相约。

⑥仙乎,仙乎:这是借用古小说《飞燕外传》里的话。汉成帝皇后赵飞燕"纤便轻细,举止翩然",有一次在太液池赵飞燕曾歌舞归风送远之曲,"歌酣,风大起",赵飞燕顺风扬音,说:"仙乎仙乎,去故而就新,宁忘怀乎?"差点飞升上天。

【译文】

过了一段时间,船落到水上。只听见管弦四起,人声嘈杂。彭好古走出船舱一看,一轮明月倒映在烟波之上,游船多得像热闹的集市。船夫停止划桨,听任彩船顺水漂流。仔细一看,这里真是西湖。彭海秋从后舱拿出美酒佳肴,高兴地和大家一起饮酒。不多时,一艘楼船渐渐靠近彩船,与彩船并排航行。隔窗向楼船里望去,里面有两三个人,围坐在一起下棋,大声喧闹欢笑。彭海秋递给女子一杯酒说:"用这杯酒给你送行。"女子喝酒时,彭好古依依不舍,走来走去,唯恐她离去,便用脚暗中踢她,她也斜着眼睛暗送秋波。彭好古更加动情,请求约定将来见面的日期,女子说:"如蒙相爱,只要打听娟娘的名字,没有不知道的。"

彭海秋便把彭好古的一条绫子手帕交给女子,说:"我替你订一个三年后相见的盟约。"随即站起身来,把女子托在手掌中,说:"仙人啊! 仙人啊!"便扳开邻船的窗子,把女子往里送。窗眼如盘子大小,女子趴伏着像蛇行一般地往里钻,根本不觉得狭窄。不久便听见邻船有人说:"娟娘醒啦。"楼船立即划走。彭好古远远望见楼船已经靠岸停泊,船中的人纷纷离去,顿时没了游兴。他于是便对彭海秋说,自己想到岸上去,和他一起略作观光。

　　才作商榷,舟已自拢。因而离舟翔步①,觉有里馀。客后至,牵一马来,令彭捉之,即复去,曰:"待再假两骑来。"久之不至。行人已稀,仰视斜月西转,天色向曙。丘亦不知何往。捉马营营②,进退无主。振辔至泊舟所③,则人船俱失。念腰橐空匮④,倍益忧皇。天大明,见马上有小错囊⑤,探之,得白金三四两。买食凝待,不觉向午。计不如暂访娟娘,可以徐察丘耗⑥。比讯娟娘名字,并无知者,兴转萧索⑦。次日遂行。马调良⑧,幸不蹇劣,半月始归。

【注释】

①翔步:漫步。翔,安舒的样子。

②营营:徘徊,周旋。汉扬雄《校猎赋》:"羽骑营营。"注:"营营,周旋貌。"

③振辔:抖动马缰,骑行。

④腰橐空匮:钱包空空。

⑤错囊:金线绣制的袋子。

⑥耗:音信。

⑦萧索:冷淡,低落。

⑧调良:调教,驯良。

【译文】

建议刚一提出,彩船已经靠岸。彭好古于是离开彩船,信步走去,觉得走了一里多地。彭海秋从后边赶来,牵来一匹马,让彭好古牵住,自己便再次离去,说:"等我再借两匹马来。"但是去了许久也没回来。这时行人已经非常稀少,彭好古抬头一看,月亮已经西斜,天色即将透出曙光。丘生也不知去向。彭好古牵着马徘徊不前,进退两难。他催马赶到泊船的地方,人和船却都不见踪影。他想到腰包里没钱,更加忧愁不安。天大亮后,彭好古见马背上有一个金线绣成的小口袋,往里伸手一摸,摸到三四两银子。便买了吃的,专心等候,不觉便将近中午。他心想不如暂时去寻访娟娘,可以慢慢打听丘生的消息。当他问到娟娘的名字时,并没人知道,自觉兴味索然。第二天他就骑马上路了。幸亏马很驯良,足力不弱,走了半个月,他才回到家里。

　　方三人之乘舟而上也,斋僮归白:"主人已仙去。"举家哀涕,谓其不返。彭归,系马而入,家人惊喜集问,彭始具白其异。因念独还乡井,恐丘家闻而致诘,戒家人勿播。语次①,道马所由来,众以仙人所遗,便悉诣厩验视。及至,则马顿渺,但有丘生以草缰絷枥边②。骇极,呼彭出视。见丘垂首栈下③,面色灰死,问之不言,两眸启闭而已。彭大不忍,解扶榻上,若丧魂魄。灌以汤醑④,稍稍能咽。中夜少苏,急欲登厕,扶掖而往,下马粪数枚。又少饮啜,始能言。彭就榻研问之,丘云:"下船后,彼引我闲语。至空处,戏拍项领⑤,遂迷闷颠踣⑥。伏定少刻,自顾已马。心亦醒悟,但不能言耳。是大耻辱,诚不可以告妻子,乞勿泄也!"彭诺之,命仆马驰送归。彭自是不能忘情于娟娘。

【注释】

①语次：交谈之间。

②枥：马槽。

③栈：牲口棚。

④汤酏(tuó)：稀粥。

⑤项领：脖子。

⑥颠踣：跌倒。

【译文】

当彭好古等三人乘船上天时，书童回家禀告说："主人已经成仙而去。"全家伤心流泪，认为他一去不回了。彭好古回家后，拴好马，走进门，家人又惊又喜，都聚拢来打听情况，他这才一一讲了自己不同寻常的遭遇。他想到自己独自返回家乡，恐怕丘家得知后会追问丘生的下落，所以告诫家人先不要把消息传扬出去。正说话间，讲到马的来历，大家认为这是仙人留下来的，便都到马厩去看。等大家来到马厩时，马已无影无踪，只有丘生被缰绳拴在马槽旁边。大家极为惊骇，便喊彭好古来看。只见丘生在马棚里低着头，面如死灰，问话也不回答，只是两眼张开闭上、闭上张开而已。彭好古很不忍心，解开缰绳，把丘生扶到床上，丘生就像丢了魂似的。给他灌些稀粥，他能稍稍喝下一点儿。半夜时分，他略微清醒了一些，急忙要上厕所，彭生扶他前去，他便屙出几个马粪蛋。又给他喝了少量的稀粥，他才能够说话。彭好古在床前细问究竟，丘生说："下船以后，彭海秋找我闲谈。来到没人的地方，他开玩笑似地拍拍我的脖子，我便感到昏迷，跌倒在地。趴在地上过了片刻，一看自己，已经变成了马。心里还明白，只是不能讲话。这是莫大的耻辱，实在不能让妻子儿女知道，请你不要泄露出去！"彭好古满口答应，派出仆从车马，送他回家。彭好古从此不能忘情于娟娘。

又三年，以姊丈判扬州①，因往省视。州有梁公子，与彭通家②，开筵邀饮。即席有歌姬数辈，俱来祗谒③。公子问娟娘，家人白以病。公子怒曰："婢子声价自高，可将索子系之来！"彭闻娟娘名，惊问其谁。公子云："此娼女，广陵第一人。缘有微名，遂倨而无礼。"彭疑名字偶同，然突突自急④，极欲一见之。无何，娟娘至，公子盛气排数⑤。彭谛视，真中秋所见者也，谓公子曰："是与仆有旧，幸垂原恕⑥。"娟娘向彭审顾，似亦错愕。公子未遑深问，即命行觞。彭问："《薄倖郎曲》犹记之否？"娟娘更骇，目注移时，始度旧曲。听其声，宛似当年中秋时。酒阑，公子命侍客寝。彭捉手曰："三年之约，今始践耶？"娟娘曰："昔日从人泛西湖，饮不数卮⑦，忽若醉。蒙眬间，被一人携去，置一村中。一僮引妾入，席中三客，君其一焉。后乘舡至西湖，送妾自窗棂归，把手殷殷。每所凝念，谓是幻梦，而绫巾宛在，今犹什袭藏之⑧。"彭告以故，相共叹咤。娟娘纵体入怀，哽咽而言曰："仙人已作良媒，君勿以风尘可弃，遂舍念此苦海人！"彭曰："舟中之约，一日未尝去心。卿倘有意，则泻囊货马，所不惜耳。"诘旦，告公子，又称贷于别驾⑨，千金削其籍⑩，携之以归。偶至别业，犹能认当年饮处云。

【注释】

①判扬州：为扬州府通判。判，通判，官名。明清时设于各府，分掌
　粮运及农田水利等项。

②通家：世代有着深厚交情。

③祗谒：恭敬地进见。

④突突：形容心跳，情绪激动。

⑤排数：斥责数落。

⑥垂：用作敬词，多用于上对下的动作。原恕：原谅，饶恕。

⑦卮：酒杯。

⑧什袭：重重包裹，谓郑重珍藏。什，十。

⑨称贷：借钱。别驾：官名。宋各州的通判，职任似别驾，后世因以
　别驾为通判之习称。

⑩削其籍：从乐籍中去除其名。即为娟娘赎身。籍，指乐户或官妓
　的名册。

【译文】

　　过了三年，因姐夫担任扬州通判，彭好古前去探望。扬州有一位梁
公子，与彭好古是世交，设宴请彭好古喝酒。宴席上有几名歌姬都前来
拜见。梁公子问娟娘怎么没来，家人禀告说娟娘病了。梁公子生气地
说："这丫头自以为声价很高，可以用绳子把她绑来！"彭好古听到娟娘
的名字，吃惊地问娟娘是谁，梁公子说："这人是个妓女，是扬州的第一
美人。因为有点儿小名气，便傲慢无礼起来。"彭好古怀疑这是偶然同
名，但心已"砰砰"直跳，非常想与这位娟娘见上一面。没过多久，娟娘
到来，梁公子满脸怒气地斥责她一顿。彭好古仔细一看，她真是中秋节
见到的娟娘，便对梁公子说："这人与我过去有交情，万望给以宽恕。"娟
娘向彭好古这边细看，似乎也很惊愕。梁公子来不及细问，便命娟娘依
次敬酒。彭好古问："你还记得《薄倖郎曲》吗？"娟娘更加惊骇，看了他
多时，才唱起这支旧曲。听那声音，和当年中秋节时唱的一样。喝完
酒，梁公子命娟娘陪彭好古去睡。彭好古握住娟娘的手说："三年后相
见的盟约，今天才实现吗？"娟娘说："上次跟人去游西湖，没喝几杯酒，
忽然就像醉了一般。正神志不清时，被一个人带走，放在一个村子里。
一个书童领我进门，酒席上有三个人，你是其中之一。后来乘船来到西
湖，从窗棂间把我送回，你情深意重地握住我的手。每当我沉思此情此
景，便认为是在做梦，不过绫子手帕还在，现在还把它包了一层又一层，

小心珍藏着。"彭好古把事情的经过告知娟娘,两人都感叹不已。娟娘把身子一下扑到彭好古的怀里,哽哽咽咽地说:"仙人已经给我们做了良媒,你不要以为风尘女子可以随意抛弃,就不再想到我这陷于苦海的人!"彭好古说:"船中的盟约,我一天也没忘记过。如果你有意相从,就是倾尽囊中所有,卖掉坐骑,我也在所不惜!"第二天早晨,彭好古把他们的经历告知梁公子,又向当通判的姐夫借钱,用一千两白银削去娟娘的娼籍,带娟娘回到家里。他们偶尔重返别墅,娟娘还能认出当年喝酒的地方来。

异史氏曰:马而人,必其为人而马者也,使为马,正恨其不为人耳。狮象鹤鹏,悉受鞭策①,何可谓非神人之仁爱之乎? 即订三年约,亦度苦海也。

【注释】

①鞭策:驱使,激励。此处也有惩戒的意思。

【译文】

异史氏说:马是由人变成的,一定是这个人的为人像畜类,让他变成马,正是恨他不能称其为人。狮、象、鹤、鹏都受到鞭策,怎么可以说这不是神人对它们的仁爱呢? 订下三年后相见的盟约,也是为了把人超度出苦海。

堪舆

【题解】

由于蒲松龄天性好奇浪漫,小说需要故事性、传奇性,所以《聊斋志异》的故事中有不少关于堪舆的民间传说,比如《姊妹易嫁》、《阳武侯》

等，即使在本篇对于堪舆之说进行冷嘲热讽，也还是在故事的结尾称"葬后三年，公长孙果以武庠领乡荐"，在"异史氏曰"里说"青乌之术，或有其理"。但是这并不是蒲松龄对于堪舆之说的正式观点。表明其对于堪舆之说立场的是他在《日用俗字》里的话，即："风水术传自古兴，说来玄妙亦堪听"。"止见公卿来看地，上坟何曾见公卿？善人偶得儿孙贵，术士尽夸地脉灵。""古人三月乘凶葬，莫信术家骨久停。"

　　沂州宋侍郎君楚家①，素尚堪舆②，即闺阁中亦能读其书③，解其理。宋公卒，两公子各立门户，为父卜兆④。闻有善青乌之术者⑤，不惮千里，争罗致之。于是两门术士，召致盈百，日日连骑遍郊野，东西分道出入，如两旅⑥。经月馀，各得牛眠地⑦，此言封侯，彼云拜相。兄弟两不相下，因负气不为谋，并营寿域⑧，锦棚彩幢⑨，两处俱备。灵舆至岐路⑩，兄弟各率其属以争，自晨至于日昃⑪，不能决，宾客尽引去。舁夫凡十易肩⑫，困惫不举，相与委柩路侧。因止不葬，鸠工构庐⑬，以蔽风雨。兄建舍于傍，留役居守，弟亦建舍如兄。兄再建之，弟又建之，三年而成村焉。

【注释】

①沂州：州府名。辖地包括今鲁南和苏北一带，治所在今山东临沂。宋侍郎君楚：指宋之普（1601—1669），字则普，天启丁卯（1627）举人，戊辰（1628）进士，官至户部左侍郎。入清后，任常州知府。"顺治十二年乞休"。见康熙《沂州志》及《常州府志》。《明史》、《清史稿》均有传。

②尚：推崇，信服。堪舆：相地形、看风水，谓墓葬的地形风水可以决定后人祸福。《文选·甘泉赋》注引许慎："堪，天道也；舆，地

道也。"古时有堪舆家,见《史记·日者列传》。

③闺阁:原指妇女所居之内室,这里指妇女。

④卜兆:选择墓地。兆,墓域。

⑤青乌之术:即堪舆之术。相传汉代有青乌子,亦称青乌或青乌先生,为著名的堪舆术士。《抱朴子·极言》:"相地理,则书青乌之说。"

⑥两旅:两支军队。旅,军旅。古代以卒五百人为旅。

⑦牛眠地:风水好的墓地。《晋书·周光传》:"初,陶侃微时,丁艰,将葬,家中忽失牛,而不知所在。遇一老父谓曰:前冈见一牛眠山污中,其地若葬,位极人臣矣。"后因称吉祥的墓地为"牛眠地"。

⑧寿域:墓地,墓穴。

⑨锦棚彩幢(chuáng):丧家为礼祭死者所制作的精致的祭棚、彩幡。清孙廷铨《颜山杂记》:"大家治丧,邀人作棚场,结为楼阁雕墙,高者二、三丈,皆以布帛杂彩为之,照耀山谷。"

⑩灵舆:灵车,灵柩。岐路:路口,岔道。

⑪日昃(zè):又作"日仄",太阳偏西。《易·丰》:"日中则昃,月盈则食(蚀)。"

⑫舁夫:抬杠子的人。这里指抬棺柩的人。易肩:因累而换肩膀。

⑬鸠工:聚集工匠。

【译文】

沂州宋君楚侍郎家,一向崇尚看风水,即便是闺阁中的妇女也能读这种书,懂得其中的道理。宋君楚去世时,两位公子各立门户,分别为父亲选择墓地。只要听说有谁擅长看风水,便不远千里,争先恐后地罗致门下。于是两家请来的风水先生多达百人,天天一个接一个地骑马走遍郊野,分为东西两路,出出入入,就像两支军队。历时一个多月,兄弟两家各自选定一块风水极好的墓地,一个说葬在这里后人可以封侯,一个说葬在那里后人可以拜相。兄弟两人争执不下,于是互相赌气,不再商量，同时营造墓地，彩棚、彩幡也是两边分别准备。当灵车行至岔路口时，兄弟两人各自率领家人去争灵车，从早晨到太阳偏西，都不能做出决断，宾客全部离去。抬灵柩的人换了十次肩，疲惫不堪，再也抬不动了，便一起把灵柩丢在路边。由于停止下葬，又聚集工匠盖灵棚，给灵柩遮风避雨。哥哥在灵棚旁边建起房舍，留仆役住下看守灵柩，弟弟也像哥哥那样建造房舍。哥哥再建房舍，弟弟也再建房舍，三年后这里成了一个村庄。

　　积多年，兄弟继逝，嫂与娣始合谋①，力破前人水火之议②，并车入野③，视所择两地，并言不佳，遂同修聘贽④，请术人另相之。每得一地，必具图呈闺阃，判其可否。日进数图，悉疵摘之⑤。旬馀，始卜一域。嫂览图，喜曰：“可矣。”示娣，娣曰：“是地当先发一武孝廉。”葬后三年，公长孙果以武庠领乡荐⑥。

【注释】

①娣(dì)：弟妻。

②水火之议：水火不相容的争论。

③并车：并肩乘车，携手同行。并，并排。

④聘贽：聘礼。贽，初见面所赠之礼物。

⑤疵(cī)摘：指摘毛病。疵，毛病。

⑥武庠：此指武秀才。明清时府、州、县学分文庠、武庠。领乡荐：考中举人。此指中武举。

【译文】

　　多年以后，兄弟两人相继去世，嫂子与弟媳这才共同商议，并力破除以前兄弟两人水火不相容的见解，并肩乘车前往野外去看择定的两块墓地,两人都说不好,于是共同备好聘礼,请风水先生另行相看墓地。每选定一个地点,一定要画出图来,交给妯娌二人过目,断定是否可取。每天送来好几张图,都被挑出种种毛病来。过了十多天,才选出一块墓地。嫂子看图后高兴地说:"这里行。"拿给弟媳看,弟媳说:"这地方能使我家先出一个武举人。"便将宋君楚安葬在这里。三年后,宋君楚的长孙果然在乡试中考中了武举人。

异史氏曰:青乌之术,或有其理,而癖而信之,则痴矣。况负气相争,委枢路侧,其于孝弟之道不讲,奈何冀以地理福儿孙哉! 如闺中宛若①,真雅而可传者矣。

【注释】

①宛(yuān)若:本古女子名,后指称妯娌。《史记·孝武本纪》:"神君者,长陵女子,以子死悲哀,故见神于先后宛若。"裴骃《集解》引孟康曰:"兄弟妻相谓'先后'。宛若,字。"司马贞《索隐》:"(先后)即今妯娌也……宛音冤。"

【译文】

异史氏说:青乌先生的风水相看之术,也许有一定的道理,但是成为癖好,一味地相信,就流于痴迷了。何况赌起气来,互争高下,把灵枢丢在路旁,连孝悌之道都不讲,怎能指望通过墓地风水使儿孙得福呢!像这两个闺中的妯娌的做法,才是真正可传的。

窦氏

【题解】

这是一篇始乱终弃,负心的男主人公遭到报应的故事。

　　一般人阅读《聊斋志异》，往往认为蒲松龄在男女关系上颇为开放，赞成或容忍婚前性行为，实则不然。如果细读《聊斋志异》就会发现，婚前性行为实际只限于鬼狐花妖。在人间的婚恋故事中，蒲松龄并不认为婚前性行为符合道德规范。在本篇的"异史氏曰"中他说："始乱之而终成之，非德也。"就是明证。除去在《窦氏》中他否定婚前性行为之外，在《聊斋志异》中有婚前性行为的人间婚恋故事都有特殊性。比如《封三娘》中的范十一娘是死后之人，《连城》中的连城是"以鬼报"，《阿宝》中的阿宝是在梦中与恋人缱绻，这些特殊的限定都反映了蒲松龄在人世婚恋问题上的道德立场。

　　身份地位的悬殊所造成的负心现象，仅次于色衰爱弛。本篇和《武孝廉》篇在揭示社会上的负心方面可谓异曲同工，涵盖了这一社会问题的主要方面，并且在后面的"异史氏曰"都引述唐传奇《霍小玉传》中李十郎的人物形象加以比照。在反映了《霍小玉传》在中国文化史上的影响之大之馀，也反映了蒲松龄在创作这两篇小说时受《霍小玉传》影响之深。

　　南三复，晋阳世家也①。有别墅，去所居十里馀，每驰骑日一诣之。适遇雨，途中有小村，见一农人家，门内宽敞，因投止焉。近村人故皆威重南②，少顷，主人出邀，踽踽甚恭③。入其舍斗如④。客既坐，主人始操篲⑤，殷勤泛扫⑥，既而泼蜜为茶。命之坐，始敢坐。问其姓名，自言："廷章，姓窦。"未几，进酒烹雏，给奉周至。有笄女行炙⑦，时止户外，稍稍露其半体，年十五六，端妙无比。南心动。雨歇既归，系念綦切⑧。越日，具粟帛往酬，借此阶进。是后常一过窦，时携肴酒，相与留连。女渐稔⑨，不甚忌避，辄奔走其前。睨之，则低鬟微笑。南益惑焉，无三日不往者。

一日,值窦不在,坐良久,女出应客,南捉臂狎之。女惭急,峻拒曰:"奴虽贫,要嫁⑩,何贵倨凌人也⑪!"时南失偶,便揖之曰:"倘获怜眷,定不他娶。"女要誓⑫,南指矢天日⑬,以坚永约,女乃允之。

【注释】

①晋阳:春秋时晋邑名。故址在今山西太原南古城营、东城角村、南城角村、南北瓦窑村、罗城村以及附近一带。

②威重:有威信,看重。

③跼蹐:形容行动小心戒惧的样子。《诗·小雅·正月》:"谓天盖高,不敢不局;谓地盖厚,不敢不蹐。"《经典释文》:"局本又作跼。"跼,曲身,弯腰。蹐,小步行走。

④斗如:如斗,形容狭小。

⑤篲(huì):扫帚。

⑥泛扫:即洒扫。泛,洒。

⑦行炙:原指传送烤肉,后则指吃饭时端菜布菜。炙,烤肉。

⑧綦(qí)切:甚切。綦,极,甚。

⑨稔(rěn):熟悉。

⑩要(yāo)嫁:要约而嫁,指按照婚礼聘娶。

⑪贵倨凌人:仗势欺人。贵,高贵。倨,傲慢。凌,欺凌。

⑫要誓:要求对方盟誓。

⑬指矢天日:指着天日发誓。矢,誓。

【译文】

南三复是晋阳的世家子弟。他有一所别墅,离住处十馀里,经常是每天都骑马去一次。这一天恰巧赶上下雨,途中经过一个小村庄时,他见一个农民的家里院子很宽敞,便进去避雨。附近的村民都忌惮南三复的威势,主人很快便出来请他进屋,行动拘谨,态度恭敬。南三复走进屋里,却见那是一间斗室。他坐下后,主人才拿起笤帚,殷勤地四处洒扫,接着又冲了蜜水当茶献上。南三复让他坐下,他才敢坐下。问他的姓名,他自称:"姓窦,名廷章。"不久,端来酒和炖的小鸡,招待得很是周到。有个头已插簪的女孩在上菜,不时站在门外,稍稍露出上半身来,十五六岁的样子,端庄漂亮,无与伦比。南三复一看便动了心。雨停后回到家里,他还是热切想着窦廷章的女儿。过了一天,南三复带着粮米布帛前去表示答谢,借此加深关系。此后,他经常去拜访窦家,不时带着酒菜,和窦家的人度过一段时光。窦女跟南三复渐渐混熟了,也就不太回避,在他面前为他服务。南三复瞧她,她就低头微笑。南三复越发迷恋窦女,隔不了三天,准去一次。一天,正值窦廷章不在家,南三复坐了许久,窦女出来照应客人,南三复抓住窦女的胳臂,上前戏谑。窦女羞愧而又着急,严词拒绝说:"我虽穷,也要依礼才能嫁人的,你怎能仗着门第高贵就倨傲欺人!"当时南三复的妻子已死,便拱手作揖说:"如能得到你的爱怜,我一定不娶别人。"窦女要南三复起誓,南三复指着天日发了誓,表示坚决永不失约,窦女才应允了他。

自此为始,瞰窦他出①,即过缱绻。女促之曰:"桑中之约②,不可长也。日在骈𫄨之下③,倘肯赐以姻好,父母必以为荣,当无不谐。宜速为计!"南诺之。转念农家岂堪匹耦?姑假其词以因循之。会媒来为议姻于大家,初尚踌躇,既闻貌美财丰,志遂决。女以体孕,催并益急,南遂绝迹不往。无何,女临蓐④,产一男。父怒搒女⑤,女以情告,且言:"南要我矣。"窦乃释女,使人问南,南立却不承。窦乃弃儿,益搒女。女暗哀邻妇,告南以苦,南亦置之。女夜亡,视弃儿犹活,遂抱以奔南,款关而告阍者曰⑥:"但得主人一言,我可不死。彼即不念我，宁不念儿耶?"阍人具以达南，南戒勿内⑦。女倚户悲啼，五更始不复闻。质明视之⑧，女抱儿坐僵矣。

【注释】

①瞰:偷看。

②桑中之约:指男女幽会。《诗·鄘风·桑中》:"期我乎桑中，要我乎上宫，送我乎淇之上矣。"

③軿幪(píng méng):帷帐，在旁曰"軿"，在上曰"幪"，引申为覆盖、庇护。汉扬雄《法言·吾子》:"震风陵雨，然后知夏屋之为軿幪也。"这里指在南三复的庇佑、统治范围。

④临蓐:临产。蓐，床上草垫，草席。

⑤搒(péng):搒掠，笞打。

⑥阍(hūn)者:看门的人。

⑦内:同"纳"。接纳。

⑧质明:天刚亮的时候。《仪礼·士冠礼》:"摈者请期，宰告曰:'质明行事。'"郑玄注:"质，正也。"

【译文】

从这一次开始，南三复一看窦廷章外出，就来与窦女缠绵。窦女催促南三复说:"男女私会不能长久。我家天天都在你的庇荫之下，如果你肯与我结成美好姻缘，父母一定会引以为荣，应该不会不同意的。你要快点儿安排!"南三复满口答应。但转念一想，农家女子怎么配得上自己? 于是姑且找个借口把事情拖延下来。这时正巧媒人为一个大户人家前来提亲，南三复开始还犹豫不定，后来听说女方长得漂亮，又很有钱，便拿定了主意。窦女因怀了孕，越发急切地催促结婚，于是南三复再也不到窦家去了。不久，窦女临产，生了一个男孩。窦廷章怒打窦女，窦女讲出实情，并说:"南三复说要娶我的。"窦廷章这才把窦女放开，让人去问南三复，而南三复马上推脱，不肯承认。于是窦廷章抛弃了婴孩，更加凶狠地痛打窦女。窦女暗中哀求邻家妇女把自己的苦楚告知南三复，南三复还是搁置不理。窦女在夜里逃出家门，看见抛弃的孩子仍然活着，便抱起孩子，去投奔南三复，敲门后告诉看门人说："只要得到你家主人的一句话，我就可以不死。即使他不为我着想，难道也不为他的孩子着想吗？"看门人一一转达给南三复，南三复告诫看门人不放窦女进门。窦女倚在门前伤心哭泣，直到五更时分才不再听到哭声。天亮后一看，窦女怀抱婴儿，坐在那里，人已僵死。

　　窦忿，讼之上官，悉以南不义，欲罪南。南惧，以千金行赂得免。大家梦女披发抱子而告曰："必勿许负心郎。若许，我必杀之！"大家贪南富，卒许之。既亲迎，奁妆丰盛，新人亦娟好，然善悲，终日未尝睹欢容，枕席之间，时复有涕洟①。问之，亦不言。过数日，妇翁来，入门便泪。南未遑问故，相将入室。见女而骇曰："适于后园，见吾女缢死桃树上，今房中谁也？"女闻言，色暴变，仆然而死。视之，则窦女。急至后园，新妇果自经死。骇极，往报窦。窦发女家，棺启尸亡。前忿未蠲②，倍益惨怒，复讼于官。官以其情幻，拟罪未决。南又厚饵窦③，哀令休结，官亦受其赇嘱④，乃罢。而南家自此稍替⑤。又以异迹传播，数年无敢字者⑥。

【注释】

①涕洟：眼泪鼻涕。《易·萃》："赍咨涕洟。"孔颖达疏："自目出曰涕，自鼻出曰洟。"

②蠲（juān）：消除。

③饵：利诱，贿赂。

④赇嘱：贿嘱，用钱买托。

⑤稍替:稍见衰落。替,陵替,衰落。

⑥无敢字者:没有人敢把女儿许配给他。旧称女子许嫁为"字"。

【译文】

　　窦廷章心怀愤恨,告到官府,官府上下都认为南三复有亏道义,要惩治南三复。南三复为之恐惧,拿一千两白银行贿,才逃脱了惩处。那个大户人家梦见窦女披头散发,抱着孩子,告诉自己说:"你一定不要把女儿许配给那个负心人。如果许配给他,我一定把她杀死!"大户人家贪图南三复饶有家财,终于把女儿许配给了南三复。南三复结婚后,新娘嫁妆丰盛,人也长得清秀漂亮,但总是易于伤心难过,整天看不见欢乐的面容,在枕席之间也时常流泪,追问其中的缘由,也不说话。过了几天,新娘的父亲前来,进门后就落泪。南三复来不及细问哭的缘由,把他扶到屋里。他一见女儿,惊骇地说:"刚才在后园里,看见我女儿吊死在桃树上,现在屋里的是谁?"女儿听这么一说,脸色骤变,倒地而死。一看,却是窦女。他们急忙赶到后园,新娘果然上吊自杀身亡。南三复极为恐骇,前去告知窦廷章。窦廷章掘开女儿的坟墓,开棺一看,尸体不复存在。先前的愤怨还没消除,窦廷章倍加悲痛愤怒,又告到官府。官府因情节虚幻,难以定罪。南三复又用厚礼利诱窦廷章,哀求他停止起诉,同时官府也接受了他的贿赂请托,这才没有追究。然而,南三复家从此稍稍衰落,又因这件奇事传播开来,所以几年来都没人敢让女儿嫁他。

　　南不得已,远于百里外聘曹进士女。未及成礼,会民间讹传,朝廷将选良家女充掖庭①,以故有女者,悉送归夫家。一日,有妪导一舆至,自称曹家送女者,扶女入室,谓南曰:"选嫔之事已急,仓卒不能如礼②,且送小娘子来。"问:"何无客?"曰:"薄有奁妆③,相从在后耳。"妪草草径去。南视女亦风致,遂与谐笑。女俛颈引带,神情酷类窦女。心中作恶,第未敢言。女登榻,引被障首而眠,亦谓是新人常态,弗为意。日敛昏④,曹人不至,始疑。捋被问女⑤,而女已奄然冰绝。惊怪莫知其故,驰伻告曹⑥,曹竟无送女之事,相传为异。时有姚孝廉女新葬,隔宿为盗所发,破材失尸。闻其异,诣南所征之⑦,果其女。启衾一视,四体裸然。姚怒,质状于官。官以南屡无行,恶之,坐发冢见尸⑧,论死。

【注释】

①良家:汉时指医、巫、商贾、百工以外的人家,后世称清白人家为良家。充掖庭:充当皇宫里的嫔妃、宫女。掖庭,宫中旁舍,为嫔妃所居之地。

②如礼:合乎礼仪。

③薄有:不富厚。谦词。奁妆:即妆奁。嫁妆。

④日敛昏:天色昏黑。敛,指日光收敛。

⑤捋(luō)被:掀开被子。

⑥驰伻(bēng):火急派仆人。伻,使者,仆人。

⑦征:验证,查看。

⑧坐:坐罪,依据罪状而受判处。

【译文】

南三复迫不得已,和远在一百多里外的曹进士的女儿订婚。还没举行婚礼,适值民间讹传朝廷将要挑选良家女子充实后宫,所以有女儿的人家,都把女儿送归夫家。一天,有位老太太领着一乘轿子来到南家,自称是为曹家送女儿来的,把曹女扶进屋里,对南三复说:"选嫔妃的事情已很吃紧,仓促间不能按礼仪办事,我姑且先把小娘子送来。"南三复问:"怎么没有娘家的客人?"老太太说:"还有点儿微薄的嫁妆送来,客人跟送嫁妆的都在后面。"说罢匆忙离去。南三复见曹女也还风雅标致,便与曹女戏谑说笑。曹女低头摆弄衣带时,神情酷似窦女。南三复心中产生恶感,只是没敢说什么。曹女上床后,扯过被子来蒙头睡下,南三复认为这是新娘的常态,也没在意。天黑后,曹家的人仍然没来,南三复这才起了疑心。他掀起被来去问曹女,而曹女已经一命呜呼,身体冰凉。他深感惊异,不知其中的缘故,赶快派人告知曹进士,而曹进士根本没有来送女儿的事情,于是被一时传为奇闻。当时,有一位姚举人的女儿新近下葬,隔了一宿,被盗墓者掘开,棺材毁坏,尸身失踪。姚举人听到这个奇闻,前往南三复家去查验,果然是自己的女儿。打开被子一看,女儿浑身赤条条的。姚举人大怒,向官府提出诉讼,官府因南三复素来品行不端而厌恶他,便判他负有掘坟露尸之罪,处以死刑。

异史氏曰:始乱之而终成之,非德也,况誓于初而绝于后乎? 挞于室,听之,哭于门,仍听之,抑何其忍! 而所以报之者,亦比李十郎惨矣①。

【注释】

①李十郎:指唐代蒋防所作传奇小说《霍小玉传》中的负心汉李益,又称李十郎,因负心而遭到霍小玉鬼魂的报复。

【译文】

异史氏说:没有父母之命媒妁之言发生关系而最终结婚,也被认为是不道德的,何况当初信誓旦旦而后来却加以抛弃呢? 窦女在家里挨打,南三复听之任之;在家门前哀哭,仍然听之任之,这是多么残忍! 而南三复因此受到的报应,也比《霍小玉传》中的李益更惨。

梁彦

【题解】

徐州梁彦所患的两种疾病,由鼽嚏到赘疣,都属于外科疑难杂症。蒲松龄把这个疾病转移的过程加以动态化的描述,其丰富的想象和形象的描述与卷一的《瞳人语》颇为相似。不过,在《瞳人语》中,是眼中的两个小瞳人合作互动,后来合居一处,使患病人由白内障转为重瞳。而在《梁彦》中,"状类屋上瓦狗"的小东西则是从患病人的鼻子中脱落,经过打斗,由四枚合而为一,爬抓到腰间成为赘疣。

把疾病现象转为生动的小说,在《聊斋志异》中所在多有,成为《聊斋志异》题材的一个重要特色。

徐州梁彦①,患鼽嚏②,久而不已。一日方卧,觉鼻奇痒,遽起大嚏,有物突出落地,状类屋上瓦狗③,约指顶大。又嚏,又一枚落。四嚏,凡落四枚。蠢然而动,相聚互嗅。俄而强者啮弱者以食,食一枚,则身顿长。瞬息吞并,止存其一,大于鼬鼠矣④。伸舌周匝⑤,自舐其吻。梁大愕,踏之。物缘袜而上,渐至股际。捉衣而撼摆之,黏据不可下。顷入衿底⑥,爬抓腰胁。大惧,急解衣掷地,扪之,物已贴伏腰间。推之不动,掐之则痛,竟成赘疣⑦,口眼已合,如伏鼠然。

【注释】

①徐州:明清属南直隶州,后为府。现为江苏辖市。

②鼽(qiú)嚏:病名。鼻出清涕,打喷嚏。《礼记·月令》:"秋季行夏令,则其国大水,冬藏殃败,民多鼽嚏。"

③瓦狗:瓦屋脊上其形如狗的饰物,迷信传说可以镇邪。

④鼫(shì)鼠：古书上指鼯鼠一类的动物，穴居田野，头似兔，尾有毛，青黄色。李时珍《本草纲目·兽三·鼫鼠》："鼫鼠处处有之，穴土穴，树孔中……好食黍、豆，与鼢鼠俱为田害。"

⑤周匝(zā)：四周，周边。

⑥衿：衣下两旁掩裳际处，衣襟。

⑦赘疣(yóu)：肉瘤。

【译文】

徐州人梁彦得了流鼻涕打喷嚏的病，许久不愈。一天，梁彦正在睡觉，觉得鼻子奇痒，骤然大打喷嚏，有个东西冲出鼻孔，落在地上，样子像装饰屋脊的瓦狗，约有指甲盖那么大。他又打喷嚏，又落下一枚。打了四个喷嚏，一共落下四枚。那东西缓缓蠕动，聚在一起，互相嗅着。一会儿，强的去吃弱的，每吃一枚，身体便立刻长大。瞬息强的吃光了弱的，只剩下其中一枚，这时它比鼫鼠还大。它伸出舌头来舔了一周，舔净自己的嘴唇。梁彦异常惊愕，要踩死它。它却顺着梁彦的袜子往上爬，逐渐爬到大腿上。梁彦扯起衣服来用力抖动，它紧贴在衣服上，抖不下去。顷刻之间，它钻进衣襟里去，在梁彦的腰上肋间抓挠。梁彦大为恐惧，急忙脱下衣服，丢在地上，用手一摸，那东西已经附着在腰间。推它不动，掐它就痛，竟然成了肉瘤，口和眼都已经闭上，就像一只老鼠趴在那里。

龙肉

【题解】

姜太史所言虽短，包括两个方面的内容，即龙堆下有龙肉可吃，但忌讳说吃的是龙肉。所以后面蒲松龄评说说"实不谬也"包括这两个方面的内容。站在现代人的立场，这两个方面的内容都极为荒谬，极不可信。

按照《聊斋志异》一般的引述模式，是不应在结尾赘言"实不谬也"之词的。此篇的"画蛇添足"的用意，颇耐人寻味。

世上有的事能说不能做，有的事做了不能说。所谓做了不能说，往往是或者给自己留面子，或者给对方留面子，这就是所谓"忌讳"。可以吃龙肉但不能说，这大概是中国式的忌讳吧。

　　姜太史玉璇言①：龙堆之下②，掘地数尺，有龙肉充牣其中③。任人割取，但勿言"龙"字。或言"此龙肉也"，则霹雳震作，击人而死。太史曾食其肉，实不谬也。

【注释】

①姜太史玉璇：姜玉璇，姜元衡，字玉璇，祖籍莱阳，后流落即墨。顺治己丑年（1649）考中进士，曾任内翰林国史院庶吉士、宏文院编修、内翰林宏文院侍讲、江南主考等职。后以腿疾乞休。见同治《即墨县志》。太史，明清两代习称翰林为"太史"。

③龙堆：古西域沙丘名。汉扬雄《法言·孝至》："龙堆以西，大漠以北，鸟夷兽夷，郡劳王师，汉家不为也。"李轨注："白龙堆也。"

③牣（rèn）：满。

【译文】

翰林姜玉璇说：在白龙堆沙漠下面，掘地数尺，下面堆满了龙肉。任凭人们随便割取，只是不能说出"龙"字来。如果有人说"这是龙肉"，就会霹雳大作，击死这个人。姜翰林曾经吃过这种肉，确实不虚假。

卷六

潞令

【题解】

无论是故事还是评论,本篇都很精要。

就故事而言,作者讲述的是一个叫宋国英的潞城令在任期间"贪暴不仁"受到报应。有叙述、有描写、有对话、有自言。虽然简短,却生动而概括。就评论而言,"异史氏曰"则以很短的篇幅,把清初吏治的弊病,作者的态度和感慨,表述得清楚显豁。

在故事的结尾,作者说:"幸有阴曹兼摄阳政,不然,颠越货多,则'卓异'声起矣,流毒安穷哉!"显示了作者的批判所向不在于一个潞令,而在于整个的吏治司法体系。

宋国英,东平人①,以教习授潞城令②。贪暴不仁,催科尤酷③,毙杖下者,狼籍于庭④。余乡徐白山适过之,见其横⑤,讽曰⑥:"为民父母,威焰固至此乎?"宋扬扬作得意之词曰:"嘻! 不敢! 官虽小,莅任百日,诛五十八人矣。"后半年,方据案视事⑦,忽瞠目而起,手足挠乱,似与人撑拒状。

自言曰:"我罪当死!我罪当死!"扶入署中,逾时寻卒。呜呼!幸有阴曹兼摄阳政⑧,不然,颠越货多⑨,则"卓异"声起矣⑩,流毒安穷哉!

【注释】

①东平:州名。位于鲁西南,清初属兖州府,治所在今山东东平。

②教习:明清时期学官名,均由进士充任。潞城:县名,在山西东南部,今为山西长治下辖县级市。

③催科:催征赋税。赋税有法令科条,故称催科。

④狼籍于庭:谓被打死者的尸体杂列堂下。极言杖毙者之多。狼籍,纵横散乱。

⑤横:横暴。

⑥讽:讽谏,委婉劝责。

⑦视事:处理公务。

⑧兼摄:兼理。摄,代理。

⑨颠越货多:谓杀人掠财甚多。《书·康诰》:"杀越人于货,暋不畏死。"孔安国传,"杀人颠越人,于是以取货利。"

⑩"卓异"声起矣:谓"卓异"的政声便会传扬开来。卓异,明清时代每三年国家对官员举行一次考绩,地方官的考绩称"大计",由州、县官上至府、道、司,层层对属员进行考察,最后送由督、抚核定,报呈吏部。"大计"时最好的评语为"卓异"。声,声誉。

【译文】

宋国英是东平人,以县学教习被任命为潞城县令。他为官贪婪暴虐,催逼赋税尤其严酷,毙命于刑杖之下的人,横七竖八地躺在县衙的庭院中。我乡的徐白山碰巧过访他,亲见了他的横暴,讽谏他说:"作为百姓的父母官,威风气焰竟到了这一步吗?"宋国英扬扬得意地说:"是!

不敢当！官虽不大，但到任一百天，已经杀掉五十八人了。"半年后，他正坐在案前办公，忽然瞪大双眼站立起来，手脚乱抓乱动，好像与别人撑持抗拒的样子。口中自语说："我罪该死！我罪该死！"手下人把他扶入官署，过了一会儿就死了。唉！幸亏有阴曹地府兼管人间政事，不然的话，杀人敛财很多，反而"政绩卓异"的名声会四处传扬，流毒怎能穷尽呢？

异史氏曰：潞子故区①，其人魂魄毅，故其为鬼雄②。今有一官握篆于上③，必有一二鄙流，风承而痔舐之④。其方盛也，则竭攫未尽之膏脂⑤，为之具锦屏⑥；其将败也，则驱诛未尽之肢体⑦，为之乞保留⑧。官无贪廉，每莅一任，必有此两事。赫赫者一日未去⑨，则蚩蚩者不敢不从⑩。积习相传，沿为成规，其亦取笑于潞城之鬼也已！

【注释】

①潞子故区：指春秋时潞子封国故地。在今山西潞城东北。春秋潞子国，赤狄别族所建，为晋所灭。汉于其故地置潞县。

②其人魂魄毅，故其为鬼雄：指被宋国英残酷杀害的潞人死后犹追索宋命。《楚辞·九歌·国殇》："魂魄毅兮为鬼雄。"魂魄毅，精魂刚毅。

③握篆：执掌官印，即当官。旧时印章多用篆文，因称印为"篆"。

④风承：顺风而从。承，逢迎。痔舐(zhì)：舐痈吮痔，谓卑鄙无耻地谄媚逢迎。《庄子·列御寇》："秦王有病，召医，破痈溃痤者得车一乘，舐痔者得车五乘，所治愈下，得车愈多。"

⑤攫：夺取。未尽之膏脂：指县令盘剥之下百姓所残剩的财物。膏脂，民脂民膏。

⑥具锦屏:供置锦绣的屏风。此指供本官穷奢极欲。锦屏,锦绣的
　　屏风。

⑦驱:驱使,逼迫。诛未尽之肢体:犹言尚未杀绝的百姓。

⑧乞保留:指假借民意,为离任官员歌功颂德,向上司递表挽留,欺
　　世盗名。

⑨赫赫者:威势显赫者。此指地方官。

⑩蚩蚩者:朴厚的样子。指平民百姓。《诗·卫风·氓》:"氓之蚩
　　蚩,抱布贸丝。"

【译文】

　　异史氏说:潞城县是春秋时潞子的封国故地,被害死者精魂刚毅,
所以其鬼刚强雄杰。现今只要上面有一当官的执掌官印,下面必然有
一两个卑鄙小人,望风逢迎,舐痈吮痔。当官的得势时,他们竭力攫取
没被榨干的民脂民膏,供上司穷奢极欲;当官的要倒台的时候,他们就
驱使未被杀绝的百姓,为其乞求留任。为官的无论贪官清官,每到一
任,必定有这两样事。权势显赫的人一天不离任,老实憨厚的百姓就不
敢不顺从。这种长期形成的相沿流传的坏习气,成为不成文的规矩,肯
定会被潞城之鬼嘲笑。

·马介甫

【题解】

　　夫妻之间,或男强女弱,或女强男弱,是很正常的事。但是发生男
欺女或女欺男,就超出了正常范围。在封建的男权社会中,夫为妻纲,
法律和观念赋予丈夫以强势,一旦出现了相反的乾纲不振的现象,就极
为反常,成为新闻笑柄,这就是"河东狮吼"、"季常之惧"成为中国古代
社会热门话题谈资的原因。不过蒲松龄在"异史氏曰"中说"惧内,天下
之通病也",却让我们看到"夫为妻纲"在封建社会的后期实际上只是官

样文章了。

　　妻子悍妒现象大概对于蒲松龄有比较深的刺激。据《述刘氏行实》，蒲松龄的大嫂就非常悍妒。据《与王鹿瞻书》，蒲松龄的友人王鹿瞻的妻子就是把公公赶出门外，"弥留旅邸"的一个女人。蒲松龄愤然地指斥朋友王鹿瞻"不能禁狮吼之逐翁"的行为是"千人之所共指"，"永不齿于人世"。这是小说《马介甫》笔端包含浓烈感情，小说之后，蒲松龄又写了《妙音经续言》附在"异史氏曰"之后的原因。由于蒲松龄的友人毕公权也于心有戚戚焉，也参与了创作。

　　当然，本篇小说既有生活的实际例子，也有想象创作的成分，更有民间传说的元素。比如杨万石被马介甫激励去教训妻子，当真的与妻子相遇，妇"叱问：'何为？'万石遑遽失色，以手据地，曰：'马生教余出妇。'"就有民间传说中怕老婆的戚继光"请夫人阅操"情节的影子在。

　　杨万石，大名诸生也①，生平有"季常之惧"②。妻尹氏，奇悍，少迕之，辄以鞭挞从事。杨父年六十馀而鳏③，尹以齿奴隶数④。杨与弟万钟常窃饵翁，不敢令妇知。然衣败絮⑤，恐贻讪矣⑥，不令见客。万石四十无子，纳妾王，旦夕不敢通一语。兄弟候试郡中，见一少年容服都雅⑦，与语悦之。询其姓字，自云："介甫，姓马。"由此交日密，焚香为昆季之盟⑧。

【注释】

①大名：府名。位于河北东南部，清属直隶行省。治所在今河北大名。

②季常之惧：惧内的代称。宋代陈慥，字季常，号方山子，又号龙丘先生。好佛，喜交友，蓄声妓，然其妻柳氏绝凶妒。故东坡有诗

云："龙丘居士亦可怜，谈空说有夜不眠。忽闻河东师子吼，拄杖落手心茫然。"见宋洪迈《容斋三笔》。河东为柳姓郡望，暗指其妻柳氏。师(狮)子吼，佛家以喻威严，东坡因陈好佛，故借以戏指其妻怒骂声。后因以"河东狮吼"喻妻子悍妒，而"季常之惧"也就成为怕老婆的代称。

③鳏：男子无妻或妻亡。

④齿奴隶数：列于奴隶的行列。意谓视同奴隶。齿，列。

⑤败絮：破棉袄。絮，棉絮。

⑥贻：留，遗留。讪：讪笑。

⑦都雅：漂亮，高雅。都，美。

⑧昆季之盟：即结拜为兄弟。昆季，兄弟。长者为昆，幼者为季。

【译文】

　　杨万石是大名府的秀才，一向怕老婆。妻子尹氏，出奇的凶悍，稍微违逆了她，就要加以鞭打。杨父六十多岁失去老伴，尹氏就把他视同奴仆之辈。杨万石与弟弟杨万钟经常偷拿食物给老人吃，不敢让尹氏知晓。可是老人穿着破棉袄，怕让人笑话，不让他见客人。杨万石四十岁还没有儿子，纳王氏为妾，整天不敢与王氏说一句话。哥俩到郡城等候考试时，遇见一个少年，仪容服饰漂亮高雅，与他交谈，非常喜欢他。询问他姓名，自道："姓马，名介甫。"从此交往日渐亲密，焚香立盟，结拜为兄弟。

　　既别，约半载，马忽携僮仆过杨。值杨翁在门外，曝阳扪虱①。疑为佣仆，通姓氏使达主人。翁披絮去。或告马："此即其翁也。"马方惊讶，杨兄弟岸帻出迎②。登堂一揖，便请朝父，万石辞以偶恙。促坐笑语，不觉向夕。万石屡言具食③，而终不见至。兄弟迭互出入④，始有瘦奴持壶酒来。俄

顷引尽⑤,坐伺良久,万石频起催呼,额颊间热汗蒸腾。俄瘦
奴以馔具出,脱粟失饪⑥,殊不甘旨。食已,万石草草便去。
万钟襆被来伴客寝⑦。马责之曰:"曩以伯仲高义,遂同盟
好。今老父实不温饱,行道者羞之⑧!"万钟泫然曰⑨:"在心
之情,卒难申致⑩。家门不吉,塞遭悍嫂⑪,尊长细弱⑫,横被
摧残。非沥血之好⑬,此丑不敢扬也。"马骇叹移时,曰:"我
初欲早旦而行,今得此异闻,不可不一目见之。请假闲舍,
就便自炊。"万钟从其教,即除室为马安顿。夜深,窃馈蔬
稻,惟恐妇知。马会其意,力却之。且请杨翁与同食寝,自
诣城肆,市布帛,为易袍袴。父子兄弟皆感泣。万钟有子喜
儿,方七岁,夜从翁眠,马抚之曰:"此儿福寿,过于其父,但
少年孤苦耳。"

【注释】

①曝阳扪(mén)虱:晒太阳,捉虱子。
②岸帻(zé):巾高露额。谓装束简易,不拘常礼。岸,高。帻,头巾。
③具食:备饭。
④迭互:犹交互。
⑤引:斟酒。斟酒满杯称引满。
⑥脱粟:只去皮壳、不加精制的米。失饪(rèn):烹饪生熟失宜。《论语·乡党》:"失饪不食,不时不食。"孔安国曰:"失饪,失生熟之节。"
⑦襆(fú)被:谓收拾被褥。襆,包袱。
⑧行道者:路人。
⑨泫然:伤心流泪的样子。
⑩卒(cù)难申致:谓仓促之间难以向你说明。卒,同"猝"。仓促。

申致，说明，表达。

⑪蹇(jiǎn)：不幸。

⑫尊长细弱：全家老老小小，父母妻子儿女。细弱，这里指妾及
　儿女。

⑬沥血之好：谓至诚之交。沥血，滴血以示竭诚。

【译文】

别后约半年光景，马介甫忽然带着僮仆过访杨氏兄弟。正赶上杨
父在门外，边晒太阳，边捉虱子。马介甫觉得他好像是仆人，说了姓名，
要他报知主人。杨父披上破棉袄进去了。有人告诉马介甫："这就是杨
家兄弟的父亲。"马介甫正在惊讶，杨氏兄弟装束简易地出来相迎。来
到厅堂，施礼之后，马介甫就请求拜见杨父，杨万石以父亲偶有小恙推
辞。三人促膝而坐，谈笑风生，不觉天色将晚。杨万石多次说已备了晚
餐，却一直不见端上来。兄弟俩你出我进地催促，才有个瘦弱的仆人拿
来一壶酒。酒很快喝光了，坐着等了半天，杨万石频频起身催叫，满脸
冒着热汗。一会儿那个瘦弱的仆人端饭出来，糙米饭，又半生不熟，很
不好吃。吃罢，杨万石匆匆忙忙就走了。杨万钟抱着被子来陪客睡觉。
马介甫责备他说："先前我以为你们哥俩崇尚道义，就结为兄弟。现在
老父亲实在连温饱都得不到，过路的人对这件事都感到羞耻！"杨万钟
伤心落泪说："内心的真情，仓促间实在难以说出口。家门不幸，遇上个
凶悍的嫂子，一门老小，横遭摧残。你若不是至诚的兄弟，这种家丑不敢
外扬。"马介甫惊骇叹息片刻，说："我本打算一早就走，现在听说了这样的
奇闻，不能不亲自见一见她。请借我一间闲房，顺便自己做饭吃。"杨万钟
听从他的吩咐，立即打扫房间为马介甫安顿。深夜偷偷送来蔬菜米粮，
唯恐尹氏得知。马介甫理会他的苦衷，极力推辞这些东西。他还请来杨
父一同吃住，亲自到城里店铺买来衣料，为老人更换衣裤。杨家一门父
子兄弟都被感动得落泪。杨万钟有个儿子喜儿，刚七岁，晚上跟爷爷睡，
马介甫抚摸着孩子说："这孩子的福寿，超过他父亲，只是少年孤苦。"

妇闻老翁安饱,大怒,辄骂,谓马强预人家事①。初恶声尚在闺闼,渐近马居,以示瑟歌之意②。杨兄弟汗体徘徊,不能制止,而马若弗闻也者。妾王,体妊五月,妇始知之,褫衣惨掠③。已,乃唤万石跪受巾帼④,操鞭逐出。值马在外,惭愫不前⑤,又追逼之,始出。妇亦随出,叉手顿足,观者填溢⑥。马指妇叱曰:"去,去!"妇即反奔,若被鬼逐,袴履俱脱,足缠萦绕于道上⑦,徒跣而归⑧,面色灰死。少定,婢进袜履,着已,嗷啕大哭⑨,家人无敢问者。马曳万石为解巾帼,万石耸身定息⑩,如恐脱落,马强脱之。而坐立不宁,犹惧以私脱加罪。探妇哭已,乃敢入,趑趄而前⑪。妇殊不发一语,遽起,入房自寝。万石意始舒,与弟窃奇焉。家人皆以为异,相聚偶语。妇微有闻,益羞怒,遍挞奴婢。呼妾,妾创剧不能起。妇以为伪,就榻搒之,崩注堕胎⑫。万石于无人处,对马哀啼。马慰解之,呼僮具牢馔,更筹再唱⑬,不放万石归。

【注释】

①预:干预。

②以示瑟歌之意:言尹氏有意骂给马介甫听。《论语·阳货》篇载,孺悲欲见孔子,孔子托言有病,拒绝接见,但传命的人刚出门,孔便"取瑟而歌,使之闻之"。

③褫(chǐ)衣惨掠:剥去衣服,重重拷打。褫,剥衣。掠,搒掠,拷打。

④巾帼:古时妇女的头巾和发饰。授男子以巾帼,即羞辱其无丈夫气。《晋书·宣帝纪》:"亮(诸葛亮)数挑战,帝(司马懿)不出,因遗帝巾帼妇人之饰。"

⑤惭愧(jù)：羞惭。愧，羞愧。

⑥填溢：谓街巷填塞不下，形客观者众多。

⑦足缠：旧时女子裹足用的白布条，北方俗称裹脚布。

⑧徒跣(xiǎn)：赤脚。跣，赤脚。

⑨嗷啕(jiào táo)：号哭。嗷，号呼。

⑩耸(sǒng)身定息：直立屏气，形容紧张惶恐。耸身，直挺挺地站着。耸，通"竦"。恭敬，肃敬。定息，犹言屏息，谓不敢喘气。

⑪趑趄(zī jū)：且进且退，畏惧不敢向前。

⑫崩注：血流如注。崩，血崩。

⑬更筹再唱：即二更天。更筹，亦名"更签"。古时夜间报更的签牌。

【译文】

尹氏听说杨父安居温饱，大为恼怒，就骂说马介甫强行干预别人家私事。起初恶骂之声还不出闺房，渐渐地到马介甫居室近前骂，故意让马介甫听到。杨氏兄弟窘得出了一身的汗，急得转来转去，不能制止，而马介甫好像没听见一样。杨万石的妾王氏，怀孕五个月尹氏才知晓此事，就剥去王氏衣服，重重拷打。打完，就叫杨万石跪下，给他戴上女人的头巾，操起鞭子赶他出去。正好马介甫在外面，杨万石羞惭无法向前，尹氏又加追逼，才出了门。尹氏也跟出来，叉手跳脚地骂，看热闹的人都挤满了。马介甫手指尹氏呵斥说："去！去！"尹氏立即转身奔跑，像被鬼追赶一般，裤子和鞋子都跑掉了，裹脚布缠缠绕绕地丢弃在路上，光着脚跑回家，面如死灰。稍微定了会儿神，丫环奉上鞋袜，她穿好之后号啕大哭，家里没一个敢问她的。马介甫把杨万石拽过来为他解头巾，杨万石直挺挺地站着，屏住呼吸，好像唯恐头巾脱落，马介甫强行解下头巾。杨万石坐立不安，好像害怕尹氏以私自摘去头巾加罪自己。探知尹氏哭闹已停，才敢进屋，畏畏缩缩不敢近前。尹氏一言不发，忽然起身，入卧房自己睡下。杨万石的心情才舒展开来，与弟弟暗自称奇。家里人都觉得奇怪,凑到一起偶有议论。尹氏隐约听到了,越发羞愧恼怒,把奴婢统统鞭打一顿。尹氏又叫王氏,王氏创伤严重不能起身。尹氏以为她装模作样,就在床上打她,直打得大出血流产。杨万石背着人在马介甫面前哀哭。马介甫加以宽慰劝解,叫僮仆备好酒食,到了二更天,还不放杨万石回家。

　　妇在闺房,恨夫不归,方大恚忿。闻撬扉声,急呼婢,则室门已辟。有巨人入,影蔽一室,狰狞如鬼。俄又有数人入,各执利刃。妇骇绝欲号,巨人以刀刺颈,曰:"号便杀却!"妇急以金帛赎命。巨人曰:"我冥曹使者,不要钱,但取悍妇心耳!"妇益惧,自投败颡①。巨人乃以利刃画妇心而数之曰②:"如某事,谓可杀否?"即一画。凡一切凶悍之事,责数殆尽,刀画肤革,不啻数十。末乃曰:"妾生子,亦尔宗绪③,何忍打堕? 此事必不可宥④!"乃令数人反接其手⑤,剖视悍妇心肠。妇叩头乞命,但言知悔。俄闻中门启闭,曰:"杨万石来矣。既已悔过,姑留馀生。"纷然尽散。无何,万石入,见妇赤身绷系⑥,心头刀痕,纵横不可数。解而问之,得其故,大骇,窃疑马。明日,向马述之,马亦骇。由是妇威渐敛,经数月不敢出一恶语。马大喜,告万石曰:"实告君,幸勿宣泄:前以小术惧之。既得好合,请暂别也。"遂去。

【注释】

①自投败颡(sǎng):叩头求饶,以致磕破额头。自投,即叩头。颡,额头。

②数(shǔ):数落,斥责。

③宗绪：祖先的绪业。此指后代。绪，统系，世系。

④宥（yòu）：宽恕。

⑤反接：背手，反绑两手。

⑥绷系：捆绑。

【译文】

尹氏在闺房，恨丈夫不回来，正怒火中烧。听到撬门声，忙喊丫环，而房门已经洞开。有个巨人走进来，身影遮蔽了整个居室，面目狰狞，像鬼一样。一会儿，又有几个人进来，各自拿着锋利的尖刀。尹氏吓坏了，想喊叫，巨人用刀刺着她的颈项说："喊就杀了你！"尹氏急忙用钱财来赎命。巨人说："我是地狱的使者，不要钱，只取悍妇的心！"尹氏越发恐惧，连连磕头，额头都磕出了血。巨人用锋利的尖刀划着尹氏的心口并数落她说："比如某一件事，你说该不该杀？"就划一刀。凡是尹氏干的凶悍之事，差不多数落完了，刀划皮肤，不下数十画。最后巨人才说："王氏妾怀的孩子，也是你们杨家的后代，怎么忍心打得她堕胎？这件事决不能饶你！"就让几个人反绑尹氏的手，剖开悍妇的心肠看看。尹氏磕头乞求饶命，一个劲儿地声言知道悔过了。一会儿传来中门开关的声音，巨人说："杨万石回来了。既然她已悔过，姑且留她性命。"就乱纷纷地消失了。不一会儿，杨万石进来，只见尹氏赤裸身体被捆绑着，胸口上的刀痕，纵横交错不可胜数。解开绳索询问尹氏，得知事情经过，大吃一惊，暗自怀疑是马介甫干的。第二天，杨万石向马介甫说及此事，马介甫也吃一惊。从此尹氏的威风渐渐收敛，一连几个月不敢说一句恶言恶语。马介甫十分高兴，告诉杨万石说："实话告诉你，你不要泄露出去：前些天是我略施小术吓一吓她。既然你们夫妻已经和好，我暂时也该告别了。"就走了。

　　妇每日暮，挽留万石作侣，欢笑而承迎之。万石生平不解此乐，遽遭之，觉坐立皆无所可。妇一夜忆巨人状，瑟缩摇战。万石思媚妇意,微露其假。妇遽起,苦致穷诘。万石自觉失言,而不可悔,遂实告之。妇勃然大骂,万石惧,长跽床下,妇不顾。哀至漏三下①,妇曰:"欲得我恕,须以刀画汝心头如干数,此恨始消。"乃起捉厨刀。万石大惧而奔,妇逐之,犬吠鸡腾,家人尽起。万钟不知何故,但以身左右翼兄。妇方诟詈②,忽见翁来,睹袍服,倍益烈怒,即就翁身条条割裂,批颊而摘翁髭。万钟见之怒,以石击妇,中颅,颠蹶而毙③。万钟曰:"我死而父兄得生,何憾!"遂投井中,救之已死。移时妇苏,闻万钟死,怒亦遂解。既殡④,弟妇恋儿,矢不嫁。妇唾骂不与食,醮去之⑤。遗孤儿,朝夕受鞭楚,俟家人食讫,始唼以冷块。积半岁,儿尪羸⑥,仅存气息。

【注释】

①漏三下:三更天。漏,刻漏。古代计时的器具。在铜壶中蓄水,壶底穿一小孔,壶内竖一刻有度数的箭形浮标。以壶中漏水后浮标所显露出的度数,计算时辰。

②诟詈:怒骂。

③颠蹶:摔倒。

④殡:出殡,埋葬。

⑤醮:改嫁。

⑦尪羸(wāng léi):瘦弱。尪,指屑弱,瘦弱。羸,据山东省博物馆本,原作"赢"。

【译文】

尹氏每到晚上,挽留杨万石做伴,欢笑着奉承迎合杨万石。杨万石平生从来不懂这种闺房之乐,忽然遇到,觉得坐也不是,立也不是。一天夜晚尹氏想起巨人的模样,吓得瑟瑟发抖。杨万石想讨好尹氏,略微透露口风说,那事是假的。尹氏一下子坐起来,刨根问底。杨万石自知失言,又无法反悔,就如实告诉了尹氏。尹氏勃然大怒,破口大骂,杨万石吓得直挺挺地跪在床下赔礼,尹氏也不理。一直哀求到三更天,尹氏说:"想要我饶了你,必须用刀在你心口也划那么多下,才能解恨。"就起身去拿菜刀。杨万石吓坏了奔逃而出,尹氏紧追不舍,闹得鸡飞狗叫,一家人都起来了。杨万钟不知嫂子为何要杀哥哥,只好用身体忽左忽右地护着哥哥。尹氏正在叫骂,忽然看见杨父走了过来,看见他一身新衣裤,更加暴跳如雷,就上前用刀在杨父身上乱划,把衣裤割成一条一条的,又打耳光,扯胡须。杨万钟见此大怒,用石头去砸尹氏,正击中头部,尹氏摔倒在地,昏死过去。杨万钟说:"我死,而父亲、哥哥能有活路,还有什么遗憾呢!"就投了井,救上来时已经断了气。过一会儿,尹氏苏醒过来,听说杨万钟已死,怒气也就消了。杨万钟下葬后,杨万钟的妻子顾念儿子喜儿,誓不改嫁。尹氏唾骂她,不给她饭吃,只好改嫁走了。剩下一个孤儿,天天挨鞭子抽打,等全家人吃完饭才给口冷饭吃。过了半年,孩子瘦弱得只剩一口气了。

一日,马忽至,万石嘱家人勿以告妇。马见翁褴褛如故,大骇,又闻万钟殒谢①,顿足悲哀。儿闻马至,便来依恋,前呼马叔。马不能识,审顾始辨,惊曰:"儿何憔悴至此!"翁乃嗫嚅具道情事。马忿然谓万石曰:"我曩道兄非人,果不谬。两人止此一线②,杀之,将奈何?"万石不言,惟伏首帖耳而泣。

【注释】

①殒谢:死亡。

②一线:犹一脉,谓单传的后代。

【译文】

一天，马介甫忽然来了，杨万石嘱咐家人，不要告诉尹氏。马介甫见杨父和从前一样衣衫褴褛，大惊，又听说杨万钟死了，悲哀得直踩脚。喜儿听说马介甫来了，就来亲近，上前叫马叔叔。马介甫都不认识他了，仔细端详之后才认出来，吃惊地说："孩子怎么憔悴成这样！"杨万石的父亲这才吞吞吐吐把事情说了一遍。马介甫生气地对杨万石说："我先前就说老兄你不是人，果然没说错。你们兄弟只这一脉单传，害死他，你怎么办？"杨万石无言以对，只有俯首帖耳地哭泣。

坐语数刻，妇已知之，不敢自出逐客，但呼万石入，批使绝马①。含涕而出，批痕俨然。马怒之曰："兄不能威，独不能断'出'耶②？殴父杀弟，安然忍受，何以为人？"万石欠伸③，似有动容。马又激之曰："如渠不去，理须威劫④，便杀却勿惧。仆有二三知交，都居要地⑤，必合极力，保无亏也。"万石诺，负气疾行⑥，奔而入。适与妇遇，叱问："何为？"万石遑遽失色，以手据地，曰："马生教余出妇。"妇益恚，顾寻刀杖，万石惧而却走。马唾之曰："兄真不可教也已！"遂开箧，出刀圭药⑦，合水授万石饮，曰："此丈夫再造散，所以不轻用者，以能病人故耳。今不得已，暂试之。"饮下，少顷，万石觉忿气填胸，如烈焰中烧，刻不容忍。直抵闺闼，叫喊雷动。妇未及诘，万石以足腾起，妇颠去数尺有咫⑧。即复握石成拳，擂击无算。妇体几无完肤，嘲哳犹骂⑨。万石于腰中出佩刀，妇骂曰："出刀子，敢杀我耶！"万石不语，割股上肉，大如掌，掷地上。方欲再割，妇哀鸣乞恕，万石不听，又割之。家人见万石凶狂，相集，死力披出。马迎去，捉臂相用慰劳。

万石馀怒未息，屡欲奔寻，马止之。少间，药力渐消，嗒焉若丧⑩。马嘱曰："兄勿馁。乾纲之振⑪，在此一举。夫人之所以惧者，非朝夕之故，其所由来者渐矣⑫。譬昨死而今生，须从此涤故更新。再一馁，则不可为矣。"遣万石入探之。妇股栗心愯⑬，倩婢扶起，将以膝行。止之，乃已。出语马生，父子交贺。

【注释】

①批：批颊，打耳光。

②断"出"：做出休弃的决断。出，休弃妻子。

③欠伸：起身舒臂，将欲有所行动。

④威劫：以威力强迫。劫，劫持，强迫。

⑤居要地：居于权要的位置。

⑥负气：一气之下，仗恃一时意气。

⑦刀圭药：一小匙药。刀圭，量词。

⑧数尺有咫：几尺有馀。咫，古代长度单位，周代合八寸。

⑨嘲哳(zhāo zhā)：同"啁哳"。鸟鸣叫声。这里指乱骂声。

⑩嗒焉若夹：失魂落魄的样子。《庄子·齐物论》："仰天而嘘，嗒焉似丧其耦。"

⑪乾纲：指夫权。乾，《易》卦名，象天，象阳。据封建伦理纲常，夫为妻纲。夫为阳，为天；女为阴，为地。

⑫其所由来者渐矣：即杨万石惧内并非偶然，是渐积而成的。《易·坤·文言》："臣弑其君，子弑其父，非一朝一夕之故，其由来者渐矣。"

⑬股栗心愯：股战心惊，形容害怕。

【译文】

坐着说了一会儿话，尹氏已经知道马介甫来了，不敢自己出来逐客,只叫杨万石进去,搧他耳光,逼他和马介甫绝交。杨万石含泪出来,脸上的巴掌印还真真切切。马介甫愤怒地对他说:"老兄不能在老婆面前立起威风,难道还不能把她休了吗? 她殴打你父亲,害死你弟弟,你都能安然忍受,还算是个人吗?"杨万石听后起身伸了伸胳膊,好像有所触动。马介甫又激他说:"如果她不走,理当用威力强迫她,就是杀了她,也不用害怕。我有两三个朋友,都官居要职,必然会竭力帮你,保你不吃亏。"杨万石答应了,仗着在气头上,快步走去,奔进房中。正与尹氏撞上,尹氏呵斥道:"干什么!"杨万石立刻张皇失色,用手扶着地趴在那里说:"马生教我休了你。"尹氏越发恼怒,四下里寻找刀杖,杨万石害怕逃了出来。马介甫唾了他一口,说道:"老兄真是不可救药!"就打开箱子,取出一小匙药,用水调好递给杨万石喝,说:"这是丈夫再造散,之所以不轻易用它,是因为它对人有伤害。现在万不得已,你只好先喝点儿试试。"药喝下去之后,一会儿,杨万石感到怒气填胸,犹如烈火中烧,一刻也不能忍受。他直奔内室,叫喊声像打雷一般。尹氏还没来得及发问,杨万石飞起一脚,把她踢到数尺之外。随即又握紧石头般的拳头,雨点般地揍了尹氏一顿。尹氏几乎被打得体无完肤,仍然叽哩哇啦地骂不绝口。杨万石从腰中拿出佩刀,尹氏骂道:"拿刀子,敢杀我吗!"杨万石不理她,上去就从她大腿上割下一块巴掌大的肉,扔在地上。正想再割,尹氏哀叫求饶,杨万石不听,又割。家里人见杨万石这么凶狂,就一起上前,拼死把杨万石拽出来。马介甫上前把杨万石拉过去,拽着他的手臂慰劳他。杨万石馀怒未息,屡次要跑进去找尹氏算账,马介甫制止了他。过一会儿,药力渐渐消退,杨万石又变成了失魂落魄的样子。马介甫嘱咐杨万石说:"老兄不要气馁。振作丈夫的威风,在此一举。人们怕某种事物,不是一朝一夕的缘故,而是日积月累渐渐形成的。这一次就好像你昨天死了今天新生,应该从此涤除旧习,更新面貌。再要气馁,就一点儿办法都没有了。"他打发杨万石进屋探看动静。尹氏腿直发抖,心里害怕,让丫环搀扶起来,想要跪着爬过来。杨万石阻止,这才作罢。出来告诉了马介甫,父子二人互相庆祝。

　　马欲去,父子共挽之①。马曰:"我适有东海之行,故便道相过,还时可复会耳。"月馀,妇起,宾事良人②。久觉黔驴无技③,渐狎,渐嘲,渐骂,居无何,旧态全作矣。翁不能堪,宵遁,至河南,隶道士籍④。万石亦不敢寻。

【注释】

①挽:挽留。

②宾事良人:谓敬事丈夫。宾事,如宾客一样恭敬地事奉。良人,丈夫。

③黔驴无技:即黔驴技穷。唐柳宗元《三戒·黔之驴》上说:从前黔地没有驴,有人载一驴进入。老虎初次见到这个庞然大物,以为是神,非常害怕。但不久就渐渐了解了驴的习性和弱点,判断驴没有什么本领,说:"技止此耳!"于是"跳踉大㘎,断其喉,尽其肉,乃去"。

④隶道士籍:指出家做了道士。隶,隶属。

【译文】

　　马介甫要走,杨氏父子一同挽留。马介甫说:"我正好是去东海,所以才顺路相访,回来时还可以再见面。"过了一个多月,尹氏伤好起床了,恭恭敬敬地侍奉丈夫。日子一长,觉得丈夫不过黔驴之技,渐渐地开始不敬重他,渐渐地开始嘲讽他,渐渐地开始骂他,不久,故态复萌。杨父无法忍受,连夜逃走,到河南做了道士,杨万石也不敢去寻找。

　　年馀,马至,知其状,怫然责数已①,立呼儿至,置驴子上,驱策径去。由此乡人皆不齿万石②。学使案临③,以劣行黜名④。又四五年,遭回禄⑤,居室财物,悉为煨烬⑥,延烧邻舍。村人执以告郡,罚锾烦苛⑦,于是家产渐尽,至无居庐。近村相戒无以舍舍万石,尹氏兄弟怒妇所为,亦绝拒之。万石既穷,质妾于贵家,偕妻南渡。至河南界,资斧已绝。妇不肯从,聒夫再嫁⑧。适有屠而鳏者,以钱三百货去。

【注释】

①怫(fèi)然:愤怒的样子。怫,愤怒。

②不齿:不屑与同列。极端鄙视。

③学使:即提学使,或称提督学政(简称学政),负责一省学校生徒的考课黜陟之事。任期三年。案临:学使三年中两次巡察所属府、州、县,名为"案临"或"出棚"。

④黜名:指取消秀才名籍。

⑤回禄:传说中的火神,因以称火灾。

⑥煨(wēi)烬:犹灰烬。

⑦罚锾(huán):犹罚金。锾,古重量单位,六两。《书·吕刑》:"其罚百锾。"

⑧聒:吵闹,使人厌烦。

【译文】

过了一年多,马介甫回来,知道了杨家的情况,勃然大怒,斥责数落完了杨万石,立刻把喜儿叫来,将他放在驴背上,赶着驴走了。从此,乡里人都瞧不起杨万石。学政巡察大名府学,以品行恶劣为由,取消了杨万石的生员资格。又过了四五年,杨家遭了一场大火,房屋财产全部化为灰烬,大火把邻近的房舍也烧着了。村里人拽着杨万石到郡府告状,处罚的罚金十分繁细苛刻,于是家产渐渐光了,以至于没了住处。附近村子的人互相告诫,不要把房子给杨万石住,尹氏的兄弟们对尹氏的所作所为十分气愤，也拒绝接纳他们。杨万石既已走投无路，就把妾王氏抵押给有钱人家得了点儿钱，带着尹氏渡河南行。到了河南，盘缠用光。尹氏不肯再跟杨万石，吵闹着要改嫁。正好有个屠户没了妻子，就用三百钱把她买了去。

万石一身丐食于远村近郭间，至一朱门，阍人诃拒不听前。少间，一官人出，万石伏地啜泣。官人熟视久之，略诘姓名，惊曰："是伯父也！何一贫至此？"万石细审，知为喜儿，不觉大哭。从之入，见堂中金碧焕映。俄顷，父扶童子出，相对悲哽。万石始述所遭。初，马携喜儿至此，数日，即出寻杨翁来，使祖孙同居。又延师教读，十五岁入邑庠①，次年领乡荐②，始为完婚。乃别欲去，祖孙泣留之，马曰："我非人，实狐仙耳。道侣相候已久。"遂去。孝廉言之，不觉恻楚。因念昔与庶伯母同受酷虐，倍益感伤，遂以舆马赍金赎王氏归。年馀，生一子，因以为嫡③。

【注释】

①入邑庠：入县学为生员，即中了秀才。

②领乡荐：考中举人。唐代举士，由州县地方官推举应礼部试，称"乡荐"。后称乡试中试者为"领乡荐"。

③嫡：指妾王氏转为正妻。

【译文】

杨万石只身一人在远近村庄城郭之间要饭，来到一个富贵人家，把门的呵斥他，不让他上前。一会儿，有个官人走出来，杨万石伏在地上抽泣。官人端详他好久，一问姓名，惊叫道："是伯父啊！怎么贫穷到这地步啦？"杨万石仔细一看，才看出是喜儿，禁不住大哭起来。他跟着喜儿进了门，只见堂上金碧辉映。一会儿，杨万石的父扶着小童子出来，父子相对悲伤哽噎。杨万石这才诉说了自己的遭遇。当初马介甫带着喜儿来到这里，没几天，就出去找来杨万石的父亲，让他们祖孙住在一块儿。又请老师教喜儿读书，喜儿十五岁考中了秀才，第二年中了举人，才给他办了婚事。马介甫就要告别离去，祖孙二人流泪挽留。马介甫说："我不是人，实际是狐仙。道友们已经等我很久了。"就走了。喜儿说着这些往事，不禁悲痛伤心。又想到从前与庶伯母王氏同受残酷虐待的事情，更加哀伤，就派车马送去金钱把王氏赎了回来。过了一年多，王氏生了个儿子，杨万石就把她扶了正。

尹从屠半载，狂悖犹昔①。夫怒，以屠刀孔其股②，穿以毛绠③，悬梁上，荷肉竟出。号极声嘶，邻人始知。解缚抽绠，一抽则呼痛之声，震动四邻。以是见屠来，则骨毛皆竖。后胫创虽愈④，而断芒遗肉内⑤，终不良于行，犹夙夜服役，无敢少懈。屠既横暴，每醉归，则挞詈不情。至此，始悟昔之施于人者，亦犹是也。一日，杨夫人及伯母烧香普陀寺⑥，近村农妇，并来参谒。尹在中怅立不前。王氏故问："此伊谁?"家人进白："张屠之妻。"便诃使前，与太夫人稽首。王笑曰："此妇从屠，当不乏肉食，何羸瘠乃尔?"尹愧恨，归欲自经，绠弱不得死。屠益恶之。岁馀，屠死。途遇万石，遥望之，以膝行，泪下如縻⑦。万石碍仆，未通一言。归告伋，欲谋珠还⑧，伋固不肯。妇为里人所唾弃，久无所归，依群乞以食，万石犹时就尹废寺中。伋以为玷⑨，阴教群乞窘辱之，乃绝。此事余不知其究竟，后数行，乃毕公权撰成之⑩。

【注释】

①狂悖：狂妄不讲道理。

②孔其股：穿透其大腿。股，大腿，自胯至膝盖部分。

③绠（gěng）：粗绳。

④胫：小腿，从膝盖到脚跟。此代指腿。

⑤芒：细刺，毛茬。

⑥普陀寺：佛寺，供奉观世音的寺院。梵语"普陀洛伽"之略。

⑦泪下如縻（mí）：涕泪涟涟。縻，牛鼻绳。三国魏王粲《咏史诗》："临穴呼苍天，涕下如绠縻。"

⑧珠还：喻谓物归原主。《后汉书·孟尝传》载，东汉时期合浦郡产珍珠，珍珠曾因宰守贪婪滥采而迁徙到交趾郡界，"（孟）尝到官，革易前弊，求民病利。曾未逾岁，去珠复还"。

⑨玷：玷污，耻辱。

⑩毕公权：毕世持，字公权，淄川人。康熙十七年（1678）举人，有文名。清赵执信在《怀旧集序》称："淄川毕世持公权，少有隽才，康熙戊午乡书，山左之文冠天下，公权为举首，余次之，齐名相善，后三上春官不见取。其文清深幽异，俗流浅识莫能窥也。由是愤忧遂卒，年不满四十。"

【译文】

尹氏跟着屠户过了半年，还像从前一样蛮横无理。屠户大怒，用屠刀把她的大腿穿了个洞，穿上猪毛绳子，把她吊在房梁上，然后扛着肉就走了。尹氏拼命嚎叫，声音都嘶哑了，邻居才得以知道，给她解开捆绑，又抽去猪毛绳，每抽一下，尹氏的痛叫声就震动四邻。从此她一见屠户来，就毛骨竦然。后来腿上的创伤虽然痊愈了，可是绳子的毛刺还留在肉里，一直行走不便，就这样还起早贪黑地劳作，一点儿不敢懈怠。屠户对尹氏开了横暴无礼的头，每次喝醉酒回家，就又打又骂，毫不留情。直到这时，尹氏才开始省悟过去自己施加于他人的残暴也是这样的。一天,杨夫人和伯母王氏去普陀寺烧香,附近村庄的农妇都来拜见,尹氏在人群中失意地站着不敢上前。王氏故意问:"这女人是谁?"家仆上前禀报:"是张屠户的妻子。"便呵斥她上前给太夫人磕头。王氏笑着说:"这女人跟了屠户,该当不缺肉吃,为何瘦成这样?"尹氏又羞愧又气恨,回家想要上吊自尽,绳子不结实,没死成。屠户越发讨厌她。过了一年多,屠户死了。尹氏在道上遇见杨万石,远远地望着他,双膝跪地爬过来,泪水涟涟。杨万石碍着仆人的面,没跟她说一句话。回家告诉了侄子,想要把尹氏领回来,侄子坚决反对。尹氏被乡里人所唾弃,一直无以为家,就依靠乞丐们混饭吃,杨万石还时常到破庙中去看她。喜儿认为这样做有辱门风,暗地里叫乞丐们难堪羞辱杨万石,这才使杨万石断绝了和尹氏的往来。这件事以后的结局如何我不知道,后面的几行是毕公权撰写的。

异史氏曰:惧内,天下之通病也。然不意天壤之间,乃有杨郎,宁非变异?余尝作《妙音经》之续言,谨附录以博一噱①:

【注释】

①一噱(jué):一笑。

【译文】

异史氏说:怕老婆,是天下男子的通病。然而没想到天地之间竟有杨万石这样的人,莫不是他变成了异类?我曾经写过《妙音经》的续言,谨附录于此,以博众位一笑:

窃以天道化生万物,重赖坤成①;男儿志在四方,尤须内助②。同甘独苦,劳尔十月呻吟③;就湿移干④,苦矣三年噢笑⑤。此顾宗祧而动念⑥，君子所以有伉俪之求⑦；瞻井臼而怀思⑧，古人所以有鱼水之爱也⑨。

【注释】

①重赖坤成：主要依赖大地完成。坤，地。

②内助：旧指妻子。

③十月呻吟：指怀胎十月，备受痛苦。

④就湿移干：言哺育幼儿的艰辛。晚间幼儿尿湿被褥，自己暖干，而让幼儿睡卧干处。徐畹《杀狗记·孙荣莫墓》：“三年乳哺恩爱深，推干就湿多劳顿。”

⑤三年嚬(pín)笑：谓幼儿在母亲怀抱得到抚爱。三年，《礼记·三年问》：“孔子曰：‘子生三年，然后免于父母之怀。’”嚬笑，指母亲关怀幼儿的忧喜之情。嚬，同“颦”，忧愁的样子。

⑥宗祧(tiāo)：子嗣香火。宗，祖庙。祧，远祖之庙。

⑦伉俪(kàng lì)：配偶。古时指正室，即嫡妻，后用作夫妇的通称。

⑧井臼：汲水舂米，喻指家务。旧时以操井臼为妻子的本分工作。

⑨鱼水之爱：喻夫妻恩爱相得如鱼水。《管子·小问》载，管仲求宁戚，宁说：“浩浩乎。”“管仲不知，至中食而虑之。……婢子曰：‘诗有之：浩浩者水，育育者鱼，未有室家，而安召我居。宁子岂欲室乎？’”

【译文】

我以为天道演化产生万物，主要依赖地来完成；男儿志在四方，尤其需要有贤良的妻子。夫妇同甘而妻子独苦，劳你十月怀胎呻吟痛苦；孩子尿床，你睡湿处，他睡干处，辛苦啊三年中的一颦一笑。这是考虑到传宗接代，所以君子有伉俪之求；体念妻子的家室之劳，所以古人说两情相得如鱼水。

第阴教之旗帜日立[1]，遂乾纲之体统无存。始而不逊之声[2]，或大施而小报[3]；继则如宾之敬[4]，竟有往而无来。只缘儿女深情[5]，遂使英雄短气[6]。床上夜叉坐[7]，任金刚亦须低眉[8]；釜底毒烟生[9]，即铁汉无能强项[10]。秋砧之杵可掬[11]，不捣月夜之衣[12]；麻姑之爪能搔，轻试莲花之面[13]。小受大走，直将代孟母投梭[14]；妇唱夫随[15]，翻欲起周婆制礼[16]。婆娑跳掷，停观满道行人[17]；嘲哳鸣嘶[18]，扑落一群娇鸟[19]。恶乎哉！呼天吁地，忽尔披发向银床[20]。丑矣夫！转目摇头，猥欲投缳延玉颈[21]。

【注释】

① 阴教：指妻子的号令。教，教令。

② 不逊：指妻子辞色不恭顺。逊，歉让恭顺。

③ 大施：指妻子对丈夫的大不恭敬。小报：指丈夫对妻子的不逊反应微弱。

④ 如宾之敬：即相敬如宾。谓夫妻之间彼此尊重，如待宾客。《左传·僖公三十三年》："臼季使过冀，见冀缺耨，其妻馌之，敬，相待如宾。"

⑤ 只缘：只因为。

⑥ 短气：丧气，缺乏进取之心或英雄气概。

⑦ 夜叉：梵语音译，佛经中吃人的恶鬼，旧时小说中常以喻凶悍的女人。

⑧ 金刚：梵语"缚日罗"的意译，谓金属中最坚固的部分，喻坚固、锐利。此指金刚力士。执金刚杵的佛的侍从力士。汉传佛教中的寺庙往往在山门内塑面目威猛的金刚力士像。低眉：俯首顺从。

⑨ 釜：铁锅，烹饪器具。与"妇"谐音。

⑩强项：硬挺脖子，不肯低头俯顺。项，颈后部。《后汉书·董宣传》载，董宣不避权贵。为洛阳令时，湖阳公主（光武帝姊）的奴仆白日杀人，董宣依律处死。光武帝听说后大怒，"使宣叩头谢主，宣不从。强使顿之，宣两手据地，终不肯俯"，因受到光武帝的赞赏，誉为"强项令"。

⑪砧（zhēn）：捣衣石。杵：捣衣木棒，北方俗称"棒槌"。

⑫不捣月夜之衣：唐李白《子夜吴歌》："长安一片月，万户捣衣声。"言外之意用杵来殴打丈夫。

⑬麻姑之爪能搔，轻试莲花之面：言外之意指悍妇的手不是用来给丈夫挠痒痒，而是抓丈夫的脸。麻姑，传说中的女仙，貌美，手似鸟爪。据《神仙传》载，一次麻姑降落到蔡经家，蔡经见其手似爪，顿思"背上大痒时，以此爪以爬背当佳"。莲花之面，俊俏的面容。《旧唐书·杨再思传》："易之弟昌宗以姿貌见宠幸，再思又谀之曰：'人言六郎面似莲花，再思以为莲花似六郎，非六郎似莲花也。'"

⑭小受大走，直将代孟母投梭：意谓丈夫逆来顺受，悍妇杖责如母教子。小受大走，指如受父母杖责，小打则忍受，大打即逃跑。晋皇甫谧《帝王世纪》载，大舜对待父母，"小杖则受，大杖则走"。直，简直。代，替。孟母投梭，指孟母断织教子事。《列女传》："孟子之少也，既学而归，孟母方绩。问曰：'学所至矣？'孟子曰：'自若也。'孟母以刀断其织。孟子惧而问其故，孟母曰：'子之废学，若吾断斯织也。'"投梭，扔掉织布梭，即停止织布。

⑮妇唱夫随："夫唱妇随"的反义。《关尹子·三极》："天下之理，夫者倡，妇者随。"倡，通"唱"。

⑯周婆制礼："周公制礼"的反义，谓由妇人主政。周婆，对周公之妻的戏称。周公，周文王之子，名姬旦，曾辅助武王伐纣，建立周王朝。武王死，子成王年幼，由周公摄政。相传周王朝的礼乐制

度是由周公制定的。《艺文类聚》引《妒记》载,谢安想纳妾,其妻刘夫人不允,子侄辈借《诗经》中的《关雎》、《螽斯》篇加以劝谕。刘夫人问谁撰此诗,答云:"周公。"夫人云:"周公是男子相为尔,若使周姥撰诗,当无此也。"《青琐高议》、《醉翁谈录》均有类似条目,"周姥"作"周婆"。

⑰婆娑跳掷,停观满道行人:谓悍妇撒泼,惹得满道路的人驻足围观。

⑱嘲哳:也作"啁哳",鸟鸣。

⑲扑落一群娇鸟:指悍妇的泼悍叫骂让妇女们惊恐。娇鸟,喻年轻女性。扑落,这里是吓坏的意思。

⑳呼天吁地,忽尔披发向银床:意为悍妇抢地呼天,以投井相要胁。忽尔,忽然。披发,披头散发,撒泼之状。银床,银饰井栏,指水井。《晋书·乐志》引《淮南王》篇:"后园凿井银作床,金瓶素绠汲寒浆。"

㉑猥:卑微下流。投缳:上吊自杀。

【译文】

只是妻子的威权在家中渐渐确立,就使丈夫的体统荡然无存。开始时出言不逊,大耍威风,丈夫还稍微反驳;接着丈夫敬重妻子如同上宾,妻子却来而不往。只因儿女情深,才使英雄气短。床上坐着母夜叉,任凭金刚一样的男儿也低眉顺眼;悍妇气焰嚣张,任你刚铁硬汉也只得低首顺从。秋夜砧板上的木杵不用它月下捣衣,却捶起了男人的脊梁;麻姑的纤指不去抓痒按摩,却偏去抓男人的脸面。当丈夫的,小的责打就忍受,大的责打就逃走,简直要代替孟母断织教子;妇唱夫随,想打着周婆制礼的旗号把持家政。张牙舞爪跳着脚,惹得满道行人驻足观看;吵吵闹闹,乌里哇啦,吓得年轻女子惊恐万分。太可恶啦!呼天抢地,忽然之间披头散发要去投井。太丑陋啦!装疯卖傻,伸长脖子要上吊。

　　当是时也，地下已多碎胆，天外更有惊魂。北宫黝未必不逃[1]，孟施舍焉能无惧[2]？将军气同雷电，一入中庭，顿归无何有之乡[3]；大人面若冰霜，比到寝门[4]，遂有不可问之处。岂果脂粉之气[5]，不势而威？胡乃肮脏之身[6]，不寒而栗？犹可解者，魔女翘鬟来月下[7]，何妨俯伏皈依[8]？最冤枉者，鸠盘蓬首到人间[9]，也要香花供养[10]。闻怒狮之吼，则双孔撩天[11]；听牝鸡之鸣[12]，则五体投地[13]。登徒子淫而忘丑[14]，《回波词》怜而成嘲[15]。设为汾阳之婿[16]，立致尊荣，媚卿卿良有故[17]；若赘外黄之家[18]，不免奴役，拜仆仆将何求[19]？彼穷鬼自觉无颜[20]，任其斫树摧花[21]，止求包荒于妒妇[22]；如钱神可云有势[23]，乃亦婴鳞犯制[24]，不能借助于方兄[25]。岂缚游子之心[26]，惟兹鸟道[27]？抑消霸王之气，恃此鸿沟[28]？

【注释】

①北宫黝未必不逃：北宫黝不一定不目逃。《孟子·公孙丑》："（公孙丑）曰：'不动心有道乎？'（孟子）曰：'有。北宫黝之养勇也：不肤挠，不目逃，思以一毫挫于人，若挞之于市朝。"北宫黝，古代勇士。朱熹曰："盖刺客之流。"不逃，不目逃。眼睛被刺而不转睛逃避。

②孟施舍焉能无惧：孟舍怎么能不恐惧。《孟子·公孙丑》："孟施舍之所养勇也，曰视不胜犹胜也，量敌而后进，虑胜而后会，是畏三军者也。舍岂能为必胜哉？能无惧而已矣。"孟施舍，即孟舍。孟，姓。施，发语词。舍，名。朱熹曰："舍盖力战之士，以无惧为主而不动心者也。"

③顿归无何有之乡：谓怒气顿时消失得无影无踪。无何有之乡，空无所有之处。《庄子·逍遥游》："今子有大树患其无用，何不树

之于无何有之乡,广莫之野。"

④寝门:内室之门。

⑤脂粉:妇女化妆用品,这里借以指妇女。

⑥肮脏(kǎng zǎng)之身:犹言堂堂之躯,代指男性。肮脏,刚直不屈的样子。

⑦魔女:佛经称魔界之女。此处指妖冶迷人的女人。翘鬟:高高挽起的发髻。

⑧皈(guī)依:佛教称归心向佛,表示对佛、法、僧的归顺依附。此处指顺从魔女。

⑨鸠盘:佛经中鬼名,即鸠盘茶,为梵语音译。意译则为"瓮形鬼"、"冬瓜鬼"。后用以喻妇人老丑之状。《本事诗》载,中宗朝御史大夫裴谈,妻悍妒,谈畏之如严君。尝谓人:"妻有可畏者三:少妙之时,视之如生菩萨;及男女满前,视之如九子魔母,安有人不畏九子母耶?及五十六十,薄施妆粉,或青或黑,视之如鸠盘茶,安有人不畏鸠盘茶?"

⑩香花供养:以花与香供养,为敬佛的一种礼仪。

⑪双孔撩天:鼻孔朝上,喻仰面承颜。

⑫牝鸡之鸣:喻悍妇主政。《书·牧誓》:"牝鸡无晨,牝鸡司晨,惟家之索。"牝鸡,母鸡。

⑬五体投地:指两肘、两膝及头部及地的致敬仪式,为古印度致礼仪式中最尊敬的一种,佛教沿用。后泛指最虔诚谦卑的跪拜礼。

⑭登徒子淫而忘丑:宋玉《登徒子好色赋》:"登徒子……其妻蓬头挛耳,龋唇历齿,旁行踽偻,又疥且痔,登徒子悦之,使有五子。"登徒子,本宋玉虚构的人物,后成为好色者的代称。

⑮《回波词》怜而成嘲:据唐孟棨《本事诗·嘲戏》载,唐中宗惧怕韦后,而朝中亦风传御史大夫裴谈惧内。内宴唱《回波词》,有一优人唱道:"回波尔时栲栳,怕妇也是大好。外边只有裴谈,内里无

过李老。"《回波词》,乐府曲名。每句六言,第一句用"回波尔时"四字起,故名。后亦为舞曲。

⑯汾阳:指唐代郭子仪。据《旧唐书·郭子仪传》载,郭子仪因平安史之乱有功,进封汾阳郡王,子八人,婿七人,皆朝廷重官。

⑰媚卿卿良有故:讨好夫人还有缘故。卿卿,南朝宋刘义庆《世说新语·惑溺》:"王安丰妇常卿安丰,安丰曰:'妇人卿婿,于礼为不敬,后勿复尔。'妇曰:'亲卿爱卿,是以卿卿;我不卿卿,谁当卿卿?'遂恒听之。"上"卿"字为动词,谓以卿称之;下"卿"字为代词,犹言你。后两"卿"字连用,作为相互亲昵之称。

⑱赘外黄之家:指做富人家的上门女婿。据《史记·张耳陈馀列传》载,汉代张耳是大梁(今河南开封)人,曾逃亡到外黄。外黄一富家女貌美,慕其贤而改嫁张耳。赘,入赘,男子婚后住在女家。即今所谓"倒插门"、"上门女婿"。外黄,地名,秦置县,故城在今河南杞县东。

⑲拜仆仆:谓拜了又拜。仆仆,劳顿。《孟子·万章》:"子思以为鼎肉,使己仆仆尔亟拜也。"

⑳穷鬼:对贫穷人的戏称。见唐韩愈《送穷文》。此指贫穷的丈夫。

㉑斫树摧花:滥施淫威。《艺文类聚》引《妒女记》载,武历阳之女嫁阮宣武,性绝妒。家有一株桃树,"华叶灼耀,宣叹美之,即便大怒,使婢取刀斫树,摧折其华"。

㉒包荒:包容荒秽。《易·泰》:"包荒,用冯河。"此为容纳之意。

㉓钱神:财神。此指巨富之人。

㉔婴鳞犯制:《艺文类聚》引张缵《妒妇赋》:"忽有逆其妒鳞,犯其忌制,赴汤蹈火,瞋目攘袂;或弃产而焚家,或投儿而害婿。"婴鳞,触及逆鳞。原喻触犯君主的尊严或违忤其意旨。《韩非子·说难》:"夫龙之为虫也,柔可狎而骑也;然其喉下有逆鳞径尺,若人有婴之者则必杀人。人主亦有逆鳞,说者能无婴人主之逆鳞,则

几矣。"此处喻指触犯妒妇。

㉕方兄：孔方兄之省，指钱。

㉖游子：离家远游之人。此处指丈夫。

㉗鸟道：只有鸟儿才能飞过的道路，原喻山之高峻。此与下文"鸿
　　沟"，均为女性生殖器的隐语。鸟，读如 diǎo。

㉘抑消霸王之气，恃此鸿沟：秦末楚汉相争，项羽同刘邦双方曾一
　　度以鸿沟为界，见《史记·项羽本纪》。霸王，西楚霸王，指项羽。
　　鸿沟，古渠名，在今河南境内。

【译文】

　　每当这时，站在地上的丈夫早已吓破了胆，被天外的怒骂声惊掉了魂。即使勇猛如同北宫黝也未必不逃走，勇武如同孟施舍怎能不害怕？将军豪气如雷电，一进庭院，顿时锐气全消；官大人面若冰霜，等到进了卧房，就有赔小心之处。难道女人的脂粉之气，真能无依仗之势而自有威风？为何竟使堂堂男子七尺之躯不寒而栗？情有可原的是，妻子高耸发髻，美若天仙，不妨对她温顺依恋。最冤枉的是，妻子既老且丑，蓬头散发，却也像供佛一样用香与花来供养。为夫的一听到悍妇怒吼，就仰面承颜；一听到母鸡司晨，就五体投地。登徒子好色而不计老婆美丑，《回波词》成了对惧内者的嘲笑。假若是做了汾阳王郭子仪的女婿，能够立刻得到富贵尊荣，向老婆讨好还算有原故；假若入赘一平平富家，免不了被人役使，还要对人家一拜再拜，又图什么？穷汉子自觉无颜管束妻子，听凭她斫树摧花，滥施淫威，只得求妻子包容；如同财神一样的富贵人可谓有权有势，可如果逆鳞触犯了悍妇，也难请孔方兄帮忙。难道束缚游子之心的，仅仅是此鸟道？消磨英雄之气，就只靠这条鸿沟？

　　然死同穴，生同衾①，何尝教吟《白首》②？而朝行云，暮行雨，辄欲独占巫山③。恨煞"池水清"④，空按红牙玉板⑤；

怜尔妾命薄⑥，独支永夜寒更⑦。蝉壳鹭滩⑧，喜骊龙之方睡⑨；犊车麈尾，恨驽马之不奔⑩。榻上共卧之人，挞去方知为舅⑪；床前久系之客，牵来已化为羊⑫。需之殷者仅俄顷⑬，毒之流者无尽藏⑭。买笑缠头，而成自作之孽，太甲必曰难违⑮；俯首帖耳，而受无妄之刑，李阳亦谓不可⑯。酸风凛冽⑰，吹残绮阁之春⑱；醋海汪洋，淹断蓝桥之月⑲。又或盛会忽逢，良朋即坐，斗酒藏而不设⑳，且由房出逐客之书㉑；故人疏而不来，遂自我广绝交之论㉒。甚而雁影分飞㉓，涕空沾于荆树㉔；鸾胶再觅㉕，变遂起于芦花㉖。故饮酒阳城，一堂中惟有兄弟㉗；吹竽商子，七旬馀并无室家㉘。古人为此，有隐痛矣㉙。

【注释】

①死同穴，生同衾：谓夫妇活着厮守在一起，死后埋葬在同一墓穴。《诗·王风·大车》："谷则异室，死则同穴。"

②《白首》：即《白头吟》。《西京杂记》："（司马）相如将聘茂陵人女为妾，卓文君作《白头吟》以自绝，相如乃止。"

③朝行云，暮行雨，辄欲独占巫山：指妒妇要丈夫早晚厮守，不得与其他女人接触。宋玉《高唐赋》写巫山神女的故事，有云："昔者先王尝游高唐，怠而昼寝，梦见一妇人曰：'妾巫山之女也，为高唐之客。闻君游高唐，愿荐枕席。'王因幸之。去而辞曰：'妾在巫山之阳，高丘之岨，旦为朝云，暮为行雨，朝朝暮暮，阳台之下。'"

④池水清：代指恋妓忘家的丈夫。五代王仁裕《王氏见闻录》云：渠州人韩伸善饮博，多留连于花柳之间。其妻怒甚，时复自来驱趁同归。尝游谒东川，经年方返，复致妓与博徒同饮。妻闻之，率

女仆潜匿邻舍，俟其宴合，遂持棒伺于暗处。伸不知，方攘臂浮白，唱"池水清"，声犹未绝，脑后一棒，打脱幞头，扑灭灯烛。伸即蹲于饭床之下。有坐客暗遭毒挞，复遣二青衣把髻子牵行，一步一棒决之，骂曰："这老汉，何落魄不归也！"烛下照之，乃是同座客。蜀人传笑，遂呼韩为"池水清"。

⑤空：徒然地。按：拍击。红牙玉板：用檀木制作以节乐的拍板。宋俞文豹《吹剑录》载：苏东坡有一幕士善歌，东坡因问己词与柳永词相比如何。幕士对曰："柳郎中词，只合十七八女郎，执红牙板，歌'杨柳岸晓风残月'。学士词须关西大汉，铜琵琶，铁绰板，唱'大江东去'。"东坡为之绝倒。

⑥妾命薄：犹妾薄命。《汉书·外戚传》载孝成许皇后被疏远，有自叹"妾薄命，端遇竟宁前"的话，为乐府诗《妾薄命》题名所本。流风所及，后来以此题所写的乐府诗，就均为抒写女子哀怨的内容，诸如失宠被弃、远聘晚嫁、生离死别等。

⑦永夜：长夜。

⑧蝉壳鹭滩：喻丈夫外出偷情使尽花样。蝉壳，指蝉之脱壳，即使用金蝉脱壳之技。鹭滩，如鹭之踏滩，着地无声。

⑨骊(lí)龙之方睡：《庄子·列御寇》："河上有家贫恃纬萧而食者，其子没于渊，得千金之珠。其父谓其子曰：取石来锻之。夫千金之珠，必在九重之渊，而骊龙颔下，子能得珠者，必遭其睡也。使骊龙而寤，子尚奚微之有哉！"骊龙，黑色的龙。喻悍妇。

⑩犊车麈(zhǔ)尾，恨驽马之不奔：此处化用东晋王导惧内的故事，以讽刺惧内者的狼狈情态。《太平广记》引《妒记》载，王导妻曹氏性妒，王导暗营别馆以蓄妾。曹氏得知，"欲出讨寻。王公遽命驾，患迟，乃亲以麈尾柄助御者打牛，狼狈奔驰，乃得先去。司徒蔡谟闻，乃诣王，谓曰：'朝廷欲加公九锡，知否？'王自叙谋志。蔡曰：'不闻馀物，惟闻短辕犊车，长柄麈尾耳。'导大惭。"犊车，

小牛拉的车。麈尾,拂尘。以麈尾制作。魏晋人清谈时,常执麈尾以示高雅。驽马,劣马。

⑪榻上共卧之人,挞去方知为舅:据《太平广记》引《要录》载:车武子妻悍妒,武子拉妻兄与之共宿一处,而将一件女子的绛裙衣挂在屏风上。其妻见后大怒,拔刀登床,揭被一看,却是其兄,即羞惭退出。舅,此指妻子的兄弟。

⑫床前久系之客,牵来已化为羊:《艺文类聚》引《妒记》载,京都一士人之妻悍妒异常,对其夫小则骂,大则打。常以长绳系其脚,使唤时便拉绳。其夫与女巫密计,待其入睡,自己避入厕中,"以绳系羊,士人缘墙走避。妇觉,牵绳而羊至,大惊怪,召问巫"。女巫趁势指出,这都是她妒忌造成的;若能改过,即代之求神化转。"妇因悲号,抱羊恸哭,自咎悔誓,师姬(女巫)乃令七日斋,举家大小悉避,于室中祭鬼神。师祝羊还复本形,婿徐徐还。""后复妒忌,婿因伏地作羊鸣。妇惊起徒跣,呼先人为誓,不复敢尔。"

⑬需之殷者:所需其殷勤的情意。俄顷:一会儿,此谓十分短暂。

⑭毒之流者:其所流布的毒害。无尽藏:无穷无尽。

⑮"买笑缠头"三句:意谓丈夫外出追欢买笑,在妒妇看来是太甲所谓"自作孽,不可逃"。买笑缠头,即用缠头买笑,指嫖妓。缠头,古时歌舞妓缠在头上的锦帛,因以指代赠与歌舞妓女的礼品。自作之孽,自己造成的罪孽。太甲,即帝太甲。商汤之孙。《书·太甲》:"天作孽,犹可违;自作孽,不可逭。"违,避。逭,逃。

⑯"俯首帖耳"三句:意谓丈夫已经俯首帖耳,还是无故受到打骂,谁也认为不对。俯首帖耳,低头聆听,形容驯顺听命的样子。受无妄之刑,平白无故地受到挞辱。李阳亦谓不可,《世说新语·规箴》载,王夷甫之妻郭氏,才拙性刚,爱财且好管闲事,夷甫无法加以劝阻。但郭氏惧怕幽州刺史京都大侠李阳,于是

"夷甫骤谏之,乃曰:'非但我言卿不可,李阳亦谓卿不可。'郭氏
小为之损"。

⑰酸:与下文"醋",都喻指女人妒忌,即俗谓"吃醋拈酸"。

⑱绮阁之春:与下文的"蓝桥之月",都喻和谐的夫妻生活和爱情。
绮阁,绮丽的闺阁。

⑲蓝桥:蓝桥驿,在今陕西蓝田东南蓝溪。传说唐朝秀才裴航,一
次路过蓝桥驿,遇见一织麻老妇,裴航口渴求饮,老妇呼女子云
英捧一瓯水浆饮之,甘如玉液。航见云英姿容绝世,十分喜欢,
很想娶她为妻,老妇说有神仙与灵丹,须玉杵白捣之。欲娶云
英,须以玉杵白为聘,为捣药百日乃可。裴航历尽艰辛,终于找
到月宫中玉兔用的玉杵白,娶了云英。婚后夫妻双双入玉峰,成
仙而去。事见《太平广记》。

⑳斗酒藏而不设:有酒却不拿出来给朋友喝。宋苏轼《后赤壁赋》
有云:"归而谋诸妇,妇曰:'我有斗酒,藏之久矣:以待子不时之
须。'"此反用其意,谓冷淡客人。

㉑出逐客之书:发出驱除客人的信息。《史记·李斯列传》载,秦王
应宗室大臣请,下令"一切逐客",李斯为此而上《谏逐客书》。

㉒遂:乃。自我:由我。广绝交之论:南朝梁文学家刘峻,曾感于世
态炎凉而作《广绝交论》。绝交,与朋友断绝往来。

㉓雁影分飞:谓兄弟分居。雁影,雁飞行之影。《礼记·王制》:
"父之齿,随行;兄之齿,雁行。"雁飞时行列有序,因以雁行喻指
兄弟。

㉔荆树:也指兄弟分家之事。南朝梁吴均《续齐偕记》载,京兆田氏
三兄弟均分家产,堂前一株荆树也要截为三段。第二天树即枯
死。兄弟为其所感,决定不再分树,树即荣茂如初。兄弟三人因
此而重新合并家产,在一起生活。

㉕鸾胶再觅:指续娶后妻,即续弦。鸾胶,据《海内十洲记·凤麟

洲》载，西海中有凤麟洲，多仙家，煮凤喙麟角合煎作膏，能续弓弩已断之弦，名续弦胶。后多用以比喻续娶后妻。

㉖变遂起于芦花：指后母虐待前妻所生子女。芦花，以芦花代絮做绵衣。《太平御览》引《孝子传》："闵子骞幼时，为后母所苦，冬月以芦花衣之以代絮。其父后知之，欲出后母。子骞跪曰：'母在一子单，母去三子寒。'父遂止。"旧时以"芦花"、"芦衣"代指前房孝子。

㉗故饮酒阳城，一堂中惟有兄弟：唐代北平人阳城，字亢宗，进士及第后便隐居于中条山，为怕娶妻疏间兄弟，终身不娶。其弟阳垍、阳域深为感动，也终身未娶。德宗时，诏拜阳城为右谏议大夫。因见其他谏官言事琐碎，使皇帝讨嫌，便日夜与兄弟们饮酒。事详见《新唐书·卓行传》。

㉘吹竽商子，七旬馀并无室家：《列仙传》记载商丘子胥"好牧豕吹竽。年七十，不娶妇而死"。

㉙隐痛：内心隐秘的痛苦。

【译文】

但是死则同穴，生则同衾，丈夫何曾让妻子有《白头》之叹？可是朝也行云，暮也行雨，妻子就是要独自占有巫山。妻子恨透了恋妓忘家的丈夫，徒然地拍击着红牙玉板；可怜薄命女子，独守空房直到深夜更寒。丈夫则像金蝉脱壳般解脱，似白鹭踏滩般无声，趁着骊龙般的悍妇酣睡之时，赶快去与姬妾幽会；可一旦被发觉，驾着牛车，挥动麈尾，尤恨老牛跑得太慢。妻子疑心丈夫与别的女人同榻共眠，厮打开去才知是阿舅；用绳子拴在床前的丈夫，醒来之时已化作白羊。需要妻子的殷勤温情，只是在片刻之间；而饱受妻子的刻毒，却无尽无休。如果丈夫追欢买笑，那是自己造下罪孽，《太甲》必然说难以逃避；可是已经俯首帖耳，却遭受无故的惩罚，李阳也说不应该。酸风凛冽，吹残了绣阁春情；醋海汪洋，断送了一段美妙姻缘。有时忽逢盛会，良朋就坐，妻子却把酒藏起来不肯端出，并且在闺房发出逐客之令；故交疏远而不敢上门，就等于自己和友人绝交。更有甚者，闹得兄弟分家，空流无奈之泪；妻死续娶，后妇便会干出以芦花代替棉絮虐待前妻子女之事。所以阳城终身不娶，只是与兄弟们饮酒；商子好牧猪吹竽，年逾七旬并无妻室。古人如此行事，是因为有难言之苦啊。

呜呼！百年鸳偶^①，竟成附骨之疽^②；五两鹿皮^③，或买剥床之痛^④。髯如戟者如是^⑤，胆似斗者何人^⑥？固不敢于马栈下断绝祸胎^⑦，又谁能向蚕室中斩除孽本^⑧？娘子军肆其横暴^⑨，苦疗妒之无方；胭脂虎啖尽生灵^⑩，幸渡迷之有楫^⑪。天香夜爇，全澄汤镬之波；花雨晨飞，尽灭剑轮之火^⑫。极乐之境^⑬，彩翼双栖^⑭；长舌之端^⑮，青莲并蒂^⑯。拔苦恼于优婆之国^⑰，立道场于爱河之滨^⑱。咦！愿此几章贝叶文^⑲，洒为一滴杨枝水^⑳！"

【注释】

①百年鸳偶：相守到老的鸳鸯一样的配偶。鸳，鸳鸯。晋崔豹《古今注》："鸳鸯，水鸟，……雌雄未尝相离。人得其一，则一思而至死。故曰'匹鸟'。"

②附骨之疽(jū)：长在骨头上、剜除不掉的恶疮。

③五两鹿皮：指定婚礼物。五两，又称"束帛"。古代定婚礼物，用帛十端（一端一丈八尺，或云两丈），每两端合卷，总为五匹，即"五两"。又用鹿皮两张，称为"俪皮"。《仪礼·士昏礼》："纳征：玄纁、束帛、俪皮，如纳吉礼。"注："俪，两也。……皮，鹿皮。"

④剥床之痛：即切肤之痛，受害极深而引起的痛苦。《易·剥》："剥床以肤，凶。"

⑤髯如戟者：旧时形容丈夫气概。髯，两颊的胡子。戟，古代的一种兵器，长杆头上附有月牙状的利刃。《南史·褚彦回传》："君须髯如戟，何无丈夫意？"

⑥胆似斗者：《三国志·蜀志·姜维传》"杀会及维"注引《世语》谓："维死时见剖，胆如斗大。"

⑦马栈下：《战国策·齐策》载："章子之母启，得罪其父，其父杀之而埋马栈之下。"祸胎：犹祸根。汉枚乘《上书谏吴王》："福生有基，祸生有胎，纳其基，绝其胎，祸何自来？"

⑧蚕室：受官刑者所居的狱室。孽本：即祸根。

⑨娘子军：由女子组成的军队。据《唐会要·公主杂录》记载，唐高祖女平阳公主，与其丈夫柴绍，响应高祖，起兵反隋。二人各置幕府，军中称公主军为"娘子军"。此处借指悍妒之妇。

⑩胭脂虎：据宋陶谷《清异录·女行》载，宋代陆慎言作尉氏令，政事统由其妻决定而后行，而其妻惨毒狡妒，吏民称为"胭脂虎"。啖：吃。

⑪幸：幸而。渡迷之有楫：谓佛法可以超度。佛教以迷妄的境界为"迷津"。有楫，即有船可渡。楫，船桨。

⑫"天香夜蓺"四句：意即通过佛法可以减轻妒悍。天香、花雨，都是佛法的象征。相传梁武帝时，有云光法师在建康（今江苏南京）讲经，天花坠落如雨，因名其地为雨花台。见《永乐大典》引《建康志》。澄，使之清澈平静。汤镬（huò），古代酷刑之一的烹刑。剑轮，谓地狱中的刀山剑树。

⑬极乐之境：佛教指阿弥陀佛所居之境。《阿弥陀经》："从是西方，过十万亿佛土，有世界曰极乐。……其国众生，无有众苦，但受诸乐，故名极乐。"

⑭彩翼双栖：以鸟儿双飞双栖，喻夫妻恩爱和美。唐李商隐《无题二首》之二："身无彩凤双飞翼，心有灵犀一点通。"

⑮长舌：长舌妇。《诗·大雅·瞻卬》："妇有长舌,维厉之阶。"《笺》："长舌,喻多言语。"习指搬弄是非的妇女。

⑯青莲并蒂：谓妒妇受佛教化,消除妒意,妻妾和美。青莲,青莲花。即梵语"优钵罗"的义译。喻从烦恼而至清净的修为,与通常所指莲花暗合。而并蒂莲花则喻妻妾双美。

⑰拔：拔除。优婆之国：谓佛国,即上文所云"极乐世界"。佛教称在家奉佛的男子为"优婆塞",女子为"优婆夷"。

⑱道场：佛道称讲经说法之处。爱河：佛教喻指男女情欲。谓情欲如河水可以溺人。滨：水边,河岸。

⑲贝叶文：写在贝树叶子上的经文,源于古印度。在造纸技术还没有传到印度之前,印度人用贝树叶子书写东西,佛教徒们也用贝叶书写佛教经典和画佛像。此指作者所称"妙音经之续言"的这篇骈文。

⑳杨枝水：佛教喻称能化恶为善、使万物苏生的甘露。元张翥《送谟侍者还江阴》："杨枝偏洒瓶中水,贝叶时繙笈内经。"

【译文】

唉！本应终身厮守的贤妻,竟成了附骨的毒疮；娶妻纳彩礼,买来的却是切肤之痛。须眉硬如刀戟的男子是这样,胆大如斗的男人还有吗？固然不敢杀死老婆埋在马棚下,谁又能自向蚕室毅然自宫？娘子军大肆横行暴虐,苦于没有治疗妒嫉的药方；胭脂虎吃尽生灵,幸亏迷津尚有渡船。深夜烧香念佛,可以免受汤镬之刑；清晨礼拜诵经,可以免受刀山剑树之苦。只有在极乐境地,夫妻可彩翼双栖；昔日的长舌之妇,才能妻妾和美如同并蒂莲花。在佛国中去掉苦恼,在爱河边立起讲法诵经的道场。唉,但愿这几页经文,变作一滴化恶为善的杨枝水。

魁星

【题解】

这大概是有关民间关于魁星传说的轶闻札记。传闻看见魁星便意味着文人在功名上必定幸运异常。故事写一个书生看见魁星后，充满飞黄腾达的自负，没想到结局和他的预期正相反。本篇虽然简率，却由此可以看到科举时代知识分子的几近变态的心理。本书卷九《王子安》篇的"异史氏曰"说：秀才入闱，"迫望报也，草木皆惊，梦想亦幻。时作一得志想，则顷刻而楼阁俱成；作一失志想，则瞬息而骸骨已朽"，可以作为本篇的注脚。

郓城张济宇①，卧而未寐，忽见光明满室。惊视之，一鬼执笔立，若魁星状②。急起拜叩，光亦寻灭。由此自负，以为元魁之先兆也③。后竟落拓无成④，家亦雕落⑤，骨肉相继死，惟生一人存焉。彼魁星者，何以不为福而为祸也？

【注释】

①郓城：县名。位于山东西南部，清属曹州府。今为山东菏泽属县。

②魁星："奎星"的俗称。本为我国古代天文学中二十八宿之一的"奎宿"，因汉代纬书《孝经援神契》中有"奎主文章"的说法，后世便视为主管文运之神而加以崇祀。但神像"不能像'奎'，而改'奎'为'魁'，又不能像'魁'，而取之字形，为鬼举足而起其斗"（顾炎武《日知录》）。所以魁星神像头部象鬼，一脚向后翘起，如"魁"字的大弯钩，一手捧斗，如"魁"字中的"斗"字，一手执笔，意为点定中式人的姓名。

③元魁：殿试第一名，即状元。

④落拓无成：潦倒落魄。

⑤雕落：败落，凋敝。

【译文】

山东郓城人张济宇，有天晚上躺下还未睡着，忽然看见满屋光明。他吃惊地望去，一个鬼拿着笔站着，好像是主司文运的魁星模样。他赶紧起身下拜磕头，光亮很快就消失了。从此，张济宇变得自负起来，以为这是自己将考中状元的吉兆。不过，后来竟然穷愁潦倒，一事无成，家境也败落下来，骨肉亲人相继死去，只剩下他一个。那个魁星神为何没给他带来福运反而带来灾祸呢？

厍将军

【题解】

忠义是中国传统文化的重要组成部分，曾经在国家、民族、社会的发展中起过重要作用。在社会动荡变革中，人们往往也用它来臧否人物。

但所谓忠义只限于对个人或某团体负责，缺乏更高更大更统一更具有理念的目标，是一种封建文化，也是中国人的人生观中的缺陷。蒲松龄在本篇用以指责厍大有的"国士庸人，因知为报，贤豪之自命宜尔也"的观念，实际上鼓吹的是一种知己之感，与国家、民族、理想的追求有很大的距离，具体实施起来充满矛盾。放在厍大有身上，无疑要求他像关羽那样在华容道上放了曹操，为祖述舜尽义，却又与"事伪朝固不足言忠"相纠结。

厍大有①，字君实，汉中洋县人②。以武举隶祖述舜麾下③，祖厚遇之，屡蒙拔擢④，迁伪周总戎⑤。后觉大势既去，潜以兵乘祖⑥。祖格拒伤手，因就缚之，纳款于总督蔡⑦。至都，梦至冥司，冥王怒其不义，命鬼以沸油浇其足。既醒，足痛不可忍。后肿溃，指尽堕。又益之痁⑧。辄呼曰："我诚负义！"遂死。

【注释】

①厍（shě）：姓。

②汉中：明清时汉中府，治南郑。今为陕西汉中市。洋县：今汉中属县。

③武举：武举人的简称。科举时代选士分文、武两科。唐武后长安二年（702）始置武举，明成化十四年（1478）始设武科乡、会试，乡试中选者为武举人。麾下：部下。

④拔擢：选拔提升。

⑤伪周：指清初明降将吴三桂叛清之后所建立的地方割据政权。康熙十七年（1678）三月，吴三桂在湖南衡州称帝，国号大周，建元昭武。同年秋在长沙病死。其孙吴世璠继位，改年号洪化，倚方光琛、郭壮图退据云南。康熙二十年（1681）昆明被围，吴世璠自杀，馀众出降。总戎：一方军事长官，唐代称节度使为总戎，清代称总兵为总戎，受提督管辖，掌理一镇军务。

⑥乘：偷袭。

⑦纳款于总督蔡：向姓蔡的总督表示归顺。总督，明清地方军事最高长官。蔡，指蔡毓荣，清汉军正白旗人，字仁庵。兵部尚书蔡士英次子。康熙初，任刑部侍郎。先后出任湖广四川总督、湖广总督加兵部尚书、云贵总督。多次上疏言四川招民垦荒事宜。康熙十四年（1675）率绿旗兵征讨"三藩之乱"，后领衔绥远将军，总统绿营。先后败吴三桂部于岳州、长沙、衡州、辰州、贵阳、云

南。次年,累上疏论云南善后事宜,言及蠲荒、理财、弭盗、军制等十数事。后因纳吴三桂孙女为妾,坐罪遣戍黑龙江,康熙三十八年(1699)卒。《清史稿》有传。

⑧疟:疟疾。

【译文】

厍大有,字君实,汉中洋县人。以武举人的身份在祖述舜手下做军官,祖述舜非常器重他,多次提拔,升为伪周的总兵。后来觉得伪周的大势已去,就暗中带着兵士袭击祖述舜。格斗中祖述舜伤了手,厍大有就把他捆绑起来,归顺了总督蔡毓荣。到了京城,厍大有梦见自己来到了阴曹地府,阎王爷对他卖主求荣的行为十分愤怒,命鬼往他脚上浇滚油。醒来之后,他脚痛难忍。后来两脚脓肿溃烂,脚趾都烂掉了。后来又得了疟疾。他总是大叫:"我真是忘恩负义呀!"就死了。

异史氏曰:事伪朝固不足言忠,然国士庸人,因知为报①,贤豪之自命宜尔也。是诚可以惕天下之人臣而怀二心者矣②。

【注释】

①然国士庸人,因知为报:《史记·刺客列传》:"豫让曰:'臣事范、中行氏,范、中行氏皆众人遇我,我故众人报之。至于智伯,国士遇我,我故国士报之。'"国士,国中杰出之人。庸人,众人,普通人。因知为报,根据所受的知遇而作相应的报答。

②惕:戒惧。

【译文】

异史氏说:供事于伪朝本来不足以称忠,然而或者按国中杰出之士,或者按一般百姓的标准,对知遇之恩一定要有相应的报答,这也是

贤豪之士自认为应该做的。这件事真可以让所有为人臣而怀有二心的
人心生戒惧。

绛妃

【题解】

　　本篇假借花神的名义，赞美保护柔弱的真善美，借声讨风神为名，抨击挞伐丑恶卑劣的世俗。

　　在《聊斋志异》中，本篇的体制十分特殊，不是小说而是赋体文学作品。前边的小说情节实际类似赋前小序，如宋玉的《神女赋》、《高唐赋》。《蒲松龄文集》去掉小说情节，收入到卷十"杂文"类，题目改为《为花神讨冯姨檄》。

　　历代《聊斋志异》评论者都非常重视这篇作品。本来在《聊斋志异》稿本中，此篇收入第三册中，铸雪斋等抄本放入第十一卷，但《聊斋志异》的第一个刻本青柯亭本将本篇置于全书的最末。冯镇峦称《聊斋志异》"殿以此篇，抬文人之身分，成得意之文章"，是从文学的角度赞其辞藻华艳，浪漫瑰丽，本篇词采有许多被《红楼梦》韵文所袭用。何垠和但明伦则从内容和结构上认为此篇是"此书之旨，在于赏善罚淫，而托之空言，无亦惟是幻里花神，空中风檄耳"（何垠），"一部大文将毕矣。先生训世之心，撼怀之笔，嬉笑怒骂，彰瘅激扬"，"第愿芝兰之竞秀，不忧蒲柳之无能。此《志异》之所以以《考城隍》始，以《讨封氏》终也。劝惩之大义彰矣，文章之能事毕矣"。

　　癸亥岁①，余馆于毕刺史公之绰然堂②。公家花木最盛，暇辄从公杖履③，得恣游赏。一日，眺览既归，倦极思寝，解屦登床④。梦二女郎，被服艳丽，近请曰："有所奉托，敢屈移

玉⑤。"余愕然起,问:"谁相见召?"曰:"绛妃耳。"恍惚不解所谓⑥,遽从之去。

【注释】

①癸亥岁:康熙二十二年,1683年。

②毕刺史:名际有,曾任通州知州(刺史)。绰然堂:毕际有罢官家居时所构厅堂,取《孟子·公孙丑》不居官则"绰绰然有馀裕"之意。堂为蒲松龄教书处,其匾1956年征集到蒲松龄故居陈列。

③从公杖履:谓追随毕公游玩漫步。杖履,也作"杖屦",长者的枴杖和鞋。

④屦:鞋。

⑤敢屈移玉:犹言敢劳大驾前往。敢,敬辞。屈,屈尊。移玉,移动玉趾,前往之意。

⑥不解所谓:没有弄清所指何人。

【译文】

癸亥那年,我在毕刺史家的绰然堂设馆教书。毕公家花草树木最为繁茂,闲暇时我就随从毕公在园中漫步,得以尽情观赏。一天,游园归来,困倦极了,只想睡觉,就脱鞋上床。梦见两个衣着艳丽的女郎,近前对我说:"主人有事奉托,麻烦先生走一趟。"我吃惊地起身问道:"谁叫我去?"回答说:"是绛妃。"我恍恍惚惚,不知她们说的是谁,马上跟她们去了。

俄睹殿阁,高接云汉。下有石阶,层层而上,约尽百馀级,始至巅头①。见朱门洞敞②,又有二三丽者,趋入通客③。无何,诣一殿外,金钩碧箔④,光明射眼。内一女人降阶出,环珮锵然⑤,状若贵嫔⑥。方思展拜,妃便先言:"敬屈先生,理须首谢。"呼左右以毯贴地，若将行礼。余惶悚无以为地⑦，因启曰："草莽微贱⑧，得辱宠召，已有馀荣⑨。况敢分庭抗礼⑩，益臣之罪，折臣之福!"妃命撤毯设宴，对筵相向。酒数行，余辞曰："臣饮少辄醉，惧有愆仪⑪。教命云何⑫，幸释疑虑。"妃不言，但以巨杯促饮⑬。余屡请命，乃言："妾，花神也。合家细弱⑭，依栖于此，屡被封家婢子横见摧残⑮。今欲背城借一⑯，烦君属檄草耳⑰。"余皇然起奏⑱："臣学陋不文⑲，恐负重托。但承宠命，敢不竭肝鬲之愚⑳。"妃喜，即殿上赐笔札。诸丽者拭案拂座，磨墨濡毫㉑。又一垂髫人㉒，折纸为范㉓，置腕下。略写一两句，便二三辈叠背相窥㉔。余素迟钝，此时觉文思若涌。少间，稿脱，争持去，启呈绛妃。妃展阅一过，颇谓不疵㉕，遂复送余归。醒而忆之，情事宛然㉖。但檄词强半遗忘，因足而成之：

【注释】

①颠头：最高处。

②洞敞：大开。

③通客：通报客人到来。

④金钩碧箔：金制的帘钩，碧玉的门帘。箔，帘子。

⑤环珮锵然：身上所佩带的玉饰件发出铿锵悦耳的声响。《史记·孔子世家》："夫人自帷中再拜，环珮玉声璆然。"环，玉环。圆形，中心有孔的璧玉。珮，玉珮，一种玉制的佩饰。

⑥贵嫔：女官名。魏文帝置，位次于皇后。后历代相沿，为宫中女官。

⑦惶悚(sǒng)无以为地：惶恐得无所措手足。

⑧草莽微贱：谦词。犹言草野低贱之人。草莽，与出身贵胄相对。

⑨馀荣：谓不尽之荣耀。

⑩分庭抗礼：以平等的礼节相见。抗，匹敌。古时主客相见时，客人站在庭院西侧向东与主人相对施礼，谓之"分庭抗礼"。《庄子·渔父》："万乘之主，千乘之君，见夫子未尝不分庭伉礼。"

⑪愆仪：乖违礼仪，指酒醉失态。愆，违。

⑫教命：犹教令，命令。

⑬促饮：催促喝酒。

⑭合家细弱：全家老小。细弱，妻子儿女。

⑮封家婢子：对封姨的蔑称。封姨为古代神话传说中的风神。唐郑还古《博异记》记秀才崔玄微春夜遇诸女共饮，席间有封十八姨。诸女为花精，封十八姨为风神。此后在诗文中，即以封姨代指风或风神。

⑯背城借一：在自己的城下与敌人决一死战。《左传·成公二年》："请收合馀烬，背城借一。"

⑰属（zhǔ）：撰写。檄（xí）草：同"檄文"。晓谕声讨敌人的文告。

⑱皇然：惶恐的样子。皇，通"惶"。

⑲学陋不文：学识浅陋，缺乏文采。

⑳竭肝鬲（gé）之愚：意为竭尽至诚。肝鬲，犹肝胆，真诚的心意。鬲，通"膈"。肝位于膈下。愚，诚。

㉑濡毫：濡润毛笔。

㉒垂髫（tiáo）：头发下垂，谓幼年。

㉓折纸为范：旧时用无格白纸书写时为使字行端直，每页折叠成若干竖格。范，式样。

㉔叠背：肩背相叠，形容聚观之人众多。

㉕不疵：此处犹言不错，很好。疵，瑕疵，玉上的小斑点。喻指细小的毛病，缺点。

㉖宛然：真切清楚的样子。

【译文】

　　一会儿，看到了一处宫殿，高耸入云。下面有台阶，沿着石阶走上去，约走了一百多级，才来到最高处。只见朱门大开，又有两三个漂亮的女郎，快步进去通报。不久，来到一座大殿外面，黄金的帘钩，碧玉的门帘，光明耀眼。从殿内走出一个女子降阶而下，身上佩带的玉环、玉佩发出铿锵悦耳的声音，看那模样像个贵嫔。我刚想下拜，绛妃已经先开口了："让先生屈尊到此，理应我先致谢。"她叫侍女把毡子铺在地上，像要行礼。我惶恐得手足无措，就启奏说："我是草莽微贱之人，承蒙您恩宠召见，已不胜荣耀。若敢再分庭抗礼，这就加重了我的罪过，折损了我的福分！"绛妃听罢命人撤去毡子，摆设酒宴，我们面对面地宴饮。酒过数巡，我辞谢说："我喝一点儿酒就醉，担心酒醉失礼。有何命令，请您吩咐，好去掉我的疑虑。"绛妃不答话，只是用大酒杯催我喝酒。我一再请求，她才说："我是花神。全家老小，依托栖息于此地，屡次遭受封家丫头的横暴摧残。今天想和她背水一战，烦扰先生草拟一篇讨敌的檄文。"我惶惶然地起身奏道："臣学识浅陋，不善文章，恐怕辜负您的重托。但是承蒙您宠信器重，敢不竭尽全力。"绛妃听罢大喜，就在殿上赐给纸笔。几个女郎忙着擦拭几案、坐椅，研好了墨，蘸好了笔。又有一个少女把纸折好格，放在我手腕下。我刚写了一两句，她们便三三两两在我背后挨挤着观看。我平素文思迟缓，此时却顿觉文思泉涌。片刻之间，文章草成，她们争着拿去，呈送绛妃。绛妃展读一遍，说我写得很不错，就又送我回来了。睡醒之后，回忆梦中之事，宛然如在目前。但是檄文的词句大半已经遗忘，于是补足成章：

　　谨按封氏：飞扬成性①，忌嫉为心②。济恶以才③，妒同醉骨④；射人于暗，奸类含沙⑤。昔虞帝受其狐媚⑥，英、皇不足解忧⑦，反借渠以解愠⑧；楚王蒙其蛊惑，贤才未能称意⑨，惟得彼以称雄。沛上英雄,云飞而思猛士⑩;茂陵天子,秋高而念佳人⑪。从此怙宠日恣⑫,因而肆狂无忌。

【注释】

①飞扬:骄纵跋扈,目中无人。《庄子·天地》:"且夫失性有五:……五曰趣舍滑心,使性飞扬。"

②忌嫉:忌刻嫉妒。忌害别人,欲居其上。

③济恶以才:凭借着才华干坏事。

④妒同醉骨:嫉妒深入骨髓。

⑤射人于暗,奸类含沙:暗中伤人如同鬼蜮。《诗·小雅·何人斯》:"为鬼为蜮,则不可得。"《释文》:"蜮,……状如鳖,三足。一名射工,俗呼之水弩,在水中含沙射人。一云射人影。"

⑥虞帝:即虞舜。传说中的父系氏族社会后期部落联盟首领,中国历史传说中的古帝王五帝之一。传称号有虞氏,姓姚,名重华。见《史记·五帝本纪》。狐媚:传说狐狸善媚,因以喻指女性对男子的蛊惑。

⑦英、皇:女英、娥皇,传说为唐尧二女,嫁舜为妃。

⑧反借渠以解愠:指《孔子家语》载舜歌《南风》事:"舜弹五弦之琴,造《南风》之诗,其诗曰:'南风之薰兮,可以解吾民之愠兮。南风之时兮,可以阜吾民之财兮。'"渠,她,指风神。

⑨楚王蒙其蛊惑,贤才未能称意:传宋玉所作的《风赋》以风为喻,讽刺楚王一味淫乐骄纵,不知体恤百姓。有云:"楚襄王游于兰台之宫,宋玉、景差侍。有风飒然而至,王乃披襟而当之,曰:'快哉此风!寡人所以庶人共者邪?'"宋玉回答,指出有"大王之风"和"庶人之风";前者为"雄风",后者为"雌风",楚王深为其说所动。楚王,楚襄王。即楚顷襄王(前298—前263在位)。贤才,指宋玉。未能称意,谓宋玉婉转设譬,未能达到讽谏的目的。

⑩沛上英雄,云飞而思猛士:汉高祖十二年(前195),刘邦平定英布叛乱之后,路经沛县,"置酒沛宫,悉召故人父老子弟纵酒,发沛中儿得百二十人,教之歌。酒酣,高祖击筑,自为歌诗曰'大风起兮云飞扬,威加海内兮归故乡,安得猛士兮守四方!'令儿皆和习之。高祖乃起舞,慷慨伤怀,泣数行下"。见《史记·高祖本纪》。沛上英雄,指汉高祖刘邦。

⑪茂陵天子,秋高而念佳人:指汉武帝《秋风辞》。《文选》据《汉武帝故事》录汉武帝《秋风辞》有云:"秋风起兮白云飞,草木黄落兮雁南归。兰有秀兮菊有芳,携(一作"怀")佳人兮不能忘。"茂陵天子,指汉武帝刘彻,因其死葬茂陵(在今陕西兴平),故称。

⑫怙:恃,凭仗。恣:恣意妄为。

【译文】

谨查封氏:放纵恣肆成性,忌恨妒嫉为心。歪才助长了恶毒,妒忌之性浸于骨髓;暗中害人,奸邪好像含沙射影的鬼蜮。从前帝舜曾经受你的狐媚,女英、娥皇都不足以解忧,反而歌《南风》来解除民众的怨气;楚襄王受你的蛊惑,贤才的讽谏不能打动其心,只称道大王之风是雄风。汉高祖刘邦,见风起云涌而思得猛士;汉武帝刘彻,赋《秋风辞》而怀佳人。从此你倚仗着帝王之宠日益放纵,以至于肆虐无忌。

怒号万窍①,响碎玉于王宫②;溯湃中宵③,弄寒声于秋树③。倏向山林丛里④,假虎之威⑤;时于滟滪堆中⑥,生江之浪。且也,帘钩频动,发高阁之清商⑦;檐铁忽敲⑧,破离人之幽梦⑨。寻帏下榻⑩,反同入幕之宾⑪;排闼登堂⑫,竟作翻书之客。不曾于生平识面,直开门户而来⑬;若非是掌上留裙,几掠妃子而去⑭。吐虹丝于碧落,乃敢因月成阑⑮;翻柳浪于青郊⑯,谬说为花寄信⑰。赋归田者,归途才就,飘飘吹薜荔之衣⑱；登高台者，高兴方浓，轻轻落茱萸之帽⑲。蓬梗卷兮上下⑳，三秋之羊角抟空㉑；筝声入乎云霄，百尺之鸢丝断系㉒。不奉太后之诏，欲速花开㉓；未绝座客之缨，竟吹灯灭㉔。甚则扬尘播土，吹平李贺之山㉕；叫雨呼云，卷破杜陵之屋㉖。冯夷起而击鼓㉗，少女进而吹笙㉘。荡漾以来，草皆成偃㉙；吼奔而至，瓦欲为飞。未施抃水之威㉚，浮水江豚时出拜㉛；陡出障天之势，书天雁字不成行㉜。助马当之轻帆㉝，彼有取尔；牵瑶台之翠帐㉞，于意云何？至于海鸟有灵，尚依鲁门以避㉟；但使行人无恙，愿唤尤郎以归㊱。古有贤豪，乘而破者万里㊲；世无高士，御以行者几人㊳？驾砲车之狂云㊴，遂以夜郎自大㊵；恃贪狼之逆气㊶，漫以河伯为尊㊷。

【注释】

①怒号万窍：《庄子·齐物论》："大块噫气，其名为风。是惟无作，作则万窍怒号。"万窍，自然界各种空隙。

②响碎玉于王宫：五代王仁裕《开元遗事》载，唐代玄宗之子岐王，为测定风向，在"宫中于竹林内悬碎玉片子，每夜闻玉片子相触之声，即知有风，号占风铎"。碎玉，碎玉片。

③溯湃中宵，弄寒声于秋树：宋欧阳修《秋声赋》："欧阳子方夜读书，闻有声自西南来者……初淅沥以萧飒，忽奔腾而砰湃；如波涛夜惊，风雨骤至。……童子曰：星月皎洁，明河在天。四无人声，声在树间。"溯湃，同"澎湃"，也作"砰湃"，水相击声。此用以形容秋风大作，如惊涛骇浪。中宵，中夜。寒声，秋风的声音。

④倏：倏忽，迅疾。

⑤假虎之威：假借老虎的威风。《易·乾》："云从龙，风从虎。"

⑥滟滪堆：俗称燕窝石，古代又名犹豫石。位于白帝城下瞿塘峡

口,为长江三峡著名险滩之一。见《水经注·江水》。因航运障碍,于1958年冬炸除,现存放在重庆的三峡博物馆中,供人们参观。

⑦清商:清越、凄厉的商音。商音为五音(宫、商、角、徵、羽)之一,其音凄厉。旧以阴阳五行(金、木、水、火、土)之说,谓商属金,配合四时为秋。《古诗十九首》之五:"清商随风发,中曲正徘徊。"

⑧檐铁:即檐马,挂在屋檐下的风铃,也称"铁马","玉马"。

⑨幽梦:隐约恍惚的梦境。

⑩寻帷下榻:谓不经介绍,直入内室。寻,觅。帷,床帐。下榻,《后汉书·徐稺传》载,陈蕃为豫章太守,在郡不接待宾客,"唯稺来特设一榻。去则县(悬)之"。后因称宾客寄居为下榻。

⑪入幕之宾:谓关系极为密切的宾客。《晋书·郗超传》:"谢安与王坦之尝诣(桓)温论事,温令超帐中卧听之。风动帐开,安笑曰:'郗生可谓入幕之宾矣。'"入幕,入于帐幕之中。

⑫排闼(tà):推门。《史记·樊郦滕灌列传》:"高祖尝病甚,恶见人,卧禁中,诏户者无得入群臣。群臣绛灌等莫敢入。十馀日,哙乃排闼直入,大臣随之。"张守节《正义》:"闼,宫中小门。"

⑬直开门户而来:指不待传禀而直接闯门入户。唐李益《竹窗闻风寄苗发司空曙》有"开门复动竹,疑是故人来"之句,此反其意。

⑭若非是掌上留裙,几掠妃子而去:指汉代赵飞燕事。旧题伶玄《飞燕外传》载,汉成帝于太液池作千人舟,号合宫之舟。皇后赵飞燕歌舞《归风送远之曲》,侍郎冯无方吹笙以倚后歌。中流歌酣,风大起。后扬袖曰:"仙乎仙乎,去故而就新,宁忘怀乎?"帝令无方持后裙,风止,裙为之绉。妃子,指赵飞燕。

⑮吐虹丝于碧落,乃敢因月成阑:宋苏洵《辨奸论》:"月晕而风,础润而雨,人皆知之。"虹丝,彩色的光环,彩虹。碧落,犹碧空,天空。因,借。阑,月阑,即月晕。环绕在月亮四周的彩色模糊的

光气。

⑯翻柳浪：指柳叶初发之时，即旧历正月末二月初。《艺文类聚》引《大戴礼》："正月柳稊。稊者，发叶也。"柳浪，形容初春吹拂柳枝的情状。青郊：春郊。

⑰为花寄信：指花信风，古指应花期而来的风。花信风在清明节，即旧历三月初。清明节三信，即桐花、麦花、柳花。详见程大昌《演繁露·花信风》。

⑱"赋归田者"三句：晋陶渊明曾作《归去来辞》。有句云："归去来兮，田园将芜胡不归。""舟遥遥以轻飏，风飘飘而吹衣。"赋归田者，指陶渊明。赋，抒写。薜荔之衣，隐者高洁的衣饰。薜荔，一种蔓生香草。屈原《离骚》："擥木根以结茞兮，贯薜荔之落蕊。"

⑲"登高台者"三句：此指孟嘉重九日登高落帽事，见晋陶渊明《晋故征西大将军长史孟府君传》。孟府君即孟嘉。嘉为征西将军桓温参军，颇为所重。九日桓温在龙山宴集僚佐，"有风吹君帽堕落，温目左右及宾客勿言，以观其举止。君初不自觉，良久如厕。温命取以还之。廷尉太原孙绰为咨议参军，时在坐。温命纸笔令嘲之，文成示温，温以着坐处。君归见嘲，笑而请笔作答，了不容思，文辞超卓，四座叹之"。事亦见《晋书》孟嘉本传。茱萸，一名越椒，一种有浓烈香味的常绿植物，果实椭圆形，红色。古人九月九日重阳节登高饮酒时，常佩戴茱萸，认为能避邪消灾。

⑳蓬梗：蓬草之茎。蓬，草名，即飞蓬。蓬茎当秋而腐，遇风即飞起飘转。三国魏曹植《杂诗》之二："转蓬离本根，飘飘随长风。何意回飙举，吹我入云中。高高上无极，天路安可穷！"

㉑三秋：秋季的第三个月，即阴历九月。唐王勃《滕王阁序》："时维九月，序属三秋。"羊角：一种旋风。《庄子·逍遥游》："抟扶摇羊角而上者九万里。"抟（tuán）空：盘旋于空中。

㉒筝声入乎云霄,百尺之鸢丝断系:陈沂《询刍录·风筝》:风筝,"即纸鸢,又名风鸢。初,五代汉李业于宫中作纸鸢,引线乘风为戏,后于鸢首以竹为笛,使风入作声,如筝鸣,俗呼风筝"。筝声,放飞风筝发出的声响。鸢丝,即风筝线。

㉓不奉太后之诏,欲速花开:据《事物纪原》和《全唐诗话》载,有一次武则天冬日要游上苑,遣使宣诏云:"明朝游上苑,火急报春知:花须连夜发,莫待晓风吹!"第二日凌晨,除牡丹而外,百花竟然俱开。太后,指武后,即武则天,唐高宗死后称太后。

㉔未绝座客之缨,竟吹灯灭:据韩婴《韩诗外传》载,楚庄王有一次赐宴群臣,"日暮酒酣,左右皆醉。殿上烛灭,有牵王后衣者。后挖冠缨而绝之。言于王曰:'今烛灭,有牵妾衣者,妾挖其缨而绝之。愿趣火视绝缨者。'王曰:'止!'立出令曰:'与寡人饮,不绝缨者,不为乐也。'于是冠缨无完者,不知王后所绝冠缨者谁。于是王遂与群臣欢饮,乃罢"。

㉕甚则扬尘播土,吹平李贺之山:唐李贺《浩歌》诗有云:"南风吹山作平地,帝遣天吴移海水。"李贺(791—817),字长吉,唐代杰出诗人,著有《昌谷集》。

㉖叫雨呼云,卷破杜陵之屋:唐杜甫《茅屋为秋风所破歌》云:"八月秋高风怒号,卷我屋上三重茅,茅飞渡江洒江郊。……"杜陵,指唐代诗人杜甫。杜陵是杜甫的祖籍所在地。因其常自称"杜陵野客",后人即以"杜陵"指代杜甫。

㉗冯(píng)夷起而击鼓:谓水神鼓起河中微波。冯夷,神话传说中的水神名。又称"冰夷"、"元夷"。三国魏曹植《洛神赋》:"于是屏翳收风,川后静波。冯夷鸣鼓,女娲清歌。"

㉘少女:少女风,即西风。《易》以八卦配八方,兑为西方,兑为少女,西方之卦,因称。吹笙:谓风声如奏笙竽一般悦耳。笙,管乐器。相传吹笙用吸气,微吸作响,与风过林木相类。

㉙荡漾以来,草皆成偃:《论语·颜渊》:"草上之风,必偃。"荡漾,飘荡。草皆成偃,即草皆倒伏。偃,倒伏。

㉚抟水之威:谓风作浪起,托物腾空的威力。《庄子·逍遥游》:"《齐谐》者,志怪者也。《谐》之言曰:'鹏之徙于南冥也,水击三千里,抟扶摇而上者九万里。'"

㉛江豚时出拜:据说江豚在浪中跳跃,每每起风,舟人用以占风。《南越志》:"江豚似猪,居水中,出则有风。"江豚,鲸类,产于我国长江及印度大河中。

㉜书天雁字:指大雁飞行时在天空排成一字或人字形。不成行:谓雁群散乱。

㉝助马当之轻帆:指王勃南行至马当遇顺风事。王勃南行,至此恰遇顺风,一夜即抵南昌,写了著名的《滕王阁诗序》。见《醒世恒言》卷四十《马当神风送滕王阁》。王勃(650—676),字子安,唐初著名诗人。马当,山名。在今江西彭泽东北,横枕大江,其形似马,回风掀浪,舟行艰难。

㉞牵瑶台之翠帐:南朝宋沈约《拟风赋》:"时卷瑶台翠帐,乍动佚女轻衣。"瑶台,神话传说中西王母的宫殿,见《穆天子传》。

㉟至于海鸟有灵,尚依鲁门以避:《国语·鲁语》:"海鸟曰爰居,止于鲁东门之外三日,臧文仲使国人祭之。展禽曰:'……今兹海其有灾乎?夫广川鸟兽,恒知避其灾也。'是岁也,海多大风。"海鸟,指爰居。鲁门,指古曲阜城门。曲阜为春秋鲁国都城。

㊱但使行人无恙,愿唤尤郎以归:据元伊世珍《琅嬛记》引《江湖纪闻》载,传闻石氏女嫁尤郎为妇,情好甚笃。一次,尤郎要外出经商,石氏加以劝阻,不从。后尤出不归,石氏忧思而死。死前发誓变作大风,以阻商旅远行。自此商旅发船,遇打头逆风,即云石尤风。后来有人说,密写"我为石娘唤儿郎归也,须放我舟行"十四字沉于水中,风便停息。无恙,平安无事。

㊲古有贤豪，乘而破者万里：《宋书·宗悫传》："悫年少时，（叔父）炳问其志，悫曰：'愿乘长风，破万里浪。'"古有贤豪，指宗悫，字元幹，南北朝时人。

㊳御以行者：御风而行的人，指列御寇。《庄子·逍遥游》："夫列子御风而行，泠然善也，旬有五日而后反。彼于致福者，未数数然也。"

㊴砲车之狂云：伴暴风而起的狂云。风起云涌，伴同飞沙走石，类古时发石攻战的砲车，故名。唐李肇《国史补》："暴风之后有砲车云。"

㊵夜郎自大：喻妄自尊大。夜郎，汉时西南小国，在今贵州桐柞。《史记·西南夷列传》："滇王与汉使者言曰：'汉孰与我大？'及夜郎侯亦然。以道不通，故各自以为一州主，不知汉广大。"

㊶贪狼：旧时阴阳术士迷信，以岁月日时附会人事，以"贪狼"指申时。并谓申主贪狼，而水生于申，其气动而成暴风。详《汉书·翼奉传》及注引孟康说，后因以贪狼指暴风。

㊷河伯为尊：指河伯妄自尊大。《庄子·秋水》："秋水时至，百川灌河。泾流之大，两涘渚崖之间，不辨牛马。于是焉，河伯欣然自喜，以天下之美为尽在己。顺流而东行，至于北海，东面而视，不见水端。于是焉河伯始旋其面目，望洋向若而叹曰：'野语有之曰："闻道百，以为莫己若者。"我之谓也。且夫我尝闻少仲尼之闻，而轻伯夷之义者，始吾弗信。今我睹子之难穷也，吾非至于子之门，则殆矣，吾长见笑于大方之家。'"河伯，古代神话中黄河的水神，或指河川之神的总称。

【译文】

你怒吼嘷叫于天地间，把王宫中的风铎吹得叮当乱响；你夜半咆哮，摇撼得秋树发出瑟瑟寒声。忽然扑向山林草莽之间，假借老虎呈威风；时而来到滟滪堆中，掀起冲天的波浪。而且，你吹得帘钩频频摇动，在高阁上刮起秋风；风铃忽然敲响，惊破了离人情思绵绵的幽梦。你径直掀开床帐，竟同下榻入幕的宾客；你推门登堂，吹动书页，竟成了翻书之客。平生不曾相识，你就直闯进门户；若不是有人拽住裙子，你几乎卷掠妃子而去。你在天空吐出彩色的光环，竟敢借着月亮形成月晕来显示自己出现的征兆；你在初春的郊野翻起柳浪，胡说是为花寄信。归田隐居者，刚踏上归途，你就把他薜荔做的衣裳飘飘吹起；登高望远的人，兴致正浓，你就轻轻吹落那插着茱萸的帽子。蓬草随风起伏，三秋的羊角旋风却把它卷入高空；风筝带着哨音飞入云霄，你却吹断了它的百尺丝线。没有得到则天太后的诏令，你就让百花早早绽放；还未去掉楚庄王坐客的帽缨，你竟吹灭烛光。甚至你扬起烟尘播下泥土，要把李贺笔下的高山吹为平地；你呼云唤雨，卷破杜甫茅屋的屋顶。即使微风也会令水神冯夷鼓起波浪；而如笙一般的西风过后却是倾盆大雨。微风飘荡而来，草皆低伏；狂风奔吼而至，瓦片欲飞。未等你施展翻江作浪之威，江豚就时时浮出水面向你参拜；你陡然形成遮天蔽日之势，长空雁阵就散乱无行。马当山你助王勃一帆风顺，尚有可取；可是你牵动瑶台翠帐，是何居心？至于说有灵气的海鸟，尚且知道依傍鲁门以躲避大风；只要使行人安全，愿替石娘唤回尤郎以平息风患。古有贤豪之士，愿乘长风破万里浪；今世不见高士，不慕荣利御风而行者能有几人？你暴风能驾驭狂云席卷飞沙走石，便以夜郎自居；倚仗着贪狠暴风的威势，河水亦泛滥成灾，更像河伯一样妄自尊大。

　　姊妹俱受其摧残，汇族悉为其蹂躏①。纷红骇绿②，掩苒何穷③？擘柳鸣条④，萧骚无际⑤。雨零金谷⑥，缀为藉客之祸⑦；露冷华林⑧，去作沾泥之絮⑨。埋香瘗玉⑩，残妆卸而翻飞⑪；朱榭雕栏，杂珮纷其零落⑫。减春光于旦夕⑬，万点正飘愁⑭；觅残红于西东，五更非错恨⑮。翩跹江汉女⑯，弓鞋漫踏春园⑰；寂寞玉楼人⑱，珠勒徒嘶芳草⑲。斯时也：伤春者有难乎为情之怨，寻胜者作无可奈何之歌⑳。尔乃趾高气扬㉑，发无端之踔厉㉒；催蒙振落㉓，动不已之斓珊㉔。伤哉绿树犹存，簌簌者绕墙自落㉕；久矣朱幡不竖㉖，娟娟者霣涕谁怜㉗？堕溷沾篱㉘，毕芳魂于一日㉙；朝荣夕悴㉚，免荼毒以何年？怨罗裳之易开，骂空闻于子夜㉛；讼狂伯之肆虐，章未报于天庭㉜。

【注释】

①汇族：全族，合族。悉：皆。

②纷红骇绿：形容狂风中的花草。唐柳宗元《袁家渴记》："每风自四山而下，振动大木，掩冉众草，纷红骇绿，蓊勃香气。"

③掩苒：或作"奄冉"，披拂之状。何穷：谓无穷，与下句"无际"，谓时间和空间都无边无际。

④擘柳、鸣条：既是风名，也是疾风中花木摇曳摆拂的情景。擘柳，"吹花擘柳风"，是河朔（泛指今黄河以北地区）一带春日疾风，"数日一作，三日乃止"。见《韵府》。鸣条，一种乍微渐疾之风。《格致镜原》引《乙巳占》谓"凡风动叶，十里鸣条"。

⑤萧骚：风吹林木声。

⑥金谷：金谷园，在今河南洛阳西北，为晋代石崇所筑别墅，崇常于其地宴客赋诗。

⑦裀（yīn）：褥垫。此指花裀，即用花作的坐垫。五代王仁裕《开元遗事·花裀》："学士许慎选放旷不拘小节，多与亲友结宴于花圃中，未尝具帷幄，设坐具，使童仆辈聚落花铺于坐下。慎选曰：'吾自有花裀，何消坐具？'"

⑧华林：华林园，三国吴时旧宫苑，在建业台城（今江苏南京）内，见

《景定建康志》。

⑨沾泥之絮：本谓心志坚定，不为色情所动。宋参寥《赠妓诗》："禅心已作沾泥絮，不逐东风上下狂。"此谓因风飘落而为露水所濡，沾上泥土。絮，柳絮。

⑩埋香瘗(yì)玉：原指女性死亡。此处指花瓣残落入土。

⑪残妆卸：本指妇女临晚卸妆。此喻花谢。

⑫杂珮：指女子身上佩带的各种玉饰，《诗·郑风·女曰鸡鸣》："知子之来之，杂佩以赠之。"此喻花片。

⑬减春光：春色因狂风而削减。唐杜甫《曲江二首》之一："一片花飞减却春，风飘万点正愁人。"

⑭万点正飘愁：宋秦观《千秋岁》："春去也，飞红万点愁如海。"

⑮觅残红于西东，五更非错恨：唐王建《宫词》："树头树底觅残红，一片西飞一片东。自是桃花贪结子，错教人怨五更风。"此处反用其意。觅残红，寻找残留的花瓣。

⑯翩跹：轻盈飘逸的样子。江汉女：江汉游女。《诗·周南·汉广》："汉有游女，不可求思。"朱熹注："江汉之俗，其女好游，汉魏以后犹然。"

⑰弓鞋：旧时女子缠足而足背弓起，因称其鞋为"弓鞋"。漫踏春园：谓花被风吹落，园内无可赏玩。漫，枉，徒然。

⑱玉楼人：指女子。玉楼，华丽的高楼。

⑲珠勒：以珠为饰的马勒头。唐王维《出塞作》："玉靶角弓珠勒马，汉家将赐霍嫖姚。"嘶：马鸣。

⑳寻胜：探寻美景。胜，名胜古迹。无可奈何之歌：宋晏殊《浣溪沙》："无可奈何花落去，似曾相识燕归来。"

㉑趾高气扬：骄气盈溢的样子。《战国策·齐策》："今何举足之高，志之扬也？"

㉒无端：没来由，无原因。踔(chuō)厉：雄健，奋发。

㉓蒙：通"萌"，花草幼芽。《易·序卦》："蒙者，蒙也，物之稚也。"
落：指落叶，落花。

㉔动不已之斓珊：唐杜甫《秋雨叹》之二："阑风伏雨秋纷纷，四海八
荒同一云。"赵子栋注："阑珊之风，沉伏之雨，言其风雨之不已
也。"不已，不止。斓珊，同"阑珊"。风名。即初秋凉风。

㉕簌簌者：指落花。唐元稹《连昌宫词》："连昌宫中满宫竹，岁久无
人森似束。又有墙头千叶桃，风动落花红簌簌。"

㉖朱幡不竖：谓众花得不到庇护，任风摧残。《博异记》载，唐天宝
中，处士崔玄微入嵩山采药时，独处一院，遇众花之精所化的女
子宴请封十八姨（即风神）。石榴花之精因不奉迎风神，惧为其
摧残，求崔庇护，嘱崔云："但处士每岁岁日，与作一朱幡，上图日
月五星之文，于苑东立之，则免难矣。今岁已过，但请至月二十
一日平旦，微有东风则立之，庶夫免于患也。"崔依其言，"至此日
立幡。是日东风刮地，自洛南折树飞沙，而苑中繁花不动"。幡，
旗帜。

㉗娟娟者：谓鲜美的花朵。娟娟，美好的样子。贾涕：陨涕，落泪。

㉘堕溷沾篱：指花随风飘落各处。溷，粪坑。篱，藩篱。

㉙毕：结束。芳魂：原指女性精魂，此处指花的生命。

㉚朝荣夕悴：指花晨开夕落，无法摆脱风的残害。荣，开放。悴，
憔悴。

㉛怨罗裳之易开，骂空闻于子夜：《子夜歌》云："擘裙未结带，约眉
出前窗。罗裳易飘飏，小开骂春风。"见《乐府诗集》。罗裳，丝罗
衣裙，女性服装，这里暗喻花朵。子夜，午夜。这里指《子夜歌》。

㉜讼狂伯之肆虐，章未报于天庭：唐韩愈《讼风伯文》结语云："上天
孔明兮有纪有纲，我今上讼兮其罪谁当？天诛加兮不可悔，风伯
虽死兮人谁汝伤？"狂伯，狂暴的风伯，即风神。天庭，神话传说
中天帝所在的朝廷。章，奏章。此指韩愈《讼风伯文》。

【译文】

姐妹都受到你的摧残,合族皆为你所蹂躏。红花纷落绿叶惊颤,被你摇撼得没完没了;擘柳风、鸣条风,吹折花木之声无尽无休。风吹雨打金谷园,落红无数已成游人的坐垫;白露为霜华林苑,柳絮飘零变泥土。落英委地,残红凋败随风飘荡;朱榭雕栏旁边,飘落的杂英纷如玉片。旦夕之间春光顿减,飞红万点似春愁;四下里寻觅残红,只能怨恨五更风。翩翩江汉游女,踏着弓鞋轻盈枉游春园;寂寞玉楼美人,华丽的骏马却徒然嘶鸣对芳草而无缘。当此之时:伤春者怀着难以为情的哀怨,寻胜者发出无可奈何的歌吟。你却趾高气扬,无端地滥施淫威;摧残幼芽,摇落玉英,无休无止地刮着阑珊之风。哀伤啊,绿树犹存,花却扑簌簌绕墙而落;太久啦,对付风神的朱幡没有竖立,娇美的鲜花忧伤落泪有谁怜惜?堕入粪坑,挂在樊篱,一日之间芳魂消散;早晨盛开傍晚零落,何年才能免遭残害?抱怨罗裳易被春风吹开,咒骂之声只能空闻于《子夜歌》;控告风伯肆无忌惮,奏章却未能上达天庭。

　　诞告芳邻①,学作蛾眉之阵②;凡属同气③,群兴草木之兵④。莫言蒲柳无能⑤,但须藩篱有志⑥。且看莺俦燕侣⑦,公覆夺爱之仇⑧;请与蝶友蜂交,共发同心之誓⑨。兰桡桂楫⑩,可教战于昆明⑪;桑盖柳旌⑫,用观兵于上苑⑬。东篱处士⑭,亦出茅庐⑮;大树将军⑯,应怀义愤⑰。杀其气焰⑱,洗千年粉黛之冤⑲;歼尔豪强⑳,销万古风流之恨㉑!

【注释】

①诞告:广泛告知。《书·汤诰》:"王归自克夏,至于亳,诞告万方。"孔传:"诞,大也。以天命大义告万方之众人。"芳邻:指相邻之花。

②蛾眉之阵：谓女子组成战阵。春秋时期著名军事家孙武曾训练官女为军阵。见《史记·孙子吴起列传》。蛾眉，女子细长之眉，代指女子，此喻花。

③同气：气质相近或相同，即同类。梁周兴嗣《千字文》："孔怀兄弟，同气连枝。"此指花卉家族。

④草木之兵：化用"草木皆兵"之意。《晋书·苻坚载记》载，苻坚南渡，与晋军相持于淝水。苻坚登城而望晋军，"见部阵齐整，将士精锐；又北望八公山上草木皆类人形，顾谓融（苻融）曰：'此亦劲敌也，何谓少乎？'"

⑤蒲柳无能：蒲柳即水杨，枝条可编作篱笆。因其秋季较早凋落，常以喻女子衰弱的体质，故云"无能"。

⑥藩篱：以竹编成的篱笆。引申为守卫之意。

⑦莺俦燕侣：喻称众花女伴。

⑧公：大家，即"莺俦燕侣"。覆：报复。夺爱：强力夺其所爱。指狂风伤残众花。

⑨同心之誓：谓同仇敌忾的誓言。《左传·成公十三年》："昔逮我献公，及穆公相好，戮力同心，申之以盟誓，重之以昏姻。"

⑩兰桡桂楫（jí）：香洁的船桨。此取字面意思，即指兰（木兰）、桂（桂树）二种香木。《拾遗记》："兰桂可折，而不可掩其贞。"

⑪教战于昆明：汉武帝元狩三年（前120）于长安西南郊凿昆明池，以习水战。池周围四十里，广三百三十二顷。宋以后湮没。《汉书·武帝纪》："发谪吏穿昆明池。"颜师古注引臣瓒曰："《西南夷传》有越巂、昆明国，有滇池，方三百里。汉使求身毒国，而为昆明所闭。今欲伐之，故作昆明池象之，以习水战，在长安西南，周回四十里。"

⑫桑盖柳旌：桑树形如车盖，柳枝如旌旗招展。

⑬观兵：检阅军队，以示军威。观，示。上苑：供帝王游猎的园林。

⑭东篱处士：此处借指菊花。东晋诗人陶渊明爱菊，其《饮酒》之五有"采菊东篱下，悠然见南山"之句。处士，古称有才德而隐居不仕的人。

⑮茅庐：简陋的居室。

⑯大树将军：此处只取字面意思，指大树。东汉将军冯异为人谦退不伐，"每所止舍，诸将并坐论功，异常独屏树下，军中号曰'大树将军'"。见《后汉书·冯异传》。

⑰义愤：指被违反正义的事情所激发的愤怒。《后汉书·逸民传序》："汉室中微，王莽篡位，士之蕴藉义愤甚矣。"

⑱杀：除掉，打压。

⑲粉黛：搽脸的白粉和描眉的黛墨，均为旧时女子化妆用品，因借指美女。此处则以喻花。

⑳歼：歼灭。豪强：喻风。

㉑销：消解。风流：风韵，借指女子。此处指花。

【译文】

广告众芳邻，学习结为鲜花的军阵行列；凡属同类，群兴草木之兵。不要说我们如蒲柳一般柔弱无能，只要有柳条编为篱笆的自卫之志。且看我们莺俦燕侣的众伙伴，共同报复风神的夺爱之恨；让我们结交蝴蝶蜜蜂，共同发出同仇敌忾的誓言。兰木之桨，桂木之楫，可在昆明池中演练水战；桑叶为车盖，柳条为旌旗，为的是在上林苑中大阅兵。高逸的菊花，也将出来参战；独立的大树，理应义愤填膺。灭掉封氏的嚣张气焰，洗雪千年花魂的冤屈；歼灭封氏豪强，销解万古风流的遗恨！

河间生

【题解】

本篇带有明显的寓言性质。写河间某生交了不正当的狐友，后来幡然悔悟。蒲松龄在其为友人王八垓写的《为人要则》中说："正者，反乎邪之词也。今有人于此，共指之曰：'彼邪人也'。夫其耳目口鼻皆与人同，而人共鄙之，以其不正者在心耳。""匪人固匪人也，交匪人者亦匪人也。""徙者，舍此而适彼之谓，如人弃其旧宅，而移于新室。见所当为则急就之，勿复留恋。"可为此篇注脚。

河间某生①，场中积麦穰如丘②，家人日取为薪，洞之③。有狐居其中，常与主人相见，老翁也。一日，屈主人饮④，拱生入洞⑤。生难之，强而后入。入则廊舍华好，即坐，茶酒香烈。但日色苍黄，不辨中夕⑥。筵罢既出，景物俱杳。翁每夜往夙归⑦，人莫能迹⑧。问之，则言友朋招饮。生请与俱，翁不可。固请之，翁始诺。挽生臂，疾如乘风，可炊黍时⑨，至一城市。入酒肆，见坐客良多，聚饮颇哗⑩。乃引生登楼上。下视饮者，几案柈飧⑪，可以指数⑫。翁自下楼，任意取案上酒果，抔来供生⑬，筵中人曾莫之禁⑭。移时，生视一朱衣人前列金橘，命翁取之。翁曰："此正人⑮，不可近。"生默念：狐与我游，必我邪也。自今以往，我必正！方一注想⑯，觉身不自主，眩堕楼下⑰。饮者大骇，相哗以妖⑱。生仰视，竟非楼上，乃梁间耳。以实告众，众审其情确，赠而遣之。问其处，乃鱼台⑲，去河间千里云。

【注释】

①河间:明清河间府,治所在今河北河间市。

②麦穰:铡碎的麦秆,可以做牛马等动物的饲料,也可以和泥增加泥土的韧性,用于抹墙,做固定用。穰,泛指黍稷稻麦等植物的秆茎。

③洞之:把麦穰垛掏出一个洞。洞,掏洞。

④屈:屈驾,延请别人的敬词。

⑤拱:拱手相邀。

⑥中夕:中午晚上。

⑦夙:早晨。

⑧迹:踪迹。

⑨炊黍时:做一顿饭的工夫。黍,黄米,比小米略大,有黏性。

⑩哗:喧哗。

⑪几案:桌子。柈飧:盘子中的饭菜。柈,同"盘"

⑫可以指数:意谓能够一一看清。

⑬抔(póu):双手捧物。

⑭莫之禁:莫禁之,没有人制止他。

⑮正人:品格端正之人。

⑯注想:专心思考。

⑰眩:眩晕。

⑱相哗以妖:彼此喧哗起来,认为是妖异。

⑲鱼台:县名。位于山东、江苏、安徽交界处。明清时期或隶济宁府,或隶兖州府,或隶直隶州。今属山东,旧治在今县城西南。

【译文】

河北河间府有个秀才,他家场院里堆积的麦秆像小山一样,家人每天取来作柴,时间长了,麦穰垛中出现了一个深洞。有只狐狸住在里面,狐狸常与秀才见面,见面时它就化作一个老汉。有一天,老汉请秀才饮酒，拱手请他入洞。秀才感到很为难，老汉强拉硬拽，这才勉强进去。然而进洞之后才发现屋舍华美，随即入座，茶香酒美。只是日色昏黄，分不清是中午还是傍晚。酒宴完毕，走出洞口，先前的景物全都杳然不见。老汉每天夜出晨归，没人知晓他的踪迹。问他，就说是朋友请他饮酒。秀才请求和他一块前往，老汉不肯。再三请求，这才答应下来。老汉挽着秀才的胳膊，行走起来快如乘风，大约做一顿饭的光景，来到一座城市。他们走进一家酒馆，只见坐客很多，聚在一块饮酒，十分喧哗。老汉就领秀才来到楼上。俯视楼下的客人，几案菜肴，一目了然。老汉独自来到楼下，随意取来酒和果品，捧来供给秀才，酒席上的人没有谁阻止他。过了一会儿，秀才看到一个身着朱红衣服的客人面前摆放着金橘，就让老汉去拿金橘。老汉说："这是个正人君子，我不敢靠近他。"秀才心中暗想：狐狸与我交游，一定是我不正派了。从今往后，我一定也要正派做人！刚一沉思，就觉得身不由己，头晕目眩，掉下楼去。楼下喝酒的人被吓了一跳，吵吵闹闹，都说他是妖怪。秀才仰头望去，刚才所待的地方并非楼上，竟然是房梁。他把实情告诉了众人，人们寻思他的话真实可信，就送些钱财，打发他回家。问此是何处，却是山东的鱼台县，离河间府有千里之遥。

云翠仙

【题解】

　　从某种意义上说，《云翠仙》也是写背信弃义的故事。不过，《武孝廉》写的是官僚，《窦氏》写的是地主，本篇则写的是小负贩，是一个无赖小负贩骗婚卖妻的悲剧。

　　云翠仙是一个精明善良的少女，她在梁有才追求之初就看穿了他的不可靠，不肯嫁给他，但迫于母命，还是委屈地嫁给了梁有才。结婚后，她恪守妇道，三从四德，但无法阻止赌博酗酒的梁有才将自己卖掉，只是在忍无可忍之后,才与之断然分手。云翠仙在决绝时对梁有才的痛斥,纯用口语,将自己的委屈、怨怒,痛快淋漓地喷涌发泄出来,令人生无限同情怜惜。

　　在本篇中,蒲松龄并无意对于封建包办婚姻有什么批评,但故事本身却让我们看到包办婚姻是云翠仙悲剧命运的元凶。二十世纪五十年代在推广《婚姻法》,宣传自由恋爱时,《云翠仙》曾作为评书故事广为传播。

　　云翠仙虽然是仙是鬼是狐无法确认,本篇故事却充满了农村的生活气息。像泰山的"跪香",邻里的"朋饮竞赌",如同风俗画卷一般,篇末"异史氏曰"的劝诫,也令人感受到蒲松龄像乡里长者一样的苦口婆心。

　　梁有才,故晋人①,流寓于济②,作小负贩③,无妻子田产。从村人登岱④。岱,四月交⑤,香侣杂沓⑥。又有优婆夷、塞⑦,率众男子以百十,杂跪神座下,视香炷为度⑧,名曰"跪香"。才视众中有女郎,年十七八而美,悦之。诈为香客,近女郎跪,又伪为膝困无力状,故以手据女郎足。女回首似嗔,膝行而远之。才又膝行近之,少间,又据之。女郎觉,遽起,不跪,出门去。才亦起,出履其迹,不知其往。心无望,怏怏而行⑨。

【注释】

①晋:山西的简称。

②流寓:客居,暂住。济:指济南府所在地,即今山东济南。

③负贩:流动商贩。

④岱:泰山的别称。

⑤四月交：即阴历四月初。指浴佛节，即"佛诞节"前后，为纪念佛祖释迦牟尼诞生的节日。届时各佛寺举行诵经法会、拜佛祭祖、施舍僧侣等庆祝活动，并据传说以各种名香浸水为佛像洗浴，并供奉各种花卉。中国汉族地区，一般将节日定于夏历四月初八。交，交接。

⑥香侣：结伴朝拜泰山的香客。

⑦优婆夷、塞：即优婆夷、优婆塞，均为梵语音译，佛教信徒。优婆夷，指接受佛教五戒的女居士。优婆塞，指接受佛教五戒的男居士。

⑧视香炷为度：以一支香燃烧完为跪拜时间的限度。炷，点香。

⑨怏怏：失意，不快乐的样子。

【译文】

梁有才原是山西人，流落到济南府，做小商贩为生，没有妻儿田产。他随着村里人去登泰山。四月初，泰山的香客熙熙攘攘。还有一些男女居士，率领百十来个男女，纷纷跪在佛像下，以一炷香烧完为限度，叫做"跪香"。梁有才发现众人之中有一女郎，年纪在十七八岁，容貌俊美，不由心生爱意。他假装香客，在女郎近旁跪下，又装作膝盖酸软无力的样子，故意用手去握女郎的脚。女郎回过头来，似有嗔怒之意，跪着移动了几步躲开了他。梁有才又跪着移过去靠近她，一会儿，又去握女郎的脚。女郎发觉后，立即站起身，不再跪香，出门而去。梁有才也站起来跟踪出去，但已不知去向。他心里很失望，怏怏不乐地走着。

途中见女郎从媪，似为女也母者①，才趋之。媪女行且语，媪云："汝能参礼娘娘②，大好事。汝又无弟妹，但获娘娘冥加护③，护汝得快婿④。但能相孝顺，都不必贵公子、富王孙也。"才窃喜，渐渍诘媪⑤。媪自言为云氏，女名翠仙，其出也。家西山四十里。才曰:"山路涩⑥,母如此蹜蹜⑦,妹如此纤纤,何能便至?"曰:"日已晚,将寄舅家宿耳。"才曰:"适言相婿,不以贫嫌,不以贱鄙,我又未婚,颇当母意否?"媪以问女,女不应。媪数问,女曰:"渠寡福,又荡无行,轻薄之心,还易翻覆。儿不能为逼伎儿作妇⑧!"才闻,朴诚自表,切矢皦日⑨。媪喜,竟诺之。女不乐,勃然而已⑩。母又强拍嗾之⑪。才殷勤,手于橐⑫,觅山兜二⑬,舁媪及女⑭,已步从,若为仆。过隘⑮,辄诃兜夫不得颠摇动,良殷。俄抵村舍,便邀才同入舅家。舅出翁,妗出媪也。云兄之嫂之⑯。谓:"才吾婿。日适良⑰,不须别择,便取今夕。"舅亦喜,出酒肴饵才。既,严妆翠仙出,拂榻促眠。女曰:"我固知郎不义,迫母命,漫相随⑱。郎若人也⑲,当不须忧偕活。"才唯唯听受。明日早起,母谓才:"宜先去,我以女继至。"

【注释】

①女也母者:即母女。也、者,均为语助,无义。

②参礼娘娘:指参拜碧霞元君。民间传说是东岳大帝之女,宋真宗时封为天仙玉女碧霞元君。见清张尔岐《蒿庵闲话》、《玉女考》、《瑶池记》等。道教称其应九炁以生,受玉帝之命,证位天仙,统领岳府神兵,照察人间善恶。泰山极顶有碧霞元君祠。

③冥:暗中。加护:加持护佑。

④快婿:称心的女婿。

⑤渐渍:犹浸润,若水之渐次浸渍润泽。此谓逐渐搭讪。

⑥山路涩:谓山路坎坷难行。涩,不平坦。

⑦蹜蹜(sù):脚步细碎小心。《论语·乡党》:"足蹜蹜,如有循。"

⑧遏(tā)伎儿:举止猥琐而轻薄的人。

⑨切矢皦(jiǎo)日:恳切地指着太阳发誓。切,恳切。矢,誓。皦日,明亮的太阳。多用于誓辞。《诗·王风·大车》:"谷则异室,死则同穴。谓予不信,有如皦日。"

⑩勃然:因愤怒而变色的样子。

⑪强拍咻(xiū)之:勉强她,抚慰她。拍,拍拊其背。咻,同"呴",噢(yǔ)咻,抚慰之声。

⑫手于橐(tuó):把手插进钱袋里,谓掏出钱来。橐,口袋。

⑬山兜:山轿。兜,通"篼"。一种二人抬着的便轿。

⑭舁:抬。

⑮隘(ài):隘口,险要之处。

⑯兄之嫂之:称之为兄,称之为嫂。

⑰日适良:今日恰好是吉日。

⑱漫:犹胡乱,随意。

⑲若人:是人,像个人。

【译文】

　　半道上,梁有才看见那女郎跟着个老太太,好像是母女,便赶紧跟上去。母女俩边走边谈,老太太说:"你能参拜娘娘,太好了。你又没有弟妹,只求获得娘娘冥冥之中保佑你,保佑你嫁个称心如意的丈夫。只要能孝顺长辈,倒不必嫁公子王孙。"梁有才听了暗自高兴,慢慢凑上去搭话,向老太太问这问那。老太太自称云氏,女孩儿名翠仙,是她女儿。她家在山的西边,离这四十里地。梁有才说:"山路坎坷难走,老妈妈如此迈着碎步,妹妹又是纤纤小脚,怎么能很快到家呢?"老太太说:"天不早了,我们先到她舅舅家住一宿。"梁有才说:"刚才听您说相女婿,不嫌贫穷,不怕低贱,我又没成家,是不是很合您的心意?"老太太问女儿,女儿不回答。老太太问了几次,女儿说:"他福分薄,又放荡无行,心性轻薄,还好反复无常。我不能给浪荡子做媳妇。"梁有才听了,赶紧表白自己朴实诚恳,恳切地指着太阳发誓。老太太一见很高兴,竟答应了这桩亲事。女儿不高兴,只能显出很生气的样子。母亲半是勉强半是抚慰地拍着她的背。梁有才赶紧献殷勤,掏出自己口袋里的钱,雇来两驾山兜,抬着母女二人赶路,自己徒步跟在后面,像个仆人。经过险要的路段,梁有才就呵斥抬山兜的人,不许山兜颠簸摇荡,照顾得很周到。一会儿,来到一个村庄,老太太就邀请梁有才一同去女儿的舅舅家。舅舅出来,是个老汉,舅母是个老太太。云氏叫他们哥哥、嫂子,说:"有才是我女婿。今天正好是个好日子,不必另择吉日,今晚就让他们成亲吧。"舅舅听了很高兴,拿出酒菜款待梁有才。吃罢,把云翠仙盛装打扮了送出来,拂拭了床铺催他们早睡。云翠仙说:"我本来知道你是个无情无义的人,迫于母命,胡乱跟了你。你若是个人,就不必为一起生活忧愁。"梁有才唯唯诺诺,点头答应。第二天一早起床后,云翠仙母亲对梁有才说:"你先回去吧,我带女儿随后就到。"

才归,扫户闼①。媪果送女至。入视室中,虚无有,便云:"似此何能自给? 老身速归,当小助汝辛苦②。"遂去。次日,有男女数辈,各携服食器具,布一室满之。不饭俱去,但留一婢。才由此坐温饱③,惟日引里无赖④,朋饮竞赌⑤,渐盗女郎簪珥佐博。女劝之,不听,颇不耐之,惟严守箱奁,如防寇。一日,博党款门访才,窥见女,适适惊⑥。戏谓才曰:"子大富贵,何忧贫耶?"才问故,答曰:"曩见夫人,实仙人也。适与子家道不相称。货为媵⑦,金可得百,为妓,可得千。千金在室,而听饮博无赀耶⑧?"才不言,而心然之。归辄向女欷歔,时时言贫不可度。女不顾,才频频击桌,抛匕箸,骂婢,作诸态。

【注释】

①户阈：门口。这里指家中。

②小助汝辛苦：意为略微帮助你们度日。小助，稍微帮助。谦词。辛苦，谓穷苦的生活。

③坐：坐享。

④里：邻里。

⑤朋饮：聚饮。

⑥适适(tì)：形容吃惊的样子。

⑦货为媵(yìng)：卖作人妾。媵，本指为诸侯之女作陪嫁的人，称为"妾媵"，后泛指妾。

⑧听：听任。饮博：饮酒赌博。赀：本钱。

【译文】

梁有才回到家，打扫门户。云母果然把云翠仙送来。进屋一瞧，家徒四壁，就说："像这样怎么生活？我赶快回去，稍微给你们解一解难。"说完就走了。第二天，来了几个男女，各自携带着衣服、食物、家什器具，把房间摆得满满的。他们连饭也没有吃就都走了，只留下一个丫环。梁有才从此坐享温饱，只是每日招引乡里的无赖饮酒赌博，渐渐地发展到偷云翠仙的簪子耳环等首饰做赌资。云翠仙劝阻，他不听，云翠仙也不耐烦跟他多费唇舌，只是牢牢地守着自己的箱子，像防范盗贼一样。一天，一个赌友登门拜访梁有才，偷偷看到了云翠仙，非常吃惊。他戏弄梁有才说："你有大富大贵的本钱啊，为什么为贫穷发愁呢？"梁有才问他何出此言，回答说："先前看到你家夫人，真是美如天仙。偏偏和你的家境不相称。把她卖给别人做妾，可得百金，卖为妓女，可得千金。家有千金，还怕饮酒赌博没钱吗？"梁有才没说话，心里很赞成。回家就向云翠仙叹息掉泪，还时不时地说日子穷得过不下去了。云翠仙不理他，梁有才就频频敲桌子，扔匙子筷子，骂丫环，做出各种丑态。

一夕，女沽酒与饮①，忽曰："郎以贫故，日焦心。我又不能御穷②，分郎忧，中岂不愧怍③？但无长物④，止有此婢，鬻之⑤，可稍稍佐经营⑥。"才摇首曰："其直几许！"又饮少时，女曰："妾于郎，有何不相承？但力竭耳。念一贫如此，便死相从，不过均此百年苦，有何发迹？不如以妾鬻贵家，两所便益，得直或较婢多。"才故愕言："何得至此！"女固言之，色作庄⑦。才喜曰："容再计之。"遂缘中贵人⑧，货隶乐籍⑨。中贵人亲诣才，见女大悦，恐不能即得，立券八百缗⑩，事濒就矣⑪。女曰："母日以婿家贫，常常萦念，今意断矣，我将暂归省。且郎与妾绝，何得不告母？"才虑母阻，女曰："我顾自乐之，保无差贷⑫。"才从之。夜将半，始抵母家。挝阖入⑬，见楼舍华好，婢仆辈往来憧憧⑭。才日与女居，每请诣母，女辄止之，故为甥馆年馀⑮，曾未一临岳家。至此大骇，以其家巨，恐媵妓所不甘也。女引才登楼上。媪惊问夫妻何来，女怨曰："我固道渠不义⑯，今果然！"乃于衣底出黄金二铤置几上⑰，曰："幸不为小人赚脱⑱，今仍以还母。"母骇问故，女曰："渠将鬻我，故藏金无用处。"乃指才骂曰："豺鼠子！曩日负肩担，面沾尘如鬼。初近我，熏熏作汗腥，肤垢欲倾塌，足手皴一寸厚⑲，使人终夜恶。自我归汝家，安坐餐饭，鬼皮始脱。母在前，我岂诬耶？"才垂首，不敢少出气。女又曰："自顾无倾城姿，不堪奉贵人，似若辈男子，我自谓犹相匹。有何亏负，遂无一念香火情⑳？我岂不能起楼宇、买良沃㉑？念汝儇薄骨、乞丐相㉒，终不是白头侣！"言次，婢姬连衿臂，旋旋围绕之。闻女责数，便都唾骂，共言："不如杀却,何须复云云!"才大惧,据地自投,但言知悔。女又盛气曰㉓:"鬻妻子已大恶,犹未便是剧㉔,何忍以同衾人赚作娼!"言未已,众眦裂㉕,悉以锐簪蒴刀股攒刺胁膊㉖。才号悲乞命。女止之曰:"可暂释却。渠便无仁义,我不忍其觳觫㉗。"乃率众下楼去。

【注释】

①沽:买。

②御穷:当穷,对付贫穷。《诗·邶风·谷风》:"宴尔新昏,以我御穷。"朱熹注:"御,当也。"

③中:衷。心中。愧怍:惭愧。

④长物:多馀或像样的东西。

⑤鬻:卖。

⑥佐经营:帮助筹谋。

⑦色作庄:脸色表现得很郑重。

⑧缘中贵人:通过中贵人的关系。缘,因,由,借着。中贵人,本指在宫中而贵幸的人,后专指皇帝宠信的宦官。

⑨隶乐籍:隶属于乐户的名籍。乐户,指官妓。

⑩立券:签署契约。缗(mín):穿钱的绳子。古时货币所用铜钱,有孔,可以用绳贯串起来,一般一千钱为一串,称一缗。

⑪滨就:快要成功。滨,靠近,临近。

⑫差忒(tè):谓失误。忒,通"忒"。

⑬挝(zhuā)阖:敲打门户。阖,门扇。

⑭憧憧(chōng):往来不绝的样子。

⑮为甥馆:谓做女婿。古代称妻父为外舅,称婿为甥。舜娶尧女后,谒见尧,尧把舜安置在他的副宫里,即《孟子·万章》所谓

"馆甥于贰室"。后因以"甥馆"称女婿在岳父家的住处,也代指女婿。

⑯渠:他。

⑰铤(dìng):"锭"的本字。金银锭的计量单位。一铤为五两至十两。

⑱赚脱:骗去。

⑲皴(cūn):因受冻而皮肤开裂或皮肤上绽裂的积垢,此指后者。

⑳香火情:焚香誓约之情,古人盟誓多焚香告神。此谓夫妻之情。

㉑良沃:良田。

㉒儇(xuān)薄骨:轻薄相。骨,骨相,人的骨格相貌。

㉓盛气:蓄怒欲发,气冲冲地。《战国策·赵策》:"太后盛气而揖之。"

㉔犹未便是剧:还不算是极恶。犹,还。剧,甚,最。

㉕眦(zì)裂:瞪大眼睛快要裂开。形容愤怒到极点。

㉖翦:同"剪"。胁膜(huà):两胁突起之处。

㉗不忍其觳觫(hú sù):不忍看到他颤抖的可怜样。觳觫,因恐惧而颤抖的样子。《孟子·梁惠王》:"吾不忍其觳觫,若无罪而就死地。"

【译文】

一天晚上,云翠仙买来酒与丈夫对饮,忽然说:"郎君因为家里贫穷,天天焦心。我又不能解除困境,心中岂能不惭愧呢?只是我没有多余的东西,只有这个丫环,卖了她,可以稍微补贴家用。"梁有才摇摇头说:"她才值几个钱!"又喝了会儿酒,云翠仙说:"我对于郎君来说,有什么不能替你承担的呢?只是没有力量罢了。想到穷到这份上,就是到死跟着你,也不过两人在一块儿受一辈子苦,有何出头之日?不如把我卖到富贵人家,对你我都有好处,得到的钱财或许比卖丫环多。"梁有才故作惊愕地说:"怎么至于到这步!"云翠仙一再坚持,脸色十分庄重。梁有才高兴地说:"容我们再计议计议。"于是通过得宠的宦官把云翠仙卖给官府做乐妓。那个宦官亲自到梁有才家,见到云翠仙非常中意,唯恐不能立即买到手,就立了一张出价八百缗钱的契约,事情马上就要办成了。云翠仙说:"母亲每天因为女婿家穷,常常挂念,现在的情分要断了,我准备回家几天探望母亲。况且你我已经一刀两断,怎么能不告诉母亲?"梁有才顾虑岳母阻止这件事,云翠仙说:"是我自己乐意的事,保险没有差错。"梁有才依从了她。快半夜时,才到岳母家。敲开门进去一看,只见楼台屋舍都很华美,奴婢仆人往来不绝。梁有才平常与云翠仙一起过活,每当他要去拜见岳母时,云翠仙就阻止他,所以当了一年多的女婿,从未登过岳母的门。到这时,他大惊失色,担心云翠仙家家财万贯,家里恐怕不甘心让云翠仙做妾或乐妓。云翠仙领着他来到楼上。云母惊讶地问他们夫妻俩干什么来了,云翠仙埋怨说:"我本来就说他无情无义,现在果然如此!"于是从衣服里拿出两锭黄金,放在桌上,说:"幸好没有被这小人赚了去,现在仍然还给母亲。"母亲吃惊地询问原委,云翠仙说:"他要卖我,所以藏着金子也没用了。"就指着梁有才骂道:"你个畜生!过去你挑着担子,满脸灰尘像个鬼。刚接近我时,一身臭烘烘的汗气,皮肤上的积垢厚得都快塌了,手上脚上的皴有一寸厚,让人整夜恶心。自从我嫁给你,你四平八稳地吃上了饱饭,那层鬼皮才蜕掉。现在母亲在跟前,我难道诬蔑你了吗?"梁有才低着头,大气都不敢出。云翠仙又说:"我自知没有倾城倾国的姿色,不能够侍奉贵人,但像你这样的男子,我敢说还配得上。我哪里亏待了你,你就一点儿不念夫妻之情?我难道不能造楼房、买良田?想起你这副轻薄骨、讨饭相,终究不是白头伴侣。"说话之间,丫环仆妇们手挽手,把梁有才团团围住。听到云翠仙的责骂数落,就跟着一起唾骂,齐声说:"不如杀了他,何必跟他废话!"梁有才十分恐惧,趴在地上磕头,一个劲儿说自己错了。云翠仙又怒气冲冲地说:"卖妻子已经够坏的了,可还没有坏到极点,怎么忍心让同床共枕的妻子去做娼妓!"话音未落,众人气得眼眶都要瞪裂了,一齐用簪子、剪刀刺梁有才的胸肋。梁有才哀号着乞求饶命。云翠仙制止众人说:"先放了他。他即便无情无义,我还不忍心看他发抖的可怜相。"就领着众人下楼去了。

　　才坐听移时,语声俱寂,思欲潜遁。忽仰视见星汉①,东方已白,野色苍莽②,灯亦寻灭,并无屋宇,身坐削壁上。俯瞰绝壑,深无底,骇绝,惧堕。身稍移,塌然一声,堕石崩坠。壁半有枯横焉③,罥不得堕④。以枯受腹,手足无着。下视茫茫,不知几何寻丈⑤。不敢转侧,嗥怖声嘶,一身尽肿,眼耳鼻舌身力俱竭。日渐高,始有樵人望见之,寻缒来⑥,缒而下⑦,取置崖上,奄将溘毙⑧。异归其家。至则门洞敞⑨,家荒荒如败寺,床簏什器俱杳,惟有绳床败案⑩,是己家旧物,零落犹存。嗒然自卧⑪,饥时,日一乞食于邻。既而肿溃为癫⑫。里党薄其行⑬,悉唾弃之。才无计,货屋而穴居,行乞于道,以刀自随。或劝以刀易饵,才不肯曰:"野居防虎狼,用自卫耳。"后遇向劝鬻妻者于途,近而哀语,遽出刀擘而杀之⑭,遂被收。官廉得其情⑮,亦未忍酷虐之,系狱中,寻瘐死⑯。

【注释】

①星汉:银河。曹操《观沧海》:"星汉灿烂,若出其里。"

②野色苍莽:荒野一片青翠。苍莽,绿野与碧空相连,一望无际的样子。

③枯:枯树。

④罥(juàn):挂。

⑤几何寻丈:多少寻丈高。寻,长度单位,古时以八尺为"寻"。

⑥绠:绳。

⑦缒:用绳索拴住人往下放。

⑧奄将溘(kè)毙:气息奄奄,将要死去。奄,奄奄,气息微弱的样子。溘,忽然。

⑨门洞敞:屋门大开。

⑩绳床:用绳索穿缠捆缚的卧床,喻简陋。败案:破桌子。

⑪嗒然:灰心丧气的样子。

⑫癞(lài):恶疮,即麻风病。

⑬里党:犹乡党,邻里。

⑭揱(áo):旁击。《春秋公羊传·宣公六年》:"公怒,以斗揱而杀之。"注:"揱,犹挈也。揱,谓旁击头项。"

⑮廉:通"覝"。考察,查访。

⑯瘐(yǔ)死:旧谓囚犯因拷打、饥寒或疾病而死于狱中。《汉书·宣帝纪》:"今系者或以掠辜(拷打)若(及)饥寒瘐死狱中。"

【译文】

梁有才坐着听了好一会儿,周围的人声响动都沉寂下来,就想偷偷逃走。忽然抬头望去,只见星光闪烁,东方已经发白,荒野一片苍茫,随即室内的灯光熄灭了,然后房屋也消失了,原来自己坐在峭壁上。下视山谷,深不见底,梁有才吓坏了,生怕掉下去。他刚一挪动身子,"轰"的一声,山石崩落。崖壁的半腰上横着一棵枯树,恰好把他挂住了,才没掉下去。枯树只托着他的肚子,手脚都悬在空中,没有着落。往下看茫茫一片,不知有多少丈深。他不敢转身,鬼哭狼嚎般的呼救声既恐怖又嘶哑,身上全都肿胀起来,眼耳鼻舌以及全身没有一点儿力气。太阳渐渐升起来了,才被打柴的发现,打柴的找来绳子,把绳子垂下去,把他拉到崖上,已经奄奄一息。打柴的把梁有才抬回家,只见屋门大开,家里破破烂烂如同破庙,床、箱子、家具等都不见了,只有破床、破桌子这些自己家的旧东西,零零落落的还在。梁有才无精打采地躺在床上,饥饿时，一天向邻居乞讨一回饭吃。不久，他身上肿胀的地方溃烂变成恶疮。乡里人瞧不起他的为人，都唾弃他。他没有办法，只好卖了房子住在山洞里，沿街乞讨，身边还带了把刀。有人劝他用刀换点儿饭吃，他不肯，说："住在野外要防备虎狼，用刀可以自卫。"后来在道上遇到了那个先前让他卖妻子的人，梁有才就上前和他说着伤心话，突然抽出刀来把那人杀了，于是他被官府收押。当官的查清了他杀人的缘由，也不忍用酷刑虐待他，只把他关在狱中，不长时间，就在狱中死了。

异史氏曰：得远山芙蓉①，与共四壁②，与以南面王岂易哉③！己则非人，而怨逢恶之友④，故为友者不可不知戒也。凡狭邪子诱人淫博⑤，为诸不义，其事不败，虽则不怨亦不德。迨于身无襦⑥，妇无袴⑦，千人所指，无疾将死⑧，穷败之念，无时不萦于心，穷败之恨，无时不切于齿。清夜牛衣中⑨，辗转不寐。夫然后历历想未落时⑩，历历想将落时，又历历想致落之故，而因以及发端致落之人。至于此，弱者起，拥絮坐诅⑪；强者忍冻裸行，篝火索刀⑫，霍霍磨之⑬，不待终夜矣。故以善规人，如赠橄榄⑭；以恶诱人，如馈漏脯也⑮。听者固当省⑯，言者可勿惧哉！

【注释】

①远山芙蓉：形容女子貌美。《西京杂记》："（卓）文君姣好，眉色如望远山，脸际常若芙蓉。"

②与共四壁：与自己一起过穷日子。四壁，家徒四壁的省语，形容贫穷。《史记·司马相如列传》：相如与卓文君驰归成都，"家居徒四壁立"。

③南面王：泛指王侯。古代以坐北朝南为尊位，帝王、诸侯见群臣，

皆面南而坐,故用以指居帝王、诸侯之位。

④逢恶之友:迎合所好、勾引作恶的朋友。逢恶,逢恶导非的省语,谓逢迎坏人,助长恶行。逢,逢迎,迎合。《孟子·告子》:"逢君之恶其罪大。"赵岐注:"臣以谄媚逢迎而导君为非,故曰罪大。"

⑤狭邪(xié)子:本指巷居而从不远行的人(见明彭大翼《山堂肆考》),此指作狭邪游者。狭邪,同"狭斜",小街曲巷。古乐府《长安有狭斜行》述少年冶游之事,诗中有"堂上置樽酒,作使邯郸倡"语,后因称娼家为"狭邪",狎妓饮酒为"狭邪游"。

⑥襦:上衣,泛指衣服。

⑦袴:同"裤"。原指胫衣。

⑧千人所指,无疾将死:俗谚,语见《汉书·王嘉传》。原作"千人所指,无病而死"。千人,许多人。指,指责。

⑨清夜牛衣中:卧牛衣之中,清夜扪心自思。清,冷,凉。牛衣也称"牛被",编草而成,给牛披以御寒,类似蓑衣。卧牛衣中,形容穷困。《汉书·王章传》:"章疾病,无被,卧牛衣中。"

⑩历历:分明可数,一一分明地。落:落败,破落。

⑪拥絮坐诅:围着被,坐着咒骂。絮,棉絮。诅,诅咒。

⑫篝火:本意为竹笼罩着火,泛指野外堆柴点火或点灯照明。

⑬霍霍:磨刀声。《木兰辞》:"磨刀霍霍向猪羊。"

⑭橄榄:果木名。一名青果,又名谏果。晋嵇含《南方草木状》:"味虽苦涩,咀之芳馥,胜含鸡骨香。"

⑮漏脯:腐败变质的干肉。脯,干肉。脯本为美味,而变质者入口或不觉,过后将中毒致死。《抱朴子·嘉遁》:"咀漏脯以充饥,酣鸩酒以止渴。"

⑯省(xǐng):醒悟。

【译文】

异史氏说:娶一个眉若远山,面如芙蓉的妻子,与自己共同过贫苦的日子，难道肯用南面王的地位交换吗！自己为人不正，而怨恨迎合作恶的朋友，所以做别人朋友的人，不可不心存戒忌。但凡浪荡子引诱别人嫖赌，干下种种坏事，那些事没有败露时，虽然不会被人怨恨，也不会被人感谢。等到被拉下水的人身上没了衣服，妻子穿不上裤子，受到千人指责，没有病也要死去的时候，穷愁败落之念无时无刻不萦绕于心头，穷愁败落之恨无时无刻不令他咬牙切齿。清冷的夜里，躺在草编的牛衣之下，翻来覆去不能成眠。然后一一回想没有败落之时，一一回想即将败落之时，又一一回想导致败落的缘故，因而想到制造祸端、导致自己堕落的人。到这时，懦弱的人起身，围着破被子坐着咒骂，强横的人忍受着寒冷，赤身而行，点上火找出刀来，霍霍磨刀，复仇的念头会使他等不到天亮了。所以用善心规劝人，如同赠送橄榄；用邪念诱惑人，如同给人吃腐败变质的肉干。听的人固然应当省察，说的人难道不应该戒惧吗？

跳神

【题解】

这是一篇记载关于跳神民俗的散文。写得古朴传神，佶屈聱牙。但明伦评论说："典奥如《尚书》古文，瑰异如《冬官》、《考工》，反复读之，美不胜收，只是不忍释手。"

关于跳神，大概源自藏传佛教，元代开始传入内地北方。《元典章新集·刑部·禁聚众》："大都街上多有泼皮厮打底跳神师婆，并夜聚晓散底，仰本部行文字禁断。"明赵南星《笑赞》第十八则："北方男子跳神，叫做端公。"随着满族入关，北方进一步盛行。《跳神》虽然写了济南、京都、满洲三个地方关于跳神的风俗，但行文详略取舍很有分寸，见出作者对于民俗的深入研究。

济俗①：民间有病者，闺中以神卜②，倩老巫击铁环单面鼓，婆娑作态，名曰"跳神"。而此俗都中尤盛③。良家少妇④，时自为之。堂中肉于案⑤，酒于盆，甚设几上⑥。烧巨烛，明于昼。妇束短幅裙，屈一足，作"商羊舞"⑦。两人捉臂，左右扶掖之⑧。妇刺刺琐絮⑨，似歌，又似祝，字多寡参差，无律带腔⑩。室数鼓乱挝如雷⑪，蓬蓬聒人耳。妇吻辟翕⑫，杂鼓声，不甚辨了⑬。既而首垂，目斜盻，立全须人，失扶则仆。旋忽伸颈巨跃，离地尺有咫⑭。室中诸女子，凛然愕顾曰："祖宗来吃食矣。"便一嘘，吹灯灭，内外冥黑。人慄息立暗中⑮，无敢交一语，语亦不得闻，鼓声乱也。食顷，闻妇厉声呼翁姑及夫嫂小字⑯，始共爇烛，伛偻问休咎。

【注释】

①济俗：济南府地区的风俗。

②闺中以神卜：闺阁中女子请神来占卜吉凶休咎。闺，闺阁，女子居卧处。

③都中：指京都北京。

④良家：旧谓清白人家。

⑤肉于案：把肉放在盘子上。案，食器，木制盛食物的矮脚托盘。

⑥甚设：设备极为齐全。《史记·刺客列传》："侠累又韩君之季父也，宗族盛多，居处兵卫甚设。"

⑦商羊舞：是一种以一足立一足抬起为典型动作的具有悠久历史的民间舞蹈。商羊，传说中的一种鸟。《论衡·变动》："商羊者，知雨之物也；天且雨，屈其一足起舞矣。"《孔子家语·辩证》也有类似的记载。1990年商羊舞载入《中国民间艺术大辞典》民间舞蹈篇，2006年列入山东省非物质文化遗产名录。

⑧扶掖：挟持，架着胳膊。

⑨刺刺琐絮：不停地小声说话。刺刺，喋喋不休。

⑩无律带腔：不合乎音律，却拖着长腔。

⑪挝：击打。

⑫辟翕（xī）：开合。

⑬辨了：辨别清楚。了，清晰，明了。

⑭尺有咫（zhǐ）：一尺多。咫，古长度单位，周制八寸，合今市尺六寸
　　二分二厘。

⑮惵（dié）息：畏惧得不敢出声息。惵，恐惧。

⑯翁姑：公婆。小字：乳名，小名。

【译文】

　　济南府一带有这样的风俗：民间有人生病了，就在内宅求神问卜，请老巫敲击铁环单面鼓，婆娑起舞，叫做"跳神"。这种风俗京师尤其盛行。良家少妇，时常亲自跳神。在大堂之上，盘中盛肉，盆中盛酒，在供桌上摆设齐备。室内燃起巨大的蜡烛，亮如白昼。跳神的女子身系一条短幅裙，屈起一只脚，跳"商羊舞"。旁边还有两个人抓住女子的胳膊，一左一右地架着她。女子口中絮絮叨叨没完没了，像是唱歌，又像是祝祷，字句或多或少，参差不齐，不合音律，却拖着长腔。室内好几面鼓乱敲，声响如雷，"蓬蓬"的震耳欲聋。女子嘴一张一合，夹杂着鼓声，说的什么不甚清楚。然后，女子低下头，眼睛斜视，站立全靠人扶，不扶就会扑倒。忽然之间她伸长脖子，使劲往高跳，离地一尺有馀。室内的其他女子神情严肃而惊愕地互相看着说："祖宗来吃饭啦！"于是，便一口气吹灭了蜡烛，室内外一片漆黑。人们吓得不敢出气站在黑暗中，不敢交谈一句，说话也听不见，鼓声太乱了。约一顿饭的工夫，听见女子厉声呼叫公婆、丈夫、嫂嫂的小名，这才一块儿点燃蜡烛，躬身询问吉凶。

　　视尊中、盎中、案中，都复空空。望颜色，察嗔喜，肃肃罗问之^①，答若响^②。中有腹诽者^③，神已知，便指某姗笑我^④，大不敬，将褫汝袴^⑤。诽者自顾，莹然已裸^⑥，辄于门外树头觅得之。

【注释】

①肃肃：恭敬的样子。

②答若响：有问必答。响，应，回声。

③腹诽：也作"腹非"。口中不说，心里不以为然。

④姗（shàn）笑：犹讪笑，讥笑。姗，古"讪"字。

⑤褫：夺，脱下。袴：同"裤"。

⑥莹然：光溜溜的样子。

【译文】

　　一看酒樽、盆、盘，都空了。再望一望跳神女子的脸色，观察她的喜怒。大家毕恭毕敬地一一问这问那，有问必答。其中有人暗自不信，神已知道了，跳神女子便指出，某人讪笑我，是大不敬，要剥掉你的裤子。那人低头一看，自己已经赤裸裸了，就到门外树梢上找到了裤子。

　　满洲妇女^①，奉事尤虔^②，小有疑，必以决。时严妆^③，骑假虎假马，执长兵^④，舞榻上^⑤，名曰"跳虎神"。马虎势作威怒，尸者声伧佇^⑥。或言关、张、玄坛^⑦，不一号。赫气惨凛^⑧，尤能畏怖人。有丈夫穴窗来窥，辄被长兵破窗刺帽，挑入去。一家媪媳姊若妹^⑨，森森蹜蹜^⑩，雁行立^⑪，无岐念^⑫，无懈骨^⑬。

【注释】

①满洲:指满族,我国少数民族名,简称满。《清太祖高皇帝实录》:"满洲一词,来源未久,表示部族之号,若肃慎、勿吉、女真,非地名也。"

②虔:虔诚。

③严妆:打扮齐整。

④长兵:长兵器。

⑤榻:狭而矮的床,泛指床。

⑥尸者:指跳神者。尸,托为神灵附体之巫。声伧伫:声音粗野。

⑦关:关羽(约160—219),字云长,三国时蜀汉大将。张:张飞(? —221),字益德,三国蜀汉大将,与关羽并称"关张"。玄坛:赵姓,名公明。相传为秦时人,得道于终南山,被道教尊奉为财神,也称"赵公元帅"。

⑧赫气:威猛严厉的气概。惨凛:阴冷的样子。

⑨若:与,及。

⑩森森蹜蹜(sù):一个接一个紧靠在一起。森森,繁密的样子。蹜蹜,紧缩在一起。

⑪雁行立:一字排开站着。

⑫岐念:杂念。

⑬无懈骨:身躯严肃紧张,不敢松懈。懈,懈怠。

【译文】

满族妇女对跳神尤其虔诚,稍有犹豫不决的小事,必定用跳神来决断。跳神时,她们打扮得严严整整,骑上假虎、假马,手执长兵器,在榻上起舞,名叫"跳虎神"。假马、假虎的样子凶猛,跳神的人声音粗重。请的神有的是关羽、有的是张飞、有的是赵玄坛,名号不一。威猛严厉,阴气森森,尤其令人害怕。如果有男子捅破窗纸偷看,就会被长兵器捅破窗户刺中帽子,挑进屋去。一家之中的婆婆、媳妇、姐姐及妹妹,一个挨一个紧靠着,一字排开,心无杂念,笔直地站着看跳神。

铁布衫法

【题解】

　　铁布衫是中国硬气功的一种。蒲松龄在介绍它的时候,不是用概念的抽象的方法说明,而是采用平实、简要、具体、生动的实例讲沙回子所学的铁布衫是怎样。不足百字的介绍共举了四个事例,前两个讲铁布衫的攻击力量之大,后两个讲铁布衫抗击打的能力之强。虽然具有很大传奇性,由于所举事例的对象都是日常生活所熟悉者,最后又讲其所学铁布衫的弱点,便使得介绍切近而可信。

　　沙回子①,得铁布衫大力法②。骈其指③,力斫之,可断牛项,横搠之④,可洞牛腹⑤。曾在仇公子彭三家,悬木于空,遣两健仆极力撑去,猛反之,沙裸腹受木,砰然一声,木去远矣。又出其势⑥,即石上,以木椎力击之⑦,无少损。但畏刀耳。

【注释】

①沙回子:姓沙的回族人。回子,旧时方言中对回族人的俗称。

②铁布衫:中国传统拳术之一。意为"身穿铁制之衣衫",指全身如钢铁般能抵抗外力之任何攻击。传说少林寺的《易筋经》中的大力有铁布衫、金钟扣诸名。

③骈其指:两手指并在一起。

④搠(shuò):戳。

⑤洞:戳透。

⑥势：男性外生殖器。

⑦椎：敲打东西的器具。

【译文】

有个姓沙的回族人，学得了铁布衫大力法。他将两个手指并拢，使劲一砍，可砍断牛的脖颈，横着捅出去，可戳穿牛的肚皮。他曾在仇彭三公子家中表演：在空中悬着一根大木头，让两名体格强健的仆人用尽全力将木头推开去，然后猛地让木头返回来，姓沙的袒露腹部承受木头撞击，只听"砰"的一声，木头被他弹出去好远。又拿出他的生殖器官放在石头上，用木椎使劲击打，毫无损伤。只是怕动刀。

大力将军

【题解】

本篇记叙吴六一与查伊璜相遇相知、知恩图报的事迹，具有传奇色彩而无鬼神怪异之事，近于史传文学。

在写作本篇有两个突出特点。其一是笔锋带感情。封建社会的文人往往有着浓烈的知己之情，蒲松龄由于自身的经历，尤其渴望在茫茫人海中被发现，故所述查伊璜发现吴六一的奇才而礼遇之格外动情，在"异史氏曰"的评论中则忘情地说："如此胸襟，自不应老于沟渎。"其二是叙事剪裁，具有传奇色彩。无论是吴六一食量超大，力掀大钟，查伊璜"厚施而不问其名"，吴六一"慷慨豪爽"回报，都是"千古所仅见"，浪漫奇瑰。这些特点，让我们似乎隐隐看到司马迁《史记》的影响。

本篇所记之事在钮琇《觚剩》中也有记载，题目是《雪遘》，所叙之事虽较之《大力将军》详细，但传奇色彩则黯然消隐。

查伊璜①，浙人。清明饮野寺中，见殿前有古钟，大于两石瓮②,而上下土痕手迹,滑然如新,疑之。俯窥其下,有竹筐受八升许,不知所贮何物。使数人抠耳③,力掀举之,无少动。益骇,乃坐饮以伺其人。居无何,有乞儿入,携所得糗糒④,堆累钟下。乃以一手起钟,一手掬饵置筐内,往返数四,始尽。已复合之,乃去。移时复来,探取食之。食已复探,轻若启椟⑤。一座尽骇。查问:"若男儿胡行乞⑥?"答以:"唉噷多,无佣者。"查以其健,劝投行伍。乞人愀然虑无阶⑦。查遂携归饵之,计其食,略倍五六人。为易衣履,又以五十金赠之行。

【注释】

①查伊璜:查继佐(1601—1676),伊璜其号,又号与斋,别号东山钓史、钓玉。浙江海宁人。明亡后,随鲁王监国绍兴,授兵部职方。在浙东地区亲自率军抗击清军。顺治三年(1646)清军攻占绍兴,他隐居海宁硖石东山万石窝,改名为左尹非人。顺治九年(1652)于西湖觉觉堂讲学,旋至杭州铁冶岭之敬修堂讲学,从学者众,人称敬修先生。康熙元年(1662),罹南浔庄廷钺私刻《明史》案,列名参校,下狱论死,后获救。晚年喜写梅。著有《罪惟录》、《国寿录》、《鲁春秋》、《东山国语》、《班汉史论》、《续西厢》等。

②石(dàn):量词。计算重量的单位。一百二十斤为一石。瓮:盛水或酒的陶器,大缸之类。

③抠(kōu):把手指伸进,抓起物。耳:指大钟两旁的突起物。

④糗糒(qiǔ bèi):干粮。糗,炒熟的米麦。糒,干饭,干粮。

⑤椟(dú):木匣。

⑥若:如此,这样的。胡:何,为什么。

⑦愀然:忧愁的样子。无阶:无阶以进,犹言没有门路。

【译文】

　　查伊璜是浙江人。清明那天他在野外的寺庙里饮酒,见大殿前有口古钟,比能装二石东西的瓮还大,钟的上下有带着土痕的手印,手印光滑像新的,感到奇怪。他俯身从钟的下边往里窥视,只见里面放着一只能盛八升左右东西的竹筐,不知筐里装的是什么东西。他让几个人抠着钟耳,用力往上掀,钟纹丝不动。他越发感到惊奇,就坐下饮酒,等待那个往钟里藏东西的人。没过多久,有个乞丐进到庙中,他把讨到的干粮,堆放在钟下。就用一只手提起钟,一只手拿起干粮放入筐中,这样往返数次,才把食物装干净。装完东西,又把钟扣在地上,才离去。过了些时间,乞丐又回来,到钟下取食物吃。吃完又去取,掀钟的动作轻巧得就像在开一只木匣子似的。在场的人都惊呆了。查伊璜问他:"你这么一个汉子为什么要做乞丐?"回答说:"我吃得多,没人雇用我。"查伊璜看他很健壮,就劝他从军。乞丐忧愁地表示忧虑没有门路。查伊璜就把他带回来给他饭吃,估计他的饭量,大约顶五六个人。为他更换了衣服鞋子,又赠给他五十两银子做路费让他走了。

　　后十馀年,查犹子令于闽①,有吴将军六一者②,忽来通谒③。款谈间,问:"伊璜是君何人?"答言:"为诸父行④。与将军何处有素⑤?"曰:"是我师也。十年之别,颇复忆念。烦致先生一赐临也。"漫应之。自念:叔名贤⑥,何得武弟子?

【注释】

　　①犹子:侄子。《礼记·檀弓》:"兄弟之子,犹子也。"令于闽:做闽地的县令。闽,福建的简称。

　　②吴将军六一:即吴六奇,生于明朝万历三十五年(1607),字鉴伯,

号葛如，绰号"吴钩"，祖籍江苏延陵。少时喜饮酒赌博，以致家产破尽，做过乞丐，寄食山寺，当过驿卒，后从军，投清。顺治十年(1653)，因"军功卓著"被封为总兵，驻扎饶平县城三饶。清康熙四年(1665)身亡，钦赐少师兼太子太师，谥顺恪，并赐一品典式营葬。著有《忠孝堂文集》。

③通谒：通报拜见。

④诸父行：伯父、叔父这一辈。叔父、伯父统称"诸父"。行，行辈。

⑤素：旧交。

⑥名贤：有名的贤德之人。

【译文】

过了十多年，查伊璜的侄子在福建做县令，有一个叫吴六一的将军，忽然前来拜访。恳谈中，吴将军问："伊璜是您什么人？"回答说："是我叔伯辈。他与将军在何处有过交情？"回答说："他是我的老师。分别十年，我很思念，烦请转告先生光临寒舍。"查伊璜的侄子随口答应下来。自己琢磨叔父是有名的贤人，哪里来的武弟子呢？

会伊璜至，因告之，伊璜茫不记忆。因其问讯之殷①，即命仆马，投刺于门。将军趋出，逆诸大门之外。视之，殊昧生平②。窃疑将军误，而将军伛偻益恭③。肃客入④，深启三四关，忽见女子往来，知为私廨⑤，屏足立。将军又揖之。少间登堂，则卷帘者，移座者，并皆少姬⑥。既坐，方拟展问，将军颐少动⑦，一姬捧朝服至⑧，将军遽起更衣。查不知其何为。众姬捉袖整衿讫，先命数人捺查座上不使动，而后朝拜，如觐君父⑨。查大愕，莫解所以。拜已，以便服侍坐，笑曰："先生不忆举钟之乞人耶？"查乃悟。既而华筵高列，家乐作于下。酒阑，群姬列侍。将军入室，请裉何趾⑩，乃去。

查醉起迟，将军已于寝门外三问矣。查不自安，辞欲返。将军投辖下钥⑪，锢闭之⑫。见将军日无他作，惟点数姬婢养厮卒⑬，及骡马服用器具，督造记籍，戒无亏漏。查以将军家政，故未深叩⑭。一日，执籍谓查曰：“不才得有今日，悉出高厚之赐。一婢一物，所不敢私，敢以半奉先生。”查愕然不受。将军不听，出藏镪数万，亦两置之。按籍点照，古玩床几，堂内外罗列几满。查固止之，将军不顾。稽婢仆姓名已⑮，即命男为治装，女为敛器，且嘱敬事先生，百声悚应⑯。又亲视姬婢登舆，厮卒捉马骡，阗咽并发⑰，乃返别查。后查以修史一案，株连被收⑱，卒得免，皆将军力也⑲。

【注释】

①殷：殷切，诚恳。

②殊昧生平：平常从无任何交往，从不相识。昧，暗。

③伛偻：曲身弯背，表示恭敬。

④肃客入：谓敬请客人进去。肃，敬。

⑤私廨：内室，内庭。廨，官吏办公之处。

⑥少姬：年轻妇女。

⑦颐：下巴。

⑧朝服：上朝拜见皇帝或参加重大庆典祭祀时的礼服。

⑨觐（jìn）：古称诸侯朝见天子。泛称朝见帝王。

⑩请衽何趾：意谓亲自为尊者安排卧处。请，询问。衽，卧席。趾，足。《礼记·曲礼》：“请席何乡（向），请衽何趾。”孔颖达疏，“请席何乡（向），请衽何趾者，既奉席来，当随尊者所欲眠坐也。……衽，卧席也，趾，足也。……卧是阴，足亦阴也，卧故问足欲何所趾也，皆从尊者所安也。”

⑪投辖下钥：坚决而恳切留客。辖，车轴的键，去辖则车不得行。《汉书·陈遵传》："遵耆(嗜)酒，每大饮，宾客满堂，辄关门，取客车辖投井中，虽有急，终不得去。"钥，锁钥。下钥，谓锁上门，收起钥匙。

⑫锢闭：软禁。锢，禁锢。

⑬点：清点。养厮卒：指供作奴仆驱使的兵卒。

⑭深叩：深问。叩，问。

⑮稽：核计。

⑯悚(sǒng)应：诚惶诚恐地答应。

⑰阗咽：人众车马的嘈杂声。

⑱后查以修史一案，株连被收：指查伊璜因列名庄廷钺《明史》参校而被捕。康熙二年(1663)，浙江吴兴县巨富庄廷钺以重金购得原明朝相国朱国桢所著明史遗稿，据为己有，并请名家加以修订，定名《明史》。其中称努尔哈赤为建州都督，没有用清帝年号而用南明年号纪年，多有指斥满清之语。庄廷钺死后，其父请人刊行。后被告发，庄廷钺戮尸，株连而死者七十馀人，包括庄廷钺之弟及为此书作序者、刻者、读者、藏书者等。株连，一人犯罪而牵连其他人。《释名·释丧制》："罪及馀人曰诛。诛，株也，如株木根，枝叶尽落也。"

⑲卒得免，皆将军力也：据《鲒埼亭集·外编》之《江浙两大狱记》载，查伊璜"卒得免"的原因是"惟海宁查继佐(伊璜)、仁和陆圻，当狱初起即首告，谓廷钺慕其名，列之参校，以故得免于罪"。查自己也否认与吴六奇有关，说："葛如，方布衣野走，世传余有一饭之恩，怀之而思报，其实无是也。是则公在时已传其事，故公为之辨。"(《查继佐年谱》)

【译文】

正好查伊璜来到福建，侄子就把这件事告诉了查伊璜，查伊璜茫然毫无记忆。因为吴将军问候得殷切,就命仆人备马前往,到了门前递上名帖。吴将军赶紧出来,到大门外迎接。查伊璜看看他,根本不认识。他暗自怀疑吴将军搞错了,而吴将军曲身弯背越发恭敬。他毕恭毕敬地请客人进门,经过三四道门,查伊璜忽然见到有女子往来,知道这是内宅,就停下脚步站住了。吴将军又拱手相让,一会儿来到了大堂之上,只见卷帘子的、摆放座位的,都是年轻的侍姬。落座以后,查伊璜正想询问,吴将军下巴额微微一动,一个侍姬捧上朝服,吴将军立刻起身更衣。查伊璜不知他要干什么。众侍姬有的抻袖子,有的整理衣襟,侍候他穿戴好了,吴将军先命令几个人把查伊璜按在座位上,不让他动弹,然后向他下拜,就如同拜见君父一样。查伊璜大为惊讶,摸不着头脑。拜完了,吴将军换上便服在一旁陪坐,笑着说:"先生不记得那个举钟的乞丐了吗?"查伊璜这才恍然大悟。一会儿,吴将军摆下丰盛的筵席,家中乐队在堂下演奏助兴。酒快喝完时,众侍姬站成一排侍候客人。吴将军到卧室,亲自为客人安排好住宿后才离去。查伊璜因为醉酒,第二天起身很迟,而吴将军已在门外问候多次了。查伊璜心里很不安,就向吴将军告辞想回去。将军下了查伊璜车轴的键,锁上门,把他关在宅中。查伊璜见吴将军每日里别无他事,只是在清点侍姬、婢女、差丁,以及骡马服用器具,督促登记造册,告诫不要遗漏。查伊璜觉得这是吴将军的家务事,所以没有深问。一天,吴将军手拿册籍对查伊璜说:"我之所以能有今天,全赖您天高地厚的恩赐。一个婢女,一样器物,我都不敢独自据有,请把其中一半奉送先生。"查伊璜怔住了,不肯接受。吴将军不听他的,拿出所藏白银数万两,也分成两份。按照册籍查点对照,古玩、床、几,堂内外几乎摆放满了。查伊璜坚决制止他,吴将军置之不理。核对完婢女仆人的姓名,立即命令男仆为查伊璜整治行装,女仆为他收拾器物,并嘱咐他们要好好侍奉查先生,众人诚惶诚恐地答应了。吴将军又亲自看着侍姬婢女登上车,马夫牵上骡马,车子启动了,这才返身和查伊璜话别。后来查伊璜因修《明史》一案,受到牵连入狱,最终得以赦免,全靠吴将军的鼎力营救。

异史氏曰:厚施而不问其名,真侠烈古丈夫哉! 而将军之报,其慷慨豪爽,尤千古所仅见①。如此胸襟,自不应老于沟渎②。以是知两贤之相遇,非偶然也。

【注释】

①仅:独一无二。

②老于沟渎:老死草野而不显达于世。沟渎,犹沟壑,指死于荒野。

【译文】

异史氏说:给人丰厚的施舍而不问人家的姓名,的确有古道侠肠的大丈夫襟怀! 而吴将军的报恩,慷慨豪爽,尤其是千古之下所少见的。有这样的胸怀,自然不应老死于沟壑而默默无闻。由此可知,这两位贤人的相遇,并非偶然。

白莲教

【题解】

白莲教是中国一个历史非常悠久的民间宗教组织,多次发动民变,屡被镇压。无论是作为宗教的产生,还是民变起义的发生,原因都非常复杂。

徐鸿儒所率领的白莲教民变发生在明末天启二年(1622),距离蒲松龄的年代不远,又主要发生在山东一带,故《聊斋志异》多有涉及。本篇所叙白莲教兴起的原因和战力装备的揭秘,虽然仅是传闻,但也反映了当时山东士人对于白莲教的看法。篇末写战斗场面文笔简约而飘忽传神。虞堂赞扬说:"事固俶诡,文亦奇幻。"

　　白莲盗首徐鸿儒①，得左道之书②，能役鬼神。小试之，观者尽骇，走门下者如鹜③。于是阴怀不轨④。因出一镜，言能鉴人终身⑤。悬于庭，令人自照，或幞头⑥，或纱帽⑦，绣衣貂蝉⑧，现形不一。人益怪愕。由是道路摇播⑨，踵门求鉴者⑩，挥汗相属⑪。徐乃宣言："凡镜中文武贵官，皆如来佛注定龙华会中人⑫。各宜努力，勿得退缩。"因亦对众自照，则冕旒龙衮⑬，俨然王者。众相视而惊，大众齐伏。徐乃建旐秉钺⑭，罔不欢跃相从，冀符所照。不数月，聚党以万计，滕、峄一带⑮，望风而靡⑯。后大兵进剿⑰，有彭都司者⑱，长山人，艺勇绝伦。寇出二垂髫女与战⑲。女俱双刃，利如霜，骑大马，喷嘶甚怒。飘忽盘旋，自晨达暮，彼不能伤彭，彭亦不能捷也。如此三日，彭觉筋力俱竭，哮喘而卒。迨鸿儒既诛，捉贼党械问之，始知刃乃木刀，骑乃木凳也。假兵马死真将军，亦奇矣。

【注释】

①白莲：指白莲教。我国旧时伪托弥勒教，并混合摩尼教、道教、白莲宗及民间信仰之秘密教会，属净土宗系统中之别支，流行于元、明、清三代。自隋唐之后，野心分子屡借名弥勒转世，发动民变。徐鸿儒：本名徐诵，山东巨野县人，后迁居郓城。早年参加白莲教。万历末，土地兼并日益严重，赋税徭役不断增加，社会矛盾日趋激化，他以白莲教教义组织群众，于天启二年（1622）发动起义，自称为中兴福烈帝，建号大乘兴胜。先后攻占郓城、巨野等地，后失败被杀。

②左道：旁门邪道。此指方术。

③走门下者如鹜：投奔其门下的人很多。如鹜，趋之若鹜。鹜，野鸭。

④不轨：不法。轨，车辙，引申为法度。

⑤鉴：照。

⑥幞头：包头软巾，亦作"襆头"或"折上巾"。当代学者沈从文先生根据出土文物（如墓俑等）及传世壁画考证认为："若指广义'包头巾子'或'平顶帽'而言，商代早已使用。如狭义限于'唐式幞头'或'四带巾'几个特点而言，即材料用黑色纱罗，上部作小小突起，微向前倾，用二带结住，后垂或长或短两带（大小及上下位置也常有变化），这种式样实出于北齐到隋代，但到唐初才定型。元明人说'唐巾'，也指的是这一式而言。至元代，主要不同处，是后垂两脚如匙头，向左右略分开。"幞头贵贱通用，宫中女官及女乐亦用之。

⑦纱帽：古代君主、贵族和官员所戴的一种纱制的帽子。后因以戴纱帽为居官的代称。

⑧绣衣貂蝉：均指官员服饰。绣衣，汉朝皇帝特遣的执法大吏直指使者的衣饰，见《汉书·武帝纪》。貂蝉，为汉侍中、中常侍的冠饰，见《汉书·舆服志》。

⑨摇播：迅速传播。摇，疾，迅速。《方言》曰："摇，疾也。"

⑩踵门：登门。

⑪挥汗相属：人数众多，接连不断。挥汗，意犹挥汗成雨，形容人多。《晏子春秋》："临淄三百闾，张袂成阴，挥汗成雨。"相属，相连。

⑫如来佛：即佛祖释迦牟尼。如来，梵语"多陀阿伽陀"的意译，为释迦牟尼的十种称号之一，表示他是从如实道而来成正觉。龙华会：指龙华三会。中国民间宗教认为宇宙历经生变灭三个时期，龙华初会是燃灯佛铁菩提树开花，二会是释迦菩提树开花，

三会是弥勒佛铁菩提树开花。明清时期民间宗教教派的宗教思想均与"龙华三会"说有关。白莲教及其教派吸收了"龙华三会"说和弥勒降世说。

⑬冕（miǎn）旒（liú）龙衮（gǔn）：古代帝王的冠服。冕，宋以后专指皇冠。旒，为皇冠前后悬垂的玉串。龙衮，即衮龙袍，天子、上公之服。

⑭建旂（qí）秉钺：谓自称王侯。旂，上画龙形，竿头系铃的旗。《周礼·春官·司常》："日月为常，交龙为旂。""王建大常，诸侯建旂。"秉，持。钺，黄钺，以黄金为饰的斧形仪仗，为帝王所专用。《书·牧誓》："王左杖黄钺。"

⑮滕、峄：滕县、峄县。今山东滕州、枣庄一带。

⑯望风而靡：得到信息后纷纷顺从降服。靡，披靡，顺从。

⑰大兵：对政府军的称呼。

⑱都司：驻各省武官。清代为正四品。

⑲垂髫女：女童。垂髫，古时儿童不束发，头发下垂。

【译文】

白莲教的首领徐鸿儒，得到一本旁门左道的书，能役使鬼神。略微试演一下，观看的人都感惊奇，投奔到他门下的人趋之若鹜。于是他心中暗生图谋不轨之念。他拿出一面镜子，声言能照见人的一生。把镜子悬挂在庭中，让人自照，有的戴幞头，有的戴纱帽，有的身穿绣衣、头戴貂蝉为饰的官帽，显现的形象各不一样。人们益发惊奇。由此消息迅速传播开来，登门求照镜子的人，挥汗成雨，络绎不绝。于是徐鸿儒宣布说："凡在镜中显现出文武贵官相的，都是如来佛注定了的龙华会中的人。各位应该努力，不得退缩。"便当众自照，镜中就出现一个头戴冕旒、身穿衮龙袍的形象，俨然是个帝王。大家互相看看，都感到吃惊，众人一齐跪地伏拜。于是徐鸿儒树旗执钺，自称为王，人们无不欢腾跳跃着跟从他，希望能符合镜子所照的形象。不出几个月，他聚集党徒数以万计，滕县、峄县一带的人，对他的威势无不折服、倾倒。后来朝廷派大兵征剿，有一个姓彭的都司，是长山人，勇猛过人，武艺超群。白莲教派两个年轻女将出阵迎战。两个女将都手持双刀，锋利如霜，骑着大马，喷气嘶鸣，非常雄健。三人在马上飘忽往来周旋，从早晨战到晚上，两女将不能刺伤彭都司，彭都司也不能取胜。如此苦战三天，彭都司精疲力竭，哮喘而死。等到徐鸿儒被杀之后，捉住白莲教党徒拷问此事，才知道女将拿的刀竟是木刀，骑的马竟然是木凳。用假兵马战死真将军，也够稀奇的了。

颜氏

【题解】

在中国长期的封建社会里，男权占据了统治地位，妇女被剥夺了参与社会管理的权力，所谓"男主外，女主内"，妇女是不能参加科举考试获得功名的。《颜氏》篇写顺天某生由于缺乏写作八股文的能力，因而无法取得功名，致使生活困顿，妻子颜氏挺身而出，女扮男装，参加科举考试，轻而易举获得了荣誉和权力。小说从一个方面赞扬了女子不弱于甚至超过男子的才华，做出了惊人之举，确实具有浪漫的传奇色彩，但并不能由此得出蒲松龄主张妇女权利的判断。

小说中的顺天某生"丰仪秀美，能雅谑，善尺牍，见者不知其中之无有也"，反映了科举时代扭曲的社会评价体系。蒲松龄也不能免俗。他在《郢中社序》中说："当今以时艺试士，则诗之为物，亦魔道也，分以外者也。"在那个时代，诗都是"分以外者"，何况是尺牍！

顺天某生①，家贫，值岁饥，从父之洛②。性钝，年十七，不能成幅③。而丰仪秀美，能雅谑④，善尺牍⑤，见者不知其中之无有也。无何，父母继殁[⑥]，孑然一身，授童蒙于洛汭[⑦]。时村中颜氏有孤女，名士裔也[⑧]。少惠，父在时，尝教之读，一过辄记不忘。十数岁，学父吟咏。父曰："吾家有女学士，惜不弁耳[⑨]。"钟爱之，期择贵婿。父卒，母执此志，三年不遂，而母又卒。或劝适佳士，女然之而未就也。适邻妇逾垣来，就与攀谈。以字纸裹绣线，女启视，则某手翰[⑩]，寄邻生者。反复之而好焉。邻妇窥其意，私语曰："此翩翩一美少年，孤与卿等，年相若也。倘能垂意，妾嘱渠侬脉合之[⑪]。"女脉脉不语[⑫]。妇归，以意授夫。邻生故与生善，告之，大悦。有母遗金鸦镮[⑬]，托委致焉。刻日成礼，鱼水甚欢。及睹生文，笑曰："文与卿似是两人，如此，何日可成？"朝夕劝生研读，严如师友。敛昏，先挑烛据案自哦[⑭]，为丈夫率[⑮]，听漏三下，乃已。

【注释】

①顺天：指顺天府，明清时期北京周边地区的称谓。

②洛：河南洛阳的省称。

③不能成幅：指写不出一篇完整的八股文。科举时代，学生习作八股文，最初先学作一股然后再学作半篇，逐渐学作全篇；能写成全篇的，叫"成篇"或"成幅"。幅，原指布帛的宽度。此指篇幅。

④雅谑：玩笑风趣不俗。

⑤善尺牍：擅长写书信。纸张发明之前，古时信札例用竹木，最常见的规格是一尺长、一寸宽的木简，故有"尺牍"之称。

⑥继殁：相继死亡。

⑦童蒙：智力未开的儿童。洛汭（ruì）：古地域名，指今洛河入古黄

河口处,在今河南巩义河洛镇洛口村一带。

⑧裔:后代。

⑨不弁(biàn):不着男冠。古代男子加冠称"弁"。《诗·齐风·甫田》:"婉兮娈兮,总角丱兮。未几见兮,突而弁兮。"

⑩手翰:手笔。此指亲笔书信。翰,毛笔。

⑪渠侬:吴地方言,犹言"他"。此处是邻妇指称自己的丈夫。脼(ér)合:撮合。脼,调和。

⑫脉脉:形容眼含深情。

⑬金鸦镮:饰有金乌的指环。金鸦,犹金乌,传说太阳中有三足乌称金乌,故以之指太阳。镮,圆形有孔可贯穿的金属饰物,这里指指环。

⑭哦:吟哦。

⑮率:表率,榜样。

【译文】

　　顺天府有个书生,家境贫困,正赶上荒年,跟从父亲来到洛阳。书生生性愚钝,十七岁了,还不能写出一篇完整的八股文。然而他仪表俊秀,能开些雅而不俗的玩笑,尤其擅长写书信,见过他的人并不知他腹中空空没有才学。不久,父母相继谢世,他孑然一身,在洛汭靠教授孩童读书为生。当时,村中有个孤女颜氏,是名士的后代。自幼聪慧,父亲在世时,曾教她读书,读过一遍就过目不忘。十多岁时,学着父亲的样子吟哦诗篇。父亲说:"我们家有个女学士,可惜不是个男儿。"父亲非常钟爱她,希望给她挑选一个好人家。父亲死后,她母亲也抱着这样的心愿,三年不能如愿,后来也死了。有人劝颜氏嫁一个有才学的读书人,姑娘心中愿意,只是没有遇到合适的。正巧邻家女人过墙来找她攀谈。那女人拿的绣花线用一张写字的纸包着,颜氏打开一看,是书生写给那女人丈夫的亲笔信。反复看过,颜氏对写信人产生了好感。邻家女人看出了她的心思,就小声说:"这是一个翩翩美少年,父母双亡,和你一样，年纪也与你相当。你要是有意，我去和丈夫说，成全这件好事。"颜氏脉脉含情，没有答话。那女人回到家中，把自己的主意告诉了丈夫。她丈夫原来就和书生要好，把这事对书生一说，书生非常高兴。他拿出母亲留下的饰有金乌的指环作为聘礼，委托女人的丈夫转交颜氏。双方订下日子举行了婚礼，婚后生活非常融洽欢乐。等到颜氏看到书生写的文章，笑道："文章与你这个人好像是两个人，如此这般，何日才可功成名就？"她天天劝书生研读，要求严格如同良师益友。天黑下来，她先挑亮灯烛伏在案前独自吟哦，给丈夫做表率，直到三更天，才停下休息。

　　如是年馀，生制艺颇通①，而再试再黜②，身名蹇落③，饔飧不给④，抚情寂漠，嗷嗷悲泣。女诃之曰⑤："君非丈夫，负此弁耳⑥！使我易髻而冠，青紫直芥视之⑦！"生方懊丧，闻妻言，睒睗而怒曰⑧："闺中人，身不到场屋⑨，便以功名富贵似汝厨下汲水炊白粥。若冠加于顶，恐亦犹人耳⑩！"女笑曰："君勿怒。俟试期，妾请易装相代。倘落拓如君，当不敢复藐天下士矣⑪。"生亦笑曰："卿自不知蘖苦⑫，真宜使请尝试之。但恐绽露，为乡邻笑耳。"女曰："妾非戏语。君尝言燕有故庐⑬，请男装从君归，伪为弟。君以襁褓出⑭，谁得辨其非？"生从之。女入房，巾服而出，曰："视妾可作男儿否？"生视之，俨然一顾影少年也⑮。生喜，遍辞里社⑯。交好者薄有馈遗，买一羸蹇⑰，御妻而归⑱。

【注释】

　　①制艺：也称"制义"，即科举应试的八股文。通：通达，熟稔。

②黜：黜落，落选。

③身名蹇落：身蹇名落。谓困顿失意。蹇，困苦。

④饔飧（yōng sūn）不给：意谓吃饭都成问题。饔，早餐。飧，晚餐。

⑤诃：斥责。

⑥负此弁：对不起这顶帽子，枉为男子。

⑦青紫直芥视之：意谓取得高官显位，看作如同拾取草芥那样容易。青、紫，指官印上的绶带。汉制，丞相、太尉金印紫绶，御史大夫银印青绶。芥，小草。《汉书·夏侯胜传》："胜每讲授，常谓诸生曰：'士病不明经术，经术苟明，其取青紫，如俯拾地芥耳。'"

⑧睒睗（shǎn shì）：目光闪烁，疾视。

⑨场屋：科举考场。

⑩犹人：和一般人一样。

⑪藐：藐视，小看。

⑫蘗（bò）：黄柏，中药名，味极苦。

⑬燕：西周初，召公奭封于燕，都蓟（今北京），故北京又别称燕京。某生的家乡顺天在北京附近，故称。

⑭襁褓出：幼年离家。襁褓，婴儿的包被。

⑮顾影：自顾其影，或因才或因貌自负。

⑯里社：这里指街坊邻居。里、社均是旧时居所的行政单位。

⑰羸蹇：瘦驴。

⑱御：原指驾御车马，这里是驮载的意思。

【译文】

这样过了一年多，某生的八股文已经写得相当通达，然而两次应试，两次失败，在功名上困顿失意，连吃饭都成了问题，想起科场失意的情形，书生非常苦闷，不禁嗷嗷悲泣。颜氏呵斥他说："你真不是个大丈夫，辜负了男人的冠服！假如让我换掉发髻而戴男冠，求取高官厚禄，在我来看就像拾取草芥一样容易！"书生正在懊恼沮丧，听到妻子一番

话,瞪着眼睛发怒地说:"女人家,没进过考场,就以为求取功名像你在厨房打水煮白粥一样。要是给你戴上男冠,恐怕你也和我一样!"颜氏笑着说:"你别生气。等到下回考试,让我女扮男装替你考一次。倘若也像你一样落拓失意,就不敢再藐视天下的念书人了。"书生也笑着说:"你自然不知道黄檗的苦味,真该让你尝尝。只是怕露了馅,被乡邻笑话。"颜氏说:"我并不是开玩笑。你曾说顺天府的老家有老宅,让我女扮男装跟着你回去,假装你的弟弟。你从幼小的时候就出来,谁能辨别我们的真假呢?"书生依从了她。颜氏进到房中,换上男装出来,说:"你看我可做个男子吗?"书生看着她,俨然一个自命不凡的少年。书生大喜,一一辞别乡里。交情好的有所馈赠,他买了头瘦驴,就驮着妻子回老家了。

　　生叔兄尚在,见两弟如冠玉①,甚喜,晨夕恤顾之②。又见宵旰攻苦③,倍益爱敬。雇一鬑发雏奴,为供给使。暮后,辄遣去之。乡中吊庆,兄自出周旋,弟惟下帷读。居半年,罕有睹其面者。客或请见,兄辄代辞。读其文,瞵然骇异④。或排闼而迫之,一揖便亡去。客睹丰采,又共倾慕。由此名大噪,世家争愿赘焉。叔兄商之,惟辴然笑⑤。再强之,则言:"矢志青云⑥,不及第,不婚也。"会学使案临⑦,两人并出,兄又落。弟以冠军应试⑧,中顺天第四⑨,明年成进士,授桐城令⑩,有吏治⑪。寻迁河南道掌印御史⑫,富埒王侯⑬。因托疾乞骸骨⑭,赐归田里。宾客填门,讫谢不纳。又自诸生以及显贵,并不言娶,人无不怪之者。归后,渐置婢。或疑其私,嫂察之,殊无苟且。

【注释】

①冠玉:冠上的玉饰,用以比喻美男子。《史记·陈丞相世家》:"绛
　侯、灌婴等咸谗陈平曰:'平虽美丈夫,如冠玉耳,其中未必
　有也。'"

②恤顾:照顾。

③宵旰(gàn)攻苦:起早贪黑地用功读书。宵,天不亮。旰,天晚。
　攻,攻读。

④瞲(xuè)然:惊视的样子。

⑤辴然:微笑的样子。

⑥矢志青云:立志高远。青云,高空,喻高官显位。《史记·范雎蔡
　泽列传》:"须贾顿首言死罪,曰:'贾不意君能自致于青云之
　上。'"后世称登科为平步青云。

⑦学使:即学政,为古代学官名。管教育科举,简称"学台",是由朝
　廷委派到各省主持院试,并督察各地学官的官员。学政一般由
　翰林院或进士出身的京官担任。案临:指主持考试。

⑧以冠军应试:指以科试第一名而参加乡试。

⑨中顺天第四:考中顺天府乡试第四名。

⑩桐城:县名,在今安徽。

⑪有吏治:有政绩。

⑫河南道掌印御史:明清时代负责监管的都察院的属官。明代都
　察院下分十三道,清代分十五道,每道设置监察御史,有掌道和
　坐道之分。河南道是大道,授印信,称掌印御史,持之巡按州县,
　考察吏治。河南道所辖地区正是颜氏家乡。

⑬埒:同等。

⑭乞骸骨:封建时代,官员因老病请求朝廷准予退职,叫"乞骸骨"。
　《史记·项羽本纪》:"范增大怒曰:'天下事大定矣,君王自为之。
　愿赐骸骨归卒伍!'"

【译文】

书生的堂兄还在,见两个弟弟美若冠玉,特别高兴,早晚照顾他们。又见二人起早贪黑地用功苦读,倍加喜爱敬重。就雇了一个尚未束发的小僮仆,供他们驱使。天黑以后,他们就把小僮仆打发走。乡中若有吊丧喜庆的事,哥哥出面周旋应酬,弟弟只管闭门苦读。住了半年,很少有人见过弟弟。有的客人想见见弟弟,哥哥就代为推辞。人们读到弟弟的文章,惊得目瞪口呆。有的人推门进来硬要和弟弟相见,他作个揖就避开了。客人见到他的风采,都心生倾慕。从此名声大噪,富贵大家争相要招弟弟做上门女婿。堂兄来和他商量,只是笑笑而已。堂兄再勉强他,就说:"我立志平步青云,不中进士,不结婚。"正好学使大人按临科考,兄弟俩一同去应试,哥哥又一次落第,弟弟以科考头名参加乡试,考中顺天府乡试第四名。第二年考中进士,授桐城县县令官职,政声雀起。不久升迁河南道掌印御史,富同王侯。于是他以疾病为由请求辞官,皇帝赐他回归故里。来求见想做宾客的人挤满了家门,他始终谢绝不肯接纳。从他做秀才直到显贵,并没谈娶妻之事,人们无不对此感到奇怪。回归乡里后,渐渐地买了丫环。有人怀疑他同丫环有私情,嫂子察看他,没有发现不正当之处。

　　无何,明鼎革①,天下大乱。乃谓嫂曰:"实相告:我小郎妇也②。以男子阔茸③,不能自立,负气自为之。深恐播扬,致天子召问,贻笑海内耳。"嫂不信,脱靴而示之足,始愕。视靴中,则败絮满焉。于是使生承其衔④,仍闭门而雌伏矣⑤。而生平不孕,遂出赀购妾。谓生曰:"凡人置身通显,则买姬媵以自奉⑥;我宦迹十年,犹一身耳。君何福泽,坐享佳丽?"生曰:"'面首三十人'⑦,请卿自置耳。"相传为笑。是时生父母屡受覃恩矣⑧。搢绅拜往,尊生以侍御礼⑨。生羞袭闺衔,惟以诸生自安,终身未尝舆盖云⑩。

【注释】

①鼎革:"鼎"与"革"均是《易》卦名。鼎,取新。革,去故。后因以
　"鼎革"称改朝换代。

②小郎:旧时妇女称丈夫之弟为小郎。这里是颜氏借嫂嫂口吻,称
　谓自己的大夫。

③阘(tà)茸:无能,平庸。

④承其衔:指承袭颜氏的官衔。

⑤雌伏:原指屈居人下,此处语意双关,指仍为安分守己的深闺妇
　女。《后汉书·赵典传》记其兄子赵温"初为京兆郡丞,叹曰:'大
　丈夫当雄飞,安能雌伏!'遂弃官去"。

⑥媵:妾。

⑦面首三十人:《宋书·前废帝纪》:"山阴公主淫恣过度,谓帝曰:
　'妾与陛下,虽男女有殊,俱托体先帝。陛下六宫万数,而妾唯驸
　马一人。事不均平,一何至此!'帝乃为主置面首左右三十人。"
　面首,指男宠。面,取其貌美。首,取其发美。

⑧覃(tán)恩:深恩。此指朝廷封赐之恩。覃,深。

⑨侍御:侍御史,即"掌印御史"。

⑩舆盖:车舆与车盖,亦代指车。这里指御史的车仗威仪。

【译文】

　　不久,明朝灭亡,天下大乱。颜氏这才告诉嫂子说:"实话对你说:
我是你小叔子的妻子。因为丈夫无能,不能建立功名,就赌气自己做
了。深怕事情张扬开去,以致天子问罪,让天下人笑话。"嫂子不信,她
就脱了靴子给嫂子看自己的脚,嫂子这才愣住了。再看那靴子里面,塞
满了破棉絮。于是颜氏让书生接替了官衔,自己仍居深闺,闭门不出。
颜氏生平没有生育,就出钱给丈夫买妾。她对丈夫说:"一般人身居达

官显贵,就买姬妾供自己享用;我做官十年,还是一个人。你有什么福运,坐享漂亮的女子啊?"丈夫说:"'面首三十人',请你自己置办吧。"一时传为笑谈。这时书生的父母多次受到朝廷封赐。官宦乡绅们前来拜访,以拜见侍御史的礼数尊待书生。书生羞于承袭妻子的官衔,只是以秀才自居,一生未尝动用过侍御史的车驾。

异史氏曰:翁姑受封于新妇,可谓奇矣。然侍御而夫人也者①,何时无之? 但夫人而侍御者少耳。天下冠儒冠、称丈夫者,皆愧死矣!

【注释】

①侍御而夫人也者:指身为侍御,不能刚正执法,弹劾奸邪,却怯懦如妇人的人。

【译文】

异史氏说:公婆由于儿媳妇而受到册封,可以称得上稀奇了。然而身为侍御而怯弱如妇人的,什么时候没有? 只是身为妇人而官居侍御的人少有罢了。天下戴儒冠、称作丈夫的人,都羞愧死了。

杜翁

【题解】

《聊斋志异》在简单的还阳故事中往往借以表达作者的某些观念,本篇也不例外。杜翁被误勾,在阴间等待纠正错误的过程中,不听嘱咐,看见"六七女郎,容色媚好,悦而尾之",又进入"卖酒者之家",于是投生为小猪。幸好及时返还,才回到阳世。故事以此隐喻要警惕酒色对于人的诱惑戕害。

　　杜翁,沂水人①。偶自市中出,坐墙下,以候同游。觉少倦,忽若梦,见一人持牒摄去②。至一府署,从来所未经,一人戴瓦垄冠③,自内出,则青州张某④,其故人也。见杜惊曰:"杜大哥何至此?"杜言:"不知何事,但有勾牒。"张疑其误,将为查验,乃嘱曰:"谨立此,勿他适。恐一迷失,将难救挽。"遂去。久之不出,惟持牒人来,自认其误,释令归。杜别而行。途中遇六七女郎,容色媚好,悦而尾之。下道,趋小径,行十数步,闻张在后大呼曰:"杜大哥,汝将何往?"杜迷恋不已。俄见诸女入一圭窦⑤,心识为王氏卖酒者之家,不觉探身门内,略一窥瞻,即见身在笠中⑥,与诸小豮同伏⑦。豁然自悟,已化豕矣⑧,而耳中犹闻张呼。大惧,急以首触壁。闻人言曰:"小豕颠矣。"还顾,已复为人。速出门,则张候于途,责曰:"固嘱勿他往,何不听信? 几至坏事!"遂把手送至市门,乃去。杜忽醒,则身犹倚壁间。诣王氏问之,果有一豕自触死云。

　　统《七契》："荜门乌宿，圭窦狐潜。"

　　⑥笠（lì）：牲畜的栏圈，猪圈。《方言》："笠，溷（hùn）也。"

　　⑦猳（jiā）：公猪。

　　⑧豕：猪。

【译文】

　　杜老头儿是山东沂水人。有一次他从集市出来，坐在墙下，等候同伴。觉得有些倦怠，忽然之间就像进入了梦乡，见一个人手持公文把他抓走。他们来到一个从来没有过的官署，一个头戴瓦楞帽的人从里面走出来，正是青州人张某，杜老头儿的故交。他一见杜老头儿惊讶地问："杜大哥为何到这里来了？"杜老头儿说："不知什么事，只是有抓人的公文。"张某怀疑搞错了，要为杜老头儿查对，就嘱咐说："就站在这里，别到其他地方去。恐怕你一旦迷失，就很难挽救了。"说完就走了。过了很长时间不见张某出来，只有那个手持公文的人前来，承认是抓错了，放他回家。杜老头儿告别离去。途中，杜老头儿遇到六七个女郎，容貌妩媚动人，杜老头儿心生喜爱，就尾随她们。走下大道，奔到一条小路上，走了十几步，听见张某在后面大叫说："杜大哥，你要去哪儿？"杜老头儿迷恋，也不停步。一会儿，见几个女郎进了一个小门，他认出是卖酒的王氏的家，不由得把身子探进门内，刚看一眼，就发现自己已身在猪圈，和几头小公猪趴在一起。杜老头儿豁然醒悟，自己已经变成猪了，耳中仍然听到张某在叫自己。他吓坏了，急忙用头去撞墙壁。听见有人说："小猪发羊角疯了。"回头一看，自己又变成了人。赶快出了门，张某正在路边等他，责怪他说："本来就嘱咐你不要到别处去，怎么不听啊？险些坏事！"就拉着他的手把他送到集市门口，才离去。杜老头儿忽然醒来，身子仍然倚靠着墙壁。到王氏那里一问，果然有一头小猪撞死了。

小谢

【题解】

《聊斋志异》有不少二女共嫁一夫的故事，现代人不太理解，但在中国的封建社会却司空见惯，为婚姻制度所允许，士大夫传为美谈，即蒲松龄也颇为艳羡。所以他在“异史氏曰”中称：“绝世佳人，求一而难之，何遽得两哉！”《聊斋志异》写二女共嫁一夫的故事，《莲香》是一鬼一狐，《陈云栖》是两个女道士，《连城》是两个大家闺秀，《小谢》则是两个女鬼。与众不同的是，小谢和秋容不是一前一后相继出现，而是同时出现在陶生的面前。

在《聊斋志异》所有的女鬼形象中，小谢和秋容最为阳光、活泼、聪慧、调皮，最具有青春气息。在早期与陶生相处的过程中，小谢和秋容如活泼的学生，如烂漫的小朋友。她们面对长者，天真无邪，跳脱可爱，虽然也有嫉妒争强好胜之心，但孩子气十足。这些情节中大概融入了蒲松龄长期做塾师对于教学生涯的感受经历，写得意趣盎然。中期相处过程则融入了社会元素，将感情生活纳入广阔的社会环境中。无论是陶生陷入文字狱，秋容被城隍庙的黑判逼婚，还是小谢的弟弟三郎无端被杖，寥寥几笔，却揭露深刻，鞭辟入里。后期写小谢和秋容借尸还魂，二女共嫁一夫，虽然有些落入俗套，却两样写法，错落变化，出色生新，读之不厌。

渭南姜部郎第①，多鬼魅，常惑人，因徙去。留苍头门之而死②，数易皆死，遂废之。里有陶生望三者，夙倜傥，好狎妓，酒阑辄去之③。友人故使妓奔就之，亦笑内不拒，而实终夜无所沾染④。尝宿部郎家，有婢夜奔⑤，生坚拒不乱，部郎以是契重之⑥。

【注释】

①渭南：县名，在陕西东部，今为渭南市。部郎：旧时中央六部的郎中、员外郎等官员的统称。

②苍头：仆人。门：看门。

③酒阑：谓酒筵将尽。阑，将尽，将完。

④沾染：指发生性性行为，多指不正当的。

⑤奔：古时称女子私就男子为"奔"。

⑥契重：器重。

【译文】

陕西渭南县姜部郎的住宅，鬼魅很多，经常迷惑人，因此就搬家离去。他只留下仆人看门，仆人却死了，又换了几个人看门，也都死了，于是就把宅院废弃了。乡里有个书生，名叫陶望三，素来倜傥风流，喜欢招妓陪酒，酒筵将结束就叫妓女离开。友人故意让妓女去他那里，他也笑着接纳不拒绝，而实际整夜与妓女无染。他曾经寄宿在姜部郎家，有个丫环夜里去找他，陶生坚决拒绝，不肯乱搞，姜部郎由此很器重他。

　　家綦贫，又有"鼓盆之戚"①，茆屋数椽②，溽暑不堪其热③，因请部郎假废第。部郎以其凶，故却之。生因作《续无鬼论》献部郎④，且曰："鬼何能为！"部郎以其请之坚，诺之。

【注释】

①鼓盆之戚：指丧妻。《庄子·至乐》："庄子妻死，惠子吊之，庄子则方箕踞鼓盆而歌。"后因以"鼓盆之戚"指丧妻之痛。

②茆屋数椽：数间草房。茆，同"茅"。椽，装在屋顶以支持檩子的木条。借以用来代替房屋的间数。

③溽暑：湿热之气，指盛夏。

④《续无鬼论》：晋人阮瞻曾作《无鬼论》，所以陶生以其所作称《续
　　无鬼论》。

【译文】

　　陶生家境极为贫穷，妻子又死了，几间茅屋，湿热的暑天热得人受不了，就向姜部郎求借废宅。姜部郎因为废宅多凶事，回绝了他。陶生就作了一篇《续无鬼论》献给姜部郎，并且说："鬼能把我怎么样？"姜部郎因他坚决要借，就答应了。

　　生往除厅事①。薄暮，置书其中，返取他物，则书已亡。怪之，仰卧榻上，静息以伺其变。食顷，闻步履声，睨之，见二女自房中出，所亡书，送还案上。一约二十，一可十七八，并皆姝丽，逡巡立榻下②，相视而笑。生寂不动。长者翘一足踹生腹，少者掩口匿笑。生觉心摇摇若不自持，即急肃然端念③，卒不顾。女近以左手捋髭，右手轻批颐颊，作小响，少者益笑。生骤起，叱曰："鬼物敢尔！"二女骇奔而散。生恐夜为所苦，欲移归，又耻其言不掩④，乃挑灯读。暗中鬼影憧憧，略不顾瞻。夜将半，烛而寝。始交睫，觉人以细物穿鼻，奇痒，大嚏，但闻暗处隐隐作笑声。生不语，假寐以俟之。俄见少女以纸条拈细股，鹤行鹭伏而至⑤。生暴起诃之，飘窜而去。既寝，又穿其耳。终夜不堪其扰。鸡既鸣，乃寂无声，生始酣眠，终日无所睹闻。日既下，恍惚出现。生遂夜炊，将以达旦。长者渐曲肱几上⑥，观生读，既而掩生卷。生怒捉之，即已飘散。少间，又抚之。生以手按卷读。少者潜于脑后，交两手掩生目，瞥然去，远立以哂。生指骂曰："小鬼头！捉得便都杀却！"女子即又不惧。因戏之曰：

"房中纵送⑦，我都不解，缠我无益。"二女微笑，转身向灶，析薪溲米⑧，为生执爨⑨。生顾而奖曰："两卿此为，不胜憨跳耶⑩?"俄顷，粥熟，争以匕、箸、陶碗置几上⑪。生曰："感卿服役，何以报德?"女笑云："饭中溲合砒、鸩矣⑫。"生曰："与卿夙无嫌怨，何至以此相加。"啜已，复盛，争为奔走。生乐之，习以为常。

【注释】

①除：扫除。厅事：也作"听事"，本为官府听事办公的地方，后来私宅的厅房也称厅事。

②逡巡：有所顾虑而徘徊。

③端念：端正意念，指不为邪念所动。

④其言不掩：意谓自己《续无鬼论》之说，有失检点。掩，通"检"，检束。

⑤鹤行鹭伏：像鹤和鹭鸶那样屈身轻步，悄悄行动。

⑥曲肱几上：弯曲着胳臂，伏在几案上。肱，臂。

⑦房中纵送：性行为的隐喻。房中，指房中术，古代对于性行为和性知识的统称。

⑧析薪：劈柴。溲（sōu）米：淘米。

⑨爨（cuàn）：烧火做饭。

⑩憨跳：憨痴跳腾。谓其调皮闹腾。

⑪匕：饭匙。

⑫溲合：调和，掺杂。砒、鸩（zhèn）：均毒药。砒，砒霜。鸩，用有毒的鸟羽浸成的毒酒。

【译文】

陶生去打扫厅房。傍晚，他把书放在房中，回家去取东西，回来书已不见。他感到奇怪,就仰卧在床榻上,平心静气地等待着事情的变化。约过了一顿饭的工夫,听到了脚步声,斜眼一看,有两个女孩从房中走出,把丢失的书送还到桌案上。一个约二十岁,一个十七八岁,都很美丽,犹犹豫豫地来到床边,相视而笑。陶生静静躺着一动不动。年长的那个女孩翘起一只脚端陶生的肚子,年少的那个捂着嘴偷偷地笑。陶生顿觉心神摇荡,好像难以自持,赶紧严肃地正了正念头,到底没有理睬她们。年长的女孩又到近前用左手将陶生的髭须,用右手轻轻地拍打他的面颊,发出轻微的声响,年少的笑得益发厉害。陶生猛然起身,骂道:"鬼东西!怎敢无礼!"两个女孩吓得奔逃而散。陶生深恐夜里被两个女孩折磨,想搬回家去,又为自己随便说话有失检点而感到羞耻,就挑灯夜读。黑暗中鬼影晃来晃去,陶生连看也不看。将近半夜了,他点着蜡烛睡下。刚一合眼,就感觉有人用很细的东西刺进自己的鼻孔,痒得厉害,不禁打了个大喷嚏,只听黑暗处隐隐传来笑声。陶生不说话,假装睡着了等着她们。一会儿,见那个年少的女孩用纸条捻成细绳,像鹤和鹭鸶那样屈身轻步,悄悄来到跟前。陶生突然跳起来呵斥她,她轻飘飘地逃窜而去。陶生睡下后,女孩又来捅他耳朵。陶生整夜被她们搅扰得受不了。雄鸡报晓,才沉寂下来,陶生这才睡熟了,整个白天也一无所见。太阳偏西之后,两个女孩又恍恍惚惚地出现了。陶生就连夜做饭,想熬个通宵。年长的女孩渐渐地走过来,弯着胳臂伏在几案上,看着陶生读书,接着用手掩住陶生的书。陶生大怒去捉她,她马上飘然散去。一会儿,又过来捂住书。陶生用手按着书读。年少的女孩就悄悄跑到他身后,两手交叉蒙住他的眼睛,又迅速走开,远远地站在一旁微笑。陶生指着她们骂道:"小鬼头!让我捉住,就把你们都杀了!"女孩走到近前又不惧怕。于是陶生戏弄她们说:"各种房中术,我都不懂,纠缠我没用。"两个女孩微微一笑,转身奔向灶间,劈柴淘米,为陶生烧火做饭。陶生看着她们夸奖道:"你们干这个,不比瞎闹腾好吗?"一会儿,粥煮熟了,她俩争着把饭匙、筷子、饭碗摆放在几案上。陶生说:"你们为我劳累,令人感动,我怎么报答你们的好处呢?"女孩笑着说:"饭中掺进砒霜和毒酒了。"陶生说:"我和你们素来没有怨仇,何至于加害到这一步。"喝完粥,又盛上,两个女孩争相为他跑腿。陶生很高兴她们能这样,习以为常。

日渐稔①,接坐倾语,审其姓名。长者云:"妾秋容,乔氏;彼阮家小谢也。"又研问所由来。小谢笑曰:"痴郎! 尚不敢一呈身,谁要汝问门第,作嫁娶耶?"生正容曰:"相对丽质,宁独无情? 但阴冥之气,中人必死。不乐与居者,行可耳;乐与居者,安可耳。如不见爱,何必玷两佳人? 如果见爱,何必死一狂生?"二女相顾动容,自此不甚虐弄之②,然时而探手于怀,捋袴于地,亦置不为怪。

【注释】

①稔:熟悉。

②虐弄:恶作剧。

【译文】

　　渐渐地混得越来越熟了,陶生和她们坐在一起说着心里话,问两个女孩的姓名。年长的女孩说:"我叫秋容,姓乔;她是阮家的小谢。"陶生又追问她们的来历。小谢笑着说:"傻郎君,还不敢露一露身子,谁要你问我们门第出身,想娶我们不成?"陶生一本正经地说:"面对两位佳丽,难道我不动情吗? 只是人中了阴曹地府的阴气必死。你们不乐意与我在一块儿住,可以走开;乐意与我住在一块儿,安心住好了。如果你们不爱我,我何必玷污两个佳人? 如果你们爱我,又何必让一个狂生去死呢?"两个女孩互看了一眼,深受感动,自此以后不再过分戏谑捉弄陶生,然而时常把手伸到陶生怀里,把他的裤子褪到地上,陶生也不放在心上，不以为怪。

一日，录书未卒业而出^①，返则小谢伏案头，操管代录^②。见生，掷笔睨笑。近视之，虽劣不成书^③，而行列疏整^④。生赞曰："卿雅人也！苟乐此，仆教卿为之。"乃拥诸怀，把腕而教之画。秋容自外入，色乍变，意似妒。小谢笑曰："童时尝从父学书，久不作，遂如梦寐。"秋容不语。生喻其意，伪为不觉者，遂抱而授以笔，曰："我视卿能此否？"作数字而起，曰："秋娘大好笔力！"秋容乃喜。生于是折两纸为范^⑤，俾共临摹。生另一灯读，窃喜其各有所事，不相侵扰。倣毕^⑥，祗立几前^⑦，听生月旦^⑧。秋容素不解读^⑨，涂鸦不可辨认^⑩，花判已^⑪，自顾不如小谢，有惭色。生奖慰之，颜始霁^⑫。

【注释】

①卒业：完成。

②操管：执笔。

③成书：成字。

④行列疏整：指抄写得横竖成行，疏落而齐整。直称行。横称列。

⑤范：规范，榜样。此指供描摹的仿影。

⑥倣：临摹。

⑦祗立：敬立。

⑧月旦：品评。原指对于人物的评论，这里指评判书写的好坏。

⑨解读：指识字。

⑩涂鸦：比喻文字稚劣。唐卢仝《示添丁》："忽来案上翻墨汁，涂抹诗书如老鸦。"

⑪花判：本指旧时官吏对案件所作的骈体判词，此指对所写字迹的

　　评阅意见。

⑫颜始霁:脸色方始喜悦。霁,天晴,此处形容脸色开朗喜悦。

【译文】

　　一天,陶生书没抄完就出去了,回来看到小谢伏在案头,执笔代抄。见到陶生,她扔下笔斜着眼笑。近前看那字,虽然写得极不像样,但横竖成行。陶生称赞说:"你是个雅人呀! 如果乐意抄写,我教你来写。"就把小谢抱在怀里,把着手腕教她笔画。秋容从外面进来,见此马上变了脸色,好像很嫉妒。小谢笑着说:"儿时曾跟父亲学写字,很久不写了,就像做梦一样。"秋容没说话。陶生明白她的心思,假装什么也不知道,就抱起她,递给她一支笔说:"让我看看你会不会写字?"秋容写了几个字站起来,陶生说:"秋娘真是好笔力!"秋容这才高兴起来。陶生于是将两张纸折成格写上范字,让两个女孩一起临摹。陶生在另一盏灯下读书,暗自高兴她们各自有事可做,不会再来搅扰。两个女孩临摹完毕,敬立几案前,听候陶生评判。秋容素来不识字,写的文字稚劣不可辨认。评判完毕,自觉不如小谢,感到惭愧。陶生对她夸奖劝慰一番,她脸色才变得开朗起来。

　　二女由此师事生,坐为抓背,卧为按股,不惟不敢侮,争媚之。逾月,小谢书居然端好,生偶赞之,秋容大惭,粉黛淫淫①,泪痕如线。生百端慰解之②,乃已。因教之读,颖悟非常,指示一过,无再问者。与生竞读,常至终夜。小谢又引其弟三郎来,拜生门下。年十五六,姿容秀美,以金如意一钩为贽③。生令与秋容执一经④,满堂咿唔,生于此设鬼帐焉⑤。部郎闻之喜,以时给其薪水。积数月,秋容与三郎皆能诗,时相酬唱。小谢阴嘱勿教秋容,生诺之;秋容阴嘱勿教小谢,生亦诺之。一日,生将赴试,二女涕泪持别。三郎

曰:"此行可以托疾免。不然,恐履不吉⑥。"生以告疾为辱,
遂行。

【注释】

①粉黛淫淫:脸上搽的粉和眉上涂的黛,随着泪水流下。黛,古时
　女子描眉用的青黑色颜料。淫淫,水流貌。
②百端:多种多样,千方百计。
③贽(zhì):晋见的礼物。
④执一经:学习一种经书。执,持。
⑤设鬼帐:犹言教鬼学生。设帐,教授生徒。《后汉书·马融传》:
　"(融)常坐高堂,施绛纱帐,前授生徒,后列女乐,弟子以次相传,
　鲜有入其室者。"
⑥恐履不吉:恐蹈凶险。履,践。

【译文】

　　两个女孩从此拜陶生为师,坐着时给他搔背,躺下时为他捶腿,不
但不敢侮慢,还争相讨他欢心。过了一个月,小谢的字居然能写得端正
好看,陶生偶尔赞扬她,秋容听了大为惭愧,脸上的粉黛和着眼泪而下,
泪痕如线。陶生百般宽慰劝解,这才好了。陶生就教她们读书,她们聪
明异常,指点一遍,不会再问第二遍。她们和陶生比赛读书,时常读一
个通宵。小谢又将她弟弟三郎引见来,拜在陶生门下。三郎年纪十五
六岁,容貌秀美,以一钩金如意作为拜师之礼。陶生令他与秋容共同学
习一种经书,满堂响起"咿咿呀呀"的读书声,陶生竟然在这里开办了一
所鬼学。姜部郎听说很高兴,按时给陶生送来柴米。过了几个月,秋容
与三郎都能作诗了,时常互相酬唱。小谢背地里嘱咐陶生不要教秋容,
陶生答应了;秋容背地里嘱咐陶生不要教小谢,陶生也答应了。一天,陶
生要去赶考,两个女孩流泪送他上路。三郎说:"这次应考可以推托生病
不去。不然的话,恐怕遇到凶险。"陶生认为托病不去是耻辱,就上路了。

先是,生好以诗词讥切时事,获罪于邑贵介①,日思中伤之。阴赂学使,诬以行简②,淹禁狱中。资斧绝,乞食于囚人,自分已无生理。忽一人飘忽而入,则秋容也。以馔具馈生,相向悲咽,曰:"三郎虑君不吉,今果不谬。三郎与姜同来,赴院申理矣③。"数语而出,人不之睹。越日,部院出④,三郎遮道声屈⑤,收之。秋容入狱报生,返身往侦之,三日不返。生愁饿无聊,度一日如年岁。忽小谢至,怆惋欲绝⑥,言:"秋容归,经由城隍祠,被西廊黑判强摄去,逼充御媵⑦。秋容不屈,今亦幽囚。妾驰百里,奔波颇殆,至北郭,被老棘刺吾足心⑧,痛彻骨髓,恐不能再至矣。"因示之足,血殷凌波焉⑨。出金三两,跛踦而没⑩。部院勘三郎,素非瓜葛,无端代控,将杖之,扑地遂灭,异之。览其状,情词悲侧。提生面鞫,问:"三郎何人?"生伪为不知。部院悟其冤,释之。

【注释】

①贵介:尊贵的人。

②诬以行简:对其品行加以诬陷诋毁。《钦定大清会典事例》,谓康熙初年,礼部题准,"生员如果犯事情重,地方官先报学政,俟黜革后治以应得之罪"。行简,行为简慢。

③院:指巡抚衙门。

④部院:指巡抚。清代各省巡抚多带兵部侍郎及都察院副都御史衔,因称巡抚为"部院"。

⑤遮道:拦路。声屈:喊冤。

⑥怆惋:悲伤怨恨。

⑦御媵:侍妾。

⑧棘:酸枣树,枝上有刺。泛指有刺草木。

⑨血殷(yān)凌波:流血染红了鞋袜。殷,红黑色,这里是染红的意思。凌波,本指女子步履轻盈,这里指女子鞋袜。

⑩跛踦:行步不稳的样子。汉焦赣《易林·泰之复》:"跛踦相随,日暮牛罢,陵迟后旅,失利亡雌。"

【译文】

此前,陶生好写诗词讥讽时政,得罪了当地显贵,整天想着中伤陶生。他暗地里贿赂学政,诬蔑陶生品行不端,就把陶生关进了监狱。陶生的盘缠用光了,就向囚犯们讨吃的,料想自己已经没有生还的可能。忽然有个人飘飘忽忽自外而入,原来是秋容。秋容带来酒食给陶生吃,两人相对悲伤呜咽,秋容说:"三郎忧虑你出行不吉利,如今果然不错。三郎和我一块儿前来,去巡抚衙门为你申冤去了。"秋容说了几句就出去了,人们谁也看不见她。过了一天,巡抚出行,三郎拦路喊冤,就被带走了。秋容入狱报告了陶生,返身前去探听消息,三天没有回来。陶生忧愁饥饿,百无聊赖,度日如年。忽然小谢来了,悲伤怨恨得要死,说:"秋容回家,经过城隍庙,被庙里西廊上的黑判官抢了去,逼她为妾。秋容不肯屈服,现在也被关了起来。我跑了百里多路,奔波得太疲乏了,走到城北,被老荆棘刺伤了脚心,痛彻骨髓,恐怕不能再来了。"于是抬起脚让陶生看,只见鲜血染红了鞋袜。小谢拿出三两银子给陶生,就一瘸一拐地走了。巡抚审问三郎,见他向来与陶生非亲非故,无缘无故代人告状,要打他的板子,三郎扑倒在地就消失了。巡抚感到奇怪。看他的状词,富有感情的言词悲伤感人。巡抚就提出陶生当面审问,问:"三郎是你什么人?"陶生假装不知。巡抚由此领悟到陶生是冤枉的,就把他放了。

既归,竟夕无一人。更阑,小谢始至,惨然曰:"三郎在部院,被廨神押赴冥司①,冥王以三郎义,令托生富贵家。秋容久锢,妾以状投城隍,又被按阁②,不得入,且复奈何?"生忿曰:"黑老魅何敢如此!明日仆其像,践踏为泥,数城隍而责之;案下吏暴横如此,渠在醉梦中耶!"悲愤相对,不觉四漏将残。秋容飘然忽至,两人惊喜,急问。秋容泣下曰:"今为郎万苦矣!判日以刀杖相逼,今夕忽放妾归,曰:'我无他,原以爱故,既不愿,固亦不曾污玷。烦告陶秋曹③,勿见谴责。'"生闻少欢,欲与同寝,曰:"今日愿为卿死。"二女戚然曰:"向受开导,颇知义理,何忍以爱君者杀君乎?"执不可,然偎颈倾头,情均伉俪。二女以遭难故,妒念全消。

【注释】

①廨神:保护官衙的神。廨,官署。

②按阁:搁置,压下。阁,同"搁"。

③秋曹:对刑部官员的尊称。古以刑部为秋官,故称其部员为"秋曹"。这里称陶生为秋曹,是预示陶生将来当任职刑部。

【译文】

陶生回到家里,整个晚上不见一人。直到深夜,小谢才到,她神色凄惨地说:"三郎在巡抚衙门,被管衙门的神给押到阴曹地府,阎王爷因为三郎仗义,令他托生富贵人家。秋容被关了很久,我写了状子想投给城隍老爷,又被压下,不能上达,该怎么办呢?"陶生愤恨地说:"老黑鬼怎敢如此!明天推倒他的塑像,践踏成泥土,列举罪状责问城隍老爷;他的下属如此横暴,他难道在醉梦中不成!"两人悲愤相对,不知不觉四更将尽。秋容飘飘然忽然来到,两人惊喜,急忙询问。秋容流着泪说:"这回我为你受尽了苦!判官每日里用刀杖逼迫我,今晚忽然放我回家,说:'我没有他心,原本是因为爱你,既然你不愿意,本来也没有玷污你。麻烦你转告陶秋曹陶官人,不要谴责我。'"陶生听了心中略喜,想与她们同寝,说:"今天我愿意为你们而死。"两个女孩悲伤地说:"先前受到你的开导,才懂得一些道理,怎么忍心因为爱你而杀死你呢?"执意不允,然而低头贴脸,情同夫妻。两个女孩由于遭受磨难的缘故,嫉妒之心全没了。

　　会一道士途遇生,顾谓"身有鬼气"。生以其言异,具告之。道士曰:"此鬼大好,不拟负他。"因书二符付生,曰:"归授两鬼,任其福命:如闻门外有哭女者,吞符急出,先到者可活。"生拜受,归嘱二女。后月馀,果闻有哭女者。二女争奔而去,小谢忙急,忘吞其符。见有丧舆过,秋容直出,入棺而没。小谢不得入,痛哭而返。生出视,则富室郝氏殡其女①。共见一女子入棺而去,方共惊疑,俄闻棺中有声,息肩发验,女已顿苏。因暂寄生斋外,罗守之。忽开目问陶生,郝氏研诘之,答云:"我非汝女也。"遂以情告。郝未深信,欲舁归。女不从,径入生斋,偃卧不起,郝乃识婿而去。生就视之,面庞虽异,而光艳不减秋容,喜惬过望。殷叙平生。忽闻呜呜鬼泣,则小谢哭于暗陬②。心甚怜之,即移灯往,宽譬哀情。而衿袖淋浪③,痛不可解,近晓始去。天明,郝以婢媪赍送香奁,居然翁婿矣。暮入帷房,则小谢又哭。如此六七夜,夫妇俱为惨动,不能成合卺之礼④。

【注释】

①殡:埋葬。

②暗陬:黑暗角落。陬,角落。

③衿袖淋浪:衣襟衣袖均被泪水沾湿。淋浪,水湿的样子。

④合卺之礼：婚礼。指新郎、新娘在结婚当天的新房内共饮交杯酒（合欢酒）。

【译文】

　　正巧有个道士途中与陶生相遇，看着他说："你身有鬼气。"陶生觉得他的话极不寻常，就全对道士说了。道士说："这两个鬼非常好，你不要辜负了她们。"于是道士画了两道符交给陶生，说："回去交给两个鬼，听凭她们各自的福分和命运：如果听到外面有哭女儿的，让她们吞下符赶快跑出去，先跑到的就可以复生。"陶生拜谢后收下符，回去把道士的话嘱咐了两个女孩。过了一个多月，果然听到有人哭女儿。两个女孩争相奔出，小谢太着急了，忘了吞符。见到灵车过来，秋容直奔而出，进了棺材就隐没不见。小谢进不去，痛哭着回来了。陶生出门一看，是大户人家郝氏给女儿出殡。众人看见一个女子进入棺材，正在惊疑，一会儿，听见棺材中传出声音，放下棺材，打开验看，女儿已经复活了。于是把她暂时寄放在陶生的房子外面，家人围着看守她。忽然女孩睁开眼睛打听陶生，郝氏追问她，女孩回答说："我不是你女儿。"并以实情相告。郝氏不太相信，想把她抬回家。女儿不肯，还直奔入陶生房中，躺在床上不起来，郝氏这才认了女婿走了。陶生到近前去看这女孩，面庞虽然不同，但光彩艳丽不在秋容之下，喜欢满意超过了自己的愿望。两人情深厚地叙述往事。忽然听见"呜呜"的鬼哭声，原来是小谢在角落里哭泣。陶生非常可怜她，就拿着蜡烛走过去，宽慰她哀伤的情怀。但小谢哭得衣襟袖子都湿了，痛苦不可排解，天快亮时才离去。天亮了，郝氏派丫环老妈子送来嫁妆，居然成了翁婿。日暮二人进入卧室，又听到小谢在哭。一连六七个夜晚如此，夫妻俩都被小谢惨切的哭声所动，不能成夫妻之礼。

　　生忧思无策。秋容曰："道士，仙人也。再往求，倘得怜救。"生然之。迹道士所在，叩伏自陈。道士力言无术。生哀不已。道士笑曰："痴生好缠人！合与有缘，请竭吾术。"乃从生来，索静室，掩扉坐，戒勿相问。凡十馀日，不饮不食。潜窥之，瞑若睡。一日晨兴，有少女搴帘入，明眸皓齿，光艳照人。微笑曰："跋履终夜，惫极矣。被汝纠缠不了，奔驰百里外，始得一好庐舍①，道人载与俱来矣。待见其人，便相交付耳。"敛昏，小谢至，女遽起迎抱之，翕然合为一体，仆地而僵。道士自室中出，拱手径去。拜而送之，及返，则女已苏。扶置床上，气体渐舒，但把足呻言趾股酸痛，数日始能起。

【注释】

①庐舍：房屋。这里指灵魂所依附的躯体。

【译文】

陶生忧心忡忡，毫无办法。秋容说："道士是个神仙。你再去求他，或许会得到怜悯援救。"陶生点头称是。他找到道士的住处，磕头伏首自道实情。道士极力说自己回生无术。陶生哀求不止。道士笑道："这个书呆子真缠人！该当有缘，让我用尽我的法术。"就跟着陶生来了，要了一间安静的居室，掩门而坐，告诫陶生不得来询问。共有十多天，不吃不喝。悄悄过来瞧瞧他，只见他闭着眼睛像睡觉。一天早晨起来，有个少女掀帘进来，明眸皓齿，光彩照人。她微笑着说："终夜奔走，疲惫极了。被你纠缠不过，奔驰到百里之外，才找到一副好躯壳，道人载着她一块儿来了。等我见了那个人，就交付给她。"天黑后，小谢来了，少女马上起身迎上前去抱住她，两人一下合为一体，仆倒在地，直僵僵地躺着。道士由室内出来，拱拱手径自而去。陶生拜谢送他，等到回来，女孩已经苏醒。把她扶到床上，气息渐渐匀畅，肢体也渐渐柔软，只是抱着脚呻吟说脚趾、大腿酸痛，几天之后才能起床。

　　后生应试得通籍①。有蔡子经者，与同谱②，以事过生，留数日。小谢自邻舍归，蔡望见之，疾趋相蹑③。小谢侧身敛避，心窃怒其轻薄。蔡告生曰："一事深骇物听④，可相告否？"诘之，答曰："三年前，少妹夭殒，经两夜而失其尸，至今疑念。适见夫人，何相似之深也？"生笑曰："山荆陋劣，何足以方君妹⑤？然既系同谱，义即至切，何妨一献妻孥⑥。"乃入内，使小谢衣殉装出⑦。蔡大惊曰："真吾妹也！"因而泣下。生乃具述本末。蔡喜曰："妹子未死，吾将速归，用慰严慈⑧。"遂去。过数日，举家皆至，后往来如郝焉。

【注释】

①通籍：指仕宦新进。封建时代新进仕宦，通其名籍于朝，故曰"通籍"。

②同谱：同榜，指科举考试中同届录取的人。

③蹑：尾随。

④物听：众人的言论。《晋书·王敦传》："天下荒弊，人心易动；物听一移，将致疑惑。"物，众人。

⑤方：比拟。

⑥一献妻孥：使妻、子出来相见。旧时，朋友情谊亲密，才能出妻见子。

⑦殉装：殉葬的衣服。

⑧严慈：父母。

【译文】

　　后来陶生应试做了官。有个叫蔡子京的人与陶生是同榜，他有事过访陶生，在陶生家住了几天。小谢从邻居家回来，蔡子京望见她，急忙赶过来跟上她。小谢侧身躲避，心中暗自气恼他举止轻薄。蔡子京告诉陶生说:"有件事太让人吃惊,能告诉你吗?"陶生问是什么事,蔡子京回答说:"三年前,我的小妹死了,死后两夜她的尸首失踪,至今我还在疑惑惦念。刚才见到尊夫人,她怎么那么酷似我小妹呢?"陶生笑着说:"我妻子很丑,怎么比得上令妹? 不过既然我们同榜,情义就至为密切,不妨让你见见我的妻子。"陶生就到内室,让小谢穿上当日装殓的衣服出来。蔡子京一见大惊失色地说:"真是我妹妹呀!"说着就流下了眼泪。陶生就把事情的始末说了一遍。蔡子京高兴地说:"妹妹没死,我要赶快回家,告慰二老!"随即离去。过了几天,蔡子京一家人全来了,后来两家往来同郝家一样。

异史氏曰:绝世佳人,求一而难之,何遽得两哉? 事千古而一见,惟不私奔女者能遭之也①。道士其仙耶? 何术之神也? 苟有其术,丑鬼可交耳。

【注释】

①遭:相遇,遇见。

【译文】

异史氏说:绝代佳人,求得一位已是难得,怎么会一下子得到两位? 这种事千年才一见,只有不和私奔之女苟合的人才能遇得到。道士是神仙吗? 为何他的法术那么神奇? 如果真有这样的法术,丑鬼也可以结交了。

缢鬼

【题解】

本篇所叙为第三者所见的场景,类似于哑剧,静默,壮烈,虽极简短，但叙次井然。而少妇结束自己的性命也从容不迫，有着尊严感，令人想起古乐府《孔雀东南飞》刘兰芝自杀前"奄奄黄昏后，寂寂人定初"的不幸。

　　作者显然对此怀有极大的同情，说："冤之极而至于自尽，苦矣！"因此，本篇虽然写自杀过程，恐怖惨烈，却并非简单搜奇记异，而是充满对于生命的敬畏和人道的同情。

　　范生者，宿于逆旅①，食后，烛而假寐②。忽一婢来，襆衣置椅上③，又有镜奁掭篋④，一一列案头，乃去。俄一少妇自房中出，发篋开奁，对镜栉掠⑤，已而髻，已而簪，顾影徘徊甚久。前婢来，进匜沃盥⑥。盥已捧帨⑦，既，持沐汤去。妇解襆出裙帔⑧，炫然新制⑨，就着之，掩衿提领，结束周至⑩。范不语，中心疑怪，谓必奔妇⑪，将严装以就客也。妇妆讫，出长带，垂诸梁而结焉。讶之。妇从容跂双弯⑫，引颈受缢。才一着带，目即瞑，眉即竖，舌出吻两寸许，颜色惨变如鬼。大骇奔出，呼告主人，验之已渺。主人曰："曩子妇经于是⑬，毋乃此乎？"吁！异哉！既死犹作其状，此何说也？

【注释】

①逆旅：客店。

②烛：点着蜡烛。假寐：闭目养神，打盹。

③襆衣：衣裳包裹。襆，包袱。

④镜奁掭(tì)篋：存放妇女梳妆品的器具。镜奁，镜匣。掭，搔头的簪或梳、篦一类。篋，箱子。

⑤栉掠：栉发掠鬓，言其梳妆。

⑥进匜(yí)沃盥：送上水盆给她浇水洗手。匜，古代洗手盛水的用

具。洗手时,把匜中的水,倒在手上,下面用盘承接。《左传·僖公二十三年》:"奉匜沃盥。"

⑦帨(shuì):拭物之佩巾,此指拭手之巾。《礼记·内则》:"盥卒授巾。"郑玄注:"巾以帨手。"

⑧裙帔(pèi):泛指女人衣裳。帔,披肩。

⑨炫然:鲜亮的样子。

⑩结束:装束,打扮。周至:齐整,周到。

⑪奔妇:私奔之妇。

⑫跂(qǐ)双弯:跷起双脚。跂,跷起脚后跟。双弯,即双脚。旧时女子缠足,足背弓起,故称。

⑬曩:从前。子妇:儿媳。经于是:自缢于此。经,自经,即上吊而死。

【译文】

范生住在旅店里,饭后点着蜡烛闭目休息。忽然来了一个丫环,把一包袱衣服放在椅子上,又把镜奁、梳妆盒一一摆放在桌案上,才离去。一会儿,有一少妇从房里走出,打开梳妆盒和镜匣,对镜梳妆,梳好了发髻,插好了簪子,对着镜子徘徊端详了很久。那个丫环又进来,端来水侍候少妇盥洗。洗完又送上手巾,之后,端着水走了。少妇打开包袱拿出裙子披肩,都是鲜亮的新装,就穿上了,然后掩好衣襟,正了正衣领,装束得非常周到。范生一语不发,心中好奇怪,认定这必是个私奔之妇,盛装打扮之后准备去幽会情人。少妇穿戴完毕,拿出一根长带子,垂挂在房梁上,打好了结。范生十分惊讶。少妇从容地跷起双脚,伸长脖子上了吊。刚一套进带结,就双目紧闭,眉毛倒竖,舌头伸出唇外两寸多,脸色变得阴惨惨的和鬼一样。范生吓坏了,奔逃出来,呼喊着告知店主人,进屋再看时,刚才的一幕已渺然不见。店主说:"先前我儿媳吊死在这里,莫不是她的阴魂吧?"唉!奇怪!既然死了还要再现临死的状态,这怎么解释呢?

异史氏曰:冤之极而至于自尽,苦矣! 然前为人而不知,后为鬼而不觉,所最难堪者,束装结带时耳。故死后顿忘其他,而独于此际此境,犹历历一作①,是其所极不忘者也。

【注释】

①历历:清晰分明。

【译文】

异史氏说:冤屈至极而至于自尽,苦啊! 然而从前做人时不知道什么,死后为鬼也不感觉什么,所感最难以忍受的一幕,就是打扮停当,结带上吊之时。所以死后顿时忘记其他,而偏偏对此时此境,还要历历在目地再现一遍,因为这是她最难忘的啊。

吴门画工

【题解】

表面上看,本篇是叙述传说中八仙之一吕洞宾的灵迹的,实际上反映的却是清代初期的政治新闻,即顺治帝董鄂妃之死在民间的传闻。

董鄂妃是顺治帝的宠妃,其死在当时给予朝政以很大影响,据《清列朝后妃传稿》记载,"妃既薨,帝忽忽不乐,……又亲制行状,述妃懿嫕,以寄其哀。及崩,遗诏罪己,始以丧祭逾礼自悔焉"。"丧祭逾礼",以致成为皇帝反省的题目,可见当时丧祭规模之大。"上念其贤,将为肖像,诸工群集",可能即为其中的一项规划,当然,也可能完全是民间不实的传闻。

正因为《吴门画工》事涉政治,所以青柯亭本《聊斋志异》删去了此篇。

吴门画工某①,忘其名。喜绘吕祖②,每想像而神会之,希幸一遇。虔结在念③,靡刻不存。一日,值群丐饮郊郭间,内一人敝衣露肘,而神采轩豁④。心忽动,疑为吕祖。谛视觉愈确⑤,遂捉其臂曰:"君吕祖也。"丐者大笑。某坚执为是,伏拜不起。丐者曰:"我即吕祖,汝将奈何?"某叩头,但祈指教。丐者曰:"汝能相识,可谓有缘。然此处非语所,夜间当相见也。"再欲遮问,转盼已杳。骇叹而归。

【注释】

①吴门:今江苏苏州为春秋时吴国国都,故别称吴门。

②吕祖:即吕洞宾,原名吕岩(嵒),道号纯阳子,传说中的"八仙"之一。道教全真道尊为北五祖之一,因通称"吕祖"。

③虔结:虔诚。

④轩豁:轩昂开朗,气宇不凡。

⑤谛视:仔细看。

【译文】

苏州有个画师,忘了他的名字。他喜欢画吕洞宾,每每在想象中与吕洞宾神交,希望有幸一遇。这个虔诚的念头凝结在心中,无时无刻不存在希望。一天,画师遇到一群乞丐在城郊饮酒,其中一人衣衫破烂露着两肘,可是神气轩昂豁达。画师见此心中忽然一动,疑心此人即是吕洞宾。仔细端详,越发感觉确切无疑,就一下子抓住那人的胳膊说:"您是吕祖啊。"乞丐大笑。画师坚持认为他是吕洞宾,伏下身来跪拜不肯起来。乞丐说:"我就是吕祖,你要怎么样?"画师叩头,只请指教。乞丐说:"你能认出我来,可说是有缘。然而这里并不是说话的地方,夜间我们相见。"画师再要拦着问他,转眼间已不知踪迹。画师惊叹着回到家中。

至夜,果梦吕祖来,曰:"念子志虑耑诚①,特来一见。但汝骨气贪吝,不能为仙。我使子见一人可也。"即向空一招,遂有一丽人蹑空而下②,服饰如贵嫔③,容光袍仪,焕映一室。吕祖曰:"此乃董娘娘④,子审志之⑤。"既而又问:"记得否?"答:"已记之。"又曰:"勿忘却。"俄而丽者去,吕祖亦去。醒而异之,即梦中所见,肖而藏之⑥,终亦不解所谓。

【注释】

①耑:同"专"。专一。

②蹑空:犹踏空。

③贵嫔:宫中女官名。三国曹魏置,历代相沿而位尊卑不同。

④董娘娘:指董贵妃,或称董鄂妃,正白旗内大臣鄂硕之女,顺治十三年(1656)受封,十六年(1659)去世。是顺治皇帝一生最爱的女人。娘娘,皇帝后妃的俗称。

⑤审志:仔细记住。

⑥肖而藏之:摹画其像而藏之。肖,肖像。此谓画像。

【译文】

到了夜里,果然梦见吕洞宾来了,说:"念及你志愿专一,特地前来相见。但是你本质贪婪吝啬,不能成仙。我可以让你见一个人。"当即向空中一招手,就有一个美人凌空而来,服饰打扮像贵嫔,她的容光服色映照一室。吕洞宾说:"这是董娘娘,你仔细记住她。"之后又问:"记得不?"回答:"已经记住了。"吕洞宾又说:"不要忘记。"一会儿,美人离去,吕洞宾也离开。画师醒来,觉得这梦不同寻常,就把梦中所见的美人画下来,保存好,但始终不明白吕洞宾讲的话是什么意思。

后数年,偶游于都①。会董妃薨②,上念其贤,将为肖像。

诸工群集，口授心拟，终不能似。某忽触念梦中人，得无是耶③？以图呈进。宫中传览，皆谓神肖④。由是授官中书⑤，辞不受，赐万金。于是名大噪。贵戚家争遗重币，乞为先人传影⑥。但悬空摹写，罔不曲似⑦。浃辰之间⑧，累数巨万。

【注释】

①都：京城，北京。

②薨（hōng）：诸侯王及后妃之死称"薨"。《礼记·曲礼》："天子死曰崩，诸侯死曰薨。"

③得无是：该不是，推断揣摩之词。无，通"毋"。不。

④神肖：传神酷似。

⑤官中书：官中书舍人。清为内阁属员，从七品。

⑥传影：临摹肖像。传，传写，临摹。影，影像，图像。

⑦罔不曲似：无不委曲相像。罔，无。曲似，委曲相似。曲，周遍，多方面，详尽。似，像。

⑧浃（jiá）辰：十二天。古代用干支记时间，自子至亥一周正是十二日。《左传·成公九年》："浃辰之间，而楚克其三都。"

【译文】

几年之后，画师偶然到京城游历。正赶上董妃死去，皇上思念她贤德，要为她画像。许多画师聚集在一起，有人口授董妃相貌，画师们又在心中想象，可始终都画不像。这位苏州画师忽然心有所动，想起梦中出现的美人，该不是董妃吧？就把那幅画像呈献朝廷。宫中人传看后，都说传神酷似。于是授给他中书舍人官职，画师辞官不受，又赐白银万两。于是名声大噪。皇亲国戚之家争相馈赠重金，请求为过世的先人画像。画师只是凭空摹画，无不委曲相似。十来天时间，就积累了上万的财富。

莱芜朱拱奎曾见其人①。

【注释】

①莱芜：县名，位于山东中部，今为莱芜市。

【译文】

莱芜朱拱奎见过这个人。

林氏

【题解】

　　戚安期原来寻花问柳，在节烈妻子林氏的感召下，痛改前非。面对林氏不育，也毫不动摇自己不再二色的誓言。后来林氏采用暗度陈仓、借腹生子的办法，使家庭有了二子一女。

　　小说极力写林氏的贤惠：戚安期"喜狎妓"，她只是"婉戒之"；发现自己不育，便千方百计给戚安期找女人，甚至使出借腹生子的手段——真是一个绝对自觉忠于封建社会道德的楷模。所以蒲松龄称赞说："古有贤姬，如林者，可谓圣矣！"但明伦评论说："我卒读之，忽不知何以亦代之喜极感极而涕不自禁也。"

　　许多读者对于戚安期借腹生子毫不知情的情节提出怀疑，甚至认为"极意写戚为林诳，余窃意林为戚诳也"。其实小说就是小说，不能太当真，如果戚安期心如明镜，小说还有趣味吗？

　　济南戚安期，素佻达①，喜狎妓。妻婉戒之，不听。妻林氏，美而贤。会北兵入境②，被俘去。暮宿途中，欲相犯。林伪诺之。适兵佩刀系床头，急抽刀自刭死③，兵举而委诸野④。次日，拔舍去⑤。有人传林死，戚痛悼而往。视之，有微息。负而归，目渐动，稍稍嚬呻⑥，扶其项，以竹管滴沥灌饮，能咽。戚抚之曰："卿万一能活，相负者必遭凶折⑦！"半年，林平复如故，但首为颈痕所牵，常若左顾。戚不以为丑，爱恋逾于平昔。曲巷之游⑧，从此绝迹。林自觉形秽，将为置媵，戚执不可。

【注释】

①素佻达：谓平日里轻薄无行。佻达，同"挑达"。《诗·郑风·子衿》："挑兮达兮，在城阙兮。"朱熹注："挑，轻儇跳跃之貌；达，放恣也。"后多指行为不检。

②北兵：明清之际，汉人对关外清兵的称呼。

③自刭：自杀。刭，用刀割颈。

④委诸野：弃之于荒野。委，丢弃。

⑤拔舍去：拔营离去。

⑥嚬呻：皱眉呻吟。

⑦凶折：不得善终。折，夭折。本谓短命，此谓遭横祸而不得寿终。

⑧曲巷：偏僻的狭巷。此指妓院。

【译文】

济南的戚安期，平常为人轻薄，喜好嫖妓。他的妻子林氏，长得漂亮而且贤惠，她委婉地劝诫丈夫，丈夫就是不听。正值北兵侵入县境，林氏被俘虏去。傍晚军队在途中住宿，有士兵想要奸污林氏。林氏假意答应。当士兵把佩刀拴在床头后，她急速地抽出刀子，自刭而死，士兵抬着她的尸体，扔到了野地里。第二天，军队拔营离开了。有人传说林氏死了，戚安期悲痛地前往寻找尸体。找到一看，微微还有一口气。背回家去，她眼睛渐渐会动了，眉头稍稍能皱，还有了微微的呻吟声，戚安期扶着她的脖子，用竹管滴灌一点儿食物和水，慢慢也能咽下。戚安期抚摸着她说:"你万一能够活下来,我如果对你负心,一定不得善终!"过了半年,林氏的伤口平复如初,只是脑袋由于被颈部伤痕所牵,常常像扭头左看的样子。戚安期不以为林氏变丑了,对她的爱恋比从前还要热烈。逛妓院的荒唐事,从此绝迹。林氏自己感觉形貌丑陋,就张罗着给丈夫娶妾,但戚安期坚决不同意。

居数年,林不育,因劝纳婢。戚曰:"业誓不二,鬼神宁不闻之? 即嗣续不承,亦吾命耳。若未应绝,卿岂老不能生者耶?"林乃托疾,使戚独宿,遣婢海棠,襆被卧其床下。既久,阴以宵情问婢,婢言无之。林不信。至夜,戒婢勿往,自诣婢所卧。少间,闻床上睡息已动,潜起,登床扪之。戚醒问谁,林耳语曰:"我海棠也。"戚却拒曰:"我有盟誓,不敢更也。若似曩年[①],尚须汝奔就耶?"林乃下床出。戚自是孤眠。林使婢托己往就之[②]。戚念妻生平曾未肯作不速之客[③],疑焉。摸其项,无痕,知为婢,又咄之。婢惭而退。既明,以情告林,使速嫁婢。林笑云:"君亦不必过执[④]。倘得一丈夫子[⑤],即亦幸甚。"戚曰:"苟背盟誓,鬼责将及,尚望延宗嗣乎?"

【注释】

①曩年:从前的岁月。

②托己:假托是自己。

③不速之客:不请自到的客人。速,邀请。《易·需》:"有不速之客三人来,敬之终吉。"

④执:固执。

⑤丈夫子：男孩。古时子女通称子，男称丈夫子，女称女子子。《战国策·燕策》："人主之爱子也，不如布衣之甚也！非徒不爱子也，又不爱丈夫子独甚。"

【译文】

生活了几年，林氏未能生育，于是劝丈夫把丫环收房。戚安期说："我已经发誓要专一不二，鬼神难道没听见吗？即使香火无人承传，那也是我的命。如果命不该绝后，你岂能到老都不生育吗？"于是林氏假托有病，让戚安期一人独睡，同时派遣丫环海棠带着被褥，在他的床下睡觉。过了一段日子，她私下询问海棠夜里的情况，海棠说没有发生什么事。林氏不相信。到夜里，嘱咐海棠不要去了，她自己偷偷爬到海棠睡的地方去睡。不一会儿，听到床上发出鼾声，林氏就悄悄爬上戚安期睡的床去抚摸他。戚安期醒了便问是谁，林氏贴着他耳朵说："我是海棠。"戚安期拒绝说："我有盟誓，不敢违背。若是从前，还用你上床凑合我吗？"林氏就下床走出来。戚安期仍然独自睡觉。林氏又让海棠以自己的身份去戚安期那里。戚安期想到妻子从来都没有不请自来的，有些怀疑。于是，他摸海棠的脖子，发现没有伤痕，知道是丫环，便叱责她出去。海棠只好惭愧地出了屋。到了天明，戚安期把夜里情况告诉林氏，要求快把海棠嫁出门去。林氏笑着对戚安期说："你也不要过于固执。倘若生下一个男孩，这也是很幸运的。"戚安期说："如果背弃了盟誓，鬼神将要惩罚，还能指望传宗接代吗？"

　　林翼日笑语戚曰①："凡农家者流②，苗与秀不可知③，播种常例不可违。晚间耕耨之期至矣。"戚笑会之。既夕，林灭烛呼婢使卧己衾中。戚入，就榻戏曰："佃人来矣④。深愧钱镈不利⑤，负此良田。"婢不语。既而举事，婢小语曰："私处小肿，颠猛不任！"戚体意温恤之。事已，婢伪起溺，以林易之。自此时值落红,辄一为之,而戚不知也。

【注释】

①翼日:明天,第二天。翼,通"翌"。

②农家者流:原指先秦百家中论议农业的一个思想流派,此处指农民。

③苗与秀:植物初生叫苗,开花抽穗叫秀。

④佃人:即种田人。

⑤钱镈(jiǎn bó):古代两种锄田用的农具,后泛指农具。《诗·周颂·臣工》:"命我众人,庤乃钱镈。"郑玄笺:"教我庶民,具女田器。"

【译文】

第二天,林氏笑着对戚安期说:"种庄稼的人懂得,撒下种子后,地上长苗还是结穗,这无法预知,但播种的常例不能违背。晚上耕种的时期到了。"戚安期笑了笑,心领神会。到了晚上,林氏吹灭了灯,叫海棠躺在自己的被窝里。戚安期进了屋,走近床边,开玩笑地说:"种田的人来啦。深愧耕具不利,辜负了这块良田。"海棠不说话。接着行事,海棠小声说:"阴处有些肿了,颠荡太厉害受不了。"于是戚安期体贴她,温存起来。事毕,海棠假托小便,用林氏来替换。从此,只要月经一过,就用这个办法行事,而戚安期却不知底细。

未几,婢腹震。林每使静坐,不令给役于前。故谓戚曰:"妾劝内婢①,而君弗听。设尔日冒妾时②,君误信之,交而得孕,将复如何?"戚曰:"留犊鬻母③。"林乃不言。无何,婢举一子。林暗买乳媪,抱养母家。积四五年,又产一子一女。长子名长生,已七岁,就外祖家读。林半月辄托归宁④,

一往看视。婢年益长，戚时时促遣之，林辄诺。婢日思儿女，林从其愿，窃为上鬟⑤，送诣母所。谓戚曰：“日谓我不嫁海棠，母家有义男⑥，业配之。”

【注释】

①内婢：谓收婢为妾。

②尔日：那日。

③留犊鬻母：留下孩子，卖掉母亲。

④归宁：回母家探视。《诗·周南·葛覃》：“害澣害否，归宁父母。”

⑤上鬟：挽上发髻。指梳成已嫁女子的发式。

⑥义男：养子，俗称干儿子。

【译文】

不久，海棠肚子有了动静。林氏就常常叫她静坐休息，不让她在跟前服侍干活。有一天，林氏故意对戚安期说：“我劝你收了丫环，而你不听。假如有一天她冒充我，你又误信了，交合后怀孕，你准备怎么办？”戚安期回答说：“留下孩子，卖掉母亲。”林氏一听就再不言语了。不久，海棠生了一个男孩。林氏暗中买了一个奶妈，抱养在母亲家中。过了四五年。海棠又生了一男一女。长子叫长生，已经七岁，在外祖母家读书。林氏每半个月就假托是看望父母，回去看望一次。海棠年龄越来越大，戚安期时常催促快把她送走，林氏便答应下来。海棠日夜思念儿女，林氏就满足了她的愿望，偷偷地给她挽上发髻，送到母亲家。她对戚安期说：“你每天说我不嫁海棠，母亲家有个干儿子，现在已经许配给他了。”

又数年，子女俱长成。值戚初度①，林先期治具②，为候宾友。戚叹曰：“岁月骛过③，忽已半世。幸各强健，家亦不至冻馁。所阙者,膝下一点④。"林曰:"君执拗,不从妾言,夫谁怨? 然欲得男,两亦非难,何况一也。"戚解颜曰:"既言不难,明日便索两男。"林言:"易耳,易耳!"早起,命驾至母家,严妆子女,载与俱归。入门,令雁行立,呼父叩祝千秋⑤。拜已而起,相顾嬉笑。戚骇怪不解。林曰:"君索两男,妾添一女。"始为详述本末。戚喜曰:"何不早告?"曰:"早告,恐绝其母。今子已成立,尚可绝乎?"戚感极,涕不自禁。乃迎婢归,偕老焉。古有贤姬,如林者,可谓圣矣!

【注释】

①初度:生日。

②治具:准备酒席。

③骛过:匆匆而过。骛,急,速。

④膝下:指子女。子女幼时依偎于父母膝下,因以称谓孩幼之时。《孝经·圣治》:"故亲生之膝下。"

⑤叩祝千秋:跪拜祝寿。

【译文】

又过了几年,子女都长大了。正值戚安期的生日就要到了,林氏头一天就置办好了宴席,准备招待来宾和亲友。这时,戚安期叹了口气,说道:"岁月过得真快,忽然间已经过了半辈子了。幸好大家都健康,家里也不至于有受冻挨饿之忧虑。所缺少的,就是膝下没有一个儿子。"林氏说:"你特别执拗,不听我的话,这怨谁? 不过你想要个儿子,两个都不难,何况一个呢。"戚安期高兴地说:"既然说不难,明天就要两个儿子。"林氏说:"容易! 容易!"第二天早起,林氏吩咐备好车马,驾车到了母亲家,把儿女们打扮得整整齐齐,然后坐车一同回到家里。进了门,叫儿女们站成一排,一起口呼父亲大人,一起磕头祝父亲长寿。大家拜过后起身,互相看着,嘻笑一片。戚安期又惊又怪,不知这是怎么回事。林氏说:"你不是要两个儿子吗,我再添给你一个女儿。"于是,这才详细讲起事情的原始本末。戚安期高兴地说:"为什么不早说?"林氏说:"早说,恐怕你不要他们的母亲了。如今儿女长大了,你还能赶她走吗?"戚安期感动极了,不禁落下热泪。于是,他把海棠接了回来,相伴一直到白头。古代有许多贤良的妇女,而像林氏这样的,可以称得上是圣贤了啊!

胡大姑

【题解】

《聊斋志异》中的鬼狐花妖是各种社会相的反映。余集在序言中说:"世固有服色被声,俨然人类,叩其所藏,有鬼蜮之不足比,而豺虎之难与方者。"蒲松龄"不得已而涉想于杳冥荒怪之域,以为异类有情,或者尚堪晤对,鬼谋虽远,庶其警彼贪淫"。《聊斋志异》中固然有善良的鬼狐花妖,也有凶恶丑陋的鬼狐花妖。大奸大恶如《考弊司》《梦狼》,小奸小恶如《胡大姑》《焦螟》。《胡大姑》中的狐狸紫姑类似于街头巷尾不可理喻的小流氓,虽然是疥癣之疾,可是给生活带来极大的骚扰不便。值得注意的是,在这些篇章里,蒲松龄又写了制服它们的术士。术士可以对它们调控,但并不予以根除,因为有利益链条在。术士类似于社会上收保护费的大流氓,放纵派遣和约束管控小流氓都是他们谋取利益的手段。

　　益都岳于九,家有狐祟,布帛器具,辄被抛掷邻堵①。蓄细葛,将取作服,见捆卷如故,解视,则边实而中虚,悉被翦去。诸如此类,不堪其苦。乱诟骂之。岳戒止云:"恐狐闻。"狐在梁上曰："我已闻之矣。"由是祟益甚。

【注释】

①邻堵：隔壁墙下。堵，墙。

【译文】

山东益都岳于九，家中有狐狸精作祟，布帛器具，往往被扔到邻家的墙下。他存了点儿细葛，取出来准备做衣服。只见捆卷得和从前一样，解开一看，四边是实的，中间已空，全被剪去了。诸如此类的事情，真是不堪其苦。家人胡乱骂那狐狸。岳于九警告制止说："恐怕狐狸听到了。"狐狸在房梁上说："我已经听到了。"由此作祟更厉害。

一日，夫妻卧未起，狐摄衾服去。各白身蹲床上，望空哀祝之。忽见好女子自窗入，掷衣床头。视之，不甚修长，衣绛红，外袭雪花比甲①。岳着衣，揖之曰："上仙有意垂顾，即勿相扰。请以为女，如何？"狐曰："我齿较汝长，何得妄自尊？"又请为姊妹，乃许之。于是命家人皆呼以胡大姑。

【注释】

①外袭雪花比甲：外套雪白的马甲。袭，加穿。比甲，马甲。

【译文】

一天，夫妻俩躺着还未起身，狐狸把被子衣服拿了去。两人只好光着身子蹲在床上，望着天空哀求祷告。忽然看见一个漂亮女子从窗子进来，把衣服扔在床头。看那姑娘的模样，个头不太高，穿一件绛红色外衣，外套雪花马甲。岳于九穿好衣服，对她作揖说："上仙既然有意光顾，就不要给我们捣乱了。请认你为女，怎么样？"狐狸说："我岁数比你大，你怎么可以妄自尊大？"又请求做姐妹，就同意了。于是他命令家人都称狐狸为胡大姑。

　　时颜镇张八公子家^①，有狐居楼上，恒与人语。岳问："识之否？"答云："是吾家喜姨，何得不识？"岳曰："彼喜姨曾不扰人，汝何不效之？"狐不听，扰如故。犹不甚祟他人，而专祟其子妇。履袜簪珥，往往弃道上；每食，辄于粥碗中埋死鼠或粪秽。妇辄掷碗骂骚狐，并不祷免。岳祝曰："儿女辈皆呼汝姑，何略无尊长体耶？"狐曰："教汝子出若妇，我为汝媳，便相安免。"子妇骂曰："淫狐不自惭，欲与人争汉子耶？"时妇坐衣笥上^②，忽见浓烟出尻下^③，熏热如笼。启视，藏裳俱烬^④，剩一二事^⑤，皆姑服也。又使岳子出其妇，子不应。过数日，又促之，仍不应。狐怒，以石击之，额破裂，血流几毙。岳益患之。

【注释】

①颜镇：颜神镇，在益都的西南方向，即今山东淄博博山区所在地。

②衣笥（sì）：盛衣物的竹器。

③尻（kāo）：屁股。

④烬：烧成灰。

⑤事：这里是件的意思。

【译文】

　　当时，颜镇张八公子家有狐狸精住在楼上，常和人说话。岳于九问胡大姑："认识张家的狐狸吗？"回答说："她是我家喜姨，怎么不认识？"岳于九说："那喜姨从不曾搅扰人，你为何不效法她？"狐狸不听，搅扰如故。狐狸还不太给其他人捣乱，而专给岳于九的儿媳妇捣乱。儿媳妇的鞋、袜、簪子、耳环,常常被丢弃在道上;每当吃饭时,就在她碗内埋上死老鼠或粪便污秽。而儿媳妇总是扔下饭碗骂骚狐狸,并不祈祷求饶。岳于九祷告说:"儿女们都叫你姑姑,为何你一点儿没有尊长的体统呢?"狐狸说:"教你儿子休了你儿媳妇,我来做你儿媳,便可相安无事。"儿媳妇骂道:"淫荡狐狸,不知羞耻,想和人争丈夫吗?"当时儿媳妇坐在装衣服的竹箱上,忽然看见屁股底下冒起浓烟,熏烤炽热如坐蒸笼。打开箱子一看,里面的衣物全部化为灰烬,剩下一两件,都是婆婆的。狐狸又指使岳于九的儿子休妻,儿子不答应。过了几天,又催促他,仍然不答应。狐狸大怒,用石头打岳于九的儿子,额头被砸得破裂淌血,几乎毙命。岳于九越发忧虑狐狸的胡作非为。

西山李成爻,善符水,因币聘之。李以泥金写红绢作符①,三日始成。又以镜缚梃上②,捉作柄,遍照宅中。使童子随视,有所见,即急告。至一处,童言墙上若犬伏,李即戟手书符其处③。既而禹步庭中④,咒移时,即见家中犬豕并来,帖耳戢尾⑤,若听教命。李挥曰:"去!"即纷然鱼贯而去。又咒,群鸭即来,又挥去之。已而鸡至。李指一鸡,大叱之。他鸡俱去,此鸡独伏,交翼长鸣,曰:"予不敢矣!"李曰:"此物是家中所作紫姑也⑥。"家人并言不曾作。李曰:"紫姑今尚在。"因共忆三年前,曾为此戏,怪异即自尔日始也。遍搜之,见刍偶犹在厕梁上⑦。李取投火中。乃出一酒瓻⑧,三咒三叱,鸡起径去。闻瓻口言曰:"岳四狠哉! 数年后,当复来。"岳乞付之汤火,李不可,携去。或见其壁间挂数十瓶,塞口者皆狐也。言其以次纵之,出为祟,因此获聘金,居为奇货云⑨。

【注释】

①泥金：用金屑做的涂料。可用于书画。

②梃（tǐng）：木棍。

③戟手：用食指和中指并拢指点、指画，其形如戟，常用以表示怒斥或勇武的情状。《左传·哀公二年》："诸师出，公戟其手，曰：'必断而足！'"

④禹步：巫师作法时的步态。

⑤帖耳戢（jí）尾：耷拉着耳朵，蜷缩着尾巴。戢，收敛。

⑥紫姑：神话中厕神名。又称子姑、坑三姑。相传为人家妾，为大妇所嫉，每以秽事相役。正月十五日激愤而死。故世人以其日作其形，夜于厕间或猪栏边迎之。见南朝宋刘敬叔《异苑》、南朝梁宗懔《荆楚岁时记》。一说，姓何名楣，字丽卿，为唐寿阳刺史李景之妾，为大妇曹氏所嫉，正月十五日夜，被杀于厕中，上帝怜悯，命为厕神。旧俗每于元宵在厕中祀之，并迎以扶乩。事见《显异录》以及宋苏轼《子姑神记》。

⑦刍偶：草编的人形。厩：牲口棚。

⑧瓻（chī）：古时盛酒瓶。

⑨居为奇货：积囤以为获取暴利的货物。居，囤积。奇货，利大而稀少的货物。《史记·吕不韦列传》："吕不韦贾邯郸，见（子楚）而怜之，曰：'此奇货可居！'"

【译文】

西山李成爻，善于画符，岳于九出钱请他来驱邪。李成爻用金粉在红绢上作符，三天才做好。又把镜子绑在棍子上，把棍子当作镜柄拿着，照遍了宅子。还让小童跟随察看，看到什么马上报告。来到一处，小童说墙上好像趴着一条狗，李成爻立即以食指和中指作戟状，在墙上画符。之后禹步庭中，念了一会儿咒语，就看见家中的狗和猪一齐走来，个个俯首帖耳，夹着尾巴，好像在听候教命。李成爻一挥手说：

"去!"狗和猪立即乱纷纷地排着队离去。他又念咒,一群鸭子就来了,又挥手让它们离去。一会儿鸡来了。李成爻手指其中一只鸡,大声叱骂。其他鸡都离去,这只鸡单独伏在地上,交叉着翅膀高声鸣叫:"我不敢了!"李成爻说:"这东西是你家中做的紫姑。"家人一齐说没有做过。李成爻说:"紫姑至今尚在。"于是大家一起回忆三年前,曾经做过这个游戏,怪异的事就从那一天开始了。搜遍各处,只见草人在马棚的梁上。李成爻拿它下来投到火中烧掉。于是他拿出一只酒瓶,念了三遍咒,又叱骂三遍,那只鸡起来径自走了。只听瓶子口上有声音说:"岳四真狠哪! 数年之后,我会再来的!"岳于九请求把酒瓶子扔到沸水或火中消灭掉,李成爻不同意,拎走了。有人看见李成爻家的墙壁上挂着数十个瓶子,塞着瓶子口的里面都有狐狸精。听说他依次放狐狸精出来,去人家里捣乱作祟,因此又可获得酬金把它们收服回来,真会囤积居奇呀!

细侯

【题解】

这是一个传统的妓女从良,贫穷书生在婚姻争夺战中战胜有钱商贾的故事。

富于创新且具有蒲松龄作品特点的有这么三点:其一是塾师与妓女细侯展望将来的生存前景是:"妾归君后,当长相守,勿复设帐为也。四十亩聊足自给,十亩可以种桑,织五匹绢,纳太平之税有馀矣。闭户相对,君读妾织,暇则诗酒可遣,千户侯何足贵!"这是农村的而非城市的书生生活,与前代的市民文学中的妓女与士人设计的生活有所不同。其二是充分展现了商贾对于司法和社会生活的干预。商贾某将满生锢于狱,强娶细侯靠的都是钱财。但明伦说:"龌龊商钱神力大,何事不可为,何恶不可作。"从而在书生和商贾的矛盾中增加了更为广泛的社会内涵。其三,也是最重要的是,妓女细侯面对破坏自己婚姻生活的商贾某采取了极为决绝,极为偏激的报复手段:"杀抱中儿,携所有亡归满,凡贾家服饰,一无所取。"蒲松龄称赞说:"寿亭侯之归汉,亦复何殊?"细侯杀儿的行为虽然不足取,颇为残忍,却具有《聊斋志异》中所有被损害被侮辱的弱者绝不妥协、绝不屈服,"争到头,竟到底"的共同特点。

　　昌化满生①,设帐于馀杭②。偶涉廛市③,经临街阁下,忽有荔壳坠肩头。仰视,一雏姬凭阁上④,妖姿要妙⑤,不觉注目发狂。姬俯哂而入。询之,知为娼楼贾氏女细侯也。其声价颇高,自顾不能适愿。归斋冥想,终宵不枕。明日,往投以刺,相见,言笑甚欢,心志益迷。托故假贷同人,敛金如干⑥,携以赴女,款洽臻至。即枕上口占一绝赠之云:

　　　　膏腻铜盘夜未央⑦,床头小语麝兰香。
　　　　新鬟明日重妆凤⑧,无复行云梦楚王⑨。
　　细侯蹙然曰:"妾虽污贱,每愿得同心而事之。君既无妇,视妾可当家否?"生大悦,即叮咛,坚相约。细侯亦喜曰:"吟咏之事,妾自谓无难,每于无人处,欲效作一首,恐未能便佳,为听观所讥。倘得相从,幸教妾也。"因问生家田产几何,答曰:"薄田半顷⑩,破屋数椽而已。"细侯曰:"妾归君后,当长相守,勿复设帐为也。四十亩聊足自给,十亩可以种桑,织五匹绢,纳太平之税有馀矣。闭户相对,君读妾织,暇则诗酒可遣,千户侯何足贵⑪!"生曰:"卿身价略可几多?"曰:"依媪贪志,何能盈也? 多不过二百金足矣。可恨妾齿稚,不知重赀财,得辄归母,所私蓄者区区无多。君能办百金,过此即非所虑。"生曰:"小生之落寞⑫,卿所知也,百金何能自致。有同盟友,令于湖南,屡相见招,仆以道远,故惮于行⑬。今为卿故,当往谋之。计三四月,可以归复,幸耐相候。"细侯诺之。

【注释】

① 昌化:旧县名,位于浙江西部,明清时属浙江省杭州府,今为杭州昌化镇。

② 设帐:教书。馀杭:县名,在浙江西北部,清属杭州府,今为杭州余杭区。

③ 廛市:街市。

④ 雏姬:少女。雏,幼小。姬,古时对妇女的美称。

⑤ 要(yāo)妙:美好的样子。

⑥ 如干:若干。

⑦ 膏:灯油。铜盘:指灯盘或烛盘。央:尽。

⑧ 鬟:女子发髻。凤:指凤头钗。

⑨ 无复行云梦楚王:意为不再记得旧欢。楚王,指楚襄王。宋玉《高唐赋》,楚襄王游于云梦,梦中与巫山神女欢会,神女临别时对襄王说:"妾在巫山之阳,高丘之阻。旦为朝云,暮为行雨。朝朝暮暮,阳台之下。"故后来以此故事喻男女欢会。

⑩ 半顷:五十亩。一顷为一百亩。

⑪ 千户侯:食邑千户的侯爵。

⑫ 落寞:不得志。

⑬ 惮:忌惮,有顾忌。

【译文】

浙江昌化满生,在馀杭设馆教书。偶尔去逛街市,经过临街的阁楼下时,忽然有荔枝壳落在肩头。抬头看去,一个少女正倚在阁楼上,姿容艳丽美好，满生不由得痴痴地盯着她看，欣喜若狂。少女朝下微微一笑，就回屋去了。满生向人打听，才知这女孩是妓院贾氏的女儿，名叫细侯。细侯身价很高，满生自忖难以如愿，回到书斋冥思苦想，通宵未眠。第二天，满生去妓院递上名片，得与细侯相见，两人说说笑笑，十分开心，满生心里越发迷恋细侯。他找借口向同行借钱，凑足了若干银两，拿着来找细侯，两人如胶似漆。满生在枕上随口作了一首七绝赠给细侯：

> 膏腻铜盘夜未央，床头小语麝兰香。
>
> 新鬐明日重妆凤，无复行云梦楚王。

细侯听罢忧伤地说："我虽然肮脏低贱，可是每每愿意得到一个情投意合的人来侍奉他。你既然没有妻子，看我能否给你当家？"满生大喜，就再三约定一定娶她。细侯也高兴地说："作诗吟咏这些事，我自认为不难，我常在没人时，想模仿作一首，恐怕未必一作就好，被看到听到的人讥笑。若是能跟了你，你可一定教我啊！"于是问满生家中有多少田产。满生回答说："只有有半顷薄田，破屋数间。"细侯说："我嫁给你之后，要和你长期厮守，你不要再教书了。四十亩田的收获大略足以自给，十亩地种桑，织五匹绢，太平年景纳税是有余的。我们关门相守，你读书我织布，闲暇时可以作诗饮酒来消遣，这样的生活就是千户侯也不值得看重啊！"满生说："你的身价大约多少钱？"细侯说："依着妈妈的贪心，怎么能填得满啊？最多不过二百两银子就够了。只可恨我年纪小，不懂看重钱财，得到就交给妈妈，自己的积蓄少得可怜。你若能备办一百两银子，其余的你就别操心了。"满生说："我家境清贫，这是你知道的，一百两银子怎么能弄到？有个结拜兄弟，在湖南做县令，他屡次叫我去，我因为道远，所以不敢前往。如今为了你的缘故，要前去同他商量。估计三四个月，可以归来，希望你耐心等候。"细侯答应了。

生即弃馆南游①，至则令已免官，以罣误居民舍②，宦囊空虚,不能为礼。生落魄难返,就邑中授徒焉。三年,莫能归。偶笞弟子,弟子自溺死。东翁痛子而讼其师③,因被逮囹圄。幸有他门人,怜师无过,时致馈遗,以是得无苦。

【注释】

①弃馆:放弃教职。

②罣误:谓因过失或牵连而受到处分。

③东翁:旧时被雇佣的仆人、塾师、幕友等,称雇主为"东家"或"东翁"。

【译文】

满生立即辞去教书的差事南行,到了湖南,县令已被免职,因为过失受到处分,住在民宅里,官囊空空如也,不能赠送满生钱财。满生处境窘困,难以返回,就在当地教书。三年了,都不能回去。有一次他责打学生,学生自己投水淹死了。东家因为痛惜儿子,把满生告到官府,因此被捕入狱。幸亏有其他学生同情先生没有过失,时常送些东西给他,由此才没受多少苦。

细侯自别生,杜门不交一客①。母诘知故,不可夺,亦姑听之。有富贾某,慕细侯名,托媒于媪,务在必得,不靳直②。细侯不可。贾以负贩诣湖南,敬侦生耗③。时狱已将解,贾以金赂当事吏,使久锢之④。归告媪云:"生已瘐死⑤。"细侯疑其信不确。媪曰:"无论满生已死,纵或不死,与其从穷措大⑥,以椎布终也⑦,何如衣锦而厌粱肉乎⑧?"细侯曰:"满生虽贫,其骨清也⑨。守龌龊商,诚非所愿。且道路之言,何足凭信!"贾又转嘱他商,假作满生绝命书寄细侯,以绝其望。

细侯得书，惟朝夕哀哭。媪曰："我自幼于汝，抚育良劬⑩。汝成人二三年，所得报者，日亦无多。既不愿隶籍⑪，即又不嫁，何以谋生活？"细侯不得已，遂嫁贾。贾衣服簪珥，供给丰侈。年馀，生一子。

【注释】

①杜门：关门。足不出户。

②靳直：吝啬钱。

③敬侦：暗地打听。敬，警，警戒。耗：消息。

④锢：禁锢，关押。

⑤瘐死：囚犯在狱中因拷打、饥饿、疾病而死。

⑥穷措大：犹言"穷酸"，旧时对贫穷读书人的蔑称。

⑦椎布：椎髻布裙，指贫家妇女。椎髻，发髻梳头顶，有如棒槌，为贫妇的发式。

⑧衣锦：穿锦绣衣服。厌粱肉：吃好的饭菜。厌，同"餍"。饱食。粱，精米，细粮。肉，肉食。

⑨骨清：意谓其人品清高。骨，风骨，品格。

⑩良劬（qú）：很辛苦。劬，劳。

⑪隶籍：隶属于乐籍，即做妓女。

【译文】

细侯自从和满生分别，闭门不接任何客人。鸨母问知缘故，知她决心不可改变，也就姑且听之任之。有个富商爱慕细侯，托媒人向鸨母说亲，志在必得，不惜高价。细侯不肯。富商做买卖到湖南，暗地里打听满生的消息。当时满生的案子即将了结，富商用钱贿赂办案官吏，让他长期关押满生。他回来告诉鸨母说："满生已病死在监狱里。"细侯怀疑消息不准确。鸨母说："别说满生已死，就是不死，与其嫁给个穷书生吃苦受穷一辈子,怎么比得上穿着绫罗绸缎饱食美味佳肴呢?"细侯说:"满生虽然贫穷,可人品清高。守着龌龊商人,实在不是我的心愿。况且道听途说,怎么值得相信呢?"富商又转托其他商人伪造满生的绝命书寄给细侯,用来打消她的希望。细侯得到信,只有整日哀哭。鸨母说:"我自幼抚养你极为辛苦。你成人这二三年,得到回报的日子也不多。既不愿做妓女,现在又不肯嫁人,用什么生活呢?"细侯迫不得已,就嫁给了富商。富商给她做衣服,打簪子、耳环等首饰,供给十分奢侈。过了一年多,细侯生了个儿子。

无何,生得门人力,昭雪而出,始知贾之锢己也。然念素无隙,反复不得其由。门人义助资斧以归①。既闻细侯已嫁,心甚激楚②,因以所苦,托市媪卖浆者达细侯。细侯大悲,方悟前此多端,悉贾之诡谋。乘贾他出,杀抱中儿,携所有亡归满,凡贾家服饰,一无所取。贾归,怒质于官。官原其情,置不问。呜呼!寿亭侯之归汉③,亦复何殊?顾杀子而行,亦天下之忍人也④!

【注释】

①资斧:盘缠。

②激楚:激愤悲痛。

③寿亭侯之归汉:汉末,关羽与刘备失散,曾一度归降曹操,被封为汉寿亭侯。后来,关羽探知刘备下落,遂弃曹归汉,投奔刘备。寿亭侯,即汉寿亭侯,指关羽。汉,非朝代名。

④忍:忍心,狠心。

【译文】

不久,满生得到学生的帮助,昭雪出狱,才知道是富商使自己长期被监禁。然而自念素来无冤无仇,思来想去找不到缘由。学生仗义资助满生路费,这才回到馀杭。听到细侯已经嫁人,满生内心极为激愤酸楚,就把自己所受之苦,托市场上卖酒的老太太告诉了细侯。细侯非常悲痛,这才明白此前的种种事端,全是富商的阴谋诡计。她乘着富商外出,杀死了怀中的孩子,携带着自己的东西,逃到满生那里,凡是富商家的衣服首饰,丝毫未取。富商回来,怒气冲冲告到官府。官吏认为细侯情有可原,就把案子搁置下来,没有过问。唉! 这和当年汉寿亭侯关羽从曹营逃出归汉有何区别? 但她杀了儿子再逃走的事,也是天下心肠最硬的人了。

狼三则

【题解】

　　本篇集中了三则有关屠夫和狼的有趣故事。第一则是狼由于贪吃挂在树上勾着的肉被活活吊死在树上。第二则写两只狼在人的面前耍小聪明,意图采用前后夹击的办法,被屠夫识破,分别杀死。第三则写狼用爪子探入屋里,被屠夫用吹猪的手段杀死。三则故事中狼死得离离奇奇,甚至带有黑色幽默的味道,而莫不与屠夫的职业特点有关。

　　除去本篇的三则故事外,《聊斋志异》以狼为主题的故事还有《地震》附则、《于江》、《黎氏》、《牧竖》、《梦狼》、《车夫》、《毛大福》等,在动物故事中的数量仅次于狐狸,可见当日在丘陵地带的淄川县,狼的数量之多,在人们日常生活中影响之大。可惜随着城市的发展,狼的生存环境日趋恶化,往日狼的风光不再了。

　　有屠人货肉归,日已暮。欻一狼来①,瞰担中肉②,似甚涎垂③,步亦步④,尾行数里。屠惧,示之以刃,则稍却;既走,又从之。屠无计,默念狼所欲者肉,不如姑悬诸树而蚤取之⑤。遂钩肉,翘足挂树间,示以空空,狼乃止。屠即径归。昧爽往取肉⑥,遥望树上悬巨物,似人缢死状,大骇。逡巡近之,则死狼也。仰首审视,见口中含肉,肉钩刺狼腭,如鱼吞饵。时狼革价昂,直十馀金,屠小裕焉。缘木求鱼⑦,狼则罹之⑧,亦可笑已!

【注释】

①欻(xū):忽然。

②眈:窥看,俯视。

③涎垂:即垂涎。

④步亦步:屠行狼亦行,尾随不舍。

⑤蚤:通"早"。

⑥昧爽:犹黎明。天将亮未亮时。

⑦缘木求鱼:爬到树上捉鱼,比喻与目的相反的错误行为。《孟子·梁惠王》:"以若所为,求若所欲,犹缘木而求鱼也。"

⑧罹:遭遇。

【译文】

有个屠夫卖完肉回家,天色已晚。忽然跑来一只狼,看到担子里的肉,馋得好像口水流了很长。屠夫在前面走,狼在后面跟着,尾随了好几里。屠夫很害怕,拿出刀子吓唬狼,狼就稍微退却;屠夫转身再走,狼又跟着他。屠夫无计可施,心想狼所要吃的是肉,不如把肉姑且悬挂在树上,明天一早来取。就用钩子钩上肉,翘起脚挂到树上,把空担子给狼看了,狼这才停下来。屠夫就径直回家了。第二天一早,屠夫去取肉,远远望去树上挂着一个很大的东西,好像是人吊死的样子,吓了一大跳。他犹犹豫豫走到近前一看,原来是一只死狼。抬头仔细一看,只见狼嘴里叼着肉,肉钩子刺穿了狼的上腭,如同鱼吞食鱼饵。当时狼皮价格昂贵,卖了十多两银子,屠夫发了笔小财。缘木求鱼,这样的事让狼遇上了,也真可笑。

　　一屠晚归,担中肉尽,止有剩骨①。途中两狼,缀行甚远②。屠惧,投以骨。一狼得骨止,一狼仍从;复投之,后狼止而前狼又至。骨已尽,而两狼之并驱如故。屠大窘,恐前后受其敌③。顾野有麦场,场主积薪其中,苫蔽成丘④。屠乃奔倚其下,弛担持刀⑤。狼不敢前,眈眈相向⑥。少时,一狼径去;其一犬坐于前⑦,久之,目似瞑,意暇甚⑧。屠暴起⑨,以刀劈狼首,又数刀毙之。方欲行,转视积薪后,一狼洞其中⑩,意将隧入以攻其后也⑪。身已半入,止露尻尾⑫。屠自后断其股,亦毙之。乃悟前狼假寐,盖以诱敌。狼亦黠矣⑬!而顷刻两毙,禽兽之变诈几何哉⑭,止增笑耳⑮!

【注释】

①止:只。

②缀行:尾随而行。

③敌:攻击。

④苫(shān)蔽成丘:谓柴草苫盖成堆,如同小山。苫,本指用稻草、谷秸等编制的覆盖物,俗称草苫子,此处意为苫盖。

⑤弛:放下。

⑥眈眈相向:相对瞪目而视。

⑦犬坐:像狗似的蹲坐。

⑧意暇甚:意态十分悠闲。

⑨暴起:突然跃起。

⑩洞:打洞。

⑪隧入:打洞进去。隧,地道。

⑫尻(kāo)尾:臀部和尾巴。

⑬黠(xiá):狡猾。

⑭变诈:权变,狡诈。几何:若干,多少。

⑮增笑:增加笑料。

【译文】

有一个屠夫晚上归来,担子中的肉都卖光了,只剩下骨头。途中遇到两只狼,尾随他走了很远。屠夫很害怕,扔出一块骨头。一只狼得到骨头停下了,另一只狼仍在跟随;屠夫又扔出一块骨头,这只狼停住了,而先前那只狼又到了跟前。骨头都扔完了,两只狼照样并排跟着他。屠夫十分窘迫,唯恐前后受到狼的攻击。他看到田野里有个麦场,场主在场上堆放着许多柴草,苫盖得像座小山。屠夫就奔过来倚靠在草垛下面,放下肉担子握着刀。狼不敢上前,瞪着眼睛盯着他。一会儿,一只狼径自离去;另一只像狗一样蹲在前面,时间长了,眼睛似乎闭上了,神态十分悠闲。屠夫猛然跃起,用刀砍狼头,又砍数刀,把狼杀死了。正要走,转脸看到草垛后面,一只狼正钻进草垛,想打洞进去,从后面攻击屠夫。狼的身子已经钻进去一半,只有屁股和尾巴还在外面。屠夫从后面砍断它的腿,把这只狼也杀死了。这时他才明白前面那只狼假装睡觉,是在迷惑自己。狼也狡猾呀!然而顷刻之间,两只狼都被杀死了,禽兽的狡诈伎俩能有多少呢,只给人增加笑料而已!

一屠暮行,为狼所逼。道傍有夜耕者所遗行室①,奔入伏焉。狼自苫中探爪入。屠急捉之,令不可去。顾无计可以死之,惟有小刀不盈寸,遂割破爪下皮,以吹豕之法吹之。极力吹移时,觉狼不甚动,方缚以带。出视,则狼胀如

牛，股直不能屈，口张不得合。遂负之以归。非屠乌能作
此谋也^②？

【注释】

①行室：北方俗称"窝棚"。农田中供暂时歇息的简易房子，多用草
　苫、谷秸或树枝搭成。

②乌：同"何"。

【译文】

　　一个屠夫夜行，被狼追逼。道旁有一间夜耕者留下的窝棚，就奔进
去藏了起来。狼从草苫中探进爪子，屠夫一下子抓住爪子，不让它缩回
去。只是没有办法杀死狼，只有一把不到一寸长的小刀，就用刀割破狼
爪下面的皮，用吹猪的办法往狼体内吹气。他拼命吹了一阵子，发觉狼
不太动弹了，就用带子把狼的创口扎上。出来一看，狼的身体胀得像头
牛，腿直得不能打弯，嘴张着合不上，就背着狼回来了。若不是屠夫，怎
么会有这样的计谋？

　　三事皆出于屠，则屠人之残^①，杀狼亦可用也。

【注释】

①残：残忍。

【译文】

　　这三件事都出在屠夫身上，那么屠夫的残忍，杀狼也可以派上
用场。

美人首

【题解】

有句俗话叫"无头公案"，原指凶杀案中找不着脑袋，无法辨认受害人，于是难以破案。本篇大概是反其道而行之——有头也破不了案。不过《美人首》写得没有丝毫血腥暴力之嫌，而是以纯粹的怪异示现。作者分三次叙述美人首的出现，倏忽变化，有层次，有过程。因为是美人首，所以不仅"挽凤髻，绝美"，而且"一臂，洁白如玉"。最后的结局则是"血溅尘土"，形成视觉上的极大的反差。由于结末并没有给商人带来太多的麻烦，不了了之，故美人首本身而不是案件给读者留下难忘的印象。

　　诸商寓居京舍①。舍与邻屋相连，中隔板壁，板有松节脱处，穴如盏②。忽女子探首入，挽凤髻，绝美，旋伸一臂，洁白如玉。众骇其妖，欲捉之，已缩去。少顷，又至，但隔壁不见其身。奔之③，则又去之。一商操刀伏壁下，俄首出，暴决之④，应手而落，血溅尘土。众惊告主人。主人惧，以其首首焉⑤。逮诸商鞫之⑥，殊荒唐。淹系半年⑦，迄无情词⑧，亦未有以人命讼者，乃释商，瘗女首⑨。

【注释】

①京舍：京城的旅舍。

②穴如盏：洞像酒杯大。

③奔之：直扑向她。奔，直往。

④暴决：突然砍。

⑤以其首首焉：带着美人头向官衙出首。

⑥鞫：审讯。

⑦淹系：长时间拘留狱中。淹，淹留，羁押。系，拴系。

⑧情词：符合犯罪事实的供词。情，情实。

⑨瘗（yì）：埋葬。

【译文】

几个商人寓居在京城的旅店里。旅店和邻居的屋子相连，中间隔着一层板壁，松木板壁上有个树疖子掉了，形成一个杯子大小的洞。忽见一个女子从洞里探进头来，她头挽凤髻，绝顶美丽，不一会儿又伸进来一只胳膊，洁白如玉。众人吓了一跳，以为是妖怪，想去捉她，已经缩了回去。一会儿，又出现了，但是隔壁却没有她的身子。众人一齐扑向她，就又钻回去了。有个商人手执尖刀伏在板壁下面，一会儿女人的头露出来了，他猛地一砍，头颅应手而落，鲜血溅落下来。众人大吃一惊，告诉了店主。店主很害怕，带着美人头向官府告发。官府将众商人逮去审问，供词十分荒唐。在监狱里关押了半年，一直没有符合犯罪事实的供词，也没有人来报人命案，就把商人们放了，埋了美人头。

刘亮采

【题解】

这是一篇《聊斋志异》式的人物传记。传主是作者很敬仰钦佩的当代人物。有趣的是，所写传主的重心为前生而不是今世，是用前生来烘染今世。开端便语出惊人地宣称"刘公亮采，狐之后身也"，颇类似于民间流传的"这个婆姨不是人，九天仙女下凡尘。生个儿子会做贼，偷得蟠桃献母亲"那种欲扬先抑的写法。

写狐狸的高尚主要通过言行体现，最重要的是两次自叙。一次是"固不能为翁福，亦不敢为翁祸"，表达交友的目的只是志同道合，没有功利和利害的目的。一次是"只在此山中。闲处人少，惟我两人，可与数晨夕，故来相拜识"，巧妙地借陶渊明和贾岛、苏轼的诗文阐明其白云、青松、素心的高洁人格。言简意赅，蕴藉丰厚，展现了蒲松龄运用典故的高超能力。

  闻济南怀利仁言：刘公亮采①，狐之后身也。初，太翁居南山②，有叟造其庐，自言胡姓。问所居，曰："只在此山中③。闲处人少，惟我两人④，可与数晨夕⑤，故来相拜识。"因与接谈，词旨便利⑥，悦之，治酒相欢，醺而去⑦。越日复来，愈益款厚。刘云："自蒙下交，分即最深⑧。但不识家何里，焉所问兴居⑨？"胡曰："不敢讳，实山中之老狐也。与若有夙因⑩，故敢内交门下⑪。固不能为翁福，亦不敢为翁祸，幸相信勿骇。"刘亦不疑，更相契重⑫。即叙年齿，胡作兄，往来如昆季⑬，有小休咎⑭，亦以告。时刘乏嗣，叟忽云："公勿忧，我当为君后。"刘讶其言怪。胡曰："仆算数已尽⑮，投生有期矣。与其他适，何如生故人家？"刘曰："仙寿万年，何遽及此？"叟摇首云："非汝所知。"遂去。夜果梦叟来，曰："我今至矣。"既醒，夫人生男，是为刘公。

【注释】

①刘公亮采：刘亮采，字公严，历城人。明万历壬辰（1592）进士。侏儒滑稽，长于诗词，通音律，嬉笑怒骂皆成文章。能作大书，兼善绘事。官至户部主事。辞官后，隐居灵岩。详见《历城县志》、《济南府志》。

②太翁：曾祖父或祖父，清代亦可称父亲。此谓刘亮采之父。

③只在此山中：言自己为南山的隐者。唐贾岛《寻隐者不遇》："松

　　下问童子，言师采药去。只在此山中，云深不知处。"

④闲处人少，惟我两人：宋苏轼《记承天寺夜游》："何夜无月？何处无竹柏？但少闲人如吾两人者耳。"

⑤数（shuò）晨夕：谓朝夕相处在一起。晋陶渊明《移居二首》之一："闻多素心人，乐与数晨夕。"

⑥词旨便利：谓言词意趣敏捷适宜。

⑦醺：醉。

⑧分（fèn）：情分。

⑨问兴居：请安问好，这里是拜访的意思。兴居，犹起居。

⑩夙因：宿命缘分。

⑪内交：纳交，犹结交。

⑫契重：投合珍重。

⑬昆季：兄弟。长为昆，幼为季。

⑭休咎：祸福。休，吉庆。咎，凶。

⑮数已尽：意即到了死期。数，命数。

【译文】

　　听济南怀利仁说：刘亮采是狐狸投胎。起先，刘亮采的父亲刘太翁住在南山，有个老头到刘家造访，自称姓胡。问他住哪儿，说："就在这山里。闲静处人少，只有你我两人可以朝夕相处在一起，所以前来拜访结识。"于是与刘太翁交谈，谈吐机敏伶俐，刘太翁很喜欢，就备酒欢饮，喝得醉醺醺的才离去。过了一天，老头又来了，两人越发投合融洽。刘太翁说："自从蒙您结交，情分最深。只是不知您住在哪里，到哪里向您问候起居？"胡老头说："不敢隐瞒，我实际是山里的一只老狐狸。因为与您有缘，所以才敢结交门下。我不能给你带来福运，也不敢给你带来灾祸，请相信我，不要害怕。"刘太翁听罢也不怀疑，更加默契珍重。当下又各叙年龄，胡老头为兄，两人往来如同兄弟，刘太翁若有小福小祸，胡老头也都告知。当时刘太翁还没儿子，胡老头忽然说："你别担忧，我应该做你的后代。"刘太翁惊讶他出语奇怪。胡老头说:"我算计我的寿命已经到头,离转世投胎的日子不远了。与其投生到别人家,怎么比得上投生在老朋友家?"刘太翁说:"神仙的寿数在万年,哪里就到这一步呢?"胡老头摇摇头说:"这不是你所知道的。"就走了。夜里刘太翁果然梦见胡老头前来,说:"我现在来了。"醒了之后,夫人生下一个男孩子,这就是刘亮采。

公既长,身短,言词敏谐,绝类胡。少有才名,壬辰成进士①。为人任侠,急人之急②,以故秦、楚、燕、赵之客,趾错于门③;货酒卖饼者,门前成市焉④。

【注释】

①壬辰:指明神宗万历二十年,1592。

②急人之急:乐于助人,把别人的急难当做自己的急难。

③趾错于门:谓纷纷前来拜访。趾错,足趾交错,形容人多。

④市:市场。

【译文】

刘亮采成人后,身体短小,言词敏捷诙谐,极像胡老头。少年时代他就以才气闻名,壬辰年间成了进士。他为人行侠仗义,急人之所急,所以秦、楚、燕、赵各地来拜见他的客人,踩破了他家的门槛;卖酒、卖饼的小贩在他家门前聚集,形成了一个集市。

蕙芳

【题解】

本篇写本分的马二混获得了仙女的青睐,是一篇仙话或童话,赞美人格的朴讷诚笃,好有好报。值得注意的是男主人公不是士人,不是农民,而是小负贩。这同明末凌濛初在《二刻拍案惊奇》中《迭居奇程客得助》最后的评论,"但不知程宰无过是个经商俗人,有何缘分得此一段奇遇"的感慨不谋而合。

蒲松龄在《寿常戬穀序》中说:"天付人以有生之真,阅数十年而烂熳如故,当亦天心所甚爱也。"而"真"的表现就是"守拙"。他说:"夫拙者巧之反也。""老于世情乃得巧,昧于世情乃得拙,是非巧近伪而拙近诚乎?""朴讷诚笃"一直是蒲松龄所赞美的人格精神。他也一直以这种人格精神自励自豪,说:"生无逢世才,一拙心所安。""固守非关拙,狂歌不厌痴。""生平寡亲和,至老同婴孩。"本篇最后所说的"混",是《老子》所说的"有物混成,先天地生"中的"混",是指天地未开辟前的混沌而元气淋漓的状态,也就是童心,与"朴讷诚笃"是同一个意思。

马二混,居青州东门内,以货面为业。家贫,无妇,与母共作苦①。一日,媪独居,忽有美人来,年可十六七,椎布甚朴②,而光华照人。媪惊顾穷诘③,女笑曰:"我以贤郎诚笃,愿委身母家④。"媪益惊曰:"娘子天人,有此一言,则折我母子数年寿⑤!"女固请之。意必为侯门亡人⑥,拒益力,女乃去。越三日,复来,留连不去。问其姓氏,曰:"母肯纳我,我乃言,不然,固无庸问。"媪曰:"贫贱佣保骨,得妇如此,不称亦不祥。"女笑坐床头,恋恋殊殷。媪辞之,言:"娘子宜速去,勿相祸。"女乃出门,媪视之西去。

【注释】

①作苦:辛苦劳作。

②椎布:贫民装束。椎,椎髻,布,布衣。《后汉书·逸民传·梁

鸿》:"乃更为椎髻,着布衣。"

③穷诘:刨根问底,追问。

④委身:托身,以身许人。此指许嫁。

⑤折我母子数年寿:使我母子减少几年寿命。折寿,减损寿数。旧时迷信谓过度享用或无故受益,会缩减寿命,称"折寿"。

⑥侯门亡人:公侯府中逃亡的人。

【译文】

马二混家住青州东门里,以卖面为业。他家境贫穷,没有娶妻,与母亲一块儿劳苦度日。有一天,马母一人在家,忽然进来一个美人,年纪约十六七岁,椎髻布裙,非常朴素,却又光彩照人。马母惊奇地看着她,盘问她的来历,女子笑着说:"我因为你家儿子诚恳笃厚,愿意嫁到你家。"马母越发吃惊,说:"娘子是天仙,有你这句话,就要折损我们母子几年的寿命。"女子再三请求。马母猜测她必是从富贵人家逃出来的,拒绝得更坚决,女子这才离去。过了三天,女子又来了,留连不舍。问她姓什么,说:"妈妈肯收留我,我才讲,不然的话,自不必问。"马母说:"我们是贫贱人做雇工的骨相,得到你这样的媳妇,不般配也不吉祥。"女子笑着坐在床头,恋恋不舍,特别真挚。马母推辞说:"娘子应该赶快离去,别给我家带来灾祸。"女子这才出门,马母瞧着她向西走了。

又数日,西巷中吕媪来,谓母曰:"邻女董蕙芳,孤而无依,自愿为贤郎妇,胡弗纳?"母以所疑虑具白之。吕曰:"乌有此耶? 如有乖谬①,咎在老身。"母大喜,诺之。吕既去,媪扫室布席,将待子归往娶之。日将暮,女飘然自至。入室参母,起拜尽礼。告媪曰:"妾有两婢,未得母命,不敢进也。"媪曰:"我母子守穷庐,不解役婢仆。日得蝇头利,仅足自给。今增新妇一人,娇嫩坐食,尚恐不充饱;益之二婢,岂吸风所能活耶?"女笑曰:"婢来,亦不费母度支②,皆能自得食。"问:"婢何在?"女乃呼:"秋月、秋松!"声未及已,忽如飞鸟堕,二婢已立于前。即令伏地叩母。既而马归,母迎告之,马喜。入室,见翠栋雕梁,侔于宫殿③,中之几屏帘幕,光耀夺视。惊极,不敢入。女下床迎笑,睹之若仙,益骇,却退。女挽之,坐与温语。马喜出非分,形神若不相属④。即起,欲出行沽。女止曰:"勿须。"因命二婢治具。秋月出一革袋,执向扉后,格格撼摆之。已而以手探入,壶盛酒,桦盛炙⑤,触类熏腾。饮已而寝,则花𦈢锦裀⑥,温腻非常。天明出门,则茅庐依旧。母子共奇之。

【注释】

①乖谬:荒谬,差错。

②度(duó)支:计划开支,指支付费用。度,计算。

③侔:等同。

④形神若不相属:躯体和精神好像不相依附,形容欢喜得出神。属,附着,连贯。

⑤桦:盘。

⑥𦈢(jì):毛毯。裀:垫褥。

【译文】

　　又过了几天,住在西巷中的吕老太太来到马家,对马母说:"邻家女孩董蕙芳,孤苦伶仃,无依无靠,自愿做你儿子的媳妇,你怎么不收留她?"马母把自己的疑虑全都告诉了吕老太太。吕老太太说:"哪有这事? 如果出了差错,罪过包在我身上。"马母大喜,答应了这门亲事。吕老太太走后,马母打扫房间、铺上席子,等着儿子回来前去娶亲。天色将晚,蕙芳自己飘然而至。进屋之后参拜马母,起身下拜尽合礼数。她对马母说:"我有两个丫环,没有得到妈妈的准许,不敢领进家门。"马母说:"我们母子俩守着破草房,不懂得使唤丫环仆人。每天得一点儿蝇头小利,只够自给。现在添了一个新媳妇,娇娇气气地坐着白吃,还怕吃不饱;加上两个丫环,难道喝西北风能活吗?"蕙芳笑着说:"丫环来了,也不花费妈妈的开销,她们都能自己有饭吃。"马母问:"丫环在哪?"蕙芳这才叫道:"秋月、秋松!"话音未落,忽如飞鸟落地,两个丫环已经站在眼前。蕙芳立刻命令她们伏在地上叩拜马母。一会儿,马二混回来,马母迎上前去告诉他有了媳妇,马二混大喜。进了屋,只见雕梁画栋,如同宫殿,房间中的几案、屏风、门帘、帷帐光耀夺目。他吃惊极了,不敢进去。蕙芳下床笑着迎接他,马二混一看蕙芳好像天仙般美丽,越发惊骇,直往后退。蕙芳拉住他,坐下来温柔地和他说话。马二混大喜过望,魂不守舍,马上站起身,要去买酒。蕙芳制止他说:"不必去。"就让两个丫环治备酒食。秋月拿出一只皮口袋,拿到门后,"格格"地摇撼起来。过了一会儿伸手进去拿,只见壶里盛着酒,盘里盛着肉,每样都是热气腾腾的。饮完酒就去睡觉,睡在花毯锦褥之上,非常温软细腻。天亮走出家门,茅草房依旧,母子俩都感到奇怪。

　　媪诣吕所,将迹所由①。入门,先谢其媒合之德。吕讶云:"久不拜访,何邻女之曾托乎?"媪益疑,具言端委。吕大骇,即同媪来视新妇。女笑逆之,极道作合之义。吕见其蕙丽,愕眙良久②,即亦不辨,唯唯而已。女赠白木搔具一事③,曰:"无以报德,姑奉此为姥姥爬背耳。"吕受以归,审视则化为白金。马自得妇,顿更旧业,门户一新。笥中貂锦无数④,任马取着,而出室门,则为布素⑤,但轻暖耳。女所自衣亦然。

【注释】

①迹所由：察访来历。

②愕眙（chì）：惊愕呆视。眙，惊视，直视。

③搔具：爬背挠痒的器具。一事：一件。

④笥：竹编箱笼。貂锦：貂裘锦衣。

⑤布素：素净的布衣。素，言其无彩。

【译文】

马母到吕老太太的住所，想要察访一下蕙芳的来历。进了门，先感谢吕老太太做媒撮合的恩德。吕老太太惊讶地说："很久没去拜访你了，哪有邻女托我说媒的事啊？"马母越发疑虑，就把事情的原委讲了一遍。吕老太太大吃一惊，马上同马母一块儿来看新媳妇。蕙芳笑着迎接她，极口称道吕老太太做媒的恩义。吕老太太看她聪惠秀丽，惊愕地呆看了很久，就不再分辨，只有唯唯诺诺地随声应和。蕙芳送给吕老太太一把白木的痒痒挠，说："无法报答您的恩德，姑且奉上这把痒痒挠为您搔背吧。"吕老太太接过来拿回家，仔细一看，痒痒挠化成了白金。马二混自从得了媳妇，就不再卖面了，门户焕然一新。衣箱里有无数的貂裘锦衣，任凭他拣着穿，而一旦走出家门，就变成素色布衣，只是又轻又暖。蕙芳自己的衣服也是这样。

积四五年，忽曰："我谪降人间十馀载，因与子有缘，遂暂留止。今别矣。"马苦留之，女曰："请别择良偶，以承庐墓①。我岁月当一至焉。"忽不见。马乃娶秦氏。后三年，七夕，夫妻方共语，女忽入，笑曰："新偶良欢，不念故人耶？"马惊起，怆然曳坐，便道衷曲。女曰："我适送织女渡河，乘间一相望耳。"两相依依，语无休止。忽空际有人呼蕙芳，女急起作别。马问其谁，曰："余适同双成姊来②，彼不耐久伺矣。"马送之。女曰："子寿八旬,至期,我来收尔骨。"言已,遂逝。今马六十馀矣。其人但朴讷③,无他长。

【注释】

①承庐墓:指继承宗祧。古礼,遇君父、尊长之丧,在其墓旁搭草庐守墓,称"庐墓"或"依庐"。

②双成:指董双成,神话传说中西王母的侍女,见《汉武帝内传》。唐白居易《长恨歌》:"金阙西厢叩玉扃,转教小玉报双成。"

③朴讷:诚朴而拙于言辞。

【译文】

过了四五年,蕙芳忽然说:"我被贬到人间已有十馀年了,因为和您有缘,就暂时留在您这儿。现在该告别了。"马二混苦苦挽留她,蕙芳说:"请您另外选个好伴侣,给马家传宗接代。我过些年会来看您一次的。"忽然之间就不见了。马二混就续娶了秦氏。过了三年,七夕那天,夫妻俩正在聊天,蕙芳忽然进来了,笑着说:"新夫妇真快活,不记得故人啦?"马二混吃惊地站起身,伤感地拉她坐下,就诉说着心里话。蕙芳说:"我正好送织女渡河,抽空来看看您。"两人依依不舍,说个没完。忽听空中有人喊"惠芳",蕙芳急忙起身告别。马二混问是谁,蕙芳说:"我刚才是同双成姐姐一块儿来的,她不耐烦久等。"马二混送蕙芳。蕙芳说:"你的寿命是八十岁,到时,我来给您收尸骨。"说完,就消逝了。现在马二混六十多岁。他只是为人淳朴,少言寡语,并没有其他长处。

异史氏曰:马生其名"混",其业亵①,蕙芳奚取哉?于此见仙人之贵朴讷诚笃也。余尝谓友人:若我与尔,鬼狐且弃之矣。所差不愧于仙人者,惟"混"耳。

【注释】

①业亵:职业低贱。

【译文】

异史氏说:马生名为"混",他的职业低贱,蕙芳看上他哪一点呢?由此可见神仙看重的是质朴少言、诚恳笃厚的人。我曾经对朋友说:像你我这样的人,鬼和狐狸都将弃而不顾。而略微无愧于仙人的,就只有这个"混"字了。

山神

【题解】

就以食物最后显现出本来面目以证明所遇为妖异鬼怪而言,《山神》与《傅饦媪》构思相同,也都用三言两语勾画出妖异面目,像本篇就是"面狭长,可二三尺许,冠之高细称是",但给人印象颇深。不同的是,《傅饦媪》是夜间,女性,发生在屋内,傅饦为土鳖虫;《山神》是白天,男性,事在旷野,杂陈的珍错则是"瓦片上盛蜥蜴数枚"。

益都李会斗,偶山行,值数人籍地饮①。见李至,欢然并起,曳入座,竞觞之②。视其桦馔③,杂陈珍错④。移时,饮甚欢,但酒味薄涩⑤。忽遥有一人来,面狭长,可二三尺许,冠之高细称是⑥。众惊曰:"山神至矣!"即都纷纷四去。李亦伏匿坎窖中⑦。既而起视,则肴酒一无所有,惟有破陶器贮溲浡⑧,瓦片上盛蜥蜴数枚而已⑨。

【注释】

①籍(jiè)地:坐在地上。籍,通"藉"。

②觞之：向他敬酒。

③柈馔：盘里的菜肴。柈，盘子。

④珍错：山珍海味。错，海错，犹海味。因海产种类繁多错杂，故称。《书·禹贡》："海物唯错。"

⑤薄涩：淡薄而苦涩。

⑥称是：相称，与此相应。

⑦坎窞(dàn)：深坑。《易·坎》："习坎，入于坎窞，凶。"

⑧溲浡(sōu bó)：小便。

⑨蜥蜴：冷血爬行动物。俗称"四脚蛇"或"蛇舅母"，一般指壁虎、草蜥。

【译文】

山东益都人李会斗，偶然上山，碰见几个人坐在地上饮酒。他们见李会斗来了，都高兴地站起来，拽他入座，争着向他敬酒。李会斗见盘子中的菜肴，罗列着山珍海味。喝了一会儿酒，大家酒兴甚浓，但酒的味道又薄又涩。忽见远处有个人走过来，脸部又窄又长，约长二三尺左右，头顶的帽子又高又细，和脸的长度差不多。众人吃惊地说："山神到啦！"就纷纷四散而去。李会斗也伏下身藏在深坑里。过了一会儿起身看去，菜肴和酒一无所见，只有破陶器里积留的尿液，瓦片上放着的几条蜥蜴而已。

萧七

【题解】

据篇末所记，本篇为"董玉弦谈"。估计是董玉弦创意，建立故事的框架，最后由蒲松龄加工润色而成。《聊斋志异》虽然也有很多他人所见所闻所言的故事，但大都为短篇，如本篇之长，比较罕见。本篇叙述小吏徐继长与狐狸萧七一家联姻及与萧七的姊姨辈宴饮调笑最后离散的故事。情节比较平庸，能够看到模拟唐传奇《游仙窟》等作品的明显痕迹。由于缺乏真挚的情感，作品虽然不乏鲜活的白话对话，终究缺乏感人的力量。不过其中穿插的民间习俗和意识，对于我们了解明清社会的日常生活颇有提示。

　　徐继长，临淄人①，居城东之磨房庄。业儒未成，去而为吏。偶适姻家②，道出于氏殡宫③。薄暮醉归，过其处，见楼阁繁丽，一叟当户坐④。徐酒渴思饮，揖叟求浆。叟起，邀客入，升堂授饮⑤。饮已，叟曰："曛暮难行⑥，姑留宿，早旦而发如何也？"徐亦疲殆，乐遵所请。叟命家人具酒奉客，即谓徐曰："老夫一言，勿嫌孟浪⑦：郎君清门令望⑧，可附婚姻，有幼女未字⑨，欲充下陈⑩，幸垂援拾⑪。"徐踧踖不知所对⑫。叟即遣伻告其亲族⑬，又传语令女郎妆束。顷之，峨冠博带者四五辈⑭，先后并至，女郎亦炫妆出⑮，姿容绝俗。于是交坐宴会。徐神魂眩乱，但欲速寝。酒数行，坚辞不任。乃使小鬟引夫妇入帏，馆同爱止⑯。徐问其族姓，女自言："萧姓，行七。"又复细审门阀，女曰："身虽贱陋⑰，配吏胥当不辱寞⑱，何苦研穷⑲？"徐溺其色，款昵备至，不复他疑。女曰："此处不可为家。审知汝家姊妹甚平善，或不拗阻，归除一舍⑳，行将自至耳。"徐应之。既而加臂于身，奄忽就寐。

【注释】

①临淄：县名。今为山东淄博临淄区。

②姻家：有婚姻关系的亲戚，俗谓"亲家"。

③殡宫：古代原称临时停柩之所。此处言墓地。

④当户坐：在门口处向外坐着。

⑤升堂：登堂。

⑥曛暮：黄昏，太阳落山。

⑦孟浪：犹鲁莽。

⑧清门令望：指寒素高洁之家。清门，门第清白。令望，有声誉，令
　人景仰。《诗·大雅·卷阿》："如珪如璋，令闻令望。"

⑨未字：未嫁。

⑩充下陈：谦言备侍妾之列。《战国策·齐策》："狗马实外厩，美女
　充下陈。"充，备。下陈，后列侍女之称。

⑪援拾：收纳。

⑫踧踖(cù jí)：恭敬而不安的样子。

⑬伻(bēng)：使者，仆人。

⑭峨冠博带：着高冠，束宽带。为古时儒者或有身份地位者的装束。

⑮炫妆：盛装，华丽的打扮。炫，光彩夺目。

⑯馆同爱止：谓居如凤凰双栖，喻夫妻新婚洞房之乐。馆，止宿。
　同，如。爱止，止宿于所止。《诗·大雅·卷阿》："凤凰于飞，翙
　翙其羽，亦集爱止。"

⑰身：代词。第一人称，相当于"我"。《尔雅·释诂》："身，我也。"

⑱吏胥：即胥吏。旧官府中书办之类的小吏。辱寞：玷辱。寞，
　通"没"。

⑲研穷：犹穷究，追问到底。

⑳除：打扫。

【译文】

　　徐继长是山东临淄人，住在城东的磨房庄。他读书没有成就，就当
了一个小吏。有一天，他偶尔去岳父家，途中经过于氏的墓地。傍晚醉
醺醺地回来，经过这个地方时，他只见楼阁雄伟壮丽，有一个老头儿坐
在门前。徐继长口渴想喝水，便向老头儿作揖请求给点儿水喝。老头

儿站起来,邀请客人进门,引到客厅,给他水喝。喝完后,老头儿说:"天黑了不好走路,暂且住一晚上,明早再走,怎么样?"徐继长也已经很疲乏了,愿意听从老头儿的邀请。于是老头儿叫家人准备酒饭待客,他对徐继长说:"老夫有一句话,不要嫌我鲁莽:府上是清白高洁的人家,可以通婚。我有一个幼女还没有订婚,打算嫁给你,希望不要推辞。"徐继长听了恭敬不安,不知如何回答。老头儿当时就派人遍告亲友,又传话叫女儿梳妆打扮。不久,先后来了四五位穿戴着儒生服装的人,后来女郎也打扮得光彩夺目地出来了,姿色容貌无人可比。于是宾主落座,喝酒交谈。徐继长见到女郎后神魂迷乱,只想快点儿睡觉。大家饮了几巡酒,徐继长借口实在顶不住了,坚决不再喝酒。这时,老头儿就让小丫环引着夫妇二人进入帏帐,共同安歇。徐继长问女郎的家族姓氏,女郎说:"姓萧,排行第七。"又详细询问她家的门第,女郎说:"我出身虽然卑贱,配个小吏不至于辱没你吧,何苦没完没了地追究!"徐继长沉溺她的美色,亲昵备至,不再怀疑什么。女郎说:"此地不可久住。我知道你家的姐姐特别平和善良,可能对咱们的事不会阻挠,你回去打扫出一间屋,不久我就自己找去。"徐继长答应着,便把手臂搭在她的身上,片刻间就睡着了。

既觉,则抱中已空。天色大明,松阴翳晓,身下籍黍穰尺许厚①。骇叹而归,告妻。妻戏为除馆,设榻其中,阖门出②,曰:"新娘子今夜至矣。"因与共笑。日既暮,妻戏曳徐启门,曰:"新人得无已在室耶?"既入,则美人华妆坐榻上。见二人入,桥起逆之③。夫妻大愕。女掩口局局而笑④,参拜恭谨。妻乃治具,为之合欢。女早起操作,不待驱使。一日谓徐:"姊姨辈俱欲来吾家一望。"徐虑仓卒无以应客。女曰:"都知吾家不饶⑤,将先赍馔具来,但烦吾家姊姊烹饪而已。"徐告妻,妻诺之。晨炊后,果有人荷酒羬来⑥,释担而去。妻为职庖人之役⑦。晡后⑧,六七女郎至,长者不过四十以来,围坐并饮,喧笑盈室。徐妻伏窗以窥,惟见夫及七姐相向坐,他客皆不可睹。北斗挂屋角⑨,欢然始去。女送客未返,妻入视案上,杯柈俱空,笑曰:"诸婢想俱饿,遂如狗舐砧⑩。"少间,女还,殷殷相劳,夺器自涤,促嫡安眠⑪。妻曰:"客临吾家,使自备饮馔,亦大笑话。明日合另邀致。"

【注释】

①籍:通"藉",衬垫。

②阖门:关上门。

③桥(qiāo)起逆之:急起迎接他们。桥起,疾起,急起。《庄子·则阳》:"欲恶去就,于是桥起。"逆,迎。

④局局:俯身而笑的样子。《庄子·天地》:"季彻局局然笑。"成玄英疏:"局局,俛身而笑也。"

⑤饶:富裕,富饶。

⑥酒羬(zǐ):酒肉。羬,大块肉。

⑦职庖人之役:承担厨师职责。庖人,厨师。

⑧晡(bū)后:谓黄昏后。宋玉《神女赋》:"晡夕之后,精神恍忽,若有所喜,纷纷扰扰,未知何意。"晡,晡夕,傍晚。下午五点至七点。

⑨北斗挂屋角:夜深或傍天亮。宋黄庭坚《按田》:"卧看云行天,北斗挂屋角。"

⑩狗舐砧(zhēn):言吃得干净。砧,砧板。切肉的木板。宋孙光宪《北梦琐言》:"唐卢延让……又有'饿猫临鼠穴,馋犬舐鱼砧'。"

⑪嫡:正妻,指徐继长的妻子。

【译文】

等他醒来后，怀抱中竟空无一物。这时天已大亮，松树枝叶遮盖着日光，身下边垫着一尺多厚的黍子秸。他又惊又怕，感叹着回到家里，把事情经过告诉了妻子。妻子跟他开玩笑，真的打扫出一间屋子，摆设好了床铺，关上门后走出来，说道："今天夜里，新娘就会驾到。"说完夫妻俩一起大笑起来。天黑了，妻子又开玩笑地拽着徐继长到了这间屋外，让他开门，并说："看看新娘子在不在屋里？"当他们进屋后，美人已经打扮得华丽整齐，坐在床上。见二人进来，忙起身迎接。夫妻二人感到非常惊奇。美女却用手掩着口笑弯了腰，参见拜礼很是恭敬。妻子便准备酒菜，庆贺他们欢好。第二天，新娘子早起干活，不用人吩咐。一天，萧七对徐继长说："姐妹、姨妈她们都想要到咱们家看一看。"徐继长顾虑仓猝间没法子接待客人。萧七说："都知道咱家不富裕，准备先把吃的用的带来，只是麻烦咱家姐姐做一下罢了。"徐继长告诉了妻子，妻子答应下来。早晨吃过早饭后，果然有人担着酒肉来，放下东西就走了。妻子就担任了厨师的工作。到了下午申时过后，有六七个女郎来到，岁数大的也就四十来岁，大家围坐在一起，边说边饮，喧声笑语充满整个屋子。徐继长的妻子趴在窗户缝上去看，只见丈夫和萧七面对面坐着，其他的客人都看不见。到了北斗星挂在屋角，诸人才欢乐地散去。萧七送客还没回来时，徐妻进屋看见桌子上杯盘都是空的，笑着说："这些丫头想是都饿了，像狗舔砧板那样，吃得干干净净。"工夫不大，萧七回来了，殷勤地感谢徐妻受累了，忙夺过杯盘器具自己来洗，催促她快去安眠。徐妻说："客人来到我们家，却让人家自备饮食，这太让人笑话了。改日应当再邀请她们来聚会。"

逾数日，徐从妻言，使女复召客。客至，恣意饮啖，惟留四簋^①，不加匕箸。徐问之，群笑曰："夫人谓吾辈恶，故留以待调人^②。"座间一女，年十八九，素帬缟裳^③，云是新寡，女呼为六姊,情态娇艳,善笑能口。与徐渐洽,辄以谐语相嘲。行觞政④,徐为录事⑤,禁笑谑。六姊频犯,连引十馀爵,酖然径醉⑥,芳体娇懒,荏弱难持⑦。无何,亡去。徐烛而觅之,则酣寝暗帏中。近接其吻,亦不觉。以手探裤,私处坟起。心旌方摇⑧,席中纷唤徐郎,乃急理其衣,见袖中有绫巾,窃之而出。迨于夜央,众客离席,六姊未醒。七姐入,摇之,始呵欠而起,系裙理发从众去。徐拳拳怀念⑨,不释于心。将于空处展玩遗巾,而觅之已渺。疑送客时遗落途间,执灯细照阶除,都复乌有,意顼顼不自得⑩。女问之,徐漫应之。女笑曰:"勿诳语,巾子人已将去,徒劳心目。"徐惊,以实告,且言怀思。女曰:"彼与君无宿分⑪,缘止此耳。"问其故,曰:"彼前身曲中女⑫,君为士人,见而悦之,为两亲所阻,志不得遂,感疾阽危⑬。使人语之曰:'我已不起。但得若来,获一扪其肌肤,死无憾!'彼感此意,诺如所请。适以冗羁⑭,未遽往⑮,过夕而至,则病者已殒⑯。是前世与君有一扪之缘也。过此即非所望。"后设筵再招诸女,惟六姊不至。徐疑女妒,颇有怨怼⑰。

【注释】

①四簋(guǐ):四碗饭菜。簋,古代食器,青铜或陶制,圆口、圈足,或圆口、方座,无耳,或有两耳。有的带盖。《诗·秦风·权舆》:"每食四簋。"朱熹注云:"四簋,礼食之盛也。"

②调(tiáo)人:调味之人,即厨师。徐妻"职庖人之役",庖人调和众味,故称。

③素舄缟裳:白鞋白衣服,孝服。舄,鞋。裳,衣裳。

④觞政：即酒令。旧时饮宴中，为助酒兴，先推一人为令官，众皆听其号令，或吟诗对句，或做其他游戏，并规定输赢饮酒的游戏规则。

⑤录事：此指酒宴中监督座客执行酒令及饮酒之数的人。据五代王定保《唐摭言·散序》载，唐时考中进士者，即聚饮于曲江亭。宴会中请一人为录事，行纠察座客饮酒之数。

⑥酡（tuó）然：酒后脸红的样子。《楚辞·九歌·招魂》："美人既醉，朱颜酡些。"

⑦荏弱：柔弱，怯弱。《楚辞·九章·哀郢》："外承欢之汋约兮，谌荏弱而难持。"

⑧心旌方摇：谓心神不定，摇曳如旌。《战国策·楚策》："心摇摇如悬旌，而无所终薄。"心旌，心如悬旌。旌，旗帜。

⑨拳拳：耿耿于心，牢记不舍。《中庸》："得一善，则拳拳服膺而弗失之矣。"

⑩项项（xū）：怅然自失的样子。《庄子·天地》："子贡卑陬失色，项项然不自得。"

⑪宿分：犹言"宿缘"，旧时迷信以为前生所定的缘分。

⑫曲中女：即行院妓女。曲，曲巷，指妓院。

⑬阽（diàn）危：犹濒危，谓生命垂危。

⑭适以冗羁：恰为冗事所羁绊。冗，繁杂琐事。

⑮遽：急速，急切。

⑯殒：殒命，死。

⑰怨怼：埋怨。

【译文】

过了几天，徐继长顺从妻子的意思，让萧七再邀请客人来。客人来后，恣意吃喝，最后却留下四盘菜，谁也没有动过筷子。徐继长问这是什么缘故，大家笑着说："夫人说我们贪吃得厉害，所以留下一些给厨师。"在座中有个女子,约摸十八九岁,穿着白衣白鞋,听说是刚刚死了丈夫,萧七称她为六姐,她情态娇艳,擅长说笑。她与徐继长渐渐熟悉了之后,便用诙谐的话来嘲笑他。饮酒行令时,徐继长管执法,禁止笑谑。结果六姐屡屡犯规,连罚十多盅酒,两腮酡红,首先醉了,身体娇懒,体弱难以支持。不久,她就逃席了。徐继长点亮蜡烛去寻找她,只见她躲在一个昏暗的帏帐中酣睡。徐继长靠近她接了个吻,她没有感觉。又把手伸进裤子里,只觉得隐处隆起。徐继长心旌摇动,正想亲昵,只听席中纷纷呼唤他,于是急忙整理好她的衣服,这时见袖里有条绫巾,便自己偷拿出来了。到了午夜时,大家准备离席,六姐还没有睡醒。萧七就进了屋去摇醒她,六姐打着呵欠起身,系好裙子,整理好头发随大家走了。徐继长对六姐拳拳怀念,心里一点儿都放不下。想在没人的地方玩赏一下绫巾,但怎么找也没有找到。他怀疑送客时可能遗落在路上了,于是打着灯笼在台阶上、院子里寻找,还是没有找到,他郁闷失落,不知如何是好。萧七问他,他漫不经心支吾着。萧七笑着说:"不要说谎了,绫巾让人家拿走了,徒劳费眼睛费心。"徐继长吃了一惊,忙把实话告诉萧七,并讲如何想念她。萧七说:"她与你没有缘分,关系也就到此了。"徐继长问其中的原因,萧七说:"她的前生是曲巷中的妓女,你是个书生,见面后对她很喜欢,但被双亲阻挠,你的心愿没有实现,忧虑成疾,病危之时,曾叫人告诉她说:'我已经不行了。只要你能来,我能够抚摸一下你的肌肤,死而无憾!'她被这种痴情感动,答应了你的要求。正赶上有些事务缠身,没有马上就去,等第二天赶到,你已经死了。这就是她在前世与你这一抚摸的缘分。超过这个程度,就不是她的希望了。"后来,又设宴招待各位女友,只有六姐没来。徐继长怀疑萧七妒嫉她,多有埋怨的心理。

女一日谓徐曰:"君以六姊之故,妄相见罪。彼实不肯至,于我何尤①? 今八年之好,行将别矣,请为君极力一谋,

用解从前之惑。彼虽不来，宁禁我不往？登门就之，或人定
胜天，不可知。"徐喜，从之。女握手，飘若履虚，顷刻至其
家。黄甓广堂②，门户曲折，与初见时无少异。岳父母并出，
曰："拙女久蒙温煦③。老身以残年衰惫，有疏省问，或当不
怪耶？"即张筵作会。女便问诸姊妹，母云："各归其家，惟六
姊在耳。"即唤婢请六娘子来，久之不出。女人，曳之以至，
俯首简嘿④，不似前此之谐。

【注释】

①尤：过失。

②甓（pì）：砖。

③温煦：温暖，照顾。

④简嘿：简约沉默，冷淡。

【译文】

萧七有一天对徐继长说："你因为六姐的缘故，对我妄加怪罪。她
确实不肯来，跟我有什么关系？如今相好了八年，就要分手了，请让我
极力为你筹划，以解你从前的迷惑。她虽然不来，难道还能禁止我们前
往吗？登门接近她，或许人定胜天，也未尝不是个办法。"徐继长很高
兴，接受了这个意见。萧七握住徐继长的手，飘然凌空，顷刻之间便到
了家。只见黄瓦高门楼，院落曲折，与初次看到的没有什么不同。岳父
岳母都出来迎接，说："拙女长久承蒙体贴关照。老身因年迈体衰，有失
于看望你们，你不会怪罪吧？"接着安排酒筵聚会。萧七顺便问几个姐
妹情况，母亲说："各自回家了，只有六姐在。"说完就叫丫环去请六姐出
来，六姐许久不出来。萧七便进去把她拽了出来，只见六姐低着头话很
少，不像上次那样诙谐。

　　少时，叟媪辞去。女谓六姊曰："姐姐高自重，使人怨我！"六姊微哂曰："轻薄郎何宜相近！"女执两人残卮[1]，强使易饮，曰："吻已接矣，作态何为？"少时，七姐亡去，室中止馀二人。徐遽起相逼，六姊宛转撑拒。徐牵衣长跽而哀之，色渐和，相携入室。裁缓襦结，忽闻喊嘶动地，火光射闼[2]。六姊大惊，推徐起曰："祸事忽临，奈何！"徐忙迫不知所为，而女郎已窜避无迹矣。徐怅然少坐，屋宇并失。猎者十馀人，按鹰操刃而至，惊问："何人夜伏于此？"徐托言迷途，因告姓字。一人曰："适逐一狐，见之否？"答云："不见。"细认其处，乃于氏殡宫也。怏怏而归。犹冀七姊复至，晨占雀喜，夕卜灯花[3]，而竟无消息矣。董玉玹谈。

【注释】

①残卮：残酒。卮，酒杯。

②闼：门户。

③晨占雀喜，夕卜灯花：谓早晚占卜，希望出现七姊复至的征兆。古人以清晨雀噪、晚间灯芯爆花为吉祥。

【译文】

　　不久，老头和老太太告辞离去。萧七对六姐说："姐姐自尊自重，却让人怨我！"六姐微笑说："轻薄郎不宜亲近！"萧七把两个人快喝尽酒的酒杯换了个儿，硬要他们喝干，说道："吻都接了，还扭捏作态干什么？"过了一会儿，萧七也溜走了，屋里只剩下他们二人。徐继长猛地站起来就要亲近六姐，六姐婉转撑拒。徐继长牵着六姐的衣裙，双膝跪在地上哀求，六姐态度渐渐软下来，拉着他进入内室。刚要宽衣解带，突然听到人喊马叫，惊天动地，火光照进了屋里。六姐大惊，忙推开徐继长说："大祸临头了，怎么办？"徐继长急迫之中不知如何是好，而六姐已经逃窜得无影无踪了。徐继长怅然地坐了一会儿,突然房屋楼台都消失了。只见十几个猎人,臂上架着鹰,手中持着刀,走到跟前,惊问:"什么人夜里躲在这里?"徐继长假托行人迷了路,并告诉了自己的姓名。一人说:"刚才正追一只狐狸,看见没有?"徐继长回答说:"没有看见。"他仔细辨认了一下,这里正是于氏的坟地。徐继长快快不乐地回到家里。他依然盼着萧七再回来,他早晨通过喜鹊叫来占验,晚上又盯着灯花看征兆,竟然一点儿消息也没有。这个故事是董玉玹讲的。

乱离二则

【题解】

虽然故事记录的是战乱中百姓侥幸团圆的两则奇闻,却折射出更多人家颠沛流离,家破人亡的悲惨命运。篇中所谓"北兵","大兵",都是指代清兵,反映的是明清鼎革之际的战乱实况。其中尤以第二则中"大兵凯旋,俘获妇口无算,插标市上,如卖牛马",令人唏嘘,完全可以当做史料来读。同时代的王渔洋在《池北偶谈·谈异五》中以《一家完聚》记录了类似的故事,但在批判精神上黯然失色。大概是因为政治的原因,本篇没有被青柯亭本《聊斋志异》收录。

学师刘芳辉,京都人。有妹许聘戴生①,出阁有日矣②。值北兵入境③,父兄恐细弱为累④,谋妆送戴家。修饰未竟,乱兵纷入,父子分窜。女为牛录俘去⑤。从之数日,殊不少狎。夜则卧之别榻,饮食供奉甚殷。又掠一少年来,年与女相上下,仪采都雅⑥。牛录谓之曰:"我无子,将以汝继统绪⑦,肯否?"少年唯唯。又指女谓曰:"如肯,即以此为汝妇。"少年喜,愿从所命。牛录乃使同榻,浃洽甚乐⑧。既而枕上各道姓氏,则少年即戴生也。

【注释】

①许聘:许配,应允嫁给。

②出阁:出嫁。阁,指少女卧室。

③北兵:与下则"大兵",均指清兵。此则故事言明末事,因称清兵为"北兵";下则故事言清初事,故以"大兵"称之。

④细弱:妻子儿女,泛指家属。此处指刘芳辉之妹。

⑤牛录:牛录章京。满语。后金武官名。清太祖时始编三百人为一牛录,官长称"牛录额真"。太宗天聪八年(1634)定为官名,改称额真为章京。

⑥仪采都雅:仪容风采漂亮而闲雅。都,漂亮。

⑦继统绪:谓延续宗族,继承家业。一脉相承谓之"统",前人开创而未竟之事谓之"绪"。

⑧浃洽:和谐融洽。

【译文】

学师刘芳辉,是京城人。他有个妹妹许配给戴生,出嫁的日子都订下了。正赶上清兵入境,父兄恐怕战乱之时被女孩子拖累,就打算把她装扮好提早送到戴家。女孩妆饰未完,乱兵就纷纷闯入,刘氏父子分头逃窜。女孩被清军的一个当牛录的军官俘获。跟着那军官好几天,军官丝毫没有非礼之举。夜里让她睡在另外一张床上,吃的喝的供给得很丰盛。军官又抓来一个少年,年纪和女孩相仿,仪容风采,漂亮而闲雅。军官对少年说:"我没儿子,想让你传续我家香火,你肯吗?"少年唯唯诺诺地答应下来。军官又指着女孩说:"如果你肯做我的儿子,就让这女孩做你媳妇。"少年很欢喜,愿意从命。军官就让他们同床共枕,两人非常融洽欢乐。之后,在枕上互道姓名,这少年就是戴生。

陕西某公，任盐秩①，家累不从②。值姜瓖之变③，故里陷为盗薮④，音信隔绝。后乱平，遣人探问，则百里绝烟，无处可询消息。会以复命入都⑤，有老班役丧偶⑥，贫不能娶，公赍数金使买妇⑦。时大兵凯旋，俘获妇口无算，插标市上⑧，如卖牛马，遂携金就择之。自分金少，不敢问少艾⑨。中一媪甚整洁，遂赎以归。媪坐床上，细认曰："汝非某班役耶？"问所自知，曰："汝从我儿服役，胡不识！"班役大骇，急告公。公视之，果母也。因而痛哭，倍偿之。班役以金多，不屑谋媪，见一妇年三十馀，风范超脱⑩，因赎之。既行，妇且走且顾，曰："汝非某班役耶？"又惊问之，曰："汝从我夫服役，如何不识！"班役益骇，导见公。公视之，真其夫人。又悲失声。一日而母妻重聚，喜不可已。乃以百金为班役娶美妇焉。意必公有大德，所以鬼神为之感应。惜言者忘其姓字，秦中或有能道之者⑪。

【注释】

①盐秩：盐官。清代设盐政、都转运盐使司运使、盐法道、驿盐道等官职督理盐务。秩，职位。

②家累：指家庭。累，拖累。

③姜瓖之变：指姜瓖据大同叛清事。姜瓖，陕西榆林人，明河北宣化镇总兵。李自成农民军至居庸关，姜瓖迎降。后李自成军为清兵所逼撤离北京，姜瓖即入大同降清，任大同总兵。清顺治五年（1648）十一月，又据城叛清，自称大将军，易明冠服，为清兵所围困，第二年八月被部下杀死，城遂陷。但其他各处仍继续抗清，直到顺治十二年（1655）始平息。清兵在山、陕一带，前后七

八年,烧杀掳掠,害民甚惨。

④盗薮(sǒu):盗贼聚集之处。薮,人或物聚集的地方。

⑤复命:向朝廷述职。

⑥班役:服侍官员的差役。

⑦赉(lài):赐给。

⑧标:标识。旧时掠卖人口或因穷困自卖,在被卖者头上插草为标。

⑨少艾:少女。

⑩风范:风度仪表。超脱:潇洒。

⑪秦中:今陕西中部地区。因春秋战国时期属秦国而得名,又称"关中"。

【译文】

陕西某公,任盐政之职,因家室拖累,赴任时没带在身边。正赶上姜瓖作乱,家乡沦为贼穴,音信中断。战乱平息后,他派人回乡打听消息,方圆百里寥无人烟,根本无处探问家人讯息。正巧这时某公回京城述职,有个老差役死了妻子,穷得不能续娶,某公就赏他几两银子,让他买个老婆。这时官军凯旋,俘获的妇女不计其数,她们被插上草标在市场上像卖牛马一样被出售,老差役就带着银子来市场上挑人。他自己觉得银两不多,不敢问津少女的价钱。看到其中有一个老太太衣着非常整洁,就把她赎出来带回家。老太太坐在床上,仔细辨认之后说:"你不是某某差役吗?"差役问老太太如何认识自己,老太太说:"你跟着我儿子当差,怎么不认识!"老差役大惊失色,赶紧报告某公。某公看那老太太,果然是自己的母亲。他痛哭起来,并加倍偿还了赎金。老差役因为银子多了,不屑于再谋求老太太。他见一个三十多岁的妇女,风度超群,就把她赎出来。走在路上,妇女边走边看着他,说:"你不是某某差役吗?"老差役又一次吃惊地问她如何认识自己,她说:"你跟着我丈夫当差,怎么不认识!"老差役越发吃惊,领着她去见某公。某公一看她,真是自己的夫人。他又悲伤得失声而哭。一日之间与母亲、妻子重聚,真是喜不自禁。某公就拿出百两银子为老差役娶了个漂亮的媳妇。揣测某公必有大德,所以鬼神才为他的德行感应。可惜说故事的人忘记了他的姓名,陕西一带的人或许有能叫出他姓名的。

　　异史氏曰:炎昆之祸,玉石不分①,诚然哉! 若公一门,是以聚而传者也。董思白之后②,仅有一孙,今亦不得奉其祭祀,亦朝士之责也。悲夫!

【注释】

①炎昆之祸,玉石不分:指在灾难面前无法分辨贤与不肖。《书·胤征》:"火炎昆冈,玉石俱焚。"炎,焚烧。昆,昆冈,山名,传说山上出玉石。

②董思白:即明代著名书画家董其昌(1555—1636),字玄宰,号思白、香光居士,华亭人。官南京礼部尚书,谥文敏。然或传其人品低劣,为患乡里,于是万历四十三(1615)、四十四年(1616)发生了著名的"民抄董宦"事件,董其昌家"四宅焚如,家资若扫"。崇祯九年(1636)病逝。生平详《明史·文苑传》。

【译文】

　　异史氏说:昆冈上的火灾,造成玉石俱焚的惨祸,确实如此啊! 像某公一家,是因为乱后重聚而被人流传。董思白的后代,只剩一个孙子,现在也不能奉其祭祀,这也是朝官的责任呀! 太可悲了!

豢蛇

【题解】

　　本篇只是为泗水禅院之蛇予以写照。假如平面地介绍,必定很难生动形象,所以作者设定一个少年晚间去探访。因为少年孤身前去很危险,故又添加一个道士加以保护。少年的作用,类似于今天的摄像机,以亲历亲见的方式,动态地把蛇的生存状况反映出来。

　　本篇短小,但写得摇曳多姿。先叙"或言内多大蛇"予以铺垫,继写少年晚间访问所见。主体部分选取了两条蛇加以特写。有正面的近景,有侧面的中景。正面突出大蛇的怒目相向、迅捷、威猛、恐怖;侧面渲染大蛇的身躯巨大、曼长、沉重。两条大蛇各有特点,互不雷同。天明离开,小说加以总结性叙述,写禅院遍地是蛇,少年"依道士肘腋而行",印证了"或言内多大蛇"的传言。

　　泗水山中①,旧有禅院②,四无村落,人迹罕及,有道士栖止其中③。或言内多大蛇,故游人益远之④。一少年入山罗鹰⑤,入既深,无所归宿,遥见兰若⑥,趋投之。道士惊曰:"居士何来⑦? 幸不为儿辈所见!"即命坐,具粥。食未已,一巨蛇入,粗十馀围,昂首向客,怒目电瞬⑧。客大惧。道士以掌击其额,呵曰:"去!"蛇乃俯首入东室。蜿蜒移时,其躯始尽,盘伏其中,一室尽满。客大惧,摇战。道士曰:"此平时所豢养。有我在,不妨,所患者,客自遇之耳。"客甫坐,又一蛇入,较前略小,约可五六围。见客遽止,睒焲吐舌如前状⑨。道士又叱之,亦入室去。室无卧处,半绕梁间,壁上土摇落有声。客益惧,终夜不寝。早起欲归,道士送之。出屋门,见墙上阶下,大如盆盏者,行卧不一。见生人,皆有吞噬状。客惧,依道士肘腋而行,使送出谷口,乃归。

【注释】

　　①泗水:县名。位于山东中南部,因泗水而得名,今山东济宁属县。

②禅(chán)院：佛教寺院。禅，梵文音译"禅那"的略称。

③道士：有道之士。此指僧徒。宗密《盂兰盆经疏》云佛教初传此
　　方，呼僧为道士。

④益：更加。

⑤罗鹰：捕鹰。罗，张网捕鸟。《诗·小雅·鸳鸯》："鸳鸯于飞，毕
　　之罗之。"

⑥兰若：寺庙。梵语"阿兰若"音译，简称兰若。此指上文所云
　　"禅院"。

⑦居士：佛教称居家信佛的人为居士，也作为对普遍人的敬称。

⑧怒目电瞛(cōng)：愤怒的目光像闪电一样。晋张协《七命》："鼓鬣
　　风生，怒目电瞛。"电瞛，如电光闪烁。瞛，目生光。

⑨睒炶(shǎn shǎn)：闪闪，闪烁。

【译文】

在山东泗水县的大山中，先前有座寺院，四下里没有村落，人迹罕
至，有位和尚住在里面。有人说寺院里有很多大蛇，所以游人越发躲得
远远的。有个少年进山捕鹰，进到大山深处，没有地方投宿，远远地望
见了寺院，就奔过来投宿。和尚惊讶地说："居士从哪里来？幸亏没有
被孩子们看见！"就让少年坐下，送上稀饭。还没吃完，一条巨蛇进来
了，有十馀围粗，昂头面对客人，愤怒的目光像闪电一般。少年非常恐
惧。和尚用手掌拍打蛇的额头，呵斥说："去！"蛇就低下头钻入东边的
屋子。它蜿蜒爬了好一会儿，身子才看不见了，它盘伏在屋子里，整个
屋子都被占满了。少年害怕极了，直打哆嗦。和尚说："这是我平日里
豢养的。有我在，不妨事，我所担心的是你单独遇上它。"少年才坐下，
又有一条蛇爬进来，比前一条稍小一点儿，约五六围粗。见到客人它立
即停下来，目光闪烁，吐着舌头，和前一条蛇的样子一样。和尚又叱骂
它，它也进到屋子里。屋子里已经没有它的卧伏之地，就把一半身体
缠绕在屋梁之上，墙壁上的土被它摇落下来，落地有声。少年见状越

发恐惧，整个夜晚不能成眠。早晨起来，少年想回家，和尚送他。走出屋门，只见墙上、台阶下，到处是碗口粗的、杯口粗的蛇，它们或是爬行，或是盘卧，各各不一。一见生人，它们都做出了张口吞噬的样子。少年害怕，依靠在和尚肘腋之下走了出来，他让和尚一直送出谷口，才独自回家。

余乡有客中州者①，寄宿蛇佛寺。寺僧具晚餐，肉汤甚美，而段段皆圆，类鸡项。疑问寺僧："杀鸡几何，遂得多项？"僧曰："此蛇段耳。"客大惊，有出门而哇者②。既寝，觉胸上蠕蠕③。摸之，则蛇也，顿起骇呼。僧起曰："此常事，乌足骇④！"因以火照壁间，大小满墙，榻上下皆是也。次日，僧引入佛殿。佛座下有巨井，井中蛇粗如巨瓮，探首井边而不出。蓺火下视，则蛇子蛇孙以数百万计，族居其中。僧云昔蛇出为害，佛坐其上以镇之，其患始平云。

【注释】

①中州：指今河南一带。古时《书·禹贡》分中国全境为九州，今河南一带为豫州，居中，因称。

②哇：呕吐。

③蠕蠕：爬虫挪动移位的样子。

④乌：何。

【译文】

我的家乡有一个旅居河南的人，寄住在蛇佛寺。寺里的僧人备办晚餐，肉汤特别鲜美，而肉都是一段段圆形的，很像鸡脖子。他感到奇怪，问僧人："杀了多少只鸡，才能有这么多鸡脖子？"僧人回答说："这是蛇段。"客人大吃一惊，出了门呕吐了一通。夜里睡下之后，客人感觉胸口有东西在蠕蠕爬行,一摸,原来是蛇,顿时跳起来大声惊呼。僧人起来说:"这是常事,何足大惊小怪!"于是就用火照墙壁,只见大大小小的蛇爬满了墙,床塌上下也全是蛇。第二天,僧人领客人来到佛殿上。佛座下有口大井,井中有条蛇,粗的像大坛子,它把头伸到井边上却不爬出来。点上火往井里一看,蛇子蛇孙数以百万计,都聚族住在井中。僧人说先前蛇出来为害,佛坐在上面镇住它们,祸患才得以止息。

雷公

【题解】

这是神话和民间传闻相结合的短篇。按照科学的理念,本篇简直荒诞到极点。按照民俗传说,王从简的母亲用秽物使得所谓雷公无法实施伤害却有根有据。关于神鬼妖异诸种法术都害怕并远离秽物的传说在中国古代的文学作品中屡见不鲜,本书卷一的《灵官》也有相关的内容,可以对照参看。

　　亳州民王从简①,其母坐室中,值小雨冥晦,见雷公持锤②,振翼而入。大骇,急以器中便溺倾注之。雷公沾秽,若中刀斧,反身疾逃。极力展腾,不得去,颠倒庭际,噪声如牛。天上云渐低,渐与檐齐。云中萧萧如马鸣③,与雷公相应。少时,雨暴澍④,身上恶浊尽洗,乃作霹雳而去。

【注释】

①亳(bó)州:州名。位于安徽西北部,治所在今安徽亳州市。

②雷公:古代神话传说中的司雷之神,也称"雷祖"、"雷师"。《山海

经·海内东经》:"雷泽中有雷神,龙身而人头,鼓其腹,在吴西。"
《论衡·雷虚》:"图画之工,图雷之状,累累如连鼓之形。又图一
人,若力士之容,谓之雷公。使之左手引连鼓,右手推椎,若击之
状;其意以为雷声隆隆者,连鼓相扣击之意也。"

③云中萧萧如马鸣:指施雨之龙。《艺文类聚》引刘琬《神龙赋》:
"惟天神上帝之马,含胎春夏。"

④澍(zhù):通"注"。浇灌。

【译文】

　　安徽亳州人王从简的母亲坐在屋子里,正赶上下小雨,天色阴暗,
见雷公手持大锤,鼓动着翅膀飞了进来。王母吓坏了,赶紧把便器中的
便溺倾泼到雷公身上。雷公沾了一身污秽,好像中了刀斧,回身赶快逃
跑。它极力展翅腾空,不能飞离,就摔倒在庭院里,嗥叫之声如同牛吼。
天上的乌云渐渐低垂下来,渐渐地与屋檐平齐。只听云中传来"萧萧"
之声,像马在嘶鸣,与雷公的嗥叫之声应和。一会儿,暴雨如注,雷公身
上的污秽被冲洗干净了,它这才打着霹雳离去。

菱角

【题解】

　　这是一篇宗教作品,宣传奉佛不可思议的灵异。胡大成和母亲由
于虔心奉佛,在乱世中得到了佛祖的庇佑,不仅胡大成获得了美满的姻
缘,母子也获得了团聚。

　　就作品的母题和结构而言,本篇继承了自六朝以来的佛教文学传
统,并无新意。但小说写胡大成和菱角在观音寺中的初恋,自然原始,
天真纯洁,写出少男少女之间如歌的情意。胡大成在湖北与义母之间
相濡以沫,议论婚事的对话,也写得温煦真挚,颇令人感动。

　　可注意的是,本篇故事的背景是楚地,写"适大寇据湖南","先是乱

后,湖南百里,涤地无类。焦携家窜长沙之东"云云,虽没有明确指出是晚明间事抑或清初吴三桂叛乱时事,却显示出蒲松龄对于当代历史舆地了如指掌,对于全国世俗民情的深入了解。

　　胡大成,楚人①。其母素奉佛。成从塾师读,道由观音祠②,母嘱过必入叩。一日,至祠,有少女挽儿遨戏其中,发裁掩颈,而风致娟然③。时成年十四,心好之。问其姓氏,女笑云:"我祠西焦画工女菱角也。问将何为?"成又问:"有婿家无?"女酡然曰④:"无也。"成言:"我为若婿,好否?"女惭云:"我不能自主。"而眉目澄澄⑤,上下睨成⑥,意似欣属焉。成乃出。女追而遥告曰:"崔尔诚,吾父所善,用为媒,无不谐。"成曰:"诺。"因念其慧而多情,益倾慕之。归,向母实白心愿。母止此儿,常恐拂之,即浼崔作冰⑦。焦责聘财奢,事已不就。崔极言成清族美才⑧,焦始许之。

【注释】

　①楚:指古楚国所辖之地,楚国分为东楚、南楚和西楚,即今湖南、湖北、安徽一带。《战国策·楚策》:"楚地西有黔中巫郡,东有夏州海阳,南有洞庭苍梧,北有汾陉之塞郇阳,地方五千里。"

　②观音祠:奉祀观音的庙堂。观音,梵语意译,本译作"观世音",因唐人讳"世"字,故简称"观音",也译作"观自在",为佛教中的菩萨,救苦救难,赐人以福。旧时民间对其信仰极为普遍,各地多建有寺庙。

　③娟然:美好的样子。

　④酡(tuó)然:酒后脸上发红的样子。此指因害羞而脸红。

　⑤澄澄:本为形容水清澈,此处借以形容目光晶亮如秋水。

⑥睨:看,斜着眼看。

⑦浼(měi):请托,央求。冰:冰人,即媒人。

⑧清族:清白人家。

【译文】

胡大成是楚地人。他的母亲一向信佛。胡大成跟随私塾先生读书,上学必经由观音祠,母亲嘱咐他经过观音祠一定要进去叩拜观音。一天,胡大成来到观音祠,看见一个少女领着小孩在里面游逛玩耍,少女一头秀发刚刚披到颈部,容貌举止十分美好。当时胡大成十四岁,心里很喜欢她。于是就问她姓名,女孩笑着说:"我是祠堂西边焦画工的女儿菱角。你问这干什么?"胡大成又问:"有婆家吗?"女孩红着脸说:"没有。"胡大成说:"我做你丈夫,好不好?"女孩害羞地说:"我做不了主。"然而目光清澈,上下睨了胡大成一眼,看那意思好像很乐意。胡大成于是走出了观音祠。女孩追出来远远地告诉胡大成说:"崔尔诚是我父亲的朋友,让他做媒,没有不成的。"胡大成说:"好。"一想到这女孩聪慧而多情,越发倾心爱慕她。回到家,胡大成向母亲如实道出心愿。胡母只有这么一个儿子,常怕忤逆了他的心愿,立即请崔尔诚去说媒。焦家要的彩礼太多,亲事眼看没指望了。崔尔诚极力赞扬胡大成出身清白,又有才华,焦画工这才答应了亲事。

成有伯父,老而无子,授教职于湖北①。妻卒任所,母遣成往奔其丧。数月将归,伯又病,亦卒。淹留既久,适大寇据湖南,家耗遂隔②。成窜民间,吊影孤惶而已③。一日,有媪年四十八九,萦回村中④,日昃不去⑤。自言:"离乱罔归,将以自鬻。"或问其价,言:"不屑为人奴,亦不愿为人妇,但有母我者⑥,则从之,不较直⑦。"闻者皆笑。成往视之,面目间有一二颇肖其母⑧,触于怀而大悲。自念只身,无缝纫者,遂邀归,执子礼焉。媪喜,便为炊饭织屦,劬劳若母⑨。拂意辄谴之,而少有疾苦,则濡煦过于所生⑩。忽谓曰:"此处太平,幸可无虞。然儿长矣,虽在羁旅,大伦不可废⑪。三两日,当为儿娶之。"成泣曰:"儿自有妇,但间阻南北耳。"媪曰:"大乱时,人事翻覆,何可株待⑫?"成又泣曰:"无论结发之盟不可背⑬,且谁以娇女付萍梗人⑭?"媪不答,但为治帘幌衾枕⑮,甚周备,亦不识所自来。

【注释】

①授教职:担任教官的职务。明清时府州县教官有教授、学正、教谕、训导等,负责管理士子学业和考试,并主持孔庙祭祀等。

②耗:音信。

③吊影:形影相吊,谓孤立无依。

④萦回:绕来转去。

⑤日昃(zè):日斜,太阳偏西。

⑥母我者:以我为母的人。

⑦直:价钱。

⑧肖:相似。

⑨劬劳:辛苦,劳累。《诗·小雅·蓼莪》:"哀哀父母,生我劬劳。"

⑩濡煦:意谓体恤、爱护。《庄子·大宗师》:"泉涸,鱼相与处于陆,相呴以湿,相濡以沫,不如相忘于江湖。"濡,湿润。煦,通"呴"。吐出之沫。

⑪大伦:伦常大道,指人与人之间关系的根本准则。《孟子·公孙丑》:"内则父子,外则君臣,人之大伦也。"父子、君臣而外,加夫妇、兄弟、朋友,旧时礼教称为"五伦"。此指夫妇伦常。

⑫株待:"守株待兔"的省词。株,树桩。《韩非子·五蠹》:"宋人有

耕者，田中有株，兔走触株，折颈而死，因释其耒而守株，冀复得兔。兔不可复得，而身为宋国笑。"后便以这个寓言故事讽喻拘泥而不知变通的人。

⑬结发：成婚，元配。盟：盟誓，指与菱角的订婚。背：背弃。

⑭萍梗人：像浮萍枝梗一样漂泊无定的人。

⑮帘幌：窗帘帷幔。

【译文】

胡大成有个伯父，老迈而无子，在湖北做学官。他的妻子死在任所，胡母打发胡大成去湖北奔丧。胡大成去了几个月正准备返回时，伯父又病死了。胡大成滞留在湖北很久，正值乱兵占据了湖南，家里的音讯就断绝了。胡大成窜伏在民间，形影相吊，孤苦凄惶。一天，有位老太太年纪四十八九岁，在村中转来转去，太阳偏西了还没有离去。她自己说："遭到战乱无家可归，要把自己卖了。"有人问她价钱，回答说："不屑于做人家的奴仆，也不愿做人家的妻子，只要有把我当做母亲的人，就跟他过，不讲价钱。"听到这番话的人们都笑了。胡大成过来看那老太太，面目之间有一两处很像自己的母亲，不禁触动心事，非常悲伤。想到自己孤身一人，身边连个缝缝补补的人也没有，就邀请老妇人一块儿回家，像儿子一样孝敬她。老妇很高兴，就为他做饭做鞋，像母亲一样操劳。不合她的心意就数他，而胡大成稍微有点儿病苦，体贴关怀又胜过亲生儿子。忽然老太太说："这里很太平，幸好没有什么可忧虑的。可是你已经长大成人，虽说漂泊在外，婚姻大事不可不办。三两天之间，我要为儿子娶媳妇。"胡大成哭着说："儿子自有媳妇，只是我们被阻隔在南北两地了。"老妇说："大乱时节，人事变化无常，怎么可以死心眼地等着她呢？"胡大成又哭着说："不要说结发的盟约不可背弃，谁又舍得把娇女儿托付给一个流落他乡的人呢？"老妇不回答，只是为他治备窗帘帷帐被子枕头，十分齐备，也不知这些东西是从哪儿弄来的。

一日，日既夕，戒成曰："烛坐勿寐①，我往视新妇来也未。"遂出门去。三更既尽，媪不返，心大疑。俄闻门外哗②，出视，则一女子坐庭中，蓬首啜泣③。惊问："何人?"亦不语。良久，乃言曰："娶我来，即亦非福，但有死耳!"成大惊，不知其故。女曰："我少受聘于胡大成，不意胡北去，音信断绝。父母强以我归汝家。身可致，志不可夺也!"成闻而哭曰："即我是胡某。卿菱角耶?"女收涕而骇，不信。相将入室，即灯审顾，曰："得无梦耶?"于是转悲为喜，相道离苦。

【注释】

①烛坐：点着蜡烛坐着。

②哗：喧哗，人声。

③蓬首：头发散乱得像飞蓬一样。飞蓬，即蓬草，根枯断后遇风飞旋，故名。《诗·卫风·伯兮》："自伯之东，首如飞蓬。"

【译文】

一天，天已经黑了，老太太告诫胡大成说："点上蜡烛坐着，不要睡觉，我去看看新媳妇来没来。"就出门去了。三更天已过，老太太还没有回来，胡大成心中十分疑惑。一会儿，听到门外喧哗，出去一看，一个女子坐在庭院中，头发散乱犹如飞蓬，还不住地哭泣。胡大成吃惊地问："什么人?"她也不说话。过了半天，才说："把我娶来，也不是福气，我只有一死。"胡大成大惊，不知什么缘故。女子说："我自小就和胡大成定了亲，没想到胡大成去了湖北，音信断绝。父母强迫把我嫁到你家。我人可以被你们弄来，心志不可改变!"胡大成听了哭着说："我就是胡某。你是菱角吗?"女子听罢止住哭泣，十分吃惊，不敢相信。胡大成领她进了屋，就着烛光仔细打量，说："这不是在做梦吗?"于是转悲为喜，互相诉说离别相思之苦。

先是乱后,湖南百里,涤地无类①。焦携家窜长沙之东,又受周生聘。乱中不能成礼,期是夕送诸其家②。女泣不盥栉③,家中强置车中。至途次,女颠坠车下。遂有四人荷肩舆至④,云是周家迎女者,即扶升舆,疾行若飞,至是始停。一老姥曳入,曰:"此汝夫家,但入勿哭。汝家婆婆,旦晚将至矣。"乃去。成诘知情事,始悟媪神人也。夫妻焚香共祷,愿得母子复聚。

【注释】

①涤地无类:意谓全被杀光。涤,洗。此为洗劫、扫荡的意思。类,噍类,活人。

②期:约期,预定的日期。

③盥栉:梳洗打扮。盥,洗。栉,梳。

④肩舆:轿子。

【译文】

原来战乱之后,湖南方圆百里的地区,被洗劫一空。焦画工带着全家逃窜到长沙的东面,又接受了周生订婚的聘礼。兵荒马乱中不能举行婚礼,约定当天晚上把菱角送到周家。菱角哭着不肯梳洗打扮,家人强行把她塞进车里。走到半道上,菱角从车上颠下来。就有四个人抬着轿来到跟前,说是周家迎新娘子的,就搀扶着菱角上了轿,轿子快得像飞一样,到这才停下来。一位大娘把菱角拉进院子,说:"这是你的夫家,只管进去,不要哭。你家婆婆,早晚就到。"这才离去。胡大成问明了事情原委,这才省悟老太太是位神仙。夫妻焚香一块儿祈祷,希望母子再次团聚。

母自戎马戒严①,同侪人妇奔伏涧谷②。一夜,噪言寇至,即并张皇四匿。有童子以骑授母。母急不暇问,扶肩而上。轻迅剽遨③,瞬息至湖上,马踏水奔腾,蹄下不波。无何,扶下,指一户云:"此中可居。"母将启谢,回视其马,化为金毛犼④,高丈馀,童子超乘而去⑤。母以手挝门,豁然启扉。有人出问,怪其音熟,视之,成也。母子抱哭。妇亦惊起,一门欢慰。疑媪为大士现身⑥,由此持观音经咒益虔⑦。遂流寓湖北,治田庐焉。

【注释】

①戎马:军马,军事。戒严:在战争状态下采取的严密防范措施。

②俦人:伙伴,同行的人。

③剽遨(piào sù),轻捷的样子。《史记·礼书》:"轻利剽遨。"

④犼(hǒu):传说生活在中国北方地区像狗一样的野兽。《集韵》:"犼,北方兽名,似犬,食人。"在旧小说中,金毛犼是佛门菩萨的坐骑。《西游记》中观音菩萨的坐骑就是金毛犼。

⑤超乘(shèng):跳上车马或坐骑。《左传·僖公三十三年》:"左右免胄而下,超乘者三百乘。"

⑥大士:菩萨称号,此指观音。

⑦观音经咒:指姚秦三藏法师鸠摩罗什译《妙法莲华经观世音菩萨普门品》及大悲咒。

【译文】

胡母自从战乱戒严以来,和一块逃难的妇女跑到深山涧谷中躲藏起来。一天夜里,有人吵吵嚷嚷地说乱兵来了,大家就张皇失措地四处藏匿。有个小童子把一匹马牵给胡母。胡母情急之下来不及问,就扶着小童子的肩上了马。马轻捷神速,转眼来到洞庭湖上,马蹄踏着水面奔腾,蹄下微波不兴。不一会儿,小童子扶着胡母下了马,指着一户人家说:"这里可以居住。"胡母想要道谢,回头一看,那马化作菩萨的坐骑金毛犼,有一丈多高,小童子跳上坐骑,腾空而去。胡母用手敲门,门一下就开了。有人出来询问,胡母奇怪问话人的声音十分耳熟,一看,原来是儿子胡大成。母子抱头痛哭。菱角也被惊醒了,一家人又欢喜,又宽慰。他们猜测老太太是观音菩萨显灵,从此诵习观音经咒越发虔诚。一家人就在湖北安家,还买了田产,盖了房子。

饿鬼

【题解】

这是一篇漫画式的小说,或者是小说式的漫画。嬉笑怒骂,专用以针对学官,也就是当时的教育官员。由于是漫画式的,因此具有类型的一般性和代表性,虽然小说有名有姓,却表达了蒲松龄对于教官的普遍厌恶。

小说分为两个部分,前一部分写马永的前世,后一部分写马永的今世。从出身、家庭、为人、治学、考试,尤其是作为学官对待生员的态度、敛钱的不择手段,严厉地抨击了明清时代学官的虚伪丑恶。但明伦说:"其丑之也,幸而止于学官。"

马永,齐人①。为人贪,无赖②,家卒屡空③,乡人戏而名之"饿鬼"。年三十馀,日益窭④,衣百结鹑⑤,两手交其肩,在市上攫食⑥。人尽弃之,不以齿⑦。

【注释】

①齐人:齐地人。齐国的疆域在春秋战国时期有变化,但大致相当于今山东地域。

②无赖：指品格恶劣，强横无耻，放刁、撒泼等。

③屡空：常常贫困。《论语·先进》："回（颜回）也其庶乎！屡空。"

④窭（jù）：贫困。

⑤百结鹑：即悬鹑百结之意。鹑鸟毛斑尾秃，很像褴褛的衣服，因以悬鹑、鹑衣形容衣服的破烂。南北朝庾信《拟连珠》："盖闻悬鹑百结，知命不忧。"

⑥攫：抢夺。据下文，此当指白吃不给钱。

⑦不以齿：不屑于同列，表示鄙视。齿，并列。

【译文】

马永，山东人。为人贪婪，行为无赖，家境常常贫困，乡里人嘲笑他，给他取个绰号叫"饿鬼"。到了三十多岁，日子越发穷困，衣衫褴褛，两只手交叉着抱在肩头，在集市上白拿人家东西吃。人们都嫌弃他，不把他当人看。

邑有朱叟者，少携妻居于五都之市①，操业不雅②。暮岁归其乡，大为士类所口③，而朱洁行为善，人始稍稍礼貌之。一日，值马攫食不偿，为肆人所苦。怜之，代给其直。引归，赠以数百，俾作本④。马去，不肯谋业，坐而食。无何，赀复匮，仍蹈旧辙。而常惧与朱遇，去之临邑⑤。暮宿学宫⑥，冬夜凛寒，辄摘圣贤颠上旒而煨其板⑦。学官知之，怒欲加刑。马哀免，愿为先生生财。学官喜，纵之去。马探某生殷富，登门强索赀，故挑其怒，乃以刀自劙⑧，诬而控诸学。学官勒取重赂，始免申黜。诸生因而共愤，公质县尹⑨。尹廉得实，笞四十，梏其颈⑩，三日毙焉。是夜，朱叟梦马冠带而入，曰："负公大德，今来相报。"既寤，妾举子。叟知为马，名以马儿。少不慧，喜其能读。二十馀，竭力经纪⑪，得入邑泮⑫。

后考试寓旅邸,昼卧床上,见壁间悉糊旧艺⑬,视之,有"犬之性"四句题,心畏其难,读而志之。入场,适是其题,录之,得优等,食饩焉⑭。六十馀,补临邑训导⑮。官数年,曾无一道义交。惟袖中出青蚨⑯,则作鸱鸮笑⑰,不则睫毛一寸长,棱棱若不相识⑱。偶大令以诸生小故⑲,判令薄惩,辄酷掠如治盗贼⑳。有讼士子者㉑,即富来叩门矣。如此多端,诸生不复可耐。而年近七旬,臃肿聋瞆,每向人物色黑须药。有狂生某,刜茜根绐之㉒。天明共视,如庙中所塑灵官状。大怒,拘生,生已早夜亡去。以此愤气中结,数月而死。

【注释】

①五都之市:五大城市,五方都会,历代所指不同,泛指繁华的都市。

②不雅:不清白。

③士类:士人,读书人。所口:所诟病。

④俾(bǐ):使。

⑤临邑:此指邻近县城。临,邻。

⑥学宫:县学所在地,即文庙。

⑦圣贤:指孔子及陪祀的孔门高足弟子。颠:头。旒:冕旒,玉串。古代王侯及卿大夫冕服的冠饰。煨:焚烧。板:手板,也叫"笏",古时大臣朝见君主用以记事或指画所用,或用玉、象牙或用竹片制作。

⑧蠡(lí):割。

⑨公:以集体名义。质:质讼。县尹:即县令。

⑩梏:手铐。泛指械系。

⑪经纪:经营。

⑫邑泮(pàn):即县学。科举时代,学童考进县学为生员,俗称"秀

才"，叫"入泮"。

⑬艺：这里指制艺。即八股文。

⑭食饩（xì）：领取廪膳，补助生活。指成为廪生。

⑮训导：清代县一级教官，教谕之副，从八品。

⑯青蚨（fú）：钱。《搜神记》："南方有虫……又名青蚨。形似蝉而稍大。味辛美，可食。生子必依草叶，大如蚕子。取其子，母即飞来，不以远近。虽潜取其子，母必知处。以母血涂钱八十一文，以子血涂钱八十一文，每市物，或先用母钱，或先用子钱，皆复飞归，轮转无已，故淮南子术以之还钱，名曰青蚨。"后因称钱为"青蚨"。

⑰鸬鹚（lú cí）笑：鸬鹚得鱼而喜，形容贪财者之笑。鸬鹚，水鸟名，又名"乌鬼"，俗称"水老鸦"，栖息河川、湖沼和海滨，善潜水捕食鱼类。《初学记》引《黑儿赋》："忿如鹡鸰斗，乐似鸬鹚喜。"

⑱棱棱（lèng）：失神发呆的样子。

⑲大令：对县令的敬称。小故：小的过失。

⑳掠：榜掠，拷打。

㉑讼士子：状告读书人。士子，这里特指县学生员，即秀才。

㉒剉：剉磨，剉断。茜根：茜草。根红色，可作染料。绐：骗。

【译文】

县里有个姓朱的老头，年轻时带着妻子居住在繁华都市，干的职业很不正当。晚年回归乡里，大受士林非议，但是朱老头行为端正乐善好施，人们才稍稍以礼相待。一天，正遇上马永白拿人东西吃不给钱，受到店主人为难。朱老头可怜他，就替他付了钱。又领着他回到家，送给他几百钱，让他做本钱。马永走后，不肯谋求生计，坐吃山空。不久钱又用光了，依然重蹈覆辙。他常常担心被朱老头碰见，就去了邻近的县。他夜里住在县学，冬天寒冷，他就把圣贤塑像冠上的玉串摘下来，烧掉笏板来取暖。学官知道这件事，非常恼怒，想对他处以刑罚。马永哀求免去刑罚,愿意为学官做生财之事。学官大喜,把他放走了。马永探听到某生家境殷实富裕,就登门强行索要钱财,故意挑逗激怒对方,竟用刀子割伤了自己,诬陷是某生所为,到学官那里控告。学官勒索了某生许多钱财,才免予开除。这件事激起秀才们的公愤,大家一同到县令那里质讼。县令查明事实,打了马永四十大板,给他戴上枷,三天就死了。这天夜里,朱老头梦见马永穿戴整齐地来了,说:"我辜负了您的恩德,今天特来报答。"朱老头醒来,妾刚生下个儿子。朱老头知道是马永投胎,就给他取名"马儿"。马儿小时候并不聪慧,令人高兴的是还肯于读书。二十多岁时,经过竭力谋划,得以进入县学。后来他去应试,住在旅店里,白天躺在床上,见墙上糊的都是过去的八股文,就去看,其中有"犬之性"四句题,心里觉得这题目很难作,就反复去读,把它记住了。进了考场,恰好出的是这个题目,就把那篇文章默写下来,得了个优等,取得了由官府提供生活费的廪生资格。到了六十多岁,马儿补了个在邻县做教官的职位。做了几年官,没有一个道义之交。只有人家从袖子中拿出钱递给他才露出笑脸,否则就耷拉下眼皮,睫毛有一寸长,愣装不认识。偶尔秀才们有点儿小的过失,县官判令稍加处罚,马儿就残酷拷打他们,像惩治盗贼一样。假若有人告秀才的状,就是钱财送上门了。他诸如此类的恶行太多,秀才们早已忍无可忍。马儿年近七十的时候,体态臃肿,耳聋眼花,每每向人寻觅染黑须的药。有个狂生,把莤草根锉碎了去骗他。天亮后大家一看,染过胡子的马儿就像庙里泥塑的灵官的模样。马儿恼羞成怒,要抓狂生,那人早已在夜间就逃走了。由此他心中郁结愤懑,几个月就死掉了。

考弊司

【题解】

作品借幽冥间两件事抨击了现实社会中为人所痛恨的两类社会职

业或阶层。其一是教育官员,即前篇《饿鬼》中的训导教谕,不同的是,《饿鬼》中的教谕训导,比较具体,《考弊司》中的官员比较抽象,具有象征意味。所谓"例应割髀肉",即贿赂的代称。作品中写虚肚鬼王的府署,"两碣东西立,绿书大于栲栳,一云'孝弟忠信',一云'礼义廉耻'","堂上一扁,大书'考弊司'。楹间,板雕翠字一联云:'曰校、曰序、曰庠,两字德行阴教化;上士、中士、下士,一堂礼乐鬼门生。'"具有深刻的讽刺意味。其二是妓女。两类社会职业或阶层共同的地方是虚伪,只认钱。不过两件事中,以"考弊司"为主,正如评论家何垠所言:"嘲笑如前(指《饿鬼》篇)。曲巷以后,比例见意耳。"

　　闻人生,河南人。抱病经日,见一秀才入,伏谒床下,谦抑尽礼。已而请生少步①,把臂长语,刺刺且行②,数里外犹不言别。生伫足,拱手致辞③。秀才云:"更烦移趾④,仆有一事相求。"生问之,答云:"吾辈悉属考弊司辖,司主名虚肚鬼王。初见之,例应割髀肉⑤,浼君一缓颊耳⑥。"生惊问:"何罪而至于此?"曰:"不必有罪,此是旧例。若丰于贿者,可赎也。然而我贫。"生曰:"我素不稔鬼王,何能效力?"曰:"君前世是伊大父行⑦,宜可听从。"

【注释】

①少步:走走,稍微走一下。

②刺刺:形容话多。唐韩愈《送殷员外序》:"语刺刺不能休。"

③致辞:告辞。辞,别去。

④移趾:挪步。

⑤髀:大腿。

⑥浼:请托。缓颊:求情,婉言劝解。

⑦大父行(háng)：祖父辈。大父，祖父。行，行辈。

【译文】

闻人生，河南人。他病了整整一天，见一个秀才走进来，在床下伏地拜见，谦卑恭敬，礼数周全。随后他请闻生出去走走，拉着闻生的手臂长谈，边走边说个没完没了，走出几里之外还不告别。闻生停住脚步，拱手告别。秀才说："麻烦您再走几步，我有一事相求。"闻生问什么事，回答说："我们这些人全归考弊司管辖，司主名叫虚肚鬼王。头一次见他，按惯例应割下大腿上的肉，请您在虚肚鬼王面前给求个情。"闻人生吃惊地问："你们犯了什么罪到了这种地步？"秀才说："不必有罪，这是惯例。如果贿赂丰厚的话，可以赎罪。可是我穷。"闻生说："我素来与鬼王不熟，怎么能为你效力呢？"秀才说："您前世是鬼王的祖父辈，他应该能听从您的意见。"

言次，已入城郭。至一府署，廨宇不甚弘敞，惟一堂高广。堂下两碣东西立①，绿书大于栲栳②，一云"孝弟忠信"③，一云"礼义廉耻"。蹑阶而进④，见堂上一扁，大书"考弊司"。楹间，板雕翠字一联云："曰校、曰序、曰庠⑤，两字德行阴教化⑥；上士、中士、下士⑦，一堂礼乐鬼门生。"游览未已，官已出。鬈发鲐背⑧，若数百年人，而鼻孔撩天⑨，唇外倾，不承其齿。从一主簿吏⑩，虎首人身。又十馀人列侍，半狞恶若山精⑪。秀才曰："此鬼王也。"生骇极，欲却退。鬼王已睹，降阶揖生上，便问兴居⑫。生但诺。又问："何事见临？"生以秀才意具白之。鬼王色变曰："此有成例，即父命所不敢承！"气象森凛，似不可入一词。生不敢言，骤起告别。鬼王侧行送之，至门外始返。

【注释】

①碣：圆顶石碑。

②栲栳（kǎo lǎo）：用柳条编织的汲水器具，形似笆斗。

③弟（tì）：同"悌"。兄弟间的友爱。

④踔（chuò）阶而进：不按台阶级次，大步跨阶而上。踔，越级。

⑤校、序、庠：古代地方所设的乡学，夏代称"校"，殷代称"序"，周代
　称"庠"。

⑥德行：道德品行。

⑦上士、中士、下士：周代的官名，位阶低于大夫。这里指科举时代
　各类士人。

⑧鲐（tái）背：驼背，形容老态。鲐，鱼名，体粗壮，呈纺锤形，背
　隆起。

⑨撩天：朝天。

⑩主簿吏：主管文书簿籍的佐吏。

⑪山精：山魅，传说中的山中怪兽。《淮南子·氾论训》"山出㺮阳"
　汉高诱注："㺮阳，山精也。人形，长大，面黑色，身有毛，若反踵，
　见人而笑。"南朝宋刘敬叔《异苑》："山精如人，一足，长三四尺，
　食山蟹，夜出昼藏。"

⑫兴居：起居。

【译文】

　　说话之间，两人已经进了城。来到一所官府，房舍不太宽敞，只有一间大堂高大宽广。堂下一东一西立着两块石碑，绿色的字比笆斗还大，一边是"孝弟忠信"，一边是"礼义廉耻"。大步跨越台阶来到堂上，只见堂上悬挂着一块匾，上面大书"考弊司"三字。堂前的柱子上，有一副在木板上雕刻的绿色大字对联，上写："曰校、曰序、曰庠，两字德行阴教化；上士、中士、下士，一堂礼乐鬼门生。"闻人生还未游览完，当官的已经出来了。只见他卷发驼背，好像好几百岁了，而鼻孔朝天，嘴唇向

外翻着,挨不上牙齿。他身后跟着一个主管文书簿籍的小吏,虎头人身。又有十馀人列队侍立,长相大半面目狰狞凶恶,好像山中怪兽。秀才说:"这就是鬼王。"闻人生害怕极了,想后退。鬼王已经瞧见,他走下台阶作揖请闻生上堂,就问候起居。闻人生只有唯唯诺诺。鬼王又问:"您有什么事光临这里?"闻人生就把秀才的意思和盘托出。鬼王脸色一变说道:"这事有成例,就是父亲下命令我也不敢应承!"态度十分严厉,好像听不进一句话。闻生不敢开口,马上起身告别。鬼王侧身送客,一直送到门外才返回。

生不归,潜入以观其变。至堂下,则秀才已与同辈数人,交臂历指①,俨然在徽纆中②。一狞人持刀来,裸其股,割片肉,可骈三指许。秀才大嗥欲嗄③。生少年负义,愤不自持,大呼曰:"惨惨如此,成何世界!"鬼王惊起,暂命止割,跣履逆生④。生忿然已出,遍告市人,将控上帝。或笑曰:"迂哉!蓝蔚苍苍⑤,何处觅上帝而诉之冤也?此辈惟与阎罗近,呼之或可应耳。"乃示之途。趋而往,果见殿陛威赫,阎罗方坐⑥,伏阶号屈。王召讯已,立命诸鬼绾绁提锤而去⑦。少顷,鬼王及秀才并至。审其情确,大怒曰:"怜尔夙世攻苦⑧,暂委此任,候生贵家⑨,今乃敢尔!其去若善筋,增若恶骨,罚令生生世世不得发迹也⑩!"鬼乃棰之,仆地,颠落一齿。以刀割指端,抽筋出,亮白如丝。鬼王呼痛,声类斩豕。手足并抽讫,有二鬼押去。

【注释】

①交臂:反手捆绑。历指:手指加上刑具。历,通"枥",指"枥指",

　　古时一种挼指的刑具。《庄子·天地》:"则是罪人交臂历指,而
　　虎豹在于囊槛,亦可以为得矣。"

②徽缰:捆绑犯人的绳索。

③大嗥欲嘎(shā):大声号叫,声嘶欲哑。嘎,声音嘶哑。

④跷履:踮起脚跟行走。

⑤蓝蔚苍苍:指苍天。

⑥方坐:端坐。

⑦绾绁:带着绳子。绾,把绳子盘曲成结。绁,绳索。

⑧夙世:上辈子。攻苦:攻读辛苦。

⑨候生贵家:等候将来投生富贵之家。候,等待。生,指迷信所谓
　　"投生转世"。

⑩发迹:由微贱而得志通显。指立功扬名。

【译文】

　　闻人生没有回家,偷偷溜回去想看看动静。来到大堂之下,只见秀才和几个同辈人,已经反绑双臂,挼着手指,真真切切地绑缚在那里。一个面目凶恶的人持刀过来,将秀才的大腿裸露出来,从腿上割下一片肉,约有三指来宽。秀才疼得大声号叫,声音快要嘶哑了。闻人生年轻仗义,气愤得不能自持,大声喊道:"如此黑暗,成什么世界!"鬼王惊惶站起,命令暂时停止割肉,迈步上前迎接闻人生。闻人生已经气愤愤地出去了,把刚才见到的惨景告诉了所有街市上的人,并准备向上帝控告鬼王。有人讥笑他说:"你真迂腐啊!苍天茫茫无际,你上哪儿去找上帝而向他诉说冤屈呢?鬼王这等家伙只与阎罗离得近,你向阎罗喊冤或许还能回应。"说着就给他指明了路径。闻生奔往那里,果然看见宫殿台阶威严显赫,阎罗正在那儿端坐着,闻人生跪伏在台阶上喊冤叫屈。阎罗召他上殿审问已毕,立即命令几个鬼卒带着绳索提着锤走了。不一会儿,鬼王和秀才一同被押上殿来。经过审问,得知闻人生所说确属事实,阎罗非常生气地说:"可怜你先世攻读勤苦,暂时委派你任鬼王

之职,等着投生富贵人家,如今你竟敢如此！应该抽去你的善筋,增加你的恶骨,罚你生生世世不得出人头地！"鬼卒就棰击鬼王,鬼王仆倒在地,磕掉一颗牙齿。鬼卒又用刀割开他的手指尖,抽出筋来,白亮亮的像丝一样。鬼王大声喊痛,嗥叫之声像杀猪一样。手脚的筋都抽完了,他才被两个鬼卒押走。

生稽首而出。秀才从其后,感荷殷殷①。挽送过市,见一户,垂朱帘,帘内一女子,露半面,容妆绝美。生问:"谁家?"秀才曰:"此曲巷也②。"既过,生低徊不能舍,遂坚止秀才。秀才曰:"君为仆来,而令踽踽以去③,心何忍。"生固辞,乃去。生望秀才去远,急趋入帘内。女接见,喜形于色。入室促坐,相道姓名。女自言:"柳氏,小字秋华。"一妪出,为具肴酒。酒阑,入帷,欢爱殊浓,切切订婚嫁。既曙,妪入曰:"薪水告竭,要耗郎君金赀,奈何?"生顿念腰橐空虚,惶愧无声。久之,曰:"我实不曾携得一文,宜署券保④,归即奉酬。"妪变色曰:"曾闻夜度娘索逋欠耶⑤?"秋华嚬蹙⑥,不作一语。生暂解衣为质,妪持笑曰:"此尚不能偿酒直耳!"呿呿不满志⑦,与女俱入。生惭。移时,犹冀女出展别,再订前约。久久无音,潜入窥之,见妪与秋华,自肩以上化为牛鬼,目睒睒相对立⑧。大惧趋出,欲归,则百道歧出,莫知所从。问之市人,并无知其村名者。徘徊廛肆之间⑨,历两昏晓,凄意含酸,响肠鸣饿,进退无以自决。忽秀才过,望见之,惊曰:"何尚未归,而简亵若此⑩?"生觍颜莫对。秀才曰:"有之矣,得勿为花夜叉所迷耶?"遂盛气而往,曰:"秋华母子,何遽不少施面目耶!"去少时,即以衣来付生,曰:"淫婢无礼,已叱骂之矣。"送生至家,乃别而去。生暴绝,三日而苏,言之历历。

【注释】

①感荷:感激。殷殷:情意恳切。

②曲巷:狭曲小巷,这里指妓院。

③踽踽:独行孤零的样子。

④署券保:写下字据保证偿还。署,签署。券保,字据。

⑤夜度娘:指娼妓。《乐府诗集·西曲歌》有《夜度娘》篇,郭茂倩题解引《古今乐录》:"《夜度娘》,倚歌也,辞云:'夜来冒霜雪,晨去履风波。虽得叙微情,奈侬身苦何!'"后以夜度娘借称娼妓。逋欠:欠款。

⑥嚬蹙:皱眉蹙额,谓心甚不悦。嚬,同"颦"。皱眉。

⑦呶呶(náo):嘟囔。

⑧睒睒(shǎn):眼光闪闪的样子。

⑨廛肆:集市,市场。

⑩简亵:轻慢不庄重。指闻人生穿着内衣出行。简,简慢,懈惰。亵,不庄重。

【译文】

闻人生给阎罗叩了头出来。秀才跟在后面,感恩戴德,情意恳切。秀才挽着闻人生送他走过街市,见一户人家朱帘垂挂,帘内露出一个女子的半张脸,容貌打扮绝顶美丽。闻人生问:"这是谁家?"秀才说:"这里是妓院。"走过之后,闻人生对那女子有种流连不舍的感觉,就执意不要秀才送。秀才说:"您为我而来,而让您独自孤零零地回去,我于心何忍!"闻人生坚决不要他送,秀才这才走了。闻人生望着秀才走远了,急忙奔到帘子里面。女子迎上来相见,喜形于色。进到室内,两人亲密地坐在一块,互相道了姓名。女子自己说:"姓柳,小名秋华。"一个老太太出来,为他们备办了酒菜。喝完酒,进入帷帐,欢爱甚浓,恳切地订立婚嫁之约。天亮以后,老太太进来说:"柴水都已用完,要破费郎君的金钱,怎么办?"闻人生顿时想到自己腰包空虚,惶恐惭愧,无言以对。过了许久才说:"我实在是没带一文钱,应该写个欠债的字据,回到家立即奉还。"老太太脸色一变,说道:"你听说过妓女要账的吗?"秋华在一旁皱眉蹙额,一言不发。闻人生只好暂时把衣服脱下来作为抵押,老太太拿着衣服笑着说:"这还不够还酒钱的呢!"唠唠叨叨很不满意,和秋华一道进去了。闻人生深感羞愧。过了片刻,闻人生仍希望秋华出来拜别,重申一下先前的婚约。可是久久没有动静,就偷偷进去窥视,只见老太太和秋华两个自肩以上已化为牛鬼,鬼眼闪闪发光,相对而立。闻人生吓坏了,急忙返身逃了出来,想回家,可是岔路极多,不知走哪条路好。询问街市上的人,并没有知道他的村名的。闻人生在街上徘徊了两天两夜,辛酸悲伤,加上饥肠辘辘,真是进退两难。忽然那个秀才从这里经过,看见闻人生,惊讶地说:"你怎么还没回去,而且穿戴这样狼狈?"闻人生红着脸不好意思回答。秀才说:"我知道了,你莫不是被花夜叉迷住了吧?"说完,秀才便气冲冲地往那家妓院走去,说:"秋华母女怎么这样不给人留面子?"过了一会儿,秀才就把衣服抱来交给闻人生说:"那淫贱丫头太无礼,我已经叱骂过她了!"秀才把闻人生一直送到家后,才告辞走了。这时,闻人生已暴病死了三天,此刻才苏醒过来,说起阴间的经历,还历历分明。

阎罗

【题解】

　　左萝石是明末节烈之士,时人以南宋文天祥喻之。作品借幽冥中给其极高的礼遇,表达了作者的崇敬之心。

　　在此篇中,蒲松龄对于左萝石的敬仰是出于传统的气节观念,还是出于民族的感情，抑或是两者皆有，一直为讨论蒲松龄是否有遗民情感的学者所关注。本篇由于政治话题比较敏感，青柯亭本《聊斋志异》没有收录。

　　沂州徐公星①，自言夜作阎罗王。州有马生亦然。徐公闻之，访诸其家，问马昨夕冥中处分何事②。马言"无他事，但送左萝石升天③。天上堕莲花，朵大如屋"云。

【注释】

①沂州：清初州名。雍正后升府，治所在今山东临沂。

②处分：犹处置，处理。

③左萝石：即左懋第（1601—1646），字仲及，因其父死葬萝石山，遂自号萝石。山东莱阳人。明思宗崇祯四年（1631）进士。明亡后，奉福王朱由崧于南京继位，官太常卿。后自请赴北京祭悼崇祯帝，即以兵部右侍郎衔使清。至京被拘执，不屈被害，时人以南宋文天祥誉之。著有《萝石山房集》四卷。事迹详见《明史》本传。

【译文】

　　沂州人徐星，自称夜里作了阎罗王。州里有个马生也是如此。徐星听说后，去登门拜访，问马生昨夜在阴曹地府处理了什么事。马生回答说："没有别的事，只是送左萝石升天。天上落下莲花，花朵大得如同屋子那样。"

大人

【题解】

《大人》的故事内核与卷三的《黑兽》有些相近，都是写某种动物在抓获猎物后，邀请朋友享用，猎物却不翼而飞，于是受到惩处。

不同的是，《黑兽》的重点在"异史氏曰"的借题发挥，而本篇却纯粹是记叙怪异，专写长山李孝廉所见闻的旅居云南的人在山中遇见巨人的恐怖故事。巨人到底多么长大？小说除去开头写"高以丈计"，写如何"以手攫马而食，六七匹顷刻都尽。既而折树上长条，捉人首穿腮，如贯鱼状"外，结尾特意写女子勇斗巨人，断下巨人的一根手指竟然"大于胫骨"！

长山李孝廉质君诣青州①，途中遇六七人，语音类燕②。审视两颊，俱有瘢③，大如钱。异之，因问何病之同。客曰：旧岁客云南，日暮失道，入大山中，绝壑巉岩，不可得出。谷中有大树一章④，条数尺，绵绵下垂，荫广亩馀。诸客计无所之，因共系马解装，傍树栖止。夜深，虎豹鸮鸱，次第嗥动，诸客抱膝相向，不能寐。忽见一大人来，高以丈计。客团伏，莫敢息。大人至，以手攫马而食，六七匹顷刻都尽。既而折树上长条，捉人首穿腮，如贯鱼状⑤。贯讫，提行数步，条毳折有声⑤。大人似恐坠落，乃屈条之两端，压以巨石而去。客觉其去远，出佩刀，自断贯条，负痛疾走。未数武，见大人又导一人俱来。客惧，伏丛莽中。见后来者更巨，至树下，往来巡视，似有所求而不得。已乃声啁啾⑥，似巨鸟鸣，意甚怒，盖怒大人之绐己也⑦。因以掌批其颊。大人伛偻顺受⑧，无敢少争。俄而俱去。

【注释】

①长山：县名，明清时隶属济南府。今为山东邹平长山镇。李孝廉：名斯义，字质君，长山人，康熙二十七年（1688）进士，官至福建巡抚。见《清史稿》本传及《山东通志·人物志》。孝廉，举人。

②燕：古国名。西周初，召公奭封于燕，都蓟（今北京），辖今河北北部和辽宁一部。旧时用为河北的别称。

③瘢：疮痕，斑点。

④章：株，大木材。

⑤毳（cuì）：通"脆"。

⑥啁啾（zhōu jiū）：鸟鸣声。

⑦绐：骗。

⑧伛偻：低头哈腰，腰背弯曲。

【译文】

长山县举人李质君去青州，途中遇见六七个人，口音好像是河北人。仔细一看，他们的两颊，个个有瘢痕，大如铜钱。李质君感到奇怪，就问他们患过什么同样的病症。他们说：去年他们去云南，天黑迷路，进入大山之中，深涧绝壁，无法出去。山谷中有一棵大树，枝条有几尺长，绵绵垂下来，覆盖了一亩多地。考虑没有地方可去，就系好马匹，解下行装，依傍在大树下歇息。深夜，老虎、豹子、猫头鹰连接不断地嚎叫，他们抱着膝盖，面对面坐着，不敢睡觉。忽然看见一个巨人走了过来，有几丈高。他们缩成一团卧在地上，不敢出气。巨人来到跟前，用手抓起马就吃，一会儿六七匹马全都他给吃完了。然后他折下树上一支长树枝，把他们的脑袋捉住，像穿鱼一样用树枝穿透两腮。穿好后，便提着树枝走了几步，树枝发出清脆的折断的声音。巨人好像怕他们从树枝上脱落下来，就把树枝的两端弯过来，用巨石压上两端就走了。

他们觉得他已经远去，就拿出佩刀，割断树枝，带着伤痛赶快逃走。没走几步，只见巨人又领着个巨人一块儿来了。他们很害怕，就伏下身躲在丛林草莽之中。一看后来的这个巨人个头更大，来到树下，来回巡视，好像要寻找什么，又寻不到。然后就发出"啁啾"之声，好似巨鸟在鸣叫，看那神态非常恼怒，大概恼怒先来的那个巨人欺骗了自己。于是他用手掌扇那巨人的嘴巴。那巨人弯着身子顺从地承受，不敢有一丝争辩。不一会儿，他们都走了。

诸客始仓皇出。荒窜良久，遥见岭头有灯火，群趋之。至则一男子居石室中。客入环拜，兼告所苦。男子曳令坐，曰："此物殊可恨，然我亦不能箝制①。待舍妹归，可与谋也。"无何，一女子荷两虎自外入②，问客何来。诸客叩伏而告以故。女子曰："久知两个为孽，不图凶顽若此③！当即除之。"于石室中出铜锤，重三四百斤，出门遂逝。男子煮虎肉飨客④，肉未熟，女子已返，曰："彼见我欲遁，追之数十里，断其一指而还。"因以指掷地，大于胫骨焉⑤。众骇极，问其姓氏，不答。少间，肉熟，客创痛不食。女以药屑遍糁之⑥，痛顿止。天明，女子送客至树下，行李俱在。各负装行十馀里，经昨夜斗处，女子指示之，石洼中残血尚存盆许。出山，女子始别而返。

【注释】

①箝制：也作"钳制"。此谓降伏、约束。

②荷：肩扛，背负。

③凶顽：凶恶愚顽。

④飨：供食，用酒食招待。

⑤胫骨：小腿骨。

⑥糁(sǎn)：碎米屑，泛指散粒状的东西。此指以药屑敷撒于创上。

【译文】

他们这才仓皇逃出来。他们在荒山中奔窜了好久，远远地看见山头上有灯火，大伙就向灯火奔去。来到近前，看见是一个男子住在一座石头房子里。他们拥进石屋，围着圈向男子下拜，并且诉说了遭受的苦难。男子把他们拉起来，让他们坐下，说："这东西特别可恨，然而我也治不了它们。等我妹妹回来，可以和她商量。"不久，一个女子扛着两只老虎从外面进来，问客人来干什么。他们给她跪下叩头，并说明了缘故。女子说："早就知道这两个家伙造孽，没想到这么凶恶愚顽！应该立即除掉他们。"她从石屋中拿出铜锤，有三四百斤重，出了门就不见了。男子煮老虎肉款待他们，肉还没煮熟，女子已经回来了，说："他们看到我就想逃跑，我追了数十里，打断他一个手指就回来了。"就把手指扔到地上，比小腿骨还粗。他们都吓坏了，问女子姓氏，她也不回答。一会儿，肉熟了，他们伤口疼痛，不能吃。女子就用药粉敷在伤口上，疼痛顿时止住了。天亮后，女子送他们来到树下，行李都在。他们各自背上行李走了十几里路，经过昨夜搏斗的地方，女子指给大家看，那石洼中的残存血迹约有一盆。出了山，女子才告别返回。

向杲

【题解】

《红楼梦》第四回"薄命女偏逢薄命郎　葫芦僧乱判葫芦案"与本篇所写的内容极其相似。《红楼梦》中的冤案最后以贾雨村"徇情枉法，胡乱判断了此案"了结，而此篇则以被害人的弟弟向杲变成老虎吃掉仇人结束。对于同一个故事母题的不同处理，反映了现实主义作家曹雪芹和浪漫主义作家蒲松龄的反差。

虽然蒲松龄在浪漫的想象中让弱者报了仇，但在反映现实生活的描写上一丝不苟。小说写向杲告状不成，意图刺杀，仍无计可施，最后只能变成老虎杀掉仇人："虎暴出，于马上扑庄落，龁其首，咽之。"老虎迅捷勇猛，杀得痛快淋漓，叙述语调也简洁明快，与之相符。在老虎中箭"蹶然遂毙"后，作者写向杲"在错楚中，恍若梦醒，又经宵，始能行步，厌厌以归。家人以其连夕不返，方共骇疑，见之，喜相慰问。杲但卧，蹇涩不能语"，语调变得纡徐恍惚，不仅活画出久病初愈之人的精神状态，同时增加了故事的现实感和真实感。

向杲字初旦，太原人，与庶兄晟①，友于最敦②。晟狎一妓，名波斯，有割臂之盟③，以其母取直奢④，所约不遂。适其母欲从良⑤，愿先遣波斯。有庄公子者，素善波斯，请赎为妾。波斯谓母曰："既愿同离水火⑥，是欲出地狱而登天堂也。若妾媵之⑦，相去几何矣。肯从奴志，向生其可。"母诺之，以意达晟。时晟丧偶未婚，喜，竭赀聘波斯以归。庄闻，怒夺所好，途中偶逢，大加诟骂。晟不服，遂嗾从人折箠笞之⑧，垂毙，乃去。杲闻奔视，则兄已死。不胜哀愤，具造赴郡⑨。庄广行贿赂，使其理不得伸。杲隐忿中结，莫可控诉，惟思要路刺杀庄。日怀利刃，伏于山径之莽⑩。久之，机渐泄⑪。庄知其谋，出则戒备甚严。闻汾州有焦桐者⑫，勇而善射，以多金聘为卫。杲无计可施，然犹日伺之⑬。

【注释】

①庶兄：庶母所生的兄长。旧时称父亲的妾为"庶母"。

②友于最敦：兄弟情谊最为深厚。友于，指兄弟间友爱，亦借指兄弟。《书·君陈》："惟孝友于兄弟。"敦，厚道，敦厚。

③割臂之盟：春秋时，鲁庄公见大夫党氏之女孟任，表示愿意娶她为夫人，孟任乃"割臂盟公"。见《左传·庄公三十二年》。后来，因称男女密订婚约为"割臂之盟"。

④其母：指妓院鸨母。直：身价。奢：过分。

⑤从良：指旧时妓女脱离乐籍。良，身家清白。

⑥水火：水深火热，喻苦难的处境。此指妓女职业。

⑦媵：侍妾，妾媵。

⑧嗾（sǒu）：原指使狗时口中所发的声音，后泛指使唤，呼使执行。
折箠笞之：谓用短杖肆意殴打他。《南史·侯景传》："是何能为，吾以折箠笞之。"箠，木棍，竹鞭。

⑨具造赴郡：写状纸到郡城告状。造，兴讼，此处指讼词。

⑩莽：丛莽，草丛。

⑪机：机密。

⑫汾州：州名，明万历时升为府，清代因之，治所在今山西汾阳。

⑬伺（sì）：侦候，观察。

【译文】

向杲，字初旦，太原人，他和庶兄向晟感情最深厚。向晟与一个妓女很亲密，妓女名叫波斯，两人曾密订婚约，因为鸨母索价太高，婚约不能履行。正好鸨母打算从良，愿意先打发波斯。有个庄公子，一向很喜欢波斯，要赎波斯做妾。波斯对鸨母说："既然我们愿意一同脱离苦海，就是想离开地狱去登天堂。如果让我去充当小妾，和当妓女就相差不多。您若肯依从我的心愿，我愿意嫁给向生。"鸨母答应了，把波斯的意思转告了向晟。当时向晟死了妻子尚未续娶，听后大喜，就用全部钱财聘波斯，把她娶回家。庄公子听说此事，恼怒向晟夺其所爱，在途中偶然相遇时，对向晟大加诟骂。向晟不服气，庄公子就唆使手下人用短棍毒打向晟，直到把向晟打得快断气了才离去。向杲听说赶去一看，哥哥已经死去。他不胜哀伤愤怒，就写好状纸到郡城告状。庄公子大肆贿赂，使得向杲有理不得伸张。向杲郁忿积压在心，无处控诉，一心想要拦路刺杀庄公子。他每天怀揣利刃，隐伏于山路旁的草丛之中。日子长了，他的机谋渐渐泄漏。庄公子知道他的图谋，一外出就戒备森严。他听说汾州有个叫焦桐的人，勇猛而善于射箭，就用重金聘为保镖。向杲无计可施，然而仍然每天候着庄公子。

　　一日，方伏，雨暴作，上下沾濡，寒战颇苦。既而烈风四塞①，冰雹继至。身忽然痛痒不能复觉。岭上旧有山神祠，强起奔赴。既入庙，则所识道士在内焉。先是，道士尝行乞村中，杲辄饭之，道士以故识杲。见杲衣服濡湿，乃以布袍授之，曰："姑易此。"杲易衣，忍冻蹲若犬，自视，则毛革顿生，身化为虎。道士已失所在。心中惊恨。转念：得仇人而食其肉，计亦良得。下山伏旧处，见己尸卧丛莽中，始悟前身已死，犹恐葬于乌鸢②，时时逻守之③。越日，庄始经此，虎暴出，于马上扑庄落，龁其首，咽之。焦桐返马而射，中虎腹，蹶然遂毙④。杲在错楚中，恍若梦醒，又经宵，始能行步，厌厌以归⑤。家人以其连夕不返，方共骇疑，见之，喜相慰问。杲但卧，蹇涩不能语⑥。少间，闻庄信，争即床头庆告之。杲乃自言："虎即我也。"遂述其异。由此传播。庄子痛父之死甚惨，闻而恶之，因讼杲。官以其事诞而无据，置不理焉。

【注释】

①烈风：暴风。塞：填塞，充满。

②葬于乌鸢(yuān)：葬身于乌鸦和老鹰之腹。乌，乌鸦。鸢，鹰。

③逻守：巡逻守卫。

④蹶(jué)然：跌倒的样子。

⑤厌厌(yān)：精神不振的样子。

⑥蹇涩：迟钝的样子。

【译文】

一天，向杲刚刚埋伏下来，暴雨顿作，他浑身上下都湿透了，寒战得厉害。之后狂风铺天盖地，接着下起了冰雹。忽然之间，向杲不再感到身上痛痒。山岭上原先有座山神庙，他挣扎起身奔赴过去。进庙之后，他认识的一个道士正在里面。先前，道士曾在村子里行乞，向杲总是给他饭吃，道士由此认识向杲。他见向杲衣服透湿，就把一件布袍递给他，说："暂且换上这件吧。"向杲换上衣服，像狗一样忍受着寒冷蹲伏在地上，看了一下自己，顿时生出一身皮毛，身体已化为老虎。一看道士已经不在庙里。他心中又吃惊又气恨。转念一想：擒得仇人能够吃掉他的肉，这计策也很妙。就下山埋伏在老地方，只见自己的尸体倒卧在草丛之中，这才省悟自己的前身已经死了，可还是担心尸体被乌鸦、老鹰吃掉，就时时走来走去看守着。过了一天，庄公子才从这里经过，老虎猛然跳出来，从马上把庄公子扑落在地，咬下他的脑袋，吞了下去。焦桐回马放箭，射中老虎腹部，老虎扑通一下摔倒在地就死了。向杲躺在荆棘丛中，恍恍惚惚如梦初醒，又过了一夜，才能步行，便无精打采地回了家。家人因为他连着几个晚上不回家，正在惊疑，见他回来了，高兴地上前问长问短。向杲只是躺着，迟钝得难以言语。一会儿，听说庄公子的死信儿，家人争着到床头告诉他，庆祝这件事。向杲这才自己开口说："老虎就是我呀！"于是诉说了他的奇异经历。这件事从此传播开来。庄公子的儿子痛心父亲死得太惨，听说之后非常痛恨向杲，就把向杲告到官府。官府认为事涉怪诞，又没有证据，便置之不理。

异史氏曰：壮士志酬，必不生返，此千古所悼恨也^①。借人之杀以为生，仙人之术亦神哉！然天下事足发指者多矣^②。使怨者常为人，恨不令暂作虎！

【注释】

①悼恨：痛悼遗憾。

②发指：头发上指，形容极度愤怒。司马迁《史记·项羽本纪》："瞋目视项王，头发上指，目眦尽裂。"

【译文】

异史氏说：壮士实现了理想抱负，必然不能生还，这是千百年来令人痛悼遗憾的事。借焦桐之手杀死老虎而使向杲复活，这仙人的法术也真奇妙啊！然而天底下令人发指的事太多了。让那些衔冤负屈的人始终做人而不能报仇，恨不能让他们暂时变成老虎。

董公子

【题解】

这是一篇带有宗教意味的小说，不过不是什么神仙佛祖，而是宣扬关公的灵迹。历史小说《三国演义》出现后，关羽在中国文化中的社会地位日益高涨，灵迹也特别地多起来。本篇就是写关公为家风严肃正派的董尚书一家看家护院，保护了董公子的生命，惩戒了意图谋害的家仆的故事。不过，冷静想起来，婢仆不过是调笑，并没有招惹谁。事发后婢仆被杀颇为可疑，毕竟董公子所谓被杀未遂是捕风捉影，而婢仆的被杀却是血淋淋的现实。到底婢仆是被关公所杀，抑或是被他人冒称是关公所杀，大概是很值得研究的事。

青州董尚书可畏①，家庭严肃，内外男女，不敢通一语。一日，有婢仆调笑于中门之外②，公子见而怒叱之，各奔去。及夜，公子偕僮卧斋中。时方盛暑，室门洞敞。更深时，僮闻床上有声甚厉，惊醒。月影中，见前仆提一物出门去。以其家人故，弗深怪，遂复寐。忽闻靴声訇然③，一伟丈夫赤面修髯，似寿亭侯像④，捉一人头入。僮惧，蛇行入床下。闻床上支支格格，如振衣，如摩腹，移时始罢。靴声又响，乃去。僮伸颈渐出，见窗棂上有晓色⑤。以手扪床上⑥，着手沾湿，嗅之血腥。大呼公子，公子方醒。告而火之，血盈枕席。大骇，不知其故。

【注释】

①董尚书可畏：应指董可威。字严甫，号葆元，山东益都人。明万历丁未（1607）进士，考工司主事，后官至工部尚书。因王恭厂之爆炸事件双臂折断，撤职。详见《益都县志》。

②中门：内室和外室之间的门。有时也用来区隔内院和外院。

③訇（hōng）然：形容声响很大。

④寿亭侯：即关羽。关羽（160—219），字云长，河东解人。三国时蜀汉名将。汉献帝建安五年（200），为曹操所俘，并由曹操以征讨袁绍的军功，表为汉寿亭侯。后为历代统治阶级所推崇。宋徽宗崇宁元年（1102）追封"忠惠公"，宣和五年（1123）封"义勇武安王"，明万历三十三年（1605）加封"三界伏魔大帝神威远震天尊关圣帝君"。后世因称"关公"、"关帝"。下文"关庙"即关帝庙。

⑤棂：窗户上构成格子的木条或其他材料。

⑥扪：摸。

【译文】

山东青州董可威尚书家,家法森严,内宅和外边的男女不敢说一句话。一天,有个丫环和男仆在中门外调笑,董公子见了,便加怒叱,两人各自跑开了。这天夜晚,董公子和书僮睡在书斋中。当时正值盛暑,书斋的门大敞四开。深夜,书僮听到床上发出特别大的声响,被惊醒了。在月色下,他看见白天遭到董公子叱骂的男仆拎着一样东西走出门去。因为他是家仆的缘故,所以书僮并不觉得怎么奇怪,又入睡了。忽然书僮听见很响的靴子声,只见一个魁伟的男子红脸膛,长须髯,长得和寿亭侯关羽的像一样,手提一颗人头进了书斋。书僮吓坏了,像蛇一样爬到床底下。只听床上发出"吱吱格格"的声响,像是在抖动衣服,又像是按摩肚子,过了好一会儿声音才消失。靴子声又一次响起,那个红脸大汉离开了书斋。书僮伸着脖子慢慢出来,见窗棂上已露出晓色。他用手往床上一摸,手上沾了又粘又湿的东西,一闻有股血腥气。书僮大声招呼公子,董公子这才醒来。书僮告诉了夜里所见,拿来火往床上一照,只见枕席之上到处是血。两人大惊失色,不知怎么回事。

忽有官役叩门。公子出见,役愕然,但言怪事。诘之,告曰:"适衙前一人神色迷罔,大声曰:'我杀主人矣!'众见其衣有血污,执而白之官。审知为公子家人。渠言已杀公子,埋首于关庙之侧。往验之,穴土犹新,而首则并无。"公子骇异,趋赴公庭,见其人即前狎婢者也。因述其异。官甚惶惑,重责而释之。公子不欲结怨于小人,以前婢配之,令去。积数日,其邻堵者①,夜闻仆房中一声震响若崩裂,急起呼之,不应。排闼入视,见夫妇及寝床,皆截然断而为两,木肉上俱有削痕,似一刀所断者。关公之灵迹最多,未有奇于此者也。

【注释】

①邻堵者：隔壁邻人。堵，墙。

【译文】

忽听官府的衙役敲门。董公子出去见客，衙役见到他十分惊愕，只说怪事。询问他，告诉说："刚才在衙门前有一个人神志迷惘，大声说：'我杀主人啦！'众人见他衣服上有血迹，就把他捉了来报告官府。审问之后，知道是董公子的家人。他说已经杀了公子，把头埋在关帝庙旁边。我们去那里察验，坑土还是新挖的，可并没有人头。"董公子听了又吃惊又奇怪，赶快来到公堂，一看那人正是同丫环调情的仆人。董公子就讲述了夜里家中发生的怪事。当官的听了十分惶惑不解，就把那仆人重重责罚一顿释放了。董公子不想和小人结怨，就把那个丫环许配给男仆，让他们一块儿离开。过了几天，和这仆人一墙之隔的邻居，夜里听到仆人房中发出一声天崩地裂的巨响，急忙起身招呼他们，没有人应。推开门进去一看，夫妇俩和那张睡床，全都被齐刷刷地断为两半，木头和肉体上全都留下了削过的痕迹，好像是一刀砍断的。关公显灵的事迹最多，没有比这件事奇特的。

周三

【题解】

张太华采取以狐制狐的办法，驱赶了原来的狐狸住户，迎来了新的狐狸住户。狐狸之间的争斗，令我们联想到城市里的流氓地痞为争夺地盘的打斗。

在中国北方的丘陵地带城镇中，古代由于城市化的规模和力度不大，狐狸往往借居民居，与人杂处。这是《聊斋志异》中很多狐狸故事的地缘因素。其中表现人狐因居住空间产生矛盾的故事也所在多有。

比如《九山王》、《焦螟》、《遵化署狐》、《潍水狐》、《小髻》等。《周三》也是其一。

　　泰安张太华①，富吏也。家有狐扰，遣制罔效。陈其状于州尹②，尹亦不能为力。时州之东亦有狐居村民家，人共见为一白发叟。叟与居人通吊问③，如世人礼。自云行二，都呼为胡二爷。适有诸生谒尹，间道其异④。尹为吏策⑤，使往问叟。时东村人有作隶者⑥，吏访之，果不诬，因与俱往。即隶家设筵招胡，胡至，揖让酬酢，无异常人。吏告所求，胡曰："我固悉之，但不能为君效力。仆友人周三，侨居岳庙⑦，宜可降伏，当代求之。"吏喜，申谢。胡临别与吏约，明日张筵于岳庙之东，吏领教。胡果导周至。周虬髯铁面⑧，服袴褶⑨。饮数行，向吏曰："适胡二弟致尊意，事已尽悉。但此辈实繁有徒⑩，不可善谕，难免用武。请即假馆君家⑪，微劳所不敢辞。"吏转念：去一狐，得一狐，是以暴易暴也⑫，游移不敢即应⑬。周已知之，曰："无畏，我非他比，且与君有喜缘，请勿疑。"吏诺之。周又嘱明日偕家人阖户坐室中，幸勿哗。吏归，悉遵所教。俄闻庭中攻击刺斗之声，逾时始定。启关出视，血点点盈阶上。墀中有小狐首数枚，大如碗盏焉。又视所除舍⑭，则周危坐其中⑮。拱手笑曰："蒙重托，妖类已荡灭矣。"自是馆于其家，相见如主客焉。

【注释】

①泰安：泰安州，明清时属济南府，治所在今山东泰安市。

②州尹：州的长官，即知州。

③吊问：吊死问疾，谓有人事礼节交往。

④间：乘间。

⑤策：策划。

⑥隶：隶役，特指衙役。《国语·周语》："子孙为隶。"韦昭注："隶，役也。"

⑦岳庙：指东岳庙，即岱庙，又称"天齐庙"、"泰山庙"，在泰山脚下，起源于对于泰山的崇拜，奉祀东岳大帝。

⑧虬髯：卷曲的连鬓胡须，络腮胡子。虬，有角的小龙。髯，胡须。

⑨袴褶(xí)：古时军中一种便于骑乘的服装，上着褶而下服裤。褶，夹上衣。袴，胫衣，套裤。

⑩实繁有徒：确实有很多党羽。繁，多。徒，众，指同党之人。

⑪假馆：借住。假，借。馆，招待客人供应食宿的房舍。

⑫以暴易暴：谓以凶暴代替凶暴。《史记·伯夷列传》："登彼西山兮，采其薇矣。以暴易暴兮，不知其非矣。"

⑬游移：拿不定主意，犹豫。

⑭除舍：打扫的房屋。除，扫除。

⑮危坐：端坐。

【译文】

泰安人张太华，是个富有的官吏。他家有狐狸精搅扰，想驱遣制服它，都没有奏效。他把狐狸作祟的情况报告给知州，知州也无能为力。当时，州的东边也有一只狐狸精住在村民家里，人们都看见是一个白发老头。老头与村民有礼仪上的交往，礼数如同世人。他自称行二，人们都叫他胡二爷。正巧有秀才拜见知州，乘便讲出了这件怪异之事。知州为张太华出主意，让他前去请教胡二爷。当时，东村有人在府衙当差役，张太华就去问他，果然确有此事，就和差役一块前往东村。到了之后就在差役家摆下筵席邀请胡二爷，胡二爷到了，作揖应酬，同一般人没什么两样。张太华向胡二爷说明了所求之事，胡二爷说："我当然知道这件事，但不能为您效力。我的朋友周三，侨居在岳庙，他可以做降伏之事，我可以替您去求他。"张太华大喜，表示感谢。胡二爷临别与张太华相约，明天在岳庙东面大摆筵席，张太华听从了他的吩咐。胡二爷果然领着周三来了。周三两腮长着卷曲的胡须，铁黑的脸膛，穿着一套骑乘的服装。酒过数巡，他对张太华说："刚才胡二弟转达了您的意思，事情我全知道了。但这类东西实在是有很多徒党，不可好言相劝，难免要动武。请让我马上住到你府上，微不足道的小事，不敢推辞。"张太华转念一想：赶走一只狐狸精，又来一只，这不是"以暴易暴"吗，犹犹豫豫，不敢马上答应。周三已经知道他的心思，说："不要怕，我和它们不能相比，而且我与您有好缘份，请不要疑虑。"张太华这才答应他。周三又嘱咐明天一家人关门坐在屋里，不要喧哗。张太华回到家，完全按照周三的吩咐去做。一会儿，听到院子里有攻击格斗的声音，过了好长时间才安静下来。打开房门出来一看，台阶上到处是斑斑点点的血迹。台阶的空地上有几颗小狐狸脑袋，有碗口酒杯那么大。又见那间打扫出来由周三居住的房间，周三正端坐里面。他对张太华拱手笑着说："蒙您重托，妖类已经荡平灭尽了。"从此周三就住在张家，相见时彼此就像主人宾客一般。

鸽异

【题解】

根据考古和文献的记载，人类驯养鸽子的历史已经有五千多年了。中国驯养鸽子的历史大致同步。唐代宰相张九龄曾让鸽子送信千里。南宋皇帝赵构喜养鸽，"万鸽盘旋绕帝都，暮收朝放费工夫"的诗句至今脍炙人口。明代邹平张万钟所著的《鸽经》，是分类详细、记载丰富的一部世界上最早的养鸽专著。本篇中的"邹平张公子"即影射其人或以其为模特。《鸽经》写于明末，刊行于康熙三十五年（1696）。蒲松龄是否看到刻本不好说,但张万钟是明末清初名人,又是王渔洋的岳父,蒲松龄熟悉其人其事并可能看到《鸽经》的抄本大概没有问题。

驯养鸽子有不同的目的。或为观赏,或为军事通讯,或为食用。其中观赏属于精神层面,即"好",是审美,为作者所欣赏。反之,为了口腹,为了钱,或为了其他的目的,作者认为都是焚琴煮鹤。本篇小说不仅表达了作者的审美欣赏趣味,是一个博物家,而且展示了高超的描摹动物的技巧,其中写鸽子的形状外貌,翩翩起舞的生动形象,无疑得到了《诗·小雅·无羊》篇状物写貌的真髓。

鸽类甚繁,晋有坤星①,鲁有鹤秀②,黔有腋蝶③,梁有翻跳④,越有诸尖⑤,皆异种也。又有靴头、点子、大白、黑石、夫妇雀、花狗眼之类,名不可屈以指⑥,惟好事者能辨之也。邹平张公子幼量⑦,癖好之,按经而求⑧,务尽其种。其养之也,如保婴儿,冷则疗以粉草⑨,热则投以盐颗⑩。鸽善睡,睡太甚,有病麻痹而死者。张在广陵⑪,以十金购一鸽,体最小,善走,置地上,盘旋无已时,不至于死不休也,故常须人把握之。夜置群中,使惊诸鸽,可以免痹股之病,是名"夜游"。齐鲁养鸽家⑫,无如公子最,公子亦以鸽自诩。

【注释】

①晋:山西的简称。坤星:下文的鹤秀、腋蝶、翻跳、诸尖、靴头、点子、大白、黑石、夫妇雀、花狗眼等,都是鸽的品种名。

②鲁:山东的简称。今山东泰山以南,汶水、泗水、沂水、沭水等流域,在春秋时为鲁地。秦以后仍沿称这一地区为鲁。

③黔:贵州的简称。因省境东北部在战国时及秦代为黔中郡,在唐代属黔中道,故名。

④梁：春秋时古九州之一。东界华山，南至长江，北为雍州，西无可
考。魏晋以降，辖境约相当今陕西秦岭以南及汉水流域一带。

⑤越：古越国原建都于会稽（今浙江绍兴），春秋末越国疆域向北扩
展，奄有今浙江北部、江苏南部、安徽南部、江西东部一带地区。

⑥不可屈以指：无数，数不清。"屈指可数"的反义词。

⑦邹平：县名。今山东滨州属县。张公子幼量：张幼量名万斛，幼
量其字。张万钟之弟。同时代人记载他不少"惑溺"的故事。

⑧经：指《鸽经》。邹平张万钟著。全书共分六部分，分别为《论
鸽》、《花色》、《飞放》、《翻跳》、《典故》和《赋诗》。是世界上最早
的一部研究鸽子的专著。康熙三十五年（1696）由张潮收入《檀
几丛书》。

⑨粉草：中药名，即甘草。

⑩盐颗：盐粒。

⑪广陵：古县名，秦置，治所在今江苏扬州，后因以广陵称扬州。

⑫齐鲁：古时齐国和鲁国都在今山东境内，因以齐鲁代称山东
地区。

【译文】

鸽子的种类甚多，山西有坤星，山东有鹤秀，贵州有腋蝶，汉中有翻
跳，浙江有诸尖，这些都是特异的品种。又有靴头、点子、大白、黑石、夫
妇雀、花狗眼之类，品种多得数不过来，只有爱好养鸽的人才能辨别出
来。邹平县张幼量公子，有养鸽的癖好，他按照《鸽经》寻求鸽子，力求
拥有所有的鸽种。他饲养鸽子，如同照料婴儿，鸽子着凉了就用甘草治
疗，伤热了就用盐粒治疗。鸽子爱睡觉，睡得太多，有的就会患麻痹症
死掉。张公子在扬州花十两银子买得一只鸽子，这只鸽子体型最小，善
于走路，把它放在地上，就不停地转着圈走，不到累死不会停止，所以常
常得有人把它握在手里。夜晚把它放在鸽群当中，让他惊动其他鸽子，
可以避免鸽子得腿脚麻木的毛病，这只鸽子名字叫"夜游"。山东一带

养鸽的行家，谁也不如张公子养得好，张公子也以善于养鸽自诩。

一夜，坐斋中，忽一白衣少年叩扉入，殊不相识。问之，答曰："漂泊之人，姓名何足道。遥闻畜鸽最盛，此亦生平所好，愿得寓目。"张乃尽出所有，五色俱备，灿若云锦。少年笑曰："人言果不虚，公子可谓尽养鸽之能事矣^①。仆亦携有一两头，颇愿观之否？"张喜，从少年去。月色冥漠^②，野圹萧条，心窃疑惧。少年指曰："请勉行，寓屋不远矣。"又数武^③，见一道院，仅两楹^④。少年握手入，昧无灯火。少年立庭中，口中作鸽鸣。忽有两鸽出，状类常鸽，而毛纯白，飞与檐齐，且鸣且斗，每一扑，必作斛斗^⑤。少年挥之以肱^⑥，连翼而去。复撮口作异声^⑦，又有两鸽出，大者如鹜^⑧，小者裁如拳，集阶上，学鹤舞。大者延颈立，张翼作屏^⑨，宛转鸣跳，若引之；小者上下飞鸣，时集其顶，翼翩翩如燕子落蒲叶上，声细碎，类鼗鼓^⑩；大者伸颈不敢动。鸣愈急，声变如磬^⑪，两两相和^⑫，间杂中节^⑬。既而小者飞起，大者又颠倒引呼之。张嘉叹不已，自觉望洋可愧^⑭。遂揖少年，乞求分爱，少年不许。又固求之。少年乃叱鸽去，仍作前声，招二白鸽来，以手把之，曰："如不嫌憎，以此塞责。"接而玩之，睛映月作琥珀色，两目通透，若无隔阂，中黑珠圆于椒粒，启其翼，胁肉晶莹，脏腑可数。张甚奇之，而意犹未足，诡求不已^⑮。少年曰："尚有两种未献，今不敢复请观矣。"方竞论间，家人燎麻炬入寻主人^⑯。回视少年，化白鸽，大如鸡，冲霄而去。又目前院宇都渺，盖一小墓，树二柏焉^⑰。与家人抱鸽，骇叹而归。试使飞,驯异如初,虽非其尤⑱,人世亦绝少矣。于是爱惜臻至。积二年,育雌雄各三。虽戚好求之,不得也。

【注释】

①能事:擅长,会办事。

②冥漠:幽暗不明。

③数武:数步。武,半步,泛指脚步。

④两楹:两间。楹,堂屋前的柱子,因以作为计算房屋的单位。

⑤觔斗:筋斗。

⑥肱:臂。

⑦撮口:嘴唇聚合。

⑧鹜:野鸭。

⑨张翼作屏:鸟翼展开像屏风。

⑩鼗(táo)鼓:长柄小摇鼓,俗称拨浪鼓。

⑪磬:玉石制作的打击乐器,其声清越。

⑫和(hè):声音相应。

⑬间杂中节:错落而合乎节拍。间,间歇,顿挫。杂,错杂,繁响。节,节拍。

⑭望洋可愧:大开眼界,自愧不如。《庄子·秋水》篇载,秋水灌河,"河伯欣然自喜,以天下之美尽在己。顺流而东行,至于北海,东面而视,不见水端。于是焉河伯始旋其面目,望洋向若而叹曰:'野语有之曰,闻道百,以为莫己若者,我之谓也。'"后因以"望洋兴叹"喻见了大世面而自愧弗如。

⑮诡求:巧言求索。

⑮燎:点燃。麻炬:束麻秆而制作的火把。

⑯树:植,竖立。

⑰尤:特异,突出。

【译文】

一天夜晚，张公子坐在书斋中，忽然看见一个白衣少年敲门进来，是个从来不认识的人。张公子问他，回答说："我是漂泊之人，姓名不值一提。老远就听说您养的鸽子最兴盛，这也是我平生的爱好，请让我开开眼。"张公子就把所有的鸽子放出来，真是五色俱全，灿如云锦。少年笑着说："人们说的果然不错，公子可称得上养鸽的大能家了。我也带着一两只，您愿意看看吗？"张公子大喜，跟着少年走了。月色昏暗，野地荒坟十分萧条，张公子内心感到疑虑恐惧。少年伸手一指说："公子再走几步，我的住处不远了。"又走了几步，见到一个道观，只有两间。少年握着张公子的手进去，里面很黑，没有灯火。少年站在庭院中，口中学作鸽子鸣叫。忽然有两只鸽子飞出来，形状类似一般的鸽子，而毛色纯白，它们飞到屋檐那么高，一边鸣叫，一边格斗，每次扑斗到一块，必然要翻个跟斗。少年一挥手臂，它们并翼飞去。少年又撮起嘴唇发出奇怪的声音，又有两只鸽子飞来，大的有鸭子那么大，小的只有拳头大小，它们落在台阶上，学着仙鹤跳舞。大的那只伸长脖子站立，张开的两翼像屏风一样，转来转去，又叫又跳，像是在引逗那只小鸽子；小鸽子上下飞动鸣叫，有时落在大鸽子的头顶，扇动翅膀，就像燕子落在蒲叶上面，声音细碎，好像摇响的拨浪鼓；那大鸽子伸着脖子不敢动。叫声越发急切，变成了像磬发出的声音，它们的鸣叫两两应和，间歇错落都合乎节拍。不久，小鸽子飞起来，大的又反复招引它。张公子称赏不已，自觉望尘莫及。他就给少年作揖，请求割爱，少年不同意。张公子又执意恳求。少年就喝走两只鸽子，仍旧发出先前鸽鸣之声，招来了那两只白鸽，把它们拿在手里，说："如果你不嫌弃，就用这两只鸽子充数吧。"张公子接过来赏玩，只见鸽子的眼睛在月光下呈现出琥珀的颜色，两眼清透明亮，像是毫无阻隔，中间的黑眼珠圆得像花椒粒，掀起鸽子的翅膀，胁下的肉晶莹透明，连脏腑都可看清。张公子特别惊奇，可还感到不满足，就转弯抹角地继续索求。少年说："还有两种没献出来，现在也不敢再请你看了。"两人正争论的时候,家人点着火炬进来找张公子。回头看那少年,化作一只白鸽,有鸡那么大,冲上夜空飞走了。再看眼前的院落房舍都不见了,是一座小坟墓,墓前长着两棵柏树。张公子和家人抱着鸽子惊叹着回去了。张公子让两只鸽子试飞,它们驯服异常,犹如当初,虽然不是少年最好的鸽子,在人间也是极为罕见的了。于是张公子对它们爱惜到了极点。过了两年,繁育了雌雄各三只小鸽子,即使亲戚朋友索要,也不可得到。

有父执某公①,为贵官。一日,见公子,问:"畜鸽几许?"公子唯唯以退。疑某意爱好之也,思所以报而割爱良难。又念:长者之求,不可重拂②。且不敢以常鸽应,选二白鸽,笼送之,自以千金之赠不啻也。他日,见某公。颇有德色③,而某殊无一申谢语。心不能忍,问:"前禽佳否?"答云:"亦肥美。"张惊曰:"烹之乎?"曰:"然。"张大惊曰:"此非常鸽,乃俗所言'鞹鞑'者也!"某回思曰:"味亦殊无异处。"张叹恨而返。至夜,梦白衣少年至,责之曰:"我以君能爱之,故遂托以子孙。何乃以明珠暗投④,致残鼎镬⑤!今率儿辈去矣。"言已,化为鸽,所养白鸽皆从之,飞鸣径去。天明视之,果俱亡矣。心甚恨之,遂以所畜,分赠知交,数日而尽。

【注释】

①父执:父亲辈的朋友。《礼记·曲礼》:"见父之执,不谓之进,不敢进;不谓之退,不敢退;不问,不敢对。"孔颖达疏:"见父之执,谓执友与父同志者也。"

②重拂:过分地违其意愿。

③德色:自负有恩德与人的神态。

④明珠暗投：喻有才能的人所事非主或珍贵之物不遇识者。《史记·鲁仲连邹阳列传》："臣闻明月之珠，夜光之璧，以暗投人于道路，人无不按剑相眄者，何则？无因而至前也。"

⑤致残鼎镬：以致惨死于油锅。鼎、镬，古代烹任器皿。

【译文】

张公子父亲的朋友某公，是个高官。一天，他见到张公子，问："你养了多少鸽子？"公子支支吾吾地退了下来。他猜想某公的意思是喜好鸽子，想赠送鸽子报答他又觉得难以割爱。但想到：长辈的要求不可过分地违背。而且不敢拿一般的鸽子来应付，就选出两只白鸽，用笼子装上送给某公，自认为这不异于千金的馈赠。又一天，张公子见到某公，颜面上露出施惠于人的神色，可是某公却连一句表示感谢的话也没说。他心里忍不住，问道："前些天送您的鸽子好不好？"回答说："也很肥美。"张公子惊叫道："您煮着吃了？"回答说："是的。"张公子大惊失色地说："这不是一般的鸽子，就是人们常说的'鞑靼'那个品种啊！"某公回味道："味道也没有一点儿特别之处啊！"张公子又叹息又悔恨地回家了。到了夜里，他梦见白衣少年来了，责备他说："我以为您能爱护鸽子，所以就把子孙托付于您。为什么明珠暗投，招致被煮死的惨祸！现在，我带着孩子们走啦！"说完，少年就化作白鸽，张公子所养的白鸽全都跟随它，一边飞一边叫着径直离去。天亮后，张公子去看鸽子，果然全都不见了。他心里十分惆怅，就把平日里所养的鸽子，分别赠送朋友，几天工夫就送完了。

异史氏曰：物莫不聚于所好，故叶公好龙，则真龙入室①；而况学士之于良友，贤君之于良臣乎！而独阿堵之物②，好者更多，而聚者特少。亦以见鬼神之怒贪而不怒痴也③。

【注释】

①故叶(shè)公好龙,则真龙入室:《新序·杂事》:叶公爱龙。一切器物都刻有龙饰,天上的真龙知道了,乃降入其家,叶公反而吓得逃跑。后以"叶公好龙"比喻表面上的爱好,并非真的爱好。此处则指痴爱某种事物就能够真正得到。

②阿(ē)堵之物:指金钱。《世说新语·规箴》:王夷甫自命清高,口不言钱。其妻欲试之,夜间以钱堆其床前。夷甫晨起,见钱碍路,命令婢女"举却阿堵物",终不说钱字。后因以"阿堵物"指钱。阿堵,六朝人口语,犹言"这"或"这个"。

③痴:指对美好事物的癖爱痴迷。

【译文】

异史氏说:万物莫不聚集在喜欢它的人手中,所以叶公好龙,真龙就降临他家;何况学士渴望良友就能得到良友,贤君渴望良臣就能得到良臣呢!唯独钱财,喜好的人更多,而聚集到钱财的人特别少。由此可见鬼神恼恨贪婪的人,而不恼恨痴迷的人。

向有友人馈朱鲫于孙公子禹年①,家无慧仆,以老佣往。及门,倾水出鱼,索桦而进之②。及达主所,鱼已枯毙。公子笑而不言,以酒犒佣,即烹鱼以飨。既归,主人问:"公子得鱼颇欢慰否?"答曰:"欢甚。"问:"何以知?"曰:"公子见鱼便欣然有笑容,立命赐酒,且烹数尾以犒小人。"主人骇甚,自念所赠颇不粗劣,何至烹赐下人?因责之曰:"必汝蠢顽无礼,故公子迁怒耳!"佣扬手力辩曰:"我固陋拙,遂以为非人也③!登公子门,小心如许,犹恐筲斗不文④,敬索桦出,一一匀排而后进之,有何不周详也?"主人骂而遣之。

【注释】

①孙公子禹年：孙禹年，淄川人，名琰龄，清代顺治年间兵部尚书孙
　之獬的儿子。见《淄川县志》。

②柈：盘子。

③非人：不懂事理之人或不干人事的人。

④筲（shāo）斗不文：意谓用小水桶盛鱼以献，不够体面。筲斗，水
　筲，小水桶。

【译文】

　　从前，有个朋友赠送孙禹年公子红鲫鱼，家中没有聪明伶俐的仆
人，就派一个老仆送去。来到孙府门前，老仆倒掉了水，拿出鱼，索要一
只盘子把鱼摆放好，送进去。等到达主人那里，鱼已经干死。孙公子见
了笑笑没有说话，用酒犒赏老仆，并让烹了鱼给他佐酒。老仆回来之
后，主人问："公子得到鱼高兴不？"回答："特别高兴。"问："你怎么知
道？"说："公子见到鱼就高兴地露出笑容，当即命人赐我酒喝，并且还烹
了几尾鱼犒赏小人。"主人吓了一跳，自忖所赠送的鱼并不粗劣，何至于
烹了赏赐下人？就责备老仆说："必然是你愚蠢无礼，所以公子迁怒于
鱼！"老仆扬着手竭力辩解说："我当然无知蠢笨，您就以为我是不懂事
理的人？我登门给公子送鱼，小心到这种地步，犹恐鱼装在水桶里不雅
观，恭敬地要了一只盘子，把鱼一条一条地排放整齐后进献给他，有哪
一点儿不周详呢？"主人听罢大骂一顿，打发他走了。

　　灵隐寺僧某①，以茶得名，铛臼皆精②。然所蓄茶有数
等，恒视客之贵贱以为烹献，其最上者，非贵客及知味者，不
一奉也。一日，有贵官至，僧伏谒甚恭，出佳茶，手自烹进，
冀得称誉。贵官默然。僧惑甚，又以最上一等烹而进之。
饮已将尽，并无赞语。僧急不能待，鞠躬曰："茶何如？"贵官

执盏一拱曰:"甚热。"

　　此两事,可与张公子之赠鸽同一笑也。

【注释】

①灵隐寺:佛寺名,又名云林寺,江南名刹,在浙江杭州西湖之畔。

②铛(chēng)臼:煎茶、碎茶用具。铛,三足饮具。臼,茶臼,用以捣
　碎饼茶,然后烹沏。

【译文】

　　灵隐寺有个和尚,以茶道得名,茶铛、茶臼都很精美。然而他所收
藏的茶叶有好几等,常常根据客人身份的高低决定煮献茶叶的等级,最
上品的茶叶,不是贵客和深谙茶道的人,一点儿不拿出来。一天,来了
位贵官,和尚恭恭敬敬地拜谒,拿出上好茶叶,亲自煮好献上,希望得到
称誉。贵官喝了一言不发。和尚非常困惑,又把最上等的茶叶煮好献
给他。茶已经快喝光了,并没有赞赏的话。和尚急不可待,鞠躬问道:
"茶的味道怎么样?"贵官端着茶杯,一拱手说:"太烫!"

　　这两件事,可与张公子赠鸽同样博人一笑。

聂政

【题解】

　　聂政是否有墓,墓中是否有尸身,千年的尸身是否能复活显灵,天
下不平事很多,为什么聂政只是对于潞王的暴行反应激烈,这些历史疑
案花絮无法深究也不必深究。本篇故事只是借聂政复活显灵,威慑并
中止了明末潞王强抢民女暴行的传说,表达了蒲松龄在《史记·刺客列
传》所记载的刺客中推崇聂政而轻视荆轲的观点。这个阅读体会大概
在阅读《史记》的士大夫中有普遍性,否则不会出现左伯桃和羊角哀合

力与荆轲凶暴的鬼魂争斗的故事。

　　怀庆潞王①,有昏德②。时行民间,窥有好女子,辄夺之。有王生妻,为王所睹,遣舆马直入其家③。女子号泣不伏,强舁而出④。王亡去,隐身聂政之墓⑤,冀妻经过,得一遥诀。无何,妻至,望见夫,大哭投地。王恻动心怀,不觉失声。从人知其王生,执之,将加搒掠⑥。忽墓中一丈夫出,手握白刃,气象威猛,厉声曰:"我聂政也! 良家子岂容强占⑦! 念汝辈不能自由,姑且宥恕。寄语无道王:若不改行,不日将抉其首⑧!"众大骇,弃车而走,丈夫亦入墓中而没。夫妻叩墓归,犹惧王命复临。过十馀日,竟无消息,心始安。王自是淫威亦少杀云⑨。

【注释】

①怀庆:清代府名。治所在今河南沁阳。潞王:指明穆宗第四子朱翊镠(1568—1614),封于卫辉,怀庆亦在其封疆之内。

②昏德:不德。《左传·襄公十三年》:"上下无礼,乱虐并生,由争善也,谓之昏德。"此指淫乱之行。

③舆马:车马。

④舁:抬。

⑤聂政:战国时的刺客。据《史记·刺客列传》载,聂政,轵(今河南济源)深井里人,杀人避仇于齐,为韩国政客严遂所知。后替严遂杀其仇人韩相侠累,因怕连累他人,"自皮面决眼,自屠出肠,遂以死"。

⑥搒掠:拷打。

⑦良家子:清白人家的子女。

⑧抉其首：砍掉他的头。抉，通"决"。

⑨少杀：稍减。

【译文】

怀庆府的潞王昏庸荒淫。他时常到民间去，见到容貌美丽的女子，就抢来霸占。有个王生的妻子，被潞王看见了，便派车马直接闯入王家。女子哭号着不肯顺从，被强行抬了出去。王生逃出来，隐藏在聂政墓旁，希望妻子由此经过时，远远地和她作最后的告别。不久，妻子过来了，望见丈夫，大哭着扑倒在地。王生悲从中来，不觉失声痛哭。仆人们知道他是王生，就把他抓住，准备痛打他一顿。忽然墓中走出一个男子，手握钢刀，气概威猛，厉声说："我是聂政！良家妇女怎么可以强占！念你们身不由己，姑且饶恕你们。捎个话给无道的潞王：如不改掉他的恶行，不久就让他脑袋搬家！"众仆从吓坏了，扔下车逃跑，男子也进到墓中不见了。夫妻俩给聂政墓叩头谢恩之后才回家，还是害怕潞王的命令再次下达。过了十几天，始终没有消息，心这才安定下来。潞王从此淫威也稍有收敛。

异史氏曰：余读刺客传①，而独服膺于轵深井里也②。其锐身而报知己也，有豫之义③；白昼而屠卿相，有鱄之勇④；皮面自刑，不累骨肉⑤，有曹之智⑥。至于荆轲⑦，力不足以谋无道秦，遂使绝裾而去⑧，自取灭亡。轻借樊将军之头⑨，何日可能还也？此千古之所恨，而聂政之所嗤者矣。闻之野史：其坟见掘于羊、左之鬼⑩。果尔，则生不成名，死犹丧义，其视聂之抱义愤而惩荒淫者，为人之贤不肖何如哉！噫！聂之贤，于此益信。

【注释】

①刺客传：指司马迁《史记·刺客列传》。

②服膺：信服，佩服。轵深井里：古地名。战国刺客聂政的乡里。在
今河南济源。《战国策·韩策》："齐人或言轵深井里聂政，勇敢士
也，避仇，隐于屠者之间。"鲍彪注："轵之里名深井。"《史记·刺客
列传》："聂政者，轵深井里人也。"司马贞《索隐》引《地理志》："河内
有轵县。深井，轵县之里名也。"这里指代刺客聂政。

③豫：指豫让，春秋战国之交的刺客。为晋国智伯所器重。后智伯
被赵襄子所灭，豫让漆身作癞，吞炭为哑，誓杀襄子以为智伯报
仇。后被执自杀。事详《史记·刺客列传》。

④鲟：即鲟诸（? —前515），亦作"专诸"，春秋时期吴国的刺客。楚
人伍子胥避难于吴，事公子光。公子光欲刺杀吴王僚而自立，伍
子胥即向其推荐专诸去刺杀吴王僚。席间，专诸置匕首于鱼腹，
以献鱼为名，借机刺死僚，自己也当场被杀。事详《史记·刺客
列传》。

⑤皮面自刑，不累骨肉：指聂政自杀前，故意毁坏自己的面容，以免
牵累其姊。

⑥曹：指春秋鲁国刺客曹沫。沫事鲁庄公，在与齐交战中多次失
利，以致使鲁国献土求和。齐桓公与鲁庄公会盟于柯（齐地）。
曹沫于会盟时，以匕首劫齐桓公，逼其退还侵地，从而取得外交
上的胜利。事详《史记·刺客列传》。

⑦荆轲：即荆卿（? —前227），战国末燕国的刺客。本卫人，在燕国
受到燕太子丹的知遇，因为其谋刺秦王。荆轲赴秦，以献秦逃将
樊於期的首级及燕督亢地图为名，而在图中藏有匕首。献图时
"左手把秦王之袖，而右手持匕首揕之。未至身，秦王惊，自引而
起，袖绝"，行刺未成，荆轲被当场杀死。事详《战国策·燕策》、
《史记·刺客列传》。

⑧裾:衣服的大襟。

⑨樊将军:指樊於(wū)期,秦国将军,获罪,逃至燕。秦以千金、万家邑购其头。荆轲为取得秦王信任,以达谋刺秦王的目的,而使樊自杀,借其首以献秦,事详《史记·刺客列传》。

⑩其坟见掘于羊、左之鬼:羊、左指战国时人羊角哀、左伯桃。相传羊角哀和左伯桃为友,闻楚王招贤,一起赴楚。途中遇雪,衣薄粮少,势难俱生。伯桃即以衣食赠角哀,自入空树中死。角哀至楚,为上卿。楚王因以上卿礼葬伯桃。"角哀梦伯桃曰:'蒙子之恩而获厚葬,正苦荆将军冢相近。今月十五日,当大战以决胜负。'角哀至期日,陈兵马诣其冢,作三桐人,自杀,下而从之。"事见《后汉书·申屠刚传》注引《烈士传》。又,明代冯梦龙《古今小说》第七卷《羊角哀舍命全交》则加以演义,云角哀死后"埋于伯桃墓侧"。"是夜二更,风雨大作,雷电交加,喊杀之声闻数十里。清晓视之,荆轲墓上,震裂如发,白骨散于墓前。""荆轲之灵,自此绝矣"。

【译文】

异史氏说:我读《史记·刺客列传》,唯独佩服聂政。他奋不顾身报答知遇之恩,有豫让的仗义;光天化日之下敢于行刺韩相侠累,有专诸的勇猛;死前自行毁容,不牵累骨肉亲人,有曹沫的智慧。至于说荆轲,力量不足以谋杀无道的秦王,使他挣断衣襟逃走,自己却自取灭亡。他轻率地借来樊将军的头,何日才能偿还? 这是千古的遗恨,也是为聂政所嗤笑的。我从野史上闻知:荆轲的坟墓被羊角哀、左伯桃的鬼魂掘开了。果然如此,那么荆轲活着没有成名,死后还丧失了义。再看聂政怀抱义愤而惩治荒淫的壮举,为人的贤良和不肖又作如何感想呢? 唉! 聂政的贤良,由此越发确信不疑。

冷生

【题解】

冷生的事例是蒲松龄在长期的教育生涯中所观察到的问题。其一是在教育过程中存在不存在如同佛家所说的顿悟现象，也就是朱熹所咏叹的"昨夜江边春水生，蒙冲巨舰一毛轻。向来枉费推移力，此日中流自在行"。蒲松龄显然是认可顿悟现象的。其二是教育活动中应该不应该容忍个性，容忍天性自由，蒲松龄显然也豁达开明，主张不拘一格。

　　平城冷生①，少最钝，年二十馀，未能通一经②。忽有狐来，与之燕处③。每闻其终夜语，即兄弟诘之，亦不肯泄。如是多日，忽得狂易病④，每得题为文，则闭门枯坐⑤，少时，哗然大笑。窥之，则手不停草，而一艺成矣⑥。脱稿，又文思精妙。是年入泮⑦，明年食饩⑧。每逢场作笑⑨，响彻堂壁，由此"笑生"之名大噪。幸学使退休⑩，不闻。后值某学使规矩严肃，终日危坐堂上⑪。忽闻笑声，怒执之，将以加责。执事官代白其颠⑫。学使怒稍息，释之而黜其名⑬。从此佯狂诗酒。著有颠草四卷，超拔可诵⑭。

【注释】

①平城：县名。故地在今山西大同东。

②经：指儒家的经典。儒家的经典是明清时代科举考试的必读书籍，也是科考八股文命题之所在。

③燕处：友好而亲密相处。

④狂易病:精神失常。《汉书·外戚传》:"(张)由素有狂易病。"颜
　师古注:"狂易者,狂而变易常性也。"

⑤枯坐:坐如枯槁之木,谓寂坐。

⑥一艺:一篇制艺。即一篇八股文。

⑦入泮:入县学为生员。

⑧食饩:谓成为廪生。

⑨场:考场。

⑩学使:主管一省学政的官员。明代称提学道,清称提督学政,简
　称"学政"。退休:指学使离开考场,退居别室休憩。

⑪危坐:端坐。

⑫颠:同"癫"。疯。

⑬黜其名:除去其生员的名籍。

⑭超拔:超群拔俗。

【译文】

　　平城县有个冷生,年轻时最愚钝,二十多岁了,还不能掌握一部经典。忽然有只狐狸来和他亲密地住在一起。每每听到他们彻夜交谈,即使兄弟追问他,他也不肯泄露。这样过了好多天,他忽然精神失常,每当拿到一个题目写文章,他就关上门呆坐,不久又哈哈大笑。偷偷看去,他手不停笔,一篇八股文就写成了。写完一看,文思精妙。这年他入了县学,第二年成为廪生。他每进考场就大笑,笑声响彻考场,由此"笑生"的雅号,大噪一时。幸好学使大人离开考场在别处休憩,没有听见。后来遇到一个规矩严格的学使,整日端坐在考场。忽然听到笑声,就非常生气地把冷生拽进来,要加以责罚。管事的官吏代为说明他患有精神失常症。学使的怒气稍微消了下去,就放了他,除了他的学籍。冷生从此装疯作狂,诗酒自娱。他写有《颠草》四卷,超拔脱俗,颇可诵读。

异史氏曰:闭门一笑,与佛家顿悟时何殊间哉①。大笑成文,亦一快事,何至以此褫革②?如此主司③,宁非悠悠④!

【注释】

①佛家顿悟:佛教禅宗有南北两派,北派主张渐修,南宗主张顿悟,即认为人人自心本有佛性,明心见性自可成佛。悟即一切悟,不分阶段。顿,顿时,立刻。间:距离。

②褫(chǐ)革:剥夺冠服,除去功名。

③主司:主管官员。

④悠悠:荒谬。《晋书·王导传》:"悠悠之谈,宜绝智者之口。"

【译文】

异史氏说:闭门一笑,与佛家所讲究的顿悟时的状态有什么差别。大笑之后就能写出好文章,也是一件快事,何至于由此被除名呢? 这样的学使,不是太荒谬了吗!

学师孙景夏①,往访友人。至其窗外,不闻人语,但闻笑声嗤然,顷刻数作。意其与人戏耳,入视,则居之独也,怪之。始大笑曰:"适无事,默温笑谈耳②。"

【注释】

①孙景夏:孙瑚,字景夏,诸城人。顺治十四年丁酉(1657)举人,康熙四年(1665)任淄川教谕,升鳌山卫教授,江南泾县知县。蒲松龄有《邀孙学师景夏饮东阁小启》《送孙广文先生景夏》等文。

②默温笑谈:谓独自默念所闻或自己曾说之笑话趣谈。

【译文】

学师孙景夏,去拜访朋友。来到友人的窗外,听不见说话声,只听见"嗤嗤"的笑声,顷刻之间笑了几次。他猜想友人正在与人嬉戏,进屋一看,只有他一人在屋里,感到奇怪。友人这才大笑着说:"正闲着没事,就在心里温习了温习笑话。"

　　邑宫生,家畜一驴,性蹇劣。每途中逢徒步客,拱手谢曰:"适忙,不遑下骑①,勿罪。"言未已,驴已蹶然伏道上②,屡试不爽③。宫大惭恨,因与妻谋,使伪作客,己乃跨驴周于庭,向妻拱手,作遇客语。驴果伏,便以利锥毒刺之。适有友人相访,方欲款关④,闻宫言于内曰:"不遑下骑,勿罪。"少顷,又言之。心大怪异,叩扉问其故,以实告,相与捧腹⑤。

　　此二则,可附冷生之笑并传矣。

【注释】

①不遑:不及,没有时间。遑,闲暇。

②蹶然:颠仆,倒地的样子。

③爽:差错。

④款关:敲门。款,叩,敲。

⑤捧腹:用手捧着肚子,形容大笑之状。《史记·日者列传》:"司马季主捧腹大笑。"

【译文】

　　城里有个宫生,家里养了一头驴,性情驽钝拙劣。每逢途中遇到徒步行走的人,他在驴背上刚拱手道歉说:"我正忙着,没工夫下驴,请别怪罪。"话没说完,驴已经卧倒伏在路上了,屡试不爽。宫生十分惭愧气恼,就和妻子商量,让妻子装作路人,自己跨上驴背在庭院里周旋,向妻子拱手,说路上遇到人的一番话。驴子果然又伏在地上,宫生就用尖利的锥子狠命刺它。正好有个朋友登门拜访,正要敲门,听见宫生在门内说:"没工夫下驴,请别怪罪。"一会儿,又听他这样说。朋友心中大感奇怪,敲开门问他缘故,宫生以实相告,两人捧腹大笑。

这两个故事,可以附在冷生的故事后面流传下去。

狐惩淫

【题解】

孟子说:"食色性也。"本篇所写的家蓄媚药、购置性工具的某生,不是像西门庆那样的流氓恶棍,而是普通的士人。后一则故事不过是笑谈,前一则故事则险些酿成悲剧。小说可以当做风俗画卷来看,反映的是明末清初整个社会的风气。蒲松龄显然并不赞成这种行为,认为是"纵淫",在叙事中加以调侃和劝诫。

某生购新第,常患狐,一切服物,多为所毁,且时以尘土置汤饼中①。一日,有友过访,值生出,至暮不归。生妻备馔供客,已而偕婢啜食馀饵②。生素不羁,好蓄媚药,不知何时狐以药置粥中,妇食之,觉有脑麝气③。问婢,婢云不知。食讫,觉欲焰上炽,不可暂忍,强自按抑,燥渴愈急。筹思家中无可奔者④,惟有客在⑤,遂往叩斋。客问其谁,实告之,问何作,不答。客谢曰:"我与若夫道义交,不敢为此兽行。"妇尚流连,客叱骂曰:"某兄文章品行,被汝丧尽矣!"隔窗唾之。妇大惭,乃退,因自念:"我何为若此?"忽忆碗中香,得毋媚药也?检包中药,果狼藉满案,盎盏中皆是也。稔知冷水可解⑥,因就饮之。顷刻心下清醒,愧耻无以自容。展转既久,更漏已残,愈恐天晓难以见人,乃解带自经⑦。婢觉救之,气已渐绝,辰后⑧,始有微息。客夜间已遁。生晡后方归⑨,见妻卧,问之,不语,但含清涕。婢以状告。大惊,苦诘之。妻遣婢去,始以实告。生叹曰:"此我之淫报也,于卿何尤⑩?幸有良友,不然,何以为人!"遂从此痛改往行,狐亦遂绝。

【注释】

①汤饼:汤煮的面食,今俗称"片汤"、"面条"、"疙瘩汤"一类的食物。

②馂饵:剩饭。

③脑:龙脑,冰片。麝:麝香。均为香料。

④奔:旧时指女性主动追求男人的行为。

⑤惟:同"唯"。只有。

⑥稔:熟稔,通晓。

⑦自经:上吊自杀。

⑧辰:辰时,上午七点到九点。

⑨晡后:黄昏后,傍晚。约当下午五点至七点。

⑩尤:责怪。

【译文】

某生购得一所新宅院,经常受到狐狸精的搅扰,一切服装物品,多被毁坏,而且时常把尘土放到汤饼中。一天,有朋友造访,正好某生外出,到天黑了还未归来。某生的妻子就备办了饭食招待客人,客人用餐之后,妇人和丫环就吃剩下的饭菜。某生一向放荡不羁,喜好收藏媚药,不知什么时候,狐狸精把媚药放入了粥中,妇人吃了粥,感觉有股龙脑和麝香的气味。问丫环怎么回事,丫环回答不知道。吃完饭,就感觉欲火中烧,不能忍耐片刻,强制地压抑自己,越发焦躁渴望。思量家中没有可以接近的男人,只有客人在,就去敲书房的门。客人问是谁,妇人如实回答,又问她要干什么,妇人不答。客人拒绝说:"我与你丈夫是道义之交,不敢做这种禽兽才会干的事。"妇人还赖着不走,客人叱骂道:"某兄的文章品行,全被你败坏尽了!"还隔着窗子唾她。妇人非常羞愧,就退去了,于是自己想:"我为什么要这样?"忽然之间想起粥中的香气,不是吃了媚药吧? 检查包中的药,果然狼藉满案,碗中杯中到处都是。她熟知冷水可以解药力,就去喝凉水。顷刻之间心中清醒,羞愧得无地自容。她翻来覆去很久不能合眼,天快亮了,越发害怕天亮后没脸见人,就解下衣带上了吊。丫环发觉后把她救下来,已经快没气了,辰时以后,才有了微弱的呼吸。客人夜间已经走掉了。某生黄昏时分才回来,见到妻子卧床不起,问她怎么了,妇人不回答,只是垂泪。丫环把妇人上吊的事说出来。某生大吃一惊,苦苦追问妻子。妻子打发丫环离去,这才以实相告。某生听罢叹气说:"这是对我荒淫的报应,对你有什么可责怪的? 幸好有一个正人君子的朋友,不然的话,我怎么做人!"于是痛改前非,狐狸精也从此绝迹。

异史氏曰:居家者相戒勿蓄砒鸩①,从无有戒不蓄媚药者,亦犹之人畏兵刃而狎床笫也。宁知其毒有甚于砒鸩者哉! 顾蓄之不过以媚内耳,乃至见嫉于鬼神,况人之纵淫,有过于蓄药者乎?

【注释】

①砒:砒,砒霜。鸩(zhèn):传说中的一种毒鸟。雄的叫运日,雌的叫阴谐,喜吃蛇,羽毛紫绿色,置酒中能使人中毒而死。

【译文】

异史氏说:居家生活的人互相告诫不要存放砒霜、鸩酒,从来没有相互告诫不要存放媚药的,这犹如人们畏惧兵刃而亲近床笫之乐一样。哪里知道媚药的毒害比砒霜、鸩酒更厉害! 而存放媚药不过为博取妻妾之欢心,也至于遭到鬼神的嫉恨,何况人们的放纵淫荡,有比存放媚药还要严重的呢!

某生赴试,自郡中归,日已暮。携有莲实菱藕,入室,并置几上,又有藤津伪器一事①,水浸盎中。诸邻人以生新归,携酒登堂,生仓卒置床下而出,令内子经营供馔②,与客薄饮。饮已,入内,急烛床下,盎水已空。问妇,妇曰:"适与菱藕并出供客,何尚寻也?"生忆肴中有黑条杂错,举座不知何物,乃失笑曰:"痴婆子! 此何物事,可供客耶?"妇亦疑曰:"我尚怨子不言烹法,其状可丑,又不知何名,只得糊涂脔切耳③。"生乃告之,相与大笑。今某生贵矣,相狎者犹以为戏。

【注释】

①藤津伪器:古代性保健用品,类似于男性的假阴茎。一事:一件。

②内子:妻子。

③脔(luán)切:切成肉块。脔,小块的肉。

【译文】

某生去应试,从郡中归来,天色已晚。他携回莲实菱藕,进屋后,将这些东西一并放在几案上,又带回藤津伪器一件,将其浸泡在水盆之中。各位邻居因为某生刚刚回来,带着酒登门拜访,某生仓猝之中将盆放置床下就出去迎接,让妻子做下酒菜,与客人小酌。喝完酒,他进屋急忙用蜡烛照床下,盆里的水已经空了。问妻子,妻子说:"刚才和菱、藕一块拿出来款待客人了,为什么还找呢?"某生想起菜中夹杂着一些黑条,满座的人不知它是什么,就失声笑道:"傻婆娘! 这是什么东西,可以款待客人吗?"妻子也疑惑地说:"我还怪你不告诉我做法,它的形状那么难看,又不知叫什么名,只得稀里糊涂地切碎便了。"某生就告诉了妻子，两人相对大笑。现在某生已经身份显贵了，爱开玩笑的朋友还是把这件事作为笑谈。

山市

【题解】

这是一篇绝好的散文，把淄川奂山的山市写得虚实变幻，奇瑰缥缈。从山市初起的惊艳，到高潮迭起，变化多姿，再到渐次消歇，文笔叙次摇曳，如山市一样轻灵联翩，令人遐想不已。但明伦说："状山市可作一幅奇文看。""文境之妙，此为天下奇观。"

王渔洋在《池北偶谈·谈异七》对奂山山市也有记载："淄川西奂山亦有山市，每现城郭楼橹林木人马之状，一如蓬莱海市。嘉靖二十一年，县令张其协经山南麓，始见之，烟岚郁丽，移时乃灭。自后往往见之。"

奂山山市①，邑八景之一也②，数年恒不一见③。孙公子禹年④，与同人饮楼上，忽见山头有孤塔耸起，高插青冥⑤，相顾惊疑，念近中无此禅院⑥。无何，见宫殿数十所，碧瓦飞甍⑦，始悟为山市。未几，高垣睥睨⑧，连亘六七里，居然城郭矣。中有楼若者⑨，堂若者，坊若者，历历在目，以亿万计。忽大风起，尘气莽莽然，城市依稀而已。既而风定天清，一切乌有。惟危楼一座⑩，直接霄汉，五架窗扉皆洞开⑪，一行有五点明处，楼外天也。层层指数，楼愈高，则明愈少；数至八层，裁如星点⑫；又其上，则黯然缥缈，不可计其层次矣。而楼上人往来屑屑⑬，或凭或立，不一状。逾时，楼渐低，可见其顶,又渐如常楼,又渐如高舍,倏忽如拳如豆,遂不可见。又闻有早行者,见山上人烟市肆⑭,与世无别,故又名"鬼市"云。

【注释】

①奂山:山名。奂,或作"焕"。在淄川旧城西十五里。山市:又称海市。是光线在密度不同的气层中,从远处经过折射造成的结果。奂山的山市史上多有记载,《淄川县志·舆地志》云:焕山在"县西十五里,南北亘城之西,南接禹王山,北去为明山,旧有烟火台,今废。有山市,邑人多见之者。城阁楼台,宫室树木,人物之状,类海市云"。与蒲松龄同时代的唐梦赉、张绂对于奂山的山市也有过类似的记述。

②邑八景之一:据嘉靖《淄川县志》载,淄川八景为郑公书院、季子石桥、万山石桥、丰水牧唱、梵刹浮图、文庙古桧、般阳晓钟、昆仑山色,焕山山市。

③恒:常。

④孙公子禹年:即孙琰龄,淄川人。

⑤青冥:青苍幽远,指天空。

⑥禅院:指佛寺。

⑦飞甍(méng):两端向上卷起如飞的高屋脊,喻指楼房。《释名·释宫室》:"屋脊曰甍。"

⑧垣:墙。睥睨:也作"埤堄"或"埤郳",城上有孔的矮墙。《释名·释宫室》:"城上垣曰睥睨。言于其孔中睥睨非常也。"

⑨若:如,似。

⑩危楼:高楼。

⑪架:室内两柱之间为一架。

⑫裁:通"才"。仅仅。

⑬屑屑：往来奔走之状。

⑭市肆：市场商店。

【译文】

奂山山市，是淄川县八景之一，常常数年不得一见。孙禹年公子同朋友在楼上饮酒，忽然看见山头上孤零零有座高塔耸起，高插青天，大家互相看着又吃惊又疑惑，想到附近并没有这样的寺院。不久，又出现数十座宫殿，碧绿的屋瓦，飞耸的屋脊，这才省悟是山市。一会儿，出现了高大的城墙，上面还有带有射孔的矮墙，绵延六七里，居然是一座城郭。其中有像楼阁的，有像厅堂的，有像街坊的，历历在目，数以亿万计。忽然刮起大风，尘土迷漫，茫茫一片，城郭也变得迷迷蒙蒙。一会儿风停了，天空清朗，一切都化为乌有。只有一座高楼，连接霄汉，每层五扇门窗都敞开着，一层有五个透明之处，透出楼后的天空。一层一层地数上去，楼越高，透明之处越少；数到第八层，透明之处就成了星星点点；再往上，就昏暗缥缈，无法数清层数了。而楼上的人来来往往穿梭不停，有的凭栏，有的伫立，形态不一。过了片刻，楼渐渐变得低矮下来，可以看到楼顶，又渐渐地变得像平常的楼阁，又渐渐地变得如同高大的屋舍，一下子它又变得像拳头、像豆粒大小，于是就看不见了。又听起早赶路的人说，看到奂山上有人烟和集市店铺，与人世间没有区别，所以人们又把它叫做"鬼市"。

江城

【题解】

夫妻反目，虐待对方，有文化、社会、生理、心理，诸种因素发生作用，原因非常复杂，即使在现代社会研究起来也不甚了然。选择分手，一了百了，这是现代婚姻观念的进步，对于受害者是一种解脱。如果无法分手，双方则始终沉浸在痛苦当中，古今是一样的。蒲松龄形容其苦痛是"如附骨之疽,其毒尤惨",可谓入木三分,善于形容。只是他说"每见天下贤妇十之一,悍妇十之九",可能言过其实,不知是站在男性立场上的偏见,属于判断标准的失误,还是统计数据的失误,过于悲观,把不和谐的婚姻和悍妇混为了一谈。

小说写江城对于高蕃的虐待,不无夸张过火之处,其部分情节与明末清初白话小说《醒世姻缘传》之童寄姐、薛素姐对待狄希陈之行径颇为相近。不过也有很近人情,细致入微的地方。比如写高蕃和江城的初恋,高蕃对于江城由于爱的原因而逆来顺受,大归后偷偷相会,高蕃的父母对于小夫妻反目相仇的无奈,两姐妹两姨夫之间的互嘲互慰,朋友之间戏谑等。在这些地方,《江城》较之同一个题材的《马介甫》,情节要曲折,社会内容要丰富,人物性格要鲜活。《马介甫》只是揭示悍妇现象,而《江城》则进一步探索过程和原因。小说最后以因果报应解释高蕃和江城之间的恩怨,以佛法威力平息了江城对于高蕃的虐待,江城改过自新,成为贤妻。虽然荒诞无稽,却与当日整个社会对于婚姻中的虐待现象缺乏科学解释和说明,与蒲松龄的因果思维惯性相一致。

临江高蕃①,少慧,仪容秀美,十四岁入邑庠。富室争女之,生选择良苛,屡梗父命②。父仲鸿,年六十,止此子,宠惜之,不忍少拂③。初,东村有樊翁者,授童蒙于市肆④,携家僦生屋⑤。翁有女,小字江城,与生同甲⑥,时皆八九岁,两小无猜⑦,日共嬉戏。后翁徙去,积四五年,不复闻问。一日,生于隘巷中⑧,见一女郎,艳美绝俗,从以小鬟,仅六七岁。不敢倾顾,但斜睨之。女停睇,若欲有言。细视之,江城也,顿大惊喜。各无所言,相视呆立,移时始别,两情恋恋。生故以红巾遗地而去。小鬟拾之,喜以授女。女入袖中,易以己巾,伪谓鬟曰:"高秀才非他人,勿得讳其遗物⑨,可追还之。"

小鬟果追付生,生得巾大喜。归见母,请与论婚。母曰:"家无半间屋,南北流寓⑩,何足匹偶?"生言:"我自欲之,固当无悔。"母不能自决,以商仲鸿,鸿执不可。

【注释】

①临江:临江府,治所在今江西宜春樟树临江镇。

②梗:反对,拒绝。

③少拂:稍微违拗其意。拂,拂逆,违拗。

④童蒙:智力未开的儿童。

⑤僦:租住。

⑥同甲:同年。

⑦两小无猜:男女孩童之间友谊纯真,无所避嫌和猜疑。唐李白《长干行》:"同居长干里,两小无嫌猜。"

⑧隘:狭窄。

⑨讳:避忌,不说。这里是隐瞒的意思。

⑩流寓:居无定所。

【译文】

临江高蕃,少年聪慧,仪容秀美,十四岁入县学。富户人家争相把女儿许配给他,高蕃选择十分苛刻,屡次违逆父命。父亲高仲鸿,六十岁了,只有这一个儿子,因此宠爱有加,不忍心稍微违背他的心意。起初,东村有个樊翁,在集市上教小孩子读书,带着家室租了高蕃家的房子住。樊翁有个女儿,小名江城,与高蕃同岁,当时都八九岁,两小无猜,每天在一起嬉戏。后来樊翁一家搬走了,四五年过去,没有往来。一天,高蕃在小胡同里见到一个女郎,美丽出众,身后跟个小丫环,只有六七岁。高蕃不敢正眼尽情打量,只是斜着眼偷看。那女子停下脚步看着高蕃,像要说什么。高蕃仔细看去,原来是江城,顿时分外惊喜。

两个人都没有说话,只是四目相对地呆立着,对视了好一会儿才分别,心中都感到互相的爱恋。高蕃故意把红巾丢在地上走了。小丫环拾起红巾,欢欢喜喜地把它交给江城。江城把红巾装在袖口中,换上自己的香巾,假装对小丫环说:"高秀才不是一般的人,不能留下他遗失的东西,你快追上去还给人家。"小丫环果然追上去把香巾交给高蕃,高蕃得到江城的香巾非常高兴。回家见到母亲,请求母亲去跟樊家提亲。母亲说:"樊家没有半间房屋,到处流浪,怎么配得上与我们家结亲!"高蕃说:"是我自己愿意的,自然不会后悔。"母亲拿不定主意,和高仲鸿商量,高仲鸿坚持不同意。

生闻之闷闷,嗌不容粒①。母忧之,谓高曰:"樊氏虽贫,亦非狙侩无赖者比②。我请过其家,倘其女可偶,当亦无害。"高曰:"诺。"母托烧香黑帝祠③,诣之。见女明眸秀齿,居然娟好,心大爱悦。遂以金帛厚赠之,实告以意。樊媪谦抑而后受盟。归述其情,生始解颜为笑。逾岁,择吉迎女归,夫妻相得甚欢。而女善怒,反眼若不相识,词舌嘲啁④,常聒于耳。生以爱故,悉含忍之。翁媪闻之,心弗善也,潜责其子。为女所闻,大恚,诟骂弥加。生稍稍反其恶声,女益怒,挞逐出户,阖其扉。生嗫嚅门外⑤,不敢叩关,抱膝宿檐下。女从此视若仇。其初,长跪犹可以解,渐至屈膝无灵,而丈夫益苦矣。翁姑薄让之⑥,女牴牾不可言状⑦。翁姑忿怒,逼令大归⑧。樊惭惧,浼交好者请于仲鸿⑨,仲鸿不许。

【注释】

①嗌(yì)不容粒:谓吃不下一点东西。嗌,咽喉。《穀梁传·昭公十

　　　　九年》："嗌不容粒，未逾年而死。"

　　②狙侩：同"驵会"，市场经纪人。此谓市侩狡诈。

　　③黑帝：即玄帝。道教称真武大帝为玄天上帝，省称"玄帝"，为主
　　　　北方之神。

　　④词舌嘈唼：谓话语絮烦琐碎。嘈唼，声音细碎繁杂。

　　⑤嗦嗦（sǎ）：忍寒声。

　　⑥薄让：稍微责备。让，批评责备。

　　⑦牴牾（dǐ wǔ）：也作"抵牾"、"抵忤"，顶撞。

　　⑧大归：旧时称已嫁妇女被夫家休弃。《诗·邶风·燕燕》孔颖达
　　　　疏："言大归者，不反之辞。故文十八年夫人姜氏归于齐，《左传》
　　　　曰'大归'也。归不复来，故谓之大归也。"

　　⑨浼（měi）：请托。

【译文】

　　高蕃听说后闷闷不乐，一粒米也咽不下。母亲见了十分忧虑，对高
仲鸿说："樊家虽穷，也不是市侩无赖之流。我想到他们家看看，如果那
女孩配得上，结亲也没什么害处。"高仲鸿说："好吧。"母亲以去黑帝祠
烧香为借口，来到樊家。一见江城明眸秀齿，竟然清秀美丽，心中非常
喜爱高兴。于是，就拿出银子、绸缎，赠给樊家一份厚礼，并如实说明了
来意。樊母先是谦辞家贫不配，后来答应了这门亲事。母亲回家诉说
了事情经过，高蕃这才扫去一脸忧愁，高兴起来。过了一年，选个好日
子把江城娶过来，夫妻融洽非常快乐。可是，江城好发脾气，翻脸不认
人，絮絮叨叨在丈夫耳边说个没完没了。高蕃因为很爱江城，一概加以
忍受。公婆听说后，心中不满，暗里地责怪儿子。这些话被江城听到
了，大发其火，辱骂得更加起劲儿。高蕃对她的辱骂稍加顶撞，江城越
发恼怒，把他打出门去，然后关上门。高蕃在门外冻得哆哆嗦嗦，不敢
敲门，抱着双膝在屋檐下过夜。江城从此把丈夫视若仇敌。起初，丈夫
长跪之后尚可和解，渐渐地发展到屈膝求饶也不灵了，当丈夫的越发痛

苦了。公婆稍微责备儿媳几句，她顶撞得没法形容。公婆气坏了，逼着高蕃让他把媳妇休了。樊家惭愧害怕，就请托好友跟高仲鸿说情，高仲鸿不答应。

　　年馀，生出遇岳，岳邀归其家，谢罪不遑①。妆女出见，夫妇相看，不觉恻楚。樊乃沽酒款婿，酬劝甚殷。日暮，坚止留宿，扫别榻，使夫妇并寝。既曙辞归，不敢以情告父母，掩饰弥缝。自此三五日，暂一寄岳家宿，而父母不知也。樊一日自诣仲鸿，初不见，迫而后见之。樊膝行而请，高不承，诿诸其子②。樊曰："婿昨夜宿仆家，不闻有异言。"高惊问："何时寄宿？"樊具以告。高赧谢曰："我固不知。彼爱之，我独何仇乎？"樊既去，高呼子而骂。生但俛首，不少出气。言间，樊已送女至。高曰："我不能为儿女任过，不如各立门户，即烦主析爨之盟③。"樊劝之，不听。遂别院居之，遣一婢给役焉。月馀，颇相安，翁姑窃慰。未几，女渐肆，生面上时有指爪痕，父母明知之，亦忍不置问。一日，生不堪挞楚，奔避父所，芒芒然如鸟雀之被鹯驱者④。翁媪方怪问，女已横梃追入⑤，竟即翁侧捉而棰之。翁姑涕噪，略不顾瞻，挞至数十，始悻悻以去。高逐子曰："我惟避嚣，故析尔。尔固乐此，又焉逃乎？"生被逐，徙倚无所归⑥。母恐其折挫行死，令独居而给之食。又召樊来，使教其女。樊入室，开谕万端⑦，女终不听，反以恶言相苦。樊拂衣去，誓相绝。无何，樊翁愤生病，与妪相继死。女恨之，亦不临吊⑧，惟日隔壁噪骂，故使翁姑闻。高悉置不知。

【注释】

①不遑：没有闲暇，来不及。

②诿：推脱，推诿。

③析爨(cuàn)：分炊，即分门立户，自为炊爨，俗谓"分家"。爨，烧火做饭。

④芒芒然：匆忙的样子。此指慌张。鹯(zhān)：猛禽名。《左传·文公十八年》："如鹰鹯之逐鸟雀也。"

⑤梃(tǐng)：棍杖。《孟子·梁惠王》："杀人以梃与刃，有以异乎？"

⑥徙倚：流连徘徊。

⑦开谕：开导晓谕。

⑧临吊：临门吊丧。

【译文】

过了一年多，高蕃外出遇到了岳丈，岳丈把他请回自己家，一迭声地赔不是。然后让女儿打扮好出来相见，夫妻见面，不由得哀伤心酸。樊父就买酒款待女婿，劝酒非常殷勤。到了傍晚，樊家执意留高蕃住下，另外打扫安排了床铺，让小夫妻团聚。高蕃第二天一早告辞回家，不敢把实情告诉父母，只好掩饰编排蒙混过去。自此以后，每隔三五天就去岳丈家住一宿，父母一点儿不知道。一天，樊父找上门来求见高仲鸿，起初高仲鸿不肯见，后来迫于情面才出来相见。樊父双膝着地走过来给女儿求情，高仲鸿不肯应承，推脱到儿子身上。樊父说："女婿昨夜住在我家，没听说他不愿意。"高仲鸿吃惊地问："他什么时候寄宿你家的？"樊父原原本本地告诉了高仲鸿。高仲鸿红着脸带着歉意说："我实在不知道。他爱你女儿，我难道偏要和她过不去吗？"樊父走后，高仲鸿把儿子叫过来大骂一通。高蕃只是低着头，大气都不敢出。说话间，樊父已把女儿送来了。高仲鸿说："我不能为儿女承担过失，不如各立门户，就烦你主持我们分家吧。"樊父劝阻他，不听。于是就让小夫妻住到另一所宅院去，派一个丫环供他们驱使。一个多月过去了，两下里相安无事,高仲鸿夫妇暗暗感到宽慰。可是过不多时,江城渐渐放肆,高蕃的脸上时常挂着指甲的抓痕,父母明知怎么回事,也忍着不去过问。一天,高蕃被打得实在受不了,就逃到父母的住处,慌慌张张就像被猛禽追逐的鸟雀一样。父母正在吃惊地询问,江城已经操着木棒追了进来,竟然就在公公身边把高蕃拽住捶打。公公婆婆哭着喊住手,江城连看也不看,打了数十下,才气恨恨地走了。高仲鸿往外撵儿子说:"我只为了避开吵闹,才分了家。你本来乐意这样,又逃什么呢?"高蕃被赶出家门,东游西荡,无处可去。母亲怕儿子被折磨死,就让他独居一处,供他吃饭。又把樊父叫来,让他教导女儿。樊父来到女儿房里,百般开导劝说,江城就是不听,反而用恶言恶语伤害父亲。樊父气得拂衣而去,发誓不再认女儿。不久,樊父气得生了病,和老伴相继死去。江城恨他们,也不回家吊丧,只是每天隔着墙壁叫骂,故意让公公婆婆听到。高仲鸿全都只当不知道。

　　生自独居,若离汤火①,但觉凄寂。暗以金啖媒媪李氏,纳妓斋中,往来皆以夜。久之,女微闻之,诣斋嫚骂。生力白其诬,矢以天日,女始归。自此日伺生隙。李妪自斋中出,适相遇,急呼之,妪神色变异。女愈疑,谓妪曰:"明告所作,或可宥免;若犹隐秘,撮毛尽矣②!"妪战而告曰:"半月来,惟勾栏李云娘过此两度耳。适公子言,曾于玉笥山见陶家妇③,爱其双翘④,嘱奴招致之。渠虽不贞,亦未便作夜度娘⑤,成否故未必也。"女以其言诚,姑从宽恕。妪欲行,又强止之。日既昏,呵之曰:"可先往灭其烛,便言陶家至矣。"妪如其言。女即遽入。生喜极,挽臂促坐,具道饥渴,女默不语。生暗中索其足,曰:"山上一觐仙容⑥,介介独恋是耳⑦。"女终不语。生曰:"夙昔之愿,今始得遂,何可觌面而不识

也?"躬自捉火一照,则江城也。大惧失色,堕烛于地,长跪
觳觫⑧,若兵在颈⑨。女摘耳提归,以针刺两股殆遍,乃卧以
下床,醒则骂之。生以此畏若虎狼,即偶假以颜色,枕席之
上,亦震慑不能为人⑩。女批颊而叱去之,益厌弃不以人齿。
生日在兰麝之乡,如犴狴中人⑪,仰狱吏之尊也。

【注释】

①汤火:指水深火热。

②撮毛:拔头发。

③玉笥山:在临江府境,清江县南。

④双翘:一双小脚。翘,小脚。

⑤夜度娘:妓女。

⑥觇:觇见。

⑦介介:在意的样子。

⑧觳觫:害怕的样子。《孟子·梁惠王》:"吾不忍其觳觫若无罪而
　　就死地。"

⑨兵:兵器。

⑩为人:指男女之事。

⑪犴狴(àn bì):传说中的凶兽。旧时狱门上绘制犴狴,故又作牢狱
　　的代称。

【译文】

　　高蕃自从独居以来,像是离了火坑,但是总觉得凄凉寂寞。他暗中
买通媒婆李氏,招来妓女相伴,往来都在夜里。日子长了,江城听到点
儿风声,就到高蕃住处谩骂。高蕃竭力辩白,指着天日发誓,江城这才
回去。从此,江城天天监视着高蕃,等着抓他的把柄。一天,李媒婆从
高蕃住处出来,正好遇上江城,江城急忙叫住李媒婆,李媒婆脸色一下

子变了。江城越发怀疑,对李媒婆说:"把你干的勾当全都说出来,或许饶了你;如果敢隐瞒,把你头发拔光!"李媒婆战抖着说:"半个月来,只有妓院的李云娘来过两次。刚才公子说,曾经在玉笋山见到陶家媳妇,喜欢她那双小脚,嘱咐我把她招来。她虽然不贞洁,也未必愿做娼妓,所以成不成还不一定。"江城因为她说了实话,姑且宽恕了她。李媒婆要走,江城又强行阻止。天黑以后,江城呵叱李媒婆说:"你先去吹灭他的蜡烛,就说陶家媳妇到了。"李媒婆按她说的做了。江城马上进了高蕃的屋。高蕃高兴极了,挽着她的手臂,和她坐在一块,一五一十地诉说自己的渴望相思,江城默不作声。高蕃在黑暗中摸到她的脚,说:"山上一见仙容,念念不忘的就是这双脚。"江城始终不说话。高蕃说:"先前的心愿,到今天才得以了结,怎么可以见了面不认识一下呢?"就亲自举着灯到近前来照,原来是江城。高蕃大惊失色,蜡烛掉到地上,直挺挺地跪在地上发抖,就像刀架在脖子上一样。江城揪着他的耳朵把他拖回自己家,用针刺遍了他的两条大腿,才让他睡在下床,每天睡醒都要骂他一顿。高蕃从此怕她就像见了虎狼一样,即使偶尔江城赏脸,枕席之上,高蕃吓得也不像个丈夫的样子。江城打他耳光,骂着把他撵下床去,越发厌弃他,不拿他当人。高蕃日处闺房之中,如同监狱中的囚犯,要时时看着狱吏的脸色行事。

女有两姊,俱适诸生。长姊平善,讷于口,常与女不相洽。二姊适葛氏,为人狡黠善辨,顾影弄姿。貌不及江城,而悍妒与埒[①]。姊妹相逢无他语,惟各以阃威自鸣得意[②],以故二人最善。生适戚友,女辄嗔怒;惟适葛所,知而不禁。一日,饮葛所。既醉,葛嘲曰:"子何畏之甚?"生笑曰:"天下事颇多不解。我之畏,畏其美也,乃有美不及内人,而畏甚于仆者,惑不滋甚哉?"葛大惭,不能对。婢闻,以告二姊。

二姊怒，操杖遮出。生见其凶，跐屣欲走③。杖起，已中腰膂④，三杖三蹶而不能起。误中颅，血流如沈⑤。二姊去，蹒跚而归⑥。妻惊问之，初以连姨故，不敢遽告，再三研诘，始具陈之。女以帛束生首，忿然曰："人家男子，何烦他挞楚耶！"更短袖裳，怀木杵，携婢径去。抵葛家，二姊笑语承迎。女不语，以杵击之，仆，裂袴而痛楚焉⑦，齿落唇缺，遗失溲便。女返，二姊羞愤，遣夫赴愬于高。生趋出，极意温恤。葛私语曰："仆此来，不得不尔。悍妇不仁，幸假手而惩创之，我两人何嫌焉。"女已闻之，遽出，指骂曰："龌龊贼！妻子亏苦，反窃窃与外人交好！此等男子，不宜打煞耶！"疾呼觅杖。葛大窘，夺门窜去。生由此往来全无一所。

【注释】

① 埒（liè）：相等。

② 阃（kǔn）威：意即妻子制服丈夫的威风。阃，闺门，旧指女子居住的内室，因借指妻子。

③ 跐（cǎi）屣：来不及提鞋，形容惶遽之状。跐，趿拉着鞋。

④ 膂（lǔ）：脊骨。

⑤ 沈：汁。

⑥ 蹒跚：跛行的样子，犹云一瘸一拐。

⑦ 楚：抽打。

【译文】

　　江城有两个姐姐，都嫁给了秀才。大姐性情平和善良，不善言谈，常常与江城不融洽。二姐嫁给葛家，为人狡黠，能言善辩，喜好顾影弄姿，自我欣赏。长相不如江城漂亮，而凶悍妒忌与江城不相上下。姐儿俩相见不说别的，只是以各自整治丈夫的威风自鸣得意，所以两个人最要好。高蕃去亲戚朋友家,江城就嗔怪恼怒;只有去葛家,知道了也不制止。一天,高蕃在葛家喝酒。酒醉之后,葛生嘲笑高蕃说:"你为什么怕老婆那么厉害啊?"高蕃笑着说:"天底下的事,回过头来看有好多不可理解。我的怕,是怕她的美,竟有美貌不如我老婆,而怕老婆比我还厉害的人,不是越发叫人困惑不解吗?"葛生听了非常惭愧,无言以对。丫环听到这番话,把它告诉了二姐。二姐大怒,操起棍子马上出来了。高蕃见她气势汹汹,来不及提鞋,就要逃走。二姐抢起棍子已经打中他的腰脊骨,三棍下去打得高蕃三次跌倒爬不起来。又误中头部,血流如注。二姐打完走了,高蕃跟跟跄跄地回了家。江城一见吃惊地询问他,起初他因为得罪了二姨的缘故,不敢立刻说出,江城再三盘问,这才把挨打的过程全部诉说一遍。江城用布包扎好高蕃的头,生气地说:"人家的丈夫,为何烦劳她打!"更换了件短袖衣裳,怀揣木杵,带着丫环径直而去。到了葛家,二姐笑语相迎。江城一言不发,抢起木杵就打,二姐被打倒在地,江城撕开她的裤子痛打一痛,直打得齿落唇豁,屎尿失禁。江城回来,二姐又羞又气,派丈夫找高蕃告状。高蕃赶出来,极力用好话体贴抚慰。葛生私下里说:"我这趟来,是不得不来。恶婆娘不仁不义,幸亏借他人之手整治她一顿,我们两人之间有什么仇呢。"这话已被江城听到,马上出来,指着葛生骂道:"卑鄙的东西!你妻子吃亏受苦,反而偷偷地和外人交好!这种男人,不该打死吗!"就大喊着找棍子。葛生窘迫极了,夺门逃窜而去。从此,高蕃没有一处可以和人往来了。

同窗王子雅过之①,宛转留饮。饮间,以闺阁相谑,颇涉狎亵。女适窥客,伏听尽悉,暗以巴豆投汤中而进之②。未几,吐利不可堪③,奄存气息。女使婢问之曰:"再敢无礼否?"始悟病之所自来,呻吟而哀之。则绿豆汤已储待矣,饮之乃止。从此同人相戒，不敢饮于其家。

【注释】

①过：过访，路过。

②巴豆：一名巴菽，产于巴蜀，而形如菽豆，故名。果实有毒，食之吐泻不止。果实阴干后，可入药。

③吐利：上吐下泻。利，通"痢"。泻泄。

【译文】

同窗王子雅来拜访高蕃，高蕃挽留客人饮酒。饮酒期间，两人以闺阁中的事互相开玩笑，玩笑开得很淫秽下流。正好江城在窥视客人，躲在一边全听到了，就暗中把巴豆放在汤中让丫环端进去。一会儿，王子雅上吐下泻不堪其苦，只剩下奄奄一息了。江城让丫环问他说："还敢无礼吗？"王子雅这才明白病的来由，呻吟着哀求，这边绿豆汤早已备好待用，王子雅喝了吐泻才止住。从此，同窗之间告诫，不敢到高家饮酒。

王有酤肆①，肆中多红梅，设宴招其曹侣②。生托文社③，禀白而往。日暮，既酣，王生曰："适有南昌名妓，流寓此间，可以呼来共饮。"众大悦。惟生离席兴辞④。群曳之曰："闺中耳目虽长，亦听睹不至于此。"因相矢缄口⑤，生乃复坐。少间，妓果出，年十七八，玉珮丁冬，云鬟掠削⑥。问其姓，云："谢氏，小字芳兰。"出词吐气，备极风雅，举座若狂。而芳兰尤属意生，屡以色授⑦。为众所觉，故曳两人连肩坐。芳兰阴把生手，以指书掌作"宿"字。生于此时，欲去不忍，欲留不敢，心如乱丝，不可言喻。而倾头耳语，醉态益狂，榻上胭脂虎⑧，亦并忘之。少选，听更漏已动，肆中酒客愈稀,惟遥座一美少年,对烛独酌,有小僮捧巾侍焉。众窃议其高雅。无何,少年罢饮出门去。僮返身入,向生曰:"主人相候一语。"众则茫然,惟生颜色惨变,不遑告别,匆匆便去。盖少年乃江城,僮即其家婢也。生从至家,伏受鞭扑。

【注释】

①酤(gū)肆:犹酒店。酤,酒。

②曹侣:同辈友人。

③文社:文学社团。这里指文学社团的活动。

④兴辞:站起辞别。

⑤缄口:闭嘴。

⑥云鬟掠削:如云的发鬟梳理得高高的。掠,梳理。削,高峭。唐元稹《连昌宫词》:"春娇满眼睡红绡,掠削云鬟旋装束。"

⑦色授:以眉眼传送情意。《史记·司马相如列传》载《上林赋》:"长眉连娟,微睇绵藐,色授魂与,心愉于侧。"

⑧胭脂虎:喻凶悍之妇。据宋陶谷《清异录·女行》载,宋代陆慎言作尉氏令,政事统由其妻决定而后行,而其妻惨毒狡妒,吏民称为"胭脂虎"。

【译文】

王子雅有个酒店,店内开了好多红梅,就设宴招待同辈朋友。高蕃托辞要参加文人结社,禀报江城后来赴宴。傍晚,众人酒兴正浓,王子雅说:"正好有个南昌名妓,寄居在这里,可以叫她来一块儿饮酒。"众人十分高兴。只有高蕃起身离座告辞。众人拽住他说:"闺中夫人虽然耳目灵通,也听不到、看不到这里来。"于是众人互相发誓对此事缄口不言,高蕃这才再次落座。一会儿,妓女果然来了,年纪十七八岁,身上的玉佩等饰物叮当作响,如云的发鬟梳得高高的。问她姓什么,回答说:

"姓谢,小名芳兰。"谈吐极为风流文雅,满座的人欣喜若狂。而芳兰还是专意于高蕃,频频向他暗送秋波。被众人发觉后,故意将两人拽过来并肩坐下。芳兰偷偷拉着高蕃的手,在高蕃的掌心用手指书了个"宿"字。高蕃这时想走又不忍心,想留下又不敢,心乱如麻,不可言喻。两个人头挨头地耳语,醉态越发狂放,高蕃也把家里的胭脂虎忘到了脑后。不多久,听得头更已过,店中酒客越来越少,只有远处座位上有位美少年,对着烛光独自饮酒,有个小僮仆在一旁捧着手巾侍候。众人偷偷议论那少年高雅。不久,少年喝完酒,走出门去。小僮仆返身进来对高蕃说:"主人在外边相候,有话要说。"众人听了茫然不知,只有高蕃脸色惨变,来不及道别,匆匆就走了。那少年就是江城,僮仆就是家中的丫环。高蕃跟随江城回到家,趴着吃了顿鞭子。

从此禁锢益严^①,吊庆皆绝^②。文宗下学^③,生以误讲降为青^④。一日,与婢语,女疑与私,以酒罈囊婢首而挞之。已而缚生及婢,以绣襜襜腹间肉互补之,释缚令其自束。月馀,补处竟合为一云。女每以白足踏饼尘土中^⑤,叱生摭食之^⑥。如是种种。

【注释】

①禁锢:原指禁止参加政治活动,泛指用强力限制自由。

②吊庆:吊唁庆祝。

③文宗:明清时称提学、学政为"文宗"。下学:谓提学按临府县学,对府县生员进行岁考。明代"提学官在任三年,两试诸生,先以六等试诸生优劣,谓之岁考"(《明史·选举志》)。清沿明制,且由学政对各府州县应乡试的生员进行考试,称科试。

④误讲:对指定的考试内容讲解错误。降为青:明时生员岁试四

等,清时岁试五等的附生或六等的增生,皆降为青,即改着青衣,革去功名。参见《清会典·礼部·学校》及《学政全书》。

⑤白足:光着脚。

⑥摭:拾取。

【译文】

从此以后,江城对他禁锢得更加厉害,连朋友亲戚之间的喜庆吊丧活动的往来都中断了。学政到县学来考试诸生,高蕃因为对试题内容讲解有误被革除功名。一天,高蕃与丫环说话,江城怀疑他与丫环有私情,就把酒坛子戴在丫环的头上打她。打完又把高蕃和丫环绑起来,用绣花剪刀在两人肚子上各剪下一块肉,又将这两块肉交换贴在各自的伤口上。松了绑之后让他们自己包扎伤口。过了一个多月,贴在伤口上的肉竟然长上了。江城还常常赤着脚把饼踩在尘土里,呵斥高蕃捡起来吃掉。诸如此类的事情还有很多。

　　母以忆子故,偶至其家,见子柴瘠①,归而痛哭欲死。夜梦一叟告之曰:"不须忧烦,此是前世因②。江城原静业和尚所养长生鼠,公子前生为士人,偶游其地误毙之。今作恶报,不可以人力回也。每早起,虔心诵观音咒一百遍,必当有效。"醒而述于仲鸿,异之。夫妻遵教,虔诵两月馀,女横如故,益之狂纵。闻门外钲鼓③,辄握发出④,憨然引眺⑤,千人指视,恬不为怪。翁姑共耻之,而不能禁。

【注释】

①柴瘠:骨瘦如柴。

②因:原指事物发生前已具备的条件,也可解释为理由。此处指业因果报,是佛教基本原理之一。佛教认为今世所得的果报,乃前

世所造成。

③钲（zhēng）鼓：锣鼓。钲，铜锣。

④握发出：手握头发奔出。指不待梳妆完毕即跑出看热闹，极言其不守闺训。

⑤憨然：老实厚道。这里是傻乎乎，随心所欲的意思。引眺：乱看。

【译文】

　　高母由于思念儿子，偶尔到儿子家，一见儿子骨瘦如柴，回去就痛哭，简直不想活了。夜里梦见一个老头告诉她说："不用忧愁烦恼，这是前世的因果报应。江城原是静业和尚所养的长生鼠，公子前生是读书人，偶尔到静业和尚那里游玩，误杀了长生鼠。今世变成恶报，这是人力不能挽回的。你每天早起，诚心诚意地念诵一百遍观音咒，一定会见效。"高母醒来把梦告诉丈夫，两人都感到奇怪。夫妻二人遵照指教，虔诚地诵经两个多月，江城蛮横如故，又加之越发张狂放纵。听到外面锣鼓响，不待梳妆完毕，攥着头发就跑出来，傻乎乎地眺望，千人对她指指点点，瞅着她，她心安理得，全当没事一样。公公婆婆都感到羞耻，又不能阻止她。

　　忽有老僧在门外宣佛果①，观者如堵。僧吹鼓上革作牛鸣。女奔出，见人众无隙，命婢移行床②，翘登其上。众目集视，女如弗觉。逾时，僧敷衍将毕③，索清水一盂④，持向女而宣言曰："莫要嗔，莫要嗔！前世也非假，今世也非真。咄！鼠子缩头去，勿使猫儿寻。"宣已，吸水噀射女面⑤，粉黛淫淫，下沾衿袖。众大骇，意女暴怒，女殊不语，拭面自归。僧亦遂去。女入室痴坐，嗒然若丧⑥，终日不食，扫榻遽寝。中夜忽唤生醒，生疑其将遗，捧进溺盆，女却之，暗把生臂，曳入衾。生承命，四体惊悚，若奉丹诏⑦。女慨然曰："使君如此,何以为人!"乃以手抚扪生体,每至刀杖痕,嘤嘤啜泣,辄以爪甲自掐,恨不即死。生见其状,意良不忍,所以慰籍之良厚。女曰:"妾思和尚必是菩萨化身。清水一洒,若更腑肺。今回忆曩昔所为,都如隔世。妾向时得毋非人耶?有夫妻而不能欢,有姑嫜而不能事⑧,是诚何心!明日可移家去,仍与父母同居,庶便定省⑨。"絮语终夜,如话十年之别。

【注释】

①佛果:佛法因果。

②行床:此指椅凳之类。床,坐具。《释名·释床帐》:"人所坐卧曰床。"

③敷衍:同"敷演"。铺张论说。

④盂:盛液体的家用容器。

⑤噀(xùn)射:喷射。噀,喷。

⑥嗒然若丧:茫然若失,懊丧。《庄子·齐物论》:"嗒焉似丧其耦。"

⑦丹诏:皇帝用朱笔写的诏敕。诏,圣旨。

⑧姑嫜:公婆。姑,旧时女子称丈夫的母亲。嫜,旧时指丈夫的父亲。

⑨定省(xǐng):昏定晨省,谓奉侍问安。

【译文】

忽然有个老和尚在门外宣讲佛法因果,围观的人多得像一堵墙。和尚吹鼓上的皮革发出像牛叫一样的声音。江城听到奔了出来,见人多得没有空隙,就让丫环搬来木凳,高高地站在上面看。众人的目光全都集中到她身上,江城好像全然不觉。过了片刻,老和尚讲经将要完毕,要了一盂清水,拿着水盂向江城宣讲道:"莫要噀,莫要噀!前世也非假,今世也非真。咄!鼠子缩头去,勿使猫儿寻。"宣讲完,吸了一口清水喷射到江城脸上，一下子眉黛脂粉湿漉漉地往下流，沾湿了衣襟衣袖。众人大吃一惊，以为江城会暴跳如雷，江城一句话没说，擦了擦脸就独自回家了。老和尚也走了。江城回到房中呆呆地坐着，茫然若失，整日没吃饭，扫了扫床铺就睡下了。半夜里她忽然把高蕃叫醒了，高蕃猜想她要解溲，就把尿盆捧上来，江城推开它，暗暗地拉着高蕃的胳臂，把他拉进自己的被窝。高蕃禀承妻命，害怕得四肢发抖，像是得到了皇帝圣旨。江城感慨地说："让郎君变成这副样子，还怎么做人！"就用手抚摸丈夫的身体，每摸到刀杖落下的疤痕，就嘤嘤地哭泣，用指甲掐自己，恨不得立刻死掉。高蕃见她这副样子，心里实在不忍，就一个劲儿地安慰她。江城说："我想那老和尚必是菩萨的化身。他用清水一洒，我就像更换了肺腑。现在回忆起从前我的所作所为，都像隔了一世。我那时莫非不是人吧？有夫妇不能欢聚，有公婆不能侍奉，这到底是什么心呢？明天我们就搬回家去，仍然和父母住在一起，也便于侍奉问安。"江城絮絮叨叨说了一夜，如同诉说夫妻十年的阔别一样。

　　昧爽即起①，摺衣敛器，婢携簏②，躬襆被③，促生前往叩扉。母出骇问，告以意。母尚迟回，女已偕婢入，母从入。女伏地哀泣，但求免死。母察其意诚，亦泣曰："吾儿何遽如此？"生为细述前状，始悟曩昔之梦验也。喜，唤厮仆为除旧舍④。

【注释】

①昧爽：拂晓，黎明。

②簏：竹制箱筐一类器具。

③躬：亲自。

④除：打扫。

【译文】

　　天刚亮江城就起床,叠衣服收敛器具,丫环提着箱子,她自己抱着被褥,催促高蕃前去敲父母的房门。母亲出来吃惊地询问,高蕃把江城的心意说给母亲。母亲还在犹豫,江城已经和丫环进来了,母亲跟着进来。江城伏在地上哀声痛哭,只求母亲免自己一死。母亲看出江城的心意真诚,也哭着说:"我儿怎么忽然变成这样?"高蕃给母亲详细叙述了江城听和尚讲经的情况,母亲这才省悟自己先前做的梦应验了。非常高兴,招呼仆人为儿子儿媳打扫旧居。

　　女自是承颜顺志,过于孝子。见人,则觍如新妇①。或戏述往事,则红涨于颊。且勤俭,又善居积②,三年,翁媪不问家计,而富称巨万矣。生是岁乡捷③。女每谓生曰:"当日一见芳兰,今犹忆之。"生以不受荼毒,愿已至足,妄念所不敢萌,唯唯而已。会以应举入都,数月乃返。入室,见芳兰方与江城对弈④。惊而问之,则女以数百金出其籍矣⑤。此事浙中王子雅言之甚详。

【注释】

　　①觍:腼腆。

　　②居积:储蓄。

　　③乡捷:乡试告捷,谓考中举人。

　　④对弈:下棋。

　　⑤出其籍:古时娼妓,隶于乐籍,不能随意变易身份。改变身份,即出籍需要赎身,赎身之后,才能享受良家女子的权利,如结婚等。

【译文】

江城从此事事处处尊奉公婆的颜色,顺从公婆的意愿,比孝子还好。见到外人，腼腆得像个新娘子。有人拿她过去的事开玩笑，就害臊得满脸通红。而且她很勤俭，善于积攒家业，三年工夫，公婆不过问家政，而家产已富过巨万。高蕃也在这一年中了举人。江城常对高蕃说："当日一见芳兰，至今还记着她。"高蕃因为不再受妻子虐待，已经心满意足，根本不敢再胡思乱想，对江城的话只报以唯唯诺诺而已。正好高蕃赴京城应试，几个月才回家。进屋一看，芳兰正与江城下棋。高蕃吃惊地问怎么回事，原来江城用数百两银子为芳兰赎了身。这件事浙中的王子雅说得最详细。

异史氏曰：人生业果^①，饮啄必报^②，而惟果报之在房中者，如附骨之疽^③，其毒尤惨。每见天下贤妇十之一，悍妇十之九，亦以见人世之能修善业者少也。观自在愿力宏大^④，何不将盂中水洒大千世界也^⑤？

【注释】

①业果：罪孽的果报。业，罪孽。

②饮啄：饮水啄食。

③附骨之疽：长在骨头上的恶疮。

③观自在：观世音菩萨。

④大千世界：佛教沿用古印度的传说，指释迦牟尼佛所教化的范围，亦泛指广大无边的世界。

【译文】

异史氏说：人生所造的罪业，件件都有报应，而只有报应在夫妻之间的，如同长在骨头上的恶疮，毒害尤其惨痛。每每见到天下贤惠的妻子只占十分之一，悍妇占十分之九，也可以看出人世间能修善业的人少。观世音菩萨法力宏大，为何不将盂中净水洒满大千世界呢？

孙生

【题解】

本篇故事分为两个部分。前一部分写孙生的妻子辛氏性冷淡，孙生试图破解失败，家庭关系处于冷战状态。后一部分写一个老尼施行厌禳之术，使孙生夫妇回心转意，"性福"美满。前半部分写的是现实生活，大概是中国古代文学中第一次触及性冷淡的题材，虽然仅只是写了现象，但反映了《聊斋志异》作为文言小说对于现实生活的观察和关注较前代作品的开拓。后一部分写虚幻的想象。采用厌禳巫蛊之术治疗性冷淡大概是古代社会中没有办法的办法，"异史氏曰"中说："术人之神，正术人之可畏也。"反映了蒲松龄对于术士的一贯的厌恶态度。

孙生，娶故家女辛氏①。初入门，为穷袴②，多其带，浑身纠缠甚密，拒男子不与共榻，床头常设锥簪之器以自卫。孙屡被刺剟③，因就别榻眠。月馀，不敢问鼎④。即白昼相逢，女未尝假以言笑⑤。同窗某知之，私谓孙曰："夫人能饮否？"答云："少饮。"某戏之曰："仆有调停之法，善而可行。"问："何法？"曰："以迷药入酒，给使饮焉⑥，则惟君所为矣。"孙笑之，而阴服其策良。询之医家，教以酒煮乌头⑦，置案上。入夜，孙酾别酒⑧，独酌数觥而寝。如此三夕，妻终不饮。一夜，孙卧移时，视妻犹寂坐，孙故作鼾声⑨。妻乃下榻，取酒煨炉上⑩。孙窃喜。既而满饮一杯，又复酌，约尽半杯许，以其馀仍内壶中，拂榻遂寝。久之无声，而灯煌煌尚未灭也。疑其尚醒，故大呼："锡檠熔化矣⑪！"妻不应，再呼仍不应。白身往视⑫，则醉睡如泥。启衾潜入，层层断其缚结。妻固

觉之,不能动,亦不能言,任其轻薄而去。既醒,恶之,投缳
自缢⑬。孙梦中闻喘吼声,起而奔视,舌已出两寸许。大惊,
断索,扶榻上,逾时始苏。孙自此殊厌恨之,夫妻避道而行,
相逢则各俯其首。积四五年,不交一语。妻或在室中与他
人嬉笑,见夫至,色则立变,凛如霜雪。孙尝寄宿斋中,经岁
不归,即强之归,亦面壁移时,默然就枕而已。父母甚忧之。

【注释】

①故家:世家大族,世代仕宦之家。《孟子·公孙丑》:"纣之去武
丁,未久也。其故家遗俗,流风善政,犹有存者。"焦循正义:"故
家,勋旧世家。"

②穷袴:也称裈裆裤。《汉书·孝昭上官皇后传》:"(霍)光欲皇后
擅宠有子……虽宫人使令皆为穷绔,多其带。"颜师古注引服虔
曰:"穷绔,有前后当(裆),不得交通也。"又曰:"绔,古袴字。穷
绔,即今之绲裆袴也。"

③刺剟(duō):刺。剟,割刺。

④问鼎:《左传·宣公三年》载,楚子伐陆浑戎,路过洛阳,"观兵于
周疆。定王使王孙满劳楚子,楚子问鼎之大小轻重焉"。传说夏
禹收九州之金,铸为九鼎,夏、商、周视为传国重器,国立鼎存,国
灭鼎迁。楚子向王孙满问鼎,有觊觎周室政权之意。后遂以"问
鼎"喻指夺取政权。此处隐喻与妻子发生性行为。

⑤假以言笑:给以好言笑脸。假,给与。

⑥绐:骗。

⑦乌头:中药名。堇草或附子的别名。为散寒止痛药,但有大毒。
与酒同用可致口舌、四肢及全身发麻,头晕、耳鸣、言语不清等。

⑧酾(shāi):滤酒,斟酒。

⑨鼬声:鼾声。

⑩煨:热。

⑪檠(qíng):灯架。

⑫白身:裸体。

⑬投缳自缢:上吊自杀。缳,绳套,绞索。缢,吊死。

【译文】

孙生娶世代官宦人家的女儿辛氏为妻。刚过门,辛氏穿着裈裆裤,还加了许多带子,把浑身缠绕得密密实实,她拒绝丈夫,不肯与他同床,床头还常放着锥子、簪子之类器物用来自卫。孙生屡次被刺,就到另外的床上去睡。婚后一个多月,孙生不敢接触妻子。就是大白天见了面,妻子也没给他个好言笑脸。同窗某生得知此事之后,私下里对孙生说:"夫人能喝酒吗?"回答说:"能稍微喝一点儿。"某生开玩笑地说:"我有调解你们夫妻关系的办法,好,而且行得通。"孙生问:"什么办法?"说:"把迷魂药放在酒里,给她喝了,你就可以为所欲为了。"孙生听了付之一笑,而内心却佩服他的主意妙。请教了医生,孙生谨慎地用酒煮了乌头,摆放在桌上。夜里,孙生斟上别的酒,独自喝了几杯就睡下了。如此三个晚上,妻子始终没喝酒。一天夜里,孙生躺下有一会儿了,看妻子仍然静静地坐着,孙生就故意发出了鼾声。妻子这才下了床,取过那酒煨在炉子上。孙生暗暗高兴。过了一会儿,妻子满饮了一杯,又斟了一杯,饮了半杯左右,剩下的酒仍然倒入酒壶,拂了拂床铺就睡下了。好半天没有动静,而油灯还明晃晃地亮着没有熄灭。孙生疑心妻子还醒着,故意喊道:"灯座烧化了!"妻子没有反应,又喊两声还是不搭腔。孙生就光着身子过来看,妻子已经醉睡如泥。他掀开被子钻了进去,一层层剪断妻子身上的带结。妻子当然觉察到了,只是不能动弹,也不能说话,任凭丈夫轻薄一番而去。酒醒之后,妻子很厌恶发生的事,就结了个绳圈上吊了。孙生睡梦中听到喘息嘶吼的声音,起身奔过来一看,妻子的舌头已经伸出两寸来长。孙生大惊失色,割断绳索,把妻子扶到床上,过了好长时间才舒缓过来。孙生从此特别厌恶憎恨妻子,夫妻走路时总是避开,相遇了就低下头。一连四五年,相互间没说一句话。妻子有时在屋里和别人说笑,一见丈夫进来,立刻变了脸色,冷若冰霜。孙生曾搬到书斋中去住,成年不回房,即使强迫他回去,也是面壁多时,然后默默地就枕而卧。父母为此非常忧愁。

一日,有老尼至其家,见妇,亟加赞誉。母不言,但有浩叹。尼诘其故,具以情告。尼曰:"此易事耳。"母喜曰:"倘能回妇意,当不靳酬也①。"尼窥室无人,耳语曰:"购春宫一帧②,三日后,为若厌之③。"尼去,母即购以待之。三日,尼果来,嘱曰:"此须甚密,勿令夫妇知。"乃翦下图中人,又针三枚、艾一撮,并以素纸包固,外绘数画如蚓状④。使母赚妇出,窃取其枕,开其缝而投之,已而仍合之,返归故处。尼乃去。至晚,母强子归宿。媪往窃听。二更将残,闻妇呼孙小字,孙不答。少间,妇复语,孙厌气作恶声⑤。质明,母入其室,见夫妇面首相背,知尼之术诬也。呼子于无人处,委谕之⑥。孙闻妻名,便怒,切齿。母怒骂之,不顾而去。

【注释】

①靳:吝惜。

②春宫:描绘性行为的图画。一帧(zhēn):一幅。

③厌:厌胜,即厌而胜之。古代方士的巫术,指用法术诅咒或祈祷战胜所厌恶的人、物或事。

④蚓:蚯蚓。

⑤厌气:厌恶的口吻。气,口气。

⑥委谕:谓委婉劝说。委,曲。

【译文】

一天，有个老尼姑来到孙家，见到辛氏，一个劲儿地赞扬。孙母没有说什么，只有长叹。老尼姑问她什么缘故，孙母把详情和盘托出。老尼姑说："这事容易。"孙母高兴地说："如果能让儿媳妇回心转意，多少报酬我都不在乎。"老尼姑一见屋内没有旁人，就对孙母耳语说："去买一幅春宫图，三天之后，我为你压邪。"尼姑走了，孙母马上买来东西等她。过了三天，尼姑果然来了，嘱咐孙母说："这件事必须绝对保密，不能让他们夫妻知道。"就剪下春宫图上的人物，又把三根针、一撮艾，一块儿用白纸包严了，外面画了几划，形状像蛆蚓。她让孙母把儿媳妇哄出卧房，偷偷拿来她的枕头，挑开缝把东西放进去，然后再缝好，送回原处。老尼姑就走了。到了晚上，孙母强迫儿子回房去睡，让一个老妈子去听声。二更天将尽，听见辛氏叫孙生的小名，孙生不理。一会儿，辛氏又叫他，孙生用厌恶的口气回了她几句恶言恶语。天亮以后，孙母来到儿子房中，只见夫妻俩都背着脸坐着，知道尼姑的法术不灵。她把儿子叫到没人处，委婉地加以开导。孙生听到妻子的名字就生气，咬牙切齿。母亲也火了，骂了他一顿，孙生头也不回地走了。

越日，尼来，告之罔效，尼大疑。媪因述所听。尼笑曰："前言妇憎夫，故偏厌之。今妇意已转，所未转者男耳。请作两制之法，必有验。"母从之，索子枕如前缄置讫[①]，又呼令归寝。更馀，犹闻两榻上皆有转侧声，时作咳，都若不能寐。久之，闻两人在一床上唧唧语，但隐约不可辨。将曙，犹闻嬉笑，吃吃不绝。媪以告母，母喜。尼来，厚馈之[②]。孙由是琴瑟和好[③]，生一男两女，十馀年从无角口之事。同人私问其故，笑曰："前此顾影生怒，后此闻声而喜，自亦不解其何心也。"

【注释】

①缄置：密闭封口处置。

②馈：赠送。

③琴瑟和好：夫妻生活美好。《诗·周南·关雎》："窈窕淑女，琴瑟友之。"

【译文】

过了一天，尼姑又来了，孙母告诉她法术无效，尼姑非常疑惑。老妈子于是说了自己听到的情况。尼姑笑着说："先前说儿媳妇憎恶丈夫，所以单给她压邪。现在儿媳已经回心转意，没有回心转意的是男方。请让我施行两制之法，必然灵验。"孙母听从尼姑的安排，找来儿子的枕头，像先前那样放入东西封好放回去，又叫孙生回房睡觉。头更以后，还听到两张床上都有翻身的声响，时而还有咳嗽声，两人好像都不能入睡。又过了许久，听到两个人在一张床上唧唧咕咕地说话，但隐隐约约听不清楚。天快亮了，还听到他们的嬉笑声，吃吃不断。老妈子把听来的告诉了孙母，孙母很高兴。尼姑来，孙母馈送她好多钱。孙生从此夫妻和好，生了一男两女，十多年中夫妇间从未发生口角之事。朋友私下问他缘故，孙生笑着说："先前看到她的影子就怒火中烧，后来听到她的声音就喜形于色，我自己也不明白是怎么一个心情。"

异史氏曰：移憎而爱，术亦神矣。然能令人喜者，亦能令人怒，术人之神，正术人之可畏也。先哲云："六婆不入门①。"有见矣夫②！

【注释】

①六婆：指市井中牙婆（人口贩子）、媒婆、师婆（巫婆）、虔婆（鸨母）、药婆、稳婆（接生婆）等职业女性。明陶宗仪《辍耕录·三姑

　　　　《六婆》："三姑者，尼姑、道姑、卦姑也；六婆者，牙婆、媒婆、师婆、
　　　虔婆、药婆、稳婆也。"
　　②见：见地，眼光。

【译文】

　　异史氏说：变憎恶为恩爱，法术也够神奇了。然而能让人欢喜，也
能让人发怒，施法术的人的神通，正是他可畏惧之处。先哲说："六婆不
进门。"这是很有见识的。

八大王

【题解】

　　这是一篇综合数个民间传说和概念形成的小说。包括放生报恩、
鳖宝、古镜传说，而以对醉酒失德者的劝诫为主要内容。其中写八大王
夜间"从二三僮，颠跋而至"，"酒臭熏人"，"咥然而对曰：'我南都旧令尹
也。将何为？'"形象逼真，化入《史记》中醉酒的李广与霸陵尉夜间相遇
的情节。写古镜可以照相大概也是古代最早的摄影猜想。这些都使本
篇有趣可读。

　　蒲松龄是名士，喜交友饮酒，所遇酒后失德者不少，本篇应该是有
所感而发。"异史氏曰"所附《酒人赋》收录于《蒲松龄集》卷一中。

　　临洮冯生①，盖贵介裔而陵夷矣②。有渔鳖者，负其债不
能偿，得鳖辄献之。一日，献巨鳖，额有白点。生以其状异，
放之。后自婿家归，至恒河之侧③，日已就昏，见一醉者，从
二三僮，颠跋而至。遥见生，便问："何人？"生漫应："行道
者。"醉人怒曰："宁无姓名，胡言行道者？"生驰驱心急，置不
答，径过之。醉人益怒，捉袂使不得行④，酒臭熏人。生更不

耐,然力解不能脱,问:"汝何名?"呓然而对曰⑤:"我南都旧令尹也⑥。将何为?"生曰:"世间有此等令尹,辱寠世界矣⑦!幸是旧令尹,假新令尹⑧,将无杀尽途人耶?"醉人怒甚,势将用武。生大言曰:"我冯某非受人挝打者!"醉人闻之,变怒为欢,踉蹡下拜曰⑨:"是我恩主,唐突勿罪!"起唤从人,先归治具。

【注释】

①临洮:县名。位于甘肃的中部,在洮水河畔。

②贵介:谓尊贵。《左传·襄公二十六年》:"伯州犂曰:'所争,君子也,其何不知?'上其手,曰:'夫子为王子围,寡君之贵介弟也。'"杜预注:"介,大也。"杨伯峻注:"贵介即地位高贵。"此指权贵人家出身。陵夷:败落,颓败。

③恒河:即恒水,古水名。《书·禹贡》冀州:"恒、卫既从"。《汉书·地理志》:"《禹贡》恒水所出,东入滱。"即今河北曲阳北横河。按,故事发生地在今甘肃,此恒河在河北,而甘肃无恒水,恐是蒲松龄误书。

④袂:衣袖。

⑤呓然:梦呓似地。

⑥南都旧令尹:此或化用神话中关于鳖令的故事。《文选》张衡《思玄赋》注引《蜀王本纪》云:"望帝治汶山下邑曰郫,积百馀岁,荆地有一死人名鳖令,其尸亡,随江水上至郫,与望帝相见。望帝以鳖令为相,以德薄不及鳖令,乃委国授之而去。"南都,唐至德二年(757)曾改蜀郡为成都府,建号南京。令尹,本为春秋战国时楚国最高行政长官,相当于相国。后亦泛指府、县地方长官。

⑦辱寠世界:谓辱没尽世间之人。寠,通"没"。

⑧假:假设,假如。

⑨踉蹡：谓行走歪斜不正。

【译文】

　　临洮县的冯生，是贵族后裔，家道已经衰败了。有个捉鳖的人欠了他的债，无力偿还，捕到鳖就献给他抵债。一天，献上一只巨鳖，鳖的额头上有白点。冯生认为它形态怪异，就把它放掉了。后来冯生从女婿家回来，走到恒河边上，天已黄昏，看见一个醉汉，身后跟着两三个僮仆，踉踉跄跄地走来。那人远远地望见冯生，就问："你是什么人？"冯生漫不经心地回答说："走路的。"醉汉生气地说："难道你没有姓名？怎么说是走路的？"冯生赶路心切，置之不理，径直走过醉汉身边。醉汉越发恼怒，拽住他的衣袖不让他走，酒气熏人。冯生更加不耐烦，然而极力摆脱也不能脱身，就问："你叫什么名字？"醉汉像说梦话一样地回答说："我是南都县昔日的令尹。你想干什么？"冯生说："世间有你这等令尹，简直是辱没世界。幸亏是旧令尹，假如是新令尹，那不得把路上的人杀光吗？"醉汉恼火极了，摆出要动武的架势。冯生口出大话："我冯某人不是挨打之辈！"醉汉听了这句话，转怒为喜，歪歪斜斜地跪地拜道："您是我的恩主，刚才冲撞，万望恕罪！"起身唤过僮仆，吩咐他们先回去备办酒食。

　　生辞之不得。握手行数里，见一小村，既入，则廊舍华好，似贵人家。醉人醒稍解①，生始询其姓字。曰："言之勿惊，我洮水八大王也。适西山青童招饮，不觉过醉，有犯尊颜，实切愧悚②。"生知其妖，以其情辞殷渥③，遂不畏怖。俄而设筵丰盛，促坐欢饮。八大王最豪，连举数觥。生恐其复醉，再作萦扰，伪醉求寝。八大王已喻其意，笑曰："君得无畏我狂耶？但请勿惧。凡醉人无行④，谓隔夜不复记者，欺人耳。酒徒之不德，故犯者十之九。仆虽不齿于侪偶⑤，顾未敢以无赖之行,施之长者⑥,何遂见拒如此?"生乃复坐,正容而谏曰:"既自知之,何勿改行?"八大王曰:"老夫为令尹时,沉湎尤过于今日⑦。自触帝怒⑧,谪归岛屿⑨,力返前辙者⑩,十馀年矣。今老将就木⑪,潦倒不能横飞⑫,故态复作,我自不解耳。兹敬闻命矣。"

【注释】

①醒(chéng)稍解:酒意渐消。醒,病酒。

②愧悚:惭愧不安。

③殷渥:诚恳深厚。

④无行:品行不端,无善行。

⑤侪偶:同类。

⑥长者:谓年高德重之人。凡年龄、辈分、德位尊于己者,均可称为"长者"。

⑦沉湎:醉酒。也指沉溺,耽于。

⑧帝:指玉帝。

⑨谪:贬谪,因犯过失而受到降职的处罚。

⑩前辙:以前车轮压出的痕迹。喻以前的错误或教训。

⑪就木:入棺木,谓死亡。《左传·僖公二十二年》:"又如是而嫁则就木焉。"

⑫横飞:纵横飞翔于天空。谓飞黄腾达。

【译文】

　　冯生推辞不过。两人握着手走了几里路,见到一座小村庄,进去后,屋舍华丽,好像富贵人家。醉汉醉意稍解,冯生这才问他名字。他回答说:"说出来你不要吃惊,我是洮水八大王,刚才西山青童招呼我去喝酒,不觉喝醉了,冒犯了尊颜,实在惭愧不安。"冯生知道他是水妖,看他深厚的情意溢于言表，就不害怕了。一会儿，丰盛的筵席摆好了，两人促膝而坐，十分开心地喝酒。八大王最豪爽，连饮几杯酒。冯生担心他喝醉了，再来纠缠自己，就假装自己喝醉了想要睡觉。八大王已明白他的意思，笑着说："您该不是怕我发酒疯吧？请不必担心。但凡酒醉的人做了无德之行，说隔一宿就不再记得了，那是骗人。酒徒的不道德，故意犯禁的占十分之九。我虽然被同类看不起，却不敢把无赖之举表现在长者面前，为什么就这样远着我呢？"冯生这才又坐下，一本正经地劝谏说："既然自己知道醉酒不好，为什么不改掉这个恶习？"八大王说："老夫当令尹时，沉湎于酒中比现在还严重。自从触怒玉帝，遭贬回到岛屿，力图改掉这个毛病有十馀年了。今天已到了行将就木的年龄，穷愁潦倒不能飞黄腾达，所以故态复萌，我自己无法解脱。现在就恭敬地听您教导吧。"

　　倾谈间，远钟已动。八大王起，捉臂曰："相聚不久。蓄有一物，聊报厚德。此不可以久佩，如愿后，当见还也。"口中吐一小人，仅寸馀。因以爪掐生臂，痛若肤裂，急以小人按捺其上，释手已入革里①，甲痕尚在，而漫漫坟起，类痰核状。惊问之，笑而不答，但曰："君宜行矣。"送生出，八大王自返。回顾村舍全渺，惟一巨鳖，蠢蠢入水而没。错愕久之，自念所获，必鳖宝也。由此目最明，凡有珠宝之处，黄泉下皆可见②，即素所不知之物，亦随口而知其名。于寝室中掘得藏镪数百，用度颇充。后有货故宅者，生视其中有藏镪无算，遂以重金购居之，由此与王公埒富矣③。火齐、木难之类皆蓄焉④。得一镜，背有凤纽，环水云湘妃之图⑤，光射里馀，须眉皆可数。佳人一照，则影留其中，磨之不能灭也。若改妆重照，或更一美人，则前影消矣。

【注释】

①革里:皮下。

②黄泉:古人认为黄泉是地表深处的标志。《荀子·劝学》:"上食埃土,下饮黄泉。"

③埒富:等富,同样富有。埒,相等。

④火齐、木难:珍宝名。火齐为宝石名。《文选》载左思《吴都赋》:"火齐之宝。"刘逵注引《异物志》:"火齐如云母,重沓而可开,色黄赤似金。"木难,宝珠名。也作"莫难"。晋崔豹《古今注·杂注》:"莫难珠,一名木难,色黄,出东夷。"

⑤湘妃:名娥皇、女英,本帝尧之二女,舜之二妃。相传二妃没于湘水,遂为湘水之神。

【译文】

　　倾谈之间,远处的钟声已经敲过。八大王起身,捉住冯生的手臂说:"相会时间太短。我存有一样东西,姑且用它来报答您的大恩大德。这东西不能长久佩带,您如愿后,要还给我。"从口中吐出一个小人,仅一寸来长。八大王就用指甲掐冯生手臂,冯生疼得皮肤如开裂一般,八大王赶紧把小人按在痛处,松开手小人已经进到皮肤里面,而指甲的印痕还在,慢慢地隆起一个小包,像痰核形状。冯生惊奇地问怎么回事,八大王笑而不答,只是说:"您该走了。"送冯生出来,他自己返回去了。冯生回头一看村庄房舍全都不见,只有一只大鳖,慢慢地爬进水里,不见了。冯生惊愕了许久,心想自己得到的,一定是鳖宝。从此以后冯生的眼力最好,凡是藏有珠宝的地方,即使深埋地下,全能看见,即使平素不了解的事物,也能随口说出它的名称。在卧室中,冯生挖出埋藏的银子数百两,家用花费十分充裕。后来有个人卖旧宅子,冯生看到其中藏有无数银子,就用重金购买居住下来,从此富有可以比拟王公。火齐、木难之类的稀世珍宝,他都有收藏。他得到一面宝镜,背面有凤钮,周围刻有水云湘妃的图案,光芒能够照射一里多远,镜中人物清楚得胡须眉毛历历可数。美人一照,倩影就留在镜子中,不可磨灭。若改换装扮重照,或者更换一个美人来照,镜子里先前的倩影就消失了。

　　时肃府第三公主绝美①,雅慕其名。会主游崆峒②,乃往伏山中,伺其下舆,照之而归,设置案头。审视之,见美人在中,拈巾微笑,口欲言而波欲动。喜而藏之。年馀,为妻所泄,闻之肃府。大怒,收之③,追镜去,拟斩。生大贿中贵人④,使言于王曰:"王如见赦,天下之至宝,不难致也。不然,有死而已,于王诚无所益。"王欲籍其家而徙之⑤。三公主曰:"彼已窥我,十死亦不足解此玷⑥,不如嫁之。"王不许,公主闭户不食。妃子大忧,力言于王。王乃释生因,命中贵以意示生。生辞曰:"糟糠之妻不下堂⑦,宁死不敢承命。王如听臣自赎,倾家可也。"王怒,复逮之。妃召生妻入宫,将鸩之⑧。既见,妻以珊瑚镜台纳妃,辞意温恻⑨。妃悦之,使参公主⑩。公主亦悦之,订为姊妹,转使谕生。生告妻曰:"王侯之女,不可以先后论嫡庶也⑪。"妻不听,归修聘币纳王邸,赍送者逾千人⑫,珍石宝玉之属,王家不能知其名。王大喜,释生归,以公主嫔焉⑬。公主仍怀镜归。

【注释】

①肃府:肃庄王府。肃庄王,名楧,明太祖朱元璋十四子,洪武二十五年(1392)封肃王,二十八年(1395)就藩甘州(治所在今甘肃张掖),建文元年(1399)内移兰州(治在今兰州),永乐十六年(1418)卒。子孙世袭至明亡。

②崆峒:山名。在今甘肃平凉西、泾原东,属六盘山。

③收之：收系之，逮捕入狱。

④中贵人：帝王近侍之臣，指宦官。

⑤籍其家：即抄没其家产。籍，籍没。徙：流放外地。

⑥玷：白玉的斑点，污点。

⑦糟糠之妻不下堂：谓曾经共过患难的妻子不能离异。《后汉书·宋弘传》："帝（光武帝）姊湖阳公主新寡，帝与共论朝臣，微观其意。主曰：'宋公威容德器，群臣莫及。'……帝因令主坐屏风后，因谓弘曰：'谚言"贵易交，富易妻"，人情乎！'弘曰：'臣闻"贫贱之知不可忘，糟糠之妻不下堂"。'帝顾谓主曰：'事不谐矣！'"

⑧鸩：毒鸟，相传以鸩毛或鸩粪置酒内有剧毒。这里是毒死的意思。

⑨温恻：言辞温柔，情意恳切。

⑩参：参拜。

⑪王侯之女，不可以先后论嫡庶也：旧时一夫多妻，先娶者为嫡，为正室，称妻；后娶者为庶，为侧室，称妾。而封建时代娶王侯之女，则不论先娶后娶，一概做嫡妻正室。

⑫迫：近。

⑬嫔：帝王之女下嫁。《书·尧典》："（尧）厘降二女于妫汭，嫔于虞。"

【译文】

当时肃庄王府的三公主美丽绝伦，冯生向来仰慕她的美名。正巧公主去崆峒山游玩，冯生就事先藏在崆峒山中，等公主下了轿，用镜子把她照下来，回家后把镜子摆放在案头之上。仔细端详镜中美人，正在拈着绣巾微笑，口好像要说话，眼神似乎要转动。冯生非常喜欢，就把它收藏起来。过了一年多，这件事被妻子泄漏出去，传到肃庄王府。肃庄王非常恼怒，把冯生抓来关进监牢，宝镜也被抄去，并准备杀掉冯生。冯生大肆贿赂宦官，让宦官对肃庄王说："如果被大王赦免不死，天下的至宝，不难到手。不然的话，只有一死，对于大王实在一点儿好处都没有。"肃庄王想抄没他的家产，把他流放到外地去。三公主说："他已经

偷看了我，让他死十回也不足以消除对我的玷污，不如嫁给他。"肃庄王
不同意，公主关门不出不吃饭。王妃十分忧虑，极力劝说肃庄王，肃庄
王这才释放冯生，让宦官把公主要嫁他的事对他说了。冯生拒绝说：
"糟糠之妻不下堂，我宁可死也不敢从命。大王如果允许我自己赎罪，
倾家荡产也在所不惜。"肃庄王大怒，又把他抓起来。王妃召冯生的妻
子入宫，想用毒酒毒死她。见面之后，冯生的妻子献给王妃一座珊瑚镜
台，言辞温柔，情意恳切。王妃很喜欢她，让她参拜公主。公主也很喜
欢她，两人结为姐妹，又让她转告冯生。冯生对妻子说："王侯之女，是
不能以过门的早晚论定妻妾身份的。"妻子不听，回家就备下聘礼送进
王府，送礼的队伍近千人，珍石宝玉之类，王府的人也叫不上名字。肃
庄王大喜，把冯生放回来，把公主嫁给了他，公主仍然怀揣着宝镜来到
冯家。

　　生一夕独寝，梦八大王轩然入曰："所赠之物，当见还
也。佩之若久，耗人精血，损人寿命。"生诺之，即留宴饮。
八大王辞曰："自聆药石①，戒杯中物已三年矣②。"乃以口啮
生臂，痛极而醒。视之，则核块消矣。后此遂如常人。

【注释】

①聆：聆听。药石：治病的药物和砭石。借喻劝善改过的规劝。
《左传·襄公二十三年》："季孙之爱我，疾疢也；孟孙之恶我，药
石也。"。

②杯中物：酒。晋陶潜《责子》诗："天运苟如此，且进杯中物。"

【译文】

一天夜晚，冯生一个人睡觉，梦见八大王气宇轩昂地走进来说："我
赠给你的东西，应当归还了。佩戴太久，消耗人的精血，折损人的寿

命。"冯生答应了,就留他喝酒。八大王推辞说:"自从聆听了您的教导,戒掉杯中物已经三年了。"就用嘴咬冯生的胳臂,冯生痛极了,醒了过来。一看胳膊上的小包已经消失。此后,冯生就和一般人一样。

异史氏曰:醒则犹人,而醉则犹鳖,此酒人之大都也①。顾鳖虽日习于酒狂乎,而不敢忘恩,不敢无礼于长者,鳖不过人远哉?若夫己氏则醒不如人②,而醉不如鳖矣。古人有龟鉴③,盍以为鳖鉴乎?乃作《酒人赋》。赋曰:

【注释】

①大都:大概。

②夫己氏:犹言"那个人"、"某人"。《左传·文公十四年》:"齐公子元不顺懿公之为政也,终不曰'公',曰'夫己氏'。"

③龟鉴:犹"龟镜"。龟可占卜吉凶,镜能照见美丑,因喻借鉴之意。

【译文】

异史氏说:酒醒时还是个人,酒醉了就像个鳖,酒徒们大都是如此。不过,鳖虽然习惯于天天发酒疯,而不敢忘恩负义,不敢对长者无礼,鳖不是远远超过了人吗?至于有的人,醒着时不如人,而醉酒时更不如鳖了。古人有所谓龟鉴,为什么不可以有"鳖鉴"?于是作了一篇《酒人赋》。赋云:

有一物焉,陶情适口,饮之则醺醺腾腾,厥名为"酒"①。其名最多,为功已久:以宴嘉宾②,以速父舅③,以促膝而为欢,以合卺而成偶,或以为"钓诗钩",又以为"扫愁帚"④。故曲生频来⑤,则骚客之金兰友⑥;醉乡深处,则愁人之逋逃薮⑦。糟邱之台既成⑧,鸱夷之功不朽⑨。齐臣遂能一石⑩,

学士亦称五斗⑪。则酒固以人传,而人或以酒丑。若夫落帽之孟嘉⑫,荷锸之伯伦⑬,山公之倒其接䍠⑭,彭泽之漉以葛巾⑮。酣眠乎美人之侧也,或察其无心⑯;濡首于墨汁之中也,自以为有神⑰。井底卧乘船之士⑱,槽边缚珥玉之臣⑲。甚至效鳖囚而玩世⑳,亦犹非害物而不仁。至如雨宵雪夜,月旦花晨,风定尘短㉑,客旧妓新,履舄交错㉒,兰麝香沉㉓,细批薄抹㉔,低唱浅斟㉕,忽清商兮一奏㉖,则寂若兮无人。雅谑则飞花粲齿㉗,高吟则戛玉敲金㉘。总陶然而大醉,亦魂清而梦真。果尔,即一朝一醉,当亦名教之所不嗔㉙。

【注释】

①厥:其,那个。

②嘉宾:贵宾。这里是同辈朋友的意思。《诗·小雅·鹿鸣》:"我有嘉宾,鼓瑟吹笙。"

③以速父舅:用以宴请同姓和异姓的长辈。速,请。《诗·小雅·伐木》:"既有肥羜,以速诸父。""既有肥牡,以速诸舅"。《毛传》:"天子谓同姓诸侯,诸侯谓同姓大夫皆曰父,异姓则称舅。"

④或以为"钓诗钩",又以为"扫愁帚":钓诗钩、扫帚愁,均指酒。宋苏轼《洞庭春色》:"要当立名字,未用问升斗。应呼钓诗钩,亦号扫愁帚。"

⑤曲生:酒的别称。唐郑綮《开天传信记》载,唐代道士叶法善有异术。一日,会朝士数十人于玄真观。正当满座思酒之时,忽然一少年傲睨直入,自称曲秀才,抗言谈论,一座皆惊。法善以为妖魅,潜以剑击之,随手堕于阶下,化为瓶榼,中有美酒。坐客共饮,并说:"曲生风味,不可忘也。"后以"曲生"、"曲秀才"为酒的别称。

⑥骚客:诗人。宋范仲淹《岳阳楼记》:"迁客骚人"。金兰友:同心
知己的朋友,《易·系辞》:"二人同心,其利断金。同心之言,其
臭如兰。"

⑦逋(bū)逃薮(sǒu):指逃避愁烦者聚集之处。逋逃,本指逃亡罪
人。《书·牧誓》:"马牛其风,臣妾逋逃。"薮,渊薮,鱼和兽聚居
之处,喻指人和物类聚集之所。

⑧糟邱:酒糟堆积而成的小山。《新序·节士》:"桀为酒池,足以运
舟;糟丘足以望七星。"邱,同"丘"。

⑨鸱夷:皮制的囊袋,可以盛酒。《汉书·陈遵传》:"鸱夷滑稽,腹
如大壶,尽日盛酒,人复借酤。"

⑩齐臣遂能一石:《史记·滑稽列传》载,楚国侵略齐国,齐威王派
淳于髡赴赵国求救,楚兵连夜退走。威王在后宫设宴招待淳于
髡,问他能饮多少酒致醉,他说:"臣饮一斗亦醉,一石亦醉。"并
解说其中的道理,从而讽谏齐王"罢长夜之饮"。齐臣,指淳
于髡。

⑪学士亦称五斗:《世说新语·任诞》载,刘伶饮酒无度,其妻劝
止,伶表示要祝鬼神自誓,然后断酒。其妻便"供酒于神前,请
伶祝誓。伶跪而祝曰:'天生刘伶,以酒为名。一饮一斛,五斗
解酲。妇人之言,慎不可听。'便饮酒进肉,隗然已醉"。学士,
此泛指文人。

⑫落帽之孟嘉:指晋代孟嘉。嘉字万年,原籍江夏鄳人,其先世移
居新阳。嘉为征西将军桓温参军时,曾参加九月九日桓温于龙
山举行的酒宴,"时佐吏并着戎服,有风至,吹嘉帽堕落,嘉不之
觉。温使左右勿言,欲观其举止。嘉良久如厕,温令取还之,命
孙盛作文嘲嘉,着嘉坐处。嘉还见,即答之,其文甚美,四坐嗟
叹"。见《晋书·孟嘉传》。

⑬荷锸之伯伦:指刘伶。刘伶,字伯伦,晋沛国人,文学家,为"竹林

七贤"之一。仕晋为建成参军。伶纵酒放诞,常乘鹿车(一种小车),携一壶酒,使人荷锸相随,说"死便埋我"。详见《晋书·刘伶传》。锸,铁锹。

⑭山公之倒其接䍥:《世说新语·任诞》载,山简镇守襄阳时,经常外出饮酒,大醉而归。人为之歌曰:"山公时一醉,径造高阳池。日莫(暮)倒载归,酩酊无所知。复能乘骏马,倒着白接䍥。举手问葛彊,何如并州儿。"山公,山简,字季伦。晋河内怀县人。接䍥,白接䍥,一种白色的帽子。

⑮彭泽之漉(lù)以葛巾:据《宋书》本传载,陶渊明在家时以葛巾滤酒,邻人招饮,陶见酒中有渣滓,便脱下头巾漉之;漉毕,随即还着头上。彭泽,指陶渊明。渊明字元亮,一名潜。东晋著名诗人。曾仕晋为江州祭酒、镇军参军等职。退隐前,任彭泽令,因称"陶令"、"陶彭泽",诗文中或称"彭泽先生"。其诗中写酒处甚多。漉以葛巾,以葛巾滤酒。漉,过滤。葛巾,葛布做的头巾。

⑯酣眠乎美人之侧也,或察其无心:三国魏著名诗人阮籍,生于魏晋易代之际,为避免司马氏集团的迫害,纵酒放诞,蔑弃礼法。《世说新语·任诞》篇载,阮籍邻人妇貌美,当垆卖酒。籍常到其处饮酒,"醉便眠其妇侧。夫始殊疑之,伺察终无他意"。

⑰濡首于墨汁之中也,自以为有神:指唐代著名书法家张旭。张旭善草书,时人称之为"草圣"。据《唐国史补》载:"旭饮酒辄草书,挥笔而大叫,以头揾水墨中而书之,天下呼为'张颠'。醒后自视,以为神异,不可复得。"

⑱井底卧乘船之士:指唐代著名诗人贺知章,嗜酒狂放。唐杜甫《饮中八仙歌》有句云:"知章骑马似乘船,眼花落井水底眠。"

⑲槽边缚珥玉之臣:晋代毕卓为吏部郎,常饮酒废职。邻人酒酿熟,卓夜至其酒瓮间盗饮,被主人捉住捆缚起来,后知为毕卓,便释放了他。而他即在瓮边邀主人燕饮,醉而后归。珥玉,尚书冠

上插戴的玉饰。

⑳效鳖囚而玩世：指宋代著名文学家石曼卿饮酒玩世。宋沈括《梦溪笔谈·人事一》："（石曼卿）每与客痛饮，露发跣足，着械而坐，谓之'囚饮'。……以稿束之，引首出饮，复就束，谓之'鳖饮'。"

㉑尘短：犹言少尘，洁净。

㉒履舄交错：形容宾客众多。《史记·滑稽列传》："履舄交错，杯盘狼藉。"履舄，泛指鞋。单底鞋叫履，复底鞋叫舄。古人席地而坐，宾客入屋须脱鞋就席，因以履舄错杂形容客人众多。

㉓兰麝香沉：香气浓郁。兰、麝，皆名贵香料。古时女子常用作熏香。《晋书·石崇传》："崇婢数十人，皆蕴兰麝，披罗縠。"此指席上妓者婆娑起舞，香气四溢。

㉔细批薄抹：指妓者弹奏乐器以侑酒娱客。批、抹，都是弹奏琵琶一类乐器的动作。唐白居易《琵琶行》："轻拢慢捻抹复挑，初为霓裳后六么。"

㉕低唱浅斟：指歌妓以歌侑酒。浅斟，谓缓缓饮酒。斟，筛酒。低唱，谓曼声歌唱。宋陶谷《清异录·释族》："（李煜）乘醉，大书石壁曰：'浅斟低唱，偎红倚翠。'"

㉖清商：清商乐，即比商调高半个音的调子。古代认为其调凄清悲凉。《韩非子·十过》："公曰：'清商固最悲乎？'师旷曰：'不如清徵。'"唐杜甫《秋笛》诗："清商欲尽奏，愁苦血沾衣。"

㉗雅谑：不粗俗的玩笑。飞花粲齿：喻口才好。

㉘高吟：指高歌赋诗。戛玉敲金：形容音节抑扬，铿锵悦耳。

㉙名教：以正名定分为中心的礼教。嗔：怒。

【译文】

有一样东西，又陶冶性情又很可口，喝了它，就醉醺醺，飘飘然，它的名字叫"酒"。它的名称最多，功用也由来已久：可以用来宴请嘉宾，可以用来宴请长辈，可以促膝交谈得到欢乐，可以行交杯酒结为夫妇，也可以作引发诗兴的"钓诗钩"，又可以做解除烦愁的"扫愁帚"。所以曲生频频不断地来，成为文人骚客的同心知己；醉乡深处，就成了断肠人逃避忧烦的避难所。酒糟之台已经构成，酒囊之功不朽。淳于髡就能饮酒一石，文人学士们也声称能饮五斗。酒固然因人而流传，而人或者以饮酒出丑。像孟嘉在酒宴上吹落了帽子而不知觉；刘伶携酒乘车，身后跟个扛锹人，说"死便埋我"；山简酒醉之后帽子反戴；陶渊明竟用头上的葛巾滤酒。阮籍酒醉后睡在美人身边，险些引起误会；张旭醉后以发浸墨汁，挥毫似有神助。贺知章醉酒眼花，落入井底而眠；毕卓虽为官吏部郎，却夜晚盗酒饮用被主人捉住。甚至有人效仿鳖饮、囚饮而玩世不恭，也不是害物而不仁德。至于雨夜雪夜，月夕花朝，风定尘消，旧客新妓，鞋履交错，兰麝香浓，丝竹声声，曼声歌唱，浅斟慢饮，忽然间清商乐曲奏起，满席静听，寂若无人。文雅的笑谈一出口，舌灿莲花，妙语连珠，高声吟诗，金声玉振，铿锵悦耳。纵使陶然大醉，魂亦清醒，梦亦真切。果然如此，就是一天一醉，也不会受到名教的嗔怪。

　　尔乃嘈杂不韵^①，俚词并进^②，坐起欢哗^③，呶呶成阵^④。涓滴忿争^⑤，势将投刃；伸颈攒眉，引杯若鸩；倾沈碎觥^⑥，拂灯灭烬^⑦。绿醑葡萄^⑧，狼籍不靳^⑨；病叶狂花^⑩，觞政所禁^⑪。如此情怀，不如弗饮。又有酒隔咽喉，间不盈寸；呐呐呢呢^⑫，犹讥主客；坐不言行，饮复不任。酒客无品，于斯为甚。甚有狂药下^⑬，客气粗^⑭；努石棱^⑮，磔鬈须^⑯；袒两背^⑰，跃双趺^⑱。尘濛濛兮满面^⑲，哇浪浪兮沾裾^⑳；口猖猖兮乱吠^㉑，发蓬蓬兮若奴。其吁地而呼天也，似李郎之呕其肝脏^㉒；其扬手而掷足也，如苏相之裂于牛车^㉓。舌底生莲者^㉔，不能穷其状；灯前取影者^㉕，不能为之图。父母前而受忤^㉖，妻子弱而难扶。或以父执之良友^㉗，无端而受骂于灌夫^㉘。婉言以

警㉔,倍益眩瞑㉚。此名"酒凶",不可救拯。唯有一术,可以
解酲。厥术维何? 只须一梃。縶其手足,与斩豕等㉛。止困
其臀,勿伤其顶,捶至百馀,豁然顿醒。

【注释】

①嘈杂不韵:胡言乱语,不合规范。韵,风韵雅致。

②俚词:鄙俗粗野的话语。

③欢哗:犹喧哗。

④呶呶(náo):喧闹声。

⑤涓滴忿争:原意是为极小或极少的事物愤怒相争,此指罚酒逼饮。

⑥倾沈:喝尽最后一滴酒。沈,汁。此指酒滴。觥(gōng):兽角或
木、铜制的酒具。

⑦拂灯灭烬:把蜡烛、火把打翻熄灭。烬,烧剩的东西。

⑧绿醑(xǔ)葡萄:绿碧色的葡萄美酒。醑,酒,美酒。

⑨不靳:不吝惜。

⑩病叶狂花:饮酒者称醉后喧闹争斗者为狂花,醉而沉睡者为病
叶。唐黄甫松《醉乡日月》:"饮流谓睚眦者为狂花,目睡者为
病叶。"

⑪觞政:酒令,饮酒的游戏规则。汉刘向《说苑·善说》:"魏文侯与
大夫饮酒,使公乘不仁为觞政。"

⑫呐呐呢呢:嘟嘟囔囔。呐呐,形容言语迟钝。呢呢,犹呢喃,没完
没了。

⑬狂药:指酒。《晋书·裴楷传》:"长水校尉孙季舒尝与(石)崇酣
燕,慢傲过度,崇欲表免之。楷闻之,谓崇曰:'足下饮人狂药,责
人正礼,不亦乖乎?'"

⑭客气粗:谓酒客喝酒过量,呼吸急促而失风度。

⑮努石棱:皱眉瞪眼,面容变形。

⑯磔(zhé)鬤(níng)须：须发散张。磔，张开。鬤，须发散乱的样子。

⑰袒：裸露。两背：前后胸。

⑱跃双趺：双脚乱跳。趺，足。

⑲濛濛：蒙昧迷茫的样子。

⑳哇浪浪：形容吐酒之状。裾：衣襟。

㉑猗猗(yín)兮乱吠：像疯狗胡乱叫骂。猗猗，狗狂吠。

㉒李郎之呕其肝脏：唐李商隐《李长吉小传》载李贺"恒从小奚奴，骑距驴，背一古破锦囊，遇有所得，即书投囊中。及暮归，太夫人使婢受囊出之，见所书多，辄曰：'是儿要当呕出心乃已耳！'"。李郎，此指唐代著名诗人李贺。

㉓苏相之裂于牛车：战国时期纵横家苏秦，主张合纵抗秦，曾佩六国相印。后由燕入齐为反间，事觉，被车裂而死。事详《史记·苏秦列传》。裂于牛车，即车裂，俗称"五牛分尸"，为古代一种酷刑，即将头及四肢系于五辆牛车之上，同时驱赶牛车分驰，撕裂人的肢体。

㉔舌底生莲：即舌灿莲花，形容口才好。据《高僧传》和《晋书·艺术传·佛图澄》记载：后赵国主石勒在襄国(今邢台)召见佛图澄，想试验他的道行。佛图澄即取来钵盂，盛满水，烧香持咒，不多久，钵中竟生出青莲花，光色曜日，令人欣喜，于是，后人便引"舌灿莲花"来譬喻说话的文采和美妙。

㉕灯前取影：指绘画技艺高超。宋苏轼《书吴道子画后》："道子画人物，如以灯取影，逆来顺往，旁见侧出，横斜平直，各相乘除，得自然之数，不差毫末。"

㉖父母前而受忤：父母前来也被其顶撞。忤，忤逆，不孝。

㉗父执：父辈的知心朋友。执，志同道合的人。

㉘灌夫：汉颍阴人，本姓张，因其父曾为颍阴侯灌婴舍人而改姓灌，因平定吴楚之乱有功，任中郎将，人称"灌将军"。为人刚直使

酒,不好面诔。一次,在祝丞相田蚡新婚的酒宴上,田蚡祝酒,众皆避席表示恭敬,而失势的魏其侯窦婴祝酒时,却只有老友避席。灌夫对此十分不满,便借酒使气,指桑骂槐,痛斥田蚡。终因"骂座不敬",被诛杀。

㉙婉言:委婉地说。警:告诫。

㉚眩瞑:头眩晕而目昏花。

㉛与斩豕等:等同于被杀的猪。豕,猪。

【译文】

　　而这里竟乐声喧闹刺耳,粗鄙的曲词接连冒出,酒徒们时坐时起,喧闹之声连成一片。罚酒的人滴酒忿争,逼饮的架势像要拔刀相向;挨罚的伸着脖子皱着眉,举起的好似一杯毒酒;有的喝尽最后一滴就摔碎酒器,拂灭灯烛。碧绿的葡萄美酒狼藉一片,毫不珍惜;有的醉后昏睡,有的醉后发疯,酒席上的规矩全然不管。诸如此类的情形,不如不饮。还有的酒离咽喉,不到一寸,还嘟嘟囔囔说个不停,讥笑主人吝啬;坐下就不肯走,饮酒又不胜酒力。酒客无德,于此为甚。更有甚者,酒一下肚,呼吸急促,皱眉瞪眼,须发散张,袒露双臂,两脚乱跳。满脸灰尘,吐得一身酒污;嘴里胡言乱语像狗叫,头发乱蓬蓬地像奴仆。那呼天抢地的丑态,像李贺吟诗要吐出心肝;那举手投足的丑相,像苏秦承受五牛车裂之刑。巧嘴如簧的人,不能形容尽他们的神态;丹青妙手,不能画出他们的形象。父母前来教训而受到顶撞,妻子儿女柔弱,难以搀扶那醉后的身躯。父辈的好友,无端受到借酒使气的辱骂。委婉地劝诫,却更加头昏眼花。这种人叫"酒凶",不可拯救。只有一个法子,可以解酒。那法子是什么? 只须备有一根木棒,捆住醉汉的手脚,就像杀猪一样。只打他的屁股,不打他的头,打他百十多下,他就会豁然清醒。

戏缢

【题解】

戏缢是由于恶作剧所引起的悲剧。

《聊斋志异》中的佻佻无赖和风流倜傥有什么区别？区别在于从趣味上看，前者尘下猥琐，后者雅正脱俗。如果联系到性，那么前者浮泛滥情，意在挑逗调戏，后者情深专注，意在婚姻（不排斥多妻）。邑人某的悲剧具有偶然性，但蒲松龄由此与伦理相联系，得出必然性的结论。

邑人某，佻佻无赖①。偶游村外，见少妇乘马来，谓同游者曰："我能令其一笑。"众不信，约赌作筵。某遽奔去，出马前，连声哗曰："我要死！"因于墙头抽梁藋一本②，横尺许，解带挂其上，引颈作缢状。妇果过而哂之，众亦粲然③。妇去既远，某犹不动，众益笑之。近视，则舌出目瞑，而气真绝矣。梁干自经，不亦奇哉？是可以为儇薄者戒④。

【注释】

①佻佻：轻薄放荡。

②梁藋(jiē)：高粱。一本：一根。

③粲然：笑容灿烂的样子。

④儇薄：轻薄。

【译文】

同乡某人，轻薄放荡无赖。他偶尔在村外游玩，看见一个少妇骑马过来，就对同游的伙伴说："我能让她一笑。"众人不信，约定和他赌一桌酒席。某人立即奔向前去，来到马前，连声叫道："我要死！"于是从墙头抽出一根高粱秸，横着有一尺来长，解下腰带挂在上面，伸长脖子做出上吊的样子。少妇见了果然对他一笑而过，众人也笑了。少妇已经走远，某人还一动不动，众人越发笑得厉害了。到近前一看，某人舌头伸出，双目紧闭，真的断了气。在高粱秸上自缢，不也很稀奇吗？这件事可以作为轻薄之徒的戒鉴。